Über dieses Buch

Langes »Schwarze Weide« ist der wohl bedeutendste Roman der nicht emigrierten Schriftsteller. Der Roman wurde, als er 1937 erstmals erschien, von der Presse als »episches Ereignis« gefeiert, obwohl das Werk der herrschenden kunstrichterlichen Ästhetik nicht entsprach.

Ein junger Mann, der seine Ferien in dem niederschlesischen Dorf Kaltwasser verbringt, wird unfreiwillig zum Mitwisser eines Mordes, den ein Sergeant der Besatzungsarmee und der Gastwirt so vorbereiten, daß der Verdacht auf einen Unschuldigen fällt. Die Leiche des Ermordeten, des reichen Bauern Starkloff, wird in einem Weiher aufgefunden, in dem der mythenumwobene Bach »Schwarze Weide« entspringt. Der in die Großstadt Zurückgekehrte erfährt, daß ihm der Ermordete seinen Besitz vermacht hat. Der junge Mann reist nach Kaltwasser in der Absicht, seinen Besitz zu verkaufen. Wider Willen gerät er in die schicksalhaften Ereignisse, mit denen sich die Vergeltung an den Mördern vollzieht. Und mit einer gewaltigen Überschwemmung empört sich die Schwarze Weide gegen den toten Bauern, der ein Jahrzehnt hindurch wie ein Alp über der Gegend gelegen hat. Erst nach dieser Auflehnung, in der die Natur selbst als handelnde Person erscheint, weichen die dunklen heidnischen Kräfte, die das Dorf und das Land lange Zeit beherrscht haben.

Der Autor

Horst Lange wurde am 6. Oktober 1904 in Liegnitz (Schlesien) geboren. Er studierte in Berlin und Breslau Kunstgeschichte und Philosophie. Neben seinen Romanen veröffentlichte er Gedichte, Erzählungen und Hörspiele. Horst Lange war Mitglied des PEN-Clubs, erhielt verschiedene Preise und Auszeichnungen, darunter den »Ostdeutschen Literaturpreis«. Er starb am 6. Juli 1971 in München.

Horst Lange

Schwarze Weide

Roman

Fischer Taschenbuch Verlag

Fischer Taschenbuch Verlag
Juni 1981
Ungekürzte Ausgabe
Umschlagentwurf: Hannes Jähn
Fischer Taschenbuch Verlag GmbH, Frankfurt am Main
Lizenzausgabe mit freundlicher Genehmigung
der Claassen Verlag GmbH, Düsseldorf

Gesamtherstellung: Hanseatische Druckanstalt GmbH, Hamburg
Printed in Germany
1280-ISBN-3-596-25141-9

Erstes Buch

Gotthold Stanislaus Starkloff

Herbstliche Abendröte

Die Obstbäume des großen Grasgartens hatten sich den ganzen Vormittag nicht geregt, so still war die schwere und warme Luft. Ab und zu löste sich ein Apfel, streifte bei seinem Fall die Zweige, daß ein Schauder durch das vergilbte und gelichtete Laub fuhr, dann klatschte er in den welken Rasen und rollte noch ein kleines Stück fort, ehe er zur Ruhe kam. Jeden Morgen war der Boden übersät mit Fallobst, das ich auflesen mußte. Ich fuhr die leeren Körbe auf der Schiebkarre aus dem Gutshof herüber, das Rad quietschte unablässig dieselbe kleine Folge hoher, widriger Töne hervor, und ich lenkte es so, daß es manchmal die wurmstichigen Äpfel traf, deren saftiges Fleisch sich knirschend zerquetschen ließ. Die Kühle der Nacht hielt sich noch lange unter dem Laubdach, immer fröstelte ich in der Frühe vor Müdigkeit, aber bevor es Mittag wurde, war ich meiner Arbeit schon überdrüssig, die halbgefüllten Körbe ließ ich stehen, ich stieg in die Äste, bis ich einen Sitz fand, der so bequem war, daß ich mich nicht festzuhalten brauchte, um in der Schwebe zu bleiben.

Die Wärme nahm zu, ich wurde schläfrig, und zuletzt überließ ich mich meinen Träumen; es kam mir vor, als sei ich bekränzt von dem großen feurigen Herbst, der manchen Bäumen die Farben von Glut und Flammen gab und die lockere Erde der Felder zu Mehl zerstäubte.

Wenn ich die Augen öffnete, erkannte ich die Häuserzeile des Dorfes, es lag auf der weiten Ebene wie auf einer Darre, und alle Strohdächer knisterten in der Hitze. Die Äcker waren grau, und auf den ausgebrannten, trockenen Wiesen war das letzte Wachstum längst weggesengt. Dort, wo der Boden seine Feuchtigkeit sich erhalten hatte, stand noch hohes, üppiges Kräuticht mit leuchtendem Grün; der schmale, verschilfte Lauf der Schwarzen Weide, der das Dorf seinen Namen verdankte, war davon überwuchert. Dieser Bach führte sein kaltes Wasser, das, wie man mir erzählt hatte, sich selbst im Hochsommer nicht erwärmte und das in früheren Zeiten winters, bei der strengsten Kälte, niemals zugefroren war, aus Osten herbei, und sein gekrümmtes Bett zog sich mitten durch das Dorf. Alle anderen Rinnsale waren versiegt, und die Heidelache, welche weit hinten durch die Wiesen floß und von der ich gehört hatte, daß sie ihre Niederung jeden Frühling überschwemmte, konnte man jetzt mit einem einzigen Schritt überqueren.

Noch nie hatte ich den Himmel so leer gesehen wie in diesen Tagen, die Geschwader der Zugvögel waren vorüber, es gab keine Wolken, und das Firmament zeigte nur am Morgen und am Abend stärkere Farben, metallische, zwischen Grün und Rot. Unabgeblendet glühte und zerschmolz sich die Sonne, und sie setzte die Horizonte, wenn sie ihnen nahe kam, in Brand; Osten und Westen loderten auf, ehe das Licht heraufzog und bevor es unterging. –

Der Schatten der Baumkrone, in der ich mich verborgen hatte, war zu dünn, das durchsichtige Laub hatte sich vollgesogen mit Helligkeit und leuchtete aus sich selbst. Ich erwartete das Mittagsläuten und war ungeduldig, weil es sich nicht hören ließ. Den Ast, auf dem ich saß, wiegte ich mit einer leichten Bewegung hin und her; mein Rücken scheuerte sich an dem Stamm, der sein duftendes Harz in schweren Tränen ausweinte. Die Haut war verschwitzt, und ich schmeckte den Staub, mit dem die Luft gesättigt war, auf der Zunge, überall hatte er sich festgesetzt; Schrammen brannten mir auf den Händen und an den Knien, kleine Brocken der Rinde kratzten mich im Nacken, aber ich war zu träge, um sie wegzunehmen. Mit unbestimmten, flüchtigen Gedanken überlegte ich mir, daß innen, durch meinen Leib, gleichwie in allem Lebendigen: in Bäumen, Gräsern und Früchten, die Säfte kreisen, die das Leben nähren. Ich kam mir selbst wie eine Frucht vor, und ich glaubte es zu spüren, wie mein Fleisch von Quellen, Strömen und Gewässern benetzt wurde, süßen und salzigen, hellen und dunklen und vielleicht auch von solchen, die ätzend sein konnten wie Gift.

Mit leisem, kaum hörbarem Singen, schon halb ermattet, tanzten die Mückenschwärme aus dem Licht in den Schatten hinüber. Ich sah ihren zitternden Bewegungen zu, einer kam mir nahe, ich scheuchte ihn fort, er teilte sich, schloß sich aber gleich wieder zusammen und schwebte wie eine flimmernde Wolke auf und nieder tauchend weiter. Überall waren die Spinnennetze ausgespannt, von den seidigen Fäden gehalten, lauerten die hungrigen Spinnen darauf, daß die dünnen Stränge zu zucken begannen. Eine über meinem Haupte schwankte leise, wenn ich mich rührte; aber sie ließ sich nicht täuschen, auch als ich ihr eine Rindenschuppe ins Netz hängte, blieb sie ruhig. Ich hob mich ein wenig hoch, um sie genau zu beobachten; eine häßliche Verkörperung des Bösen: gierig und tükkisch, so hing sie vor meiner Stirn. Sie spürte die Annäherung und glitt ein kleines Stück beiseite. Schwere, stahlblaue Fliegen schossen taumelig vorüber; blasse Motten mit bestaubten Flügeln flatterten unter den Blättern hervor und waren vom Licht geblendet.

Die Spinne regte sich nicht, sie war ungewöhnlich groß, der plumpe Leib trug die Zeichnung eines Kreuzes, und ich glaubte sogar, ihre Augen zu erkennen, winzige, schwarze Tropfen auf dem haarigen Kopf. Während ich sie betrachtete, mit Abscheu, aber auch mit Neugierde, verwandelte sich mir plötzlich alles: Landschaft, Garten und der Baum, in dem ich saß, verloren an Bedeutung, traten zurück und entließen mich aus ihrem Zusammenhang. Das Spinnennetz bedeckte den halben Himmel, die Sonne, wie ein goldenes Insekt, floh aus den Seilen, in denen sie sich schon beinahe verstrickt hatte; deswegen verdüsterte sich der Tag mit einem Schlage so, als wäre mir ein trübes Glas vor die Augen geschoben worden.

Die Gleichmütigkeit, in der ich mich befunden hatte, war vergangen; eine seltsame Angst, aus lauter undeutlichen Ahnungen zusammengefühlt, überkam mich. Und ich wußte mir nicht anders zu helfen, ich griff eine jener schweren schillernden Fliegen; sie summte in der geschlossenen Hand, die ich vorsichtig an das Netz heranführte. Als ich sie öffnete, verfing sich die Fliege gleich in den Fäden, vermochte nicht, sich frei zu machen, so viele sie davon auch zerriß. Das kam mir vor wie ein Opfer, welches ich gebracht hatte; ich wußte, es war lächerlich, so etwas zu denken, und ich würde es auch nicht laut ausgesprochen haben, aber da ich daran gewöhnt war, Zwiesprache mit mir selbst zu führen, galten dergleichen Gedanken nicht viel.

Die Spinne hielt sich so lange im Hinterhalt, bis die Fliege erschöpft war, dann glitt sie rasch herbei; in dem Augenblick, wo sie über dem zuckenden Körper war, kamen die ersten Schläge des Mittagläutens aus der Ferne, gleich darauf begann die Hofglocke wie ein blechernes Echo über der Straße ihr hastiges Getön.

Ich schwang mich von meinem Sitz, riß das Netz herunter und zertrat die Spinne. Dann belud ich die Karre, schüttete das Obst in einen großen Korb und fuhr ihn weg; auf dem kurzen Weg begegnete ich niemandem, die Dorfstraße war leer, Hühner badeten leise krächzend im Staube, und die schlammige Mulde des ausgetrockneten Teiches vor dem Gutstor war mit weißen Federn wie mit Flocken bedeckt.

Der weite Gutshof sah verlassen und unbetreten aus. Hinten, vor den niedrigen Gesindehäusern, erhob sich ein Hund; als er das Quietschen meines Karrenrades hörte, bellte er ein paarmal heiser und röchelnd, rollte sich aber gleich wieder zusammen. Ich schob die Karre in den Schatten des grauen Herrenhauses, ließ sie stehen und beugte mich über den Wassertrog, um mich zu waschen. Das Spiegelbild zerging, die Tropfen rannen mir unterm Hemd den Rücken und die Brust herunter bis zum Gürtel, ich ließ mir Zeit, ich wollte es noch hinauszögern, am liebsten wäre ich überhaupt nicht hinübergegangen zu der Tür, durch die man in den langen, gläsernen Flur des Gewächshauses eintrat. Ich wartete, bis das bleiche, vibrierende Gesicht wieder auf dem Wasserspiegel auftauchte: die breite Stirn, der weiche, volle Mund, die kurze, stumpfe Nase und die Augen, die dunkel und voller Staunen waren; ich beschwor es wieder herbei, dieses verhaßte Gesicht, und als es da war, zerstörte ich es mit einer einzigen Bewegung meiner Hand, von der die Tropfen abfielen.

Aus dem Pferdestall drüben kam Heinrich mit seinem schweren, schlurfenden Gang hervor, er machte sich an dem Verdeck der Kutsche zu schaffen und pfiff vor sich hin. Noch ehe er mich anrufen konnte, war ich die Stufen hoch und schlug die Tür hinter mir zu. In der verdorbenen Luft unter dem Glasdach kam mich plötzlich jenes Frieren an, das alle feinen Härchen in der Haut sich sträuben läßt. Auf den Zehenspitzen näherte ich mich der Gärtnerwohnung, kein Laut drang von drinnen heraus, die Stille erschreckte mich jedesmal, und deswegen klopfte ich immer an wie bei Fremden, bevor ich eintrat.

Als ich die Klinke anfaßte und aufdrückte, schlug mir der Essensbrodem entgegen, die Gärtnersleute saßen noch am Tisch, obwohl sie die Mahlzeit schon beendet hatten. Ich entschuldigte mich kleinlaut dafür, daß ich zu spät kam, setzte mich auf meinen Stuhl neben die junge, schweigsame Frau, die mir an manchen Tagen wenig älter erschien, als ich selbst es war, und die ich Tante nennen mußte. Der Bruder meines Vaters war mir unvertraut. Die befangenen und leisen Fragen, mit denen ich ihn manchmal anredete, schienen nicht bis an sein Gehör zu dringen, denn er antwortete fast nie. Sein Gesicht war alt und frühzeitig verdorrt mit vielen Runzeln um die hellen und starren Augen; ich bildete mir ein, daß seine Seele wie eine Blumenzwiebel sein müßte, lauter trockene Schalen, welche einen Keim verbargen, der vielleicht eines Tages vorstoßen und sich in einer fremdartigen und blutfarbigen Blüte entfalten würde.

Die Gärtnersfrau schöpfte am Herd meinen Teller mit Suppe voll. Als sie sich neben mich stellte und mir das Essen hinschob, rückte ich ein wenig beiseite, denn der nackte, bräunliche Arm, auf dem ein feiner weißer Flaum saß, der so aussah wie jener auf Pfirsichen, kam mir zu nahe. Während ich zu essen begann, die fette, schwere Brühe, die mir noch jetzt, drei Wochen, nachdem ich sie zum ersten Male gekostet hatte, zuwider war, dachte ich mir verzweifelt etwas aus, das ich hätte erzählen können. Ich ging auf die Schule, ich hatte allerhand gelernt, fremde Sprachen zum Beispiel, ich war aus einer Stadt gekommen, in der sich viel ereignete, aber mir fiel nichts ein außer dem, was ich vorhin mit der Spinne erlebt hatte, und wie sollte ich das berichten?

»Laß es dir gut schmecken«, sagte Alma, »bald ist deine Zeit hier zu Ende, und zu Hause, da hast du es nicht so.«

Ich murmelte etwas vor mich hin und beeilte mich, fertig zu werden, bald mußte der Teller wieder sein Blumenmuster zeigen, dann konnte ich aufstehen und die Stube verlassen. In der leeren Obstkammer nebenan, wo ich des Nachts schlief, wollte ich mich auf dem Strohsack ausstrecken, eins meiner Bücher in der Hand, spielerisch und ziellos die Seiten aufblättern, deren verschnörkelte, unsinnige Formeln und Zahlenreihen nicht zu entwirren waren. An der gekalkten Wand zitterte dort, wo die Sonne hinfiel, das unruhige Spiel des Blätterschattens wie ein hauchdünnes Spalier; der ganze Raum war durchsetzt mit dem Geruch der vorjährigen Äpfel, und in der dichten Stille, abgeschlossen von allem, was mich stören konnte, fiel es mir leicht, an die Zukunft zu denken, deren Bilder mir sonst immer undeutlich blieben. Zehn Jahre später vielleicht, ich sah es genau, wie ich mir meinen eigenen Weg gesucht hatte, unabhängig, selbständig und aus dem eingezwängten Leben hinaus, für das ich vorbestimmt gewesen war. Jedem, der mich zu kennen vermeinte, gab ich Rätsel auf, deswegen blieb ich einsam; die Frauen, welche ich durch meine Erfolge anzog, vermochten nicht, mich festzuhalten, immer war ich im Begriff, den Ort, wo ich weilte, gegen die Ungewißheit zielloser Reisen zu vertauschen. – Wenn ich dergleichen dachte, bekamen meine Ahnungen einen Beigeschmack von Melancholie; ich nahm die Skepsis vorweg, welche sich mit den Erfahrungen einstellt, und ich glaubte die innerste Bitternis des Lebens schon jetzt zu kosten. Ohne daß es mir bewußt wurde, verzogen sich meine Mundwinkel zu einem trüben Lächeln, dessentwegen mein Vater mich oft getadelt hatte.

Der Gärtner räusperte sich laut, ich schrak zusammen und wachte aus meiner Abwesenheit auf.

»Eine Woche hast du noch«, sagte er, »der Vater hat geschrieben.«

Aus der Tasche holte er das zerknitterte Papier, die dünne Beamtenschrift war wie lauter feine, am Lineal gezogene Striche. Mit einem Male kam mir zum Bewußtsein, daß die Zeit, welche ich hier zubrachte, schneller verging, als ich je gedacht hatte. Schon diese Minute jetzt war unwiederbringlich, wo die Sonne schräg und abgedämpft durch das kleine Fenster einfiel, als wäre das rötliche Laub des wilden Weines draußen Pergament. Die Wachstuchdecke spiegelte das Licht matt wider, die Glasur des Steinguttellers war gesprungen, auf dem Rande gleißte der Reflex wie eine zischende weiße Flamme. Ich nahm mir vor, es nie zu vergessen, wie dieser Augenblick war.

»Karl«, fragte die Frau, »was steht noch in dem Brief, das ihn angeht?«

Er hielt das Papier nahe an die Augen, die sich nicht bewegten, die Stirn runzelte sich, das graue Haar stand borstig darüber, alles an ihm war von vielen toten Schichten zugedeckt und verriet keine Empfindungen. Es stand etwas von früher her zwischen ihm und meinem Vater. Deswegen staunte ich nicht, als die hornigen, breiten Hände, in deren Falten immer schwarze Erde saß, sich auseinanderspreizten, den Bogen zerknüllten und vom Tisch fortwischten.

Alma seufzte leise, stand auf und räumte das Geschirr zum Herd, ich erhob mich vorsichtig, ging auf den Zehenspitzen die paar Schritte zu meiner Tür und wollte mich hinausdrücken, als er mich zurückrief:

»Der Oberst will, daß die Gewächse unter Glas kommen!«

»Die Nächte sind schon zu kalt, das schadet ihnen«, fuhr die Frau fort.

Wir verließen die Stube zusammen. Die Sonne drängte sich in breiten Bahnen durch das Glasgehäuse. Der Onkel ging voraus, schwerfällig und mit den Füßen schleppend; der Rücken war gebeugt, die Arme hingen schlaff. Während er so von Fenster zu Fenster lief, jedesmal überspült vom grellen Licht und wieder verwischt im Schatten, kam er mir verbraucht, ausgemergelt und kraftlos vor. Innen saß etwas, das an ihm zehrte und ihn doch wieder anstachelte. Ich benannte es damals »das Böse« und wußte noch nicht, wie schwer es ist, jeglichen Mann zu durchschauen, der seine Seele von ängstlich behüteten Geheimnissen nährt.

Er hob mit Mühe eine Glaswand auf, die eingerosteten Scharniere kreischten. In den Sonnenbahnen wirbelten die Staubteile, Spinnennetze zerrissen und baumelten wirr, und ein Wehen von Grasgeruch und den Kirchhofsdünsten der Astern flog herein.

Als wir uns draußen an den schweren Kübeln zu schaffen machten, kam der Oberst von der Terrasse herüber. Ich sah die graue Litewka zwischen den Spalierwänden sich ruckweise näher schieben, dann hörte ich auch schon, wie der Stock taktmäßig in den Kies fuhr, und zuletzt quietschten die Gelenke der Prothese hinter mir. Während ich die Tragbalken unter die Haken am Kübel setzte, wußte ich, daß es zu schwer für mich sein würde. Das Blut schoß mir ins Gesicht, weil ich mich meiner Schwäche schämte, ehe sie erwiesen war.

»Na, Dimke«, sagte der Oberst mit seiner harten Stimme, »werdet ihr's schaffen, ihr beiden? Der Junge muß sich doch gut rausgefuttert haben?«

»Bei dem schlägt's nicht an«, gab der Gärtner mürrisch zurück, »da ist nichts aufzubessern, auch mit gutem Essen nicht.«

Ich bückte mich, biß die Zähne aufeinander und packte zu. Es war weiter nichts zu tun, als den schweren Kübel, über dessen Erde die verschlungenen Wurzeln sich wie Aderstränge verästelten, mit einem Ruck auf den niedrigen Wagen zu setzen, den ich herangeschoben hatte. Der Onkel nickte mir zu und hob an, das große Gewicht neigte sich auf meine Seite. Die riesigen, dicken Blätter mit ihrem polierten Grün und den roten, gekräuselten Rändern taten sich rauschend auf; am Grunde stand ein spitzer, gedrehter Trieb wie eine Lanze, die nach meinem Herzen zielte.

Der Oberst griff fluchend hin, er drängte mich beiseite, und ich hatte dieses widerliche Gemisch aus kaltem Zigarrenrauch, Schweiß und männlichen Bocksgeruch in der Nase. Es schien noch etwas anderes dabei zu sein, etwas Verfeinertes und Unbestimmbares, das er an sich trug, ein leiser Hauch, streng und wie nach Leder duftend, den ich noch bei keinem Manne bemerkt hatte.

»Verflucht noch mal«, knurrte er, »kannst du nicht aufpassen, du Lümmel? Willst bald ein Mann werden und machst gleich schlapp, kaum, daß du dich ein bißchen anstrengst. Hat keinen Murr in den Knochen, das, was jetzt groß wird. Was, Dimke, da waren wir andere Kerle in dem Alter?«

Er kriegte meinen Arm zu fassen, preßte den Muskel prüfend mit Daumen und Zeigefinger, während der Gärtner mich böse musterte. Ich bekam einen Klaps auf den Rücken und sollte den Kutscher holen. Im Gewächshaus, noch geblendet von der Sonne, rannte ich fast gegen Alma; sie stand hinter den zusammengerollten Schilfmatten, eingewickelt in ihre stumpfblaue große Schürze, die sie wochentags immer trug, und hatte allem zugesehen. Ihre nackten Arme lösten sich langsam vom Leibe, kamen mir entgegen und breiteten sich aus.

»Laß mich!« sagte ich ärgerlich, »ich muß schnell machen!«

»Du wirst dir noch Schaden tun!« warnte sie mich. Und dabei hob sie die Arme weiter, steckte sich im Nacken das Haar fest, welches die Farbe von Holzasche hatte. Ich sah das rötliche Büschel in der Achselhöhle, die sich öffnete, und die Frau kam mir fremd vor, nicht mehr mit mir verwandt. Auf dem kurzen Weg zum Stall hörte ich mit einem Male, wie es in meinen Ohren zu läuten anfing. Ich war ganz außer Atem, als ich dem Kutscher sagte, er möge kommen.

Er langte sich die graue Militärjacke vom Nagel und zog sie im Gehen an. Fast alle Männer im Dorfe trugen noch das Soldatenzeug, sonntags kamen sie damit zur Kirche. Nur mein Onkel zog die Montur nie mehr an, auch bei der Arbeit nicht. Der Waffenrock hing mit geputzten Knöpfen im Schrank, die roten Biesen waren nicht herausgetrennt, Feldwebeltressen säumten den Kragen und die Achselstücke mit ihrer verschnörkelten Regimentsnummer. Der Degen war hinter altem Gerümpel versteckt, in Seidenpapier von oben bis unten eingewikkelt, doch der blanke Messingadler des Korbes hatte die Umhüllung beiseite gedrängt. Ich sah ihn einmal mit blitzenden Fängen und scharfem Schnabel durch das Halbdunkel flattern, aber die Krone, welche er trug, war zu schwer und drückte ihn nieder. Am ersten Sonntag, als ich eben zwei, drei Tage hier war, hatte der Gärtner die Laken und Kissen von seinem Bett abgeräumt und aus der Matratze einen Karabiner hervorgeholt. Wir saßen dann lange im abgelegenen Gemüsegarten, wo die Tomaten an dürren Stauden reiften, und ich staunte, wie er das Schloß mit wenigen Griffen auseinandernahm, ölte und wieder zusammensetzte. Die Tomaten sahen blutig aus, nachdem er das Gewehrschloß hatte schnappen lassen, und er sagte mir, es seien mindestens hundert gewesen, zwei Drittel im Westen und die übrigen in Rußland, aber wenn er wieder losknallte, dieser Karabiner, der so gut eingeschossen war, dann würde es sicher hier in der Gegend sein.

Die beiden Männer standen da und rauchten Zigarren. Der Oberst hielt seine im Mundwinkel und sog langsam mit aufgeworfenen Lippen daran. Der Gärtner paffte unruhig und hatte schon die Spitze zerkaut.

»Heinrich!« kommandierte der Gutsherr. »Los! Anpacken!«

Sie hoben die Pflanze mit einem leichten Ruck an. Im Rasen blieb ein kreisrunder Fleck wie eine Narbe: vergilbte Grassträhnen, weißliche Wurzeln, zwischen denen fette Käferlarven lagen. Asseln und Würmer wimmelten herum, und rote Ameisen schleppten ihre Eier aus dem Bau. Ich bückte mich darüber und hätte mich am liebsten auf die Knie gelassen, um den Schrecken genau zu beobachten, der dort unten war, als das unvermutete Tageslicht diese kleinen Tiere plötzlich blendete.

Der Oberst hatte die Uhr aus der Weste gelangt, griff in die Brusttasche und holte ein Telegramm hervor, welches er aufmerksam las.

»In drei Stunden«, sagte er dem Kutscher, »wird der Wagen eingespannt. Du fährst zum Bahnhof. Meine Tochter kommt mit dem Abendzug.«

Heinrich schlug die Hacken zusammen.

»Der Junge kann ja den Tennisplatz in Ordnung bringen?« fragte der Oberst den Onkel. Er nickte, ich holte mir den

Rechen aus dem Schuppen und ging hinüber in den abgezäunten Teil des Parks, der hinter dem Herrenhaus lag und den ich sonst nicht betreten durfte.

Der verwahrloste Tennisplatz befand sich zwischen dichtem Strauchwerk, das schon viel Laub verloren hatte; mit zerrissenen Schnüren hing das verwitterte Netz schlaff zwischen den Pfählen. Ich flickte lange daran herum und stellte mir vor, wie das Fräulein, das ich noch nicht kannte, hier spielen würde. Die hochmütigen und häßlichen Töchter des Leschwitzer Barons waren da, unser Fräulein sah in ihrem hellen Kleid schön und zierlich aus. Ich mußte als Balljunge hin und her laufen, und wenn ich ihr die Bälle brachte, lächelte sie mir zu. Ich wußte, daß sie zuletzt mit mir allein würde spielen wollen...

Als ich, mit schmerzendem Rücken über den Kies gebückt, das Unkraut auszupfte: Melden, Disteln und Grasbüschel, hinkte der Oberst herbei. Ich arbeitete schneller und gab mir größere Mühe. Er bohrte hier und dort mit der Stockzwinge herum, murmelte etwas, das ich nicht verstehen konnte.

»Wird man denn hier auch spielen können?« fragte er plötzlich barsch.

»Es ist kein guter Platz«, gab ich zurück, »man müßte den Kies wegkehren.«

Ich hatte mich daran erinnert, wie in unserer Stadt die Tennisplätze aussahen, sauber und mit einer glatten Oberfläche, die jeden Tag gewalzt und besprengt wurde.

»Was sagst du?« fragte er mich abwesend.

»Man muß alles so herrichten, daß es wie poliert aussieht!«

»Früher ist hier oft gespielt worden...«, sagte er wie zu sich selbst. Es hörte sich an, als zerbiß und zerkaute er die Worte. Der Mund bewegte sich kaum, wenn er sprach; die poröse Haut war straff gespannt, das knochige Gesicht wirkte wie mumifiziert. Die struppige Bürste des Schnurrbarts hatte sonst die Oberlippe fast ganz bedeckt, heute schienen die Haare frisch gestutzt zu sein. Ich war dem Obersten selten begegnet, hatte ihn meistens nur von weitem gesehen, und es war mir immer so vorgekommen, als nähme er mich überhaupt nicht wahr, wenn ich ihn grüßte.

Wie er so neben mir stand und leicht gebückt in seiner verschossenen Litewka vor sich hinstarrte, hatte er in meinen Augen mit einem Male etwas Verehrungswürdiges. In einer heißen Welle von Zuneigung schoß mir das Blut zum Herzen, und wenn er jetzt das Unsinnigste von mir verlangt hätte, wenn er mich aufgefordert hätte, hinzugehen und zu stehlen oder jemanden, den ich nicht kannte, zu töten, so würde ich es bedingungslos und auf der Stelle ausgeführt haben, bloß um ihm zu zeigen, daß ich mehr vermochte, als er von mir hielt. An mir lag nicht viel, ich war überflüssig und bedeutungslos neben einem solchen wie ihm.

»Mach's gut!« Er klopfte mir auf die Schulter, wandte sich ab und hinkte weg. Als er schon bei den Spalierwänden war, drehte er sich noch einmal um:

»Wenn du beizeiten fertig wirst, kannst du mitfahren!«

Ich beeilte mich, kehrte den staubigen Kies mit dem Reisigbesen zusammen, daß die blanke Erde bloßlag, ebnete alles ein, schabte und kratzte. Als ich die Haufen von Unkraut und Steinen wegräumte und auf einer Schaufel an die Parkmauer trug, entdeckte ich hinten, unter den hohen, alten Linden, die Steinfiguren. Es waren sechs, und sie standen im Kreise um ein völlig verrottetes Rondell. Der graue rissige Sandstein, gesprenkelt vom Vogelkot, hatte Flecken von Flechten und Moos; die Kleider flatterten, die Armstümpfe reckten sich, und die entblößten Glieder waren verwittert von einem Sterben, das schon ungezählte Jahre dauerte. Lauter Frauen, Knie, die durch geraffte Gewänder stießen, Haare, die sich wanden wie Schlangen, volle, schwere Brüste, Hüften, von denen die Spangen und Rosetten abgebröckelt waren – und die Jüngste war hinter den anderen versteckt. Sie schien unbeachtet und zurückgedrängt, und doch beherrschte sie die übrigen, die gröber und gewöhnlicher blieben; ja, wenn man näher zusah, konnte man erkennen, daß sie es war, welche den Reigen, in dessen letztem Schritt sie alle einstmals erstarrt sein mußten, anführte. Denn sie war die leichteste und diejenige, die dort, wo der Stein vergebens sich bemühte, seine Natur zu überwinden, noch eine einzige kleine Bewegung ihren Gefährtinnen voraushatte, einem geheimen Dasein entgegen, das die anderen nicht ergriff. Mit abgedrehtem Körper lauschte sie auf eine Stimme, die ihr jetzt nicht mehr vernehmlich wurde. Sie war anscheinend vor Staunen, daß diese Stimme bis zu ihr drang, von einem leichten Schrecken gelähmt und versteint, der Kopf war nach oben gewandt und ganz undeutlich geworden. Mit einem Arm raffte sie das Kleid über die Brust, der andere war abgebrochen, oberhalb des Ellbogens verstümmelt. Ihre sanften und zaghaften Bewegungen hatte die Verwitterung nicht entstellen können – nur die obersten Schichten waren zunichte gemacht. Darunter kam die Traumgestalt zum Vorschein, sie glich einer Schlafwandlerin auf der schmalen Grenze zwischen Tod und Leben, weder ganz belebt und erschaffen noch jemals ganz gestorben.

Ich trat zurück, ging hin und her und betrachtete sie von allen Seiten. Von der Tochter des Obersten hatte ich gar keine Vorstellung, aber ich bildete mir ein, sie müßte dieser Figur ähneln, und da ich mir sagte, daß zum Empfange wenigstens an einer Stelle des Gutes Girlanden und Blumen angebracht sein sollten, begann ich das steinerne Mädchen zu bekränzen. Lange Efeuranken riß ich von den Stämmen, schlang sie um Hals und Schultern. Aus den Rabatten an der Schloßterrasse holte ich blasse Astern und feurige Dahlien. Hohe, vergilbte Zittergräser rupfte ich in ganzen Büscheln aus der Grasnarbe. Federn vom Eichelhäher fand ich mit ihrem schillernden Eisblau und Taubenfedern, deren stumpfes Grau sich mit einem leichten Hauch von Rosa vermischte.

Selbst die Erinnerung an das, was mir vorhin noch wichtig gewesen war, kam mir abhanden. In einer sonderbaren Erregung, die sich fortwährend steigerte, ordnete ich auf dem glatten Stein diesen Schmuck an, und je mehr das Hinfällige der Figur versteckt wurde, desto deutlicher trat ein Begehren nach Wärme und Lebendigkeit an ihr zum Vorschein. Es war nicht sicher, ob die Hand, welche das Gewand über der Brust festhielt, sie nicht eher vor mir entblößen als verdecken wollte. Überhaupt hatte alles an diesem Mädchen mit einem Male etwas von einer Zärtlichkeit und einem Verlangen an sich, das ich ebenso fürchtete, wie ich es mir ersehnte. Als ich bei meinen Hantierungen mich bückte und mit der Stirn das runde, vom Regen geglättete Knie berührte, schien es nachgiebig und von jener Kühle zu sein, welche die Haut hat, wenn sie lange der Luft ausgesetzt gewesen ist. Ich fuhr zurück, ich mußte mich zusammennehmen. Nichts an der Figur hatte sich bewegt. Alles war ruhig im Park, und vom Hofe herüber kam das Pferdegewieher wie das höhnische Gelächter von jemandem, der mich während der ganzen Zeit beobachtet hatte.

Die Pferde waren eingeschirrt, Heinrich kletterte auf den Bock, und noch ehe er nach der Peitsche gegriffen hatte, zog das Gespann vor meinen Augen die Kutsche aus dem Hof. Ich rannte hinterher, sah wie Alma mir winkte, mit etwas Weißem in der Hand, einem Zettel oder einem Brief, den sie mir mitgeben wollte; vielleicht war es eine Bestellung für Hartmann, der in seinem Kramladen nicht alles, was die Frauen brauchten, auf Vorrat hielt und manches aus Nilbau besorgen mußte. Aber ich kümmerte mich nicht um die Gärtnersfrau, setzte durch die Einfahrt, schlug den Quersteig ein, an den Zäunen hin, durch den Grasgarten und auf den Rainen hinter den Gehöften. Die Straße machte einen Bogen, und ich hörte, von den Giebeln und Scheunendächern zurückgeworfen, das Echo der Räder und Hufe. Knapp, ehe das Gefährt aus dem Dorfeingang rollte, holte ich es ein, trabte eine kleine Strecke in den Staubwolken nebenher, bevor Heinrich die Pferde zum Stehen brachte. Um mich zu besänftigen, reichte er mir gleich die Zügel und Peitsche.

»Sachte«, sagte er grinsend, »sachte und nicht so happig!«

In einem Nu hatten wir die flache Erhebung, welche sich zwischen dem Dorf und der Stadt ausstreckte, erreicht. Die Gäule griffen gut aus, auf dem blanken Fell lag das Abendlicht in kupfrigen, gleitenden Flecken. Wir schaukelten den Sommerweg entlang und ließen breite Staubfahnen zurück. Mit ihren Ästen griffen die Alleebäume nach uns, und wenn sie uns trafen, flatterten die ersten welken Blätter aus den Kronen. Rechts stand die Sonne über den Wäldern, und die Spiegel der Fischteiche gleißten in langen, waagerechten Blitzen auf der Wiesenfläche um das Vorwerk und die Wassermühle. Die Feldscheunen schienen in Brand zu stehen, entzündet von den starken Strahlenbündeln, die aus dem Himmel schossen.

Nach Osten zu war das Land völlig öde und wie verlassen. An der jenseitigen Grenze der breiten Bruchniederung, die sich quer durch die Landschaft zog, streckte sich der dunkle Wasserwald wie eine lange, geschwärzte Mauer aus, auf der die Färbung der vergilbenden Blätter gleich einem dünnen Anstrich saß. Weit hinten waren die Türme von Nilbau ziegelrot und leuchtend zu erkennen. Die Luft fing an dämmrig zu werden, fast schwül wie vor einem Gewitter. Zwischendurch lagen kühle Streifen, als wäre den ganzen Tag hier Schatten gewesen.

Von der gleichmäßigen Bewegung der Pferde, vom gedämpften Hufschlag und vom knarrenden Mahlen der Räder im Staub wurde ich schläfrig. Heinrich döste neben mir, gab den

Stößen und den Rucken des Fahrens immer mit dem ganzen Oberkörper nach. Ich hätte ihn eigentlich manches fragen wollen, denn ich wußte weder den Namen der Ankommenden noch ihr Alter, noch sonst irgend etwas. Aber ich ließ es bleiben und träumte lieber und machte mir ein Bild nach meinen eigenen Wünschen. Manchmal flog der Altweibersommer mir in die Stirn und über die Augen. Zuerst hatte ich ihn noch weggewischt, aber jetzt war mir bei den leisen Berührungen, als hätte ich geflochtenes Haar aufgelöst, und es wehte mir ins Gesicht.

Während wir über die erste Bohlenbrücke rollten, riß mir der Kutscher die Zügel aus der Hand. Ich hatte weder etwas gehört noch gesehen, aber Heinrich war sofort durch das erste Erschrecken der Pferde, das sie aus ihrem Tritt brachte, aufgeweckt worden. Das Motorrad schoß auf uns zu, überschüttete uns mit seinem Knattern und fiel wie ein Stein, der gegen uns geschleudert worden war, nach hinten.

»Schieber, verfluchter!« schimpfte Heinrich, »so ein dreckiger Schubiack mit seiner stinkenden Karre! Fällt die Leute an wie ein Mörder auf offener Straße!«

Ich konnte für einen Augenblick Hartmanns Gesicht erkennen, er grinste und winkte uns sogar. Hinten aufs Rad waren Kisten geschnallt, er hatte sich neue Vorräte besorgt.

Wir fuhren durch den Wasserwald, immer wieder das hohle Donnern der Brücken unter uns, die Pferde hatten sich bald beruhigt. Alles sah trocken aus, vom Herbst wie ein Mehltau befallen; der Himmel mußte sich wohl in seiner höchsten Höhe aufgelöst haben, und nun ließ er in einem Aschenregen das Sommerblau zur Erde fallen. Selbst die Sumpfpflanzen, welche mit ihren fleischigen Blättern als Pfeile durch den Moder stießen, waren bereits angegilbt und geknickt.

»Hätt'st dir auch was Besseres anziehen können«, tadelte mich der Kutscher, »kommst an wie'n Strolch!«

Zum ersten Male wurde mir bewußt, daß meine Kleidung schäbig und abgerissen war. Ich kauerte mich zusammen, deckte die Arme über die Hosenbeine und hätte am liebsten das Spritzleder abgeknöpft und hochgezogen, um mich darunter zu verstecken. Alles an mir war noch vom Kriege her dünnfädig, zerschlissen und abgenützt. Im stillen hatte ich Vorwürfe genug gegen meine Mutter, daß sie zuwenig Sorgen sich um mich gemacht hatte, und wenn sie noch am Leben gewesen wäre, würde ich ihr einen ärgerlichen Brief geschrieben haben. Eigentlich waren es bloß Lumpen, die ich auf dem Leibe trug, immer wieder gebügelt, geflickt und gesäubert; es erniedrigte mich, und es machte mich so unscheinbar, daß ich nicht den geringsten Stolz aufbringen konnte.

Heinrich holte die unförmige Silberuhr aus der Tasche, an der Uhrkette aus geflochtenem Haar baumelte der Schlüssel. Der Kutscher sah nach der Zeit, aber, um sich zu vergewissern, daß sie nicht stillstand, hielt er die Uhr an sein Ohr, beugte sich ihr mit schiefem Kopfe entgegen, kniff die Augen zusammen, verzog den Mund, und dabei sah er aus wie jemand, der soeben ein Geheimnis erfährt, das seine Neugierde enttäuscht. Ich mußte lachen.

»Na wennschon«, sagte er, »gehen tut sie immer noch!«

Wir hatten den Wald bereits hinter uns gelassen. Nilbau war so weit entfernt, daß man die großen Reklame-Inschriften auf den fensterlosen Giebeln der Vorstadt-Scheunen noch nicht entziffern konnte. Die Station lag auf freiem Felde, wir bogen in die Zufahrtsallee ein, welche von den schweren Autos der Besatzungstruppen derart ausgefahren war, daß der Wagen schwankte und holperte. Vor dem Bahnhofsgebäude auf der Rampe lungerten die fremden Soldaten in ihren bräunlichen Uniformen umher, sie wandten alle die Köpfe, als wir näher kamen, aber es war wohl nichts Besonderes an uns, denn sie dösten gleich weiter und räkelten sich faul auf dem Bohlenbelag.

Heinrich kutschierte in voller Karriere einen weiten Bogen über den Vorplatz, so daß eine Welle von Lärm an den Wänden zurückprallte. Wir wendeten und fuhren dicht vor die Stufen der niedrigen Treppe. Es war noch Zeit, wir mußten warten, und ich wäre am liebsten abgestiegen, um mir die beiden großen Lastautos anzusehen, welche neben den Abstellgleisen standen. Aber der Kutscher machte ein abweisendes und bösartiges Gesicht.

»Das sind keine Soldaten«, schimpfte er leise, »ein Turnverein ist das, die spielen den ganzen Tag Fußball!«

Er stieg ab und gab mir die Zügel. Als er eben die Treppen hochgehen wollte, wurde die Tür von innen geöffnet. Lachend kam der Sergeant Smeddy zum Vorschein, welchen ich in unserem Dorf schon zwei- oder dreimal gesehen hatte. Er trug eine neue, engsitzende Uniform, die an seinem mächtigen

Körper Schultern und Brust herauspreßte; das gute Lederzeug glänzte, und das Koppel war so fest geschnallt, daß es seine Hüften genügend eng machte. Der Soldat, einer von jenen brutalen Männern, deren Gutmütigkeit jäh in einen sinnlosen Zorn umschlagen kann, der nichts verschont, und von dem man schon in den Tanzsälen und Wirtsstuben der Umgegend Beispiele genug erlebt hatte, schob sich Arm in Arm mit Smorczak, dem Gastwirt unseres Dorfes, durch die Tür. Smeddy schien sich des kleinen und schwächlichen Begleiters nur zu seinem eigenen Spaße bemächtigt zu haben, und Smorczak mußte damit rechnen, daß er schon in der nächsten Minute den Unwillen seines launenhaften Freundes erregen konnte. Aber der Gastwirt, wendig und schlau wie ein Wiesel, täuschte sich keineswegs über die Unsicherheit, in der er sich befand, er redete dem Sergeanten zum Munde, fließend in der fremden Sprache, er lobte ihn, wo ihm Lob am Platze zu sein schien, und er bewunderte den kräftigen Smeddy nicht zu sparsam und nicht zu aufdringlich, so, wie man einen Sohn bewundert, dessen Jugend man heimlich schon längst zu hassen begonnen hat. Der Gastwirt wollte Heinrich gleich ansprechen; aber der wandte sich ab, kam zum Wagen zurück, machte sich an den Riemen des Geschirrs zu schaffen, so lange, bis die beiden ein Stück auf die Autos zu gegangen waren.

»Paß gut auf!« warnte mich Heinrich, als könnte mich jemand mitsamt dem Fuhrwerk stehlen. Dann war er mit zwei, drei Schritten die Stufen hoch im Stationsgebäude und schlug die Tür ärgerlich hinter sich zu, daß die Scheiben klirrten.

Smorczak und der Sergeant gingen auf und ab. Sie sprachen fortwährend miteinander, der Soldat schlug sich beim Gehen eine Gerte gegen die Gamaschen, er bemühte sich, in seinen Manieren die Offiziere nachzuahmen. Die Mütze war so weit zurückgeschoben, daß der schwarze, sauber gekämmte Scheitel sichtbar wurde. Mitunter lachte er dröhnend, einmal packte er den Gastwirt an der Schulter und schüttelte ihn, weil er sich vor Lachen nicht zu helfen wußte. Die Soldaten auf der Rampe blieben faul liegen und kümmerten sich um nichts.

Es war kurz vor Sonnenuntergang. Die Schienen liefen auf das gewaltige, stille Feuer, das den Horizont überschwemmte, zu und schmolzen ihm entgegen. Allmählich wurde alles von einer großen Ruhe zugedeckt. Die Pferde rührten sich nicht mehr, nur ihr Fell zuckte hier und dort. Die Soldaten schienen zu schlafen. Smorczak stand mit dem Sergeanten hinten bei den Sträuchern, beide flüsterten und regten sich nicht vor Heimlichkeiten, ihre Schatten wuchsen und rückten auf dem Kopfpflaster fast zusehends vor. Es lähmte mich beinahe, ich hielt den Atem an; vielleicht dauerte alles nur eine Sekunde, aber die Erwartung, welche mich bedrängte, hatte sich so zusammengetan, daß sie mir die Brust einschnürte. Es schmerzte mich, daß alles noch so ungewiß war, mir so fern blieb und mich überging. Einmal mußte es doch nahekommen, ich wußte nicht, was ich meinte, aber es war etwas Großes und Bedrohliches; man konnte ihm alle Namen geben, welche doch nicht ganz ausreichen: Schicksal... Liebe... Leidenschaft...

Von der Stadt her kam ein Radfahrer, das Klingeln riß alles entzwei. Gleich darauf rumpelte der Hotelomnibus hinter einem Gespann magerer Gäule, die wie große Ziegen aussahen, über die Zufahrt. Als hätten diese Geräusche das übrige ausgelöst, ging das Läutewerk los, die Drähte kreischten in den Führungen, das Signal klappte hoch, und ein Stück weit draußen senkten sich die beiden Balken der Schranke. In der Ferne schob sich der Zug um die Kurve, der Rauch senkte sich in breiten Schleiern auf die Felder. Als die Bremsen schleiften und der Dampf zischte, wurde das Gespann unruhig, und ich wand mir die Zügel um die Faust.

Es dauerte noch lange, bevor sie kamen. Die Soldaten waren inzwischen mißmutig aufgestanden und schlenderten neugierig nach der Eingangstür, Smorczak trennte sich von dem Sergeanten und lief eilfertig um die Ecke des Stationsgebäudes. Ehe er verschwand, stutzte er und lüftete sehr höflich die Tellermütze. Es war ein junges Mädchen, das er gegrüßt hatte, sie trug einen kleinen, glänzenden Koffer, den sie hin und her schlenkerte. Ihr graues Kleid machte sie wohl älter, als sie war, deswegen näherte sich ihr, während er sich selbstgefällig in den Hüften wiegte, der Sergeant. Er legte die Hand an die Mütze, verzog lächelnd den Mund, daß die starken weißen Zähne sichtbar wurden, und erbot sich, den Koffer abzunehmen. Den Arm hatte er schon nach dem Griff ausgestreckt, aber das Mädchen riß den Koffer auf die andere Seite und wandte sich weiter, so sicher und unbeirrbar, daß Smeddy verlegen beiseite trat. Die Soldaten, welche alles mit angesehen hatte, grinsten vor Schadenfreude und schlugen sich auf die Schenkel.

Das Mädchen kam auf unseren Wagen zu, ich hielt die Pferde

immer noch krampfhaft fest, starrte geradeaus und wagte nicht, als sie in der Nähe sein mußte, ihr entgegenzusehen. Der Wagen federte nach der Seite, jemand war aufgestiegen, ich spürte, wie mir das Blut ins Gesicht schoß.

»Kannst du mir nicht helfen, du Esel?« fuhr mich das Mädchen an und riß mir die Zügel weg.

Ich sah ihr von Zorn und Stolz entstelltes Gesicht, auf der weißen Haut saßen Sommersprossen, wenige, über die Nasenflügel und die Backen verteilt. Eine senkrechte Falte, eingeritzt in die Stirn, graue, fast harte Augen und aufgeworfene, breite Lippen, die sich in geschwungenen Linien wölbten. Das braune Haar zeigte einen Schimmer von Rot, es war unter der Krempe des flachen Hutes an den Schläfen locker herausgefallen.

Meinen Platz mußte ich sofort verlassen, Heinrich war schon damit beschäftigt, das Gepäck zu verstauen, und ich setzte mich in den Fond. Mit hartem Ruck zogen die ungeduldigen Pferde an, die Stationsgebäude drehten sich weg, der Zug rangierte hinten seine Güterwagen aus. Die Alleebäume der Zufahrt eilten gleichsam auf uns zu. Noch ehe wir die Chaussee erreichten, überholte uns Smorczak mit seinem Fahrrade. Er grüßte unterwürfig und bescheiden, Heinrich gab sich Mühe, es nicht zu bemerken.

Kurz nachdem die Sonne untergegangen war, lief es über den ganzen Westhimmel wie ein leichtes Beben. Das Licht ballte sich am Horizont hinter dem Walde zusammen; gleich einem riesigen Gewicht war das feurige Tagesgestirn auf die andere Seite der Erde gerollt und hatte alle Helligkeit hinter sich hergezogen. Langsam ließ die Kraft des Absinkens nach, und während es unten dunkler wurde, hob sich mit starken Färbungen bis in die Mitte des Firmamentes die Abendröte. Ein leichter Anflug von Wolken, der in langen Strähnen auseinandergeweht war, tränkte sich nacheinander mit Gelb und Purpur. Es war so, als hätte diese Seite des Himmels sich wie ein Fächer entfaltet, der, kaum daß er geöffnet worden war und alle seine Blumen und bunten Ansichten gezeigt hatte, rasch zusammengeknittert wurde.

Ich saß zurückgelehnt auf der Polsterung, schloß die Augen, machte sie blinzelnd wieder auf, bis mich das Leuchten blendete, und überließ mich meinen Träumen, daß die Wirklichkeit ganz und gar verging. Das Mädchen, welches oben kutschierte, hatte sich verwandelt und ähnelte jener bekränzten Steinfigur im Park. Nur für die Reise, um nicht erkannt zu werden, war sie in dieses unscheinbare Grau verkleidet. Aber wenn wir angekommen sind, muß sie es von sich streifen, und dann wird sie, aus sich selbst hervortretend, eine neue, unerwartete Gestalt annehmen – wie jene Daphne, von der ich gelesen hatte, die, noch ehe sie von dem gierigen Gotte verfolgt wurde, den verborgenen Keim in sich trug, aus dem her ihre Glieder sich in Äste und ihre Haare sich in die Blätter des Baums umformten, als es an der Zeit war. Wenn wir angekommen sind, wird man mich erst erkennen, ich werde mein jetziges Gesicht gleich einer Larve abheben, und darunter wird ein anderes sein, das ich selbst noch nicht erblickt habe, weil ich nicht den Mut fand, es anzusehen...

Als der Wagen unversehens anhielt, fuhr ich auf. Heinrich, der die Laternen ansteckte, wollte die Decken haben, weil es kühl geworden war. Ich fand sie nicht, er kam mürrisch zu mir und zog sie unter den Koffern hervor. Oben drehte sich die Tochter des Obersten ungeduldig nach uns um.

»Kannst zu mir kommen!« bot sie mir geringschätzig an, als spräche sie zu einem Dorfjungen.

Ich nahm die Decken, Heinrich ließ sich auf meinen Platz fallen. Indes ich mich auf die Radnabe schwang, machte sie die Zügel locker und trieb die Pferde an, sie gehorchten sofort, und ich wäre beinahe rücklings gefallen. Ein kleines, böses Lächeln war im Gesicht des Mädchens, aber ich konnte mich auch getäuscht haben.

»Deck mich zu!« sagte sie und hob die Arme mit der Peitsche und den Zügeln. Ich beugte mich nach der Seite, breitete die Decken aus, wagte nicht, sie festzustopfen. Das Mädchen hatte einen feinen Duft an sich, denselben, welchen der Oberst in seinen Kleidern trug.

Der Wagen holperte und schlug, ich saß auf der äußersten Ecke des Kutschbocks, vorn öffnete sich der dämmrige Wasserwald. Wir kamen ins Freie, der Himmel war wie tot, nur ein breiter, leuchtender Streifen von Rot und Gelb gab erdiges, warmes Licht, und darauf senkte sich die blaue Last der Nacht. Als ich nach der Seite blickte, waren Stirn und Wangen des Mädchens von einer goldenen Haut bedeckt, die aus diesem letzten, samtigen Schimmer gemacht war. Sie sah mich an, ich hielt ihr stand; die Augen hatten sich verdunkelt, der volle und zarte Mund war in einer unverständlichen Bitternis abwärts gedehnt, welche um viele Jahre zu früh diesen Lippen einen Zug von Müdigkeit und Wissen gab. Ich wandte mich rasch weg, Heinrich schlief hinten mit offenem Munde, der Kragen hatte sich gelockert, die Krawatte war aus der Öse gesprungen und saß unterm Kinn. Das Mädchen drehte sich um, hielt die Peitsche so weit zurück, daß die Schnur über sein Gesicht hing und ihn kitzelte. Er schlug mit der Hand danach, tapsig und schläfrig, und wir mußten beide zugleich lachen.

Am liebsten hätte ich dieses Gelächter wieder zurückgenommen, denn es bedeutete schon zuviel, ein verfrühtes Einverständnis, bei dem ich mich ihrem Hochmut preisgab. Das Mädchen reichte mir Zügel und Peitsche, die Pferde trabten ruhig weiter, die niedrige Bodenwelle hinauf; und die Tochter des Obersten wickelte, ohne daß ich einen Grund finden konnte, ihr das zu verwehren, uns beide eng in die Decken ein. Als wir den Rücken der Steigung erreicht hatten, lag in der flachen Mulde das Dorf; die schwarzen Massen der Baumkronen betteten die Gebäude ein, in wenigen Fenstern glimmte der rötliche Lampenschein.

»Kaltwasser!« sagte ich und wies mit der Peitsche nach vorn.

Sie hörte mich nicht, unbeweglich und abwesend saß sie neben mir. Unter der Decke, in der Wärme, welche mich bis zu den Hüften einhüllte, spürte ich ein leichtes Zittern an mein Knie stoßen. Aber es konnte auch sein, daß die Erschütterungen des Wagens, der bereits über die Pflasterung rollte, diese Bewegung hervorrief.

Die Pferde fanden ihren Weg von selbst die holprige Straße hinauf. Hartmanns Laden warf mit seinen Karbidlampen eine breite bläuliche Barriere von Helligkeit übers Pflaster. Aus dem Schatten wurde, indem wir vorüberfuhren, eine Frau vor der Ladentür gleichsam angespült; wie eine große dunkle Brandung spie der Abend sie aus. Ich glaubte Alma in ihr zu erkennen, aber diese hier hatte so andere, widerstandslose und nachgiebige Bewegungen, daß ich mich getäuscht haben mußte. Die lange Parkmauer schüttete schon den Lärm, den wir machten, zurück. Ich mußte aufpassen, daß wir gut durch die Einfahrt kamen.

Der Gutshof war vollgestellt mit den ausgerichteten Reihen der Arbeitswagen und Ackergerätschaften. Als wir einfuhren, ging die schwere Flügeltür des Schlosses auseinander, die Wirtschafterin trat auf die Schwelle. An der richtigen Stelle vor der Freitreppe hielt ich den Wagen an, das Mädchen neben mir rührte sich zuerst nicht. Heinrich machte seine Verschlafenheit dadurch gut, daß er alles Gepäck auf einmal auslud und ins Haus schleppte. Dann half ich der Obersten-Tochter herunter.

»Cornelia! Mein Kind!« sagte die Wirtschafterin und versuchte, sie in die Arme zu schließen. »Mein liebes Kind, es ist gut, daß du da bist!«

Innen, im mattbeleuchteten Flur, auf der höchsten Stufe des Aufgangs, stand der Oberst. Das Mädchen ging ihm müde und zögernd entgegen. Er hielt seinen Stock mit beiden Händen fest und beugte sich ein wenig nach ihr vor, zurückhaltend, von Erwartungen gepeinigt, in denen er am liebsten enttäuscht werden wollte.

Ich kam mir überflüssig vor und ging weg. In der Gärtnerwohnung war Licht, mein Onkel saß am Tisch bei der Petroleumlampe und schrieb Zahlen in sein Rechnungsbuch. Ich fand mein Abendbrot zurechtgestellt, setzte mich abseits und aß.

»Wir haben das junge Fräulein abgeholt!« sagte ich.

»Wenn sie so ist wie ihre Mutter«, gab der Gärtner zurück, »wird der Oberst wenig Freude an ihr haben.«

Er sah nach der Uhr an der Wand, schrieb weiter, sah wieder nach der Uhr. Ich wollte ihn fragen, wo Alma wäre, Hartmanns Laden fiel mir ein, aber ich wußte nicht, wie ich es anstellen könnte, die Rede darauf zu bringen.

»Solche Sonnenuntergänge«, behauptete er plötzlich und starrte mich an, »wie wir sie jetzt immer haben, die bedeuten nichts Gutes, verstehst du! Der Himmel trieft von Blut, es wird also vergossen werden.«

Mit einer heftigen Bewegung sprang er auf, nahm die Mütze vom Nagel und verließ die Stube. Aus dem langen Gewächshaus schallte das Geräusch seiner schlurfenden Schritte und seines unverständlichen Gemurmels zurück durch den Türspalt. Eine grüne, durchsichtige Fliege schwirrte um die Lampe und ließ sich auf der Glocke aus Milchglas nieder. Heinrich führte die Pferde über den Hof und schob den Wagen in die Remise. Sonst geschah nichts mehr – und doch war meine Erwartung größer als je, ich fieberte vor Ungeduld, ich wollte das, was kommen mußte, beschleunigen. Es hatte gleichsam seine Zeichen schon an die Wand geschrieben und war also unabwendbar.

Der milde Lampenschein machte mich benommen, die Stille deckte meine Gedanken zu; ich spürte fremde und dunkle Empfindungen. Das Blut schwemmte Ströme von Zärtlichkeit in meine Handflächen; der Atem löste innen große Wolken eines Gefühls aus, welches mit seiner betäubenden Süße mich langsam einschläferte.

Als die Diele knarrte, wachte ich auf. Alma stand im Zimmer und sah mich an, ihre Augen glänzten; aus dem Haar hatte sich eine Strähne gelöst und fiel in die Stirn; die Brust ging auf und ab von der Hast, in der die Gärtnersfrau nach Hause geeilt war.

»Ist es schön, das Fräulein?« fragte sie mich. »Hast du dich etwa schon verliebt, du Träumer?«

Sie trat nahe an meinen Stuhl, der volle, duftende Arm kam aus dem Kleide, die Haut spannte sich von dem Leben, das unter ihr pulsierte. Ich blieb sitzen, erstaunt und nachgiebig, sie legte die Hand auf meinen Kopf, die Finger waren wohl rauh von der Arbeit, aber sie fuhren leicht und tastend durch mein Haar.

»Geh schlafen!« sagte Alma. »Träumen ist das beste!«

Sie ging mir in die Kammer voraus, trug die Lampe, stellte sie auf den Ziegelfußboden. Ich begann mich zu entkleiden, blieb dann aber zögernd stehen und wartete darauf, daß sie mich allein lassen würde. Sie hatte den Strohsack, auf welchem ich schlief, glattgestrichen und das Kissen locker geschüttelt. Als sie sich wieder aufrichtete, trat ich ungeschickt beiseite, meine Hand streifte ihren Arm. Sie hielt mich fest, so daß ich die Wärme ihres Leibes zu spüren bekam und ihren Herzschlag, der an meine Brust klopfte. Die vollen Lippen öffneten sich leicht, alles bebte noch an ihr von einer Erregung, die eine seltsame Ursache haben mußte und vorhin erst unterdrückt worden war. Alma küßte mich auf die Stirn, dann wandte sie sich ab, nahm die Lampe und ließ mich im Dunkeln.

Lange Zeit lag ich wach, und ich hörte später, wie mein Onkel kam, aber es fiel draußen kein Wort, und kein Laut wurde mehr vernehmlich. Alles blieb beängstigend still.

Feindseligkeiten von Anbeginn

Der Sonntag hatte bereits in der Frühe überall seine Langeweile hingebreitet. Als ich unterwegs zur Kirche war, traf ich schon niemanden mehr auf der Straße; ich wäre ohnehin zu spät ins Hochamt gekommen, deshalb gab ich mir keine Mühe, schneller zu gehen. Die Einfahrten der Höfe waren verschlossen; jemand, der bereits in der Frühmesse gebetet hatte, saß auf der Bank im Vorgarten und blickte mir mißgünstig entgegen. Der Kirchsteig lag voll mit welken Blättern, die sich raschelnd unter meinen Schuhen knüllten.

Es fiel mir ein, daß mein Onkel, in seinen schnell vorübergehenden Anwandlungen von Redseligkeit, mir einmal erzählt hatte, er sei schon seit vielen Jahren nicht mehr »dort« gewesen, und er meinte die Kirche damit. »Es ist eine Feindschaft zwischen Gott und den Menschen«, hatte er gesagt, »und wir machen's uns bloß so vor, als wäre alles noch wie früher. Aber einmal, da werden wir es schon merken, daß er sich von uns nicht nasführen läßt. Da hilft dir das ganze Getue überhaupt nichts.«

Durch die enge Totenpforte betrat ich den Kirchhof. Die vergessenen, eingesunkenen Gräber bildeten hier hinten an der Mauer nur noch niedrige Buckel, nicht höher als Maulwurfshügel. Auf den Steinen der Verstorbenen, die sich ein langwährendes Andenken hatten sichern wollen, waren die Buchstaben von kleinen, grauen Flechtenpolstern zugewachsen. Nicht einmal der Name hatte der Vergänglichkeit standhalten können.

Die Kirche dröhnte; als säße innen eine riesige Hummel, welche gegen die Fenster drängte, so war die Orgel anzuhören. Zwischendurch setzte das Summen aus; dann vernahm man aus sehr weiter Ferne die breite, zitternde Stimme des Pfarrers anschwellen und vergehen, flehentlich nach den Antworten rufen, welche die Gemeinde ihm jedesmal einen Augenblick zu verweigern schien, ehe sie sich besann und verworren einsetzte. Ich lief zwischen den Grabreihen umher, las gedankenlos die

Namen und Daten ab, mit denen die Lebensläufe bezeichnet worden waren. Manche dieser Namen hatten einen Nachklang von Schicksal, wenn ich sie leise aussprach, andere waren unverständlich und mit der Zeit hingeschieden. Niemand mehr wurde heute so genannt.

An der Mauer, in der äußersten Ecke, stand die Gruftkapelle der Familie unseres Obersten. Zwei Stufen über dem Boden lag die Plattform aus Sandsteinquadern, unter der die Särge ruhten, abgesondert von jeglicher Verwesung, welche die Erde so fett machte, daß die Bäume und Sträucher hochschossen. Ich setzte mich auf den flachen Grabhügel eines Mädchens, das vor mehr als hundert Jahren jung gestorben war und Christiane hieß, in wilden Rosenschößlingen und langen Grashalmen war sie zum Tageslicht zurückgekehrt. Die dort drinnen in der Gruft verlangte es nicht nach oben, für sie galten andere Gesetze; die vergoldeten Engel an der Wand hielten eine schwarze Tafel, auf der die lange Reihe der blinkenden Zeilen niemanden mehr in seiner Vereinzelung zurückließ. Selbst der Oberst war auf dieser Tafel schon verzeichnet und den Abgeschiedenen zugeordnet, aber darunter blieb ein freier Raum, aufgerauht in der polierten Fläche: er hatte den Namen austilgen lassen, der unwürdig geworden war, zwischen den anderen zu stehen. Auch die Tochter war ausgelassen, und so wartete der Gutsherr allein am Ende der langen Folge wie einer, dessen Leben verpfuscht ist und der sich an die übrigen lehnen muß, um nicht verlorenzugehen.

Die abgeblühten Stauden waren von Spinnen zugewebt; rote Hagebutten saßen wie Perlen, welche der Sommer aufgereiht und vergessen hatte, zwischen den dornigen Ranken. Auf den welken, pergamentenen Ahornblättern waren die schwarzen Fingerabdrücke des Septembers verteilt, und die Korallenbündel der Ebereschen hingen leuchtend in den Baumkronen. Ringsum befand sich ein Überfluß an Leben, an zähem, stillem Wachstum, das, während es oben abwelkte und die Säfte zu den Wurzeln zurückzog, sich schon die Stellen ausgewählt hatte, an denen es im Frühjahr jung und grün hervorbrechen würde. Im Boden lagen bereits die Schmetterlingspuppen, die Engerlinge, die Käferlarven und geduldeten sich, bis die Monate um waren. Etwas tiefer warteten alle, die über die Äcker gegangen waren, die gesät und geerntet hatten, die geliebt oder gehaßt worden waren oder denen man zu ihren Lebzeiten keine

Beachtung und kein Gefühl zugewandt hatte. Und auch diese, welche man heute noch nicht von ihrer früheren Gestalt zu trennen vermochte, hatten sich doch darin nur wie in einer Verpuppung aufgehalten. Sie verließen die Kleider, sie trennten sich von Bett, Haus und Eigentum, weil das alles zuwenig war und sie nicht zu halten vermochte, als das Leben lange genug seine widerspenstigen Kräfte in ihnen gegeneinandergesetzt und abgeschwächt hatte. Die Erde nahm alles zurück, was sie an ihnen genährt und aufgebaut hatte, sie war unersättlich, und deswegen sehnten sich manche von ihnen danach, sich von der Erde wieder zu lösen.

Ich wußte nicht, daß es Lebensläufe gab, die sich nicht vollendet hatten; sie brachen zu früh ab, und der Tod überraschte diejenigen, welche ihre Rechnungen nicht begleichen wollten, wie jemand, in dessen Schuld sie am tiefsten standen. Noch ehe sie dazu kommen konnten, die verworrenen Verpflichtungen zu ordnen, forderte er sie ein, sie mußten weggehen, und ihre Hinterlassenschaft bestand aus lauter Bruchstükken von Schicksal, aus Ungesühntem, Angefangenem, aus Verzweiflung und Hoffnung. Längst nachdem sie gestorben waren, wirkte sich das, was sie als unsichtbares Erbe den Lebenden vermacht hatten, noch aus. Sie kehrten in den Träumen wieder, ihr Haß hörte nicht auf, sie mischten sich in die Furcht und in die Beängstigungen der Schwachen und Schutzlosen. Zeichen schrieben sie an die Wand, Unheil beschworen sie herauf, und wenn jemand in der Ferne hinschied, so meldeten sie seinen Angehörigen in der Minute, wo jener seinen letzten Atemzug tat, das Sterben: sie klopften ans Fenster, hielten die Uhr an, rissen ein Bild von der Wand. Tagsüber waren sie an ihre Gräber gebannt, ich sah sie in den Baumkronen sitzen, sie versteckten sich unter den Sträuchern und spähten im grellen Vormittagslicht hinter den Steinplatten hervor und durch die Gitterzäune, lauter blasse, wolkige Schatten, neidisch auf die warmen, pulsierenden Adern, auf die Atemzüge und auf jede Freiheit zu einer Tat oder zu einer Unterlassung. Das Mädchen unten, über dessen Brust ich wie ein Alp von Fleisch und Blut hockte, bot mir lächelnd alle Sünden an, die sie nie begangen hatte...

Ich erhob mich taumelnd, von der Kirche her klingelten silbern und kaum vernehmlich die Ministranten; gleich darauf setzte die Turmglocke ein und tat einige hastende Schläge, die

Wandlung war vorüber. Ich öffnete die Tür der Treppe, welche zur Empore führte. Vorsichtig stieg ich die wurmstichigen Holzstufen hoch, die verstaubten Turmfenster erzeugten eine Dämmerung, in der ich fehltrat; es dröhnte laut, und ich blieb wie ertappt stehen. Aber da brauste die Orgel los, und die Jungens, welche die Bälge traten, fuhren mit ihren fauchenden Holztritten auf und nieder. Ohne daß mich jemand bemerkt hatte, trat ich aus dem Treppenhals auf die Galerie.

In bläulichen Nebelstreifen zog der Weihrauch durch das Kirchenschiff. Die matten Vergoldungen leuchteten dort auf, wo sie von den schrägen, staubigen Sonnenbahnen getroffen wurden, anderwärts schwebte ein von vielen starken Farben durchsetztes Halbdunkel. In dem Gewölbe der Decke öffnete sich ein azurner Himmel, durch den gewittrige Wolken getrieben wurden, und wo ein rasender Wirbelwind die verzückten Heiligen erfaßte und verrenkte. Am Altar, der in der Sonne stand, brannten die Kerzen ohne Flamme.

Ich beugte mich über die Brüstung. In der hintersten Reihe der Frauenseite kniete Alma ganz versunken, sie trug ein Fransentuch über den Schultern, aber sicher hatte sie jetzt dafür ihr Herz entblößt. Sie war abwesend und verdeckte das Gesicht mit den Händen, vielleicht betete sie darum, befreit zu werden von etwas Irdischem, welches von ihr gehaßt wurde und das sie im selben Augenblick, wo sie davon erlöst war, gegen eine neue Fesselung eintauschen würde. Ich bildete mir ein, daß sie sogar seinen Tod herbeiwünschte, obwohl der Gärtner ja zähe und langlebig war. Sie tat das in jener Unschuld, die sich sagt, daß man nie wissen kann, wohin Gott den Strahl seines Willens richtet, und daß derjenige am ehesten zur Verdammnis bestimmt sein müßte, welcher wie ein Ketzer spricht und sich gebärdet. Es handelt sich bloß darum, Gott zu überreden, die Verdammnis über ihn schon früher, bereits auf der Erde zu verhängen. Aber es konnte ja auch möglich sein, daß Alma alles von Grund auf bereute, was sie getan hatte.

In der Loge der Gutsherrschaft saß unbeteiligt die Tochter des Obersten. So lange hatte sie bei ihrer Mutter in Berlin gelebt; damit war es nun für immer vorbei, seit der Herr – wie Alma erzählte – das Mädchen zurückforderte. Auf der äußersten Kante des rotgepolsterten Kirchenstuhls hielt sie sich aufrecht, schreckte noch vor der fremden Welt zurück, in die sie geraten war. Aber sie wollte sich nichts anmerken lassen, deswegen blätterte sie dann und wann im Gebetbuch, schlug es wieder zu, blickte über die Brüstung, lehnte sich nach hinten und kroch in sich zusammen. Voller Ungeduld stand sie mehrmals halb auf, ließ sich aber gleich wieder in die Knie sinken; einmal, gegen Schluß des Hochamts, zog sie einen kleinen Spiegel aus der Ledertasche und musterte sich darin. Zuletzt war sie beunruhigt, weil sie spürte, daß ich sie beobachtete, aber sie wußte nicht, woher das kam, und begnügte sich damit, eine übertriebene Gleichmütigkeit vorzutäuschen.

Der Pfarrer sang zaghaft, als traute er seiner Stimme nicht mehr; der Kantor gab dem Chor das Zeichen, einzusetzen. Von der Orgelmusik zitterten die Gewölbe und die Mauern des Gebäudes. Endlich glühten die brokatenen Kirchenfahnen in dem Sonnenlicht, welches durch das geöffnete Portal schoß, und da standen die ersten Männer in den Bänken bereits auf und gingen, ohne den Schlußchor abzuwarten, eilig hinaus. Ich stolperte über die Wendeltreppe, auf dem Kirchplatz waren die Wagen der Bauern aus Leschwitz vorgefahren. Langsam drängten sich die Leute ins Freie, begrüßten sich, blieben gruppenweise mitsammen stehen. Mit bunten Kopftüchern, weißen Seidenblusen und gebauschten Röcken drängten sich die Frauen der Sachsengänger, die beim Baron in Arbeit standen, auf einen Fleck. Eine Schranke von Mißachtung trennte sie von den Bauern, mit denen sie soeben noch vor Gottes Angesicht eins gewesen waren.

Alma trat auf die Stufen, geblendet von dem starken Licht; sie hielt die Hand an die Stirn, schwankte ein wenig unter dem jähen Wechsel von dämmernden, inbrünstigen Hinwendungen zu einer ungewissen Allmacht – und der gewöhnlichen, groben Umwelt, welche nicht willens ist, auf die inneren Stimmen zu hören, die man zu manchen Zeiten gleich Chören des Himmels mit sich herumträgt. Die Gärtnersfrau fühlte in diesem Augenblick unter dem Anprall der verächtlichen Blicke, die alle Spuren ihrer Versündigungen aufdeckten, daß jene guten Vorsätze, die sie eben noch für immer gefaßt hatte, hinschwanden. Selbst eine kindliche, alles verklärende Sehnsucht nach mädchenhafter Unbeflecktheit, Demut und Schuldlosigkeit hielt angesichts der Mitwisser aus den beiden Dörfern nicht stand, flatterte wie ein seltener Vogel weg, immer höher hinauf in den lichten Himmel, bis er vom strahlenden, ungetrübten Blau ausgelöscht wurde. Dafür kehrte der alte Hochmut zurück; Alma straffte sich und schritt langsam über den Kirchplatz. Ich erkannte zum erstenmal, wie hochgewachsen, stolz und schön sie eigentlich war, als sie zwischen den Gruppen der Dorfleute, gleich einer Fremden, die nie bei ihnen wird heimisch werden können, ihren eigenen Wege suchte.

Die Tochter des Obersten bekam ich nicht mehr zu Gesicht, obwohl ich eigentlich nur ihretwegen gewartet hatte. Da bis zum Mittag noch eine Stunde war, lief ich einen der Feldwege zwischen zwei Wirtschaften hinaus. Die Kiefernforsten ringsum waren mit bläulichem Hauch angefüllt, von der zunehmenden Hitze flimmerte die Luft. Als ich unten bei den Torfwiesen ankam, fand ich, daß die tiefen Löcher in der letzten Woche fast völlig eingetrocknet waren. Die Heidelache sickerte bloß noch in einem schmalen Rinnsal, das die trüben Pfützen im Flußbett miteinander verband. Ich ging über die wippende Bohle aufs andere Ufer; im Weidengebüsch stolperte ich beinahe über einen Mann, der am Boden saß und ganz erschöpft zu sein schien. Ich wollte vorüber, aber er hakte die Krücke seines Stockes in meinen Rockgürtel und zwang mich stehenzubleiben. Es war Starkloff, der reichste Bauer aus Kaltwasser; mein Vater hatte mir aufgetragen, ihn zu besuchen, aber der Haß des ganzen Dorfes stand wie eine Mauer um ihn. Sogar Alma, die sonst gerecht war, weil sie für sich selbst auch Gerechtigkeit verlangte, sprach mit Verachtung von diesem Manne.

»Na, Bürschel«, redete er mich mit seiner lauten, dröhnenden Stimme an, »du kommst wie gerufen! Hilf mir aufstehen. Stell mich auf die Beine!«

Widerwillig packte ich die Hand, die er mir entgegenstreckte. Er war schwer und groß; die grauen borstigen Haare standen wie eingefädelt in der geäderten Haut; die Augen waren getrübt, überall in diesem vierschrötigen Gesicht saß feingefältet die List. Ich glaubte, daß er Ernst machte, und stemmte mich aus aller Kraft gegen den weichen Boden. Mit einem Ruck stand er auf, es warf mich zurück, ich taumelte in die Brennesselstauden. Starkloff war belustigt, er lachte schallend; als ich mich zu ihm hinabgebeugt hatte, eben noch, spürte ich, daß er nach Schnaps roch.

»Na«, fragte er mich schadenfroh, »hast dir den Hintern ordentlich verbrüht in den Nesseln? Mußt ja auch eine Strafe haben dafür, daß du nicht zu mir gekommen bist!«

»Ich wollte ja noch kommen«, entschuldigte ich mich, »in dieser Woche, ehe ich abfahre, wollte ich Sie besuchen.«

»Wer's glaubt«, zweifelte er an meiner Gutwilligkeit, »eingeflüstert werden sie dir's schon haben; geh nicht zu dem, laß dich mit dem alten Haderlumpen nicht ein, lauf ihm aus dem Wege. Wie sie alle heißen: Alma und sonstwie, die haben schon dafür gesorgt, daß du mir fernbleibst, was?«

Ich schüttelte den Kopf, Starkloff sah mich mißtrauisch an, klopfte sich die Erde von den Hosen, nahm einen Zigarettenstummel aus der Westentasche, der so kurz war, daß sein Bart beinahe Feuer fing, als er ihn ansteckte.

»Bloß dein Vater«, sagte der Bauer verächtlich, »der ist anhänglich. Jetzt, nach fünf Jahren, da schreibt er mir einen liebenswürdigen Brief, da nennt er mich seinen guten Freund und wer weiß was sonst noch alles. Nämlich, er braucht Geld, dein Vater, ich soll es ihm borgen, und deswegen erinnert er sich plötzlich an mich.«

»Davon weiß ich nichts!«

»So, so, davon weiß der Bengel nichts. Stolz tut er und hochnäsig und will sich nichts sagen lassen von anderen Leuten. Wirst schon noch kirre werden, mein Sohn, wirst es schon noch lernen zu kuschen und das Maul zu halten, wo du nicht gefragt bist!«

Er lachte gutmütig und selbstbewußt und legte mir eine schwere Hand auf die Schulter; er hatte sich meiner bemächtigt und wollte mich so bald nicht mehr loslassen. Ich suchte nach einem Vorwand, um von ihm fortzukommen, aber ich fand keinen, mein Widerstand verringerte sich, und ich redete mir ein, daß ich geduldig sein und abwarten mußte, was daraus würde.

»Schmächtig siehst du aus«, tadelte er mich, »hast keinen Murr in den Knochen. Und deine Gärtnersleute, die Hungerleider, die werden dich auch nicht fettkriegen mit ihrem Kohl. Bei mir, da wär's anders gewesen, behandelt hätte ich dich, als wärst du mein Sohn, mein eigenes Fleisch und Blut! Jeden Tag auf die Viehwaage, und wenn kein Gramm zugenommen war, dann Sahne und Schinken und Eier, soviel der Schlund bloß fassen kann. Hätt' dich schon hochgepäppelt, du Grünschnabel!«

»Daran liegt mir nichts«, widersprach ich ihm, »ich bin kein Mastvieh!«

»Immer Widerparte geben«, er zupfte mich am Ohr, »immer vorneweg mit dem Maul! Kein Mastvieh, na also, da haben wir's, aber Bücher lesen und Staub schlucken und lauter überflüssiges Zeugs im Kopfe. Aber laß dir's gesagt sein, du Lümmel, ein Mann wirst du erst, wenn du den ganzen Krempel vergißt und wenn du dir deine Weisheiten selber machst!«

Wir liefen das Flußufer hinauf. Starkloffs kräftige Stimme schallte durch das Erlengehölz, er redete ununterbrochen; alles, was er sagte, bezeugte eine kindische Hochachtung, welche er vor sich selbst hatte. Er prahlte mit seiner Kraft, und er prahlte mit seinen Missetaten. Was er anpackte, war ihm zeitlebens unter den Händen gediehen; Schwierigkeiten, denen die übrigen Besitzer zum Opfer gefallen waren, hatten ihn bloß noch weiter vorwärtsgetrieben, immer wieder bereicherte ihn das Unglück der anderen.

Weil er sich selbst im Grunde seines Herzens verachtete, konnte er die Verachtung, welche von allen Seiten auf ihn zielte, aushalten. Da ich schwieg, glaubte er wohl, daß ich ihm beipflichtete, außerdem war ihm an meiner Meinung wenig gelegen, ich hörte ihm zu, mehr verlangte er nicht. Er stampfte neben mir her, der schwere, ungeschlachte Körper neigte sich beim Gehen ein wenig nach vorn, der Erde entgegen; ich konnte mir nicht vorstellen, daß er einmal, lahm und vom Tode ausgezehrt, im Bett sterben würde, sondern er mußte draußen vornüber stürzen wie ein Baum, der gefällt wird und manches mit sich reißt.

Als wir, immer neben dem Flußlauf dahingehend, über dem das Dorf mit seinen verstreuten Scheunen und Ställen lag, in die Nähe des Gutsgeländes gelangt waren, blieb Starkloff stehen und betrachtete mich aufmerksam, als hätte er vordem noch nicht bemerkt, wie ich eigentlich aussah. Der niedrige Spott, die verzweifelte Ironie, all die vom Leben verdorbenen und wie Unrat über sein Gesicht gebreiteten Schattenzüge verschwanden allmählich. Seine Augen waren sogar eine Sekunde lang nicht mehr zugeschüttet von dem Gewöhnlichen, das sie seit jeher überall gesehen hatten. Unter dem Bodensatz dieses Blickes, der erfroren und erstarrt zu sein schien, war etwas getaut und strömte nun dunkel und weich.

»Verdammt ähnlich bist du ihr«, redete er mich an, »das ist mir erst jetzt aufgegangen! Verdammt ähnlich, so hat sie manchmal ausgesehen, damals, als ich Tag für Tag zu ihr ins Forsthaus kam, mal mit Blumen, mal mit Konfekt. Genauso, wie du, genauso...«

Ich zitterte, denn ich wußte, daß er von meiner Mutter sprach. Er hielt meine Schulter fest, preßte sie mit seiner Hand zusammen, versuchte gleichsam, mich auf die Knie zu zwingen, und dabei erzählte er, wie außer sich, die ganze Geschichte. Mein Großvater, der Förster, hätte ihn nicht gern gesehen, denn es war schon ein Bankert da, ein Mädchen, das er mit einer Landarbeiterin von drüben, jenseits der Grenze, gehabt hätte. Aber sie, die Förstertochter, die kümmerte sich nicht darum, ihr wäre es gleichgültig gewesen, sie würde ihm mit ihrer Liebe ein Leben bereitet haben, das menschenwürdig geworden wäre. Der Förster verbot ihm, das Haus zu betreten, er kam trotzdem, die Hunde wurden losgekoppelt, er drang ein, der Forstgehilfe stellte sich ihm entgegen; Starkloffs Zorn war so unbändig, daß er ihn niederschlug. Der Förster schoß nach dem Bauern, und in der nächsten Woche fuhr der Wagen zur Station, der meine Mutter wegbrachte, von dort war sie nicht mehr wiedergekommen... Ich lehnte mich, betroffen von seinen Anklagen, Vorwürfen und Selbstbezichtigungen, so weit zurück, als ich konnte. Er spürte schließlich meinen Widerwillen und fuchtelte mit seinem Stock durch die Luft, damit war für ihn alles ausgestrichen und nichtig.

Drüben zwischen den Gutsscheunen, trabte ein Reitpferd auf die Stoppeln hinaus; es tänzelte leicht und spielerisch über den Acker und wirbelte Staubwolken wie kleine, braune Flecken auf. Der Oberst hatte es in der vorigen Woche gekauft, Heinrich mußte es damals vorreiten, kreuz und quer über den ganzen Hof. Jetzt kam es, federnd und kaum den Boden berührend, näher, das junge Fräulein wiegte sich leicht und gewichtslos im Sattel. Je weiter sie vorrückte, desto schneller und gründlicher konnte ich mich von Starkloff ablösen. Die Luft, die grau und stickig geworden war, wurde wieder lind und seidig; und das leise Klopfen der Hufe unterbrach mit seinem unregelmäßigen Takt die drückende Mittagsstille, aus der die heisere Stimme des Bauern mit ihrer Verführung zur Hoffnungslosigkeit von allen Seiten auf mich eingedrungen war. Ich wollte die Welt anders haben, als er es mir eingeflüstert hatte; unter dem lauten Hall seiner Worte war noch eine zweite, leise Stimme für mich hörbar gewesen, inständig vor

Bosheit, sirrend und hartnäckig, eine Mücke, die von ihrem Gift nur einen einzigen Tropfen in mein Blut geben wollte. Das wäre dem Versucher, der in Starkloffs Schatten weilte und dessen Wortführer der Bauer darstellte, schon genug gewesen. Und da der Böse geduldiger ist als jedes andere Wesen, brauchte er vielleicht nur zehn Jahre zu warten, bis die Aussaat dieser wenigen Minuten an mir Frucht für ihn getragen hätte.

Die Reiterin sprengte schnell herbei – ohne daß sie es wissen konnte, kam sie meiner Sehnsucht zu Hilfe. Das Mädchen war unerreichbar; wenn ich sie rief, konnte sie es nicht hören. Sie parierte das nervöse Pferd drüben an der Wiesengrenze, wartete kurze Zeit dort, unbeweglich und scheu, bereit, sofort zu flüchten, wenn man sich ihr nähern würde. Wie abgestoßen von unseren Blicken, setzte sie sich plötzlich in Trab und verschwand hinter den hohen Schilfwänden, die den Flußarm säumten.

Ich trennte mich eilig von Starkloff und verabschiedete mich nicht. Er war feindselig und schien es zu bedauern, daß er sich vor mir eine Blöße gegeben hatte.

»Sag deinem Vater«, rief er mir nach, als ich schon einige Schritte entfernt war, »daß ich mir das mit dem Geld noch überlegen werde. In der nächsten Woche wollen die Truppen Schlachtvieh kaufen, und der Smorczak, der verfluchte Gauner, hat mir versprochen, daß er mir was zuschanzt, wo er seine schmutzigen Finger schon in jede Suppe steckt. Wenn ich die Lumpen übers Ohr hauen kann, will ich sehen, daß für euch was dabei abfällt!«

Er schwenkte seinen Stock, guter Laune, weil er die Gelegenheit nicht verpaßt hatte, mich noch zu demütigen. Ich beeilte mich, von ihm wegzukommen; es mußte weit über Mittag sein. Das Flußbett hinauf hastete ich, die Schlammbänke waren zu breit, als daß ich trocken aufs andere Ufer hätte gelangen können; endlich fand ich eine Stelle, wo große Steine hingelegt waren. Daneben hatten sich die Pferdehufe eingedrückt, aber von der Reiterin war nichts mehr zu sehen.

Als ich zu Hause anlangte und atemlos durch das Gewächshaus ging, hatte ich kein gutes Gewissen. Die Tür der Gärtnerwohnung war verriegelt, ich rüttelte leise daran, mit der Enttäuschung kam der Hunger. Da ich nicht wußte, was ich anfangen sollte, setzte ich mich auf einige Schilfmatten, die zusammengerollt zwischen den großen Kübeln lagen. Die geschlitzten immergrünen Blätter, unberührt vom Herbst, hatten die Luft seit gestern mit dem vollen Geruch ihrer Ausatmungen durchtränkt. Manchmal duftete es in Wellen schwer und süß wie Zimt, das kam von einer kleinen Staude, die an ihren spiraligen Stengeln mehrere zinnoberrote Rispen einer späten Blüte trug. Sie war an die Südseite gestellt, damit sich alles entfalten konnte, und das verfärbte Licht der niedrigen Sonne hatte schon den ganzen Mittag lang die Knospen aufgelockert, bis sie sich, eine nach der anderen, erschlossen. Der Duft und die Farben waren nutzlos, denn kein Insekt drang in die Kelche ein, um sie zu befruchten.

Ich wußte nicht, wie lange ich schon auf den Matten gesessen hatte – der Lichtteppich über dem Zementboden war bereits zwei, drei Schritte kürzer geworden, und die Stäbe und Balken des Schattens mittendrin standen ganz schräg –, als die Tür der Gärtnerwohnung leise geöffnet wurde. Alma kam vorsichtig heraus, sie hatte das Tuch übergeworfen und trug ein weißes Unterkleid, das bis zu den Knien reichte. Auf den Zehenspitzen lief sie zu dem blühenden Gewächs, beugte sich darüber und pflückte einen kleinen, mit Blumen besetzten Ast ab. Ich stand auf, die Matten raschelten, sie schrak zusammen und verbarg die Blumen an der Brust.

»Ach, du bist es nur«, sagte sie, »du wirst es doch nicht verraten?«

Ich betrat mir ihr die Stube, die Tür zur Schlafkammer war geöffnet. Alma setzte mir, ohne mich zu fragen, den Rest des Mittagessens vor, und dann nahm sie gleich wieder nebenan, vor dem Wandspiegel, ihre Beschäftigung mit sich selbst auf. Die Tür blieb offen, ich sah, wie die Gärtnersfrau alles versuchte, um sich schönzumachen. Sie glättete mit der Bürste das Haar an den Schläfen, das in zwei, drei lockigen Strähnen immer von neuem sich löste und herunterfiel. Dabei glitt ihr das Tuch von den Schultern, ihre Hand war so lässig, daß sie es eher fortwischte, als daß sie es festhielt. Die Haut war vom Nacken abwärts, wo sie sich niemals dem starken Sommerlicht ausgesetzt hatte, weiß und verzärtelt; alles an diesem vollen und dennoch geschmeidigen Körper straffte sich in dem starken Leben, welches ihm innewohnte. Mit raschen Blicken über die Schulter vergewisserte sie sich, daß ich ihr zusah; es war nichts weiter als die natürliche Eitelkeit eines Kindes, das zuwenig beachtet worden ist, mit der sie mir zulächelte. Sie wusch sich Arme und Hals mit einer parfümierten Seife, deren fader Geruch bis zu mir drang. Dann streifte sie sich ein geblümtes Kleid über, das sie sofort plump machte. Da sie nicht wußte, wohin sie den Blütenzweig stecken sollte, und da er ihr weder im Haar noch an der Brust als genügend kleidsam erschien, kam sie und wollte ihn in den Herd werfen. Ich bat ihn mir aus und legte ihn in eins meiner Bücher, die aufs Fensterbrett gestapelt waren.

»Du kannst mich begleiten«, sagte Alma, »wir gehen zu Smorczak, bloß ein bißchen übern Zaun gucken. Karl ist auf dem Rade weggefahren, der kümmert sich ja um nichts.«

Ich wäre lieber allein geblieben, aber ich konnte es ihr nicht abschlagen. Ehe wir aufbrachen, räumte sie ihre Sachen weg: die Brennscheren, die Seife, welche sie in Stanniol einwickelte, die Papierbeutel mit Haarnadeln und die Knäuel der roten und blauen Seidenbänder. Sie verschloß alles im untersten Schube des Geschirrschranks, und damit waren ihre Spuren beseitigt.

Als wir über den Hof gingen, sagte sie mir, ich müßte nun ihren Arm nehmen, wie es sich gehörte. Die Freude und die Erwartung hatten sie verwandelt und ein Mädchen aus ihr gemacht, das fortwährend mit Gekicher und einfältigen Fragen die Erregung zu verbergen suchte, welche in ihr saß. Ich erzählte Alma, daß ich mit Starkloff spazierengegangen wäre.

»Der?« lachte sie mich aus, »der ist der richtige Freund für dich! Bei dem wirst du schon allerhand Sachen lernen, die dir sonst keiner beibringt. Den hat der Teufel am Leitseil und führt ihn immer im Kreise herum. Mich wollte der Starkloff, mein Vormund und Waisenvater, heiraten, damals, als ich bei ihm in Dienst stand. Er will alle heiraten, von denen er glaubt, daß sie ihm einen Jungen gebären, weil er den Sohn zum Erben braucht. Aber damit ist es nichts, mit dem Sohn, selbst von den Mägden hat er nur Töchter, und dann schmeißt er sie mitsamt den Kindern auf die Straße, wenn er seine Geilheit schon vergessen hat, der Halunke, der ...«

»An dem ist nichts mehr gutzumachen!« setzte sie nach einer Weile noch hinzu.

Auf der Dorfstraße flog uns eine dünne Strähne von der Musik aus Smorczaks Gasthaus entgegen. Im Vorgarten standen weißgedeckte Tische, an denen mehrere Leute, die aus der Stadt gekommen waren, Kaffee tranken. Vor den hölzernen Kolonnaden drängten sich die Jungens, drinnen schlugen die

Bolzen auf die Scheiben, und die Luftgewehre zischten, wenn sie abgedrückt wurden. Jemand sagte die Zahlen an, das Preisschießen mußte bald zu Ende sein. Alma hatte meinen Arm losgelassen und sah sich um, aber der, den sie suchte, war nirgends zu entdecken.

»Hartmann macht's schon wieder mal!« sagte eine Männerstimme laut und neidisch hinter den Zuschauern.

Es wurden nur noch wenige Schüsse abgegeben, dann traten die Leute beiseite, und der junge Dorfkaufmann, erhitzt und strahlend vor Glück, sprang die Stufen mit einem Satz herunter. Er war schlank und groß, in seinen Bewegungen federte Kraft, er hatte andere Manieren als die hiesigen Bauern. Sein braunes, weiches Haar, die dunklen Augen, der spielerische, fast tanzende Gang – alles wirkte fremd und ungewöhnlich. Selbst die Städterinnen drehten sich nach Hartmann um; sogar der Sergeant, der etwas später aus der Kolonnade trat, sah in seiner betreßten Extrauniform neben ihm grobschlächtig aus.

Alma war bei Hartmanns Anblick zusammengefahren, aber sie wußte sich gut zu verstellen und nickte ihm nur flüchtig zu, als er vorüberging. Smeddy kam breitspurig heran, er legte die Hand an die Mütze, und sein fleischiges Gesicht verzog sich zu einem süßlichen Grinsen, während die wäßrigen Augen kalt und begierig blieben. Die Gärtnersfrau zog mich hinter sich drein, wir gingen an der Längswand des Saals vorbei, die Musik war verstummt. Durch die Hoffenster sahen wir Hartmann drinnen, von der Abendsonne angeleuchtet, am Schenktisch stehen und mit den Männern Schnaps trinken. Alma war mir einige Schritte voraus, vom Stall her dünstete der scharfe Pferdegeruch, in der Wagenremise plusterten sich die Hühner auf den Deichseln.

»Wir wollen noch etwas spazierengehen«, sagte sie, »bis der Tanz anfängt.«

Die Obstbäume im Grasgarten hatten die erste Kühle, die aus dem Grase stieg, schon aufgefangen. Am Gatter öffnete Alma die Pforte und verriegelte sie wieder, nachdem wir hinausgetreten waren. Der Sergeant, welcher uns folgte, blieb unschlüssig stehen und kehrte zurück, als hätte er sich verlaufen gehabt.

Weit voraus, mitten im freien Felde, lag ein kleines, dunkles Waldstück, wir balancierten auf den Rainen dorthin. Mir erschien alles sinnlos und langweilig, ich vertat meine Zeit, die ich besser hätte anwenden können. Es dauerte sehr lange, bis wir das Gehölz erreichten, währenddessen sagte die Frau kein Wort mehr. Unsere langen Schatten strichen bebend neben uns her über die krümelige Erde, sie näherten sich, stießen sich ab und verschmolzen eine kleine Strecke weit ineinander.

Am Waldrand setzte sich Alma ins falbe Gras, anscheinend war sie entschlossen, nichts mehr vor mir zu verbergen. So krampfhaft verschränkte sie die Hände, daß die Knöchel aus dem Fleisch traten. Ich blieb neben ihr stehen; hinter dem verworrenen Fichtengeäst nistete die Dunkelheit und kroch langsam hervor, wurde immer dichter, je mehr der Tag abnahm.

»Du mußt es ja wissen«, sagte Alma eintönig, »du hast doch sicher schon in den Büchern genug von sündigen Frauen gelesen. Und es wird gar nicht lange dauern, bis du auch von der Liebe schmeckst. Du kannst es mir doch sagen, ob ich eine Unwürdige bin? Ob ich verdammt werden muß? Wenn vielleicht jemand alles aufschreiben würde, was mein Schicksal ist, und er ist gerecht dabei, wird der mich verstoßen?«

Sie hatte ihr Gesicht emporgehoben, die Lippen waren in einem verzagten Lächeln leicht auseinander gebogen, Verzweiflung und Trauer zogen über Stirn und Augen hin, gleich den wehenden Verfinsterungen, welche die Wolken auf die Erde werfen. Alma sah derart bekümmert aus, indes sie auf meine Antwort wartete, daß ich mich abwandte und dorthin blickte, wo die Sonne langsam unter den Horizonten fiel.

»Ich weiß es nicht!« gab ich endlich streng und abweisend zurück.

Es belustigte sie gleich, daß ich nichts wußte, und sie tat so, als hätte sie ihre Frage nicht ernst gemeint. Ich mußte mich in allem getäuscht haben, nichts in ihrem Wesen war beständig; es stieß mich ab, denn es war für mich unerklärlich, und ich kam mir beschämt vor, weil ich es nicht durchschauen konnte. Alma lehnte sich zurück, schloß die Augen halb und streckte sich, an die niedrige Böschung gedrückt, so aus, daß sich gleichsam alles an ihr dem Boden ähnelte, auf dem sie lag. Ihr Haar war seidig wie die Wollgrasbüschel, die Haut verfärbte sich bräunlich und mergelig, und der ganze atmende, lässige Körper glich den gedehnten und welligen Landschaften dieser östlichen Gegend.

»Komm her!« sagte sie so leise, daß ich sie kaum verstand, »kann sein, daß du mich bald verachtest. Aber ich möchte wissen, wie es ist, wenn du jetzt manchmal an mich denkst, und ob du dann älter sein möchtest...?«

Ich trat so weit zurück, bis ich sie nicht mehr hören konnte. Sie streckte langsam den Arm nach mir aus und öffnete die Hand, vermutete mich in der Nähe, wollte nach mir greifen. Es kostete mich große Mühe wegzugehen; die Grassträhnen wickelten sich um meine Schuhe, und die Brombeerranken langten nach mir. Es war, als hielte sie mich schon fest, als bettete sie meinen Kopf an ihre hohe, bebende Brust und als öffnete die Erde sich langsam. Als ich über die Feldsteine stolperte, wachte ich von dem Klappern auf. Es blieb mir nichts weiter übrig, als loszurennen, den umgestürzten Acker entlang, wo ich bis zu den Knöcheln in der lockeren Krume versank, die Raine dahin, kreuz und quer, ohne mich umzusehen.

Bis jetzt war das meiste von dem, was ich erlebte, in einem schwankenden Gleichgewicht befangen gewesen, das sich weder ganz auf die Seite des Traums noch auf die Seite der Wirklichkeit neigte. Die Menschen, welchen ich begegnete, blieben gleichsam im Hintergrund eines großen, unübersehbaren Raumes, wo sie sich manchmal mit den Figuren vermischten, die ich mir ausdachte. Ja, die lebendigen und eigenmächtigen Gestalten nahmen manchmal sogar die Züge und das Gebaren der anderen an, auch sie schienen abhängig zu sein von meinen Phantasien, mit denen ich sie erzeugte und wieder hinwelken ließ. Heute war ich schon zum zweiten Male an den Rand meiner eigenen Welt gedrängt worden, dorthin, wo ein Gebiet begann, in dem die Träume ohne Geltung sind. Starkloff hatte mich bereden wollen, jene Verzweiflung anzunehmen, die selbst den Himmel noch mit schweren Gewichten behängen möchte, welche ihn nach unten ziehen, damit er dumpf und finster wird. Die Gärtnersfrau wollte meine Gedanken und Wünsche an sich reißen; weil sie von Unruhe und dunklem Verlangen ganz und gar beherrscht wurde, sollte es auch mich eintrüben, und dann hätte ich die Welt wie durch ein Fenster gesehen, das von einem fremden Anhauch beschlagen ist. Beidem war ich entgangen; gestern erst hatte ich danach verlangt, und heute schreckte ich davor zurück.

Ich machte einen großen Umweg über die Äcker und Wiesen, vor dem Dorfe überschritt ich die Chaussee und kehrte auf der anderen Seite wieder in die Nähe der Häuser zurück. Die

Parkmauer aus Feldsteinen schob sich weit ins freie Land vor, alles lag schon in einem abnehmenden Zwielicht. Hinten über den Teichen, beim Vorwerk und der Wassermühle, schwamm der Nebel in langen Fahnen. Ich wußte nicht, was ich anfangen sollte, und schlenderte langsam auf den Park zu; die großen, alten Bäume, eng zusammengepfercht, waren gleichsam ein Verhau, hinter dem das Leben der Gutsleute geborgen war. Das große Haus dämpfte alles, was sich innen abspielte, so sehr ab, daß nur noch rätselhafte Bruchstücke der herrschaftlichen Schicksale vor die Türschwelle gelangten; und wenn jemand über die Steintreppe ins Freie trat, dann gab er sich Mühe, derart abweisend zu sein, daß man nicht erraten konnte, wie er drinnen war. Selbst der Gärtner hatte, seitdem er aus dem Krieg zurückgekommen war, das Gutshaus nicht mehr betreten, und auch Alma war während der Jahre, in denen sie mit Dimke lebte, nur in die Küche im Kellergeschoß eingelassen worden. – Früher, vor dem Kriege, mußte es anders gewesen sein; die Frau des Obersten hatte ihr Leben überallhin getragen. Damals gab es Feste in dem großen Saal, dessen Fenster jetzt immer verhängt blieben. Papierlaternen schaukelten zwischen den Bäumen, bis zum Morgen konnte man die Musik spielen hören, und die ganze Nacht lang raschelten die bauschigen Seidenkleider der Damen über das kurzgemähte Gras. Die Offiziere aus Nilbau waren gekommen und führten die Frauen, welche vom Tanz noch bebten, durch die Dämmerung der Laubengänge. Die Grillen zirpten, und der volle Duft der Lindenblüte machte das Atmen schwer. Gleich schwelenden Monden leuchteten die Lampions, und die laue Juliluft streichelte das Haar und die Lippen, den Nacken, die Schultern und die Arme ... Jetzt war alles verödet, düster und überwuchert von wilden Schößlingen; selbst die Beteuerungen und Schwüre, die der und jener Mund damals so leichtfertig und zitternd vor Leidenschaft ausgesprochen hatten, gingen später, als sie sich verwirklichen sollten, in bitterer, hoffnungsloser Alltäglichkeit unter.

Aus der Mauer waren hier und da die Feldsteine herausgebröckelt, ich stieg hinauf und sprang ins Gebüsch auf der anderen Seite. Das Dunkel machte alles ungewiß und geheimnisvoll; die starken Schläge meines Herzens trieben mich vorwärts, bis ich die Steinfiguren undeutlich, wie in einem langsamen und schweren Tanz von ihren Sockeln fortstreben sah. Das Mädchen, welches ich gestern geschmückt hatte, war wieder bloß. Ich tastete am Boden herum und fand in den tiefen Abdrücken von Schuhen die zerknickten Federn und zertretenen Blumen. Also hatte sie es entdeckt und heruntergerissen und zerstört.

Wenn sie es nicht getan hätte, dann wären später der Regen und der Wind gekommen. Sie konnte ja nicht wissen, daß ich es gewesen war, der die Figur geschmückt hatte; vielleicht erinnerte sie sich überhaupt nicht mehr an mich. Ich verweilte mich lange bei den Steinfiguren, draußen hinter den Bäumen erlosch die letzte Helligkeit. Manchmal fielen die welken Blätter lautlos, gleich Schwärmen von Fledermäusen aus den Kronen, und es knisterte und raschelte im Unterholz. Plötzlich erinnerte ich mich daran, daß ich in einer Woche schon nicht mehr hier sein würde, und ich stellte mir vergeblich die Stadt vor, die enge, graue Wohnung und die stickige Straße.

Als ich dann wegging, bemerkte ich zwischen den Sträuchern am Gutshause einen schwachen Schimmer von Licht. Auf der Terrasse saßen sie bei Windlichtern, die Wirtschafterin sah verärgert und hochmütig aus, der Oberst stemmte die Arme auf den Tisch, und das Mädchen hatte ihren Stuhl so weit abgerückt, daß sie sich im Schatten befand. Der Gutsherr redete auf seine Tochter ein, er war schon in Zorn geraten, aber sie antwortete ihm nicht.

»Willst du es mir nun endlich sagen, Cornelia?« fragte er mit erhobener Stimme.

»Ich werde dir alles erzählen«, erwiderte das Mädchen und deutete auf die Wirtschafterin, »wenn diese hier nicht dabei ist.«

Die Frau erhob sich beleidigt und wartete darauf, daß der Oberst sie wegschickte.

»Es wird dir weiter nichts übrigbleiben, als dich daran zu gewöhnen!« sagte er, packte die Wirtschafterin am Handgelenk und zog sie auf den Stuhl zurück.

»Dann gehe ich!« antwortete ihm die Tochter, erhob sich und trat rasch ins Haus.

Er stand mühsam auf, er wollte ihr vielleicht noch befehlen, daß sie zurückkehrte, aber die Wirtschafterin legte ihm besänftigend beide Hände auf die Schultern. Der Oberst schüttelte sie unwillig ab, nahm den Stock und humpelte nach innen. Behutsam beugte sich die Frau über den Tisch und blies die Lichter aus, dann klirrten die Glasscheiben der Flügeltür.

Ich verstand nichts von dem, was ich mit angesehen und erlauscht hatte, müde ging ich an den Spalierwänden hin. In der Gärtnerwohnung war noch kein Licht. Ich fand den Schlüssel nicht an der gewohnten Stelle unter den Stufen und entsann mich, daß Alma ihn bei sich hatte, deswegen mußte ich noch einmal zu Smorczak zurück, widerwillig machte ich mich auf den Weg.

Vor den erleuchteten Fenstern des Tanzsaals drängten sich mehrere Gruppen von Neugierigen, um wenigstens einen Anblick dessen zu haben, was drinnen geschah. Es waren halbwüchsige Mädchen und Knechte aus dem Dorf und aus der Nachbarschaft, die an dem Vergnügen der Besitzer nicht teilnehmen durften. Als ich von der Straße her den Vorplatz betrat, stürzte Smorczak fluchend und mit einer Peitsche knallend aus der Tür, um die Zuschauer zu vertreiben; er war schon unsicher auf den Beinen und brüllte so laut, daß die Stimme von dem Widerhall, den die Giebelmauern und Stallwände zurückwarfen, vervielfältigt wurde. Die Schatten stoben kreischend auseinander, tauchten in den Kolonnaden und Büschen unter, um sofort, wenn der Wirt wieder drinnen wäre, von neuem zum Vorschein zu kommen. Eins der Mädchen rannte auf mich zu, faßte meine Hand und versuchte, mich mit fortzureißen. Ich spürte den heißen Atem auf meinem Gesicht, die wirren, schwarzen Haare kitzelten meine Stirn, und für einen Augenblick war der Schimmer von weißen Zähnen zu erkennen. Es erinnerte mich an diejenige, auf deren Grabhügel ich am Vormittag gesessen hatte, vielleicht war sie nun gekommen, um mir die Sünden zu bringen, welche sie mir angeboten hatte.

»Komm mit!« flüsterte sie aufgeregt, »sonst wird er dich schlagen!«

Ich stieß sie weg. Smorczak bückte sich und hob Steine auf, die er den Flüchtigen schimpfend nachwarf und die auf das Bretterdach der Kolonnaden trommelten. Er drohte mir mit der Faust, aber, indem ich näher trat, erkannte er mich sofort und breitete die Arme aus, als wollte er mich an seine Brust ziehen.

»Der Herr Gymnasiast!« redete er mich unterwürfig an, »der gebildete junge Herr, der in der herrschaftlichen Kutsche spazierenfährt! Come in! Go on!«

Er stieß die Tür auf und ließ mir den Vortritt. Die dröhnende, mißtönige Musik, das weiße, ungedämpfte Licht aus den großen Glühbirnen, die bläulichen Rauchschwaden und die Tanzenden, welche sich vorüberschoben und -schwangen, alles machte gleich einen solchen Wirrwarr für mich aus, daß ich niemanden erkennen konnte. Dann sah ich Starkloff allein in der Ecke sitzen, er grinste vor sich hin und schlug mit der Faust den Takt auf die Tischplatte, daß die Flaschen und Gläser hüpften. Alma glitt an mir vorbei und rief mich an, der Sergeant hielt sie fest, aber sie bog sich lachend weit vor ihm zurück. Als die beiden sich drehten, blitzten auf den Fingern der großen, gespreizten Hand, die aus dem braunen Uniformärmel hervorgekrochen war und auf Almas Rücken lag, mehrere Ringe. Leicht und fast ohne Schwere wirbelte Hartmann mit einer jungen Frau aus Nilbau umher, sie unterschied sich von allen Dorfleuten durch eine schlaffe und magere Lässigkeit; ihr blutrotes Seidenkleid war sehr kurz, und die bleichen, dünnen Arme schlangen sich um die Schultern des Kaufmanns wie um jemanden, den sie nie mehr loslassen wollten. Er wich Almas Blicken aus und versuchte immer, sich rasch fortzudrehen, wenn sie ihm mit Smeddy nahe kam. Starkloff hatte mich bemerkt und winkte mir. Die Musik setzte aus, die Ordner sammelten eilig das Geld ein, gleich darauf begannen die Papiergirlanden und die Embleme an der Decke, die sich schon beruhigt hatten, wieder hin und her zu pendeln, angerührt von den Schwankungen, welche der neue Tanz hervorrief. Ich stand immer noch bei der Tür und mußte mich an den Pfosten lehnen, weil das Kreisen der vielen Körper, das Blitzen der Augen, die in den Gesichtern aufglühten und wieder erloschen, mich schwindlig machte. Es war wie ein großer Strudel, der Spreu und Halme und abgerissene Äste eingefangen hat und unablässig in der Runde herumjagt, um ein Zentrum, das tief unten liegt, glucksend von einer bösen Gewalt, die nichts mehr freiläßt, was sie eingefangen hat. Starkloff winkte mir so ungeduldig, daß ich schließlich zu ihm ging; schon als er mich kommen sah, goß er ein Glas für mich voll.

»Na, mein Sohn«, sagte er unbeherrscht und mit schwerer Zunge, »na, du Lumpenkerl, du Milchgesicht, du Vagabund! Hier, setz dich zu deinem Vater, der Sehnsucht nach dir hat. Tröste ihn, wie David den Saul getröstet hat! Trinke mit deinem Vater auf die Hölle, in die er einstmals hinabfahren wird!«

Er hob den Arm und fuhr mir mit seiner Hand durch den Haarschopf, und dabei lachte er, daß es den schweren Körper wie im Krampf schüttelte. Ich trank; der Schnaps verbrannte mir die Kehle.

»Das ist nichts für mich!« Ich schob das halbvolle Glas angewidert zurück.

»Das ist was für Männer«, neckte mich der Bauer, »ich hab' gedacht, daß mein Sohn ein Verlangen danach hat, schon in der Jugend das zu kosten. Aber du hast recht, gieße es ruhig untern Tisch, der Teufel wird sein Maul danach aufsperren!«

Er sah mich spöttisch und verächtlich an, aber mit einem Male glitt das alles wieder aus seinem Gesicht, und dafür kam eine seltsame Angst zum Vorschein. Ungeschickt griff er an mir herum, als wollte er sich dessen versichern, daß ich wirklich bei ihm säße.

»Brauchst dich nicht zu fürchten«, beschwichtigte er mich, »ich will deine Unschuld nicht antasten. Du sollst so bleiben, wie du bist. Vielleicht bin ich auch mal so gewesen wie du. Könntest mich daran erinnern, würdest mir noch etwas Hoffnung geben, wenn du zu mir kämst. Ich will deinem Vater schreiben, daß er dich hierläßt, sollst es gut haben, sollst mein Sohn sein!«

Er murmelte so viel vor sich hin, daß ich ihn kaum verstehen konnte. Sein gerötetes Gesicht kam mir näher und wurde immer größer, suchte alles andere zu verdecken. Ich wandte mich zur Seite, hinter dem Fenster, dessen Scheiben belaufen waren, schwamm und brauste die Nacht. Wie in einer Arche, vollgestopft mit den Ausdünstungen des Lebens, mit Gier, Leidenschaft und Versündigungen, so fuhren wir durch die große, dunkle Stille, über die Dünungen der Hügel und die schwarzen, gekräuselten Wellenkämme der Wälder. Wäre ich jetzt aufgestanden und fortgegangen, mit unsicheren, vom Trinken schon ein wenig gelähmten Füßen, dann hätte mich beim ersten Schritt vor die Tür das uferlose, wogende Schweigen gleich eingeschluckt und ertränkt.

Ein heller Fleck hatte sich im schwarzen Fensterviereck gebildet, verschwommen und gestaltlos. Ich wischte mit der Hand die Nässe ab, und da kam das gespenstische Gesicht zum Vorschein: dunkle Augen, die mich anstarrten, weiße Zähne zwischen den prallen Lippen und in der Stirn die wirren Locken des schwarzen Haars. Tropfenbahnen zogen von oben über die Scheibe, das waren wohl die Tränen, welche Eltern und Geschwister geweint hatten, als man das Mädchen vorzeitig unter den Stein bettete, auf den der Name Christiane geschrieben wurde.

Starkloff hatte schon wieder alles vergessen, was er mir vorhin erst noch antrug. Er hockte breitbeinig da, zündete sich mit unsicheren Fingern eine frische Zigarre an und sah den Tanzenden nach. Manchmal spitzte er die Lippen und pfiff die Melodie falsch und mißtönig mit, und dabei sah er so vergnügt und selbstzufrieden aus, daß ich in seinem Gehabe nichts Besonderes mehr erkennen konnte. Er goß sich fortwährend ein und nötigte mich, auszutrinken. Der zweite Schluck schmeckte mir schon nicht mehr so widrig, und der dritte verursachte eine leichte Müdigkeit, welche mich benommen machte und mir manchmal den ganzen Saal verschleierte.

»Die denken«, gestand mir Starkloff, »sie könnten mich reinlegen mit ihrem Viehhandel, der Lump von einem Smorczak mitsamt dem galonierten Paradesoldaten. Die denken, je mehr ich trinke, desto dümmer werde ich, und dann sage ich zu allem ja und amen. Aber es ist eine Klarheit im Schnaps, daß sie sich in acht nehmen sollen. Ich bin schon auf der Hut vor den Schlichen, die sie sich austüfteln. Da kannst du unbesorgt sein!«

Der Tanz war zu Ende, das Menschenknäuel entwirrte sich, und die Musiker stellten ihre Instrumente beiseite. Der Sergeant wollte Alma ins Freie führen, aber sie riß ihren Arm weg und kam zu uns. Hartmann nahm drüben, an der Seite der Städterin, seinen Platz ein, sie hielt seine Hand fest, er flüsterte ihr etwas zu, und sie brach in ein schrilles Gelächter aus. Die Gärtnersfrau setzte sich nicht, obwohl alle Stühle bei unserem Tisch leer standen, sie war atemlos und erhitzt; mit einem ruhigen Blick, ohne jeden Spott, sah sie mich an. Smeddy ließ sich auf die Bank fallen, streckte den Arm aus und versuchte Alma auf seinen Schoß zu ziehen; sie wehrte ihn nicht einmal ab, sondern rückte nur so weit beiseite, daß er sie nicht mehr erreichen konnte.

»Wo warst du denn?« fragte sie mich gleichmütig, »warum bist du weggelaufen? Zur Strafe wirst du jetzt gleich mit mir tanzen, damit du dir die Angst vor mir abgewöhnst!«

Ich wollte ihr widersprechen, aber es kam nicht mehr dazu. Starkloff, der fortwährend mit dem starren, bösartigen Blick, der von der Trunkenheit getrübt war, Alma betrachtet hatte, sprang mit einem Male auf, stürzte sich auf sie und drängte sie in plumpen, schwankenden Tanzschritten nach der Mitte des Saals.

»Musik!« brüllte er, »Musik für mich und die schöne Alma! Musik – zum Danke dafür, daß sie allen Männern die Hörner aufsetzt!«

Er war außer sich, sein riesiger Körper wankte, er stolperte, fing sich wieder auf und schrie fortwährend den Musikanten zu, einer hatte die Geige schon ans Kinn gesetzt. Alle Gesichter drehten sich zu ihm hin und zeigten ein dumpfes Erstaunen, Schadenfreude und abwartende Neugierde. Alma begann sich zu sträuben, aber er hielt sie so fest, daß sie sich nicht mehr rühren konnte.

Smorczak war gleich hinter der Theke hervorgekommen, er schlich grinsend zu unserem Tisch, an dem der Sergeant Miene machte, aufzuspringen und Alma zu Hilfe zu kommen. Der Gastwirt beruhigte den Soldaten, er deutete auf Hartmann, der sich noch gleichgültig verhielt; es kam mir vor, als müßte die Gärtnersfrau den Neid büßen, welcher eigentlich dem Kaufmann galt. Die beiden Männer sprachen lebhaft auf englisch miteinander, der Sergeant wollte Smorczaks Gründe zunächst wohl nicht einsehen, aber schließlich zündete er eine von seinen süßlich riechenden Zigaretten an und begnügte sich damit, noch länger auszuharren.

Der Geiger begann wirklich, einen Walzer zu spielen, die schrille Musik mischte sich mit dem Gelächter der Gäste. Alma hatte ihren Widerstand aufgegeben und wich sogar mit dem Kopfe nicht aus, als Starkloff sie zu küssen versuchte.

Im selben Augenblick fiel hinten ein Stuhl um, Hartmann stürzte herbei und versuchte, die beiden zu trennen. Alma kam frei und lehnte sich erschöpft an die Wand. Die Männer rangen schon miteinander, in Almas bleichem Gesicht war ein schüchternes Lächeln, als sie sah, daß der Kaufmann ihretwegen dem Bauern an die Kehle sprang.

Ich zitterte am ganzen Leibe, deckte die Augen mit der Hand zu, aber ich hörte immer noch das Keuchen, das unsichere Stampfen der Füße und das gedämpfte Fluchen. Es war so, als beträfe mich das alles allein, es beschämte und bedrückte mich, und ich schrieb die Schuld daran jenem gespenstischen Totenantlitz zu, welches hinter der Fensterscheibe lauerte. Ich drehte mich nach der Seite, auf dem Glase war der Mondschein wie eine bläuliche Eishaut, das schwarze Haar glänzte, die Augen hingen an mir, und die Lippen bewegten sich, riefen mich hinaus. Als ich nach draußen ging, sah ich noch, daß Smorczak und der Sergeant sich rücklings an Hartmanns Schultern hängten und ihn aufs Parkett warfen.

Die reine Luft vergrößerte nach wenigen Atemzügen noch meine Müdigkeit. Der Mond schwankte über den Dächern auf und ab, und das kalte Licht fiel klatschend in großen, scharfkantigen Flächen zu Boden. Das Mädchen war allein, es hatte sich vom Fenster abgekehrt und schwebte, durchsichtig und wie eine Erhängte, an der Ecke des Gebäudes. Ich wurde von einem unsinnigen Zorn gepackt.

»Was willst du hier?« fuhr ich sie an. »Geh dorthin, wo du schlafen sollst! Verkrieche dich wieder unter der Erde und denke nur nicht, daß ich Furcht vor dir habe!«

Sie antwortete mir nicht. Die Hand, an der ich sie packte, war nicht kalt und unkörperlich, sondern warmes, volles Fleisch.

»Ich weiß«, sagte ich, »du heißt Christiane...«

Aber dann wurde ich an allem irre, denn sie zog mich mit aller Gewalt ein Stück mit sich fort, bis der Schatten wie ein großes Tuch über uns beide fiel, und dann drängte sie sich an mich und war wie vom Fieber geschüttelt.

»Was red'st du für dummes Zeug?« fragte sie mich nahe an meinem Ohr. »Ich heiße gar nicht so, ich heiße Sofie! Mein Vater hat dir wohl zuviel eingegossen? Du bist nicht stark genug! Du bist so... ich weiß nicht, wie du bist...«

Zuerst versuchte ich, sie zurückzustoßen, aber dann gab in mir etwas nach, ja, es vermischte sich vorzeitig mit ihrem Verlangen. Sofie roch nach frisch gemähtem Gras, es war also doch kein Mensch, mit dem ich es zu tun hatte, es war eine Art von Tier, in dem alle dunklen, starken Kräfte der Erde mich an sich zogen. Sie erwiderte das, was ich ihr antat, wie verzückt. Nichts entsprach den Vorstellungen, die ich davon hatte, alles war viel einfacher – das überlegte ich noch, bevor mir die Gedanken abhanden kamen.

»Komm!« sagte Sofie mit einer heiseren und beinahe erstickten Stimme, »ich weiß, wohin wir gehen!«

Vom Dach schoß nach dem ersten Schritt der Mondschein auf

sie herab wie Regen aus einer überlaufenden Traufe, und ich sah erst jetzt, daß Starkloffs Tochter älter sein mußte als ich. Das kurze, fadenscheinige Kleid, dem sie entwachsen war, hatte ihr das Aussehen eines jungen Mädchens gegeben. Sie führte mich aus dem Anwesen des Gastwirts hinaus, die Obstbäume warfen schwere Netze von Schatten nach ihr, sie glitt unter ihnen hindurch, und das fahle Licht machte sie schwerelos. Im benachbarten Gehöft, das Woitschach gehörte, bellte der Hund wütend, aber er hatte sich schon wieder beruhigt, als wir vor der abliegenden Scheune standen. Das große Tor war verschlossen, Sofie zog die lockere Haspe aus dem Holz, der Heuduft schlug uns in schweren und süßen Wolken entgegen. Zuerst war noch ein schräger Streifen Helligkeit da, in dem der Staub schimmernd schwebte, den wir aufwühlten; aber das verlosch bald gänzlich. –

Der Mond stand niedrig und gelb im Westen. Nachdem ich mich schläfrig und gleichgültig von ihr getrennt hatte, kam die Vergessenheit so schnell, daß ich mich unterwegs schon nicht mehr an alles erinnern konnte. Das Gasthaus war dunkel und verlassen, weiter unten im Dorf pfiff der Nachtwächter die dritte Stunde. Je weiter ich ging, desto schwerer machte eine unbestimmte Trauer, die fortwährend noch wuchs, meine Schritte. Zuletzt würgte sie mich im Halse, daß ich beinahe geweint hätte.

In der Gärtnerwohnung brannte die Lampe, der Gärtner war, über den Tisch gebeugt, eingeschlafen. Der Kopf lag mitten auf einem meiner Bücher, das aufgeschlagen war; den roten Blumenast hielt er in der Hand, die Blüten sahen verwelkt und entfärbt aus. Ich wollte vorsichtig an ihm vorüber, stieß an den Tisch, daß der Lampenschirm klirrte und die glühenden Rußflocken aus dem Glaszylinder aufstiegen. Davon erwachte mein Onkel, und er fuhr sofort hoch, als hätte er sich nur schlafend gestellt. Seine Augen waren leer und entzündet, er vertrat mir mit bösem Gesicht den Weg.

»Wer hat das hier abgerissen?« fragte er mich und hielt mir den Zweig vors Gesicht.

»Ich bin's gewesen!« sagte ich, und ich wußte nicht, was mir diese Lüge eingab.

»Du bist's gewesen?« bestätigte er diese Antwort, packte mich an der Brust. Aber er besann sich gleich und ließ wieder von mir ab.

»Geh nur!« wies er mich fort, »du bist unwissend. Du weißt nicht, was du getan hast. Ihr wißt alle nicht, was ihr tut, aber es wird euch schon heimgezahlt werden. Alma nicht und alle anderen nicht – sie können der Vergeltung nicht entgehen. Und jetzt gehörst du auch dazu!«

Die Uhr tickte laut und hart, die Dielen knarrten, und das Schweigen rauschte mir in den Ohren. Es war mir, als hätte die Stille gesprochen. Zuerst hatte es mich so sehr erschreckt, daß alles in mir starr wurde, aber dann dehnte und löste es sich wieder. Mit einem Schluchzen kämpfend, ging ich in meine Kammer.

Unhörbarer Schwanengesang

Die lange Holzleiter ragte mit ihren obersten Sprossen weit über die Baumkrone hinaus. Jedesmal, wenn ich eine Seite leer gepflückt hatte, mußte ich nach unten, dann stemmte ich die Leiter aus den widerspenstigen Zweigen hoch, bis sie zitternd senkrecht stand und leise an mir zog. Anderwärts ließ ich sie wieder in eine Astgabel fallen, der Schauder ging über den ganzen Baum, daß er seine Blätter herunterflattern ließ und die überreifen Früchte abwarf.

Wie in Trauben hingen die Pflaumen unterm Laub; von ferne sahen die vollen Bäume so aus, als hätte hier der vergangene Augusthimmel seine satte Färbung zurückgelassen. Meine Hände wischten den matten Überzug auf den Früchten ab, diese Hülle, unter der die dunkle, blanke Haut verborgen war und innen das süße Fleisch und der flache Stein, in dem der neue Keim steckte. Der wächserne Anhauch verlor sich, die wirren Linien meiner Fingerspitzen bildeten sich tausendfältig ab, unten füllten sich langsam die großen Zentnerkörbe.

Manchmal war das Blau von einem hellen Grün durchzogen, es sah aus wie die Flutungen eines tiefen Gewässers, und ich mußte dabei an die Fischteiche dort draußen denken und an den Mühlweiher, dessen dunkler, quellender Spiegel nur im Winter unterm Eise zur Ruhe kam. Ich nahm mir vor, morgen oder übermorgen noch einmal dorthin zu gehen. Neben dem schmalen Abfluß, da, wo die Schwarze Weide entsprang, die durchs Dorf lief, konnte man am besten in das Grundstück eindringen. Der Müller war menschenscheu und hatte sich von den Dorfbewohnern durch starken Stacheldraht abgesperrt. Alma gab mir einmal, als wir in den Wiesen spazierengingen, etwas von dem Gerede weiter, das seit langem über diesen Mann in Umlauf war – er zog jähes Unglück an sich wie ein Magnet. Es war nicht gut, sich in seiner Nähe aufzuhalten. Nachdem er lange genug gemieden worden war, kam noch das mit seiner Tochter hinzu. Sie war ohne ersichtlichen Grund in den Weiher gegangen, nachts, im Hemd und mit einer billigen

Korallenkette um den Hals. Die Burschen glaubten, als sie das Mädchen mit langen Stangen herausfischten, sie wäre erdrosselt worden und trüge davon noch ein rotes Mal. Von da ab hatte man den Müller weder in der Stadt noch in den Dörfern mehr gesehen; er war zu alt für den Krieg, und während der Zeit, wo die jungen Männer weg waren, begann die Mühle zu verfallen. Vieles schrieb man dem Weiher zu, er sollte grundlos sein, und man erzählte, daß er von unterirdischen Quellen gefüllt würde. In der ganzen Umgegend gab es kein Wasser, welches diese grünliche Farbe hatte, auch sagte Alma, daß der Mühlweiher gleich der Schwarzen Weide, die er speiste, selbst im Sommer kalt wäre wie gekellert. Ich hatte ja an seinem Rande viele Stunden gelegen, unterm Weidicht versteckt, und dem unablässigen Brodeln zugesehen, das an manchen Stellen nach oben strebte und wie überkochend das Spiegelbild zerstörte, kaum daß es sich zu formen begann. –

Jedesmal, wenn ich auf den höheren Sprossen mit dem gefüllten Henkelkorbe mich verweilte, konnte ich zwischen den Bäumen wie durch eine Gasse nach der Wassermühle und den Fischteichen blicken. Die vor lauter Licht flimmernde heiße Luft war hier und dort in sich selbst verschleiert. Was auf den Äckern bei der Bestellung an Staub aufgejagt wurde, flog nicht hoch; und selbst dort, wo die Kräutichthaufen qualmten, löste sich der Rauch, kaum daß er ein wenig gestiegen war, gleich auf und verteilte sich in dünnen, brandig riechenden Nebeln. In der Frühe dieses Tages schon war alles von einer trägen Schwüle gleichsam unsichtbar bewölkt. Es fiel kein Tau, und die Gewächse hingen schlaff und welk.

Ich spürte, wie sich das Firmament weit unter dem Horizont längst verändert hatte. Dort lag eine dichte Finsternis, welche allmählich heraufwogte; und vom äußersten Norden, wo es schon dunkel war, senkte sich der Winter langsam über die Meere und die fremden, bewaldeten Länder, bis er auch uns einschließen würde.

Manchmal war ich so ermüdet, daß ich mich anspornen mußte, um nicht einzuschlafen. Dann wieder schüttelte es mich am ganzen Leibe von lauter Beunruhigungen. Der Schlaf des Nachts hatte mich zwar gereinigt, und am Morgen, beim Frühstück, war alles wie sonst gewesen: einsilbig, mißmutig, ohne einen Vorwurf, der an gestern erinnerte. Ich wollte nichts wahrhaben, und vielleicht war auch die Gärtnersfrau ihrerseits dieser Meinung. Aber als ich dann, am frühen Vormittag, die herrschaftliche Kutsche unter mir auf der Chaussee nach Nilbau fahren sah, änderte sich mit einem Schlage alles. Der Oberst kutschierte selbst, und die Wirtschafterin saß im Fond. In dem Augenblick, wo ich mich an Cornelia erinnerte, die ich, wie manches andere, ganz vergessen hatte, ging eine Flut von Beschämung durch mich. Ich hatte mich endgültig gegen das Mädchen entschieden, und sogar dann, wenn meine Blicke nur durch die Steinfigur im Park treffen würden, wäre das schon eine Beleidigung für die Obersten-Tochter gewesen. Alles schien mir verspielt und verloren, und ich durfte ihr wohl niemals mehr unter die Augen treten. Es war also ganz einfach, nichts weiter als Selbstbeherrschung gehörte dazu und außerdem der verworfene Stolz, den alle Sünder haben...

Während ich das alles dunkel und verworren genug empfand und die laue Melancholie auskostete, die aus den widerstrebenden Gedanken und Vorsätzen sich erzeugte, war ich die Leiter emporgestiegen. Untätig auf der obersten Sprosse sitzend, die Hand so fest um einen starken Zweig, daß bald die Sehnen und Knöchel zu schmerzen anfingen, wiegte ich mich wie auf einer Schaukel hin und her. Die Leiterbäume scheuerten sich knarrend in einer Astgabel, und der ganze Baum vibrierte mit, das Laub regte sich leise, ab und zu schlug eine überreife Frucht ins Gras.

Die Tiefe unter mir war nicht auszuloten. Ich schwebte so hoch über der Erde, daß ich zu erkennen vermochte, wie sie gedüngt und durchsetzt war mit dem Abhub der Vergänglichkeit aller Zeiten. Vögel sah ich schwarz und gleich Rußflocken durch den weiten Himmelsraum sinken und steigen, ich kam mir leichter vor als sie und weniger irdisch. Wenn ich nur gewollt hätte, würde ich mich in diesem Augenblick ins Unermeßliche haben schleudern können. Ich spürte, wie alles in mir sich weitete. Da war es bereits zurückgekehrt und von neuem eingegangen in mich, jenes Verlangen nach den starken Kräften des Lebens, anders als vorgestern und völlig unkenntlich. Es gab sich noch nicht zufrieden, ja, es forderte sogar jedesmal mehr von mir. Das machte mich schwindlig, ich mußte auch mit der anderen Hand zupacken, um nicht zu stürzen.

Der Zweig war tot und knackte unter den Fingern weg. Auf der rauhen, schwarzen Rinde saß ein grüner Überzug. Als ich das Gleichgewicht wiederhatte und die Hand öffnete, polterte das abgebrochene Stück Holz klappernd die Sprossen hinab. Es war so, als würde eine Tonleiter abgespielt, der unterste Ton klang mißlich und war falsch.

Ich hatte dem Holz nachgeblickt, dann sah ich, um mich meines Schrecks noch einmal zu vergewissern, in die geöffnete Hand: sie war grün und schwarz gefärbt. Es gefiel mir jetzt, ein unverschämtes Lied zu pfeifen, aber ich kam nicht weit damit...

Die Beerenhecken entlang, welche mit ihrem dornigen Gestrüpp wie Verhaue in langen Zeilen durch den Grasgarten gelegt waren, schlenderte ein Mädchen. Als ich sie entdeckte, war sie noch so weit entfernt, daß sie immer wieder von den Baumkronen zugedeckt wurde, aber sie tänzelte leicht darunter hervor, verweilte manchmal spielerisch und ziellos, hob etwas vom Boden auf, warf es unwillig gleich wieder weg. Zuletzt fand sie eine Gerte, die sie in der Hand behielt. Sie peitschte die Luft damit, führte Schläge nach allen Seiten, bog sich mit dem Oberkörper vor und schnellte wieder zurück, als müßte sie sich gegen einen unsichtbaren Feind verteidigen. Dabei stieß sie laute Schreie aus, in hellster Wut, das Haar ging auf, die geöffneten wirren Flechten bauschten und schlängelten sich. So drang sie gegen ein Gesträuch vor, es schien beinahe, daß sie sich in ihrem unsinnigen Trotz auf die Dornen werfen wollte.

Cornelia war längst von mir wiedererkannt, und es wäre mir noch genügend Zeit geblieben, um mich wegzuflüchten, die Leiter hinunter und ins freie Feld. Aber ich blieb, es kam mir wie eine Probe vor, die ich bestehen mußte. Deswegen ließ ich nicht ab, das Mädchen zu beobachten: Sie riß sich plötzlich von dem Strauche los, in dem sie sich verfangen hatte, erschrak wohl auch vor sich selbst, denn in großer Eile ordnete sie alles an sich, benetzte die Finger mit Speichel und tupfte damit über die kleinen Wunden, welche die Dornen ihr überall in die Haut geritzt hatten.

Es sah so kläglich aus, daß ich lachen mußte. Sie war sofort verwandelt, herrisch und hochmütig, als sie es hörte. Langsam, mit erhobenem Kopfe, kam sie auf den Baum zu, in dem ich saß. Eine fremdartige Bosheit reizte mich, mein Gelächter so laut und höhnisch zu machen, wie ich nur konnte. Cornelia stand am Fuß der Leiter, lachend stieg ich nach unten, das Mädchen wich vor mir zurück.

»Ich habe alles gesehen«, sagte ich, »und ich danke für das Theaterstück! Es war sehr komisch.«

Sie errötete und fand in ihrer ersten Verwirrung nichts, was sie antworten konnte.

»Sie wissen wohl nicht, wer ich bin?« fragte sie endlich, nachdem sie ihren Stolz wiedergewonnen hatte.

»Du bist Cornelia!« gab ich zurück, »ich habe dich von der Station abgeholt. Aber das ist nicht weiter wichtig, weil ich selbst in den nächsten Tagen abreisen werde...«

Damit war ich schon am Ende. In dieser Tonart kam ich nicht mehr weiter, stotterte bloß noch ein paar Worte und schwieg dann. Während ich mich bückte, um den vollen Korb auszuschütten, spürte ich schon, wie das Blut mir ins Gesicht schoß. Die verschleierte Sonne blendete mich, deswegen wandte ich mich ab; fiebrige Hitze fuhr mir durch die Glieder und machte mich schlapp. Die schwüle Luft schien zu gerinnen, und eine seltsame Atemlosigkeit preßte meine Brust zusammen.

»Ich will nicht Cornelia genannt werden«, sagte das Mädchen stockend, »ich will und will diesen Namen nicht. Und Sie sollen mich Cora nennen, wie mich meine Mutter genannt hat.«

Diesen neuen Namen sprach ich zwei-, dreimal zögernd aus: »Cora«, wiederholte ich, »Cora, Cora!« Das glich jenen Lockungen, welche die Vögel einander im Frühjahr zurufen. Überrascht und beunruhigt blickte sie mich an, sie konnte sich wohl mit diesem Klang noch nicht abfinden. Ihre grauen, vom Widerschein der Sonne gesprenkelten Augen waren eine Sekunde lang in einer voreiligen Zärtlichkeit entflammt, aber das erlosch sofort wieder.

»Wir wollen hier weggehen!« wünschte sie so, daß es keinen Widerspruch gab.

Ich hob die Leiter aus dem Baum, räumte die Körbe zusammen, war bald fertig.

»Wohin?« fragte ich.

»Ich weiß noch nicht«, antwortete sie, »es wird sich ja zeigen.«

Wir schlugen eine Richtung ein, die uns vom Dorfe wegführte. Zuerst war Cora mir einige Schritte voraus, und ich mußte plötzlich daran denken, wie jene, deren Namen ich selbst lautlos nicht auf den Lippen zu bilden wagte, in der

Nacht vor mir hergelaufen war. Deswegen holte ich das Mädchen ein, sprang an ihr vorüber und führte sie aus dem Garten in die Felder.

Ich begann zu rennen, sie blieb mir auf den Fersen, der Abstand verringerte sich auch dadurch nicht, daß ich immer schneller und schneller lief. Zwischen uns und der Chaussee lag ein bracher Acker mit hohem Kräuticht, die Blätter und Stengel waren überfädelt vom Altweibersommer, das seidige Gespinst glänzte gegen die Sonne, und die gefiederten Samenbündel auf dem üppigen Unkraut saßen so locker, daß ein leiser Windhauch genügt hätte, um sie in die Luft zu wirbeln. Von dem Rain herunter sprang ich in den Acker; die Disteln knisterten, während ich sie zertrat, und die fleischigen Blätter und Stengel quietschten leise unter den Sohlen. Blindlings keuchte ich vorwärts, sprang in einem Satz über den Chausseegraben und fiel beinahe Smorczak und dem Sergeanten in die Arme; die beiden Männer hatten uns entgegengegafft, und jetzt beeilten sie sich, der Obersten-Tochter über den Graben zu helfen.

Das Mädchen stürmte in vollem Lauf auf sie los, setzte zwischen ihnen hindurch, der Sergeant griff vergeblich nach ihr, sie wäre beinahe gestürzt, aber dann fing ich sie noch rechtzeitig auf. Einen Augenblick lang stützte sie sich auf mich, ihr Gesicht war gerötet, fedriger Distelsamen saß auf der Haut, in den Haaren hingen die weißen Spinnweben.

»Nicht so heftig, das gnädige Fräulein«, meinte der Gastwirt mit einem widrigen Grinsen, indem er die Arme ausbreitete, »dazu ist ja immer noch viel Zeit. Aber es will in jungen Jahren schon geübt sein. Versteht sich, es will natürlich ausprobiert werden!«

Wir hatten uns festgehalten und ließen uns nun beschämt fahren. Der Sergeant betrachtete uns hämisch, schmatzte mit den Lippen und wischte den Handrücken über seinen Mund, so daß die Ringe funkelten.

»Come on, Smeddy!« nuschelte Smorczak, und die beiden gingen ihrer Wege, aufs Dorf zu.

Es wäre vielleicht nötig gewesen, jetzt ein Wort zu sagen, aber irgend etwas verschlug mir die Sprache. Ich wußte nicht, auf welche Seite ich gehörte – zu den beiden, die mit ihrer Niedertracht ruhig und selbstsicher durch die Welt kamen, oder zu Cora, die jedoch noch verstört zu sein schien, aber eine

Sekunde später bereits den Anwurf mit ihrem Hochmut von sich streifte.

»Die Schweine«, sagte sie zwischen den Zähnen, »diese schmutzigen Schweine! – Komm jetzt! Ich weiß, wohin! Ich habe noch etwas Wichtiges zu erledigen, und du kannst mir dabei helfen.«

Wir überquerten die Chaussee etwas oberhalb der Stelle, wo ich gestern in der Dämmerung auf der Flucht vor Alma nach dem Park hin gelaufen war. Der Weg bis zur Mauer verging sehr schnell. Dann stiegen wir, jeder für sich, hinüber und sprangen gleichzeitig auf die mit Laub gepolsterte Erde.

»Bist du verschwiegen?« fragte mich Cora, »sonst kann ich dich nicht brauchen!«

Ich nickte ihr eifrig zu, ihr Gesicht war streng, es leuchtete von dem Haß, der sie zu ihrem großen Vorsatz antrieb.

»Was ist es denn?« fragte ich.

»Das wirst du ja sehen!«

Wir näherten uns, quer über die hellgrünen Moospolster und durch das feinhalmige Gras gehend, dem Rondell mit den Steinfiguren. Die, welche ich ausgeschmückt hatte, stand mit ihrer mageren und entkräfteten Gebärde noch halb in der Sonne, fröstelnd und ängstlich, denn das Licht glitt von ihr und rann auf der Erde weiter. Cora wies mich an, hier zu warten, und rannte dem Gutshause zu. Als sie hinter den Hecken des Tennisplatzes verschwunden war, konnte ich die Figur noch einmal besichtigen. Im Kreise schritt ich um den hohen Sockel, der mit gemeißelten Ranken und verschlungenen Initialen besetzt war, prägte mir alles ein und verglich die Züge des Standbildes mit denen der Obersten-Tochter. Da war keine starke und treffende Ähnlichkeit vorhanden, vielmehr blieb nur im Vergleich mit den übrigen steinernen Frauen etwas zu enträtseln. Es machte mich betroffen und traurig, als ich plötzlich bemerkte, daß diejenige, welche ich bevorzugte, eigentlich nur eine Stiefschwester der übrigen war, ausgestoßen aus ihrem Kreise, allen Unbilden preisgegeben, gehaßt und befeindet, so fror sie immerzu, seit den zahllosen Jahren, in denen sie niemand mehr geliebt hatte. Ihr Namenszug war nicht zu entziffern; während auf den anderen Sockeln einfache Sinnbilder standen, Wappen mit Köcher und Bogen, mit Sense und Rechen, mit Harfe und Notenzetteln, verschlangen sich die gekurvten Linien hier zu einem unentwirrbaren Knäuel.

Ich ließ mich auf die Knie nieder und kratzte mit den Fingern das Moos von dem Lineament. Stellenweise kam eine matte Vergoldung zum Vorschein und die Reste von ausgeblichenen Farben.

Hinter mir hörte ich Gelächter, verwirrt mußte ich aufstehen.

»Die Anbetung wird gleich zu Ende sein!« sagte Cora. Sie schleppte einen Hebebalken und ein Wagenseil, beides warf sie mir vor die Füße.

»Los!« kommandierte sie, »anfangen! Und nichts verraten, sonst kannst du gleich wieder gehen.«

»Was denn?« fragte ich beklommen. Ich war entschlossen, mich zu weigern.

»Hier! Die hier!« sie wies auf das Standbild, vor dem ich gekniet hatte. »Die muß weg! Ich kann hier nicht bleiben, wenn ich weiß, daß sie im Park steht!«

»Warum denn?« Ich brachte nur einen schüchternen Widerspruch gegen die kindische Zerstörungslust auf, welche in ihr saß und gleich knisternder Elektrizität sofort auf mich überspringen konnte. Es schien der Obersten-Tochter noch nicht an der Zeit, sich mir anzuvertrauen. Sie wollte nur ein Werkzeug mehr haben und vielleicht auch ihre Schuld auf mich abschieben.

»Da kann ich ja gehen«, sagte ich verächtlich und stolz, »wenn ich nicht weiß, wozu etwas gut sein soll, dann mache ich es nicht.«

»Ich will's dir sagen«, überwand sich Cora, »die hier, das ist der Abgott meines Vaters. An der hängt er, und als er sich eine Tochter wünschte und als ich noch nicht geboren war, da ist er mit meiner Mutter vor dieses Götzenbild getreten und hat ihr gesagt, ich müßte so werden wie das steinerne Mädchen. Und später hat er mich oft auf seinen Armen in den Park getragen, vor die Figuren, und er hat mir erzählt: Das dort, das ist deine Schwester, gib dir Mühe, ihr ähnlich zu werden! Wenn ich nicht schlafen konnte, wenn ich Angst hatte in der Dunkelheit, damals, als ich noch klein war, dann spürte ich es manchmal genau, wie sie ihren Sockel verließ und in mein Zimmer kam und sich über mich beugte und mich betrachtete, aber ich würde ja niemals so schön sein wie sie, ja, sie freute sich über meine Häßlichkeit. – Und deswegen muß sie fallen. Weil sie sein Abgott ist. Und weil ich sie hasse.«

»Wie die Bilderstürmer!« bemerkte ich und faßte schon nach dem Balken.

»Wir machen es so«, erklärte Cora, »du ziehst und ich stoße. Da wird sie gleich hin sein!«

Die starken Bahnen des Lichts, welche sich ringsum schräg durch die Baumlücken senkten, fielen gleich Vorhängen, die uns verschleierten. Ich vernahm plötzlich, wie ungeheuer still es war; die Stunde vor Mittag, in der alles schläfrig, träge und unbeweglich wird, vermochte nicht, uns zu lähmen. Es kam mir vielmehr vor, als sei ich soeben in jene Wolke von Haß hinübergelangt, welche rund um Cora aufstieg wie Rauch von einem schwelenden Feuer. Sofort empfand ich einen heftigen Abscheu vor dem Standbilde, es erschien mir lächerlich und verächtlich, und ich legte gleich Hand an, weil ich glaubte, daß in dem Augenblick, wo diese da stürzen und ihr leeres Postament zurücklassen würde, dort vielleicht ganz von selbst eine neue Figur aufstehen könnte, umschlossen von ihrer undurchdringlichen Rüstung aus Härte und Grausamkeit, ja, eine heidnische, uralte Gottheit, der man sich nur durch Opfer nähern konnte.

Cora hatte mit geschäftigen Bewegungen alles vorbereitet. Der Strick war um die steinerne Brust in einer doppelten Schlinge befestigt, der Balken lehnte am Sockel und brauchte bloß aufgehoben und gegen den bröckligen Sandstein geschwungen zu werden. Ich hielt die beiden Enden des Seils untätig fest, das Mädchen glaubte vielleicht, daß ich noch immer Einwendungen machen wollte; sie trieb sich selbst zur Eile an, manchmal betrachtete sie mich mit einem raschen Seitenblick, als wollte sie mir den Mut geben, der mir zu fehlen schien.

Grade als die Hofglocke mit ihrem blechernen und mißtönigen Geklingel die Mittagspause anzeigte, waren wir soweit. Gleich einem schönen Echo läuteten noch die verwehten Töne vom Kirchturm bis in den Park, dann war wieder Stille.

»Los!« befahl Cora, und ihre Stimme hörte sich hart und unkindlich an, »spann dich vor!«

Ich schlang mir den Strick doppelt und dreifach um die Handgelenke und begann zu zerren, indem ich mich weit nach hinten warf. Das Mädchen rannte mit dem Balken an, rammte ihn mehrfach gegen die zarten, geschweiften Beine des Standbildes, es gab jedesmal ein Knirschen, das mir wehe tat. Die

Figur wehrte sich nicht lange, oberhalb der Fußknöchel brach sie ab, stürzte hintenüber und zerschellte in mehrere Stücke. Die frischen Brüche zeigten eine fleischige Tönung, und in den Fußstümpfen auf dem Sockel waren rötliche Äderungen.

»Wir begraben sie!« sagte ich und lief schon, um einen Spaten zu holen. Ich wartete die Antwort nicht ab, ich konnte nicht länger an diesem Platz bleiben, es trieb mich fort, weil ich den Anblick des steinernen Leichnams und den Triumph der robusten Nachbarinnen über ihre gefällte Schwester nicht länger zu ertragen vermochte.

Auf der Grenze zwischen dem Obstgarten und dem Park sah ich, wie mein Onkel aus dem Geräteschuppen trat, sich unter einem Wasserkran wusch und dann durch die Gewächshäuser in die Wohnung ging. Hinter dem Fenster, verundeutlicht durch die Weinblätter, stand Alma; sie verschränkte die Arme im Nacken und schob ihren Körper der Glasscheibe entgegen. Leise und wie ein Taubengurren war ihr Gelächter, während sie ihr Spiegelbild bewunderte. Der Gärtner betrat die Stube, die Frau wandte sich widerwillig hin, kehrte dann aber noch einmal zurück und rief meinen Namen zwei-, dreimal heraus. Ich antwortete nicht, griff mir einen Spaten und lief zu Cora.

Schon von weitem hörte ich ihren wilden, fast geschrienen Gesang. Sie hockte auf dem Leibe der Figur, umschlang die Knie, welche sie eng an sich gezogen hielt, und sie war häßlich und verwachsen anzusehen. Als sie mich kommen sah, hätte sie wohl mit ihrem Geschrei aufhören können, sie rührte sich nicht einmal, ich wurde ärgerlich und wäre am liebsten wieder weggegangen.

»Steh auf!« sagte ich unwillig, »wir müssen das Grab schaufeln.«

Cora erhob sich, strich die Haare aus ihrem Gesicht und warf die Arme hoch, in einer übertriebenen Gebärde des Sieges, die mir so mißfiel, daß ich sofort zu schaufeln anfing. Ich hob eine flache Grube neben der Umgestürzten aus, so daß wir die Teile bloß über den Rand der Vertiefung zu wälzen brauchten, um sie verschwinden zu lassen. Der Boden war locker und sandig, das Schaufelblatt fuhr knirschend zwischen den Kies. Als ich bis zum Fuße des Sockels gekommen war, stieß ich gegen etwas Hartes, das ich zunächst für einen großen Stein hielt, ich beachtete es weiter nicht und fing am Kopfende zu graben an.

»Mach schnell«, sagte Cora hochmütig, als redete sie zu einem Bediensteten, »sonst kommt der Oberst zurück, und dann werden wir noch was erleben!«

»Wenn du willst«, bot ich ihr an, »kannst du jetzt etwas graben!«

Ich stieß den Spaten in die Erde und trat beiseite, Cora ergriff das Grabscheit und benahm sich so ungeschickt, daß es meine Verachtung für sie nur noch steigerte. Aber ich hielt mich zurück und lehrte sie die richtigen Handgriffe nicht. Ihr sehniger Rücken straffte und lockerte sich fortwährend, und sie handhabte den Spaten wie einen großen Löffel, der immerzu von Sand und Steinen überlief. Es war keine Arbeit für sie – reiten, das konnte sie wohl, Bilder zerstören, das konnte sie auch; ja, sie konnte alles, was vom Hochmut gleichsam belebt wurde, aber das übrige, die einfachen und bescheidenen Dinge, das, wozu unsereiner geschaffen war, dazu verhielt sie sich ungelehrig und verständnislos, denn sie verließ sich ja darauf, daß andere bereitstanden, um es für sie zu tun. Es war fraglich, ob die angeborene Nachlässigkeit, welche in ihr war, jemals überwunden wurde.

Ärgerlich wandte ich mich von ihr weg, ein Rest von Stolz empörte sich in mir dagegen, daß sie das, was ich ernst nahm, als Spiel behandelte, und gleichzeitig empfand ich eine Art von Neid, der meinen andersgearteten und gegenteiligen Hochmut anstachelte. Am liebsten hätte ich sie nun sich selbst überlassen.

Aber da hielt mich noch etwas fest. Das Haupt der Gestürzten war am Halse vom Körper getrennt und ein kleines Stück fortgerollt. Es lag für sich auf einem Moospolster, als wäre es sorgsam dorthin gebettet worden, und es hatte überhaupt keinen Zusammenhang mehr mit den Gliedern und dem Körper der Figur. Ich erinnerte mich daran, wie dieses Gesicht, in einem betroffenen Erstaunen leicht abgedreht, ehedem auf einen Ruf zu warten schien, der es seit langem nicht mehr erreicht hatte. Einstmals war es eine Musik gewesen, so zugehörig zu ihr und zu allem, was ihr glich, daß sie selbstverständlich war wie die Luft, die man atmet. Dann wurde diese Melodie abgelöst von anderen Klängen, bis sie ganz verstummte, und wenn zu der Stunde, in der wir mit dem Eifer der Henker uns darangemacht hatten, das Leben des Steins zu fällen, in unser Gehör nur ein schwaches Echo jener verklungenen, kunstvollen Töne eingedrungen wäre, so hätten wir aufs tiefste erschrecken müssen. Dann wäre uns Verständnislosen etwas zugekommen von dem großen Abklang, welcher hinter fallenden Welten und sinkenden Zeiten herweht und fortwährend übertönt wird durch die rücksichtslosen Schreie, mit denen sich das Neue heraufbeschwört. Aber wir hörten nichts von beidem, weder das Kreißen des Kommenden noch den Schwanengesang des Untergangs.

Da lag das Gesicht, lächelnd in einer gelassenen Heiterkeit, der es gleichgültig war, ob sie mit Erde und all den Laub- und Moderschichten künftiger Herbste bedeckt sein würde. Dieses unbeirrbare Lächeln, welches jetzt erst zum Vorschein kam, wo es schon vergeblich war, und das man von dem niedrigen Standpunkte aus nicht hatte bemerken können, bekam in meinen Augen etwas Unvergängliches. Es überraschte mich und fing mich ein, wie eine Fliege von einem ihr unsichtbaren Spinnennetz festgehalten wird. Ich ahmte es wohl auch nach, ohne mir dessen bewußt zu werden. Denn als wäre jenes Lächeln ein großer, beständiger Schein, den bloß die Blinden nicht wahrnehmen können, beleuchtete es mich plötzlich und machte mich für eine Sekunde sehend.

»Das ewige Licht!« sagte ich bei mir und wußte nicht, was ich eigentlich meinte.

»Was grinst du denn da?« rief mich Cora an. Als ich keine Antwort gab und mich nicht rührte, trat sie hinterrücks auf mich zu und entleerte mit einem Schwunge die Schaufel, so daß Sand und Steine über mich rieselten und daß der Staub überall an mir haften blieb, im Nu mich blendete und mir zwischen den Zähnen knirschte.

»Dumme Gans! Elende, blödsinnige Kröte!« schimpfte ich ihr nach, während sie lachend und mich äffend wegsprang. Den Spaten hatte sie liegengelassen, ich hob ihn auf und schachtete blindlings weiter.

Die Grube war noch sehr flach, deswegen verbiß ich mich in die Arbeit. Am Fußende stieß ich von neuem auf jenes Feste, das ich vorhin für einen Stein gehalten hatte; es gab einen hohlen, dumpfen Ton, als ich in meiner Wut mit dem Schaufelblatt dagegenfuhr. Ich hob die Erde ringsherum vorsichtig aus, und da kam, zwei Schritte vor dem Sockel, auf der Seite, wo der Namenszug eingemeißelt war, ein dunkelgefärbter Kasten zum Vorschein.

»Was hast du da?« fragte neugierig Cora, die wieder herbeigekommen war.

»Das gehört mir«, sagte ich ablehnend, »ich habe es gefunden, und deswegen ist es meins!«

»Sei mir doch nicht böse«, schmeichelte sie, »ich bitte dich ja sogar um Verzeihung, wenn du es durchaus haben willst!«

Sie trat näher und berührte meinen Arm, ich sah sie abweisend an, da lächelte sie, und es schien mir, als sei in ihrem Gesicht ein Abglanz des steinernen, ewigen Lächelns, das mich vorhin in jene rätselhafte inwendige Bewegung versetzt hatte.

»Gut!« schlug ich ihr vor, »wir teilen das, was drin ist, wir machen es gerecht. Aber ich will nicht nur die eine Hälfte von dem Schatz, ich will den Kasten haben!«

»Den Kasten sollst du bekommen«, willigte sie ein, »das ist dein Lohn!«

Cora reichte mir die Hand, ich schlug ein, und dann hoben wir den Fund aus der Grube. Der Kasten maß im Quadrat etwa drei Spannen, war aus Eichenholz gemacht, das die Nässe des Bodens geschwärzt hatte; eiserne, durchgerostete Beschläge schützten die Ecken und das Schloß, in dem kein Schlüssel steckte. Auf dem Deckel war ein Schild befestigt, das dieselben krausen Linienzüge zeigte, welche im Sockel standen. Ich fand, daß dieser Kasten sehr leicht war; wenn Metall, Geld und Schmuckstücke darin gewesen wären, hätte er ein anderes Gewicht haben müssen.

»Wie kriegen wir das auf?« fragte Cora hilflos. »Wir haben ja keinen Schlüssel!«

»Ganz einfach. Mit einem Dietrich. Und wenn das nicht geht, dann eben mit Hammer und Zange und mit einer Feile!«

»Du weißt dir für alles Rat«, lobte sie mich, »soll ich gleich zum Schmied gehen?«

»Was für ein Unsinn! Zum Schmied gehst du nicht! Wenn einer überhaupt geht, dann bin ich's. Der Schmied wird uns nämlich fragen, wozu wir das Zeug brauchen, und wenn wir bloß ein bißchen stottern, schöpft der sofort Verdacht, und morgen weiß ganz Kaltwasser, daß wir Werkzeuge geborgt haben. Nein, ich gehe zum Heinrich, der ist dämlich und merkt überhaupt nichts.«

»Bitte«, bedrängte sie mich, »geh gleich!«

»Nachher«, sagte ich bestimmt, »nachher gehe ich bald, aber jetzt müssen wir erst das Begräbnis hier fertig machen!«

Sie versuchte noch an dem Deckel ihre Kraft, rüttelte daran, stieß mit dem Fuß dagegen, nahm einen Stein und hämmerte darauf.

»Laß das!« rief ich unwillig, wieder mit Graben beschäftigt, »das ist meine Sache!«

Sie ließ davon ab, setzte sich auf den Kasten und sah mir zu. Ich hatte sie fürs erste ganz und gar aus dem Felde geschlagen, meine Überlegenheit war dargetan. Cora mußte nun wissen, mit wem sie es zu tun hatte. Hin und wieder sah ich sie an, und dann senkte sie sogar den Blick.

»Was wird drin sein?« fragte sie neugierig und klopfte mit dem Knöchel an die Seitenwände.

»Wir werden es ja sehen. Du kannst es wohl nicht abwarten?«

»Nein«, bestätigte sie ernsthaft, »am liebsten würde ich gleich nachsehen. Es ist so aufregend, daß ich es kaum aushalte. Es ist so, als wenn mich einer kitzelt, und Kitzeln kann ich nicht vertragen.«

Sie verschränkte die Finger, die feinen Knöchel traten heraus, auf dem mageren Handrücken zeichneten sich ein paar Sehnen ab. So weiß und zart war die Haut, so leicht geädert, verletzlich und dünn. Sie erinnerte mich an ein Blütenblatt, welches vor langer Zeit davon, daß ich es nur mit dem Nagel geritzt hatte, gleich welk geworden war. Ich mußte immer wieder auf die Hände sehen, sie waren fertig gestaltet wie die einer Frau, und sie sahen kühl und lässig aus, von einem derart hohen Alter, daß sie nicht sterblich zu sein schienen. Und doch gehörten sie einem Kinde, etwas Schmutz haftete ihnen an.

Es waren sehr befremdliche und ungewohnte Gedanken, die mir einkamen, zuletzt verknäuelten sie sich so, daß ich ihrer müde wurde. Die Hitze hatte zugenommen, alle meine Poren öffneten sich und trieben Schweiß aus. Die Luft stand völlig unbeweglich wie leicht getrübtes Wasser in einem undurchsichtigen Glase. Unter den Bäumen quoll immer wieder Schatten nach, aber oberhalb war ein so ungeheurer Schober von Helligkeit hochauf gespeichert, daß ich die Last auf dem Scheitel spürte. Das ganze Firmament kochte und loderte, und der verspätete, fast unnatürliche und übermäßige Brand der Sonne, welche in ihrer Bahn den Winterbezirken zustrebte, war auf einmal quälend und unheimlich.

»Vielleicht kommt ein Komet!« sagte ich laut zu mir selbst.

»Wo denn?« fragte Cora, »du mußt ihn mir zeigen. Abends

werden wir auf die Felder gehen. Oder ich lasse mir den Kirchturmschlüssel geben.«

»Ich meinte bloß so!« wehrte ich sie ab.

Die Grube schien mir tief genug zu sein. Ich warf den Spaten beiseite, trat herauf und maß das Grab, welches wir bereitet hatten, mit den Blicken ab. Dabei betrachtete ich von neuem das gemeißelte Antlitz, immer noch war das Lächeln unverkennbar. Plötzlich befiel es mich, daß ich dieses Haupt an mich nehmen müßte, es gehörte mir ja, weil ich seinen Sinn erkannt hatte.

»Steh auf«, sagte ich barsch, »wir sind soweit! Jetzt mußt du mir helfen.«

Die Obersten-Tochter erhob sich sofort. Wir nahmen den Hebebalken und wälzten die schweren Stücke des Körpers in die Grube. Zuletzt blieb das Haupt übrig.

»Das wird anderswo eingegraben«, bestimmte ich, »du kannst es mir überlassen.«

»Nein!« widerstand mir das Mädchen. »Nein und nein! Ich will die abscheuliche Fratze in tausend Stücke zerschlagen. Es soll nichts mehr daran erinnern. Lauter kleine Steine, dann gebe ich mich zufrieden. Wie Schotter auf der Straße!«

Sie wollte mir den Balken wegreißen, ich hielt ihn fest. Wütend und unbeherrscht stampfte sie mit den Füßen, ihre Augen waren grün und schillernd, die Haut hatte sich gerötet, und die Lippen bebten so, daß die Zähne zum Vorschein kamen.

»Was erlaubst du dir denn?« fuhr sie mich an. »Was willst du denn überhaupt noch hier? Marsch, pack dich! Sonst ... sonst schlage ich dich, du Ekel, du widerwärtiger Kerl ...«

»Schlag mich ruhig«, sagte ich gelassen, »schlag mich doch!«

Und dann blieb mir weiter nichts übrig, als ein höhnisches Gelächter anzustimmen, das sie in die Irre führen sollte. Sie wich zuerst ein wenig vor mir zurück, sprang aber unversehens auf mich los und fuhr mir mit ihren Nägeln ins Gesicht, daß es wie Feuer brannte. Ich ließ den Balken fallen, packte sie mit aller Kraft bei den Handgelenken und wollte sie auf die Knie zwingen.

»Laß los!« keuchte sie nachgebend. »Laß mich los! Bitte, laß mich sein!«

Ihr heißer Atem hauchte mich an, das verwirrte mich. Auf einmal war mir, als stünde schon die ganze Zeit einer hinter den Sträuchern und beobachtete uns. Ich ließ von ihr ab und wandte mich um. Beim Tennisplatz irrte die Köchin umher, sie sah in ihrer weißen Schürze wie eine gemästete Ente aus, die unter lauten Klagerufen näher watschelte. Verzweifelt rief sie nach dem gnädigen Fräulein.

»Mach dich fort«, flüsterte ich, »ehe sie alles ausspioniert!«

Cora sprang weg, der beleibten Köchin entgegen, die gleich stehenblieb, als würde es ihr unsägliche Mühe gekostet haben, nur noch einen einzigen Schritt zu tun. Nachdem sie ein paar Worte mit Cora gewechselt hatte, drehte sie auf der Stelle wieder um, während das Mädchen noch einmal zu mir zurückrannte. Sie schwebte gleichsam über dem Boden und war so leicht, daß es mich erstaunte. Mit vorgestreckten Armen, in der Erwartung, daß ich sie wie in einem Spiele auffangen würde, flog sie auf mich zu. Ich blieb tölpelhaft und benommen stehen, sie rannte mich beinahe um, der Anprall warf uns zusammen, und ich erschrak, indem ich ihren harten, federnden Körper und eine weiche Brust zu spüren bekam.

»Der Oberst bleibt über Nacht!« berichtete sie hastig und freundschaftlich, um alles wiedergutzumachen. »Heute abend treffen wir uns. Du kommst durch die Küche, dann machen wir den Kasten auf. Und den Kopf, den schenke ich dir. Aber vergiß nicht zu kommen, ich warte auf dich!«

»Wenn der Mond aufgeht!« schlug ich vor.

»Gut, wenn der Mond aufgeht. – Ich muß jetzt fort, muß dich allein lassen.«

Sie gab mir die Hand, ich bückte mich linkisch und küßte sie flüchtig, es war mir ungewohnt, ich tat es zum ersten Male. Dann machte ich unsere Arbeit allein fertig. Mitunter brannten mich die Male ihrer Nägel, sofort war ich beschämt und kam mir in allem unterlegen vor. Aber ich beeilte mich so sehr, daß ich es wieder darüber vergaß. –

Die Grube war mit dem ausgehobenen Erdreich angefüllt und die gelockerte Schicht festgetreten. Laub hatte sich darüber gestreut und anderwärts Moosteller abgelöst und hier hingebreitet. Als ich fertig war, versteckte ich Kopf und Kasten im Gestrüpp an der Parkmauer, häufte Zweige darüber und machte mich dann, beladen mit Hebebaum, Spaten und Strick, auf den Weg zum Geräteschuppen.

»Wenn der Mond aufgeht!« Ich sagte den Satz fortwährend vor mich hin, und ich ging mit meinem Handwerkszeug unvorsichtig genug und allen sichtbar über die Rasenflächen, vorbei an den kreisrunden Narben, welche die Stellen bezeichneten, wo die Gewächskübel gestanden hatten. Hier begann alles unversehens, ohne daß ich mir damals seiner bewußt werden konnte. In jener Stunde mußte mich wohl eine unsichtbare Hand am Arm gepackt und zunächst nur ein winziges Stück fortgezogen und weitergestoßen haben, bis ich endlich den vorbestimmten Weg fand, auf dem ich fürs erste nur schüchtern hatte gehen können. Aber jetzt bereits kam ich mir selbständig vor. Am liebsten hätte ich den Ablauf des Tages beschleunigt, um die Zeit des Mondaufganges näher zu rücken.

Mochte das Gesinde, mochten die Hofleute mir ruhig nachglotzen, wie ich da mit dem Arbeitszeug aus dem verbotenen Teil des Parks hervorkam, sie würden sich nichts zusammenreimen können, das Geheimnis war für jene und auch für alle übrigen völlig unverständlich.

Furcht vor dem Ungewissen

Als ich am Gewächshaus entlangging, hörte ich schon Almas lauten Gesang. Nie hatte sie jemals im Beisein des Gärtners gesungen, manchmal, wenn sie sich doch vergaß, glitt sie auf den ersten gesummten Tönen gleich wieder ins Schweigen ab. Voreilig drückte ich die Klinke nieder, sofort sprang der Gärtner, welcher in einen Holzrechen neue Zinken einsetzte, aus seiner geduckten Haltung auf.

»Wo kommst du her?« brüllte mich mein Onkel an, »weißt du nicht, wann Essenszeit ist?«

Drohend, mit geballten Fäusten rückte er auf mich zu, er sah abschreckend und verunstaltet aus. Ich war wehrlos vor Schreck und wich zur Tür zurück. Alma beruhigte mich mit einem einzigen Blick, sie schnitt hinter Karls Rücken eine so verächtliche Grimasse, daß mich ein Lachen ankam, das ich gleich zu unterdrücken suchte.

»Hundsfott, verfluchter!« schimpfte der Gärtner schon um einen Ton leiser. »Schäbige Lerge! Charakterlos wie dein Vater. Und undankbar. Gleichst ihm aufs Haar. – Hätte ich's bloß geahnt, niemals würdest du den Fuß auf meine Schwelle gesetzt haben. – Aber eine Strafe sollst du bekommen, sollst nichts zu essen kriegen und hungrig bleiben bis zum Abend. Die Strafe sollst du bekommen.«

Er hatte sich in seinem Zorn übernommen und sackte schon wieder zusammen, schleppte sich auf seinen Stuhl zurück und fing von neuem zu schnitzen an. Alma trocknete sich die Hände ab, setzte einen Teller auf den Tisch, legte den Löffel daneben und kniete sich dann vor den Herd, um das ausgebrannte Feuer neu anzufachen.

»Laß dich nieder«, wies sie mich an, »ich will den Rest gleich wärmen. Es dauert nicht lange.«

Ich setzte mich hin und sah ihr zu. Es mußte eine Veränderung stattgefunden haben, welche sie so unbeirrbar sicher und heiter gemacht hatte. Ich wußte nicht, woher das kam, flüchtig dachte ich an Hartmann, aber er konnte es auch nicht sein, der sie von ihren Bedrückungen befreit hatte.

»Prangen in ihren Sünden«, murmelte der Gärtner vor sich hin, »verpesten mit ihrem Atem die reine Luft!«

Er stand auf und schlurfte hinaus. Alma tat so, als wäre niemand dagewesen und als hätte uns keiner verlassen. Ihre Augen glänzten ein wenig zu sehr, sie sahen fiebrig aus. Aber die gemessenen Bewegungen widersprachen dem.

»Wer hat dich denn gekratzt?« fragte sie spöttisch und vielsagend.

»Wo denn?« gab ich ihr verlegen die Frage zurück.

»Na, im Gesicht doch, auf den Backen. Es muß ja weh tun. Hier und da!« Sie fuhr mit den Fingern leicht über meine Haut.

»Nichts tut mir weh! Gar nichts.«

»Heute früh war es noch nicht da. Bist wohl mit dem gnädigen Fräulein spazierengegangen?«

»Bin überhaupt nicht spazieren gewesen«, log ich, »und das gnädige Fräulein, das habe ich nicht gesehen. Es werden wohl die jungen Katzen im Pferdestall gewesen sein.«

»Ja, nun eben! Die vom vorigen Jahr, die in der Schwarzen Weide ertränkten, die sind es sicher gewesen ...«

»Kann schon möglich sein«, ahmte ich ihre Sprechweise nach, »das sind genau diejenigen jungen Katzen, die Hartmann gestern abend zwischen die Füße gelaufen kamen, daß er aufs Parkett fiel und ein blaues Auge kriegte.«

Alma mußte gleich lachen, sie griff mir ins Haar, zupfte mich tüchtig, daß es schmerzte; und sie schämte sich nicht im mindesten, sie war sogar noch stolz. Ich löffelte hungrig den Teller leer, kam mir unantastbar und gegen alles gefeit vor.

»Hast du die Bäume leergepflückt?«

Sie gab mir keine Ruhe, trieb es immer noch weiter. Und zudem setzte sie sich neben mich und legte ihre Hand in meinen Nacken, bis es mich so peinigte, daß ich sie abschüttelte.

»Nein«, sprach ich nachlässig mit vollem Munde, »ich bin natürlich nicht fertig geworden. Und ich wollte auch nicht. Es war mir zu langweilig, da habe ich's halt bleibenlassen.«

Alma legte es darauf an, mich so zu verwirren, daß ich mich endlich verraten sollte.

»Und dann bist du weggerannt. Im Rennen brauchst du dich ja nicht mehr zu üben. Darin stellst du einen Meister dar. Wie du gestern so vom Püschel weggeschossen bist, als wenn der Teufel drin lauerte, das muß ich schon rühmen.«

»Du weißt's ja besser, Tante«, sagte ich kühn vor Ärger, »daß es nicht zum Spaße war. Und da brauche ich dir ja nichts vorzuschwindeln. Vorm Teufel, das gar nicht, vor dem bin ich nicht furchtsam, der hat's auf den und jenen abgesehen, auf mich bestimmt nicht. Aber da gab's ja schon noch eine andere Ursache, und wenn ich vor der... wenn ich davor Hals über Kopf... ja dann ist's vielleicht noch eher zu loben, daß ich mich fortmachte...«

»Im Heu hat sich's wohl besser gelegen, gelt? Du dachtest wohl, du würdest blaue Flecken bekommen, wenn du dich neben mich ins Gras setzen tätest. Aber ich ahnte ja nicht, daß man dir weiches Sommerheu unterschieben muß...«

Sie faßte meinen Kopf an und drehte ihn herum, bis ich ihr in die Augen sehen mußte. Ihr Gesicht wurde unübersehbar groß, die Augen waren gleichermaßen von Neugierde wie von Lust belebt, in den gewölbten Lippen blähte sich die Verführung auf, Schauer von dunklen, mir unbekannten Empfindungen liefen ihr über die Stirn, über Backen und Kinn. Das Haar knisterte vor fremder Inbrunst, und die Haut löste sich in einem solchen Gefühl auf, daß es für einen anderen als mich vielleicht nötig geworden wäre, sie zu berühren. Gestern war ich davor geflüchtet, jetzt aber, bei vollem Tageslicht, konnte ich das, was mich in der Nacht so unbarmherzig an sich gerissen hatte, genau betrachten, und es war eher eine Leidenschaft des Erkennens als eine Leidenschaft der Nachgiebigkeit, die mich bewog, es sich von neuem mir nähern zu lassen.

»In welchem Heu denn?« stotterte ich, »in welchem denn?«

»Ich würde dir doch nichts Böses getan haben«, begann sie, indem sie mich mißverstand und beide Arme um meine Schultern legte, »da ist doch nichts Böses dabei. Und du brauchst nicht gleich die Verdammnis zu bedenken, damit hat es nichts zu schaffen. Ganz anders, ganz anders und nicht, wie sie es uns weismachen wollen. – Du tust es nur, du tust es – und jedesmal glaubst du zu sterben, aber das ist es nicht – du lebst ja weiter, und es war bloß ein Vorgeschmack, als wenn du gekostet hättest. – Als wenn du hingegangen wärst – und hättest genommen vom Schierling, von Tollkirschen und vom Stechapfel...«

Schon bekam sie wieder ein neues Aussehen, kummervoll wurden ihre Züge vor Enttäuschung. Alma wäre mit jeder Lüge zufriedengestellt worden und würde sich an ihr von neuem aufgerichtet haben, aber die Wahrheit konnte sie nicht vertragen. – Langsam lösten sich die Arme von mir und glitten ihr schlaff in den Schoß. Sie fanden ihr Leben lang nichts, woran sie sich festhalten konnten, und sie sahen verzweifelt aus, ja sie erinnerten mich plötzlich daran, daß sie eigentlich aus Erde gemacht waren; aber der Odem, welcher ihnen ehedem Leben einblies, hatte sich längst aus allen ihren Gliedern verflüchtigt, unwiederbringlich für immer.

Ich erhob mich und trat ans Hoffenster. Drüben in der Sonne saß der Kutscher, verschlafen und gleichmütig putzte er das Geschirr des alten Kutschwagens, erlahmte völlig darüber und riß sich von Zeit zu Zeit gewaltsam wieder hoch. Hinter mir tauchte das Ticken der Uhr wieder aus der Stille auf. Ich erinnerte mich daran, daß ich von Heinrich Werkzeuge borgen wollte, dabei gedachte ich der Obersten-Tochter, und das bestärkte mich noch in meiner Abwendung von Alma. Man konnte ja alles verschweigen, wenn man es nur wollte, man brauchte den Mund nicht unnötig aufzutun. Was gingen mich denn die Sorgen der Gärtnersfrau an?

»Ein für allemal«, sagte ich hart, ohne mich nach ihr umzusehen, »das mit dem Heu ist eine Lüge. Vielleicht hast du es bloß geträumt, oder vielleicht hat es Hartmann geträumt. Das kann ich ja nicht wissen.«

Sie schwieg. Als ich sie anblickte, sah ich, daß sie geweint hatte. Es war mir unverständlich, ich konnte keinen Grund finden, und deswegen rührte es mich überhaupt nicht.

»Meinetwegen«, gab sie schließlich meinem Abwarten nach, »wenn du's so haben willst, dann bist du's eben nicht gewesen, der in der Nacht aus Woitschachs Scheune kam. Dann muß es halt dein Doppelgänger gewesen sein, der deine Kleider trug und auch deinen Gang hatte. – Wir haben ja alle dasselbe Quentchen an Schuld, das wir verleugnen wollen. Der eine kriegt's beim Kaufmann als Zugabe, und der andere weiß nicht, wo er sich damit angesteckt hat. Er kann sich nicht erinnern, es ist ihm entfallen. – Also, dann sind wir beide von jetzt an sozusagen quitt?«

Sie streckte mir die Hand hin, und ich schlug ein, mißtrauisch, weil ich nicht wußte, worauf Alma abzielte.

»Wie du meinst«, sagte ich zögernd, »dann wollen wir eben quitt sein!«

Die Gärtnersfrau erhob sich, räumte die Reste des Essens ab und machte sich mit lauter Kleinigkeiten zu schaffen, rückte geräuschvoll Töpfe, stapelte die Teller in den Geschirrschrank und legte Holz in den Herd, obwohl das Wasser fauchend kochte.

»Ich gehe jetzt!« erklärte ich großspurig und wandte mich zur Tür.

»Willst du nicht mal den Starkloff besuchen?« schlug sie mir vor.

»Was soll ich denn bei dem?«

»Du könntest ihn ja fragen ... könntest ihn ja aushorchen, ob er gestern auf seine Kosten gekommen ist ...«

»Ich bin kein Spion«, wies ich sie ab, »und wenn ich gehen täte, dann würde ich ganz von selbst gehen, ohne Aufforderung.«

Sie wußte nicht, wie sie mich dazu bringen konnte, endlich entschloß sie sich, keine Umschweife mehr zu machen.

»Es ist nämlich so«, begann sie stockend, »daß der Hartmann ... nämlich der Starkloff hat in dem Laden Geld stehen, und wenn er es jetzt kündigen wollte, dann würde das nicht gut sein für den Kaufmann, dann würde der vielleicht ... und er müßte vor Gericht gehen und Bankrott anmelden. – Ich hätte ja selbst beim Starkloff vorgesprochen, aber du kannst dort mehr ausrichten, dich hat er ja gern, kann sein, du bist der einzige Mensch, den er gern hat ...«

»Gut, dann will ich also gehen, aber versprechen kann ich dir nichts!«

Ich willigte ein, denn ich war alles dessen, was hier vorfiel, überdrüssig geworden, ich konnte kein Ende absehen, jeden Tag würde es sich von neuem genauso wiederholen.

»Ich werde dir dankbar sein!« sagte Alma noch, indem sie einige Schritte auf mich zu tat. Ich hörte es nur halb, und ich nahm es auch nicht mehr gänzlich wahr, wie die Besorgnisse, unter denen sie gelitten hatte, von ihr wichen.

Mit einem Satz übersprang ich die Stufen ins Gewächshaus. Hier war es wie gestern, als ich auf den Schilfmatten gehockt hatte. Genau dieselbe schräge Sonne, das Schattengestänge auf dem Zementboden, der volle besänftigende Geruch nach den Ausdünstungen der Pflanzen und nach der bröseligen Erde in den Kübeln – die blühende Staude, welche noch immer mit ihren zinnoberroten Blumenrispen auf der Sonnenseite stand, war mit einem Drahtgeflecht umgeben. Außer dieser einzigen Veränderung gab es hier nichts Neues. –

Heinrich hatte das blanke Geschirr auf einen Haken neben dem Stalltor gehängt und betrachtete es wohlgefällig.

»Das glänzt ja wie neu«, schmeichelte ich ihm, »das ist wohl eben erst vom Sattler gebracht worden?«

»Nu wennschon«, brummte er, »wenn er's schon gebracht hätte, so gut wie die frühere Arbeit wär's noch lange nicht. Kannst du das nicht mal sehen mit deinen dämlichen Augen? Das ist ein altes Geschirr, und das bleibt ein altes Geschirr, wenn auch frisch geputzt.«

»Sehen kann ich's ganz gut«, redete ich ihm zum Munde, seine Sprechweise nachahmend, »bloß erkennen kann ich's nicht, weil's so blitzen und gleißen tut. Ich bin ja auch nicht der herrschaftliche Kutscher namens Heinrich.«

»Da könntest dir auch was einbilden drauf, Kerl; aber so mußt du bloß bescheiden sein und deine vorwitzige Schnauze zügeln – da ist's schon gut, mehr verlange ich ja gar nicht.«

Er ging vom Fleck weg in den Stall und rumorte drinnen herum. Ich begriff nicht, warum er mich so verächtlich behandelte, und ich nahm mir vor, in einer anderen Tonart mit ihm zu reden.

Der Hof war leer und vermochte nicht, den diesig gewordenen Sonnenschein einzudämmen; es kam mir vor, als befände ich mich in einer großen Wanne, die auf allen Seiten vor Licht überschwappte. In der Ecke, bei den Gesindehäusern, plusterten sich die Hühner im Staube; manchmal krächzte eine oder die andere Henne, und der Hahn gab einen Laut von sich, der wie ein Schnarchen war. Von der Dunggrube her kam ein stechender Brodem, vermischte sich mit dem säuerlichen Schwelen der Rübenschnitzel hinter den Scheunen und mit dem Pferdegeruch, der aus dem Stall drang. Die Fliegen waren bösartig und aufdringlich geworden. Alles stand grell und nahegerückt da und war doch verhängt durch einen flirrenden, sehr feinen Nebel, der sich von oben herabzusenken schien. Weit draußen, in einem anderen Teil der Welt, waren wohl unendlich hohe Staubsäulen aufgepeitscht worden und fielen hier wieder zu Boden. Ich stellte mir vor, daß ein Vulkan, mitten im Ozean gelegen, gleichwie ein riesiger Bovist geplatzt wäre oder daß auf den gelben Steppen ostwärts unabsehbare Reiterheere, gewappnet mit einem furchtbaren Heidentum, von niemandem beobachtet, hinterrücks sich gegen unsere Länder heranwälzten.

Ein dumpfes Stampfen im Stall und Heinrichs Flüche weckten mich auf.

»Aas verfluchtes! Dreckige Mistlerge! Verdammter Mörder!«

»Was ist denn?« fragte ich abwesend.

»Na, was soll denn sein?« gab er zurück, kam in der Tür blinzelnd zum Vorschein, »der Teufel sitzt in ihm. Ich hab's dem Oberst ja gleich gesagt, als er den Gaul für die Tochter kaufen wollte. Herr Oberst, habe ich gesagt, das ist kein Reitpferd, das ist 'ne bockige Schindmähre. Läßt sich von keinem vernünftigen Kutscher nicht anrühren, das Luder, geht hoch wie von der Bremse gestochen. Na, ich wollt's schon kirre kriegen, wollt' ihm schon die Mucken austreiben! In die Schwemme müßt' der Bock, halb versaufen. Ist ja alles knistertrocken, nu vielleicht Ende der Woche, wenn's gewittert hat!«

Er sprach eher mit sich selber, als daß er sich an mich wandte. Ich mußte ihn zweimal um die Werkzeuge bitten, bevor er mir eine Antwort gab.

»Wozu brauchst es denn?« wollte er mich ausforschen, »willst wohl klauen gehn, was? Das täte so zu dir passen!«

»Will mir was basteln«, trumpfte ich auf, »will mir eine Holzkiste bauen, in die ich meine Mitbringsel tue, wenn ich abreise!«

»Ist bloß gut«, knurrte er, »daß du bald fährst!«

»Warum denn? Was hast du denn dagegen, daß ich hierbleibe?«

»Schämen müßtest du dich«, räsonierte er, »und bist noch hochfahrend und bild'st dir wer weiß was auf deine Verwandtschaft ein, auf das Weibstück da drüben. Die gibt ganz Kaltwasser ein Ärgernis, die treibt's noch so weit, bis sie Hochwürden vor den Ohren der ganzen Kirchgemeinde vermahnen tut, die brünstige Stute. Aber dann hat ihre Stunde geschlagen, dann soll sie was erleben, alle Anständigen werden so lange ausspucken vor ihr, bis sie in sich geht. – Der arme Dimke-Karl, den hat sie schon auf dem Gewissen, der läuft 'rum, unterkittig vor Scham, und tut am hellichten Tage mit sich selber reden. Drei Kreuze kannst du schlagen, wenn du da wieder 'rauskommst mit heiler Seele, drei Kreuze und alles vergessen, was sie dir beigebracht hat.«

»Nichts hat sie mir beigebracht«, fuhr ich auf ihn los, »und wenn sie mir was beigebracht hätte, dann wäre es das gewesen, ohne Grund anderen nicht den Buckel zu behauen. – Willst du mir also jetzt das Zeug geben, um das ich dich gebeten habe, oder soll ich zum Schmied gehen und den darum bitten und ihm erzählen, was du für ein leichtgläubiger Halunke geworden bist? – Damit du's am eigenen Leibe spürst, wie es ist, wenn man ins Gerede kommt. Heinrich, der Leichtgläubige, Heinrich, der Dämlack! Ein schöner Name für dich!«

Gestern hätte ich noch nicht so reden können. Es überraschte mich am allermeisten, wie ich ihn durch meinen Einspruch dorthin dirigieren konnte, wo ich ihn haben wollte, und wie er in seiner Einfältigkeit folgsam an der eigenen Meinung zu zweifeln begann. Er wollte eben den Mund öffnen, um mir Rede und Antwort zu stehen, da regte sich etwas hinter dem Flügel des geöffneten Stalltors, und dann ging dort ein Gelächter los, so verzweifelt laut, daß es von seinem Echo bald zugeschüttet wurde. Das Lachen erstickte in einem müden Hüsteln, der Gärtner kam zum Vorschein, und, ohne sich um uns zu kümmern, lief er schwerfällig über den Hof, nach den Gewächshäusern hin, er schleifte einen kurzen, gedrungenen Schatten hinter sich drein; manchmal blieb er liegen wie verloren und schüttelte seinen unförmigen Kopf, und dann, ehe er weitergezogen wurde, kam jedesmal in langen Stößen jenes unerträgliche Lachen herüber, als Zeichen, daß der Mensch, welchem dieser Schatten gehörte, noch am Leben war. Dies war das erstemal, daß ich vernahm, wie mein Onkel lachte.

»Da siehst es«, flüsterte Heinrich, »so schleicht er schon die ganze Zeit herum auf dem Gutshofe und belauscht alles, was sich zweie erzählen. Wenn das kein Anzeichen für die Wahrheit sein soll, dann weiß ich nicht...«

Das Schweigen saß mir in der Kehle wie ein Brocken, den ich nicht verschlucken konnte. Ein unsinniger Zorn hatte mich gepackt, er richtete sich gegen Alma, und es hätte nicht viel gefehlt, so wäre ich hingerannt und würde ihr alles ins Gesicht geschrien haben. »Hure«, hätte ich geschrien, »Kebsweib! Sünderin!« Aber plötzlich erinnerte ich mich daran, wie leicht und behende Sofie die Haspe aus Woitschachs Scheunentor gezogen hatte, und da blieb mir nichts weiter übrig, als die Fäuste zu ballen.

»Na, laß mal gut sein!« Heinrich klopfte mir auf die Schulter, »ändern kannst du da auch nichts, das muß schon ein anderer besorgen, in dem seiner Macht steht es ja. Ich will dir jetzt auch dein Zeugs holen. Aber bleib draußen, Junge, sonst haut dir das Luder von einem Teufelsgaul noch den Nischel entzwei. Wird Achilles genannt, das Mistvieh, als ob das ein Name für 'n ordentlichen Gaul ist, 'ne Hundetöle, wenn er die wäre, da täte der Name gerade noch passen!«

Er trat in den Stall, ich hörte ihn umhertapsen und kramen, er murmelte noch etwas, das ich nicht verstehen konnte, dann ging der Gaul hoch, stampfte und schlug gegen die Holzverschalung der Box. Erst fiel da eine Sache klatschend um, nachher wurde ein unterdrücktes Stöhnen vernehmlich, zuletzt war wieder Stille. Als ich vorsichtig hereinkam, lag Heinrich auf den Fliesen, in den verkrampften Fäusten hielt er Hammer, Zange und Feile. Er regte sich schwach, ich ließ mich auf die Knie nieder und rüttelte ihn. Wie eins der gigantischen Rösser, aus Erz gegossen, in der Vorzeit Wahrzeichen für Sieg und Ruhm, so stand der Hengst über uns, mit gespreizter, vor Kraft zitternder Hinterhand, aus flakkerndem Auge nach uns linsend, bereit, gleich wieder aufzufahren und uns ganz zu vernichten. Cora hatte ihn gestern geritten, er duldete wohl nur jemanden, der ihm ebenbürtig war. Ich mußte an das hölzerne Roß denken, welches vor den Toren Ilions aufgezäumt worden war. Leise klirrend von den Waffen der Männer, die es verschluckt hatte, stand es dort viele Tage blind und unbeweglich, so lange, bis die durch die Götter verblendeten Trojaner ihre Mauern niederrissen und sich dem großen Sterben preisgaben, welches auf der Kruppe dieses Tieres saß und langsam, feierlich und unabwendbar in ihre Straßen einritt. Ich hatte das immer gelesen und nie begriffen, jetzt, unversehens, verstand ich es; und es erstaunte mich, wie einfach das fremde Bild gemeint war.

Heinrich rührte sich bald unter meinen Händen. Er machte ein dummes Gesicht und hatte blöde Augen, griff sich an die Schulter und rieb sich daran herum. Ich nahm ihm die Werkzeuge weg und wollte ihm behilflich sein.

»Laß doch«, wehrte er mich ab, »aufrichten tu' ich mich schon von alleine. Na warte, jetzt werd' ich's dem Freundchen eintränken, jetzt will ich ihn schinden und zwiebeln, bis er lammfromm ist und kuschen tut! – Und das machen wir zwei beiden alleine ab, dazu brauchen wir keine Zuschauer!«

Der Hengst scharrte nervös mit dem Huf und schnaubte, als der Kutscher sich erhob. Ich verließ den Stall, und es tat mir leid, daß das Pferd unterliegen mußte. In einem Kellerhals unter der Gärtnerwohnung versteckte ich meine Werkzeuge. Als ich mich aufrichtete, zog es meinen Blick zum Fenster, drinnen stand mein Onkel, hatte den Karabiner auseinandergenommen, zog einen Wergballen durch den Lauf und schaute dann hindurch nach dem Himmel, als wäre diese Waffe ein Fernrohr und als wollte er damit jenen unheilbringenden Kometen entdecken, von dem ich vorhin der Obersten-Tochter etwas vorgeschwafelt hatte...

Langsam und ganz benommen ging ich die Dorfstraße hinauf. Die Leute, welche mir begegneten, schleppten sich alle mutlos und mit schweren Gliedern unter dem zunehmenden Druck der stockigen Luft. Die Schwarze Weide sah ich aus ihrer eigenen Gärung Blasen auftreiben, welche an der Oberfläche zerplatzten – in der Nacht würden sie vielleicht zu Irrlichtern werden, welche von außen her, durch das vor Nebel qualmende Bruchgelände, nach Kaltwasser hineinschwärmten – ich sah das nächtliche Bild auf einmal so deutlich, daß ich jede Einzelheit unterschied. – Lauter hüpfende Flammenzungen kamen in der Finsternis herbei, schnellten sich, bläulich und grünlich flatternd, kreuz und quer über die ganze Gemarkung und drangen schließlich, dem Wasserlauf folgend, wie Signale des Bösen über die Grenzen der Gehöfte, überflogen die Zäune und die Hecken, setzten sich auf die Türschwellen der Häuser, zwängten sich durch die Schlüssellöcher und fraßen sich durchs Holz bis in die dunklen Schlafstuben, wo die Leute ihr Schuldbewußtsein in dumpfen Träumen vervielfältigten. Dort zischten die Flammenbündel auf den Stirnen der schlaftrunkenen Männer und Frauen, und selbst die Kinder schonten sie nicht, bis sie mit ihren brüchigen Stimmen zu flennen anfingen und ihre Schreie in das Brüllen des geängstigten Viehs mischten. Auch die unmündige Kreatur mußte in einer solchen Nacht durch Furcht zur Rechenschaft gezogen werden. Da halfen keine Kruzifixe, weder Weihwasser noch Rosenkränze, sogar die geweihten Palmwedel von Ostern waren schon zu welk geworden. Aber endlich würde ja der Mond sich unter den Wolken, welche ihn ersticken wollten, mit aller Kraft heraufwühlen – und das milde, gleichmäßige Licht gab alsdann der Welt wieder für kurze Zeit den Anschein von Sündenlosigkeit und Frieden.

Ich hatte Hartmanns Laden erreicht, die verbeulten, vom Rost zerfressenen Reklameschilder und die neuen, glänzenden Papp-Plakate hingen aufdringlich am Staketenzaun und neben dem Schaufenster, das mit seinen Rolläden verschlossen war. Die Ladenglocke klingelte heiser, eine junge Frau, selbstgefällig sich in den Hüften wiegend, trat heraus, es war keine aus Kaltwasser. Erst als sie sich aufs Fahrrad balancierte und in der Richtung nach Nilbau davonfuhr, erkannte ich in ihr jene wieder, die sich gestern bei Smorczak an des Kaufmanns Hals gehängt hatte. Hartmann schloß die Tür von innen, er bemerkte mich nicht, und deswegen sah er der Frau nach, lächelnd strich er sich die zerwühlten Haare glatt, indem er sich einen Taschenspiegel vorhielt, dessen Reflex seinen Augen ein böses Irisieren gab. Dann zog er die Rolläden hoch und erschien gleich danach im obersten Stockwerk, wo er die gelbe Gardine zurückschob und die Fenster aufstieß, um das Zimmer zu lüften.

Alles erboste mich, und ich trat ein, noch ehe ich es mir richtig überlegt hatte, ich sagte mir, daß ich mich an dem Kaufmann rächen müßte, aber ich wußte nicht, wie ich das anstellen sollte. Der Laden hatte einen übersüßen Geruch, die Fächer der Regale waren allesamt vollgestapelt mit Verkäuflichem. Auf den schmierigen Bändern, die von der Decke herabhingen, verendeten die festgeklebten Fliegen. Hartmann ließ mich warten, ich spürte, daß er mich durch ein Guckloch in der Hintertür beobachtete, und lümmelte mich breit über den Ladentisch. Auf dem Pult lagen einige Hefte, das nächste griff ich mir, blätterte darin und betrachtete die in großspurigen Schriftzeichen hingeschriebenen Zahlenposten, welche unter den Namen der Dorfbewohner standen.

Sogleich hörte ich den Kaufmann hereinkommen, eben las ich die Bemerkung: Dimke, Karl, Gärtner, und entdeckte, daß die Schuldsumme, die vor kurzem erst zusammengerechnet worden sein mußte, weil die Tinte noch blau aussah, sehr beträchtlich war. Auch fiel mir auf, daß der Name Starkloff, den ich in Eile suchte, nicht zu finden war.

Hartmann unterschätzte mich, er behielt sein freundliches Wesen bei; lachend, daß die starken weißen Zähne sichtbar wurden, zog er mir das Heft weg und schleuderte es nachlässig auf den Ladentisch. Mir lag daran, ihn so weit zu reizen, als ich nur konnte, und ihm meine ganze Verachtung zu zeigen. Vorläufig fiel mir nur auf, wie lächerlich er aussah. Sein rechtes Augenlid war verschwollen und blutunterlaufen, und die Oberlippe beulte sich, aufgetrieben wie von einem Bienenstich.

»Na, Einkäufe machen? Womit kann ich dienen?« fragte er mit der abschätzenden Zuvorkommenheit, die ich an ihm kannte. Dabei verriet er sich aber bereits, aufgeregt trommelte er auf den Tisch, ein ganz reines Gewissen hatte er ja nie.

»Der Ringkampf gestern ist wohl nicht besonders gut abgelaufen?« erkundigte ich mich teilnahmsvoll. »Haben Sie wenigstens den Preis bekommen?«

»Den Preis! Welchen Preis denn? Preise gibt's viel, manche fallen einem von selbst in den Schoß...«

Er nahm es zu leicht, ich mußte anders vorgehen.

»Gibt's in Nilbau auch eine Ärztin?« fragte ich dummdreist.

»Was denn für eine Ärztin, he?«

»Nun, eine solche, die sich auf ihr Fahrrad setzt und zu allen verprügelten Männern im ganzen Kreise fährt, um ihnen Zugpflaster aufzulegen!«

Daraufhin versuchte er bloß, mit dem Finger drohend, mich in die Enge zu treiben, und dann kratzte er sich grinsend mit der Hand über die Backe, indem er bedeutungsvoll die Augenbrauen hochzog.

»Ich wußte gar nicht«, sagte er langsam, jede Silbe betonend, »daß der ordentliche Woitschach auf seinen Wiesen soviel Disteln hat, aber vielleicht mit Überlegung hat er sie nicht ausgerottet, damit sie jeden tüchtig stechen, der sich in seine Scheune schlafen legt! – Womit kann ich dienen?«

»Den einen stechen eine Nacht lang die Disteln«, erklärte ich, »den anderen sticht sein ganzes Leben lang der Hafer. – Sie können mir einen Schraubenzieher verkaufen!«

Ihm war nicht beizukommen, die Anspielungen nützten nichts, er schüttelte sie sofort ab und hörte mir nur so zu wie einem Kinde, das Abzählreime herunterleiert.

Er suchte gleich in der Schieblade, wickelte den Schraubenzieher ein und nannte mir den Preis.

»Geld habe ich keins!« sagte ich mit äußerster Unverschämtheit und langte nach dem Päckchen.

»Da gibt's auch keine Ware!« wies er mich ab. Endlich wurde er ärgerlich.

»Das halbe Dorf kauft ja hier auf Kredit, warum soll ich da gleich zahlen?«

»Und wer wird mir zahlen, wenn Sie abgereist sind? Nein! Schluß damit! Kein Wort mehr.«

»Dann wird eben Starkloff zahlen«, log ich, »der ist mein Patenonkel, das wissen Sie wohl nicht? Und ich soll auch den Hof erben!«

»Ach so«, verspottete er mich, »natürlich, daran habe ich noch gar nicht gedacht. Erben gibt's ja soviel wie Maden im alten Käse. Da kann ich mich bloß freuen, daß ich endlich einen davon zu Gesicht gekriegt habe. Also eröffnen wir ausnahmsweise ein neues Konto!«

Er war sich nicht im klaren darüber, ob in meiner Behauptung nicht doch ein Lot Wahrheit enthalten sein konnte. Außerdem war es ihm offenbar unangenehm, den Namen seines Gläubigers in solchem Zusammenhang zu hören, denn die Besorgnis ritzte zwei scharfe Falten in seine glatte Stirn. Während er die Schuld in sein Heft eintrug, hatte ich Muße, ihn zu beobachten. Er war feingliedrig und geschmeidig, ganz anders als alle Männer aus dieser Gegend, unsteter und leichtsinniger, schmeichelhaft und immer auf dem Sprunge wie ein geiler Kater. Trauen konnte man ihm überhaupt nicht, weil ihn seine launenhafte und fast weibische Natur fortwährend dazu verleiten mußte, wortbrüchig zu werden; und das war vielleicht der Grund, um dessentwillen ihn die Frauen liebten.

»Nun, was hat's denn noch?« fragte er mich, als ich keine Miene machte zu gehen.

»Eigentlich hätten Sie anders zu mir sein sollen«, warf ich ihm vor, »ein bißchen respektvoll, das würde Ihnen nichts geschadet haben!«

»Wieso denn? Was denn?« Er musterte mich mißtrauisch; in seinen dunklen Augen, die er zusammenkniff, flackerte es. Jetzt lachte er nicht mehr, er war nur nicht mit sich selbst einig, wie weit er gehen konnte, sonst würde er mich vielleicht vor die Tür gesetzt haben.

»Ich bin ausgeschickt worden«, platzte ich heraus, »um für Sie einen Bittgang zu tun, Herr Hartmann. Aber ich habe nichts versprochen und nichts beschworen, und ich will's mir noch sehr überlegen, ob ich bei Starkloff ein Wort für Sie einlege, denn Sie sind ja nicht soviel wert wie ein bißchen Luft und Spucke!«

Ich setzte zur Tür, riß sie so heftig auf, daß die Glocke beinahe von ihrer Feder sprang, und als ich dann auf der Straße langsam weiterging, empfand ich mich befreit von einer großen Last. –

Starkloffs Haus stand hart an der Chaussee, hinter einer hohen, mit Glasscherben bedeckten Mauer verbarrikadiert, die eben frisch verputzt war; sie mutete mich an wie eine Festungsbastion, war mit starken Eckpfeilern nach außen gesichert und ließ eine schmale Einfahrt offen, welche mit einem schweren, aus Eisenblech geschmiedeten Tor versperrt war. Die Prellsteine standen so schräg, daß es schwierig sein mußte, einen Wagen unbeschädigt hindurchzubringen, sie waren aus großen Feldsteinen gemeißelt und trugen grobe Verzierungen, die wie aufgeblätterte Sonnenblumen oder wie Spinnen aussahen. Neben dem Tor befand sich eine enge Pforte, in den Angeln saß ebenfalls eine eiserne Tür.

Aus dem Hofe schallte die Stimme des Bauern in höchstem Zorne, heiser vor Gereiztheit, und dazwischen knurrte und kläffte ein Hund, als wollte er den Lärm, welchen sein Herr machte, aus Leibeskräften verdoppeln. Ich hörte nur das Grollen und Schnauzen, konnte die einzelnen Worte nicht auseinanderbringen, und als der Krach abflaute und sich verzog, faßte ich die Klinke an und drückte die Pforte auf.

Der Hof war sehr weiträumig und auf den vier Seiten von massigen Gebäuden umgeben, welche allesamt die gleichen schweren Formen eines alten Baustils zeigten. Überall kehrten auf den Dächern diese geschlitzten Luken wieder, die man Ochsenaugen nennt, sie blinzelten finster und dunkel und wollten das Leben, welches sich hier abspielte, im Zaum halten. Nur das Scheunendach war neu gedeckt und mit dem Monogramm GS, gebildet aus helleren Ziegeln, versehen, und darunter stand die Jahreszahl meiner Geburt.

Vor dem geräumigen Wohnhause, das für Kinder und Kindeskinder berechnet war und nun zu drei Vierteln leerstehen mußte, wuchsen zwei mächtige Nußbäume. Sie waren aufgepflanzt wie eine Ehrenpforte für diejenigen, welche hier ein und aus gehen sollten, und man hätte ihnen wenigstens so viel Achtung erweisen müssen, um die in ihren grünen, aufgeplatzten Schalen steckenden Nüsse aufzuheben, welche ringsum verstreut lagen.

Das Haus war nur zweistöckig und wirkte dennoch mit seinem Walmdach ungewöhnlich hoch. Oben lief ein Fries mit einem Muster, das wie junges Farnkraut immer in sich selbst zurückrollte. – Nichts war mir auf diesem Gutshofe, den ich zum erstenmal betrat, unbekannt; wenn ich jetzt, nach diesem flüchtigen Umblick, die Augen geschlossen hätte und wenn man alsdann eine Beschreibung der Liegenschaften und Baulichkeiten von mir gefordert haben würde, so wäre es mir nicht schwergefallen, sie zu liefern: Da stand der Brunnen mit seinem holzverschalten Pumpenrohre, dort drüben befand sich die Dunggrube, ummauert von einem niedrigen Ziegelrande, an der Hausfront lehnte eine gußeiserne Bank, die nur auf drei Füßen ruhte und den vierten, von dem die Klaue abgebrochen war, in die Luft steckte. Ich würde es sogar geschildert haben, wie alle Fenster des oberen Geschosses mit Läden verrammelt waren; nur eine Luke am Westgiebel stand offen und blähte ihre geblümten Gardinen heraus. Ein trügerisches Gefühl beschlich mich und wollte mir einreden, daß ich endlich zu Hause angelangt sei.

Das alles hatte nur den geringeren Teil einer Minute gedauert und wurde jetzt unterbrochen durch eine neuerliche Schimpftirade Starkloffs, der eine nachlässig gekleidete Frau, offenbar eine Magd, mit dem Ochsenziemer bis in den äußersten Winkel des Hofes, nach den Stallungen hin getrieben hatte. Der Hund bemerkte mich und trappelte neugierig zu mir her, er war sehr groß und zottig, völlig verdreckt und sah wie ein mißratenes Kalb aus. Erst knurrte er noch, aber dann, als ich mich nicht einschüchtern ließ, wurde er freundlich, beschnüffelte mich von allen Seiten und versuchte sogar, meine Hand zu lecken.

»Stinkende Schlampe«, grollte Starkloff, »wo bist du wieder gewesen in der Nacht? Willst du es wohl sagen! Willst es mir wohl anvertrauen, ehe ich es von anderen zugetragen kriege! Wenn's der Heringsbändiger gewesen ist, so werde ich ihm seine Prozente erhöhen, damit er nicht etwa denkt, der Schweinehund, er kann sich für umsonst auf alle Weibsbilder in Kaltwasser legen und ihnen dafür einen Löffel voll Sirup ums Maul schmieren. – Bringe du mir bloß einen Bankert ins Haus, bringe du mir bloß ... dann sollst du was ...«

Er schimpfte nur aus Gewohnheit weiter, deswegen, weil er gerade die Lungen voller Luft hatte und weil er nicht aufhören wollte, sie auszupusten, ehe der Zorn ganz und gar verbraucht war. Das Mädchen unterbrach ihn, indem sie auf mich wies, er drehte sich nach mir um und verstummte. Mit mächtigen, weit ausholenden Schritten kam er zu mir herüber, stampfend und schwankend, als wankte der Boden unter seinen Füßen. Das Gesicht lief ihm vor Freude auseinander, und er schloß mich gleich an seine Brust, daß mir die Rippen schmerzten.

»Jüngelchen«, sagte er gutmütig, »hast meine Schande mit angesehen und kommst doch, um mich zu besuchen. Hältst dein Versprechen, läßt dich nicht irremachen, du Gauch, du kleine Kröte, du gelehrter Grünschnabel!«

Ich wurde verlegen und versuchte vergeblich, mich loszumachen. Er erdrückte mich beinahe in seinen Armen, und er kam mir vor wie ein überaus schwerer Sack, prall gefüllt mit allerhand Krempel, mit Geräuchertem und Gepökeltem vom Schwein, mit schweren Klößen, Schnapsgüssen, Kautabak und Zigarrenstummeln, und diese Last, welche zwei Männer nicht hätten fortschleppen können, geriet fortwährend ins Rutschen und drohte mich unter sich zubegraben.

»Ich bin gekommen...«, setzte ich an und blieb stecken, »ich bin gekommen... deswegen, weil...«

»Das ist egal«, schnitt er mir die Rede ab, »das ist ganz egal, warum und weswegen. Hauptsache, du hast dich hergetraut zum Auswurf, zum Sündenbock, zum dreimal verfluchten Gotthold Starkloff, hinter dem sie alle herzeigen und vor dem sie ausrücken, wenn er sich bloß umdrehn tut, und püh machen!«

Er ließ mich plötzlich frei und sah mich mit Strenge prüfend und eindringlich an. Der Schwall seiner lauten Rede und der Andrang seiner Zuneigung hatten mir die Sprache verschlagen. Ich wollte ihm alles ausreden und ihn von der eingebildeten Wahrheit abbringen, aber es gelang mir nicht, und es blieb für mich die peinigende Gewißheit übrig, jene Lügen, die mich betrafen, nicht zerstreuen zu können; vielleicht war er glücklicher, wenn man ihn darin beließ. Es wäre gut gewesen, wenn ich ihn zurückgehalten hätte, als er sich nun umwandte, ungeduldig den Knüttel auf die Erde stoßend, und nach der Magd rief, welche vor den Stallungen sich immer noch herumdrückte. In einem peinigenden, unklaren Gefühl ahnte ich jetzt schon, wie sich etwas unsäglich Beschämendes für mich vorbereitete, aber ich konnte dem nicht mehr ausweichen.

»Mädel!« rief der Gutsbesitzer über den Hof, »komm her! Mach dalli!«

Die Magd schien auf diesen Ruf gewartet zu haben, leichtfüßig sprang sie herüber, das Kopftuch flatterte ihr in den Nacken, die Holzpantinen, welche sonst den Gang der Dorfweiber schwer machen, behinderten sie nicht im mindesten.

»Sofie«, stellte er sie zur Rede, »kennst du den da? Kennst du das Jüngelchen, oder kennst es nicht?«

Ich mußte den Blick senken, trotzdem spürte ich, wie sofort ein sonderbares, geheimes Einverständnis zwischen dem Mädchen und mir sich herstellte. Sie glich keineswegs derjenigen, die ich gestern nacht irrtümlich für die gespenstische Christiane hielt. Sie war auch viel grobschlächtiger und gewöhnlicher als jene andere, die mich wie verzückt in ihre Arme und an ihr Herz nahm und aus dem gewohnten Teile der Welt auf die gegensätzliche Seite hinübergerissen hatte, deren Grenzen ich noch nicht absehen konnte. Vorläufig spürte ich bloß, daß manche Binden, welche die Träume um meine Augen gelegt hatten, sich zu lösen begannen. Starkloffs Magd war mit dem Mädchen, das die Haspe aus Woitschachs Stalltor gezogen hatte, unvereinbar. Die Tote aber ruhte ja längst, wieder verwest und unkörperlich geworden, in ihrem Gespinst von irdischen und vergänglichen Materien, gleichwie der Schmetterling in der Puppe, bis sie zu einer anderen Zeit von neuem ihre enge und dunkle Haft verließ, ihre Flügel ausbreitete und schwirrend als ein Nachtfalter oder eine große bleiche Motte in der Dämmerung umherfuhr, um einen neuen warmen Leib und eine lebendige Seele zu finden, in die sie einschlüpfen und mit denen sie für ein paar Stunden ihr unerlebtes Leben nachholen konnte.

»Kennst du den?« fragte Starkloff noch einmal und legte mir seine Hand auf die Schulter.

»Nein«, sagte Sofie, »den hier, den habe ich gar noch nie gesehen, der ist mir fremd!«

Unsere Blicke trafen sich, es war mir unverständlich, wo dieses fleischige Lachen, das sie roh durchschüttelte, in der Nacht geblieben war, als das Mädchen, schwerelos und gleichsam ihrer selbst entledigt, mich aus Smorczaks Garten hinausgeführt hatte. Ich konnte mich nicht entsinnen, das robuste Gelächter vernommen zu haben, und doch gehörte es zu ihr, war nicht von ihr wegzudenken. So mußte sie immer lachen, wenn sie es mit einer Regung zu tun hatte, die ihr zu schaffen machte, wenn sie in Verlegenheit geriet, ja vielleicht sogar dann, wenn sie traurig wurde.

»Was kicherst du da?« fuhr sie Starkloff an, »hier gibt's überhaupt nichts zu lachen! – Sieh dir den Jungen an. Guck ihn dir genau an mit deinen blöden Augen!«

»Ich tu's ja schon!« sagte sie, zwinkerte mir zu, um mir ein Zeichen zu geben, daß ich mir nichts aus alledem machen sollte. Ich blickte schließlich beiseite.

»Tu dir's merken, Sofie!« erklärte er eindringlich, »tu dir's einprägen, das Bild von dem hier, ein für allemal. So müßtest du sein, daß ich dich lieben könnte, müßtest so aussehen und eine solche Seele haben wie der hier – müßtest einem so in die Augen sehen können, klar und offen, ohne deine Frechheit und deine Lügen. Aber du bist ja ganz anders, und deswegen kann ich dich bloß scheel ansehen, weil mein eigen Fleisch und Blut noch weniger wert ist als ich – weil's 'rumhurt mit all und jedem, der danach gieprig ist. Heute mit dem und morgen mit jenem, heute mit Hartmann und morgen mit dem ausländischen Fatzken, der wie'n Soldat tut und alles andere ist – und übermorgen am liebsten mit allen auf einmal...«

»Das ist nicht wahr!« warf Sofie patzig ein, »das weißt du wohl am besten, daß es nicht wahr ist. Und wenn's außerdem wahr wäre, wem sollte ich's denn abgeguckt haben, wer sollte's mir denn als Mitgift gegeben haben außer dir?«

»Halt's Maul!« schrie er sie an, daß die Unruhe sogleich in den Hund fuhr und ihn wieder zum Knurren brachte. »Gibt mir noch Widerparte, ist großmäulig und selbstgerecht, bildet sich noch was drauf ein! Prügeln müßte man sie, austreiben müßte man's ihr beizeiten! – Wo bist du denn hergekommen heute in der Nacht, he, mit wem hast du dich denn im Heu gesielt, he? – Na, laß gut sein, laß gut sein, alles wird sich an dir rächen eines Tages, und darauf brauchst du wohl nicht mehr lange zu warten. Geh jetzt, scher dich mir aus den Augen!«

Zuletzt war seine Stimme gedämpft von einer eigentümlichen Schwäche, die ihn unversehens überkommen hatte. Er stützte sich so schwer auf meine Schulter, daß ich beinah in die Knie brach. Sofie schlenderte weg, ihr breiter Rücken zuckte in einem fort; jetzt lachte sie lautlos, es war ihr nicht nahegegangen, sie schlug alles in den Wind und belustigte sich noch darüber. Vielleicht nahm es sich in ihren Augen auch wirklich anders aus als in meinen; sie war es gewohnt, und sie hatte sich wohl schon von früh auf gegen die gleichen absonderlichen Redewendungen des Bauern und gegen seine launischen Anwandlungen von Brutalität, Zorn und Empfindlichkeit zu wehren gehabt. Sie wußte, daß der, welcher eben noch getobt und geflucht hatte, gleich in der nächsten Minute bereit sein würde, alles zurückzunehmen, daß er gleichsam den Verheerungen, die er angerichtet hatte, nachhinkte und doch stets zu spät kam, um sie wiedergutzumachen.

»Komm jetzt!« forderte mich Starkloff auf, »gehn wir 'rein, ich habe noch was zu bereden mit dir!«

In dem Augenblick, als ich den ersten Schritt tat, wich der Druck, der mich eingezwängt hatte, sofort von mir. Ehe ich den dunklen Flur betrat, wandte ich mich noch einmal um; der Hof lag offen und licht da, die schweren Schatten hatten sich allesamt aufgelöst und verflüchtigt. Der Sonnenschein leuchtete durch die Kronen der beiden Nußbäume, als brenne er milde in zwei großen Laternen, die aus dünnem, grün und gelb gefärbtem Papier gemacht waren; und der starke aromatische Geruch, der aus dem Laub und den Fruchtschalen kam, hatte etwas Tröstliches für mich, das mir wohltat.

Der Raum, in den wir eintraten, war schmal und verwinkelt, reichte quer durchs ganze Haus und hatte ein Fenster nach dem Hof und eine Luke nach dem Garten zu. Zwei hohe Büchergestelle standen an der Längswand und zeigten viele angegilbte, mit der Hand beschriebene Etiketts und dazwischen manche Lederrücken, auf denen die goldgepreßten Titel unterm Staube kaum zu lesen waren. Lange Spinnwebschleier wehten von der gewölbten Decke, an den Wänden hingen nirgendwo Bilder, der Ölanstrich war gebräunt und abgeblättert. Ein schweres Wachstuchsofa, dessen glänzende Schwärze nur dort zum Vorschein kam, wo jemand gesessen und es blank gescheuert hatte, stand in der Ecke; davor war ein ovaler Tisch aufgestellt, völlig bedeckt mit zerrissenen Zeitungen, aufgeschlagenen Broschüren und Journalen, mit Schnitzeln und Zetteln, lauter Papiere, die übereinandergeschoben waren, um Platz zu schaffen für Flaschen und Gläser, welche auf der polierten Mahagonifläche ein Muster von grauen Ringen zurückgelassen hatten. Am Kleiderrechen hing ein abgetragener grauer Soldatenmantel, dessen Pelzfutter große Löcher aufwies, darüber schwebte eine Militärmütze ohne Kokarden, und ganz für sich, auf einem besonderen Nagel, baumelte, mit den geputzten Läufen nach unten, ein Drillingsgewehr. Es schien das einzige Ding im Zimmer zu sein, das in die Verwahrlosung nicht miteinbezogen war.

Starkloff lehnte sich gegen sein Stehpult, stützte den Kopf völlig abwesend mit beiden Händen und beachtete mich überhaupt nicht. Der Sekretär lag gehäuft voller Rechnungen, Quittungen und Briefschaften, die Schübe waren halb herausgezogen und hatten ihren Wust an Schriftstücken wahrscheinlich erst am Vormittag über die schräge Platte ausgespien. Oben, auf der waagerechten Leiste, neben dem Tintenfaß stand in metallenem, mit grünspanigen Lilien geschmücktem Rahmen eine Fotografie, die eine junge Frau darstellte. Das Bild kam mir bekannt vor, es machte mich neugierig, sachte ging ich zwei, drei Schritte auf den Zehenspitzen vorwärts – es war meine Mutter, sie versuchte vergeblich mit ihrer gewohnten, schüchternen Freundlichkeit dieser Umgebung standzuhalten, aber in all den Jahren mußte es ihr wohl immer weniger gelungen sein. Zuletzt hatte sie das Glas von innen trüben müssen, bis es beinahe blind wurde und sie fast unsichtbar machte, damit sie endlich ihre Ruhe bekam und nichts mehr mitanzusehen brauchte.

Die Dielen knarrten, Starkloff regte sich, nahm aber den Kopf nicht hoch und sprach dumpf in die Winkel hinein, die seine gebeugten Arme bildeten.

»Halte ruhig Umschau, soviel du willst, du wirst ja doch nicht ganz und gar dahinterkommen, und das ist gut so. Brauchst es noch lange nicht zu erfahren, wirst ohnehin schon dazu gelangen, es einzusehen. – Na, setz dich, warte noch ein bißchen, ich bin gleich soweit, muß mich erst sammeln, muß erst die Gedanken zusammenknoten, die in meinem Kopf alle zerrissen sind.«

Er wandte sich zum Fensterbrett, goß sich aus der Flasche, die dort stand, ein Glas voll, stürzte es hinunter, kramte in den Taschen, brachte eine zerquetschte Zigarre zum Vorschein, die er ansteckte, und dann kam er zu mir und drückte mich auf das Sofa nieder.

»Siehst du, mein Bürschel«, er schwenkte den Arm mit einer unbestimmten Geste durchs Zimmer, »da bin ich nun dabei und hab' angefangen, Remedur zu machen, damit mein künftiger Nachfolger, wenn er die Erbschaft mal antritt, nicht erst viel zu kramen und zu rechnen braucht, damit er's leicht hat!«

»Was für ein Nachfolger denn?« wandte ich ein, »wollen Sie verkaufen und 'rausgehen?«

»Nee, verkaufen, davon kann nicht die Rede sein! Will mich hüten und die dreckigen Papierwische nehmen und alles stehen und liegen lassen und hier ausziehen mit Spott und Schande!« Er war dabei, sich wieder in Rage zu reden, hieb mit der Faust auf den Tisch, und sein Gesicht, das vorhin aschgrau geworden war, bekam von neuem Farbe. Ich drückte mich in die Ecke des Sofas, wußte nicht, was er mit mir vorhatte, und war voller Mißtrauen.

»Na, erschreck dich nicht!« Er versuchte mir gut zuzureden. »Laß dich nicht ins Bockshorn jagen von mir! – Kann sein, ich werde es schriftlich abmachen und trag's zum Pfarrer, laß es mir dort bestätigen durch seinen Namenszug, damit nachher keiner kommt und alles umstoßen möchte, mein Sohn! Der Pfarrer – immer hab' ich eine Hochachtung gehabt vor dem, aber du weißt ja, so einer wie ich und so einer wie der, das verträgt sich wie Wasser und Feuer, kann nicht vereinigt werden!«

Er ging zum Fensterbrett zurück, goß sich von neuem ein, trank mir zu und faßte mich dabei, obwohl er mich ansah, nicht ins Auge. Sein Blick war leer und verwischt, die Sehkraft hatte sich nach innen gewendet, schaute die Erinnerungen an und konnte ihnen nicht ausweichen, obwohl sie ihn anscheinend quälten, denn manchmal stöhnte Starkloff leise. Es war ein merkwürdiger, unsteter Wechsel zwischen Flackern und Auslöschen in seinen Augen.

»Wirst dich gewundert haben«, besann er sich wieder auf seine Rede, »wie sie über mich sprechen in Kaltwasser, hätt'st dir manchmal am liebsten die Ohren zugehalten oder wärst ertaubt, wenn sie von Starkloff erzählten, was?«

Es schnürte mir die Kehle zu, ich nickte bloß flüchtig und blickte auf die Diele, als suchte ich dort etwas zwischen den Papierknäueln, den Zigarrenstummeln und der Tabakasche, die in Flocken herumlag. Alles war mir peinlich, kam mir zu nahe, warf mich zurück in jene alte Unsicherheit, die ich ein für allemal überwunden zu haben glaubte.

»Laß dir's gesagt sein«, setzte er von neuem an, »daß ich aus der Verachtung gelebt habe. Ich verachte sie alle, die Scheinheiligen, die Leisetreter, die Raffer und die Verschwender. Und dafür heimse ich eben ihre Verachtung ein, die sie mir Heller auf Pfennig zurückzahlen, bare Münze gegen bare Münze. Die Rechnung ist in Ordnung. – Weil man sie allesamt weder bei ihrer Ehre packen kann noch bei Treu und Glauben, noch beim Herzen und bei ihrer Seele, so habe ich mir halt die einzig empfindliche Stelle ausgesucht: das Geld, die Habsucht und den Leichtsinn. In der Dämmerung sind sie zu mir geschlichen, hinten über die Felder, haben angeklopft und den Buckel krumm gemacht, haben gedienert und gespeichelt, und in ihren Augen saß immerzu der Leibhaftige. Ich erkannte ihn jedesmal wieder, und er wußte auch schon, was er von mir zu halten hatte und daß ich ihm Vorschub leisten würde. Und so habe ich ihnen denn gegeben, soviel sie wollten, und Schuldscheine genommen und sie daran festgehalten wie an der Kandare. Und wenige waren darunter, die sich wieder frei machten, sehr wenige taten das.«

Er schöpfte Atem, lehnte sich an die Wand und paukte mit der geballten Faust dagegen, daß es dröhnte. Der Sonnenstreifen, welcher das verstaubte Hoffenster mit einer matten Helligkeit ausgefüllt hatte, war im Wegrutschen, und die vielen runden Reflexe, die an den Wänden phosphoreszierend und zitternd schwammen wie jene unterseeischen Leuchttiere auf den Bildern meines Lehrbuchs, zerplatzten und löschten aus. Starkloffs schwere Fleischlichkeit kam mir schwarz und wie verkohlt vor, alle Feuer waren niedergebrannt, und es gloste nur noch in ihm, vermochte nicht mehr, ihn zu wärmen.

»Viel habe ich auf dem Gewissen, sehr viel – habe immer alles Neue drübergehäuft, um das Alte zu ersticken. Hab' mich immer getäuscht und betrogen und habe gedacht, es wird weitergehen so, es war nicht abzusehen, ein Tag stößt mich in den anderen. Die Gottesleugner habe ich gelesen, die Atheisten, die Verzweifelten und Ausgelaugten – halt, denke ich, da find'st du das, was dich bestärkt. Immer habe ich sie betäubt, die schwache, vermahnende Stimme, bis sie ganz erstickt ist und kaum vernehmlich. Aber jetzt auf einmal, jetzt ist's mir unbezweifelbar, daß ich reif geworden bin wie ein rotbäckiger Apfel, in dem der Wurm sitzt; vorzeitig bin ich reif geworden, und ich muß wohl bald fallen. Dawider gibt's nichts, das ist so bestimmt, sie hat dich zu mir geschickt, hat ihren Sohn mir unter die Augen gestellt, damit ich sehe, daß es Zeit ist.«

Er hielt einen Augenblick inne und begann darauf, eine Geschichte zu erzählen, in der ein Mädchen vorkam, das meiner Mutter geglichen haben sollte. Mitten in dieser zusammenhanglosen und weitschweifigen Erzählung tauchten wie Bruchstücke eines Geschehens, welches mir vertraut schien, Sätze auf, die ich behielt: ...die Müllerstochter... zart, vergänglich und sehr schön... die Versprechungen, Schwüre, Versicherungen und behutsamen Beweise der Liebe... eine Zeit, die mit einer ungeahnten Kraft all das Versäumte nachträglich erfüllen wollte... heimliche Begegnungen auf den Wiesen im Sommernebel, lange nächtliche Spaziergänge durch den Wasserwald und an den Fischteichen hin, Schwärmereien, wiedererwachte Träume und ein Absinken der dunklen Vergangenheit... bis die Zweifel zurückkamen, bis er sich sagte, sie sei von anderer Art als jene, der er ehemals Blumen und Konfekt in die Försterei getragen hatte... bis er anfing, Vergleiche mit dem unscheinbar gewordenen Erinnerungsbild anzustellen, das davon allmählich neue Farben und neues Leben bekam... und dann das unbeherrschte Schwachwerden und das Zurückfallen in die alte Nachgiebigkeit sich selbst gegenüber...

»...und ich legte es darauf an, die Müllerstochter zu verderben. Wirst mal sehen, sagte ich mir, wie weit sie dir folgt und ob sie überhaupt Widerstand aufbringt. Aber sie vertraute sich mir blindlings an, und sie wachte nicht auf aus der Betäubung, in die ich sie versetzte. Nun, dachte ich, ist's immer noch nicht genug, muß sie immer noch weiter gestoßen werden? – Ich wurde verbost und hartnäckig, ihr Gleichmut und ihre Sanftheit reizten mich bis zum äußersten, und es war mir zumute wie einem Kranken, der das Gift in seinen Adern kreisen spürt, es machte mich bloß noch wütiger und ganz bedenkenlos. Und als sie endlich zur Besinnung kam, klagte sie mich nicht etwa an, nein, sie schwieg nur und guckte übers Wasser, in dem die Unken läuteten, und dabei waren ihre Augen schon tot. Aber am anderen Morgen, da schwamm sie im Mühlweiher, und diejenigen, die sie 'rausfischten, die sagten, sie hätte ausgesehen wie eine aufgeblühte Mummel, weiß und ganz unschuldig. Doch der Unbarmherzige, der Graue Schatten, hatte sich erkenntlich gezeigt und einen Nebel gemacht, der mich den Leuten verdeckte, und so kam niemand auf mich...«

Der eintönige Laut dieser Erzählung, die wie ein Selbstgespräch anmutete, hob und senkte sich, schwoll leise an wie der Spiegel jenes Gewässers, von dem die Rede war, und dann glättete er sich wieder in die ohnmächtige Gleichgültigkeit zurück. Da war nichts mehr zu ändern, selbst der Bericht vermochte nur das Äußere der Vergangenheit verständlich zu machen.

Draußen auf dem Flur klapperten Sofies Holzpantinen rücksichtslos näher. Dann wurde an die Tür geklopft, und das Mädchen sagte, daß Smorczak mitsamt dem Sergeanten gekommen sei, gleichzeitig meckerte der Gastwirt in dem hallenden Flur sein Gelächter heraus.

»Führ sie in die Stube«, sagte Starkloff barsch, »heiß sie warten, ich komme gleich!«

Die Tür ging drüben knarrend auf, die Schritte entfernten sich, dann waren wir wieder in die Stille eingepfercht. Der letzte Nachschimmer des Sonnenlichts verdunstete vor dem Fenster, ein Fuhrwerk kam rasselnd und ächzend in den Hof, der Pumpenschwengel quietschte, und das Wasser plätscherte laut. Das Vieh brüllte, der Hund bellte, diese Geräusche verstärkten unser Schweigen nur, bis es so unerträglich wurde, daß ich aufstand.

»Hast recht, gehn wir zu den beiden Lumpen, die drüben warten, machen wir Schluß hier! – Und wenn du heute vielleicht nicht wirst schlafen können, weil ich dir das erzählt habe, wenn's dich gar hochreißt in der Nacht und dich verrenkt unter schrecklichen Ängsten, dann kannst du an mich denken, kannst dir zum Trost sagen, daß es dem Starkloff all die Jahrzehnte schon so gegangen ist!«

Er machte die Tür auf, ließ mich hinaus und schloß sie hinter sich ab. Dann legte er den Arm um meine Schultern und geleitete mich dorthin, wo der Gastwirt mit dem Sergeanten saß; sie fläzten sich drinnen auf den Plüschmöbeln und beredeten flüsternd die Gaunereien, welche sie gemeinsam vorhatten. Die schwere Türfüllung wurde für einen Augenblick unter meinem Blick durchsichtig; ich sah, wie sie ihre Köpfe zusammensteckten, sie führten noch etwas anderes im Schilde als ihr Geschäft, es war so ungeheuerlich und unvorstellbar, daß ich es nicht genau wahrnehmen konnte; aber es schwebte über ihnen, dunkel und einem höllischen Wappentier vergleichbar, das die Fänge nach ihnen ausstreckte und bereit war, die beiden Männer zu zerfleischen, ohne Rücksicht darauf, ob ihr Plan gelingen würde oder nicht.

Ich wollte Starkloff noch warnen, aber ich wußte nicht, wie ich es ihm sagen sollte, und außerdem war ich auf einmal feige. Ehe wir eintraten, legte er noch die Hand auf meinen Scheitel.

»Mögest du immer ruhig schlafen können, mein Sohn!« sagte er feierlich. –

Der süßliche Rauch von Smeddys Zigarette hatte bereits die Luft in der Stube schwer gemacht. Smorczak war enttäuscht, als er meiner ansichtig wurde, aber es gelang ihm sofort, seinen Ärger abzulenken.

»Läßt uns ja lange warten, Gotthold, machst es wie die Herren, die ein Vorzimmer haben«, hänselte er Starkloff.

»Ich komme, wann's mir paßt«, gab er zurück, »und ich bringe den mit, der mir paßt, und damit basta!«

»Traust dich wohl nicht alleine?« fuhr der Gastwirt fort, »brummt dir wohl noch etwas der Schädel von dem Freundschaftsbeweis, den dir der Hartmann gestern gegeben hat? Mußt ihm zum Dank das Geld kündigen, das du bei ihm stehen hast, wie man sagt. Kannst ja die Zinsen gut und gerne verschmerzen bei dem Geschäft, das ich dir zuschanze!«

»Es ist noch gar nicht 'raus, ob ich dieses Geschäft überhaupt machen will«, wandte Starkloff ruhig ein, »das steht ganz in meinem Belieben und hängt nur von meiner Laune ab, verstehst du?«

Smorczak übersetzte dem Sergeanten, welcher auf dem Sofa hockte und den Bauern in allen seinen Bewegungen abschätzte und belauerte, diesen Einwand, der ihre Verabredung gefährdete. Der Soldat machte eine wegwerfende Handbewegung und setzte sich mit einem Ruck bequemer hin, als wollte er noch lange nicht aufstehen. Dann kaute er ein paar Worte zwischen den Zähnen und spuckte sie aus.

»Mein Freund, der Herr Sergeant, sagt«, Smorczak drehte sich wieder her, »daß es von dir nicht so ernst gemeint sein kann. Nichts für ungut, Gotthold. Kann's dir nachfühlen, wie dir zumute sein muß und daß du schon wieder ausgedörrt bist in der Kehle und im Kopfe, und deswegen hab' ich dir was mitgebracht, was Extrafeines, das dir die Lebensgeister schon wieder wecken wird!«

Er bückte sich, griff untern Stuhl und holte eine Literflasche hervor, die er auf den Tisch stellte.

»Brauche dein Gesöff nicht!« wehrte ihn der Bauer ab, »kann mir selber welches halten und, wenn's not tut, ganz Kaltwasser damit traktieren!«

»Das ist kein Gesöff«, erklärte der Gastwirt zungenfertig, indem er die Flasche entkorkte, »das ist Whisky, den trinken drüben die Herren. Brauchst nur einen Schluck zu probieren, das wird dich schon ermuntern. – Aber der Herr Gymnasiast kann das nicht vertragen, auch dann nicht, wenn's verdünnt ist. Na, Gotthold, zier dich nicht, zieh mal den ersten Schluck aus der Buddel!«

Er hielt ihm die Flasche hin, Starkloff griff auch wirklich danach, dann kreiste sie zweimal, dreimal, jeder trank schmatzend und prustete nachher, als hätte er sich verschluckt. Starkloff war also eingefangen, jetzt konnte er sich nicht mehr befreien; davon, daß ich zusehen mußte, wie er immer mehr sich in die zunehmende Dunkelheit verstrickte, wurde mir übel. Es wäre mir nicht mehr gelungen, ihn zurückzureißen, es sah so aus, als hätte er mich bereits ganz vergessen, und ich wollte ihn nicht an mich erinnern.

»Na, der junge Herr«, verspottete mich Smorczak, »springt mit dem herrschaftlichen Füllen übern Acker und ins Gebüsch. Sind wie die läufigen Hündchen!«

»Laß den in Ruhe!« knurrte Starkloff, »laß den Jungen ganz aus'm Spiele!«

»Nichts für ungut! Wollte ihm bloß ein gutes Zeugnis ausstellen«, ereiferte sich Smorczak, »aber was den Hartmann, den lackierten Affen, angeht, so wußten die Leute in der Gaststube zu erzählen, er hat gesagt, er will's dir schon noch eintränken, sollst ihn erst kennenlernen, hat er geprahlt. Ich an deiner Stelle würde ja hingehen und ihn aus seinem Bette zerren, aus dem berühmten und wohlbekannten, und täte ihm eins auf die Schnauze schlagen, daß ihn alle Schürzen im Dorfe schreien hören, und kommen alle angeflattert und betteln und jammern um Gnade für ihn!«

»Gute Einfälle hast du machmal, du Lumpenhund«, lobte ihn der Bauer lachend und versuchte bereits, ihn zu umarmen, »hätt's dir gar nicht zugetraut. – Aber wenn ihr denkt, ihr

Schweinekerle, ihr könnt mir mit euerm Schnaps den Preis für Schlachtvieh aus dem Gehirn wegspülen, so habt ihr falsch kalkuliert, haha!«

»Kriegst das Geld ja morgen in Dollars, Gotthold«, beschwichtigte ihn der wendige Smorczak auf der Stelle, »das gibt 'ne klare Rechnung und ist viel vorteilhafter für dich als die Flederwische von Papier, mit denen sie uns neuerdings abspeisen! Dollars, Mensch, verstehst du mich, Dollars!«

Der Sergeant nickte beifällig, machte die Geste des Zählens und grinste hinterhältig.

»Und wenn ich dir noch als Zugabe was Schweinisches erzählen soll«, forderte der Gastwirt den Bauern heraus, »dann sperr die Ohren hübsch auf. Ich weiß ja, dafür bist du immer zu haben gewesen! – Also, Dimkes Alma ...«

»Bist stille!« brüllte ihn Starkloff an, »halt deine Fresse, du Miststück! – Tut sich groß mit fremden Sprachen, der Deserteur! Hat die Arme hochgehoben im Felde, um für umsonst ausländische Kniffe zu lernen, die lausige Dohle! Hat die ganze Welt bereist, immer hinter der Front, das gefangene Flittchen, und weiß noch nicht mal, wie er sich zu benehmen hat, wenn ein sauberer Mensch zuhört. Na warte, ich will's dir beibringen, will's dich lehren ...«

Er stand schwankend auf, mit einem Sprunge war der Sergeant hoch. Es widerte mich so an, daß ich mich leise erhob, mein Gehör versperrte und zur Tür schlich. Als ich draußen war, wieherte in der Stube ein viehisches Gegröle los. Wie betäubt stolperte ich ins Freie, der Himmel war schon fahl, und ich sah einen breiten Wetterbaum, der aus Westen heraufgewachsen war und mit seinen rötlichen Verästelungen und weit ausgewehten Ranken über das halbe Firmament reichte.

Von der Bank an der Hauswand erhob sich Sofie, stürzte mir entgegen und versuchte, am ganzen Leibe bebend, mich in den Flur zurückzudrängen. Sie trug das Kleid, welches sie gestern abend angehabt hatte, und ihre Haare waren sorgfältig gesträhnt und gebürstet.

»Kommst du endlich?« fragte sie mich, »hast mich so lange warten lassen. Wollen wir in meine Kammer gehen?«

Ich schob sie mit beiden Händen von mir weg. Sie konnte nicht ahnen, wie es um mich stand, deswegen versuchte sie die Anschuldigungen, welche ihr Vater gegen sie ausgesprochen hatte, zu entkräften.

»Nichts ist wahr!«, schluchzte sie, »kein Wort ist wahr. Alles erstunken und erlogen. Aber du, du bist so, wie er gesagt hat, und darum mußt du bei mir bleiben!«

»Kannst du mir sagen«, fragte ich sie und wandte mich zum Gehen, »wann heute der Mond hochkommt?«

»Wirst du dann hier sein? Ich warte, will die ganze Nacht warten auf dich und deinen Schritt erlauschen. Komm hintenherum, komm durch den Garten, der Hund kennt dich ja und wird nicht bellen. Tu nur ein Steinchen aufheben und gegen mein Fenster im Giebel werfen ... und dann, dann wirst du ja sehen, daß ich dir nichts verweigern will ...«

Ihre geflüsterte und atemlose Rede, ihre Versprechungen und Geständnisse waren mir widerwärtig. Ich machte mich auf den Weg, ließ sie stehen, und während ihre Blicke mich im Nacken brannten, ging ich langsam durch die tanzenden Mückenschwärme, die mit leisen Berührungen und einem dünnen Singen gegen mein Gesicht und meine Hände flogen, daß es mir war, als entfernte ich mich für immer aus dem Bereich der groben Körperlichkeit und als wäre ich unterwegs in einen anderen Bezirk, wo alles leicht und schwebend sein mußte und aus dem es jetzt schon herklang wie besänftigende Musik.

Der Mond scheint in die Finsternis

Die Lampe auf dem Tisch blakte, und das Licht wurde manchmal so schwach, daß ich die Buchstaben kaum erkennen konnte. Dann wieder wischte eine flackernde Helligkeit über die Seiten meines Buches, und ich entdeckte sogar die Vertiefungen, mit welchen die Lettern ihre Schwärze ins Papier geprägt hatten. Leise fuhr ich mit den Fingerspitzen darüber; das, was ich zu lernen vorhatte, begrub ich unter meinen Händen. Die Hände waren lebendig und warm, und in der braunen Haut das feine, verästelte Netz von geritzten Linien und Poren wurde manchmal unter meinen Augen zu einem geheimnisvollen System von Hieroglyphen, in welchen ich vergeblich zu lesen versuchte. Was war das für eine Schrift, wer hatte sie überall hingesetzt, und welche Schicksalsandeutungen konnten damit gemeint sein?

Ab und zu stiegen die klaren und harten Gedanken aus dem Buche deutlich auf, aber ehe ich eine Seite zu Ende gelesen hatte, verblaßten sie schon wieder. Mitunter überlegte ich mir, ob etwas, das Cora betraf, in den Linien meiner Hand verzeichnet sein könnte. Ich suchte danach, es war so, als ob jemand im Grasgestrüpp einer Wiese etwas verloren hatte, einen winzigen Schlüssel vielleicht, und auf die Suche ging, um ihn wiederzufinden...

Am anderen Ende des Tisches saß mein Onkel, er schrieb aus seinem Rechnungsbuche auf einen großen karierten Bogen ab; jedesmal, wenn er etwas hingesetzt hatte, führte er den Bleistift zum Munde und feuchtete ihn mit den Lippen an. Der Lampenschein vermochte sein Gesicht nicht zu beleben, er sah blutlos und verfallen aus, die silbrigen Bartstoppeln gaben ihm das Aussehen eines Kranken, der eben erst von seinem Lager aufgestanden ist und sich mit seinen geringen Kräften bemüht, die anhaltende Schwäche zu unterdrücken, welche ihn dorthin zurückziehen möchte.

Manchmal stöhnte er leise und wischte sich den Schweiß von der Stirn, und dann blickte er mich so abwesend an, daß ich daran zweifeln mußte, ob er mich überhaupt wahrnahm. Er war nicht bei seiner Rechnung, er dachte wohl an ganz andere Dinge, die ihm eine solche Unruhe eingaben, daß er fortwährend mit dem Stuhle rückte und mehrfach Miene machte aufzustehen. Immer ließ er sich wieder fallen, dann und wann schickte er mich, um das Fenster entweder zu schließen oder von neuem zu öffnen. Öfter war ich schon hingegangen und hatte hinausgesehen auf den dunklen Hof, drüben leuchtete Heinrichs Laterne trübe im Stall, aber sonst war alles finster, und nicht der mindeste blanke Schimmer auf den Dächern kündigte den Mondaufgang an.

Der Abend hatte keine Kühle gebracht. Der Himmel war diesig, und die Sterne schwammen milchig und vergrößert im Dunst. Schwärme von Insekten waren ins Zimmer gekommen, kreisten schwirrend um den Lampenschirm, saßen langbeinig und wie geflügelte Spinnen aussehend auf der Glasglocke.

Eine sonderbare Veränderung, deren ich mich nicht erwehren konnte, ergriff mich plötzlich. Zuerst war es so, als lockerte sich mein Fleisch an den Knochen, es ging schmerzlos vor sich, das Irdische fiel ab von mir wie die Bahrtücher von einem Toten, der zu wandeln anhebt. Ich verließ mich allmählich, endlich bereitete es mir nur noch geringe Mühe, mich gänzlich aus mir selbst hinauszuheben. Auf meinem Stuhle blieb jemand sitzen, der mir leid tat, denn er sah zu schwach und auch zu ängstlich aus, als daß er dem Leben jetzt schon standhalten könnte. Er war ein Jahrzehnt vor dem Kriege geboren und trug ein Mal auf der Stirn, eine Art von Kainszeichen, an dem man erkennen konnte, daß Gott und der Teufel bereits ihre besonderen Pläne mit ihm hatten. Aber er selbst wußte nichts davon, und das war gut so.

Plötzlich blieb die Stube unter mir liegen, sie sackte weg wie ein Schiff auf hoher See, und die Nacht schlug über ihr zusammen. Es wurde finster, aber es erhielt sich noch so viel von einer nebligen Helligkeit, daß ich weit voraus auf den Wiesen einen Mann erkannte, der breit und schwer zum Mühlweiher hinwankte, an dessen Ufer das Schlachtvieh eingepfercht war. Er grölte, er hatte sich betrunken, wohl deshalb, weil er nicht den Mut aufbringen konnte, nüchtern in den Tod zu gehen. Aber es war ihm nicht gelungen, die Angst wegzuspülen. Ich wollte sie von seinem Kopf verscheuchen, um den sie wie eine Fledermaus schwirrte, und deswegen versuchte ich ihn einzuholen, doch blieb ich immer einige Schritte zurück.

Von den Weidenbüschen lösten sich zwei ungute Schatten wie schwarze Katzen ab. Der Mann lief ihnen in die Arme. Das Vieh brüllte dumpf und verängstigt. Ich keuchte hinter dem Manne her und war ihm schon so nahe, daß ich seinen Rock hätte fassen können, als mich jemand am Handgelenk packte und zurückriß. Mir war so, als stürzte ich, schlüge mich blutig...

»Du auch?« sagte mein Onkel, »du also auch?«

Er beugte sich über mich und rüttelte mich aus aller Kraft, daß ich hin und her flog. Dabei sah er mich an, in seinem Gesicht stritt sich der Abscheu mit ohnmächtigem Bedauern.

»Vergessen«, redete er mir gut zu, »gleich vergessen und nicht mehr daran denken und es für Verblendung nehmen! Das ist das beste. Und niemals danach verlangen, mit keinem Gedanken es herbeirufen! Sonst – da ist man verloren, und da kann man sich nur das kühle Bette unterm Rasen wünschen... Du auch? Wer hätte es gedacht? Das Erbteil, das verfluchte...«

Mit zitternden, ungeschickten Händen versuchte er meine Stirn zu streicheln, er wollte es mir wegwischen von den Augen, er wollte mir Mut machen.

»Brauchst keine Angst zu haben«, tröstete er mich, »so schnell kommt es nicht wieder. Es läßt sich Zeit, manchmal wartet es viele Jahre. Ich, ich habe den Krieg vorausgesehen, er war wie eine Wolke von Schmeißfliegen...«

»Wer denn?« fragte ich, »wer ist es denn?«

»Gib dich zufrieden! Solch ein Gesicht ist nicht da zum Neugierigwerden. Es steht vieles darin, was mit Erde zugedeckt werden muß, sei glücklich, daß du es nicht erkannt hast.«

Ich stand taumelig und erschöpft auf. Mir war schwindelig, und ich spürte die Betäubung noch in allen Gliedern. Langsam entfernte ich mich vom Tisch. Der Gärtner setzte sich von neuem an die Papiere. Er war wieder allein, es hatte ihn zu große Mühe gekostet, aus sich selbst hervorzukriechen, inwendig lag er wie ein Hund an der Kette, und sie reichte nicht weit.

»Die Rechnung stimmt nicht«, redete er kopfschüttelnd mit sich selbst, »es muß noch ein Posten dabei sein, den ich übersehen habe... eine Ziffer... eine einzige...«

Ich stand seitwärts vom Tisch, und mit jener Hellsichtigkeit, welche aus der Schwäche kommt, erkannte ich, daß mein

Onkel keine Zahlen aufs Papier gesetzt hatte. Hundert- und aber hundertmal, in langen Kolonnen, stand dort der Name Alma.

Es verschloß mir den Mund, ich wandte mich ab und ging hinaus. Das gläserne Dach des Gewächshauses glänzte von einem hauchigen Schein. Es war nötig, daß ich mich beeilte, sonst mußte Cora zu lange auf mich warten. Aber ich gab mir trotzdem keine Mühe, schnell zu gehen. Zögernd öffnete ich die Tür auf der Gartenseite, blieb draußen eine kurze Weile stehen und sah in das Dunkel des Parks. Schleier von kühler Luft wehten aus dem Laube herbei und vermischten sich in feinen, kaum spürbaren Wirbeln mit der Wärme, welche die Mauer ausatmete. Von allen Seiten her drang es in unkörperlichen Bewegungen auf mich ein, ich fühlte laue Atemzüge mein Gesicht treffen, es faßte nach meinen Händen und wollte mich fortziehen. Ein Gewirr lautloser Stimmen glaubte ich zu vernehmen; sie stritten sich herum, auf welche Seite ich gezogen werden sollte: auf jene des harten, von Mitleid und Lügen nicht geschwächten Lebens – oder auf die andere, wo alles brüchig und erschöpft war. Bald konnte ich schon nicht mehr unterscheiden, ob diese Stimmen außerhalb da waren oder ob sie nicht gar in meinem Herzen laut wurden, das heftig schlug.

Es dauerte vielleicht nur eine Sekunde, aber mir kam es in meiner Erschöpfung vor wie eine lange Zeitspanne. Indessen brannte der Mond rötlich und wie von Rauch verhüllt hinter den hohen Bäumen, auf dem stumpfen Himmel bildete sich ein riesiger, bleicher Kreis, der mit seiner Rundung mehrere lange Dunstbänder zerschnitt, welche quer über das ganze Firmament gespannt waren.

Ich war unschlüssig, was ich tun sollte; es mußte viel Zeit verloren sein, und ich konnte nicht mehr damit rechnen, daß Cora noch am Küchenfenster stand und auf meine Schritte lauschte. Die Tür der Gärtnerwohnung schlug plötzlich so laut zu, daß es durch das ganze Gewächshaus hallte; feste Schritte, die keine Ähnlichkeit mit dem müden Schlurfen des Gärtners hatten, wurden vernehmlich. Ich huschte weg, es fiel mir ein, daß ich die Werkzeuge haben müßte, die im Kellerhals versteckt waren.

In der dunklen, mit Schatten zugeschütteten Ecke bei dem Geräteschuppen blieb ich geduckt stehen. Drüben öffnete sich die Glastür, mein Onkel trat hervor und verbarg etwas hinter seinem Rücken, das wie ein Knüppel aussah. »He!« rief er ärgerlich, »war hier jemand?«

Ich drückte mich eng gegen die Mauer und hielt den Atem an. Drüben wurde die Tür klirrend geschlossen, und der Mann trat rasch ins Freie, hoch aufgerichtet und bei den ersten Schritten den Karabiner über die Schulter hängend, von dessen Lauf das Licht blau abrann. Einmal, zu Anfang meines Besuches, hatte er gesagt, man sollte endlich Raubzeug abschießen. Damals waren Marder im Hühnerstall gewesen.

Voller Eile, ärgerlich darüber, daß ich alles versäumt haben könnte, rannte ich nach dem Hofe und nahm die Werkzeuge aus dem Kellerhals. Während ich unterwegs war, um den Kasten von der Parkmauer zu holen, sah ich noch mit einem flüchtigen Blick, daß das Herrenhaus dunkel war. Die Gartenfront lag in vollem Mondlicht, auf sämtlichen Fensterscheiben gleißte ein kaltes Feuer, aber es kam mir so vor, als färbte im großen Saale ein blasser, rötlicher Schein die Vorhänge.

Laken von hellem Licht waren überall auf dem Boden ausgebreitet. Die steinernen Figuren des Rondells verpuppten sich in dem ziehenden Dunst wie in dünnen Gespinsten, aus Angst vor dem leeren Sockel, der seine Fußstümpfe zeigte. Als ich mich unter die Gebüsche bückte und den Kasten suchte, vernahm ich von jenseits der Mauer das leise Gelächter einer Frau und dazwischen das besorgte Gemurmel einer Männerstimme.

»...ach was«, flüsterte die Frau mit einem Ton von Verachtung, den ich kannte, »der schläft, der spricht mit seinen Gespenstern im Traum, unter den Kissen möchte ich den ersticken, jede Nacht...«

»Der Bengel war heute bei mir«, antwortete der Mann in seiner feigen Besorgnis, »dieser Gymnasiast, und er tat so, als wüßte er manches. Und er wollte vielleicht den Spion machen!«

Alma sagte etwas, das ich nicht verstehen konnte, und Hartmann widersprach ihr heftig.

»...nein, nein«, beharrte Hartmann auf seinem Verdacht, »davon hat er nichts gesagt. Ich trau' ihm nicht, dem Grünschnabel, deinem Liebling!«

»Mein Liebling! Und wie ist es mit Sofie?« fragte Alma. »Und wie ist es mit der Frau aus Nilbau? Aber ich will es dir nicht anrechnen, ich will dich nicht danach fragen ... weil ich dich ... weil ich ...«

Die Rede wurde ihr erstickt, dann lachte sie wieder, und der Kaufmann lachte auch. In der Stille der Nacht war dieses lästerliche Gelächter der einzige Laut, der von Menschen stammte. Alles übrige, ein Gewebe von feinen Geräuschen, kam aus der Schlaftrunkenheit des Landes. Ich glaubte es zu ermessen, wie die große Erde nach allen Seiten von diesem Fleck kugelig abfiel, und ich wunderte mich darüber, daß in jeder Nacht alles unverrückbar an seiner Stelle blieb.

Das Paar verlor sich an der Mauer hin. Leise Luftzüge begannen von draußen in den Park zu wehen, das Laub wurde unruhig. Auf der Straße rasselte ein spätes Fuhrwerk aus dem Dorf heraus. Ich hörte schleichende Schritte unter den Sträuchern sich nähern und wußte nicht, woher sie kamen. Eilig bückte ich mich, nahm den Kasten auf die Schulter und rannte weg. Ein Mann rief mich an, aber ich war schon halbwegs dem Schlosse nahe und sah den Schein der Lampe, die ins Küchenfenster gestellt war.

Die Tür stand offen, ich trat in die große, dämmrige Küche, an deren Wänden auf langen Borden das Geschirr matt blinkte. Niemand erwartete mich; von draußen her schallte die zornige Stimme des Mannes, der nach mir suchte und seinen Zorn unflätig verschimpfte. Er lief an den Fenstern vorbei mit schweren, tapsenden Schritten, und ich gab mir keine Mühe, ihn zu erkennen. Er kam mir völlig fremd vor und wie eins jener Gespenster, die aus der Angst aller Kreatur geboren werden, in dem Augenblick, wo die Finsternis der Nacht sich ausbreitet. Klopfenden Herzens verriegelte ich die Tür, dann löschte ich die Lampe, und sogleich zeichnete der Mondschein die schwarzen Fensterkreuze auf der hölzernen Tischplatte und dem Ziegelfußboden ab. Ich war gefangen in diesem fremden, weitläufigen Hause, und ich wagte lange Zeit nicht, mich zu rühren. Manchmal klagte der Wind, der stärker geworden sein mußte, in dem großen Rauchfang, und die Schatten der Zweige wischten über den Tisch.

Müde setzte ich mich auf einen Schemel, stützte den Kopf in die Hände und überließ mich einem Gefühl von Traurigkeit, das keine Ursache hatte und völlig ziellos war. Wonach sollte ich mich richten? Ich kannte kein Vorbild, das mir genügte, denn ich war hinter die Geheimnisse derjenigen gekommen, die mir vor kurzem noch als unantastbar und selbstgerecht erschienen: Almas Liebschaft ... Starkloffs Sünden ... mein Onkel, der sein Unglück mit sich herumtrug wie ein Krüppel seinen Buckel ... Ich hatte mit meinen eigenen Augen wie im Traume und doch viel deutlicher einen Mann gesehen, welcher schnurstracks in einen Hinterhalt taumelte, wo der Tod auf ihn lauerte ... Ich wußte es mir nicht zu erklären, warum diese Verstrickungen fremder Schicksale mich zu ihrem Zentrum machten.

Die Müdigkeit zog an mir, ich ließ den Kopf auf die Arme sinken und versuchte vergeblich, mich mit den Bildern einer fernen Zukunft zu trösten. Sie verschwammen gleich wieder, denn ich konnte mir nicht vorstellen, was eigentlich aus mir werden sollte.

Der Wind fauchte und pfiff im Herde, leise klapperte irgendein Blech am Schornstein, und eine Grille fing an, laut und ganz in der Nähe zu zirpen. Die Zweige klopften ans Fenster, das Mondlicht saß wie grünlicher Schimmel auf den Scheiben. Ich bemerkte noch, daß der Schlaf, dessen ich mich anfangs zu erwehren trachtete, immer näher kam und mich schließlich in ein warmes, schwarzes Tuch einwickelte, in dem er mich forttragen wollte ...

Von dem Zucken eines starken Schmerzes wachte ich jäh auf; das flackernde Licht nahe an meinen Augen blendete mich, und der Anblick, den ich hatte, war so unwirklich, daß ich ihn zunächst für eine Fortsetzung meines Traumes nahm. Cora stand neben mir, sie hielt den Leuchter mit Sorgfalt so schief, daß das flüssige, heiße Wachs auf meine Hand tropfte, und sie wartete mit einem von Neugierde verbosten Gesicht darauf, ob ich nicht mit einem Schrei oder wenigstens mit einem Stöhnen auffahren würde. Ich erhob mich blinzelnd und gähnend und kratzte mir die geronnene Wachsschicht vom Handrücken.

»Schlafmütze!« spottete sie, »Schnarcher und Siebenschläfer! – Komm jetzt! Sonst geht der Mond unter, die Nacht ist vorbei, und wir wissen immer noch nicht, was in der Kiste steckt.«

Sie ging mit dem Leuchter voraus, ich folgte ihr schlaftrunken und mißmutig. Wir verließen die Küche und kamen auf eine enge, gewundene Treppe: abgetretene Holzstufen und eine unter Staub ergraute Wand, schuppig vom Kalkbewurf, der sich in großen Stücken ablöste – ich war enttäuscht, denn ich hatte vermutet, daß in diesem Hause alles unabgenützt und prächtig sein würde.

Das Mädchen trug einen grauen Überwurf, darunter knisterte und raschelte es von schwerer Seide; an den Füßen kam der gefältelte Saum eines langen Kleides zum Vorschein, das sie mit der einen Hand raffen mußte, um nicht darüber zu stolpern. Ich wurde von dem raschen Steigen wach, wir kamen an zwei Absätzen vorüber, in die Wand waren niedrige Türen eingelassen. Die Treppe nahm kein Ende, die Stufen knarrten und quietschten. Wir erreichten den dritten Absatz, die Tür war offen, wir traten ein und standen im großen Saal; es verwunderte mich, daß wir uns erst in der halben Höhe des Hauses befanden.

An der Fensterseite brannte ein dreiarmiger Leuchter, dessen Kerzen schon zur Hälfte heruntergeschmolzen waren. Cora steckte noch mehr Lichter an und stellte einige davon vor die schmalen, hohen Wandspiegel, der schwache Schein genügte nicht, um den weiten Raum zu erhellen und die Dunkelheit daraus zu vertreiben, die sich seit einem Jahrzehnt hier eingenistet hatte. Ich blieb in der Nähe der Tür und zögerte weiterzugehen.

Die gewölbte Decke war sehr hoch, an den Seitenwänden trugen dicke marmorierte Säulenpaare den in Quadrate und Medaillons eingeteilten Himmel, durch welchen ermattete Götter und Musen sich schwangen. Die Kronleuchter waren mit Tüchern verhüllt und hingen unförmig an roten Stricken herab, alle Möbel steckten in grauen Überzügen. Das Parkett, in welches große Muster: Kreise, Ovale und Rauten, eingelegt waren, beulte sich an manchen Stellen auf, als triebe es Blasen. An der Innenseite des Saales zog sich oben eine kleine Galerie hin, vielleicht hatten dort ehemals die Musiker gesessen bei den Festen, welche hier gefeiert wurden; jetzt war sie mit Gerümpel vollgestellt, Papierfetzen hingen über die Brüstung. Alles war blind vor Staub, die Beschläge der Flügeltüren, die Vergoldungen an den Säulen und an den Rahmen der dunklen Bilder, aus denen vierschrötige Männer und Frauen von krankhafter Blässe in diesem Augenblick, da sie zum ersten Male seit langer Zeit wieder betrachtet wurden, sich vergeblich durch die tiefen Schichten von Vergessenheit hervorzudrängen versuchten.

Ich hatte nicht mehr auf Cora geachtet. Endlich, als alle

Kerzen brannten, rückte sich das Mädchen in der äußersten Ecke auf der Fensterseite einen kleinen Tisch zurecht, das Geräusch machte in dem hallenden Saale ein so lautes Echo, daß ich aufschrak und ihr zusah. Eben warf sie ihren Überwurf ab und stand in dem prunkvollen, alten Kleide aus schwerer Seide da, das nach der fremdartigen Mode einer längst vergangenen Zeit angefertigt war. Es ließ ihren mageren Hals frei, die schmalen Schultern und den Ansatz ihrer flachen Brust, es bauschte sich um ihre Hüften und berührte mit vielen Falten den Boden; blasse Spitzen hatte es an den Ärmeln und um den Ausschnitt, die Farben waren verschossen, der Glanz war matt geworden, und doch leuchtete es grün und rosa und silbergrau.

»Jetzt gehe noch einmal hinaus«, sagte sie, indem sie sich niederließ und die Seide um ihre Knie ordnete, »und dann mußt du mit vielen Verbeugungen hereinkommen. Am besten wäre es natürlich, du hättest dich auch verkleidet, aber ich habe nichts für dich gefunden!«

Ich ging zurück auf die dunkle Treppe und trat dann mit raschen, federnden Schritten wieder in den Saal. Cora saß aufrecht da, hatte die Arme im Schoß und nickte mir steif und herablassend zu. Vor dem Tisch blieb ich stehen und neigte mich sehr tief.

»Sie sind der Bote?« fragte sie mich.

»Ich bin der Bote, ich habe alle Vollmachten, und hier bringe ich den Kasten!«

»Es ist gut, daß Sie gekommen sind, ich hätte sonst die ganze Nacht warten müssen voller Angst und Besorgnis. – War der Weg sicher, oder sind Sie verfolgt worden?«

»Ich bin durch den Wald geritten und dann über die Wiesen. Ich habe mein Pferd an der Parkmauer festgebunden und bin hinübergestiegen. Ein Kerl vertrat mir den Weg, aber ich ging mit blankem Degen auf ihn los, er schrie nicht einmal, fiel lautlos um. Morgen früh wird man ihn finden, aber da bin ich längst über alle Berge!«

»Sie wissen ja, wie ich bewacht werde«, klagte sie seufzend, »es ist mit Lebensgefahr verbunden, bis zu mir vorzudringen.«

»Diesem unwürdigen Zustand«, gab ich zornig zurück, »muß ein Ende gemacht werden. Ich will alles daransetzen...«

»Ich danke Ihnen! Ich wußte, daß ich mit Ihrem Mut rechnen kann!«

Sie reichte mir ihre Hand, und ich küßte sie. Es fiel mir alles so leicht bei diesem Spiel, die Sätze, die ich sagen mußte, kamen von selbst und ohne Überlegung. Das war wie in einem Traum, wo die schwierigsten Sachen einfach werden: schon wenn man im Begriff ist, die Mauer bloß anzutasten, weicht sie zurück.

Cora winkte mir, ich nahm auf dem Stuhl Platz und setzte den Kasten vor mich hin. Ich fand, daß sie schöner aussah als sonst, das Kerzenlicht machte die schroffen Züge ihres Gesichts weich und voll, in den glänzenden Augen glimmten mit vielen Funken die Spiegelungen der Flammen, und auf der Haut des Halses und der Arme lag der rötliche Schimmer wie Puder.

»Ich habe diese Verkleidung gewählt«, erklärte ich bescheiden und wies auf meinen Anzug, »sonst hätte man mich unterwegs erkannt, und ich wäre niemals bis zu Ihnen vorgedrungen.«

»Es ist gut so«, lobte sie mich, »es ist klug von Ihnen. Und was hat Ihr Herr Ihnen aufgetragen?«

»Ich bin es ja selbst! Ich habe mich als meinen Diener ausgegeben, weil ich diese Botschaft keinem Fremden anvertrauen konnte! Sehen Sie nicht, daß ich es selbst bin? – Ich werde Sie befreien, ich werde Sie in fremde Länder führen, weit weg von hier, und wir werden glücklich sein. Es ist alles vorbereitet. Wenn Sie wollen, nehme ich Sie nachher mit. Der Wagen mit meinen Leuten wartet im Walde, und bei Morgengrauen sind wir schon über der Grenze!«

»Nein, nein!« widersprach sie mir heftig und sprang ganz und gar aus dem Spiele heraus. »Du bist es nicht. Er sieht ganz anders aus, ich weiß es! Er ist groß und viel älter und nicht so schäbig wie du!«

Sie stand auf, bückte sich nach dem Kasten und stellte ihn auf den Tisch. Für einen Augenblick konnte ich den stockigen Geruch ihres Kleides und den warmen Duft ihrer Haut und ihres Haars spüren.

»Mach auf!« sie hämmerte ungeduldig mit dem Knöchel auf das Eichenholz.

Ich holte die Werkzeuge aus der Tasche und machte mich an dem rostigen Schloß zu schaffen. Die Bretter waren in der Feuchtigkeit des Bodens so hart geworden, daß ich immer wieder daran abglitt, ohne Spuren zu hinterlassen.

»Mach schnell! Beeil dich!« Cora wurde ungeduldig, sie riß mir den Schraubenzieher weg und drängte mich beiseite. Aus aller Kraft stieß sie die Metallschneide gegen das Holz. Der leichte Tisch rutschte weg, die Leuchter gerieten in Bewegung, der Kasten schob sich beiseite, und das Eisen fuhr ihr ins Fleisch. Aus der Wunde kam helles Blut, tropfte über das Kleid und machte dort ein Muster von Rot. Ich ergriff ihren Arm, sog die Wunde aus und hatte sofort den ganzen Mund voll von dem faden, süßlichen Blutgeschmack; da es nun in mich einging, was eben noch durch ihr Herz und ihre Adern geströmt war, bedeutete es viel mehr, als wenn ich Cora in meine Arme genommen und geküßt hätte.

Der Gedanke erschreckte mich so, daß ich die Hand fallen ließ und mich nicht mehr um das Mädchen kümmerte. Sie setzte sich auf ihren Stuhl, und ich begann wieder an dem Kasten zu arbeiten.

»Du wirst bald wegfahren?« erkundigte sie sich.

»In drei, vier Tagen.«

»Und wirst nicht wiederkommen?«

»Nein! Ich werde niemals wieder hierherkommen. Ich habe andere Pläne, wenn ich älter bin, gehe ich ins Ausland, wo ich mehr Freiheit habe. Niemand braucht es zu wissen, eines Tages bin ich einfach nicht mehr da!«

»Du hast es gut«, sagte sie, »du kannst tun, was du willst, keiner macht dir Vorschriften!«

»Ich will reich werden. In anderen Erdteilen werde ich lange Zeit einsam leben. Wenn ich wiederkomme, bin ich alt, keiner wird sich mehr an mich erinnern.«

»Wirst du mir Briefe schreiben?«

»Nein«, sagte ich, »ich werde überhaupt keine Briefe schreiben, und ich will auch keine Briefe kriegen.«

In meinen Gedanken vollzog ich jetzt schon die große Trennung, ich sah mich hinausgehen, ohne Abschied von irgend jemandem, ich sah mich übers Meer fahren, bemüht, alle meine Erinnerungen über Bord zu werfen, auch diese hier, an eine Herbstnacht in meinen Ferien, während der unruhigen Jahre kurz nach dem Kriege, wo ich im Saale des Schlosses von Kaltwasser mit einem verkleideten Mädchen diesen Kasten da zu öffnen versucht hatte, der aus der Erde gekommen war, als wir ein gefälltes Standbild verscharren wollten. Jetzt fiel es mir wieder leicht, die Zeit zu überholen, mich in den fernen Jahren aufzuhalten und die Gegenwart außer Kurs zu setzen.

Derweilen herrschte eine so tiefe Stille, daß man den Wind draußen hören konnte, wie er in den Kronen der Bäume wühlte. Manchmal blähte ein dünner Luftzug die Vorhänge und fuhr durch die Kerzenflamme; Tränen von Wachs fielen ab, erstarrten an den Leuchtern wie Eiszapfen und bildeten auf Tisch und Diele kleine Gerinnsel. Unsere Schatten an der Wand bogen sich zusammen und fuhren wieder auseinander. Es mußte sehr spät sein, ich hätte am liebsten nach dem Monde gesehen, ob er hoch stand oder schon wieder im Sinken war, aber der Kasten ließ sich noch immer nicht öffnen, der Deckel saß fest wie angewurzelt.

Cora betrachtete mich regungslos und still, als befände sie sich in einem anderen Raume, wäre durch ein Fensterglas von mir getrennt. Ihre Unruhe, ihre Heftigkeit und Ungeduld, das alles hatte sich tief in ihr verkrochen; wenn ihre Augen nicht so geglänzt und ihre Wimpern nicht ab und zu an den schweren Lidern sich gesenkt und wieder gehoben hätten, würde man die Starrheit leicht für irgendeine Entrücktheit haben nehmen können. Sie neigte den Kopf sehr tief, vielleicht war sie müde und hielt sich nur mit Mühe wach. Das seltsame, altmodische Gewand verstärkte noch den Eindruck von Unwirklichkeit, den sie auf mich machte.

Plötzlich fing sie an zu reden, die Lippen bewegten sich kaum, und sie sprach zunächst so leise und stockend, daß es mir schwerfiel, sie zu verstehen. Dabei schoß ihr das Blut ins Gesicht, sie machte lange Pausen, schöpfte Atem, stürzte sich von neuem in ihre Erzählung, wurde zuletzt wieder heftig und leidenschaftlich, und am Ende wachte sie gleichsam auf wie aus einem tiefen Schlafe, in dem sie zuviel von dem gestanden hatte, was sie im Wachen wohl niemals ausgesprochen haben würde.

Es war die Geschichte ihrer Mutter, die ich zu hören bekam, abgerissen, in lauter zusammenhanglosen Fetzen, so daß ich das Ganze zuerst nicht begreifen konnte. Erst viel später verstand ich die Erregung Coras, ihren Haß und die Härte, mit der sie ihren Vater verurteilte.

Da war die Rede von einem jungen, verwundeten Offizier, der während des Krieges, als der Oberst im Felde stand, nach Kaltwasser gekommen war. Ich konnte ihn mir nicht anders vorstellen als sehr schön, bleich und schlank und von einer schmeichelhaften Lebendigkeit, doch gleichzeitig auch wieder leidend und mit einem Anhauch vom Tode, so daß alle, die ihn kannten, ihn verwöhnen mußten. Er humpelte an einem Stock durch den Park, Coras Mutter stützte ihn, manchmal küßte er dem Mädchen die Stirn, und er war für sie noch mehr als nur ein Freund. Ja, nach allem, was sie erzählte, mußte sie ihn auf eine selbstsüchtige Art geliebt und mitunter alles darauf angelegt haben, ihre Mutter von ihm fernzuhalten. Cora fuhr jeden Morgen mit dem Wagen nach Nilbau zur Schule, und sie konnte weder schlafen noch essen vor Eifersucht. Vollkommen überraschend polterte der Oberst ins Haus, man hatte ihm aus dem Dorfe gehässige Briefe geschrieben, er war nicht zu beruhigen, sie vermochten ihn nicht von der Unschuld dessen, was vorgegangen war, zu überzeugen. Der junge Mann mußte das Haus verlassen. Damals begann der Haß Coras gegen ihren Vater. Als der Oberst wieder weg war, packte die Mutter ihre Koffer, sie fuhren nach Berlin, es sah wie eine Flucht aus. Das Leben in möblierten Zimmern und Pensionen fing für die beiden an. An einem trüben Morgen, zu der Jahreszeit, wo die Stadt von früh bis spät in Nebel gehüllt ist, kam der junge Mann, um sich zu verabschieden. Er trug seine Uniform und war so grau wie die trübe Luft vor den Fenstern, er küßte sie beide, Cora wurde weggeschickt; als sie zurückkam, war er nicht mehr da, und sie hat ihn auch niemals mehr wiedergesehen, denn er fiel kurz darauf – ein Brief ihrer Mutter kam mit dem Vermerk zurück – und die Frau des Obersten weinte den ganzen Tag...

»... ich wollte nicht fahren, ich habe mich gesträubt, und ich habe sie gebeten, daß sie mich dort behält. Aber sie sagte, das Recht wäre auf seiner Seite. Warum soll ich mich denn unter das Recht beugen? Ich will wieder weg, ich kann hier nicht bleiben, und wenn er mich anbinden würde, ich reiße mich los. So einer wie du darf gehen, wohin er will, und niemand hält ihn fest. Aber der Oberst kommt, sieht mich bloß an mit seinen strengen Augen, und da muß ich schon still sein und alles hinnehmen und schweigen und kein Wort sagen und meine Gedanken vor ihm verstecken. Ich wußte nicht mehr, wie er eigentlich ist, aber als er da unten auf der Treppe stand und mir seine Blicke durch und durch gingen, da dachte ich fortwährend, das ist der, der meine Mutter häßlich und unglücklich gemacht hat, und in der ersten Nacht, da habe ich mir überlegt, wie man das Haus an allen Ecken und Enden anzünden könnte... Aber ich werde lieber heimlich fortgehen. Beide haben sie mir geschmeichelt, er und dieses Frauenzimmer, mit dem er in die Stadt gefahren ist, sie sagten, ich sei hübsch und säße gut zu Pferde. Ich will es nicht wissen. Ich will von ihnen nicht gelobt werden. Es ist ekelhaft ... es ist widerwärtig ...«

Sie sprang auf und ging hin und her. Die Seide kratzte leise übers Parkett. Cora rang die Hände, riß sie auseinander und ballte die Fäuste. Sie trat vor mich hin, starrte mich an.

»Und du, du hast mir nichts zu sagen? Du verstehst mich vielleicht gar nicht und denkst nur, daß ich überspannt bin und daß ich zuviel von allem hermache?«

»Ich habe verstanden«, sagte ich kleinlaut.

»Ich habe verstanden?« höhnte sie. »Alles ist erlogen, was ich gesagt habe. Und wenn du es glaubst, bist du dumm. – Wie lange willst du noch an der Kiste herumpfuschen? Beeile dich ein bißchen, sonst mußt du gehen. Meine Geduld ist zu Ende!«

Ich hatte den Deckel gelockert, in den schmalen Spalt drückte ich einen Meißel, legte mich mit meiner vollen Kraft darauf, davon brach das rostige Schloß entzwei. Auf einmal stand der Kasten offen und strömte einen leisen Modergeruch aus.

»Hier! Ich bin fertig, sieh nach, was drin ist!«

Cora beugte sich darüber und sah hinein, ich merkte ihr die Enttäuschung sofort an und blickte ihr über die Schulter. Der Kasten war innen mit Wachstuch ausgeschlagen, obenauf lagen Blumen, die sofort zu Staub zerfielen; ein verschnürtes Bündel völlig vergilbter Papiere, beschrieben mit einer überaus verschnörkelten Schrift, hob ich heraus, die Bogen waren stockfleckig und am Rande zerfasert, ich steckte das Päckchen in die Tasche. Cora zeigte mir ein Bild, eine ovale Miniatur, wie man sie früher bei sich getragen hatte. Es war ein Mädchen in der bunten, bäurischen Tracht vergangener Zeiten mit feinen, von Stolz und Schwermut angekränkelten Zügen; die vor Schmerz gekrümmten Lippen hatte der Maler viel zu rot gemacht. Dunkle, große Augen, wie von Fieber verschleiert, sahen uns an, und es kam mir so vor, als regte sich in diesem Blick eine boshafte Schadenfreude darüber, daß unsere Schicksale noch voller Ungewißheit waren, während ihres tief unten in der Vergessenheit lag. Wir hatten sie wieder nach oben geholt wie Grabschänder, und es war noch nicht abzusehen, wohin es führen würde, daß sie nun von neuem lebendig wurde.

Als wir das Bild umdrehten, fanden wir einige Zeilen von derselben Hand, welche die Papiere beschrieben hatte. Das Bild stellte also Christiane dar, kurz vor ihrem Tode hatte der Herr von Kaltwasser sie noch malen lassen, das Datum stand dabei, zweihundert Jahre war es her, und so lange hatte niemand mehr dieses Antlitz zu Gesicht bekommen.

Wir holten noch Bänder und Spitzen, Tücher und Borten aus dem Kasten, die alle ihre Farben und Muster unversehrt bewahrt hatten, hochhackige Schuhe aus Atlas, Seidenfetzen, die wohl die Reste von Kleidern bedeuteten, Kämme und einen in Silber gefaßten Handspiegel, der mit seiner halbblinden Fläche unsere Gesichter undeutlich zeigte. Schmuckstücke waren da, schwere Ketten und Broschen; eine der Ketten legte ich Cora um den Hals, sie bog den Kopf weit zurück, schloß die Augen, und ich spürte den leichten Schauder, der sie durchfuhr, als das kühle Metall ihre Haut berührte. Zuunterst lagen in einem vielfach verschnürten Päckchen zwei goldene Ringe, wir steckten sie uns an die Finger, sie paßten und saßen fest. Cora legte mir den Arm um die Schultern und bog ihren Kopf an mein Ohr.

»Jetzt bin ich deine Braut«, sagte sie, »und du mußt mich küssen!«

Es war mir selbstverständlich, daß ich sie küßte, das Spiel von vorhin fing von neuem an. Ich nahm ihren Arm, und wir gingen langsam und feierlich durch den Saal, an den großen Spiegeln vorüber, in welchen wir uns selbst begleiteten wie ein Paar, das neben uns durch die Mauern wandelte. Vor einem der Bilder blieben wir stehen.

»Das ist er«, erklärte mir Cora, »er hat alles vergraben, und er hat ihr sogar ein Standbild setzen lassen, als es schon zu spät war. Wir haben es umgerissen, und wir sind auf seine Schliche gekommen. Er wird nun böse sein, aber das soll uns nicht kümmern.«

Er war einer von den Männern, die bis in ihr Alter jung bleiben. Man konnte nicht sagen, wie alt er gewesen war, als er gemalt wurde, denn dieses Gesicht, obwohl es verbittert von vielem Verzicht war, hatte sich doch die Empfindsamkeit der Jugend bewahrt. Deswegen wohl machte dieser Mann neben der herrschsüchtigen Frau, welche an seiner Seite hing und geschwätzig, spröde und verständnislos für all und jedes seiner Gefühle gewesen sein mußte, einen weichen und nachgiebigen Eindruck. Ich stellte mir vor, wie er versonnen und ganz abwesend immer wieder bis in seine spätesten Jahre vor dem Rondell mit den Figuren gestanden hatte, der Regen triefte von den Zweigen, oder der Schnee lag kniehoch, und der Mann betrachtete das Standbild und hielt lange Zwiesprachen mit dem steinernen Mädchen, das der Toten glich. Oftmals kämpfte er mit sich, ob er nicht den Kasten wieder aus der Erde herausholen sollte, aber er fand nicht den Mut, denn er ängstigte sich davor, der Wirklichkeit des Vergangenen noch einmal standhalten zu müssen. Viel besser schien es ihm, sich an die Phantasie zu wenden, an eine Christiane, die weder älter wurde noch verweste, ja sie war anscheinend überhaupt nicht sterblich und glich den Göttern, welche dann und wann aus ihrer Abgeschiedenheit wiederkehrten und sich unter die nichtsahnenden Menschen mischten. Durch den höhnischen Unglauben der anderen und den Spott seiner Frau ließ er sich nicht beirren, denn er hatte ja eine dieser Göttinnen in seinen Armen gehalten, und wenn sie nicht so früh wieder den Leib des Bauernmädchens verlassen hätte, wäre ihm solch ein Glück zuteil geworden, wie es nur die Dichter, die man für Lügner hält, auszudenken imstande sind...

»Was überlegst du?« fragte mich Cora.

»Ich weiß nicht – ich dachte an eine Geschichte, aber ich könnte dir kein Wort davon sagen!«

»Daran dachtest du wohl, daß du weggehen wirst und mich zurücklassen? Du glaubst doch nicht, daß ich mich nach dir sehnen werde? Nein, nein, nichts davon, keine Treue, keine Liebe – ich wollte bloß wissen, was man dabei fühlt, und ich war die ganze Zeit bei einem anderen. Du bist es nicht, und du wirst es niemals sein!«

Sie hatte die Absicht, mich zu verletzen, deswegen übertrieb sie ihre Verachtung. Längst schon war sie einige Schritte von mir weggetreten und maß mich nun mit geringschätzigen Blicken. Ich redete mir vergeblich gut zu und sagte mir, daß sie mich allein ja gar nicht meinte. Es war ihr Mißtrauen und ihre Angst, die sich Luft machten, sie stand vollständig einsam da, von jeder Hilfe und jedem Vertrauen abgetrennt. Vielleicht liebte sie auch ihre Mutter nicht mehr, und es war ihr schwergefallen, dieser Frau jene Nachsicht zu zeigen, die ein Ergebnis langer Erfahrungen und vieler Enttäuschungen ist. Deswegen fiel Cora aus der Hinneigung und dem Vertrauen immer wieder zurück in die abstoßenden Widerspenstigkeiten, welche sie häßlich machten.

Ich erklärte mir das, um sie zu entschuldigen. Aber es war

vergeblich, denn aus ihrer Bosheit schlug es wie ein Echo in mich zurück und reizte mich, ihr alles verdoppelt wiederzugeben, was sie mir zufügte.

»Du bist wie der dort«, verspottete sie mich, indem sie auf das Bild zeigte, »genauso feige, genauso ein Waschlappen, so ein gefühlvoller Tränensack! Dem gleichst du auf ein Haar, dem Schwächling, dem Affen, dem widerwärtigen Kerl!«

Langsam ging ich auf sie los, die wenigen Schritte kamen mir vor wie ein langer Weg, der Zorn benahm mir den Atem. Sie rührte sich nicht, mit starren, geweiteten Augen sah sie mich kommen, in einer Neugierde, die aus Furcht und Stolz gemischt war. Ich riß sie an den Händen nahe zu mir heran, bis sich unsere Gesichter fast berührten, sie zitterte heftig und war ganz blaß.

»Du«, sagte ich, »du, du willst mich demütigen, du willst mich auf die Knie zwingen mit deiner Verachtung! Aber ich werde deinen Stolz schon kleinmachen, bis nichts mehr davon übrig ist.«

Ich wußte nicht mehr, was es war, das so laut rauschte, der Sturm draußen oder das Blut in meinen Ohren. Die Obersten-Tochter begann sich unter meinem Griff zu bäumen, aber ich ließ nicht nach. Wir stolperten einige Schritte weg, gerieten vor einen jener großen Spiegel, und ich erblickte im Glase plötzlich ein verzerrtes und leidenschaftliches Gesicht, das meinem ähnelte und doch in diesem Augenblick mit seinen harten Konturen und seinem festen Munde mir einen Vorsprung von vielen Jahren voraushatte.

»Tu mir nicht weh!« keuchte das Mädchen. »Ich bitte dich! Laß mich gehen! – Du Hund!« schrie sie, »du elender Bauer, du schmutziges Nichts! Wagst es! Faßt mich an mit deinen rohen Pfoten! Laß mich los! Ich befehle dir, mich loszulassen!«

Ich mußte noch fester zupacken, denn sie wandte ihre ganze Kraft auf, um sich frei zu machen, wir taumelten hin und her, der Saal hallte von unseren Tritten wider. Ein Leuchter stürzte um, rollte übers Parkett, ich roch den Wachsgeruch der erloschenen Kerze. Als ich spürte, wie Cora weich wurde, stieß ich sie von mir, es war genug, ich wußte nicht mehr weiter und wurde schon verlegen. Sie fiel rücklings in einen Sessel, schlug die Hände vors Gesicht und saß zusammengekauert mit zukkenden Schultern da. Ich wollte den Ring vom Finger ziehen und ihr in den Schoß werfen, als sie mit einem Ruck hochschnellte, auf mich zusprang, den Kopf an meiner Brust verbarg und die Arme mir um den Hals schlang.

»Du bist es ja!« flüsterte sie, »und du wußtest es nicht, daß du es bist? Meinetwegen kannst du weggehen, ich werde auf dich warten, ich werde dich nie vergessen, und wenn du wiederkehrst, sollst du mich bekommen.«

Es verwirrte mich, deswegen bog ich sie vorsichtig mit beiden Händen von mir weg. Aber sie mußte mich wohl mißverstanden haben, denn sie drängte sich noch enger an mich, lockerte den Druck ihrer Arme nicht, ließ den Kopf nach hinten fallen, schloß die Augen und erwartete einen Kuß. Ihr Gesicht mit den vollen, leicht geöffneten Lippen, mit den schwärzlichen Zeichnungen der Wimpern und Brauen und den herabgefallenen Augenlidern gehörte nicht mehr dem Mädchen an, das ich kannte, sondern einer Frau, die aus einer sehr fernen Zukunft sich genähert und dieser Züge bemächtigt hatte.

»Jemand, der mich liebt«, sagte sie gedehnt und singend, »jemand, der mich liebt!«

Es zog mich nieder zu ihrem Mund, ich hielt sie fest, bedeckte ihr Stirn, Augen, Lippen mit vorsichtigen Küssen, und ich kostete den salzigen Geschmack der Tränen, welche sie weinte.

Auf einmal veränderte sich alles wie unter einem bösen Alpdruck, ich hörte den leichten Knall eines Schusses, der draußen losgegangen war. Gleichzeitig splitterte eine Fensterscheibe, der Wind stürzte in den Saal, als wäre er davor aufgestaut gewesen und hätte nun seine Eindämmung zerstört, heulend jagte er den Vorhang hoch. Die Tür sprang auf und schlug gegen den Pfosten. Alle Kerzen löschten aus, wir standen im Dunkel, das sich langsam mit mattem Mondlicht aufhellte.

Erschreckt waren wir auseinandergefahren, dann rannten wir zum Fenster. Der Mond hatte seinen höchsten Stand erreicht, und der Park mit den aufgewühlten und schwankenden Bäumen, den hellen Flächen des Rasens zwischen der huschenden Dunkelheit lag überdeutlich zu unseren Füßen. Am reingefegten Himmel waren die Sterne, aufgereiht in den alten Bildern, klar und flimmernd verteilt bis hinunter zum Horizont, wo der Wald gleich haarigen Raupen über die Ebene kroch.

»Da! Da! Siehst du!« Cora packte mich am Arm.

Aus den Büschen, welche den Tennisplatz einfaßten, sprang geduckt und in langen Sätzen eine Frau, sie glitt schnell über den weißen Sand wie über Eis, von ihrem ungestalten Schatten am Boden festgehalten. Die Arme hatte sie hochgehoben, um ihren Kopf zu schützen, und sie schrie zwei-, dreimal, ihre Stimme war ganz unmenschlich, überschlug sich vor Angst. Die Frau tauchte zwischen den Spalieren unter, trieb wie von einer heftigen Wasserströmung erfaßt an den Stämmen der Bäume hin, ab und zu von einem Mondstrahl getroffen, der ihr helles Haar, ihr Kleid, ihre nackten Arme aufleuchten ließ.

Noch ehe sie verschwand, kam in ihrer Spur auf dem Tennisplatz ein Mann zum Vorschein, er blieb stehen, war einen Augenblick unschlüssig, aber dann legte er den Karabiner an und zielte. Der Lauf gleißte wie ein bläuliches Rinnsal aus kühlem Tod.

»Der Gärtner!« sagte Cora, »der Gärtner! Er wird seine Frau erschießen!«

Es traf mich wie ein Schlag. Ich sah noch Coras bleiches Gesicht neben mir, belebt von einer bösen Neugierde und dem Wunsch, daß der dort unten schießen und töten möge. Meine Stimme brach aus mir heraus, so laut, wie ich es nie vernommen hatte, das Echo das Saales drängte sie verdoppelt durch die zersplitterte Scheibe.

Der Gärtner setzte den Karabiner ab und sah sich furchtsam um, es kam ihm wohl erst jetzt zum Bewußtsein, daß er sich bis an die äußerste Grenze vorgewagt hatte. Er, der von seiner Verzweiflung gleichsam aufgebläht gewesen war, fiel wieder in sich zusammen, versteckte die Waffe unter dem Rock und lief gebückt und schlurfend, so, wie er immer gegangen war, nach der Seite des Gewächshauses.

Cora hatte mir den Mund zugehalten, ich nahm die Hand weg und sagte ihr, daß ich gehen müßte. Sie antwortete mir nicht, machte nur eine müde, enttäuschte Handbewegung und wies auf den Tisch, welcher nahe dem Fenster stand. Ich ergriff den leeren Kasten, preßte ihn gegen die Brust und rannte ins Finstere, um die schmale Tür zu suchen, durch die wir eingetreten waren. Ehe ich sie in meiner Verwirrung fand, drehte ich mich noch einmal um und sah die Obersten-Tochter vor der schimmernden Fensterfläche stehen. Die Vorhänge bewegten sich rings um sie, flatterten hoch und fielen herab, und in dem dämmrigen Zwielicht glänzte jetzt die Seide des Kleides auf, und gleich danach ging sie unter in der wechselnden Beleuchtung, welche Wind, Mondschein und tiefe Schwärze hervorbrachten. Ich mußte daran zweifeln, ob dieser veränderliche Umriß einen Körper mit Blut, Wärme und Leben einschloß, und es schien mir nicht unmöglich, daß er vielleicht nur die Ausgeburt jener äußersten Wünsche und Sehnsüchte sein könnte, die man sein ganzes Leben lang verschweigt und sich selbst nicht einzugestehen wagt.

Dann fiel ich beinahe in die Leere hinter den Türpfosten, stolperte die dunkle Treppe hinab, verlief mich unten in dem engen, stockfinsteren Vorraum, fand endlich den Eingang zur Küche, stürzte nach der Tür, die ich noch verschlossen fand und mit bebenden Händen zuerst nicht öffnen konnte. Auf einmal stand ich im Freien, im warmen Winde, der sich mit großer Gewalt gegen die Front des Hauses warf und Blätter, Laub und kleine Steine mit sich riß.

Immerzu wartete ich auf den zweiten Schuß, aber das Getöse der Luft und das Rauschen der gepeitschten Büsche und Bäume waren so stark, daß man wahrscheinlich nichts davon hätte vernehmen können. Ich lehnte mich gegen den Wind und rannte nach der Gärtnerwohnung, die Hunde im Hof bellten, aufgeregt durch den Schuß, die Fenster der Wohnung waren dunkel.

Die Glastür, die sonst nachtsüber nie verschlossen wurde, ließ sich nicht öffnen. Ich versuchte es an der Hofseite, lange saß ich auf den Stufen vor der Tür, an die ich mit beiden Fäusten gehämmert hatte. Ich war unter den Fenstern gewesen, hatte Erdbrocken gegen die Scheiben geworfen, doch drinnen wollte sich nichts rühren. Überwach sah ich zu, wie die schwarzen Schatten der Dächer allesamt nach derselben Seite wegglitten. Eine Katze kam schleichend von den Ställen herüber, als sie ins Dunkle eintauchte, begannen ihre Augen zu glimmen, sie kletterte auf den Baum neben dem Brunnen, ich hörte deutlich, wie ihre Krallen die Rinde zerkratzten. Gleich darauf schrie ein Vogel schrill und ängstlich, die Flügel klatschten laut gegen die Zweige, aber das erstarb alsbald, und dann sprang die Katze vom Stamme ab und schleppte den toten Körper dorthin, woher sie gekommen war.

Später machte der Wächter einen Rundgang, er war vom Kragen des langen Mantels vermummt bis an den Mützenrand. Bedächtig wandelte er rings um den Hof und kam nahe an mir vorüber, ohne mich zu bemerken. Er stellte sich breitbeinig in der Mitte des Platzes auf, setzte die Pfeife an den Mund und pfiff einmal, während er sich im Kreise drehte; es war also eine Stunde nach Mitternacht.

Ich spürte eine Erschöpfung, die mit der Kälte, welche aus den Steinstufen aufstieg, in mich eindrang. Die Scheunen standen offen, ich hätte mich im Stroh verkriechen können, und ich wußte ja seit gestern, wie es ist, wenn man sich dort ausstreckt, aber ich war unfähig, den Entschluß zu fassen, hinzugehen, die schwere Tür zu öffnen, aus der Tenne über den Bansen zu steigen und mich irgendwo einzuwühlen.

Als der Wächter wieder durch das Tor ging, stand ich auf und folgte ihm. Ich verbarg den Kasten im Holzstall. Nach wenigen Schritten war ich aus dem Windschatten, die geballte Luft traf mich mit voller Kraft in die Seite und riß mich in die Umarmungen ihrer Wirbel.

Sofie fiel mir ein, sie hatte gesagt, daß sie die ganze Nacht auf mich warten wollte, sicher lag sie schon längst im dumpfem Schlaf und hatte mich vergessen unter der Last ihrer Müdigkeit. Wenn sie aber doch schlaflos sich auf der Strohschütte wälzte, mit gelockerten Gliedern und rissigen, trockenen Lippen, dann konnte es möglich sein, daß sie manchmal lauschend sich aufrichtete, ein Schritt war draußen auf der Straße, der Hund knurrte und schlug an. Sie erhob sich vielleicht sogar und beugte sich aus dem Fenster, in der Erwartung eines Rufs oder eines Kiesels, der klirrend die Scheibe traf.

Indes ich den Gutshof durch die Einfahrt verließ, schwor ich mir, Sofie nicht aus dem Schlafe zu wecken, ich wollte die ganze Nacht unterwegs sein, zum Kirchhof gehen, mich auf Christianes Grab setzen, über die Wiesen laufen, zusehen wie der Mond langsam sank und gelb wurde, und ich wußte ja auch, wo ich vor der Morgenkühle Zuflucht finden konnte. Wenn ich an Alma dachte, wenn ich mich an das zu erinnern versuchte, was ich mit Cora erlebt hatte, dann stieg eine Erbitterung in mir auf, die sich in stummen, verwickelten Gesprächen Luft machte. Sie wurden beide kleinlaut und schuldbewußt, sie antworteten mir kaum, während ich sie anklagte und ins Unrecht setzte, ja, sie fügten den Gründen, die ich gegen sie anführte, noch andere hinzu, an die ich gar nicht gedacht hatte. Zuletzt glitten meine Gedanken weg, die beiden lachten mich aus und behielten am Ende doch recht. Das, was ich gegen sie vorgebracht hatte, erwies sich plötzlich als zweideutig und kehrte sich gegen mich; ich flüchtete mich zu Sofie, sie schwieg, wenn ich sie anredete, sie wollte sich nicht rechtfertigen, sie wollte weiter nichts als mir Gutes tun, mehr vermochte sie nicht.

Ich blieb stehen und sah mich um, die weißen Giebel der Höfe, die gekalkten Prellsteine und Obstbäume ließen mich nicht erkennen, nach welcher Seite ich gegangen war, und ich wußte nicht, wo ich mich befand. Der Wind hatte nachgelassen wie in einer Atempause, und der Mond erreichte auf seinem Bogen schon die Seite des Absinkens.

Zwei lachende und grölende Stimmen kamen mir entgegen, die Männer hielten sich untergefaßt, stolperten hin und her und schleiften die schweren Füße über den Schotter. Ich sprang in den Straßengraben und duckte mich so tief, daß die Nesseln mein Gesicht verbrannten. Die Männer liefen hoch und schwarz vor dem Mondschein an mir vorüber und blieben in der Nähe stehen, um ihr Wasser zu lassen. Dabei unterhielten sie sich lallend darüber, daß Starkloff sich in acht nehmen sollte: Sie werden ihn übers Ohr hauen, der Sergeant und der Gastwirt, sie werden ihm eins auswischen, dem großkotzigen, fetten Raffer, und es ist längst an der Zeit, daß er was zwischen die Rippen bekommt, wenn's kein anderer macht, da müssen's halt die beiden Halunken tun, die unter einer Decke stecken und noch weniger wert sind als der ganze, vollgefressene Halsabdreher, Mägdeverführer und Säufer mit allen seinen Todsünden...

Neid und Mißgunst wurden da vernehmlich; die Männer gehörten offenbar zu den Benachteiligten, welche in allem, was andere tun und unterlassen, eine schlechte Bedeutung entdekken möchten. Sie regten sich darüber auf, daß Starkloff sie mit Schnaps traktiert hatte, und fluchten auf ihn, weil sie betrunken waren. Sie zündeten sich stinkende Zigarren an, und die flackernde Flamme des Streichholzes beleuchtete ihre gedunsenen Gesichter. Dann faßten sie sich wieder unter und begannen ein Lied zu singen, dessen unflätigen Text sie wie eine Herausforderung so laut und deutlich brüllten, daß ich ihn noch lange, nachdem sie unsichtbar geworden waren, verstehen konnte.

Ich trat auf die Straße zurück und wußte nun, daß ich in der Nähe des Wirtshauses war; ich lachte vor mich hin, als es mir klar wurde: Bald würde ich über einen Gartenzaun steigen, unter den Obstbäumen mich entlangschleichen und von der

Feldseite her Starkloffs Grundstück betreten, so, wie Sofie es mir geraten hatte, und ich bückte mich und las jetzt schon eine Handvoll Steine auf.

In Smorczaks Gaststube war noch Licht. Als ich den hohen Giebel von Starkloffs Wohnhaus sehen konnte, verließ ich die Straße und ging auf die Felder hinaus. Die silbrige, trübe Leere hinter den Gehöften schwankte wie der Spiegel eines Sees, ein leichter Dunst, den die Äcker ausatmeten, schwamm über dem Boden, je weiter ich ging, desto dichter wurde er, und zuletzt schwelte er so stark, daß er selbst die Mondscheibe verschleierte. Es war völlige Windstille geworden, der feuchte Nebelqualm wälzte sich von den Wiesen herüber, die Sterne löschten aus, und die Nachtvögel hörten auf zu schreien. Die Häuser und Scheunen wurden zu dunklen Flecken, indem sie ihre Umrisse verloren. Ich ging vorsichtig, denn ich fürchtete mich unsinnigerweise davor, plötzlich den Boden unter den Füßen zu verlieren.

An irgendwelchen Gebäuden vorüberkommend, betrat ich einen Hof, ich erkannte sofort die beiden Nußbäume wieder. Der große Hund kam knurrend auf mich zu, beschnüffelte mich, sprang an mir hoch und ging nicht mehr von meiner Seite. Ich stand unter dem Giebel, warf Steine in Sofies Fenster und hörte, wie sie drinnen auf die Diele fielen. Die Bettstatt knarrte, ein Licht wurde angesteckt, eine Türangel quietschte, und gleich danach, als ich schon vor der Haustür wartete, wurde der Flur hell, und der Schlüssel kreischte. Das Licht stand weit hinten auf der Treppe, der Umriß des kräftigen, gedrungenen Körpers war umsäumt mit einem schwachen, bräunlichen Schein.

»Du bist gekommen!« sagte Sofie, faßte mit ihren warmen Fingern meine Hand und zog mich zu sich hinein. »Wie kalt du bist! Ich wußte ja, daß du kommst! Ich habe gewartet und die Stunden gezählt. Es ist bald zwei, und um fünf muß ich aufstehen. Ich habe so sehr auf dich gewartet!«

Sie schloß mich in die Arme, sie bebte nicht, sie schluchzte nicht, sie war ruhig und willig, alles zu tun, wonach ich verlangte. Ich träumte mir wohl nur dieses Haus, das mich aufnahm, ich träumte mir die enge, niedrige Stube mit Schrank, Tisch und Stuhl und dem schmalen Bett, in das ich mich fallen ließ, und es war nichts weiter als Traum für mich, daß ein brauner, nackter Arm nach dem Licht griff und es auslöschte, daß ich die starken Glieder fühlte, wie sie plötzlich schwach wurden, daß ich eine feste Brust zu spüren bekam und den prallen Leib, der sich nachgiebig dehnte und streckte.

»Jede Nacht«, sagte sie mit einer hohen, halb erstickten Stimme, »jede Nacht, solange du noch hier bist!« –

Wir mußten geschlafen haben, denn erst in dem Augenblick, als der Lärm sich uns näherte, der schon einige Zeit gedauert haben mochte, wachten wir auf. Türen flogen zu, Stühle fielen um, Flüche hörten wir und das Stampfen von schweren Schritten. Nach einer kurzen Stille fing es von neuem an. Ich wußte nicht, wie spät es sein konnte und ob der graue Schein im Fenster noch das Mondlicht oder schon die Morgendämmerung war.

»Ängstige dich nicht«, flüsterte Sofie, »das hat er oft, dann schlägt er alles kaputt, und wir wissen nicht, was es ist, das ihn so jagen und quälen tut. Aber am nächsten Tage ist er wie ausgewechselt und will uns alle verwöhnen.«

Sie sprang aus dem Bett und verriegelte die Tür, dann kleidete sie sich hastig an.

»Brauchst dich nicht zu fürchten. Er wird schon nicht kommen!«

Wie um sie Lügen zu strafen, dröhnte es die Stufen hoch. Der Bauer schlug mit den Fäusten an die Türfüllung, ein schwacher Lichtschein drang durch die Ritzen im Holz. Sofie stemmte sich gegen die Tür und hielt sich an beiden Pfosten fest.

»Mach auf!« brüllte Starkloff, »aufgemacht!«

Das Mädchen antwortete nicht, der Bauer rüttelte an der Klinke, und dann warf er sich mit voller Wucht gegen die Füllung, das Holz gab splitternd nach, Sofie wurde beiseite geschleudert. Ich war wie gelähmt vor Schreck und blieb in meiner Blöße im Bett sitzen. Starkloff drängte auf unsicheren Füßen herein, er war in Hemdsärmeln, die verdreckte und zerrissene Hose hing ihm locker am Leibe, Blut troff ihm von der Hand, und als er sie über seine Stirn strich wie in einem schwachen Versuch, zur Besinnung zu kommen, zeichnete er sich einen breiten, roten Streifen in das verstörte Gesicht. Seine glasigen Augen vermochten anscheinend nichts von dem wahrzunehmen, was sich im Zimmer befand, sonst hätte er sich an Sofie wenden müssen, die ihn daran zu hindern versuchte, noch einen Schritt weiter zu machen. Sie wollte ihn auf die Treppe zurückdrängen, aber er wich nicht vom Fleck.

Stöhnend und keuchend suchte er nach Worten und fand keine, voller Verzweiflung nahm er die Arme hoch und ließ sie wieder sinken, dabei glitt ihm seine Wagenlaterne aus der Hand, zerbrach am Boden und erlosch.

»Die Todesfurcht!« begann er zu murmeln, »die Todesfurcht! Es treibt mich um, es läßt mir keine Ruhe! – Aufwachen! Das Dorf soll anklagen, verurteilen! Rausreißen aus meiner Brust das Herz, das sündige, rausreißen und vor die Hunde werfen, vor die Hunde!«

Er machte eine Pause, und dann brüllte er los:

»Will mich denn keiner anhören? Habt ihr Angst vor mir? Stopfst dir die Finger in die Ohren, du? Ist keiner da zum Troste, kein einziger? – In den Pferdestall schickt ihr mich, in den Pferdestall, weinen kann ich bei denen. – Ihr! Unter die Erde wünscht ihr mich! Die Toten, die Erbarmungslosen, die hetzt ihr auf mich. Kann sie nicht loswerden, sitzen mir im Nacken und flüstern mir ins Ohr! Und ihr, ihr triezt sie, ihr treibt sie an, die Blassen, die Teuflischen! Du, du, wo bist du? – Wenn ich dich in meine Finger kriege, du!«

Er griff wie erblindet um sich, stieß mit den Händen an die Wände und den Schrank. Sofie schlüpfte hinter seinem Rücken hinaus und rannte die Treppen hinunter. Noch einen Augenblick war er zu sehen, ein unförmiger Körper, der sich mühsam auf den Beinen hielt. Dann verschluckte ihn die Schwärze der offenen Tür, er stürzte gleichsam hinein wie in sein Grab, und was draußen polterte, waren nicht seine Füße, sondern die Schollen, die auf seinen Sarg geworfen wurden.

In der Stille kleidete ich mich benommen an. Sofie war plötzlich wieder bei mir.

»Es ist vorbei«, sagte sie, »er wird nicht mehr aufwachen.«

Sie hielt sich von mir fern, ich gab ihr flüchtig die Hand. Als ich auf den Hof trat, krähten schon die Hähne, es war ein unsicheres Zwielicht, durch das ich gehen mußte, der Nebel hatte sich noch nicht gehoben, trotzdem sah ich im Osten den ersten Schimmer von Tageslicht und im Westen den verlöschenden Mond. Alles war öde, grau und hoffnungslos, und es erschien mir ganz ungewiß, ob es jemals wieder über diesem Dorfe hell und Tag werden würde.

Die Straße herauf schob sich mit knirschendem Lärm eine Menge von lauter Männern mir entgegen. Ich unterschied sofort das müde Marschieren der Infanteriekolonnen, das

Trappeln der Pferdehufe und weiter hinten das Geklapper der leichten Karren. Diese Truppe der Besatzungsarmee, faul und nachlässig geworden wie alle übrigen Abteilungen durch die Ruhe auf den Gütern und in den kleinen Städten der Grenzkreise, schlenderte widerwillig und mit der schlechten, herausfordernden Haltung von Leuten, die zur Hälfte schon nicht mehr Soldaten sind und doch das Gehabe von Siegern zur Schau tragen müssen, ihres Weges. Die Offiziere hingen schief auf den Gäulen, die Infanteristen schleppten die Last ihrer Ausrüstung so unachtsam, daß man sich denken konnte, sie alle würden am liebsten Gewehre, Riemenzeug, Tornister und Bajonette sofort weggeschmissen haben. Die Fahrer saßen schlafend auf den Böcken, ließen die Köpfe hängen und schaukelten hin und her; vier oder fünf Maschinengewehre auf den Karren waren das einzige, was daran erinnerte, daß diese Kompanien jemals gekämpft und im Feuer gestanden hatten. Die letzten in der Kolonne riefen mich an, ich verstand sie nicht, aufmerksam drehten sie sich in den Sätteln nach mir um, und einer von den Reitern machte, indem er mir zunickte, mit den Fingern eine Gebärde, welche die anderen zu einem lauten und gemeinen Gelächter anspornte.

Die Entfernung vergrößerte sich rasch, die Geräusche zogen sich zu einem einzigen Klirren und Scharren zusammen, das bedeutete Reiten, Marschieren und Fahren, Schicksale von ein paar hundert Männern, einen verlorenen Krieg, Unruhe, Verwirrung, Aufruhr, Hunger und Tod und eine Zukunft, die vielleicht so wenig Licht haben würde wie das schwache Morgengrauen dort hinten.

Das Vermächtnis aus Schuld

Alma hatte mich gefunden und geweckt, ich lag in einem Haufen trockener Stauden vor der Wand des Geräteschuppens. Vergeblich hatte ich versucht, mich wachzuhalten, der Morgen wurde so lau und drückend, daß ich in Schlaf fiel, noch ehe die Sonne heraufgefahren kam. Ich war in Schweiß gebadet, als ich mich taumelig und wie zerschlagen erhob, Gesichte, aus Wirklichem und Unmöglichem gemischt, hatten meine Kraft erschöpft. Alma half mir hochzukommen, sie fragte mich nicht aus, ich hatte sie für tot gehalten, aber sie war unverletzt und geschmeidig wie immer, eine leichte Ermattung machte sie noch schöner als sonst.

»Komm herein«, sagte sie einfach, als wäre nichts geschehen, »wir warten mit dem Frühstück auf dich!«

Heute saßen wir ungewöhnlich lange um den Tisch, es fiel mir leicht, meine Verlegenheit zu überwinden, weil die Verwandten noch verlegener zu sein schienen als ich. Das Gesicht des Gärtners war um vieles jünger geworden, die äußersten Schichten von Verbitterung hatten sich abgelöst, und darunter zeigte sich ein schüchternes Lächeln, das seine Züge weich machte. Sein Mißtrauen war ihm abhanden gekommen, Alma hatte es ihm entwunden gleich einer Waffe, die noch gefährlicher war als der Karabiner. Sie mußte sich ihm wohl endlich entgegengestellt haben; die Arme ausgebreitet, die Wangen tränenüberströmt, so bat sie ihn, daß er sie töten möge. Sie gab alles zu, er brauchte sie gar nicht zu fragen, plötzlich sah er es ein, daß er, um der Gerechtigkeit willen, auch einen Teil ihrer Schuld auf sich nehmen mußte; zudem war er älter als sie, das verpflichtete ihn, nachsichtig zu sein. Während er so zauderte, halb noch entschlossen, sie mit Gewalt und für immer angesichts des ganzen Dorfes auf die Knie zu zwingen, halb aber schon davon überzeugt, daß es besser wäre, wenn alles im stillen zwischen ihnen geschlichtet würde, entschied sich das Ganze gegen ihn. Er hörte Almas verzückte Versprechungen, reumütige Geständnisse und gestammelte Schwüre, er wehrte sie nicht ab, als sie näher kam, ganz aufgelöst und ihre eigene Angst genießend wie eine andere Art von Lust. Er neigte sich ihr sogar entgegen, um die Veränderung, die mit ihr vorgegangen war, besser zu erkennen. Sie glichen Mondsüchtigen, die über gefährliche Wege neben bodenloser Tiefe aufeinander zugegangen waren und sich nun gegenüber standen, im Begriff, schon dann zu fallen, wenn einer von beiden auch nur die geringste Bewegung machen würde. Alma hatte ihn mit sich gerissen, der Fall nahm kein Ende, immer dunklere Schlünde taten sich auf.

Sie gab sich völlig in seine Gewalt, und er bemächtigte sich ihrer, bis der letzte Widerstand verging. Seine Zweifel waren überflüssig, da die Frau seinen Namen so nannte, als hätte sie nie zuvor einen anderen Männernamen ausgesprochen. Er kam deshalb nicht auf den Gedanken, daß ihr daran gelegen war, ihn dorthin zu locken, wo sie mehr vermochte als er, weil er sie niemals begriffen hatte, auch damals nicht, als er auf Starkloffs Hof ging und sie wegholte – denn der Oberst und seine Frau meinten, daß der Gärtner nicht länger allein bleiben könnte. Sie war Starkloffs Mündel: eine Waise, deren Herkunft niemand kannte; die Leute erfanden die unsinnigsten Geschichten, in denen sie ihr Böses nachsagten. »Die Unzucht schadet ihr nichts«, meinten die Weiber gehässig, wenn die hochmütige Alma durchs Dorf ging, geringschätzig lächelnd, weil sie ahnen konnte, was man sich von ihr erzählte.

Starkloff fuhr sie mit seiner Kutsche auf die Jahrmärkte, sie saß neben ihm wie eine Herrschaftliche und hielt dem Neide stand, der überall auf sie zielte. Sie ließ sich nicht ducken, die schwere Arbeit entstellte sie nicht, und sie blieb lange schmal und blaß, bis sie mit einem Male voller wurde und aufzublühen begann, so daß die jungen Männer anfingen, ihr nachzustellen. Starkloff war bösartig vor Eifersucht, und das Mädchen kümmerte sich nicht darum, ob sie begehrt wurde oder nicht. Immer mehr kam sie ins Gerede, man vermutete, daß sie ein Kind trüge, der Bauer ließ sich nicht mehr in den Kneipen sehen, er ging den neugierigen Männern aus dem Wege, die ihn, von ihren Frauen aufgestachelt, ausfragen sollten. Einmal hatte er gesagt, daß Alma wie ein Fisch wäre, der ihm fortwährend aus den Händen glitte. Aber mehr war nicht aus ihm herauszubekommen, das ganze Dorf wartete darauf, daß eines Tages der Lärm eines großen Streites auf die Straße schallen und daß Alma mit ihren Koffern den Weg zur Bahnstation einschlagen würde. Nachher hatte der Bauer jedesmal seine Schande auf den Wirtshaustischen ausgebreitet.

Dann aber kam es ganz anders, der Schloßgärtner holte das Mädchen zu sich, er kannte sie kaum, aber er wußte genau, was er von dem Bauern halten sollte, den er aus seinem gerechten Herzen verachtete, obwohl er ihm manches zu verdanken hatte. Das Mädchen ging gutwillig mit, bald danach kam der Krieg, und sie wurden getrennt, noch ehe er sich darüber klarzuwerden vermochte, wo er sie packen mußte, damit sie in seinem rechtschaffenen kärglichen Leben Wurzeln fassen konnte gleich einer Pflanze, die man aus dem Modergrund, wo sie lauter wilde Schößlinge getrieben hat, heraushebt, damit sie in dem trockenen Boden, der ihr gebührt, zu rechtem Wachstum kommt. Als er nach den vier Jahren wiederkehrte, hatte er keine Geduld mehr, und die alten Vorsätze schienen undurchführbar. Die Dorfleute zogen ihn beiseite, sie flüsterten ihm etwas zu von den Kriegsgefangenen, welche die Gärtnerei in seiner Abwesenheit bestellt hatten, und davon, wie Alma allein zum Markte gefahren wäre und den Offizieren zugelächelt hätte, die ihr Kußhände nachwarfen. Er glaubte nichts, sie gab ihm alles, was er brauchte; er war um Jahrzehnte gealtert und mußte sich mühsam daran gewöhnen, das Tagewerk zu verrichten, das ihm früher Freude gemacht hatte und ihm jetzt sinnlos vorkam. Sie stand in einiger Entfernung neben ihm, und er machte sich keine Gedanken darüber, ob es Verachtung war, daß sie fortwährend lächelte, oder ob es nur Heiterkeit bedeutete. Als er versuchte, sie näher zu sich heranzuziehen, sie zum Reden zu bringen und in ihr Herz zu sehen, wand sie sich ihm aus den Händen und schlüpfte kühl und glatt davon. Er nahm es für Schamhaftigkeit, aber es war nur der Beweis dafür, daß sie sich darüber Gewißheit verschafft hatte: er würde auch dann, wenn sie sich offen von den starken Strömungen ihrer Willenlosigkeit wegreißen ließe, leicht zu beschwichtigen sein.

Damals begann es, daß sie an den Abenden wortlos vom Tisch aufstand und ins Dorf lief. Wenn sie spät wiederkam, erhitzt und atemlos, sah sie seinen dürftigen Rücken über die Bücher gebeugt; es ekelte sie, am liebsten hätte sie ihm alles ins Gesicht geschrien, aber dann packte sie ein widriges Mitleid. Als sie zum ersten Male eine Nacht weggeblieben war, fand sie ihn gegen Morgen, wie er grämlich und ganz ergraut in seinen Kleidern schlief; sie zog ihn aus wie einen Betrunkenen, er war völlig abwesend und ohne Widerstand, den ganzen Tag blieb er einsilbig wie immer.

So mußte es zwischen ihnen gewesen sein, einiges kannte ich aus den Erzählungen meines Vaters, der oft mit eigentümlicher Geringschätzung von seinem Bruder sprach, das übrige hatte ich aus Heinrichs Andeutungen herausgehört. Jetzt, während ich zwischen den beiden am Tisch saß, fügte sich das Bild selbst zusammen aus lauter Einzelheiten, solchen, die ich vergessen hatte, und anderen, die früher mißverstanden worden waren. Ich sah es klar und mit seiner genauen Bedeutung wie auf ein großes Blatt hingezeichnet, so endgültig, daß nichts mehr daran zu verändern war.

Da streichelte er ihr die Hand, was er sonst nie getan hatte, und sie legte die ihre auf seine Schulter. Aber diese Zärtlichkeit war trügerisch, denn in ihrem weggedrehten Gesicht zeigte sich nur ein gleichgültiges Mienenspiel, das sich sofort veränderte, als sie ihn anblickte: Sie lachte, und dieses Gelächter hatte denselben Ton wie jenes, das ich in der Nacht hinter der Parkmauer gehört hatte. Damit täuschte sie ihn darüber hinweg, daß sie schon seit einiger Zeit ungeduldig darauf wartete, ob er sie nicht endlich allein lassen würde.

Die Stube füllte sich mit der Wärme des erhitzten Vormittags, das Fenster stand offen, und mit dem starken Licht schwemmte brandige Luft herein, die sich schwer atmen ließ. Die Fliegen schwärmten unruhig herum und fuhren gleich brummend auf, kaum daß sie sich niedergelassen hatten. Ich hörte, wie das Firmament zu kochen begann, mit einem lauten Knattern, welches sich entfernte und wieder näherte; das mußten die Flammen sein, die aus der Sonne schlugen, das Land verheerten und die Wälder fraßen.

»Schießt mit Maschinengewehren, das Kroppzeug«, schimpfte der Gärtner und ballte aufgebracht die Faust, »wollen's uns vormachen, die gemästeten Bengel, daß sie's noch nicht verlernt haben, mit ihren Knarren umzugehen. – Lauf hin«, wandte er sich an mich, »und sieh dir das Manöver an. Die haben uns untergekriegt, die Laffen, und vor denen sind wir ausgerückt, als sie mit ihren nagelneuen Monturen zu Tausenden ankamen, und wir hatten ja nichts als Lumpen an, Wickelgamaschen aus Papier, verstehst du!«

»Ich werde mitgehen«, sagte Alma, »ich ziehe mich um!«
Sie verließ die Stube, der Gärtner sah mich prüfend an, ich bemühte mich, seinem Blick standzuhalten.
»Was hast du gesehen?« fragte er mich leise und hastig.
»Nichts«, gab ich erschrocken zurück, »gar nichts!«
»Ich meine, was du gesehen hast, als ich dich gestern aufweckte, und du wolltest nicht zu dir kommen?«
Ich vermochte mich nicht mehr genau daran zu erinnern. Es dauerte sehr lange, bis ich es ihm beschreiben konnte, wie ich in jener Dämmerung vergeblich einem Manne nachgelaufen war, um ihn festzuhalten, denn er ging zweien entgegen, die wie blutdürstige Katzen ihm auflauerten.
»Zweie sagst du?« fragte er, indem er sich weit über den Tisch vorbeugte und mich am Arm packte, »zweie? Ich habe nur einen gesehen. Und der Mann, von dem du das Gesicht nicht erkennen konntest, das war Starkloff. Geh hin und warne ihn. Es ist noch Zeit...«
Alma trat aus der Tür, Dimke stand gleich auf, langte sich die Mütze vom Nagel und ging aus der Stube. Die Gärtnersfrau hob beide Arme und strich sich noch einmal das Haar glatt, das sie eben erst frisch gekämmt hatte, und diese spielerische Gebärde war das Zeichen dafür, daß sie irgendeinen beunruhigenden Gedanken leichtfertig verwarf. In der Übermüdung, die meinen Blick überscharf und gleich darauf wieder verschwommen machte, als hätte ich ein Fernglas vor den Augen und schraubte die Linsen näher und ferner, erkannte ich plötzlich die Zwiespältigkeit ihres Gesichts. Ich sah, daß diese von dichten Wimpern verhängten klaren Augen, der gewölbte Mund, der feine Grat der Nase und die bewegliche Falte auf der flachen, von den Schläfen nicht abgesetzten Stirn, daß all diese Züge mitsamt dem verzärtelten Fleisch der Wangen und dem sanften, kaum hervorgerundeten Kinn gar nicht in der gelassenen Ruhe zusammenstimmten, die ich darin erblickt hatte. Es war wohl glatt und nicht entstellt von Runzeln, dieses Antlitz, und es besaß jenes Ebenmaß, das solche Dinge haben, welche frisch und unabgegriffen aus Gottes Händen hervorgehen: eine Blume, die sich öffnet, oder eine Frucht, die sich rundet. Aber diese Glätte hier war nicht vollkommen, obwohl weder zuviel Jugend noch zuviel Alter darin vorherrschten. Unter dem Ausdruck von Schuldlosigkeit vibrierten die äußersten, kaum ertragbaren Sehnsüchte über die Haut, beschwerten die

Schmerzen der Enttäuschung die Mundwinkel. Davon konnte sie wohl nicht mehr erlöst werden, denn das Irdische war im Begriff, sie zu überwuchern. Immer noch war ihre Schönheit durch jenes besondere Licht erhellt, das ich gestern am abgetrennten Kopf des Standbilds erblickt hatte. Doch lange konnte es nicht mehr so bleiben.

»Was träumst du denn?« fragte sie näher kommend, »hat es dir etwa Schmerzen bereitet? Blutest du und bist gar verstümmelt und kannst dich nicht mehr rühren? Oder solltest du vielleicht gespürt haben, daß es glücklich macht? – Wer war es denn, wer hat es dir denn beigebracht?«

Sie legte ihre kühle Hand in meinen Nacken, das war mir bloß lästig. Ich erhob mich, trat beiseite, sie bewegte sich kaum und stand doch auf einmal vor mir. In der Ferne brodelte das Maschinengewehrfeuer und streckte sein eigenes Echo nieder. Das Zimmer verengte sich in der unerträglichen Hitze. Almas Augen ließen mich nicht aus ihrem spöttischen Blick.

»Einen Ring trägst du auch schon am Finger? Hast es weit gebracht in der kurzen Zeit. Kannst du nicht reden, bereust du es vielleicht? Aber das laß dir gesagt sein, es gibt ganz andere Dinge, die man bereuen müßte, und dieses bißchen Sündenfall, von dem sie so viel hermachen, das lohnt die Reue gar nicht. Wir sind ja allesamt im Stande der Unschuld geboren. Sogar Starkloff war unschuldig, als er zur Welt kam. Sollen wir deswegen vielleicht trauern, weil wir anders wurden? Sollen wir trauern, frage ich dich?«

Sie war mir so nahe, daß ich die feinen Poren der Haut, die dünnen Härchen der Brauen genau erkannte. Ich sog mit der erhitzten Luft, die alle Gerüche verstärkte, den aus Süßem und Dumpfigem gemischten Duft ein, welcher von der Frau ausging, und ich fühlte, wie ihre Knie, ihr Leib und ihre Brust mich fast berührten.

»Würdest du auch so reden«, erkundigte ich mich gleichmütig, »wenn er dich heute nacht niedergeschossen hätte?«

Sie drehte sich zur Tür und fragte mich feindselig, ob ich nun mitkommen wollte. Ich ging hinter ihr durch das Gewächshaus, weit ausholend schritt sie vor mir her, zornig, weil ich sie erschreckt hatte. Ihre Hüften waren schmal, denn sie hatte noch nicht geboren, und ihr Rücken war ungebeugt; die große Veränderung, welche ihr bevorstand, erschien mir plötzlich unabwendbar, obwohl sie in dieser Nacht noch einmal den Händen entschlüpft war, die nach ihr gegriffen hatten.

Wir überschritten den Hof, der Briefträger radelte uns entgegen, mein Vater hatte an mich geschrieben, ich riß den Umschlag im Gehen auf und las die Bogen flüchtig durch: Er fragte, ob ich bei Starkloff gewesen wäre, es eilte, ich sollte heute noch hingehen und ihm sofort schreiben, was der Bauer gesagt hätte.

»Was ist?« fragte Alma.

»Ach, nichts weiter!« gab ich zurück, indem ich den Brief in die Tasche steckte.

Ich sollte zu Starkloff gehen, ich sollte ihn fragen, ob er meinem Vater Geld leihen würde, er hatte es mir am Sonntag versprochen, ich brauchte nicht hinzugehen. Ich sollte zu Starkloff gehen und ihn warnen, weil mein Onkel behauptete, daß er ihn, gleich mir, in einer Art von Traumgesicht erblickt hätte. Der Bauer war hartnäckig und durchtrieben, er würde sich allein zu helfen wissen, selbst mit zwei Männern vermochte er es aufzunehmen. Wie konnte ich es ihm denn beibringen? Vielleicht hat er mich erkannt, in Sofies Zimmer; dann wird er sofort, wenn ich vor ihn hintrete, seinen Spott über mich ausgießen...

»Ich gehe nicht!« sagte ich laut vor mich hin.

»Wie du willst!« Alma hatte mich mißverstanden, trennte sich von mir und blieb zurück. Die Straße war leer, die Häuser schienen verlassen zu sein, wir befanden uns schon in der Nähe des Dorfausgangs. Als ich mich später noch einmal umblickte, sah ich, wie die Gärtnersfrau nach der Seite bog, auf der Hartmanns Laden lag. Sie zögerte nicht einen Augenblick, sie vergewisserte sich auch nicht, daß ihr etwa jemand zusah, es war ihr gleichgültig, ob ich sie beobachtete. Im flimmernden Licht, auf dem grauen Straßenstaub verblaßte ihr buntes Kleid, entfärbte sich ihr helles Haar, das eben noch geleuchtet hatte. Sie wurde ganz unscheinbar, löste sich auf und erlosch, während sie in den Schatten trat, den das Haus des Kaufmanns übers unebene Feldsteinpflaster warf.

Hinter den letzten Gehöften standen die Leute auf den Böschungen zu beiden Seiten der Straße, leise sprachen die Frauen miteinander, unsicher und verängstigt, als erwarteten sie, daß das vorgetäuschte Gefecht dort hinten auf den Wiesen plötzlich Ernst werden und seine Front wechseln würde und daß die Reihen der fremden Soldaten über die Felder heranschwärmen und ins Dorf einfallen könnten. Weiter draußen, auf dem Rücken der niedrigen Bodenerhebung, lungerten einige Männer umher, die ihre Arbeit liegengelassen hatten; sie glichen in ihren grauen Jacken Gefangenen, die hinter die Front gebracht worden sind, ihr Widerstand war gebrochen, und sie drängten sich eng zusammen, denn sie befürchteten wohl, daß alsbald einer vom anderen gerissen und jeder nach einer anderen Richtung verschleppt werden würde.

Ich lief über Stoppeln, Raine und Sturzäcker, um die Gruppe zu erreichen, sie machten sich gegenseitig auf die Fehler aufmerksam, die im Gefechtsgang für sie zu erkennen sein mußten. Dergleichen hatten sie hundertmal erlebt, daher konnten sie übersehen, was dort falsch gemacht wurde. Ich vermochte nichts weiter zu entdecken als auseinandergezogene Schützenketten, die sich kaum vom Boden abhoben; wo die Maschinengewehre standen, die unaufhörlich mit ihrem Lärm die Luft zerhämmerten, das war mir rätselhaft. Manchmal schnellten sich die Liegenden da von der Erde auf, wo ich niemanden vermutete, und gleich danach stürzten sie wie weggemäht hin. Reiter sprengten die Reihen entlang, ließen sich vom Pferde fallen und waren alsbald wieder im Sattel. Am Waldrand fuhr Artillerie auf, nach wenigen Minuten schon gingen die Geschütze dröhnend los. Die Chaussee stand voll mit Fuhrwerken, aus Nilbau eilten die Neugierigen heran, Radfahrer glitten blitzend unter den Alleebäumen dahin, und die Zuschauer säumten die Feldränder ein wie Zäune.

»Drei schwere MG's müßte man haben«, sagte einer der Männer, »und dann hier 'rauf damit und 'runtergepfeffert in die Bagage, und es würde keine zehn Minuten dauern, da täten die ihre Schnauzen halten. Keine zehn Minuten würde es dauern, sag' ich dir!«

»Die Schweine«, fluchte ein anderer, »machen uns das Theater vor, damit wir sehen, daß sie auch was anderes können als fressen, saufen und huren! Die vollgestopften, gemästeten Schubiacks, hinter den Hecken tun sie liegen mit unsern Mädeln am hellerlichten Tage!«

»Wie die fetten Flöhe sitzen sie uns im Pelz, und es ist dir sogar verboten, dich zu jucken und solch einen zwischen zwei Nägeln zu zerknacken!«

Die Feuerpause dauerte nicht lange, gleich schwoll unter dem glühenden Himmel eine neue Welle von Schüssen an. Der Rauch stieg in gelblichen Säulen hoch, fiel mit dem Staub zusammen nieder; die Wiesen, das Vorwerk und die Wassermühle lagen bald unter einem bräunlichen Schleier, der fortwährend zerriß und sich neu webte. Man hörte, übertönt vom Schießen, die Schreie des Angriffs abgerissen und undeutlich herüberschallen. Die Männer traten von einem Fuß auf den anderen, eine seltsame Spannung zeigte sich in ihren Gesichtern. Jetzt kamen sie mir vor wie die kleine Abteilung einer Reserve, die hier oben auf den Befehl wartete, in den Kampf einzugreifen und die Entscheidung herbeizuführen.

Langsam flaute das Feuer ab, riß auseinander, flackerte hier und dort noch einmal auf. Signalhörner wurden geblasen, hinter den Schilfwänden der Fischteiche preschte eine Kavallerieabteilung heraus, die unruhigen Pferde bockten vor den Hindernissen, den Gräben und Hecken, über welche sie hinweg mußten; die Attacke kam zum Stehen, kaum daß sie sich richtig entfaltet hatte. Gleichzeitig brachen auf dem anderen Flügel Schützenlinien aus den Weidenbüschen an der Heidelache hervor und setzten zum Angriff gegen die Artilleriestellung an. Die Infanterie der gegnerischen Partei schwieg noch. Es gab ein unübersichtliches Durcheinander von rennenden, fallenden und aufspringenden Soldaten, von durchgegangenen Gäulen und berittenen Offizieren, die sich vergeblich bemühten, Ordnung zu schaffen. Die Männer aus Kaltwasser lachten aus vollem Halse und zeigten ihre Verachtung für diese mißlungenen Manöver so ungehemmt, daß ich auch in ihr Gelächter einstimmte.

»Viel zu spät!« tadelte einer der Bauern, als die Artillerie mit allen Geschützen zu feuern begann. Die Salven rollten über die Ebene, die Maschinengewehre drüben steppten ihre Nähte von Tod vergeblich, denn die Angreifer schienen bereits in die feindlichen Linien eingedrungen zu sein und brachten eins nach dem anderen zum Schweigen. Eine Kalvalkade von Offizieren galoppierte zwischen die Fronten, wir hörten von neuem Signale, das Schießen wurde eingestellt, weit hinten rollte das Echo ab, als hätte dieses Gefecht in der Ferne eine Schlacht entfesselt.

Die durcheinandergeratenen Truppen formierten sich und setzten sich nach den Vorwerken zu langsam in Bewegung.

Dort drüben standen einige Lastautos, von denen Säcke und Kisten abgeladen wurden.

»Biwakieren wird das Pack auch noch.« Schon fingen die Bauern wieder an zu schimpfen. Kaum brachte einer von ihnen die Rede auf Starkloff, da sprachen sie alle davon, daß er nicht umsonst seinen Grund und Boden hergegeben hätte für diese Schaustellung und daß er obendrein heute noch sein Schlachtvieh an die Besatzung verkaufen sollte, und sie rechneten sich mißgünstig aus, was er dabei verdienen mochte.

Während der ganzen Zeit hatten weiter unten, in der Nähe der Chaussee, zwei Männer unablässig ihren Acker umgepflügt. Sie schälten gerade Streifen sandiger Erde vom gelben Stoppelgeviert ab, das immer kleiner wurde. Jedesmal wenn sie die Gespanne umwendeten, blieben sie eine kurze Weile stehen und sahen nach den Wiesen hinüber, aber sie setzten sich unverweilt wieder in Bewegung.

»Wie die Tagelöhner!« höhnten die Bauern, als sie auseinandergingen. Sie hatten fast den ganzen Vormittag an ihre Neugierde verloren, und jetzt machten sie ihrem schlechten Gewissen dadurch Luft, daß sie die beiden, die eben den letzten Stoppelstreifen unter die Pflugschar nahmen, zu ärgern versuchten.

»He, Woitschach!« riefen sie, »geh in Deckung, Woitschach! Wirst gleich beschossen! Die zielen schon auf dich und deinen Russen!« Woitschach ließ sich nicht aus der Ruhe bringen, der andere folgte ihm und legte sein Gewicht auf den Pflug. Ich wollte den Feldweg erreichen, der von der Chaussee zu den Fuhrwerken führte, und mußte an ihnen vorüber. Die Gäule waren schon ausgesträngt, die Männer setzten sich nebeneinander auf einen Haufen abgelesener Feldsteine.

Das Dorf übersah den Kleinbauern, der schon vor dem Kriege eine verschuldete und heruntergekommene Wirtschaft übernommen hatte. Woitschach ließ sich weder in den Kneipen noch auf den Jahrmärkten blicken, man konnte ihm nichts Böses und nichts Gutes nachsagen. Deswegen dauerte es nicht lange, bis die Schwätzer ermüdeten, nachdem sie einige Zeit von ihm und dem russischen Kriegsgefangenen, der freiwillig bei ihm geblieben war, die lächerlichsten Geschichten herumgetragen hatten. Woitschachs Armut war in der ersten Zeit nach dem Kriege so groß, daß ihm niemand einen Kerzenstumpf geborgt haben würde; eine alte, bucklige Magd besorgte ihm die Wirtschaft, es war die einzige Frau auf dem Hofe, und sie zählte nicht mit. Bei der Feldarbeit half ihm der Russe; mit einer Verbissenheit, die den Spott aller wohlhabenden Bauern in Kaltwasser herausforderte, hatten sie zu arbeiten angefangen, und jetzt war das morsche Strohdach des Wohnhauses schon zur Hälfte mit Ziegeln neu gedeckt. Von dem Russen hieß es zuerst, er sei ein degradierter Offizier, den man aus Gnade ins Heer zurückgeholt hatte, als der Krieg ausbrach, und man erzählte sich, daß er aus hohem Adel stammen sollte und von seiner Familie verstoßen wäre. Er war so alt wie Woitschach, aber während dieser schon etwas gebeugt aussah, hielt sich Krasnow in seiner Schlankheit selbst bei der Arbeit aufrecht wie jemand, dessen gute Rasse ihn davor bewahrt, sich frühzeitig entstellen zu lassen.

Ich näherte mich ihnen zögernd und wäre ihnen am liebsten aus dem Weg gegangen; Woitschach rief mich an, er hatte aus dem Brotbeutel Brotscheiben und Speck geholt, und indes er eine Blechflasche entkorkte und gegen mich schwenkte, lud er mich ein, beim Frühstück mitzuhalten. Ich setzte mich neben ihn, Krasnow drückte mir die Hand und lachte mich an, als wäre er schon lange mit mir bekannt. Woitschach schnitt jedem den Anteil von Brot und Speck ab, und dann ging die Flasche mit dem kalten Kaffee von Mund zu Mund, und wir aßen und tranken, ohne überflüssige Worte zu machen. Auf der braunen, knochigen Stirn des Bauern saß der salzige Schweiß und tränkte die blonden Strähnen, welche der Mützenrand dort festgedrückt hatte; in den hellen Augen fand sich nicht der mindeste Schatten einer Heimlichkeit. Krasnow war blaß, und auf seiner glatten Haut lag nur ein leichter Anflug von Röte. Er trug das dunkle Haar kurz geschoren, alles an ihm zeigte die Spuren davon, daß er sogar in dieser abgetragenen, mit Flicken besetzten Soldatentracht noch darauf bedacht war, eine bescheidene und fast unkenntliche Eleganz zu bewahren.

Die beiden behandelten mich wie ihresgleichen, und ich bemerkte es sofort, wie sehr sie sich von allen Bauern aus Kaltwasser unterschieden. Von Anfang an war ein Einverständnis zwischen mir und ihnen da, das keiner Erklärungen und Höflichkeiten bedurfte.

»Hast wohl denen da drüben zugesehen?« fragte mich Woitschach, »die verstehen ihr Handwerk schlecht und blamieren sich bloß. Aber kannst dir ja nun vorstellen, wie es gewesen ist, wenn du dir ausdenkst, daß es so weitergeht von einem Horizont zum anderen. Keine Bäume, keine Sträucher, keine Dörfer, alles Schlamm und Dreck und Staub und rohe Erde und der Gestank von Äsern. – Aber damit ist's ja nun vorbei, die haben sich ausgeblutet, hüben und drüben, und jetzt kommt das andere dran, sie wollen es bloß immer noch nicht begreifen.«

Ich fragte ihn, was er mit dem anderen meinte, und er blickte mich enttäuscht an, als hätte er erwartet, daß ich es von selbst wüßte. Es fiel ihm nicht leicht, sich zu erklären, das, was er aussprechen wollte, war ihm ohnehin selbstverständlich. Woitschach behauptete, daß nunmehr weiter nichts übrigbliebe, als die Schulden der Vergangenheit zu tilgen und eine neue Rechnung aufzumachen:

»Sieh dir das Dorf an, keiner ist darunter, der sich frei macht von den alten Versündigungen. Das Gericht ist nicht bis zu ihnen gekommen und hat das Urteil über sie gesprochen. Und sie sind halt immer noch verkoppelt durch Unrechttun und Feindschaft und Haß, und das sitzt ihnen in den Knochen, daran sind sie schon gewöhnt, und sie können auch gar nicht leben, ohne daß einer dem andern über die Schulter guckt und in die Suppe spuckt.«

Er übernahm sich mit seiner Rede, es drängte ihn weg aus seiner Zurückhaltung, er verhaspelte sich, gelangte mit den Beispielen, die er anführte, auf Seitenwege. Und schließlich war das, was er gesagt hatte, nichts weiter, als daß er wie in einem lauten Selbstgespräch seine eigene Meinung rechtfertigte: die alten Ordnungen sind ins Wanken geraten, die großen Sinnbilder gestürzt und zerstört, die Grenzen zerrissen und ungültig, die Sintflut hat sich verlaufen, das Land ist den Menschen zurückgegeben wie ein neuer Erdteil; und Woitschach wußte sich weiter keinen Rat, als das Stück Boden, das ihm gehörte, in Besitz zu nehmen. Seit vielen Jahrhunderten waren diese Äcker kultiviert, jeden Herbst hatten sie ihre Ernten hergegeben, kärgliche und reiche, und jetzt mußte man dem Erdreich das Wachstum sogar schon ablisten. Trotzdem schienen ihm seine Felder jungfräulicher Boden zu sein, der vor Kräften strotzte, er brauchte sie bloß hervorzulocken mit unablässiger Arbeit und mit einer Leidenschaft, die ihm alle anderen ersetzte.

»Geh hin«, schloß er seine Erklärungen mit einer müden

Handbewegung, »geh zu denen und sag es ihnen, und sie werden dich auslachen, sie werden glauben, du bist verrückt geworden und hast bloß einen Vorwand gefunden, um Geld zu scheffeln, willst vielleicht Starkloffs Nachfolger werden!«

Er legte sich zurück auf die Steine und schloß die Augen; unter dem jungen Männerantlitz kam nun ein anderes zum Vorschein: es war uralt, hart, verbissen und gerecht, und es erinnerte mich in seiner Strenge an jene halbverblichenen, bräunlichen Fotografien derer, die meine Großväter waren.

Krasnow saß still und versonnen da, hin und wieder nickte er mir lächelnd zu, er drehte sich Zigaretten und bot mir welche an. Ich nahm schließlich eine, er gab mir Feuer, der Rauch des schlechten Tabaks kratzte mich im Halse, so daß ich husten mußte. Der Russe schüttelte bedauernd den Kopf, zuckte die Achseln und bedeutete mir zuvorkommend, daß er nicht böse wäre, wenn ich die Zigarette wegwerfen würde.

Es wurde so still, daß man hören konnte, wie die beiden Pferde das struppige Gras von den Rainen rupften. Am Ledergeschirr klirrten die Schnallen leise, und die Hufe klickten manchmal gegen einen Stein. Der starke Geruch der aufgebrochenen Erde und das säuerliche Gären des untergepflügten Düngers mischten sich in der schweren Luft, die mit leisen Wirbeln die Sicht eintrübte; kaum, daß sie die Grashalme bewegt hatte, stand sie schon wieder still, ballte sich und zerrann. Der Himmel war grau vor Hitze, im Westen hingen sehr niedrig einige Wolkenschleier wie der graue Rauch eines fernen Brandes. Alles, was laut wurde, das Wagenrasseln auf der Chaussee und die Rufe der pflügenden Ackerkutscher, blieb gedämpft, wie in Watte eingepackt, denn der Schall trug nicht weit. Stechfliegen peinigten die Pferde, und die Schweife klatschten aufs zuckende Fell.

Plötzlich fiel mir ein, daß am Tor von Woitschachs Scheune die Haspe locker war. Ich mußte es dem Bauern wohl sagen, es war meine Pflicht; jegliches Gesindel konnte dort seine Zuflucht finden, innerhalb seiner Besitzung war ein Unterschlupf für das, was er verabscheute. Es ließ sich nicht umgehen, ich durfte mir nicht überlegen, was daraus wurde, wenn er mich fragte, woher ich das wüßte.

»Woitschach ...«, begann ich leise.

Er sprang auf und schüttelte die Müdigkeit ab.

»Ja, ja«, sagte er, »du hast recht, es ist Zeit; weitermachen,

weitermachen! Große Worte und dann schlapp werden und daliegen wie eine geschöllerte Kröte, so wär's richtig. – Ein Unwetter, ich seh' schon, es wird ein Unwetter geben, desto weniger Zeit bleibt einem. Also los!«

Krasnow war aufgestanden, sie hoben gemeinsam die schweren Pflüge auf den Wagen. Dann spannten sie die Pferde vor, und Woitschach lud mich noch ein, indem er das Gespann schon auf den schmalen Feldweg lenkte, ihn zu besuchen, am Abend, wenn sie Zeit hätten. Der Wagen fuhr klappernd und ächzend weg, der Russe ging nebenher, drehte sich noch einmal um und legte grüßend die Hand an die Mütze, und dann verschwanden die Männer und das Gefährt hinter den bestaubten Schlehdornhecken, welche die Wegböschungen säumten.

Ich ging nach der anderen Seite, der Feldweg war aufgewühlt von den Fuhrwerken der Truppen. Ab und zu begegneten mir Radfahrer, die sich das Biwak angesehen hatten und nun in die Stadt oder nach den Dörfern heimkehrten. Das Gelände senkte sich in einer leichten Neigung nach den Wiesen hin, die Erde veränderte sich, aus den Kartoffelfurchen schossen Schilf und Schachtelhalme, die Gräben neben der Straße waren torfig; hohes, saures Gras bedeckte die Wegränder.

Die Wassermühle befand sich hinter der ersten Brücke, das Mühlrad erschütterte mit seinem unterirdischen Drehen den Boden. Der Müller hatte die Fensterläden vorgetan, im oberen Stockwerk stand eine Luke offen, und das war das einzige Zeichen dafür, daß jemand in diesem düsteren Bauwerk hauste. Überall war der Putz an der Straßenfront abgebröckelt, die vielen Lagen von Feldsteinen, aus denen die Mauern bestanden, kamen zum Vorschein, und die Feuchtigkeit des Bodens färbte den Kalk in den Fugen schwarz. Schierling und Bilsenkraut hatten ihr Gift aus der Erde des Gartens gezogen, unter den Büscheln von fettem Unkraut blühten einige gelbe Blumen, die sich von Jahr zu Jahr ausgesät hatten, seitdem von der Müllerstochter die ersten Stecklinge eingesetzt worden waren. Die beiden großen Linden auf dem Vorplatz schützten das Haus, sie hatten schon viel Laub verloren, überall lagen die winzigen Kugeln ihres Samens.

An den Mühlweiher grenzten Starkloffs Viehweiden, sie waren mit Stacheldraht umzäunt; auf dem weiten Pferch, aus dessen kurzem Gras lauter Maulwurfshügel sich hervorbuckelten, ruhten und standen die Rinder; ein Teil davon, eng zusammengetrieben, war von der großen Herde getrennt. Dichte Weidenbüsche verdeckten die Sicht vom Wege her auf das Weideland; weiter draußen war, mit den Tränken davor, ein Stallschuppen zu sehen, in dem die Herde bei Unwetter Schutz finden konnte.

Auf der anderen Seite schoben sich die niedrigen Dämme der Fischteiche und die hohen angegilbten Schilfwände nahe an den Weg heran. Dort, wo die Dächer des Vorwerks neben den dichten Baumgruppen sich zeigten, sah ich die Truppen bei ihren Gewehrpyramiden lagern. Es schienen weniger zu sein, als ich erwartet hatte. Aber als ich um die Wegbiegung gelangte, fand ich alles verstellt mit einem Knäuel aus zusammengekoppelten Pferden, Autos, Maschinengewehrwagen und Geschützen. Ich hörte Smorczaks schrille Stimme aus dem Lärm dringen, er hatte seine Kutsche mit Bierkästen beladen, die Soldaten bedrängten ihn von allen Seiten, er stand hoch oben auf dem Kutschbock und steckte das Geld, das er einnahm, unbesehen in die Tasche.

Der Vorwerksverwalter hatte die Tore geschlossen, ich konnte mir denken, daß die Anweisung dazu vom Obersten kam. Heinrich schritt wie ein Posten an den Grenzsteinen auf und ab und bemühte sich, eine übertrieben verächtliche und herausfordernde Grimasse zu schneiden.

Begleitet von dem Sergeanten Smeddy, der ihn vergeblich zu beschwichtigen versuchte, drängte sich Starkloff fluchend und schimpfend durchs Gewühl. Sie holten Smorczak vom Wagen und nahmen ihn zum Dolmetscher. Ich wich dem Bauern aus und geriet in die Nähe von Heinrich, der mich sofort zu sich heranrief.

»Mach lieber, daß du fortkommst«, redete er auf mich ein, »das hier, das geht dich gar nichts an!«

Ich fragte ihn, wie spät es sei, er holte die dicke Uhr aus der Tasche und hielt sie wieder, ehe er aufs Zifferblatt sah, an sein Ohr.

»Es geht auf Mittag«, sagte er, »bald werden sie läuten! – Tu sie dir genau ansehen, die Stoppelhopser, die ausgepichten Freßsäcke. Hat jeder von denen seine Konservenbüchse gekriegt voll mit Fleisch bis zum Rande und haben es 'runtergeschlungen wie die hungrigen Wölfe. Verflucht noch mal, nach so einem beschißnen Manöver hätt' unser Oberst sein Regiment strafexerzieren lassen, bis uns die Zunge aus'm Halse hing. Und die hier, die aalen sich im Grase mit ihrer vollen Plauze!«

Für die Offiziere waren im Schatten eines Weidengebüsches Feldstühle und Klapptische aufgestellt, dort räkelten sie sich müde mit aufgeknöpften Waffenröcken, zerkauten ab und zu einen Befehl wie Tabak und spien ihn nachlässig aus. Eine Infanterieabteilung machte sich fertig zum Abmarsch und trat auf der Straße an, Reitpferde wurden vorgeführt, zwei sehr junge Offiziere und ein grauhaariger, dem man es anmerken konnte, daß er sich zurückgesetzt vorkam, schwangen sich in die Sättel. Die Kommandos wurden kaum laut, die Soldaten warfen mürrisch ihre Gewehre auf die Schultern, und dann marschierten sie los, in einer Unordnung, die Heinrich von neuem erboste. Er erging sich in langen Erörterungen darüber, daß ein Soldat, der nicht marschieren könnte, nichts wert sei und daß diese ganze Armee, deren beste Formationen bei uns im Lande wären, aus Lumpenpack und angeworbenen Tagedieben bestünde.

»Und doch haben sie euch geschlagen!«

Er wurde wütend, und es fehlte nicht viel, da hätte er mich am Kragen genommen und mit Ohrfeigen traktiert.

»Halt's Maul«, fuhr er mich an, »halt bloß dein vorlautes Maul, sonst, und da kannst du was erleben! Geschlagen, sagt der Grünschnabel, hach, geschlagen, geschlagen! – Mach dich jetzt auf heimzu! Aber gleich und ohne Widerrede!«

Starkloff schimpfte noch immer, stand auf dem Wegrand und fuchtelte mit seinem Eichenknüppel herum. Smorczak holte eine Schnapsflasche vom Wagen, trank dem Bauern zu, und dann, während er mit geläufiger Zunge auf ihn einredete, bot er ihm und dem Sergeanten an. Smeddy lehnte ab, Starkloff setzte die Flasche an die Lippen, bog den Kopf hintenüber, verlor sein Gleichgewicht und taumelte in den Graben. Er wäre gefallen, wenn die beiden ihn nicht festgehalten hätten; der Sergeant trat schnell vor, um ihn zu stützen, das sah so aus, als wollte er sich mit seinem massigen Körper auf den Bauern werfen, um ihn zu überwältigen. Ich bemerkte deutlich, wie sich Smeddys fleischiges Gesicht verzerrte, es wurde brutal, gemein und gierig, aber er bekam sich gleich wieder in die Gewalt, klopfte Starkloff auf die Schulter, faßte ihn am Jackenknopf und hielt ihn fest.

Von der Mühle her brodelte das Geknatter eines Motorrads

den Weg herauf, Hartmann kam angefahren, spielend dirigierte er die Maschine auf dem schmalen Fußpfad. Smorczaks Gaul riß unruhig an den Strängen, indes der Kaufmann sich näherte; die angezogenen Wagenbremsen quietschten, der Gastwirt sprang hin und griff nach den Zügeln. In dem Augenblick, als Hartmann sein Rad eben zum Stehen gebracht hatte, machte sich Starkloff vom Sergeanten los, drohend trat der Bauer vor den Kaufmann, der noch im Sattel war.

»Kannst du nicht ordentlich fahren, du Gauner!« schrie er, seine Stimme schwoll immer mehr an bei den Flüchen und Beleidigungen. »Macht die Pferde scheu ... Hinter die Löffel müßte man dich schlagen ...« Ich kannte die Tonart, sie war mir so zuwider, daß ich mir am liebsten die Ohren zugehalten hätte.

»Ist schon wieder besoffen, das Schwein!« knurrte Heinrich. »Na, geh schon nach Hause«, bat er mich, »das ist nichts für dich, das macht dich auch nicht klüger.«

Der Kaufmann war nicht still geblieben und gab Widerparte, die beiden Männer überschrien sich, keiner blieb dem andern eine Antwort schuldig; der Streit lockte die Soldaten an, welche Partei nahmen und einen johlenden und hetzenden Kreis um die tobenden Gegner bildeten. Smorczak stand neben Smeddy, unterredete sich leise mit ihm und sah zufrieden aus wie jemand, der soeben ein vorteilhaftes Geschäft abgeschlossen hat.

Ich machte mich auf den Heimweg. Vor der Mühle hielt ein Bauernwagen, von dem ein Knecht die schweren Säcke ablud. Der Müller kam aus der Tür, er schleppte seinen aufgeschwemmten, vom Alter gekrümmten Körper so schwerfällig, daß ich nicht die geringste Kraft in ihm vermutete. Schlurfend trat er an den Wagen, kippte einen Sack auf seinen Rücken und trug ihn mühelos weg.

Die flimmernde Mittagsstille erstickte jeden Laut; wenn ein Vogel aus den Büschen neben den morastigen Entwässerungsgräben aufflog, flatterte er mit matten Flügeln nur ein kleines Stück und fiel gleich wieder in den Schatten des Laubdaches, aus dem der Herbst überall schon Lücken geblasen hatte. Die Rippen der großen Schirmblätter waren schlapp geworden, Pfeilkraut und Kalmus stießen haltlos und weich im verfilzten Lauf des Grabens nach oben, unter dem Kräuticht schillerte der säuerlich riechende Schlick in den Farben des Regenbogens.

Rostiges, rotbraunes Wasser floß mit dünnen Fäden von einer Lache zur anderen.

Ich lehnte einige Zeit am Brückengeländer, um mich auszuruhen. In den Spinnetzen, mit denen die holzigen Stauden behängt waren, hatte sich nichts als Staub gefangen. Unter dem Bohlenbelag hörte ich das Wasser glucksen, die Feldmäuse raschelten in den Grasbüscheln, sonst war nichts vernehmbar. Die Erschöpfung übermannte mich plötzlich, alle Glieder und selbst der Kopf beschwerten sich mit der vergessenen Müdigkeit, ich legte mein Gesicht auf den ausgedörrten Holzbalken des Geländers.

Das Sonnenlicht drang durch die geschlossenen Lider, ich gewahrte den roten Schimmer meines eigenen Blutes. Jetzt erinnerte ich mich an das, was Alma gesagt hatte: Manchmal, im Herbst und im Frühling, waren die Mühle und das Vorwerk durch die hohen Überschwemmungen vom Dorf abgeschnitten – ich stellte mir vor, wie es sein würde, wenn in dieser Minute der wäßrige Boden die trüben Fluten auspreßte, mit denen er sich vollgesogen hatte. In abertausend kleinen Quellen käme dann das Wasser hoch und stiege unablässig, der Mühlweiher flösse über, die Teichdämme brächen, der Wasserwald schickte eine riesige Woge herbei. Soldaten, Pferde, Fuhrwerke, alles würde fortgespült, kreiste in den Strudeln, und die drei Männer aus unserem Dorfe gingen vielleicht mit unter. Dadurch würde alles zunichte werden, was sie vorhatten; jeder konnte es sehen: sie waren mit unsichtbaren Stricken so fest aneinander gefesselt, daß sie nicht mehr den Willen aufbringen konnten, sich loszureißen. –

Ein schriller Schrei, in dem sich alle Bosheit der Kreatur sammelte, ließ mich auffahren. Er kam aus einem Erlenbusch am Rande des Grabens, nichts bewegte sich dort, die Zweige blieben ruhig; die Stille, welche durch dieses widrige Gellen zerrissen war, kehrte vibrierend wieder und deckte die Landschaft von neuem zu. Doch der Ton blieb in mir haften, hallte unaufhörlich weiter, und ich wußte keinen Mund, der sich in diesem gehässigen Schreien geöffnet haben konnte, außer dem jenes blassen Mittagsgespenstes, von welchem meine Mutter erzählt hatte, daß es durch die Ährenfelder und die Wiesenhalme schleicht und alle umbringt, die es schlafend findet.

Als ich mich vom Geländer gelöst hatte und weiter dorfwärts lief, ertappte ich mich auf einer kindischen Furcht, ich flüchtete mich also vor dem Schrei, der aus der Einöde des Wiesengeländes gekommen war, ich flüchtete mich deswegen, weil ich Starkloff nicht angesprochen und ihm nicht die mindeste Warnung erteilt hatte. Ich versprach mir, morgen gleich zu ihm zu gehen und ihm alles auszurichten. Aber aus einer schwebenden, wolkigen Schwärze, die sich an meine Fersen heftete und immer, wenn ich mich ängstlich umdrehte, sich wieder auflöste, kam die Antwort auf diese Ausflüchte: Es ist zu spät! – gellte es in meinen Ohren –, es ist zu spät!

Ich wollte das übertönen, deswegen begann ich zu rennen. Weit voraus erblickte ich die Staubfahne, welche die marschierenden Soldaten hinter sich drein schleiften, ich gab mir Mühe, sie einzuholen. Neben ihnen herlaufend, gelangte ich ins Dorf, und ich vernahm noch die letzten Schläge des Mittagläutens. Da verging es endlich, das Ungewisse, das mich so lange gequält und verfolgt hatte.

Feuer am Firmament

Während des Mittagessens fiel kaum ein Wort zwischen uns. Alma war mürrisch und ganz abwesend, der Gärtner schien von der Vormittagsarbeit so erschöpft zu sein, daß er fast gar nichts aß und den Teller gleich wegschob.

»Das Fräulein ist zweimal hiergewesen«, sagte Alma mit einem leichten Kopfnicken gegen mich, »sie hat nach ihm gefragt.«

Sie fand es nicht mehr der Mühe wert, mich anzureden, und sie zeigte mir bei jeder Gelegenheit: wenn sie mir mein Essen vorsetzte, wenn sie mich flüchtig ansah oder mir den Teller noch einmal füllte, daß zwischen uns von nun an Feindschaft war.

»Bist du dort draußen gewesen?« fragte mich der Gärtner.

»Ja«, sagte ich nachlässig und beobachtete Alma, ob sie sich nun verraten würde, »ja, und als die mit ihrem Geschieße fertig waren, bin ich noch zum Vorwerk gegangen. Dort habe ich Starkloff getroffen. Er hat sich mit Hartmann in die Haare gekriegt, und sie haben sich geprügelt und auf der Erde herumgewälzt, und die Soldaten haben Beifall geklatscht. – Wenn ihr es nicht glauben wollt, könnt ihr Heinrich fragen, der war dabei!«

»Dieses elende Pack«, schimpfte der Gärtner, »macht es den Ausländern noch zum Gaudium, damit sie sehen können, wie nötig sie uns sind, denn wenn sie nicht da wären, da gäbe es nichts als Mord und Totschlag! Solch ein Gesindel, tut sich nicht schämen, hat keine Ehre im Leib!«

Alma verbarg ihre Aufregung, sie wollte noch mehr wissen, aber sie wagte es nicht, mich danach zu fragen. Ihre Hand zerknüllte die Schürze, flatterte auf den Tisch, und die unruhigen Finger machten aus den verstreuten Brotkrümeln auf dem glatten Wachstuch einen kleinen Wall und wischten ihn gleich wieder auseinander.

»Er hat einen Brief bekommen!« sagte Alma dem Gärtner.

»Es steht nichts weiter darin, es ist auch kein Geheimnis.

Wenn ihr ihn lesen wollt?« Ich griff in die Tasche und reichte das Papier unbesehen meinem Onkel.

»Woher hast du das?« fragte er streng.

Alma wurde aufmerksam, und der Gärtner wendete die vergilbten und verschnürten Bogen, die aus dem Kasten stammten und die ich ihm versehentlich statt des Briefes gegeben hatte, in den Händen.

»Gib her«, sagte sie und faßte danach, aber er händigte sie ihr nicht aus.

»Woher hast du das?« fragte er noch einmal.

»Er trägt auch einen goldenen Ring«, sagte Alma gehässig, »sein Gesicht ist zerkratzt, und er sagt, die Katzen wären es gewesen. Weiß Gott, was er alles anstellt, wenn wir nicht dabei sind. Wir hätten besser auf ihn achten sollen, sonst wird sich sein Vater vielleicht wundern, wie verändert er aus den Ferien wiederkommt, und dann sind wir an allem schuld.«

Der Gärtner hörte nicht auf sie, holte ein Messer hervor und war im Begriff, die Verschnürung zu zerschneiden, als ich mich zu verteidigen anfing; während er mich anhörte, klappte er die Schneide wieder zurück.

»Das Fräulein hat es mir gegeben«, rief ich unnötig laut, »ich soll es für sie entziffern und abschreiben. Es ist alt, und sie versteht es nicht, und sie will es lesen. Da hat sie mich gebeten ... Gib her, es gehört mir nicht! Ich muß dafür haften.«

»Ich werde die Papiere dem Oberst geben!« Der Gärtner steckte sie weg uns stand auf.

»Der Oberst hat nichts damit zu schaffen«, log ich, in Zorn geratend, »das Fräulein hat die Papiere von ihrer Mutter bekommen.«

»Gib sie ihm nicht«, hetzte Alma, »vielleicht hat er sie gestohlen.«

»Wenn sie das hier von ihrer Mutter hat«, erklärte mein Onkel bedächtig, »dann ist es nur noch ein Grund mehr, den Oberst davon in Kenntnis zu setzen.«

»Wir wissen es ja am besten, was die Mutter für eine gewesen ist«, fuhr Alma fort, »wir haben es ja mit angesehen, wie sie sich dem Leutnant an den Hals warf, schamlos, vor allen Leuten, und es ist ein wahres Glück für das Fräulein, daß der Oberst sie zurückverlangt hat, ehe es zu spät wurde.«

Ich bebte vor Wut und verabscheute die beiden, mir erschien es ganz unmöglich, daß wir verwandt sein sollten. In einer erbitterten Verwunderung fragte ich mich, warum ich ihnen so völlig preisgegeben war. Alle Gründe, die ich gegen sie anführen wollte, kamen mir unsinnig vor und konnten nicht in Worten laut werden – bis auf einen, den ich immer wieder verwarf und zuletzt doch aussprach.

»Gut«, erklärte ich mit Bestimmtheit, »wenn ich die Papiere nicht wiederbekomme, dann werde ich dem Oberst erzählen, daß die Fensterscheibe im großen Saal weder von einem Steinwurf noch vom Wind kaputt gemacht worden ist ...«

»Das ist nicht nötig«, sagte Cora hinter meinem Rücken, »der Gärtner wird mir das, was er dir weggenommen hat, sofort überreichen.«

Sie mußte schon geraume Zeit an der Tür gestanden und alles mit angehört haben. Alma beeilte sich, ihr einen Stuhl anzubieten, mein Onkel errötete und gab ihr sogleich das verschnürte Bündel. In allem, was die Gärtnersleute taten, kam ihre Abhängigkeit zum Vorschein; das beschämte mich so, daß ich aus lauter Verlegenheit die Obersten-Tochter nicht anzublicken wagte.

»Komm hier weg!« bat sie mich, nahm mich an der Hand und zog mich aus der Stube.

»Du bist ein Dummkopf«, schimpfte sie, als wir draußen waren, »aber ich werde jetzt trotzdem mit dir nach den Teichen gehen. Ich weiß sonst nicht, was ich anfangen soll, der Oberst hat es verboten, daß ich das Reitpferd bekomme.«

Sie schritt im einfachen grauen Kleide neben mir her und sah viel jünger aus als in der Nacht. Mit jenem alten Gewande, mit der schweren Seide war beim Auskleiden auch das von ihr abgefallen, was mich immer wieder so verstört hatte: diese katzenhafte Feindseligkeit, die fortwährend auf der Lauer lag, die launischen Veränderungen ihres Gemüts und vor allem das befremdliche Altsein, das Wissen und die Erfahrungen aus vielen voraufgegangenen Geschlechtern von Frauen, die abgeschlossen gelebt hatten und ihre Empfindungen nach innen wenden mußten, um sich nicht gemein zu machen. Eine kindliche Fröhlichkeit war statt dessen in sie gefahren, aber ich blieb vorsichtig und stumm, weil ich ihr nicht traute.

Sie lachte in einem fort, kitzelte mich mit abgerissenen Halmen, warf Grasbüschel nach mir und stellte plötzlich ihr Bein vor meinen Fuß, damit ich stolperte. Dann rannte sie weg, ich sollte sie fangen, sie verbarg sich hinter den Scheunen und sprang leichtfüßig über die niedrigen Hecken, welche den Weg einfaßten. Ich blieb schwerfällig vor Mißtrauen, denn ich vermutete hinter alledem eine Falle. Doch sie war nicht hinterhältig wie sonst; als wir zwischen den Schnitzelgruben und Mieten das offene Feld erreicht hatten, schob sie ihren Arm unter meinen und überzeugte sich davon, daß ich den Ring noch trug, sie zeigte mir ihre Hand, der goldene Ring saß fest am Finger.

»Für immer«, sagte sie.

»Es ist gut«, begann ich, um sie abzulenken, »daß du da in der Stube warst. Ich hätte ihm die Papiere lassen müssen, und alles wäre entdeckt worden.«

»Es wird sowieso entdeckt«, meinte sie leichtfertig, »ich will sogar, daß es entdeckt werden soll.«

Ich wußte ihr nicht zu antworten und betrachtete den Himmel, die Sonne stand hinter fädigen Schleiern und gab fahles Licht. Im Westen schwebten vor einem dunklen Hintergrund weiße, scharf abgesetzte Wolken, die sich hoch aufbäumten und ihre gleißenden Ballen unmerklich vorwärts schoben. Auf allen Seiten der Windrose war trüber Dampf, der das unreine Blau des Himmels langsam verdeckte, über den Horizont gequollen. Ich drehte mich um und sah, daß nur noch im Norden sich eine Lücke in dieser Umzingelung befand, deren Kreis immer enger wurde. Das Wiesenland an der Heidelache verlor zusehends seine Farben; weit hinten, auf den entfernten Hügelrücken, schwärzten sich die Wälder.

»Was ist denn?« fragte mich Cora.

»Da und dort: die Wolken und das Finstere!« Ich wies ihr das, was mich besorgt machte.

»Das tut uns nichts«, sagte Cora, »wenn es losgeht, können wir immer noch zum Vorwerk rennen oder in die Mühle. Aber da muß außerdem noch eine Schilfhütte auf den Dämmen stehen, dort verbergen wir uns einfach.«

Allerorten machte sich eine große Unruhe bemerkbar, Vögel warfen sich mit schrillen Rufen hoch, unter den Grasbülten huschten die Feldmäuse, im verschilften Flußlauf knarrten und gluckten die Frösche, und wir sahen ein Rudel Rotwild aus dem Walde treten und plötzlich erschrocken wegstieben.

»Warum sagst du nichts?« Das Mädchen blieb stehen und zog ihren Arm fort.

»Ich weiß nicht«, versuchte ich ihr auszuweichen. Und dann,

nach einer kleinen Pause, sagte ich es ihr doch: »Du bist vorhin dazugekommen, und ich habe deine Mutter nicht verteidigt, ich bin feige und kleinlaut gewesen.«

»Darum also?« drang sie in mich, »aber du bist ihnen ja gar nicht ähnlich, sie reden alle so niederträchtig, das soll uns gleichgültig sein.«

»Du müßtest mich verachten«, wandte ich ein, »wenn du alles wüßtest, bleibt dir nichts anderes übrig.«

»Ich will nichts wissen«, wehrte sie mich ab, »ich habe meine Augen zum Sehen, mein Herz habe ich zum Fühlen, und was ich sehe und fühle, das genügt mir. Ich weiß, daß ich dich gern habe. Mehr brauche ich nicht zu wissen.«

Sie wurde verlegen und schwieg, doch gleich darauf trat sie näher, ihre Augen glänzten, das ganze Gesicht, welches unter der zarten Haut eine feine Röte zeigte, leuchtete in einer Begeisterung, die ihm ein schöneres Wesen gab.

»Und meinen Mund«, flüsterte sie, »den habe ich, um dir das alles zu sagen und um dich zu küssen.«

Sie hob sich auf die Zehen und bog sich mir entgegen, aber ehe ich ihre Lippen berührte, zuckte ich noch einmal zurück, denn ich erinnerte mich an Sofie.

»Was ist dir?« fragte sie mich.

»Jemand könnte uns sehen!«

»Sollen sie es ruhig sehen!« sagte sie mit einer trotzigen Inbrunst. »Niemand kann uns etwas anhaben, mir nicht und dir nicht, denn sie sind ja viel älter als wir, die sind lahm und gebrechlich und könnten uns gar nicht einholen, auch wenn sie uns verfolgen wollten ...«

Lange umarmten wir uns und bedeckten unsere Gesichter mit flüchtigen und verschämten Küssen. Wir standen offen auf dem freien Wiesenland, von allen Seiten her sichtbar, und wir dachten nicht daran, die wenigen Schritte ins Ufergebüsch zu machen, um uns dort zu verstecken. Das Unwetter, das sich heraufwälzte, kreiste uns eng mit gefährlichen, dunklen Schattenherden ein; wir spürten nichts weiter als den jagenden Schlag unserer Herzen, die erst dann ihren ruhigen Takt wiederaufnahmen, als wir weitergingen.

Inzwischen war die Eintrübung vom Himmel herabgesunken und breitete sich rauchig auf den Wiesen aus, die Sonne schoß ihr stechendes Licht in vereinzelten Bahnen herunter. Dazwischen qualmte eine bläuliche Düsternis, die fortwährend von den gleitenden Bündeln aus Helligkeit, welche sich wie schräge, goldene Jakobsleitern ins Firmament erhoben, zerteilt wurde. Als wir die Grenze des Sumpfgeländes erreicht hatten, das den flachen Teichrändern vorgelagert war, zogen wir Schuhe und Strümpfe aus und wateten ins laue Wasser, auf einem schwankenden Grunde, der unsere Füße ansaugte und nicht loslassen wollte, wenn wir sie aufhoben.

Wir sprachen von Christiane, ich erzählte, daß ich auf ihrem Grab gesessen hatte, aber ich verschwieg, daß ich Sofie eines Nachts mit dem toten Mädchen verwechselte. Vermutungen über ihr Schicksal stellten wir an, Cora verteidigte die Tote, und sie schien es zum erstenmal zu bedauern, daß wir das Standbild gestürzt hatten; deswegen wohl schlug sie mir vor: wir sollten morgen auf den Kirchhof gehen, um den verwahrlosten Grabhügel mit Blumen und Kränzen zu schmücken.

Zuletzt reichte uns das grüne Wasser, aus dem überall Blasen aufquirlten, die sofort zerplatzten, bis an die Knie. Die schwimmenden Binsenbüschel, zwischen denen wir eine Spur getreten hatten, schwankten und tanzten unablässig wie Federposen unsichtbarer Angler, an denen die großen Fische zerren. Cora sank plötzlich zwei Schritte vor dem festen Ufer bis an die Hüften ein, lachend warf sie die Arme hoch und versuchte vergeblich, sich aus dem schlammigen Untergrund zu befreien, der sie langsam einschluckte. Ich zog mich an einem Weidenast aufs Land und half ihr, hinaufzukommen.

Das modrige, vergoren riechende Wasser hatte ihr Kleid verfärbt. Sie lachte noch immer, hielt sich die Nase zu und bedeutete mir, daß ich mich umwenden möge. Der ganze Himmel mit seiner schweren Last von wallender Finsternis war nur noch durch zwei, drei Säulen aus starkem Licht gestützt, welche auf den silbrigen Teichspiegeln ruhten; sie schienen sich schon zu biegen, weil sie das Gewölbe nicht mehr tragen konnten. Es war bereit, einzustürzen und alles unter sich zu begraben.

Alle Farben – das saftige Grün des Grases, das Braun des Schilfs und das gelbe Laub der Weiden – waren im Kreise des letzten Sonnenscheins überstark; man konnte jeden Ast, jedes Blatt, jeden Halm unterscheiden. Ich wandte mich voller Befürchtungen nach Cora um und sah, wie die Reflexe des Wassers: vibrierende Ringe und flackernde Zungen, ihre Haut streichelten.

Das Mädchen hockte am Ufer und wusch ihr Kleid, spülte es, wand es aus und schwenkte es durch die Luft, damit es sich wieder auffaltete. Sie richtete sich schüchtern auf, das weiße Hemd reichte ihr nur bis an die Knie, und sie ergriff gleich ihre Sachen und rannte auf dem Damm in der schmalen Gasse zwischen hohem Schilf und dichten Büschen davon, ohne mich zu beachten. Es war so anzusehen, als überwucherten sie Halme, Rohr und Äste in einem Nu, sie schwangen noch hin und her, als längst kein Schimmer des weißen Stoffes und der gebräunten Haut mehr zu erblicken war. Der Wasserspiegel, den sie getrübt hatte, beruhigte sich schon wieder, weit draußen verzitterten die letzten Wellenkreise. Es kam mir so vor, als wäre Cora wie eine jener Dryaden, die einst in Bäumen lebten, vor mir geflüchtet und als hätte sich die rissige Rinde eben erst wieder um ihren blanken Leib zusammengeschlossen.

Zögernd folgte ich ihr, hörte auf einmal ihre Stimme, die seltsame, lockende Laute ausstieß, übers Wasser schallen. Auf dem Rasen fand ich nacheinander alle ihre Sachen, die Schuhe, die Strümpfe, das Kleid, und zuletzt lag an einer Stelle, wo die Dammkrone sich verbreiterte, und wo das Schilf und die Büsche am Teichufer nicht mehr so dicht standen, ihr Hemd vor meinen Füßen. Während ich mich bückte, um es an mich zu nehmen, und noch die Wärme ihrer Haut im leichten Stoff fühlte, schrie sie ganz in der Nähe jauchzend auf, und dann schnellte sie sich hinter dem Stamm einer großen Weide hervor ins Wasser. Am Fuße dieses Baumes befand sich die Schilfhütte, zwei schräge, löcherige Dächer, die auf morschen Pfählen ruhten. Unter dem Damm war ein gemauerter Kanal, durch welchen das Wasser nach dem nächsten, niedriger gelegenen Teiche hin abfloß. Eine so große Stille wurde von der Dunkelheit ringsum auf diesen Fleck zusammengepreßt, daß ich den glucksenden Laut deutlich hörte; er erinnerte mich an das Gurgeln in einer übervollen Regenrinne, und ich sagte mir, daß man die Schilfbedachung beizeiten ausbessern müßte. Ich watete ins Wasser und mähte mit meinem Messer große Büschel aus dem Röhricht ab, schleppte einen Armvoll nach dem anderen unter die Weide.

Fortwährend rief mir Cora zu, daß ich nun endlich kommen möge. Mit Armen und Beinen schlug sie das Wasser, der Sprühregen, welcher über ihr aufstob, gleißte in den zerteilten Farben des Regenbogens. Unversehens erlosch das, alles Licht wurde zugeschüttet, die Sonne schien hinter den Horizont gefallen zu sein.

Die Schwüle hatte zugenommen, der Schweiß biß mir auf der Haut, meine Hände waren vom Schilf zerschnitten und blutig. Ich riß mir die Kleider ab und sprang vom niedrigen Gebälk des Holzwehrs in den Teich. Cora kam mit sonderbaren, prustenden Gurgellauten herbeigeschwommen, sie tauchte in meiner Nähe, und ich spürte ihre fischige Haut mich gleitend streifen. Sie wollte mich nach unten ziehen, aber ich setzte mich zur Wehr, machte mich von ihr frei und war im Nu entfernt, während sie mir atemlos zu folgen versuchte.

Das Wasser war lau, die schwimmenden Pflanzen und das Teichgras, das wie lange, grüne Haare in der Flut aufstieg, streichelten mich leise. Als ich mich auf den Rücken legte, erschrak ich, der Himmel war fast schwarz, nur von Norden her kam noch blasses Licht, überall anderswärts war ein gestaltloser, brodelnder Grund aus undurchdringbarer Dunkelheit, über den wenige graue Wolkenhaufen rasch dahinfuhren. Ich wußte, daß dies die Blitzspeicher waren – wenn sie zusammentreffen, zerreißen sie vor dem Feuer, das in ihnen gärt.

Eilig kehrte ich mich um und rief Cora zu, daß sie mir folgen möge, sie lachte mich aus, und ich mußte nahe an sie heranschwimmen, um sie zu überreden. Das ferne Grollen und Pochen des Donners schien unterm Wasser heraufzukommen, als spaltete ein Erdbeben den Boden und würfe ihn wieder zusammen. Cora sträubte sich, ich griff voller Wut nach ihr, meine Hände bekamen ihr triefendes Haar zu packen, ich wollte sie hinterdrein ziehen, aber sie schnellte sich hin und her wie ein Fisch an der Angel. Endlich verbiß sie sich in meinen Arm, ich verlor durch den starken Schmerz die Beherrschung, als wir untergingen, zerrte ich sie mit. Eine kurze Weile war in der Dämmerung das Weiße ihres Gesichts, ihrer Schultern und Arme vor mir, sie sah wie eine Ertrunkene aus, ich ließ sie los, und indem wir beide nebeneinander auftauchten, zündete das Feuer des ersten Blitzes, der ganz in der Nähe knatternd niederfuhr, in ihren Augen ein grünliches Licht an. Bevor wir das Ufer erreichten, schleifte der plötzlich aufkommende Wind dichte, graue Regenvorhänge übern Teichspiegel.

Mit einer solchen Gewalt brach das Unwetter los, daß wir zuerst wie betäubt unter dem niedrigen Dach lagen, durch welches die Feuchtigkeit gleich zu sickern begann. Ich kroch noch einmal hinaus und packte das abgeschnittene Schilf auf die Wetterseite, die Regentropfen wurden wie lauter feste Kugeln gegen meine Haut geschleudert, dann fielen dünne Schloßen gleich spitzigen Kieseln, ein bläulicher Schauder von Kälte legte sich in die dampfende, nach Erde, Gras und Schlamm riechende Luft und jagte die Wärme davon.

Hinter den Schleiern aus Regenschnüren, die sich aufs Wasser senkten und gleich fortgerissen wurden, während schon neue heranwehten, wurden Blitze als zischende Fackeln herabgeworfen: Flammenbüschel spalteten sich auseinander, gelbe und grüne Nattern schlängelten sich durch die Schwärze, hohe Palmbäume aus schwefeligem Feuer schossen auf und zerfielen, vom Donner gefällt, daß der Erdboden unter ihrem Sturz erzitterte. Der Teich kochte und brodelte, lange Schaumstreifen zogen sich darüber, manchmal war er vom Widerschein der Himmelsfeuer in Brand gesteckt und mit einem zuckenden Lodern bedeckt.

Coras weinerliche Stimme zirpte kaum vernehmlich unterm Dach hervor, ich kroch hinein und fand sie von Angst geschüttelt und ganz zusammengekauert, so daß die Rückenwirbel aus der Haut sich hervordrückten. Ihre Schulterblätter hoben und senkten sich, als schluchzte sie, der Kopf war auf die Knie gelegt, die sie mit ihren Armen umschlungen hatte. Ich wußte nicht, wie ich sie trösten sollte, und wagte nicht, sie anzufassen.

»Ich friere so«, klagte sie leise, »ich friere!«

Der Hagelschlag war vorüber, die Eiskörner schmolzen und lösten sich in den lauen Regengüssen gänzlich auf; die Blitze schienen nicht mehr in der Nähe einzuschlagen, zwischen dem flackernden Licht und dem hallenden Donner waren schon größere Abstände, in denen nur das unablässige Rauschen des Tropfenfalls hörbar blieb. Der Wind hatte nachgelassen, die Weide über uns ächzte und knarrte nicht mehr. Nun wurde die Luft wieder stickig vor Wärme, sie roch schweflig und brandig.

Als ich nach meinen Sachen griff, fand ich den Flügel eines Vogels und die dünnen Knochen des kleinen Gerippes, das säuberlich von Ameisen abgenagt war. Ich hob das schillernde Gefieder auf, drückte die Federn wie einen Fächer auseinander und schob sie wieder zusammen. Das war ein beruhigendes Spiel, welches mich von allen Äußeren ablenkte.

»Ich friere!« klagte Cora.

Sie richtete sich auf, verdeckte Brust und Schoß mit ihren Armen und blickte mich so verstört an, daß ich beinahe gelacht hätte.

»Bist du mir böse?« fragte sie mich kleinlaut, »habe ich dir vielleicht weh getan vorhin? Ich wollte und wollte nicht auf dich hören, weil du schon zuviel Gewalt über mich bekommen hast ...«

»Zieh dich an!« sagte ich barsch.

»Mein Kleid ist noch naß.« Ihre Zähne schlugen zusammen, die bebenden Lippen entstellten ihre Sprache.

Mit meinem Unterzeug rieb ich sie trocken, sie zitterte und war so hilflos und verzagt wie ein unmündiges Kind. Ich streifte ihr das Hemd über, sie hob die Arme willig hoch. Dann deckte ich meine Jacke auf ihre Schultern und überließ sie wieder sich selbst.

»Denke nicht etwa, daß ich mich fürchte«, verteidigte sie sich stammelnd mit dem geringfügigen Rest ihres Trotzes, »meinetwegen kann es die ganze Nacht über so bleiben.«

Ich stand auf und zog mich an, unter den niedrigen Längspfahl gebückt, der das Dach trug, aus dem es tropfte und rann. Wasserlachen standen auf dem Boden, von außen floß es hinein, ich zerrte die trockenen Schilfbündel, welche an der Rückwand aufgestapelt waren, nach vorn und breitete sie aus. Es war ein hartes Polster aus kratzigem, faserndem Rohr, auf das wir uns niederlassen mußten, aber es hielt uns warm und trocken.

Ein neues Geschwader von Blitz und Donner jagte herauf, und der Teich, auf dessen anderem Ufer für kurze Zeit die hohen Bäume und das Weidengestrüpp sichtbar gewesen waren, wurde unter einer so dichten Düsternis begraben, daß ich Cora nicht mehr deutlich erkennen konnte. Jedesmal, wenn ein Blitz zu uns hereinleuchtete, sprangen ihre Züge kalkig aus dem geneigten Oval hervor.

Lange war kein Wort mehr zwischen uns hin und her gegangen, die Stummheit drängte uns meilenweit auseinander. Jetzt war mir zumute, als zöge sich die Wirklichkeit mit all ihren Schrecknissen langsam vor mir zurück. Ich war gefeit gegen die himmlischen Feuer, den wütenden Sturm und die Wasserfluten, welche der Damm kaum noch hielt und für die der gemauerte Durchfluß viel zu eng war. Eine dünne Wand aus Unempfindlichkeit schützte mich, außen starb alles ab, wurde wesenlos, verlor so sehr an Bedeutung, daß ich die Donnerschläge kaum noch vernahm. Die Verwandlung ging fast unmerklich vor sich, noch während ich sie bemerkte, fragte ich mich, woher sie mir vertraut wäre. Endlich erinnerte ich mich daran, daß ich gestern abend in der Gärtnerwohnung dergleichen schon einmal gespürt hatte: diese allmähliche Lockerung sämtlicher Bindungen des Bewußtseins, dieses langsame Ertauben meiner Glieder und die Bereitwilligkeit, dem nachzugeben, was irgendwo hinter den Verschleierungen des Regens eben zu geschehen sich vorbereitete und mich in sein Bild ziehen wollte, wie der Sog eines Wirbels den zu sich zieht, der vor Ermattung und Angst nicht mehr schwimmen kann.

Ich riß mich mit aller Kraft zurück und erhob mich in solcher Hast, daß ich über Cora stolperte. Sie fuhr zusammen und fragte mich furchtsam, was mit mir wäre. Ich konnte nicht antworten, es verschloß mir den Mund, bis ich den bitteren Geschmack des Schweigens unter der Zunge spürte.

»Setz dich zu mir!« bat mich Cora. Ich stand ganz benommen da und fürchtete, daß es noch einmal wiederkommen könnte. Vor mir selbst beteuerte ich meine Unschuld – ich konnte nicht zur Rechenschaft gezogen werden, ich hatte keinen Anteil an dem, was in Kaltwasser an alten Schulden aufgezählt und abgerechnet wurde. Und selbst dann, wenn jene Menschen, die sich blindlings treiben ließen, wenn ein Starkloff oder eine Alma oder sonstwer mich noch zum Zeugen aufrufen wollten, um sich damit vor einem Gericht zu entlasten, das keinen irdischen Irrtümern ausgesetzt ist und daher nicht nur die Taten abwägt, sondern auch die Anlässe und die Verhinderungen, hätte ich mich geweigert, hinzutreten und mein Wort für sie einzulegen. Ich hatte mit alledem nichts zu schaffen, in einigen Tagen verließ ich das Dorf ohnehin, und es war ungewiß, ob ich jemals wieder hierher zurückkehren würde.

Cora hockte ungeduldig zu meinen Füßen und wartete darauf, daß ich mich neben sie setzte. Einmal war sie, auf die Arme gestützt, bis zum Eingang der Hütte gekrochen, um nach dem Wetter Ausschau zu halten. Das fahle, huschende Licht zeigte mir, wie sie dort kauerte: schmal und kindlich und unter Ängsten erschauernd, die sie vorhin erst noch ableugnen wollte. Auch dieses Mädchen werde ich verlassen – sagte ich mir –, nach vielen Jahren werde ich mich an dieses Gewitter erinnern und daran, daß wir unter einem gebrechlichen Schilfdach Zuflucht suchen mußten. Ja, ich nahm sogar jetzt schon zu allem jene Stellung ein, die der Zeit vorauseilt und das Gegenwärtige wie aus einer Erzählung entwickelt, doch als ich so weit gekommen war, daß ich dem ausgedachten Zuhörer berichten mußte, wie es nun weiterging, da versagten die Kräfte meiner Vorstellung, und ich befand mich wieder in der festen, unverrückbaren Wirklichkeit.

Cora hatte sich indessen auf dem Schilfpolster ausgestreckt. Es mußte viel Zeit vergangen sein, vielleicht war der Nachmittag schon vorüber, und die Sonne ging eben jenseits des dampfigen Wolkenmeeres unter. Die Dämmerung nahm zu, das Unwetter schien alle seine Kräfte noch immer auf diesen Fleck zu richten. Der Donner schlug mit unverminderter Kraft seine geballten, luftigen Fäuste zusammen, und das Rauschen des Regens hörte sich so eintönig an wie der stetige Fall eines Gewässers über ein hohes Wehr; einzig der Wind hatte aufgehört.

»Das Wasser steigt«, sagte Cora, indem sie auf den Teich deutete und zu mir aufblickte.

»Hast du Angst?« fragte ich sie.

»Du bist ja bei mir! Wenn ich allein wäre, würde ich mich vielleicht fürchten.«

Ich streifte die Hose herunter, dann verließ ich die Hütte. Der Teichspiegel hatte die Krone des Dammes beinahe erreicht, die Öffnung des Durchflusses war mit Rohr und abgerissenen Ästen verstopft, ich schlug den Stöpsel aus dem Balken und zog mit allen Kräften am verquollenen Schützen, er rührte sich nicht. Die morschen Bretter zitterten unter dem Druck des Wassers, die angeschwemmten, sperrigen Hölzer kratzten und stießen mich, als ich die Böschung hinuntertastete, um den Schützen von unten hochzudrücken. Er lockerte sich ein wenig, ich glitt vom glitschigen Gemäuer ab, fiel rücklings in die Tiefe und konnte mich in dem schwimmenden Dickicht nicht rühren. Ich hörte, wie der Balken brach, und ich spürte die plötzlich einsetzende Strömung, die mich in den engen Schlund des unterirdischen Kanals saugen wollte. Der ganze Teich drückte mich vorwärts; er hob sich wie eine einzige große Woge hoch. Oben, auf dem Damm, wurde noch flüchtig, ehe ich unterging, der schattenhafte Umriß Coras sichtbar, sie war so undeutlich wie eine ganz verblichene Erinnerung.

Ich wollte schreien, ich wollte mich aus dem verfilzten Gewirr der Äste und des Rohrs frei machen, aber ich fand nirgendwo mehr etwas Festes, alles gab nach, umschlang mich und zog mich langsam mit dumpfem Gurgeln in den halb geöffneten Mund des Durchflusses...

»Du warst schon ganz schlapp«, sagte Cora nachher, als wir uns wieder unterm Schilfdach befanden, »ich hielt mich mit einer Hand an den Zweigen fest, und mit der anderen bekam ich dich noch zu fassen. An den Haaren habe ich dich rausgezogen, und du wolltest immer wieder zurückfallen, aber als du erst genügend Luft geschnappt hattest, kamst du wieder zu dir und bist von allein rausgeklettert. Ein Glück, daß der Ast uns beide so lange gehalten hat. Denn kaum warst du draußen, ging das Wehr kaputt, und das ganze Dreckzeug von Holz und Schilf war mit einem Ruck aufgeschluckt.«

Ich hörte sie von weit her reden, obwohl sie sich über mich beugte, so nahe, daß ihr nasses, aufgelöstes Haar mir auf dem Gesicht und der Brust lag. In meinen Ohren rauschte es noch immer, aber ich vermochte bald, meine Schwäche zu bezwingen und mich aufzurichten.

»Wie geht es dir jetzt?« fragte sie besorgt und wollte mich auf mein Lager zurückdrängen, indem sie ihre Hand gegen meine Brust stemmte.

»Hättest mich ruhig dort bleiben lassen sollen, wo ich war. Ich bin es satt. Ich will nicht mehr. Es ist zuviel für mich geworden.«

Sie verstand mich nicht, deswegen machte sie sich lustig über meine Verzweiflung, und ich versuchte nicht erst, mich zu rechtfertigen. Aber dann, als sie sich neben mir niedergelassen hatte, den Arm um meine Schultern gelegt, manchmal unter einem leichten Schauder erbebend und leise, kaum hörbare Seufzer ausstoßend, begann ich fast wider Willen, ihr alles zu erzählen. Selbst das, was mir immer ganz unaussprechbar erschienen war, drängte sich herauf. Während ich so redete, zupfte ich die losen Federn aus dem Flügel, den ich unterm Rohr wiedergefunden hatte, riß Schilfblätter ab, wickelte vorsichtig eine Windenranke vom Pfosten und flocht tastend und behutsam aus alledem einen Kranz.

Ich erzählte von meiner toten Mutter, von der engen Stadt, in der ich aufwuchs, von den prunkvollen und zerbröckelnden Kirchen, wo ich, zugedeckt durch die buntgefärbte Dämmerung, mich zu seltsamen Sünden bekennen sollte, die mir fremd waren. Die graue, finstere Schule schilderte ich ihr, die Lehrer, von denen die meisten Greise waren, die Kameraden, unter denen ich keine Freunde hatte. Ich zeigte ihr eine Bruchlandschaft, die sich vor dem Rande unserer Stadt weit hinzog: sumpfige, verschlungene Wasserläufe, die jeden Herbst anschwollen, über die Ufer traten, sich zu einem langgestreckten See vereinigten und im Winter klirrendes Eis wurden, über das ich, vom frostigen Winde getrieben, hinfuhr, immer allein und von Sehnsucht und Wünschen beflügelt, die kläglich zerbrachen, wenn ein Fremder daran rührte. Der Krieg ging draußen vorüber wie ein gewaltiges Erdbeben, dessen letzte Ausläufer für mich kaum spürbar wurden; er hatte meine Mutter grau und schwach gemacht, und als mein Vater zurückkam, überschüttete er mich mit Vorwürfen, doch da war es schon zu spät, sie verwelkte rasch gleich einer Pflanze, der ein Wurm an den Wurzeln nagt.

Dann begann ich von Kaltwasser zu reden, so, als läge es nicht mehr dahinten auf der von Blitzen zerschlagenen Ebene, sondern als wäre es längst dem Erdboden gleichgemacht, ausgebrannt unter den Himmelsfeuern, weggespült von wirbligen, unaufhaltsamen Wasserfluten, die – wie in einer Verwirklichung jenes Bildes, das ich am Mittag gehabt hatte – aus den Quellen des Bodens und des Firmaments zugleich gespeist wurde. Nichts vergaß ich zu erwähnen, und während ich auf die Gärtnersleute, auf Starkloff, den Gastwirt, den Sergeanten und den Kaufmann zu sprechen kam, war mir zumute, als sollte ich das Andenken von solchen beschwören, die längst nicht mehr lebten.

Cora sagte kein einziges Wort. Manchmal preßte sie meine Schultern mit ihrer Hand zusammen und drängte sich näher an mich, bis die Wärme ihrer bloßen Haut mich berührte; dann wieder rückte sie von mir ab, auf dem Schilf, das nun nicht mehr so laut raschelte, weil es sich mit Feuchtigkeit vollgesogen hatte. Das waren die einzigen Anzeichen dafür, daß sie noch da war und mir zuhörte. Als ich ihr Sofie beschrieb, machte sie sich ganz von mir los, wie in einem plötzlichen Abscheu, den sie aber gleich wieder vergaß, denn sie schob sich von neuem herbei, ihre Finger suchten tastend meine Hände, die den fertigen Kranz hielten.

»Das hast du getan?« fragte sie mich mit einer hohen Stimme, hinter der es wie ein Schluchzen aus Furcht und Begierde zitterte, »das hast du getan, und du bist bei der dort gewesen, ohne an mich zu denken?«

Ich setzte ihr den Kranz auf und versuchte, sie von mir wegzudrängen.

»Damit hat es angefangen«, erklärte ich ihr, »ich habe das Standbild ausgeschmückt mit Federn und Blumen, weil ich glaubte, daß du so aussiehst wie das steinerne Mädchen. Und damit hört es nun auf, ich habe dir den Kranz gemacht, und ich habe alles hineingebunden, was ich von mir selbst weiß. Wenn du willst, kannst du den Kranz tragen, wenn du willst, kannst du ihn wegwerfen. Mir ist es gleich.«

»Nein«, widersprach sie mir, »nein und nein! Wir haben uns Ringe angesteckt, du mußt alles tun, worum ich dich bitte, hörst du, ich will den Kranz nicht, ich will das andere...«

Cora riß sich das Gewinde herunter und zerfetzte es, ich sprang auf, sie hängte sich an mich, wir rangen miteinander. Sie versuchte, mich zu küssen, ich bog ihr den Kopf hintenüber; auf einmal verwandelte sich alles in Feindschaft, und die sehnigen Glieder widersetzten sich mir nur deswegen, weil sie mich herausfordern wollten, sie schwach und nachgiebig zu machen.

Wir taumelten aus der Hütte hervor ins Freie unter die warmen, klatschenden Wassergüsse, und eben, als es mir gelungen war, mich von ihr loszumachen, wurde aus dem schwärzlichen Himmel ein Netz feuriger Schnüre nach uns geworfen. Mit lautem Knattern, als stürze ein großer Bretterstapel zusammen, fuhr der Blitz in einen hohen Baum auf dem anderen Ufer, der wie eine Fackel aufloderte und alsbald vom Regen ausgelöscht wurde. Das starke Licht hatte uns so geblendet, daß wir in der Dunkelheit nichts mehr unterscheiden konnten. Der dröhnende Donner fuhr mit seinem Echo davon; die neue Stille, die sich zögernd ausbreitete, kam uns wie Taubheit vor. Plötzlich war der Regen versiegt, nur aus dem nassen Weidenlaub fielen noch schwere, vereinzelte Tropfen.

Während ich in die Finsternis lauschte, vernahm ich von ferne, über die hallenden Wasserflächen herangeworfen, drei- oder viermal einen schwachen Schrei. Er ähnelte jenem anderen, der mittags aus den Erlen gekommen war, aber dieser hier hörte sich menschlicher an, jemand schrie dort hinten laut um

Hilfe, die ihm jetzt, wo seine Stimme von einem dumpfen Donnern erstickt wurde, doch niemand mehr zu bringen vermochte.

»Hörst du?« fragte ich Cora, »hast du es auch gehört?«

Sie gab keine Antwort, stand nicht mehr neben mir, vielleicht hatte ihre Beschämung sie weggetrieben, und nun flüchtete sie auf den schmalen zugewachsenen Dämmen, verwirrt und ganz ziellos, immer am Rande des Wassers, das ihre Füße netzte und bereit war, mit seiner lauen Umarmung ihr das anzutun, was ich verweigert hatte. Ich rief sie laut und beängstigt, gleichgültig antwortete sie mir unter dem Schilfdach hervor. Sie kam angekleidet heraus und sagte hart und befehlend, als spräche sie zu einem Fremden, daß wir jetzt gehen müßten.

Langsam gingen wir, durch abgerissene Äste und Schilf behindert, das der Wind geknickt hatte, in der Richtung auf die Wassermühle, dorthin, woher das Schreien gekommen war. Ab und zu hellte sich die Düsternis flackernd auf, die Gewitter standen rings um den Horizont, und die Spiegelungen glitten wie lange, zerrinnende Irrlichter über die Wasserflächen zu beiden Seiten des unsicheren Weges. Die Luft war gesättigt mit Feuchtigkeit, das sternlose, flache Himmelsgewölbe lastete schwer auf mir. Oft wateten wir durch hohes Wasser, das mir bis an die Schenkel reichte, ich tastete mich auf dem glatten, schlammigen Grund vorwärts, Cora trieb mich mit kurzen, bösen Zurufen an; wenn ich mich zu weit vorgewagt hatte und schon ins Gleiten kam, riß ich mich aus der Flut zurück, bis ich endlich wieder Gras unter den Sohlen spürte. Hier und da fanden wir morsche Bohlenbrücken, welche über die Verbindungsgräben gelegt waren, auf dem schwankenden Holz schwebten wir über die polierten Tiefe, die, wenn sie sich auflichtete, gekräuselt war von Wirbeln und überzogen mit den langen, leise glucksenden Bahnen der Strömung. Einmal bildete ein starker Blitzschein, der über den ganzen Himmel zuckte, uns dort unten ab; wir hingen kopfüber ins Leere, als wären die Füße an den Balken festgenagelt. Als wir zurücklaufen mußten, um den Querdamm zu suchen, an dem wir vorübergegangen waren, entdeckten wir, daß der Norden mit einer schmutzigen Röte sich überzog. Lange standen wir da und sahen zu, wie der Feuerschein allmählich stärker und breiter wurde und wie vor dem flackernden Licht die Konturen des Schilfs sich schwärzten.

»Es brennt bei uns!« sagte ich besorgt.

»Nein«, widersprach mir Cora trotzig, »es kann nicht sein, daß es bei uns brennt! Es wird in Weidicht oder in Leschwitz oder anderswo sein.«

Ich wollte mich durch die Schilfwand drängen, um mir Gewißheit zu verschaffen, aber die Obersten-Tochter bat mich, sie nicht allein zu lassen, denn langsam stieg in dieser Einöde aus Wasser und schmalen, von Wachstum überwucherten Erdaufschüttungen, in der wir uns verlaufen hatten, ein sonderbares, totes Grauen hoch. Je stärker der Brand dort hinten glühte, desto dichter schloß sich das Dunkel um uns zusammen, es trat gleichsam aus seinen Ufern und stand uns schon bis an den Mund – und auf einmal wurde mir klar, daß alles, was Natur genannt wird, eine einzige Gleichgültigkeit darstellt, bar jeder Empfindung, unfähig, Mitleid zu haben, Gutes oder Böses zu tun, die beiden Waagschalen von Tod und Leben in stetem Gleichgewicht erhaltend, so daß Gebären und Sterben immerzu ineinander sich verflechten und eins, indem es ausgemerzt wird, das andere erhält. Die Gedanken wurden mir zu schwer, ich ließ sie weggleiten.

»Es darf nicht bei uns sein!« bettelte Cora immerzu und klammerte sich an meinen Arm.

Wir hörten, wie die stille, dunstige Luft von einem Rauschen bewegt wurde, das mit schwachen Windzügen näher kam. Die unsichtbare Regenwand zog schnell herauf, im Nu war die triefende und sich auflösende Wolke über unseren Häuptern, die Wasserfahnen verhängten jede Sicht, der Feuerschein erlosch beinahe ganz und gar.

So müde und mutlos waren wir geworden, daß wir unter diesem Guß, dessen streifige Trübung sich hin und wieder mit dem Licht der Blitze vollsaugte, geduckt und verkrümmt ausharrten, ohne eine andere Bewegung zu machen, als uns von Zeit zu Zeit die Augen zu wischen. Später fand ich den schmalen Durchgang und führte Cora an der Hand hinter mir her, hinein ins dichte Gestrüpp, das auf den Teichen wegzutreiben schien wie eine schwimmende Insel. Bald danach hörte der Regen wieder auf, wir sahen die breite Front davonziehen, gleich großen, schleppenden Tüchern, die sich kaum mit ihrem helleren Grau vom Himmel abhoben.

Unversehens waren wir aus dem dunklen Irrgarten heraus, der Damm zog sich nach beiden Seiten in grader Linie auseinander, vor uns das Schilf hörte auf, im Norden schlug deutlich die qualmige Glut des Brandes abermals in die Höhe. In einiger Entfernung konnten wir die Alleebäume des Fahrweges unterscheiden. Dahinter, der schwarze Fleck, aus dem ein rötliches Licht glimmte, das mußte die Wassermühle sein.

Hand in Hand liefen wir die Böschung hinunter, stürzten beinahe in die gefüllten Abzugsgräben und rannten über den quietschenden, federnden Wiesengrund auf die Mühle zu. Lange mußten wir an die verschlossene Tür klopfen, bevor es sich drinnen regte und der Lampenschein im Oberlicht aufging. Mißtrauisch fragte uns der Müller aus, Cora antwortete ihm herrisch und kurz angebunden, dann wurde die Tür geöffnet, der alte Mann hielt uns die Laterne vors Gesicht und sah uns lange an, ehe er uns einließ. Erst trat er noch auf die Schwelle und hielt Ausschau nach dem Brand. Als wir in den niedrigen, von Mehlstaub geweißten Flur eingetreten waren, schob er den Riegel wieder vor.

In der trockenen, nach Sauerteig riechenden Wärme der Kammer merkte ich erst, daß ich ganz durchnäßt war. Der Müller legte Holz in den Ofen, das Feuer loderte auf, ich lehnte mich gegen die erhitzte Kachelwand.

»Es brennt in Leschwitz!« sagte der Müller wie zu sich selbst, »seit zwei Stunden steht der Feuerschein da drüben. Das müssen die Gutsscheunen sein. Der Baron hat eine Ernte gehabt, daß er's kaum unter Dach und Fach bekam. Und jetzt geht der Gottessegen in Flammen auf, ein Zeichen ist das, ein Zeichen für alle Unrechttuer von einem Ende zum anderen.«

Seine kleinen, verquollenen Augen prüften uns ab und zu mit raschen Seitenblicken, die so eindringlich waren, daß ich nicht gewagt hätte, eine Lüge vor ihm auszusprechen. Manchmal murmelte er irgendein unverständliches Gerede vor sich hin, es hörte sich so an, als wollte er uns äffen und erschrecken, denn er stellte Fragen, die er sich gleich beantwortete, und dazwischen grunzte und kicherte er auf unheimliche Weise. Cora zuckte jedesmal zusammen, wenn solche unartikulierten Töne hörbar wurden. Ich machte mir klar, woher dieses Gebaren rührte: der Müller war daran gewöhnt, seine Einsamkeit mit Selbstgesprächen zu unterbrechen. Ich wollte dem Mädchen, das am Tisch hockte, ein Zeichen machen, damit sie sich nicht ängstigte, aber sie blickte mich nicht an. So kläglich war sie anzusehen, daß sie mir leid tat, aus den aufgelösten Haaren troff das Wasser, das Kleid klebte ihr am Leibe, und das Gesicht war eingefallen. Auf der Diele bildeten sich kleine Lachen unter ihrem Stuhl, der Tisch wurde naß von den Tropfen, die vom Kinn abfielen. Die Haut war blau und verfroren, und ich mußte auf einmal an die Müllerstochter denken. So hätte sie vielleicht in der Kammer des Vaters gesessen, wenn ihr damals in der Nacht jemand nachgegangen wäre und sie, als sie schon halberstickt um Hilfe rief, aus dem kalten Mühlweiher gezogen und ins Haus zurückgebracht hätte. Die Lippen zusammengepreßt, weil sie noch nicht fähig war, zu reden, die Augen noch erloschen von dem Blick, den sie in eine dunkle Welt getan hatte, aber schon holte sie mit tiefen Atemzügen einen neuen Vorrat an Leben in sich hinein, sie verschlang die Luft, aß sie gleichsam und sättigte sich daran. Bald mußte sie wohl ihr Geheimnis preisgeben in einer verzweifelten und ohnmächtigen Anklage, die sich gegen sie selbst richtete, aber auch gegen einen Mann, der Starkloff hieß...

Als hätte der Müller ein leises Echo meiner Gedanken aufgefangen, machte er sich nun um Cora zu schaffen. Er holte eine Pferdedecke herbei und legte sie ihr über ihre Schultern; er zog den Kaffeetopf aus der Ofenröhre und goß ihr eine irdene Tasse voll. Dabei meinte er, wir könnten von Glück sagen, daß heute der Kaufmann aus Kaltwasser gekommen wäre, um die Lebensmittel abzuliefern; gestern noch hätte er uns nichts vorsetzen können außer einigen Löffeln Wassersuppe. Cora trank hastig und schob mir die Tasse zu. Dann erhob sie sich und mahnte mich zum Aufbruch.

Plötzlich fiel es mir ein, den Müller zu fragen, ob er vorhin das Schreien gehört hätte, aber ich brachte es erst heraus, als wir schon im Flur standen. Er hatte eine Laterne geholt, die er uns mitgeben wollte, und damit leuchtete er, indem er sie hin und her schwenkte, in die Schwärze vor der Schwelle.

»Es schreit oft hier draußen«, sagte er, »es schreit und schreit, weil es nicht erlöst worden ist. Mit gotteslästerlicher Ungeduld, daß ihr die Bosheit heraushören könnt, so gellt und jammert es die Nächte hindurch. Da solltet ihr lieber eure Ohren verstopfen, wenn es laut wird, und nicht lauschen wie die Neugierigen!«

Ich konnte es ihm ansehen, daß er uns ungern gehen ließ, er gab mir die Laterne, dann schlug er die Tür ohne Abschied zu. Ich legte den Arm um Cora und führte sie den Weg entlang, welchen ich mittags gegangen war. Das schwankende Licht beleuchtete die tiefen, mit Wasser vollgelaufenen Wagenspuren und die Abdrücke von Stiefeln und Hufen. Ringsum standen in sehr weiter Ferne immer noch die Gewitter, vor uns gloste das Feuer, und wenn ein starker Blitz dahinter niederging, konnten wir über der Brandstätte für einen Augenblick die hohe, senkrechte Rauchsäule erblicken. Einmal, als ich mich umdrehte, sah ich hinterrücks die zerflossenen Schatten wie zwei vermummte, kriechende Männer, die uns auf den Fersen blieben und uns gleich Katzen anzuspringen drohten.

Als wir das Dorf erreicht hatten, pustete ich das Licht aus. Wir begannen zu rennen, denn es kam uns jetzt erst zum Bewußtsein, daß es sehr spät sein mußte. Manche Gehöfte waren schon dunkel, Smorczaks Gasthaus schien geschlossen zu sein. Wir trafen niemanden, aber noch ehe wir den Gutshof erreichten, überholte uns eine Kutsche, sie bog vor uns in die Einfahrt, Cora riß sich von mir los und war im Nu weg.

Ich drückte mich an Heinrich vorüber, der die Pferde aussträngte und mich zum Glück nicht bemerkte. In der Gärtnerswohnung brannte die Lampe, aber die Stube war leer, und ich schlich auf Zehenspitzen in meine Kammer, zog die nassen Kleider vom Leibe und fiel so verschmutzt, wie ich war, auf meinen Strohsack. Fortwährend gingen die Blitze unter den geschlossenen Augenlidern nieder, und ich hatte den Donner und das eintönige Regenrauschen noch lange im Gehör. Dann hob mich der Schlaf wie eine dunkle Woge hoch und spülte mich weg, ich schwamm mit gelösten Gliedern, auf und nieder tauchend, in der uferlosen Flut.

Davon, daß ein starkes Licht mich blendete, wachte ich auf, ich glaubte, es wäre Tag, und fuhr noch ganz schlafbefangen hoch. Alma saß am Rande des Strohsacks. Ihr Haar war aufgeflochten und fiel seidig über die bloßen Schultern und das weiße, lose Hemd. Ruhig, mit einer lässigen Handbewegung drückte sie mich auf mein Lager zurück, zog die Decke wieder über mich und legte ihre Hand auf meine Augen.

»Schlaf nur«, sagte sie sanft und ruhig, »schlaf und träume! Ich wollte dich nicht aufwecken, ich wollte dich bloß ansehen, weil du glücklich bist. Ich bin euch nachgelaufen am Mittag, sie hat dich ja geküßt auf den Wiesen, und ihr seid fortgegangen von uns allen und habt euch euren eigenen Weg gesucht... Und du hast recht gehabt heute vormittag, vielleicht wäre mir wohler, wenn er mich getroffen hätte, als er auf mich schoß ...«

Sie neigte sich über mich; als wollte sie Abschied für immer nehmen, so küßte sie mich auf die Stirn, den Mund. Ich war von der Müdigkeit wie betäubt und erschrak auch nicht, als sie sich plötzlich neben mich warf, und als ihr leises Schluchzen mit leichten Erschütterungen mich traf. Später wachte ich noch einmal auf, weil mich eine heftige Angst aus dem Schlafe jagte, doch da war alles dunkel. Ich griff neben mich, die Stelle, wo Alma gelegen und geweint hatte, blieb kalt und leer, sooft ich auch mit meiner Hand darüber hintastete.

Die Regentropfen schlugen ans Fenster und trommelten aufs Dach, und ich sagte mir, von einer grundlosen Traurigkeit überwältigt, daß nun alles aus wäre, unwiederbringlich dahingegangen, doch was ich eigentlich damit meinte, dessen wurde ich mir nicht mehr bewußt.

Nebel, der alles verhüllt

Das kleine Fenster meiner Schlafkammer war angelaufen vom Atemhauch, es ließ nur eine graue Dämmerung ein, und als ich wach wurde, nahm ich an, daß es noch sehr früh sein müßte, und streckte mich wieder aus. Aber dann hörte ich undeutlich, wie Alma nebenan wirtschaftete, im Hofe machten die Fuhrwerke Lärm; die Geräusche blieben gedämpft und drangen nicht unter die warme Zudecke meiner Schläfrigkeit. Der Vormittag verging, ich versäumte nichts, niemand bedurfte meiner; es gelang mir noch nicht, mich an manches zu erinnern, was mich vielleicht mit einem Schlage hätte wach machen können, wenn es mir genau gegenwärtig geworden wäre. Die Trägheit, welche mich vollkommen gleichgültig gegen alles machte, was sich ringsum abspielte, nahm immer noch zu. Jetzt kam es mir ganz unwahrscheinlich vor, daß ich eines Abends, kürzlich erst, auf dem Kutschbock vor dem Stationsgebäude gesessen hatte mit dem Wunsch im Herzen, die großen Kräfte des Lebens zu spüren, wie sie mich nicht mehr übergingen, sondern von Grund auf bewegten: Haß, Liebe, Leidenschaft, was weiß ich... Seither war manches davon in Erfüllung gegangen, und nun wollte ich am liebsten wieder außerhalb aller Bedrängnisse stehen, unbeteiligt, unerfahren und unbelehrt. Aber wie sehr ich mir auch Mühe gab, mich in den früheren Zustand von Unschuld und Ahnung zurückzuversetzen – es gelang mir nicht mehr, dort Fuß zu fassen.

Ohne daß ich es bemerkte, war Alma eingetreten, ich hörte nur, daß sie leise in die Stube zurückging und dort jemandem sagte, ich schliefe noch. »Wenn der Lümmel schläft«, schimpfte Heinrich, »da muß er eben geweckt werden. Und wenn Sie das nicht tun wollen, dann werde ich ihn schon in Trab bringen.«

»Er hat auch noch nicht gefrühstückt!« wandte Alma ein.

»Soll er hinterher frühstücken.« Heinrich blieb beharrlich und ließ sich nicht abweisen.

Alma kam von neuem zu mir in die Kammer, sie trug meinen Anzug, der gereinigt und getrocknet war, über dem Arm. Sie machte mir ein Zeichen, daß ich schweigen sollte.

»Du sollst zum Oberst kommen!« sagte sie streng.

Indes ich in meine Kleider fuhr, flüsterte sie mir ihre Ratschläge ins Ohr. Sie redete mir zu, nichts abzuleugnen, sondern alles offen einzugestehen; sie glaubte, es handelte sich um Cora, ihre Stimme war mir zuwider, und die Einflüsterungen hörten sich kupplerisch an, gewitzigt von vielen Erfahrungen.

»Na, wird's bald?« schnauzte der Kutscher draußen.

Alma steckte mir die Papiere zu, die sie in meiner Tasche gefunden hatte, die Schriftzüge waren auseinandergelaufen und unleserlich geworden. Ich zog den Ring vom Finger und legte ihn mit dem feuchten Bündel der Aufzeichnungen, die von Christiane handelten und nun so aussahen, als seien sie durch Tränen ausgewaschen worden, in meinen Koffer.

Heinrich trat ungeduldig von einem Fuß auf den anderen, er hatte nicht einmal die Mütze abgenommen; ehe wir gingen, spuckte er seinen Kautabak vor Almas Füße. Der Kutscher folgte mir auf den Fersen und bewachte mich wie einen Sträfling. Er murmelte lauter Drohungen vor sich hin, aus denen ich nichts weiter entnehmen konnte, als daß er mich von Grund auf verachtete und daß er in seinen Erwartungen, mich endlich auf einem Unrecht ertappt zu finden, nicht enttäuscht worden war.

Wir traten auf den Hof, der überschwemmt war von großen Pfützen, welche die Tropfen narbten. Die Bäume hatten fast alles Laub verloren, in den Blumenrabatten bei der Auffahrt waren die Farben ausgelaugt. Der kalte Wind strähnte aus dem niedrigen Himmel den dichten Regen wie nasses Haar; der schlammige Boden hauchte die Feuchtigkeit, die er nicht mehr aufnehmen konnte, als blauen Dampf zurück.

Heinrich öffnete die schwere Tür des Portals und schob mich mit festem Griff ins dämmrige Treppenhaus. Er stieß mich gleich durch den Seitenflur im Erdgeschoß vorwärts, ich versuchte mich zur Wehr zu setzen und sagte ihm, daß ich auch freiwillig mitgehen würde; knurrend packte er mich am Genick, schon polterten wir beide in das Arbeitszimmers des Obersten.

Die Fenster des hohen, dunklen Raumes waren mit rautenförmig gekreuzten Eisenstäben vergittert. Der Oberst saß an einem langen Tisch, der mit Briefschaften und Aktenbündeln bedeckt war, er schrieb schnell und federnd große Bogen knittrigen Papiers halbseitig voll, ab und zu schob er sich eine der aufgefalteten Landkarten näher, in die bunte Markierungen eingezeichnet waren, hier vergewisserte er sich, ob das, was er geschrieben hatte, richtig war.

Heinrich meldete mit gedämpfter Stimme und in militärischer Haltung, daß er mich hergebracht hatte, der Oberst unterbrach sich nicht lange in seiner Schreibarbeit, winkte dem Kutscher flüchtig, daß er gehen möge, und Heinrich trat leise ab. Ehe er das Zimmer verließ, knuffte er mich noch in den Rücken.

Ich blieb bei der Tür stehen und sah mich um. Der Raum war einfach eingerichtet: ungepolsterte Stühle, Regale, ein verschossener, gestopfter Teppich und, vor dem mächtigen, farbig glasierten Kamin, das einzig bequeme Möbel: ein abgesessener, durchgescheuerter Lehnstuhl. Überall befanden sich Karten, sie hingen an den Wänden, lagen auf der Diele und zeigten ein Gewirr von roten und blauen Linien. Der kalte, säuerliche Zigarrenrauch haftete an jedem Gegenstand.

Die Feder kratzte und quietschte, stieß mit einem Ruck ins Tintenfaß, das leise klirrte, und dann schrieb sie weiter, strich aus, hielt an, verbesserte und setzte, nachdem sie ziellos in der Luft umhergefahren war, eine neue Zeile unter die vorige. Das kantige Gesicht des Mannes bewegte sich kaum vor dem Hintergrund aus Eisengittern. Der Oberst kam mir vor wie ein Gefangener, festgehalten durch das, was er aufschrieb, geknebelt von den Zeichnungen und Lineamenten, die nichts weiter bedeuteten als Schlachtfelder, welche bereits wieder eingeebnet waren, Stellungen, die von den morschen Holzverschalungen nicht mehr gestützt wurden, lauter Erde, die ihre Wunden längst mit Gras und Strauchwerk, mit Wurzeln und jungen Trieben vernarbt hatte. Er hielt sich aufrecht an dem, was nicht mehr wirklich war, und rechnete es nachträglich auf seine Fehler und Vernachlässigungen durch; es mußte ihm wohl schon längst gelungen sein, den Nenner zu finden, auf den sich die unsicheren Zahlen bringen ließen.

Über ihm spannte sich die gewölbte und mit Verzierungen versehene Decke aus wie ein vergangener Himmel, dessen blasses Blau niemals wieder von der Sonne aufgehellt werden sollte. Kein Duft sank aus den gemalten Blumengewinden bis zu ihm herab, sie verwelkten immer mehr und wurden nutzloser, als sie es je gewesen waren.

Ich räusperte mich, er überhörte es, aber dann, ohne irgendeinen Anlaß, warf er die Feder fort und lehnte sich zurück. Als hätte er mich ganz vergessen gehabt, so musterte er mich erstaunt, sofort wurde er streng und zornig.

»Cornelia!« rief er barsch.

Der Oberst mußte seinen Ruf zwei-, dreimal wiederholen, bis die Tür sich öffnete und die Tochter gesenkten Blickes eintrat. Sie sah häßlich aus, unscheinbar und bösartig, Sanftmut und Zutrauen waren wieder vergangen. Ich fand sie abstoßend und verstand es nicht mehr, wieso ich jemals eine Zuneigung für dieses verwöhnte und eigensinnige Mädchen empfunden hatte.

»Willst du es nun endlich sagen?« fuhr der Oberst sie an, »warum ihr das getan habt und wohin die Stücke der Figur gekommen sind? Oder soll ich den Burschen da fragen, weil du zu feige bist?«

Cora schwieg, sie streifte mich mit einem raschen, gehässigen Blick, ich war der Zeuge ihrer Demütigung. Der Oberst stemmte sich auf der Lehne seines Stuhles hoch, nahm seinen Stock und humpelte auf sie los. Er griff nach ihrer Schulter und rüttelte sie heftig, aber er besann sich gleich darauf, daß dies vor meinen Augen zuviel wäre, und ließ sie wieder los.

»Gut«, sagte er verächtlich, »ich muß mich daran gewöhnen, daß meine Tochter keinen Mut hat!«

Er wandte sich mir zu, und da ich Angst hatte, wurde er für einen Augenblick riesengroß; doch er schrumpfte sofort wieder zusammen, und ich konnte seinem Blick standhalten. Einmal irrten meine Augen ab, Cora hatte ihr Gesicht erhoben, es war verzerrt von unerbittlichem Haß und von einer starken Freude darüber, daß es ihr gelungen war, ihren Vater mit Ärger und Kummer zu treffen.

Der Oberst faßte mich an der Jacke – wie eine unverständliche Erinnerung stieg in mir noch ein Rest jener Verehrung hoch, die ich damals, als ich den Tennisplatz sauberfegte, für diesen Mann gefühlt hatte. Alsbald bereitete ich mich auf den Widerstand vor, den ich ihm entgegensetzen wollte.

Zunächst redete er mir gut zu, beinahe freundschaftlich, und er sagte, daß er es nicht erwartete, von mir belogen zu werden. Überdies hätte es gar keinen Sinn, zu leugnen, denn wir wären beobachtet worden. Er wollte nur erfahren, was uns angetrieben hatte, das Standbild umzuwerfen, und wo die Bruchstücke der Figur versteckt waren.

Während mir einfiel, daß der Regen alle Spuren verwischt haben mußte, boten sich mir bereits die unverschämtesten Lügen dar. Aber ich sprach sie nicht aus, sondern überlegte mir erst noch bessere, solche von einer größeren Wahrscheinlichkeit. Der Oberst ließ mich nicht aus seinem Blick, er wurde ungeduldig und wartete auf die Wahrheit.

»Wenn du noch zögerst«, sagte er, »so bedeutet es vielleicht, daß du fürchtest, ich könnte Cornelia hart bestrafen. Aber sie soll nur beschämt werden. Das genügt.«

Ich begann hastig und in dem Gefühl, daß ich ihn leicht in die Irre führen könnte, mein falsches Geständnis, dem er aufmerksam zuhörte. Die Absicht, das Standbild umzuwerfen, sei in dem Augenblick entstanden, wo mir klar wurde, daß das Dorf und das Gut von Mißgeschick, Ungerechtigkeit und Lastern trieften. Ich wollte die Ursache alles dessen vernichten, denn es war nicht zu bezweifeln, daß jenes steinerne Mädchen das Dunkle wie ein Magnet anzog, deswegen mußte es zerstört werden. Die Obersten-Tochter ließ sich leicht überreden, mir zu helfen, wir hatten den Leib in lauter kleine Stücke zerschlagen, an die Schwarze Weide gekarrt und dort versenkt...

»Du lügst«, sagte er, als ich fertig war.

»Jawohl«, gab ich ihm zu, »ich habe gelogen.«

»Und du willst mir nicht sagen, wie es in Wirklichkeit gewesen ist?«

»Die Wirklichkeit«, redete ich in einer merkwürdigen Überlegenheit weiter, die mir den Oberst fernrückte und ungefährlich machte, »die Wirklichkeit hätte leicht so sein können, wie ich es gesagt habe.«

»Und du wirst es mir nicht gestehen?«

»Nein!« gab ich zurück.

Er trat einen Schritt von mir weg, stieß seinen Stock laut auf den Boden und war sich noch nicht im klaren darüber, was mit uns nun zu geschehen habe, jetzt tat er mir wieder leid, aber ich konnte nichts zurücknehmen. Cora blinzelte mir zu, ich bemühte mich, es nicht zu bemerken.

»Eins ist allerdings wahr«, sagte ich, »das Fräulein hat an allem keine Schuld. Ich bin allein verantwortlich.«

»Er lügt schon wieder«, widersprach mir das Mädchen, »ich

habe es getan, ich habe ihn bloß als Handlanger gebraucht.«

Der Oberst benützte diesen Zwiespalt nicht, um uns weiter auszuhorchen, er hatte in dieser Sache mit allem abgeschlossen, es war ihm nicht gelungen, uns auf seine Seite zu ziehen. Wir verweigerten ihm alles, was wir ihm schuldig waren: Vertrauen, Verständnis und Ehrerbietung. Er konnte uns nicht beikommen, weil wir noch keinen festen Standpunkt einnahmen; unser Vorsprung war zu groß, er mußte darauf verzichten, uns einzuholen, festzuhalten und an sein Herz zu nehmen.

Schließlich drückte er auf den Klingelknopf am Türpfosten. Die Wirtschafterin trat lächelnd ein, sie musterte uns mit falschem Mitleid, schüttelte bedauernd den Kopf, als sie an unseren Mienen erkannte, was sich begeben hatte, und zupfte sich verlegen an ihrer lockigen, viel zu jugendlichen Frisur.

»Hausarrest!« sagte der Oberst und wies auf Cora, »für eine Woche!«

Die Frau wollte den Arm um das Mädchen legen und sie wegführen, aber die Obersten-Tochter schlüpfte an ihr vorbei, so schnell, daß die Wirtschafterin in ihrer lächerlichen Pose betroffen stehenblieb, ehe sie ihr folgte.

»Und du«, sagte der Oberst, »du wirst abreisen, am besten heute schon, aber ich gebe dir Zeit bis morgen. Der erste Zug geht um sieben, du kannst mit Heinrich auf der Milchkutsche fahren, wenn er dich mitnimmt.«

Ich war damit einverstanden, daß ich früher aus Kaltwasser wegkam, als ich gedacht hatte, und ich freute mich sogar darauf, den dunklen Zwang, dem ich hier ausgesetzt gewesen war, gegen die alltägliche Unfreiheit in der Stadt auszutauschen.

Der Oberst fragte mich nach dem Amt, in dem mein Vater beschäftigt war, trat ans altmodische Telefon und drehte heftig die Kurbel. Während dieser Mann in der grauen Litewka, von der alle Rangabzeichen abgetrennt waren, daß er aussah wie degradiert, angestrengt in den Hörer lauschte, hätte ich sehr viel darum gegeben, mich hinter der Entfernung zu verbergen und am anderen Ende der Leitung meine Stimme zu erheben. Herr Oberst, hätte ich gesagt, es ist noch gar nicht lange her, da habe ich geglaubt, daß ich, verglichen mit Ihnen, gänzlich überflüssig und unnütz wäre, aber jetzt ...

»Worauf wartest du noch?« fragte er mich flüchtig, »wir sind fertig, wir haben uns nichts mehr zu sagen.«

Er wandte nicht einmal den Kopf nach mir, im selben Atemzug sprach er gleich weiter ins Telefon, und ich verließ das Zimmer, ohne mich zu verabschieden. Langsam ging ich durch den von Zwielicht verdämmerten Gang, betrat das Treppenhaus und sah die dunklen Bilder hoch oben hängen. Da bäumten sich die Pferde, und ein Gewirr nackter Leiber fiel durcheinander; in übermäßig barbarischen und dennoch von Schönheit gebändigten Bewegungen wurde die lautlose Schlacht ausgefochten, obwohl die Kämpfenden fast ganz erlahmt waren und beinahe ausgelöscht von der tiefen Schwärze, welche Jahrzehnt für Jahrzehnt aus dem Hintergrund quoll und ihre Gestalten überflorte; das Blut schoß aus den Wunden, die Schwerter fuhren ins Fleisch, und die Amazonen stürzten, von Männern überwältigt, mit gelösten Gliedern in den Tod wie in eine Umarmung. Dort setzte der Hirsch, von der Meute angefallen, über ein schilfiges Gewässer, die Kavalkade der Reiter sprengte aus dem Gehölz, Frauen und Männer in gezierter Haltung auf edlen Pferden; die schöne Jägerin, welche den anderen voraus war, hatte das Jagdhorn an den Lippen, aber der hallende Ton war matt geworden und schien jetzt in seinem fernsten Echo zu ersterben.

Über die Treppen herab hörte ich noch einmal Coras Stimme: »Nein!« schrie sie dort oben wütend, »nein! nein!« Eine Tür fiel zu, der hastige, schleichende Schritt der Wirtschafterin kam die Stufen herab, ich drehte mich um und ging durchs schwere, von Schnitzwerk beladene Portal; das Tor schloß sich mit einem dumpfen Schlag hinter mir.

Heinrich war dabei, die Kutschpferde zu striegeln, er beachtete mich nicht, fuhr mit runden, ausholenden Bewegungen über das Fell der Tiere und redete dabei zu ihnen, weil er mich nicht mehr für würdig hielt, von ihm angesprochen zu werden.

»Der Lumpenhund ... der hochnäsige ... das Luder ... das verfluchte ... seht euch den an, hat sich hochgepäppelt, ist ins Kraut geschossen ... ist bockig und tücksch geworden ...«

»Heinrich«, unterbrach ich ihn, »ich fahre morgen mit dem ersten Zuge, der Oberst hat gesagt, du sollst mich auf dem Milchwagen mitnehmen.«

»Auf meinem Wagen kommst du nicht«, schimpfte er, »kannst deinen Krempel zur Station schleppen, auf dem Buckel, wenn du willst. Fahren tu ich dich nicht.«

»Der Oberst ...«, wandte ich ein.

»Wenn er's auch gesagt hat, aber der ist ja zu gut, der wird dich selber vielleicht noch hinkutschieren.« Er machte sich wieder an die Arbeit.

»Heinrich...«, begann ich nach einiger Zeit von neuem.

»Heinrich«, äffte er mich nach, »immer Heinrich und Heinrich! Für dich bin ich nimmer du und einfach Heinrich, für dich bin ich der Schwoide und Sie, verstanden!«

Bis jetzt kannte ich nur seinen Vornamen, niemand auf dem ganzen Hofe nannte ihn anders. Er selbst mußte es längst vergessen haben, daß er Schwoide hieß, und jetzt, wo er diesen verschollenen Namen aussprach, kam es ihm erstaunlich vor, daß er ihn in den Jahren seit dem Kriege wieder abgelegt hatte gleich jenen Stücken der Montur, die er nicht behalten durfte.

»Herr Schwoide«, sagte ich lachend, weil es sich so seltsam anhörte, »ich werde noch einmal zum Obersten gehen und es mir schriftlich geben lassen.«

Der Kutscher lachte auch, aber er verkniff es sich sofort und wurde wieder ernst; erst jetzt erkannte ich, wie einfältig er war, und ich bedauerte es, daß ich während der ganzen Zeit mich so wenig an ihn gehalten hatte.

»Gut, wenn's so sein soll, da muß ich halt. Ich fahre um sechse, aber ich schmeiße dich auf der Chaussee runter, wo der Weg zur Station abzweigt. Kann sein, du bist gar nicht schuld daran, kann sein, die Metze, die elende, die hat auch das noch auf dem Gewissen. Verderben tut sie alle, die sich mit ihr einlassen. Aber es wird ihr eingetränkt werden, daß sie's nicht vergißt, vom Hofe runter wird die noch gejagt werden mit Peitschen, die lästerliche Stute, die! – Scher dich fort jetzt.«

Er schwenkte in großer Verachtung seine Hand gegen mich, und ich hörte ihn von draußen weiterschimpfen. Der Gesindevogt läutete mit der Hofglocke zum Mittag, es klang blechern und heiser, der dichte Sprühregen erstickte jeden Ton. Ich suchte den Kasten und fand ihn, beschmutzt mit Hühnerkot, auf dem Stapel dürrer Äste vor dem Holzschuppen. Gegen Abend wollte ich das steinerne Haupt von der Parkmauer wegholen, in den Kasten betten und ihn mit einem Strick verschnüren. Mehr war nicht für mich gewonnen als dieser Kopf mit seinem rätselhaften Lächeln, als ein Ring von Gold, einige Bogen stockfleckigen Papiers und dieses Gehäuse aus hartem Eichenholz. Was ich dafür hatte hingeben müssen, das konnte ich noch nicht sagen.

Die Gärtnersleute saßen schon am Tisch. Früher, in den ersten Tagen meiner Ferien, glaubte ich, daß sie in jener Eintracht, welche durch eine beständige Gewohnheit an Vertrauen und Zuneigung erzeugt wird, vieler Worte nicht bedurften, um sich zu verständigen. Sie waren kinderlos geblieben, deswegen hatte Alma mich für einige Zeit aufgenommen; aber es war nichts aus der Ruhe und der Freundschaft geworden, die ich hier genießen sollte. Als ich sie da sitzen sah, kamen sie mir sehr unansehnlich vor, und ich bemühte mich vergebens, ihnen eine Spur von Dankbarkeit zu zeigen. Ja, ich erhob mich weit über diese Verwandten, weil ich reich an Zukunft war, und ich entschloß mich, das Andenken an sie beide gründlich auszustreichen.

»Morgen früh fahre ich!« sagte ich, indem ich mich zu ihnen setzte.

Sie antworteten mir nicht, der Gärtner zerkaute seinen Bissen, Alma füllte mir den Teller und setzte sich. Es war noch nicht lange her, daß ich zur selben Stunde an diesem Tisch gesessen und mir vorgenommen hatte, es nicht zu vergessen, wie die Sonne durch das pergamentene Weinlaub am Fenster schien und einen zischenden Reflex auf dem Tellerrand anzündete. Das war ein unsinniger Vorsatz gewesen, denn andere Bilder waren mir inzwischen viel deutlicher eingeprägt worden. Und jetzt, wo die Stube staubig, düster und kalt aussah, konnte ich es mir schon nicht mehr vergegenwärtigen, daß sie jemals im warmen Herbstlicht friedlich und wie eine gute Zufluchtsstätte gewirkt haben sollte. Die Nässe saß auf den Scheiben, die verkrümmten Rankenstränge der Weinstöcke hingen nackt und unbelaubt am Spaliergitter.

»Heinrich nimmt mich auf dem Milchwagen mit«, begann ich noch einmal, um die unerträgliche Stille zu unterbrechen.

»Er war beim Oberst, Karl!« sagte Alma abwesend.

»Der Oberst hat mit dem Vater telefoniert«, erklärte ich, »er wird also wissen, daß ich früher komme.«

Der Gärtner ließ sich nicht aus seiner Schweigsamkeit hervorlocken, er schlang bedächtig sein Essen herunter, zerschnitt umständlich jeden Bissen Fleisch kreuz und quer und sah an uns vorbei in eine große Ferne. Er hatte sich schon wieder befreit von den Lügen, die ihn noch gestern aufrechterhielten, sie waren ausgerissen aus seinem Herzen. Das, was ihm bevorstand, wollte er auf sich nehmen und so geduldig ertragen, daß man ihm die Anstrengung nicht anmerken würde. Sein Gesicht war fester geworden, es trug nicht mehr die Zeichen der Verbitterung, von denen ich so oft erschreckt worden war; er hatte sich damit abgefunden, zu warten – wenn Alma ihn verlassen wollte, durfte sie ruhig gehen, wenn sie aber eines Tages wiederkommen würde, dann war er bereit, gerecht und ohne Haß sich alles anzuhören, was sie zu sagen hatte, ihr sein Urteil auszusprechen und sie bei sich aufzunehmen.

»Ich weiß alles«, sagte er, als wollte er mich daran verhindern, in seinem Gesicht zu lesen, »ich bin hingegangen zum Obersten und habe es ihm gesagt, daß die Steinfigur nicht mehr dasteht. Und ich habe ihm geraten, dich wegzuschicken.«

»Welche Figur denn?« fragte Alma neugierig. Wir gaben ihr keine Antwort.

»Bei Starkloff bist du auch nicht gewesen«, fuhr mein Onkel fort, »er wird dich vermißt haben. Du hast das und jenes versäumt, manches ist nicht mehr gutzumachen, und deswegen wird es dir noch viele Jahre anhängen.«

»Warum sollte er denn zu Starkloff gehen?« drängte die Frau sich in seine Rede, »den hätte er überhaupt meiden sollen, an dem hängt nichts weiter wie Unsegen!«

»Ich gehe heute noch hin«, versprach ich dem Gärtner, ohne auf Almas Einwände zu achten, »ich werde mich bei ihm verabschieden.«

»Er wird dir nichts vermachen«, redete mir Alma ab, »er wird dir schlechte Ratschläge als Zehrpfennig mitgeben!«

»Wenn sie nicht unfruchtbar wäre«, erklärte der Gärtner und deutete auf seine Frau wie auf eine Fremde, deren Geheimnisse alle Welt erfahren könnte, »wenn sie ihm einen Sohn geboren hätte, dann würde sie heute auf seinem Hof sitzen und anders über ihn reden!«

Alma erhob sich und stieß ihren Stuhl zurück, die Schamröte stand ihr im Gesicht, und der Zorn verschlug ihr die Sprache, auf einmal begann sie zu lachen. Dieses Gelächter stieß endlich alles nach außen, was sie so lange verschwiegen hatte: Trotz und Hochmut, Stolz und Leichtfertigkeit und ein grenzenloses Verlangen, sich wegzuwerfen, sich sinken zu lassen, in den Kot getreten zu werden. Der Gärtner stand unbeteiligt auf, er zeigte kein einziges Zeichen von Feindschaft. Umständlich machte er sich fertig für seine Arbeit, zog den durchnäßten

Soldatenmantel an, fuhr in die Stiefel, stopfte seine Pfeife, und schließlich setzte er einen vor Alter grün und speckig gewordenen Hut auf, dessen Krempe an allen Seiten herunterhing. Nachdem er mir zugenickt hatte, verließ er gleichmütig die Stube.

Almas Gelächter war erlahmt, sie stemmte sich mit beiden Armen auf die Tischplatte und sah mich so eindringlich an, daß ich meinen Blick wegwenden mußte.

»Er weiß es noch nicht«, sagte sie heiser, »aber er wird es erfahren, wenn ich fort bin. Ich schreibe es ihm, das trifft ihn mehr. Dir kann ich es ja sagen. Hartmann verkauft seinen Laden, er geht in die Stadt, weil er für das Packzeug hier zu schade ist. Und wenn er dort ist und wenn er sich eingerichtet hat, dann gehe ich nach. Und ich nehme nichts mit von dem billigen Gelumpe, das der hier mir geschenkt hat. Dort, bei Hartmann, da bringe ich das zur Welt, was ich unterm Herzen trage. Dort und nicht bei dem hier, damit der nicht etwa glaubt, daß es von ihm wäre.«

Ihre Wangen glühten, die Augen schwammen in einem fiebrigen Schein, jetzt war sie von einer kränklichen und ausgeblichenen Schönheit. Ich wußte nicht, was ich ihr sagen sollte, alles in mir sträubte sich gegen ihr Vertrauen.

»Ich weiß«, begann sie noch einmal weinerlich zu reden, »du bist gegen mich ...«

»Nein, nein«, beschwichtigte ich sie, »du irrst dich, das ist nicht wahr, ich bin gegen niemand, auch gegen dich bin ich nicht – und ich werde dir bald einen Brief schreiben ...«

Es hörte sich lächerlich an vor Unwahrheit, doch sie ließ sich täuschen, zögernd trat sie hinterm Tisch hervor, ich suchte schon meine Bücher zusammen, sie verstellte mir den Weg. Sie nahm meine Hand, ich spürte mit einem verlegenen Unbehagen, wie ihre warmen Tränen auf meine Finger fielen. Ich gab ihr nach, als sie die Hand, die mir schwer und heiß wurde, unter ihre hohe Brust führte, dorthin, wo das Herz schlug.

»Spürst du es?« fragte sie mich leise, »davon weiß der nichts. Und Hartmann hat es auch nicht vernommen. Aber dich, dich lasse ich es fühlen. Du träumst davon, und in deiner Erinnerung wird es weiterschlagen!«

Sie wußte vielleicht gar nicht, was sie redete, es traf mich mit Ahnungen, die trostlos und dunkel waren, denn hinter dem Takt ihres Herzschlags, hinter diesem kräftigen und gleichmäßigen Pochen, von dem man sich nicht vorstellen konnte, daß es jemals aufhören würde, war jetzt schon ein Kern von Stille und Reglosigkeit verborgen. Er wuchs unablässig, jedesmal über Nacht war er viel größer geworden, bis er mit seinem Gewicht das lebendige Fleisch beschwerte und nach unten zog, der Erde entgegen, die bereit war, es aufzuschlucken und zu verzehren.

Alma ließ meine Hand los, ich zog sie wieder an mich, die Fingerspitzen waren taub von dem Gefühl, das sie empfangen mußten. Plötzlich wurde es mir bewußt, daß wir eben Abschied voneinander genommen hatten, es blieb nichts mehr zu sagen übrig, ich ging in meine Kammer und fing an, den Koffer zu packen. Lange hörte ich nebenan noch das leise, schluchzende Weinen, viel später erst, als die Türen draußen schlugen und die Schritte ins Gewächshaus tappten, machte ich mich auf den Weg zu Starkloff.

Der Regen war dünner geworden, der Himmel hatte sich ein wenig aufgehellt, breite Wolken fuhren von Westen gleich einer langgestreckten Dünung herauf. Der Teich an der Straße war vollgelaufen mit lehmigem Wasser, die Gräben hatten sich bis zum Rande gefüllt. Eine Schar Weiber, die auf den Feldern arbeiten sollten, wurden vom Vogt vor mir her getrieben, sie glichen einer Herde von Maulwürfen, waren überall mit Erde beschmiert, plump und unförmig, in Säcke und Lumpen eingewikkelt. Die Holzpantinen schmatzten bei jedem Schritt, das Eisen der Kartoffelhacken blinkte, und die leeren Weidenkörbe glänzten vor Nässe. Der Vogt schwang seinen Stock, aber sie ließen sich nicht zur Eile anfeuern, antworteten weder mit Gelächter noch mit einem Wort seiner Schimpfreden und beharrten in der störrischen Ergebenheit solcher Tiere, die immer am Boden festkleben werden, auf ihrem schwerfälligen Trott.

Vor dem Gasthaus stand Smorczaks Kutsche, das angeschirrte Pferd döste unter seinem Woilach. Aus dem Hofe drangen zwei Männerstimmen, zerfetzt vom Streit und unverständlich, weil sie sich mit dem lauten Hall vermischten, der von den Wänden zurückschlug. Zuerst kam der Sergeant hinter dem Hause zum Vorschein, nach einer kleinen Weile, während der alles ruhig geblieben war, eilte der Gastwirt behende und mit den Armen fuchtelnd hinter dem Soldaten her. Er hängte sich an Smeddys Arm und versuchte ihn zurückzuhalten, indem er zunächst noch leise und anscheinend in großer Angst auf ihn einredete, aber der Sergeant schüttelte den Gastwirt so heftig von sich ab, daß der beiseite taumelte und beinahe gefallen wäre. Smeddy riß die Stalltür auf und zog sein Reitpferd heraus, Smorczak hatte sich gefaßt, und als der Soldat sich in den Sattel geschwungen hatte, fiel er dem Gaul in die Zügel und hängte sich schwer an den Zaum: das Tier ging hoch und schleifte ihn ein Stück mit fort. Dabei schrie er fortwährend, ganz außer sich und ohne die mindeste Vorsicht, sein heiseres Kauderwelsch zu dem Reiter empor, der nicht darauf achtete und dessen schwerer Körper alle Bewegungen des unruhigen Pferdes mitmachte. Die mißtönige Stimme des Gastwirts bedeutete für Smeddy ebensowenig wie das inständige Summen einer Schmeißfliege, deswegen hob er sich langsam in den Steigbügeln, holte mit der Reitpeitsche aus und hieb sie dem aufdringlichen Smorczak über den Schädel. Geschickt wendete er den tänzelnden Gaul, setzte ihn in ruhigen Trab und galoppierte dann in der Richtung auf Nilbau davon.

Der Gastwirt hatte indessen dem Kutschpferd die Decke heruntergerissen, noch betäubt von dem Schlage kletterte er auf den Bock, drehte die Bremse locker und zog die Peitsche aus dem Halter. Das Gefährt setzte sich allmählich in Gang, Smorczak drosch aus aller Kraft auf die störrische Mähre ein, es war unmöglich, daß er den Sergeanten einholen konnte.

Die Straße war leer, weit voraus stoben die Weiber auseinander, als die Kutsche sie erreichte. Ich war der einzige Zeuge dessen, was sich zwischen den beiden Männern abgespielt hatte, aber ich machte mir keine Gedanken darüber, es ging mich nichts mehr an.

Der Regen hatte aufgehört, überall tropfte das Wasser noch von den Ästen und Dächern, ein milchiger Brodem kochte auf den Wiesen, er hatte die Grenzen der Äcker noch nicht erreicht. – Die Leute glaubten hier daran, daß die Herbstnebel, welche ihnen jedes Jahr die Krankheiten und dem Vieh die Seuchen brachten, an der Schwarzen Weide entlang ins Dorf eindrangen; in früheren Zeiten wollte man dieses Gewässer sogar umleiten, aber die Bauern entzweiten sich über dem Vorhaben, der Streit riß das Dorf auseinander, und der Bach behielt seinen alten Lauf.

Als ich an Hartmanns Haus vorbeikam, begann es wieder zu regnen; einzelne Tropfen fielen klatschend aus dem unsichtbaren Gewölk, und der weißliche Dampf hängte sich in beweglichen Fetzen zwischen das Geäst der Bäume. Der Laden schien geschlossen zu sein, die Jalousien waren heruntergezogen, das Haus wirkte ausgeräumt. Aber in der Hinterstube saß vielleicht der Besitzer, zählte die Schulden zusammen, die das Dorf bei ihm hatte, und rechnete sich aus, wieviel Geld er sich verschaffen mußte, um von hier fortzukommen. Das Gebäude war verpfändet, der Briefträger brachte jeden Tag solche Wische, die man am besten ungeöffnet beiseite legte. In den letzten Monaten hatten sie sich gehäuft, es waren Postkarten dabei, die der Briefträger gelesen hatte und von denen er überall erzählte. Große Summen mußten bezahlt werden, sie erschienen den Dorfleuten sehr hoch, und jeder fügte, wenn er davon redete, immer noch einen Betrag hinzu; endlich war es allen klar, daß dem Kaufmann kein einziger Dachsparren mehr gehörte. Er war ein Zugewanderter, gleich nach dem Kriege hatte er das Geschäft eröffnet, und das Dorf brachte ihm zuerst nur Mißtrauen entgegen, aber als die Frauen sahen, daß er ihnen gutwillig Kredit gab, begannen sie, seine umgänglichen Manieren zu loben, und sie gingen manchmal bloß zum Kaufmann, um sich mit ihm zu unterhalten, keiner gab er den Vorzug, mit geschmeidigen Bewegungen holte er die Waren aus den Regalen, breitete sie spielerisch auf dem Ladentisch aus, ließ die Hände über bunte Stoffballen gleiten, während er die Besucherin mit seinen dunklen, glänzenden Augen so eindringlich ansah, daß sie langsam spürte, wie ihr eine seltsame Schwäche von den Knie her aufstieg. Hartmann verstand sich darauf, alle Weiber, die zu ihm kamen, in Verlegenheit zu setzen. Wenn sie den Laden verließen, nahmen sie jedesmal ein Päckchen völlig überflüssiger Sachen mit, und je näher sie ihrem Hofe kamen, desto schneller wich die Verzauberung von ihnen, der Leichtsinn verschwand, und sie überschlugen sich, wieviel sie in den nächsten Wochen unbemerkt vom Marktgelde abziehen durften, damit die Summe zusammenkam, welche sie dem Kaufmann schuldeten. Seitdem Alma häufiger, als es nötig war, den Laden aufsuchte, hatten sich die Weiber wieder daran gewöhnt, ihre Einkäufe in Nilbau zu machen, Hartmanns Kundschaft verringerte sich erheblich, er gab sich Mühe, alles mißlang ihm, und jetzt war er so weit gekommen, daß er eines Tages mit dem Heft, in dem die Namen aller Besitzer über den Zahlenkolonnen standen, die Runde auf den Höfen machen mußte. Vorläufig scheute er sich noch davor, und er hielt Umschau nach einem anderen Ausweg...

Ich hatte Starkloffs Grundstück erreicht, der Regen begann meine Kleider zu durchnässen, und ich beeilte mich, ins Trockene zu kommen. Mit klammen Händen zog ich die eiserne Pforte auf, die Ackerwagen standen kreuz und quer auf dem Hofe, die Stalltüren waren verschlossen, niemand zeigte sich, an der Hundehütte baumelte die leere Kette. Der Wind hatte die Nüsse von den beiden Bäumen geschlagen, das Laub lag verfärbt und zerfasert in den Pfützen, auf den Steinplatten vor dem Hauseingang knirschten die zersprungenen Nußschalen unter meinen Sohlen.

Als ich an die Tür der Kammer klopfte, in der Starkloff mir die Geschichte von der Müllerstochter erzählt hatte, hörte ich von drüben, aus der großen Stube, ein albernes Frauengelächter durch den Flur hallen. Die Kammer war abgeschlossen, ich sah es gleich ein, daß niemand drinnen war. Unschlüssig wartete ich und vernahm fortwährend dieses Lachen, wie es plötzlich laut und kreischend wurde und dann erstarb, es war mir zuwider, und es zog mich doch an, lauschend stand ich vor der Stube. Die Dielen knarrten unter leisen Schritten, langsam bewegte sich die Klinke.

»Nicht hier!« flüsterte Sofie hinter dem Türflügel, »nicht hier! Komm nach oben!«

Ich vermochte nicht, mich vom Fleck zu rühren, die Kehle schnürte sich mir so zusammen, daß ich keinen einzigen Satz hervorbringen konnte. Voller Beschämung senkte ich den Blick und betrachtete das Fliesenmuster zu meinen Füßen, wie es auf einmal ins Schwanken geriet.

Ein leichter Luftzug schlug den Türflügel auf, er schwenkte gegen die Wand, wir standen uns gegenüber; Sofie nestelte ihre Bluse zu, ließ ihren Arm von Hartmanns Nacken gleiten und brachte das zerzauste Haar in Ordnung. Der Kaufmann hustete, als hätte er sich verschluckt, und dann bückte er sich und strich mit der flachen Hand wie mit einer Bürste über sein Hosenbein, um einen Schmutzfleck zu entfernen.

»Ich möchte...«, stammelte ich, »ich möchte den Bauern sprechen. Ich muß morgen reisen... und da... ich wollte mich verabschieden...«

»Der Bauer...«, antwortete Sofie und sah mich gehässig an, »der Bauer, der hat sein Vieh verkauft, und der hat den

Flurschaden bezahlt bekommen, und jetzt lungert er in den Kneipen herum. Der Bauer, der ist nicht da, und der wird so bald nicht wiederkommen ...«

»Ich wollte ihn auch sprechen«, bemerkte Hartmann, »aber Sie sehen ja!«

Er steckte sich eine Zigarette an, seine Hand zitterte noch vor Feigheit. Er klopfte Sofie auf den Rücken, knöpfte sich mit unsicheren Fingern die Lederweste zu, redete noch etwas davon, daß er den Laden nicht so lange allein lassen könnte, zwischendurch lachte er ohne jeden Anlaß dröhnend auf, plötzlich ließ er uns stehen und eilte, sich selbstgefällig in den Hüften wiegend, auf den Hof.

»Ich muß auch gehen«, sagte ich verlegen.

»Geh nur!« trieb mich Sofie an, »geh nur zu deinem Fräulein, wenn sie dich jetzt noch ansehen mag. Lauf mit ihr in die Wiesen, der Nebel deckt ja alles zu.«

Ich vermochte weder den Namen der Obersten-Tochter in den Mund zu nehmen noch sie zu verteidigen. Die Böswilligkeit Sofies setzte mich ins Unrecht, sie würde mir nichts von dem geglaubt haben, was ich an Wahrheit vorbringen konnte, und ich wollte nicht lügen. Deswegen wandte ich mich zum Gehen.

»Nichts mehr hast du mir zu sagen?« rief sie mir nach, »gar nichts? Drehst dich einfach um und läufst weg. Vergißt mich, kaum daß du zehn Schritte gemacht hast?«

Sie eilte hinter mir her, hängte sich an meine Schultern und wollte mich zurückhalten, sie schlang ihre Arme so fest um meine Brust, daß ich Gewalt anwenden mußte, um die Finger von mir zu lösen. Ihr Haar war noch zerwühlt von Hartmanns Händen, die Lippen waren noch feucht von seinen Küssen, aber das stieß mich nicht ab; ich fühlte, wie mich alles zu ihr drängen wollte. Die grobe gebräunte Haut ihrer Arme war voller Wärme, das feste, kräftige Fleisch bewahrte einfache Empfindungen, solche, deren sie sich nicht zu schämen brauchte. Ich hörte auf einmal die lauen Sommerwinde über die Felder fahren, wie sie das silbrige Getreide kämmen und feine Wolken von Samenstaub aus den Grannen abreißen, wie sie sich in die Wälder fallen lassen und die gelben Pollen durch die Äste wirbeln, heißen Südwind, trockenen Ost und feuchten West fühlte ich; und der Schwindel, welcher mich packte, drehte mich herum wie eine Wetterfahne.

»Hartmann, was soll mir Hartmann?« versicherte mir Sofie. »Ich mag ihn nicht! Du sollst bei mir bleiben! Ich will dich nicht gehen lassen... und wenn es ein Kind würde... ich wäre glücklich, die Schande... was tut mir die Schande?«

Ich war im Begriff, ihr nachzugeben; sie hatte mir mit keinem Wort gesagt, daß sie mich lieben wollte, das war es nicht, und man konnte es nicht benennen, weil es genauso selbstverständlich war wie alles, was in den Zeiten vorgeht, wo Tiere und Pflanzen sich befruchten. Sie sah so erdig aus, daß ich eine seltsame Neugier empfand. Ich fragte mich nämlich, ob ich nachher, wenn ihre schlechten, vertragenen Kleider von ihr abfallen würden, die Fingerabdrücke jener Hände an ihr finden könnte, welchen diesen Leib aus Mergel und Staub geformt hatten.

Über den Hof heran kam das heulende Gebell eines Hundes. Im Nu war alles zerrissen, was uns aneinandergefesselt hatte.

»Da ist er schon wieder«, sagte Sofie, »zum dritten Male heute, und in der Nacht hab' ich ihn auch gehört.«

Der große, schwerfällige Hund, den ich zuletzt draußen beim Vorwerk gesehen hatte, wie er in unersättlicher Gier alles verschlang, was die Soldaten ihm zuwarfen, drängte die Haustür auf. Abgehetzt stürzte er in den Flur, winselnd, mit bebenden Flanken sprang er auf uns los, bellte uns an, zerrte an unseren Kleidern und rannte tölpisch, als wollte er mit uns spielen, auf den Hof zurück. Da wir ihm nicht folgten, kehrte er jaulend wieder und streckte sich vor unseren Füßen aus, um sofort von neuem aufzufahren und alles noch einmal zu beginnen. Sein struppiges Fell war mit Schlamm verklebt, Wasserlinsen und Teichkraut hingen an ihm, und auf dem Rücken hatte er eine große Wunde, die er sich von Zeit zu Zeit leckte. Sofie gab ihm Fußtritte, aber er ließ sich nicht verjagen, seine heisere Stimme fuhr durchs ganze Haus, klopfte vergeblich an die Türen und polterte die Treppe hinauf.

»Ich muß jetzt gehen«, sagte ich, »aber ich komme wieder.«

»Du wirst nicht kommen, ich weiß es.«

»Nachts«, versprach ich ihr lügnerisch, »wenn alles schläft. Wie damals. Ich werfe einen Stein gegen dein Fenster...«

Sie glaubte mir nicht, sah mich voller Zweifel an und wich einige Schritte vor mir zurück. Noch ehe sie etwas sagen konnte, hatte ich sie verlassen, der Hund trabte still an meiner Seite, erst, als wir die Straße erreicht hatten, gab er Laut. Der

Nebel war so dicht geworden, daß die Bäume, an denen ich vorüberkam, ihre Kronen im flaumigen Grau verloren.

Immer noch hielt der Regen an, und die Tropfen fielen in großen Abständen, als müßten sie sich mit Gewalt durch die schwere Luft drängen wie durch zerzauste Watte.

Ich ging auf die Felder hinaus, sank bis an die Knöchel in den zähen Lehm ein und war bald wie geblendet von dem hellen Rauch, der alles verhüllte. Der Hund hatte mich verlassen, weit draußen erhob sich sein verzweifeltes, klagendes Geheul, dann schien es wieder näher zu kommen und mich zu umkreisen, aber er fand nicht mehr zu mir und hatte meine Spur verloren. Es wurde so still, daß ich hörte, wie die Regentropfen laut auf den Boden schlugen, sonst war nichts mehr zu vernehmen, außer dem schmatzenden Geräusch, wenn ich meine Füße aus der Erde zog.

Als die Parkmauer und die Baumschatten ungewiß auftauchten, kam es mir vor, als müßten, seitdem ich Sofie verlassen hatte, viele Stunden vergangen sein. Ich stieg über die Mauer, sprang ins Gebüsch und fand nach einigem Suchen das steinerne Haupt, das schon halb ins weiche Erdreich eingesunken war. Mit meinen Händen grub ich es aus, das Lächeln war abgeblättert, der rauhe Sandstein war gefleckt von der Feuchtigkeit, und die verwaschenen, undeutlichen Formen wiesen kein Leben mehr auf. Dennoch schleppte ich den Stein in meinen Armen weg, umging das Rondell mit den Figuren und dem Grabe des zerschundenen Leibes. Eine kindische Hoffnung spiegelte mir die Gewißheit vor, daß ich von nun an gegen manches geschützt sein würde, was die Zukunft für mich aufbewahrte. Ja, ich glaubte sogar daran, daß ich mich im Bunde mit jenem toten Mädchen befände, auf dessen Grabhügel ich einst gesessen hatte, und ich nahm mir vor, das steinerne Haupt manchmal vor mich hinzustellen und mit ihm Zwiesprache zu halten; dabei konnte vieles vernehmlich werden, wofür das Gehör derjenigen, die sich mit ihrem groben, eindeutigen Dasein begnügen, taub ist. –

Ich bettete den Kopf in den Kasten, verschnürte ihn und trug die Last in den Pferdestall. Heinrich versprach mir mürrisch, den Kasten auf dem Milchwagen zu verstauen.

Es dunkelte rasch, ich trieb mich noch lange auf dem Hof umher und wünschte mir sehnlich den Morgen herbei. In den

Ställen glimmte Licht, die Kühe brüllten, die Melkeimer schlugen gegen die Fliesen. Irgendwo hinter den Nebelvorhängen sang eine Magd laut und voller Rührung vor sich hin, mitten in ihrem Liede kreischte sie lüstern auf, und ein Männergelächter erstickte ihre Stimme. Holzpantinen klapperten aus den Gesindehäusern, ein Kind begann zu greinen, eine Türangel quietschte, und ich hörte das rechthaberische Geschimpfe einer Frau. Nichts weiter war zu sehen als ein paar dünne, schwelende Lichtflecke in der qualmigen Dunkelheit, Schatten, die durch den Nebel glitten, und die schwärzlichen Flecke dort, wo die Häuser standen.

Ich kehrte um und ging durch das finstere Gewächshaus, die zerschlissenen Blätter streiften mein Gesicht; die üppigen Tropenpflanzen hatten ihre weißlichen Luftwurzeln miteinander verflochten, das Leben war über den Rand der Kübel getreten und bildete nun eine undurchdringliche Wildnis: Lianen, in denen die geile Gehässigkeit des stummen Wachstums sich tastend vorstreckte, fleischfressende Pflanzen, die hungrig waren und ihre vollen Blüten wie blutdürstige Lippen öffneten, aus denen es nach Fäulnis roch. Voller Angst schlug ich um mich und traf ins Leere, aber das, was mich umschlang, war nicht körperlich, es wich mir aus und schloß sich gleich wieder zusammen wie Wasser. Ja, ich schwamm in einer trüben Flut, und neben mir, nur durch ein paar braune, schmierige Ranken Wasserpest von mir getrennt, trieb Starkloff, er wälzte sich langsam herum, schwebte auf mich zu, und sein totes, gedunsenes Gesicht war von den Schleimspuren der Schnecken kreuz und quer überzogen ...

»Wer ist da?« rief es dröhnend in meine Tiefe hinunter.

Ich fand keine Antwort, erst als ich in das Lichtviereck hineingezogen wurde und die Stube sich um mich stellte, vermochte ich atemlos, mich zu entschuldigen.

»Vielleicht ist er krank?« fragte Alma besorgt, indem sie die Töpfe stehen ließ und aus sehr großer Ferne langsam herbeikam.

»Nein, nein!« beruhigte sie der Gärtner und drängte sie zurück, »das ist keine Krankheit, und davon verstehst du nichts.«

Er schob mir einen Stuhl hin, ich ließ mich nieder, allmählich wich das, was mich eben im Gewächshaus überwältigen wollte, zurück, und als wir das Abendbrot aßen, merkte ich nichts mehr von jener Bedrohung, außer einem leichten Schwindel. Wir beredeten gleichgültige und alltägliche Dinge, Alma erwähnte, daß das Fräulein hiergewesen sei und nach mir gefragt habe, aber ich ging nicht darauf ein. Der Gärtner trug mir manches auf, was ich meinem Vater ausrichten sollte, es waren lauter Andeutungen, welche den Sinn hatten, die Entfremdung zwischen den beiden Brüdern aufzuheben.

Ich stand auf und ging in meine Kammer, er folgte mir, zog die Tür hinter sich zu und fragte mich leise, was vorhin mit mir gewesen wäre. Ich gab ihm eine ausweichende Antwort, und er drang nicht weiter in mich.

Voller Herzlichkeit reichte er mir seine rauhe Hand, das runzlige, braune Gesicht kam mir so nahe, daß ich zurückwich. Mit großem Ernst sah er mir in die Augen, sein Blick war ruhig, aber voller Besorgnis.

»Vieles hast du noch vor dir«, sagte er, »laß dich durch nichts beirren!« –

Dann blieb ich allein, und ich fiel in einen so festen und traumlosen Schlaf, daß ich, als ich geweckt wurde, glaubte, es könnte erst eine Stunde vergangen sein.

Alma rüttelte mich, eine Kerze war angezündet. Alles ging rasch und ohne viel Aufhebens vor sich, das Wasser, mit dem ich mich wusch, spülte mir den Schlaf aus den Augen. Hastig trank ich den warmen Kaffee und biß von den Brotschnitten ab. Draußen im Hofe schlugen die vollen Milchkannen auf den Wagen.

Die Gärtnersfrau begleitete mich durch das Gewächshaus, ich versprach ihr, daß ich bald schreiben würde, und als wir uns trennten, küßte sie mich leicht auf den Mund.

Der Nebel hatte sich nicht gehoben, es war noch völlig finster. Ich ging dorthin, wo die Wagenlaternen trübe in den dichten Brast leuchteten. Heinrich trieb mich zur Eile an, ich kletterte auf den Kutschbock, stellte den Koffer zwischen die Knie, und der Kutscher setzte, kaum daß ich mich niedergelassen hatte, das Gespann mit leisem Schnalzen in Bewegung. Wir fuhren die klappernde Last an der Gärtnerswohnung vorüber, Alma hielt sich wie ein bleicher, undeutlicher Schatten in der Tür und hob müde ihren Arm, um mir zu winken. Ich blickte mich nach ihr um und wollte ihr noch etwas zurufen, da erlosch plötzlich die Kerze, und die Gärtnersfrau wurde im Nu von der Dämmerung verschluckt.

Heinrich ließ die Peitsche über die Rücken der Pferde schmitzen, wir kamen rasch die Dorfstraße entlang, auf beiden Seiten war da und dort in den Stallfenstern ein blakender, vom Nebel halb erstickter Lichtschimmer. Ich fragte den Kutscher, ob er den Kasten aufgeladen hätte.

»Möchte bloß wissen, was drin ist?« brummte er.

»Ein Stein, ein großer, schwerer Stein, den ich gefunden habe.«

Er begnügte sich mit der Antwort und murmelte etwas, das ich nicht verstand, denn der Lärm, den unsere Fuhre machte, war sehr laut. Als wir das Dorf hinter uns gelassen hatten und auf freies Feld gelangten, bemerkte ich dort, wo Osten sein mußte, einen schwachen Anhauch von Morgenlicht; ich sah den Tagesschein zunehmen und wieder verbleichen, allmählich durchsetzte er die Nebelschwaden ringsum mit blassem Grau, als begänne es auf allen Seiten zu tagen und als seien die Himmelsrichtungen vertauscht ...

Heinrich döste neben mir vor sich hin, die Kälte bewahrte mich davor, müde zu werden. Bald mußten wir schon dort sein, wo der Weg nach der Wassermühle und den Vorwerken von der Chaussee abzweigt. Die Gäule griffen gleichmäßig aus, das blanke Fell spannte sich zuckend im Schein der Wagenlaternen. Der harte Takt der Hufe schläferte mich zuletzt doch ein, und als das Gespann scheute und mit einem Ruck zum Stehen kam, fuhr ich erschrocken hoch und merkte, daß ich geschlafen hatte.

»Was ist los?« brüllte Heinrich und griff nach der Peitsche.

Das bleiche Gesicht des Müllers tauchte neben uns auf. Keuchend schnappte er nach Luft, dann überstürzten sich die Worte, so daß ich das, was er sagte, kaum fassen konnte.

»Unterstehen Sie sich«, fiel ihm der Kutscher schimpfend ins Wort, »wie ein Wegelagerer ... fällt den Pferden in die Zügel ...«

»Er liegt im Mühlweiher!« beschwor uns der Müller, »er ist so schwer, daß ich ihn allein nicht rausziehen kann. Mitten in der Nacht, und da hab' ich's gespürt, und da bin ich aufgestanden und hab' alles abgeleuchtet, und wie ich mit dem Licht an den Mühlweiher gekommen bin, da wußt' ich ja, was mich hochgetrieben hatte. Jemand muß mir helfen, ihn rauszuholen!«

»Maul halten!« schnauzte Heinrich.

»Und das Wasser, in dem er liegt, das fließt durchs Dorf, und sie werden's spüren, die Leute, was das für ein Wasser ist!«

»Hab' keine Zeit dafür!« sagte der Kutscher und schlug auf die Pferde ein.

»So ein Luder, so ein verrücktes«, schimpfte er, während wir weiterfuhren, »sieht Gespenster und will unsereinem weismachen, daß da einer ertrunken ist. Hat sich seit Jahren nicht mehr blicken lassen im Dorf, und jetzt treibt ihn der Böse aus seinem Rattennest unter die Menschen mit Lügen und Unsinn. So eine Ratte, so eine tücksche.«

Ich wußte, wer es war, der im Mühlweiher lag, aber ich sagte nichts. Die Brücken klangen hohl unter den Hufen und Rädern, der Wasserwald glitt düster aus dem Nebel vor und schloß sich um uns zusammen. Das freie Feld dahinter hellte sich mit rötlichem Zwielicht auf, das den Nebel zerschliß und hochtrieb.

Die verschleierte Baumreihe der Allee, die zum Bahnhof führte, rückte näher, Heinrich nahm die Zügel kürzer und hielt den Wagen an, kletterte vom Bock, löschte die Laternen, und dann sah er nach der Uhr, indem er sie, wie immer, zuerst ans Ohr hielt.

»Sie steht«, sagte er und klopfte die Uhr vorsichtig gegen seinen Handrücken, »wer weiß, wie spät es sein kann. Ich bring' dich hin. Kann sein, daß wir durch den Müller-Esel, den verdammten, noch deinen Zug verpassen.«

Als wir vor dem Stationsgebäude ankamen, war viel Zeit, Heinrich reichte meine Sachen vom Wagen, setzte sich wieder hin, kramte in seinen Taschen und holte ächzend etwas hervor, das in Zeitungspapier eingewickelt war.

»Für die Reise«, sagte er, »wenn du Hunger bekommst oder Durst.«

Er warf mir das Päckchen zu, es entglitt mir, und als ich mich bückte, um es aufzuheben, ließ er die Pferde laufen, der Wagen rollte vom unebenen Pflaster des Vorplatzes auf den weichen Boden der Allee. Die Milchkannen klapperten, die Hufe schlugen dumpf auf die Erde, die Peitsche knallte zum Abschied, allmählich zog sich der Nebel vor das Fuhrwerk, dessen Knarren immer leiser wurde. Ich faltete das Zeitungspapier auseinander und fand einige Geldstücke, lange hielt ich sie in der Hand, ehe ich sie zu mir steckte. –

Heinrich war nicht der letzte von den Leuten aus Kaltwasser, die ich an diesem Tage zu Gesicht bekam. Auf der dritten

Station beugte ich mich vor Langeweile aus dem Fenster. Hinter dem Bahnhofsgebäude, so schlecht versteckt, daß ich sofort auf die beiden aufmerksam wurde, verabschiedete sich Smorczak eilig von einem Manne; noch während wir hielten, bestieg der Gastwirt die Kutsche und lenkte sie hastig auf den Zufahrtsweg. Derjenige, welchen er hergebracht hatte, trug kein Gepäck bei sich, unschlüssig lief er am Zuge entlang, die Schaffner pfiffen schon zur Abfahrt. Er war groß und plump, breit in den Schultern, und er bewegte sich unbeholfen in einem neuen Anzug, der ihm zu eng war. Erst als er in den letzten Wagen eingestiegen war, kam mir zu Bewußtsein, daß er Ähnlichkeit mit Smeddy hatte.

Die weite, flache Landschaft glitt wie auf einer Drehscheibe an den Fenstern vorüber, die von langen, zittrigen Tropfenbahnen überzogen wurden. Ein dichter Wolkenschleier hatte die Morgensonne, kaum daß sie ihre ersten Strahlen hervordrängte, wieder zugedeckt, und der Vormittag blieb dunkel.

Braune, verwelkte Wälder, durchflammt vom Rot der Steineichen und erleuchtet durch das gelbe Birkenlaub, warfen zu beiden Seiten das Echo auf den Zug zurück. Überschwemmte Wiesen, zerpflügte Äcker, äsendes Rotwild, das ins Dickicht der kleinen, von Feldern umgebenen Gehölze zog, Krähen, die sich mit schwerem Fluge von den Dunghaufen erhoben, Kinder, welche winkend hinter den Schranken standen, auf den zerfahrenen Wegen, die von tiefen, mit Wasser gefüllten Radgleisen gefurcht waren. Ein Reiter, dessen Pferd sich bäumte und durchging. Jäger, die durch den Morast stampften. Langgezogene, ärmliche Dörfer, hinter Bodenwellen verschwindend gleich Schiffen, die unter die Kimmung geraten, Kirchtürme wie dünne Mastspitzen am Horizont.

Dann überquerten wir auf der langen Brücke den breiten Strom, das gekreuzte Eisengestänge verschränkte sich vor dem Himmel. Unten war das lehmige Wasser weit über die Ufer getreten. Die Wachtposten der Besatzungsarmee standen gelangweilt vor den Brückenhäusern und starrten in die Wagenfenster. Drüben lag die Stadt, das Gleis war in einer großen Kurve zu ihr hingelegt, der Zug hatte seine Fahrt abgebremst, ich ließ das Fenster herunter und lehnte mich hinaus. Vorn, die beiden stumpfen, wie abgebrochenen Kirchtürme glichen formlosen Ziegelstapeln. Die Häuser der Vorstadt und die Kasernen mit ihren kleinen, lukenartigen Fenstern waren von großen Baumgruppen verdeckt, welche auf den Bastionen wuchsen. Die graue, unscheinbare Stadt mit ihren engen Gassen und verwinkelten Plätzen duckte sich unter die Wälle, eingeschnürt vom Befestigungsgürtel. Das war die Heimat meines Vaters; noch ehe der Krieg kam, hatte er meine Mutter und mich hierhergeführt. Damals hielt er wildfremde Leute, die sich nicht mehr auf ihn besinnen konnten, in den Straßen an; seitdem hatte ich nichts mehr an ihm wahrgenommen, was mich daran erinnerte, daß er ehemals auch eine Jugend gehabt hatte und solche Jahre, die den meinen ähnelten. Er blieb sich stets gleich; alt, ergraut und unbewegt, und ich wunderte mich nicht, daß er an dem, was mich anging, keinen Anteil nehmen wollte.

Der Zug hielt auf freier Strecke, der Wagen, in dem ich mich befand, glitt eben noch auf der Holzbrücke über einen tiefen, mit Gebüsch zugewachsenen Wallgraben fort und kam dann zum Stehen. Als ich nach hinten blickte, sah ich, wie der Mann, den Smorczak im Wagen weggebracht hatte, auf das Trittbrett hinaustrat und in den Schotter sprang, der unter seinen Füßen knirschte. Die Büsche falteten sich auseinander und schlugen hinter ihm wieder zusammen. Das Signal klappte hoch, der gellende Pfiff der Lokomotive antwortete auf das Zeichen, das die Strecke freigab. Gleich darauf fuhren wir in den Bahnhof ein, überall waren die Feldgendarmen der Besatzungsarmee postiert, welche die Reisenden, die den Zug verließen, daraufhin musterten, ob sich Deserteure zwischen ihnen befänden; vergeblich, denn der, welchen sie vielleicht hätten aufgreifen können, war draußen in einem Wallgraben versteckt. –

Am späten Nachmittag stieg ich in der dunklen, von Dampf erfüllten Bahnhofshalle aus. Mein Vater kam auf mich zu, er schwenkte ein Zeitungsblatt und vertrat mir den Weg, als ich Koffer und Kasten aufheben und forttragen wollte. Er zwang mich, alles wieder hinzustellen, packte mich fest und hielt mir die Zeitung mit bebender Hand vors Gesicht.

»Starkloff ist ermordet worden«, flüsterte er heiser vor Erregung, »sie haben den Mörder schon gefaßt. Hier steht es, ein Kaufmann H. aus Kaltwasser, wer ist das?«

»Hartmann«, sagte ich, »aber der war es nicht.«

»Wer war es denn?« fragte er mich, »wieso weißt du, daß es dieser Hartmann nicht gewesen ist?«

»Laß uns gehen«, bat ich ihn, »ich erzähle dir alles, wenn wir zu Hause sind.«

Mein Vater gab sich zufrieden, er bückte sich, faßte nach dem Griff des Koffers, ich nahm den Kasten hoch und trug ihn auf beiden Armen vor mir her. Auf der anderen Seite des Bahnsteigs kam eben der zweite Zug an, die Türen der Abteile sprangen auf, und eine Menge eiliger Leute schob uns vorwärts.

Vor uns war ein schwerer, breitschultriger Mann, der rücksichtslos mit seinen Ellbogen sich Raum schaffte, als würde er verfolgt. Deutlich sah ich den starken Nacken unter der Krempe eines neuen, glänzenden Hutes.

»Der dort!« schrie ich und lief hinter ihm her, »der war es!«

Der Mann blieb stehen und drehte ein bärtiges, gutmütiges Gesicht, das mir völlig fremd war, grinsend herum. Mein Vater schüttelte den Kopf.

»Was hast du nur?« fragte er mich.

Ich vermochte nicht, ihm eine Antwort zu geben, und ich beschloß schon jetzt, die Hälfte von dem, was ich ihm erzählen wollte, für immer zu verschweigen.

Zwischenspiel

Ein Abend im März

Erste Stunde

Totenmusik

Von der Morgenseite kommt ein kalter Wind;
Reißt den Rauch vom Dache, macht die Fenster blind,
Und das träge Dunkel aus den fernen Wäldern gärt
In der Stube mir, durch die der Ostwind fährt,
Moos und Farn und Pilze wuchern und vergehen
Auf der Diele unter meinen Zehen.

Hör' ich's Vieh schrein, hör' die Läden knarren,
Altes Holz keimt auf in Balken und in Sparren,
Geile Wildnis wird das Haus; mit Wurzeln weiß und fett
Fressen Schierling sich und Tollkraut tief ins Bett;
Riegel, Klinke, Nägel in den Pfosten
Sind schon weich vor Fäulnis und verrosten.

Und ich sitze da, von Spinnen zugewebt,
Taubes Fleisch, das locker an den Knochen klebt;
Aus der Erde, die jetzt mürb vom Herbst ist und versengt,
Hat mich Gott nach seinem Bilde einst gerenkt –
Da ich bleich und ungestalt in meiner Mutter schwebte,
War ich der, der ihm zu Willen lebte.

Früh, beim Hahnenschrei bin ich in warmem Blut geboren,
Schmerzen trieben bittren Schweiß ihr aus den Poren,
Und der Schoß schien eine Quelle ihr, ich schwamm von
hinnen;
Wie auf kaltem Eise lag sie in den Linnen,
Als sie dieses fühlte: ihre Wollust, ihre Qual
Gingen mit ihr, lebten noch einmal.

Manchmal, mitternächtlich, wenn ich schlief,
Kehrte ich nach Osten heim, woher mich's rief,
Und im klirrnden Frost sah ich mich grau hintraben
Durch die armen Dörfer, halb vom Schnee begraben;
In die müden Rücken derer, die von selbst zu Boden fallen,
Schlug ich scharfe Zähne, spitze Krallen. –

Von der Morgenseite kommt das starke Wehen,
Treibt die Abendwolken weg, die sich gleich Segeln blähen,
Längst verlosch das Feuer in der kalten Esse,
Und wie Schimmel sitzt im Zimmer grüne Blässe,
Draußen neigt das Firmament sich unter seiner Schattentracht,
Langsam deckt den Horizont die Nacht.

Hör' ich meine Tür gehn, hör' die Schwelle knarren,
Und sie treten alle ein, und ihre Augen starren,
Fahle Hände, neidisch nach dem Leben vorgestreckt,
Sind mit Habgier und mit Unzucht ganz befleckt –
Und sie lächeln zaghaft, die mich sonst bedrohten,
Ruhig leg' ich mich zu meinen Toten.

In der gleichen Minute, wo ich die Bogen zusammenfaltete und von der Tischplatte in den Schub fallen ließ, hörte die Erregung auf, und es blieb weiter nichts übrig als eine große Müdigkeit. Ich war außerstande, das, was ich geschrieben hatte, noch einmal zu lesen, denn ich fürchtete, daß es nun, wo ich weder Wind noch Kälte mehr spürte, keine Wahrheit haben würde. Lange noch blieb ich auf meinem Stuhl sitzen, er war so gebrechlich, daß er bei jeder Bewegung zu knarren begann. Das Leben kehrte zögernd zurück, und ich fing allmählich an, Hunger und Durst zu spüren.

Ich lehnte mich zurück und beugte mich wieder vor, bis ich die Tischkante berührte. Die Muskeln spürte ich, wie sie sich strafften und gleich danach schlaff wurden; es befriedigte mich, zu wissen, daß ich lebendig war. Die Toten, die zu mir gekommen waren, um sich mit mir zu messen, schienen für immer gebannt zu sein. Nun hingen sie wieder dort, wohin sie gehörten: an der Wand, eingesperrt in dünne Holzrahmen.

Drei Bilder waren es, die ich über meinem Bett aufgehängt hatte, das vierte war mir vom Gärtner verweigert worden, als ich ihm deswegen einen Brief schrieb. Almas Gesicht befand sich nicht bei den dreien, trotzdem war sie mir mitunter viel deutlicher gewesen als die anderen, denn ich hatte die Gärtnersfrau zu manchen Zeiten in den Frauen wieder getroffen, von denen ich glaubte, daß ich sie lieben könnte. Sie war gleichsam in viele Stücke zerbrochen, einige davon fand ich auf und bewahrte sie in verschwommenen Erinnerungen an

Zärtlichkeiten und laue Leidenschaften, die so leicht vergessen werden. Die Abgeschiedenen waren mir oft bedrohlich und verstörten mich manchmal auf Tage und Wochen; sie tauchten unvermutet auf, bemächtigten sich meiner Gedanken und Kräfte und verschwanden spurlos. In der zunehmenden Dämmerung glichen die Umrisse der Fotografien weißen Flecken auf der Tapete: der sanfte meiner Mutter in der Mitte zwischen den beiden Männern, dem hageren meines Vaters und dem vierschrötigen jenes Bauern, der Starkloff hieß und in dessen Schuld ich mich so tief befand, daß ich seiner nicht in Dankbarkeit zu gedenken vermochte. –

Eingefaßt von dem schmalen Rechteck des Fensters, über einem Horizont, der aus Dächern, Schornsteinen, Türmen und Kuppeln bestand, von Drähten zerschnitten und von Rauch verunklärt wurde, leuchtete der Westhimmel in unbeschreiblicher Klarheit. Das Jahr befand sich noch im Anfang; man konnte vielleicht hoffen, daß einiges von dem, was man sich seit jeher gewünscht hatte, nun erfüllt wurde.

Die starken Leiber der Karyatiden, welche zu beiden Seiten des Fensters überm tiefen Absturz hingen, waren vom Schein des Abendleuchtens mit neuer Wärme begabt worden. Um ihretwillen hatte ich dieses Zimmer gemietet – als ich zum ersten Male hier eingetreten war, schienen sie so ermüdet zu sein, daß sie die Last des verschnörkelten Simses offenbar nicht lange mehr auf ihren Schultern behalten konnten. Jetzt strotzten sie von Kraft, der muskulöse Mann stemmte seine Arme spielerisch gegen das Gebälk, und das Weib dehnte die Glieder so lässig, als sei es eben aus dem Schlafe erwacht.

Ich schaukelte auf und ab. Ich war leicht geworden wie eins jener durchsichtigen Insekten, deren Flug das Dasein der Luft verdeutlicht. Über die Stadt schwang ich mich hin, als säße ich auf einem Brett, dessen Seile an den Hörnern des niedrigen Mondes festgemacht waren. Unten lagen die Enttäuschungen, die vergeblichen Jahre und die Irrtümer; Angelschnüre hätte man zu Hunderten aneinanderknoten müssen, um das alles wieder heraufzufischen. Unten lag das Ungewisse, das mich ständig umkreiste und mir überall auf den Fersen war: der Fluch, mit dem ich mich angesteckt hatte, als mir das Geld und die Ländereien desjenigen Mannes zufielen, den ich damals nicht gewarnt hatte, obwohl ich wußte, daß ihm seine Mörder wie Katzen auflauern würden ...

Unten lagen die Straßen, Plätze, Parks und die trägen Wasserläufe: Kanäle, Häfen und Stauwehre. Alles wimmelte von Leben und Schicksalen, die Bahnen trugen Todsünden und Beglückungen hin und her, die Gesichter vertauschten sich, das Lächeln verwandelte sich in Zorn und die Furcht in Haß. Um diese Stunde, wo die Nichtstuer ihre Stuben verlassen – wo die Frauen im matten Licht vor den Spiegeln ihre Gesichter zu glatten Masken umformen, damit die einfältigen Rätsel nicht zu schnell gelöst werden – wo Hunderte und aber Hunderte verdrossener Männer mit müden Rücken an den Kneipen vorübertrotten und widerwillig die dunklen Hausflure betreten, in denen es nach Windeln und Essen riecht – um die Stunde, wo das geräuschlose Feuerwerk der Reklamen, Signale und Laternen mit einem Schlage das letzte Nachglimmen des Tages auslöscht, beginnt die Stadt wie ein riesiges Lebewesen sich zu recken und zu dehnen. Neue Prospekte entstehen, Straßenzüge, die eben noch unscheinbar gewesen waren, werden plötzlich prunkvoll und kostbar. Und die Lügen, welche man hören möchte, weil man die Wahrheit nicht vertragen kann, sind für jedermann wohlfeil zu haben. –

Ich wohnte in einer billigen Pension, die im obersten Stockwerk eines großen, verwinkelten Hauses lag; zwei Korridore Tür an Tür, auf den Mattglasscheiben zeichneten sich die Umrisse der Gäste ab, von denen ich keinen einzigen kannte. Derweilen bebte das ganze Haus, die Wände und Dielen vibrierten wie dünne Membrane in der Unruhe, welche die unablässige Bewegung unten auf dem Pflaster erzeugte. Immer nur gegen Morgen gab es eine kurze Stille von wenigen Stunden, dann fing alles genauso wie am vorigen Tage von neuem an. Es war weder mit einem Himmel noch mit einer Hölle vergleichbar, eher noch mit einer Falle, in die man leichtfertig gegangen war, und aus der man keinen Ausweg mehr findet, weil man sich an die Gefangenschaft gewöhnt hat. Ich hatte mich damit abgefunden, immer unscheinbarer zu werden; es lag mir daran, daß sich meine Spuren nicht zu tief eindrückten und schnell verwischt wurden, niemand sollte sich meiner zu lange entsinnen. –

Die Dämmerung nahm zu, der graue Himmel war auf die Dächer gestülpt wie ein Zinnkessel, über dessen Rand der

Herdruß geschlagen ist. Das rötliche Licht, welches in zerstreuten Wolken da und dort aufstieg, vereinigte sich allmählich. Die Leichtigkeit, die mich eben erst hoch über die Erde hinausgehoben hatte, verging, ich flatterte abwärts, das Zimmer tat seine Wände auf und klappte sie zusammen.

Aber jetzt sah ich eine Flucht ähnlicher Zimmer sich quer durch die ganze Stadt erstrecken, und ich begann, sie alle noch einmal abzuschreiten. In jedem begegnete ich mir selbst. Manche waren so hell erleuchtet, daß ich die geringsten Einzelheiten wiedererkannte, andere jedoch schienen mit dichtem Rauch angefüllt zu sein. In solchen konnte ich nichts weiter erblicken als meine Koffer und einen zerkrelten eichenen Kasten mit rostigen Eisenbeschlägen. Manchmal auch stand in diesen vernebelten Zimmern irgendwo ein Kopf aus Sandstein, dieses Erkennungszeichen genügte mir völlig. Je weiter ich in meinen Jahren zurückkam, je mehr Türen ich vor mir aufstieß und hinter mir zuzog, desto befremdlicher wurde der Anblick, den ich mir selbst bot. Es war so, als träte mir allerorten derselbe Doppelgänger entgegen, der in der Ferne, dort, wo er jünger aussah, seine äußere Übereinstimmung mit mir beinahe gänzlich einbüßte. Mitunter traf ich ihn bei nichtssagenden Verrichtungen an: er aß, er schlief, er las Bücher, die ihn mehr erregten als das Leben – anderwärts aber ließen sich aus seinem Aussehen Schlüsse ziehen, die mir die großen Befürchtungen eingaben.

Das waren jene Zimmer, in denen ich spitzfindige Gespräche anhören mußte, leere Worte, die leichtfertig von eitlen Männern und fanatischen Mädchen hergeplappert wurden. Hier, zwischen den Wortführern landläufiger Meinungen, zwischen Kameraden, Besserwissern und Haarspaltern, war immerzu die gleiche tragische Maske eines Zwanzigjährigen anwesend, der mit schwärmerischer Zuneigung an dem Besitzer des Sandsteinkopfes und des Eichenkastens hing. Dieses einprägsame Gesicht – ich versuchte vergeblich, den Namen wiederzufinden, der dazugehörte. Endlich, in dem Augenblick, da die froschigen Lippen auseinanderklafften und in den entzündeten Augen sich Tränen sammelten und da unterdrückter Zorn und bejammernswürdige Enttäuschung ihn noch rührseliger machten als zuvor, entsann ich mich plötzlich: Rassow, ein Maler und Phantast, dem die Wirklichkeit nichts als Schmerzen zufügte. Doch wenn man sie alle zusammenzählte, war ihre

Summe geringer als das, was er nun empfand, wo er von seinem Freunde verleugnet wurde. Zu allen anderen Übeln auch noch die Untreue! Hier konnte sich der Doppelgänger weder rechtfertigen noch entschuldigen. – Da waren zwei oder drei düstere Räume, in deren Wänden der Unsegen gärte, dort traf ich ihn wieder, als er aus seiner Haltlosigkeit keinen Hehl mehr machte. Er schleppte den Dunst der Kneipen und den Geruch der Weiber beständig mit sich umher. Der Unstern glühte rot am Himmel; das, was ihn beschützen sollte, war abwesend. – Weiter zurück! Ich mußte mich beeilen, ehe alles wieder erlosch! Ich mußte dahin gelangen, wo das Vorzimmer dieser langen Flucht lag.

Es war eng und dunkel, selbst am Tage mußte hier die Lampe brennen. Sie erleuchtete ein zerfressenes Sofa, einen ovalen Tisch, Bett, Schrank und einen halb erblindeten Spiegel. Das hohe Fenster öffnete sich nach dem Hofschacht, von dort kamen die hallenden Stimmen der Ausrufer, das Fauchen der Katzen und das Singen der Bettler. Hier sah ich ihn sitzen, am ersten Abend, den er in dieser Stadt zubrachte, übermüdet von der langen Eisenbahnfahrt, bedrückt vom Umherirren in endlosen, verzweigten Straßen. Er hatte unzählige Gesichter gesehen, jetzt umschwärmten sie ihn plötzlich allesamt; er mußte die Augen schließen, aber da wurden sie nur noch aufdringlicher. Eigentlich sehnte er sich danach, noch einmal, bevor er zu Bett ging, das sichere Haus zu verlassen; aber er fürchtete sich, das gestand er sich lächelnd ein. Lange blieb er noch wach, er wußte, daß er ohnehin keinen Schlaf finden würde. Welche Zukunft lag vor ihm! Vielleicht würde er nicht lange unerkannt und so überflüssig bleiben wie seine Altersgenossen. In seinem Gedächtnis befand sich ein reicher Vorrat an Träumen, Visionen und Bildern, das brauchte er nur hervorzuholen und hinzuschreiben. Die Vorstellungen, welche er sich von seinem künftigen Erfolg machte, erregten ihn so sehr, daß er unablässig auf und ab ging und dabei seine Schlaftrunkenheit überwand. Zuletzt kamen ihm seltsame Gedanken, die sich ihm von selbst aufdrängten, obwohl er sich gegen sie sträubte. Er dachte darüber nach, wie lange es gedauert hatte, bis sein Vater das Sterben beendete, und wie er mit seinem letzten Atemzuge zum erstenmal seit vielen Jahren in ein gellendes Gelächter ausgebrochen war. Er entsann sich des anderen Toten, der ihm seine Habe hinterlassen hatte: ein großes

Besitztum, Geld, Felder, Herden, Häuser und viele Ernten. Jetzt holte er das Bild dieses Mannes, das ihm oft genug wie ein erbärmliche Fratze vorgekommen war, aus dem Koffer und betrachtete es gelassen und eingehend: ein brutaler Bauer, ein Großsprecher und Menschenschinder, einer, der zu schwach war, um sich selbst Gewalt anzutun. Er hängte Starkloffs Fotografie überm Bett auf. Da gab es nichts zu fürchten, obwohl der Bauer mit seinem Tod noch genug Unheil angerichtet hatte, das sich bis auf den heutigen Tag fortzeugte. Aber den Bewohner dieses schäbigen Zimmers, in das der Spuk aus jenem weit entfernten Dorfe keinen Zugang finden würde, gingen die alten Zusammenhänge nichts mehr an, denn er war schon damals entschlossen, nie wieder nach Kaltwasser zurückzukehren. Er wollte den toten Starkloff, dem es daran gelegen war, seinen Erben an sich zu fesseln wie einen Kettenhund an den Pflock, übervorteilen. Deswegen war er in die Stadt gegangen, dorthin, wo alles vergeßlich und vom Verstande verdorben ist und wo die Geister der Verstorbenen keine Angst vorfinden, an der sie sich weiden könnten ...

Während ich in der Vergangenheit weilte, hatte irgend jemand leise an meine Tür geklopft; da ich keine Antwort gab, entfernte man sich wieder. Das Zimmer war dunkel, an der Decke schimmerte ein schwacher Anhauch von Licht; das springende Leuchtfeuer einer Reklame streifte in kurzen Abständen die Fensterscheiben, grüne und rote Irrlichter jagten einander die Wände entlang. Der Raum schien sich zu drehen wie ein Karussell, dessen bunte Lampen im Erlöschen sind, allmählich erfaßte mich ein leichter Schwindel. Mit überwachem Gehör vernahm ich, wie nebenan hinter der Wand das Parkett unter einem ruhelosen Schritt knarrte und wie ein unterdrücktes Ächzen sich vernehmen ließ. Seit dem ersten Tage, den ich in dieser Pension zubrachte, war mir das alles vertraut. Ich hatte erfahren, daß meine Nachbarin eine ältere Frau war.

Jetzt mußte also gleich jenes seltsame Klavierspiel beginnen, das zu dieser Stunde an jedem Nachmittag sich hören ließ. Dann bildete sich langsam aus zerfahrenen Präludien, die ziellos durch alle Tonfolgen irrten, immer wieder dieselbe Melodie, stets von anderen Variationen begleitet, die aus ihr herauswuchsen wie die aufgepfropften jungen Zweige aus einem alten Baumstamm. Es perlte gleich Tautropfen, die an den Fäden eines Spinnennetzes aufgehängt sind. Die verschlungenen Stimmen entwirrten sich, fuhren nebeneinander dahin und fanden mit einem Male über die Trennung hinweg eine beglückende Vereinigung. Stets von neuem diese Trennung und dann wieder die Vereinigung in klangvollen Akkorden, aus denen man beide Motive: ein hartes, männliches und ein schmiegsames, gleichsam mädchenhaftes, kaum noch heraushören konnte. Plötzlich wurde der Abstand, in dem sie sich schwebend befanden, zu groß. Mehrmals hatte ich der Musik aufmerksam zugehört, deswegen spürte ich die Gefahr, noch ehe sie deutlich wurde. Die Melodie begann zu zerfallen, Mißtöne fuhren zwischen den Einklang, und das kunstvolle Gewebe zerriß unversehens mittendurch. Die Trennung der beiden Stimmen schien endgültig zu sein, der Schluß wurde jedesmal noch trostloser als der Anfang, denn zuletzt folgte eine tiefe Stille, die man nur mit dem Tode vergleichen konnte.

Vorgestern wurde dieses Klavierspiel zu einer Zeit, wo es sich noch in seinem schönsten Gleichgewicht befand, dadurch gestört, daß im übernächsten Zimmer jemand mit den Fäusten gegen die Wand zu schlagen begann. Die Spielerin unterbrach sich erst, als auf dem Flur die heisere Stimme eines Mannes unter unflätigem Schimpfen sich näherte und als die Türfüllung zu dröhnen begann wie das Kalbsfell auf einer Trommel. Sie klappte den Deckel über die Tasten, rückte den Stuhl und schloß sich ein. Der Mann erboste sich weiter, ich wurde von einem unsinnigen Zorn aus meinem Zimmer gestoßen, prallte in der Dunkelheit mit jenem brutalen Widersacher zusammen und geriet in einen Wortwechsel, der bald von seinem eigentlichen Gegenstand abirrte und eine der Feindschaften bestätigte, die ohne jede Ursache zwischen manche Männer von Anfang an gesetzt sind.

Obwohl ich meinen Gegner nicht erkennen konnte, wußte ich sofort, daß er klein, mit Fett gepolstert, behende wie ein Wiesel und voller Tücke war. Zu beiden Seiten hatten sich die Türen geöffnet, die Gäste sahen belustigt heraus und hetzten uns aufeinander. Plötzlich wurde es hell, den Korridor herauf schritt klagend die Inhaberin der Pension. Ich wich vor meinem Gegner zurück. Er glich jemandem, der in meiner Erinnerung mit einem solchen Abscheu behaftet war, daß ich ihn jedesmal, wenn er sich mir schleichend nähern wollte, alsbald auswischte.

Ich kehrte in mein Zimmer zurück, schob den Riegel vor und ließ mich verstört in einen der beiden Polstersessel fallen. Nebenan war es still geblieben, erst viel später hörte ich, daß die Tür vorsichtig aufgeschlossen wurde und fliegende Schritte den Korridor hinab sich entfernten.

Indessen hatte ich mir darüber Klarheit verschafft, wem der fremde Gegner eigentlich ähnelte. Er glich jemandem, den ich vor sehr langer Zeit nur selten, aber unter solchen Umständen gesehen hatte, daß er mir noch jetzt verdächtig genug erschien, obwohl er sich damals mit der Schlauheit eines Fuchses genügend Schlupflöcher und Doppeldeutigkeiten offengehalten hatte. Nirgendwo konnte man ihn einfangen, um ihm sein Geheimnis und damit die Wahrheit über Starkloffs Ermordung zu entreißen.

Plötzlich gab sich mir ein Bild ein, dessen Bedeutung ich nicht sogleich verstand: Ich sah einen Mann über Land gehen, um Wucherzinsen einzutreiben, und ich sah einen Wegelagerer, der ihm auflauerte. Er fiel über den Wucherer her, entriß ihm die Barschaft und gab ihn damit unwissentlich dem Verderben preis. Vom Schreck vermag sich der Beraubte wieder zu erholen, das Geld läßt sich ersetzen, unersetzlich aber ist für ihn ein abgegriffener, grünspaniger Heckpfennig, der völlig wertlos aussieht. Gerade diese Münze kann der Wucherer nicht entbehren, um ihretwillen geht er zugrunde, das Glück verläßt ihn, seine Pläne erweisen sich als undurchführbar, und er verrät sich mit allem, was er unternimmt, so lange, bis er endlich vor ein Gericht gezogen wird, das kein Erbarmen kennt. – Spät genug sah ich ein, daß mit dem Gleichnis der Gastwirt Smorczak gemeint war.

An diesem Abend beschäftigte ich mich noch lange mit den Überbleibseln aus jenem Herbst, der zu weit zurücklag, als daß ich mir alles sofort verdeutlichen konnte. Neugierig öffnete ich den Kasten aus Eichenholz und hob den Kopf des Standbildes heraus, das im Gutspark von Kaltwasser gestanden hatte. Lange war dieses Haupt aus verwittertem Sandstein mehr für mich gewesen als nur ein mittelmäßiges Kunstwerk, aber es hatte seine geheime Bedeutung längst eingebüßt. Jetzt, als es auf meinem Tisch stand, versuchte ich vergeblich, das wiederzuerkennen, was mir früher daran wie ein Abglanz der Ewigkeit erschienen war.

Ich brachte die halbe Nacht damit hin, den trüben Schatten,

mit denen sich mein Zimmer füllte, Blut und Wärme zu leihen. In den ausführlichen Prozeßberichten, die ich hervorkramte, wurden sie alle bei Namen genannt. Ich las die zerknitterten Zeitungsausschnitte Zeile für Zeile mit großer Genauigkeit. Die Stimmen derjenigen, welche sich dort zu einem Chor von Feigheit, Haß und verhängnisvollen Irrtümern vereinigten, dröhnten nicht in meinen Ohren wie sonst. – Die Gärtnersfrau klagte und jammerte umsonst; jemandem, der von der Liebe wie von einem gefährlichen Wahnwitz befallen ist, kann man keinen Glauben schenken. Der Gastwirt beschränkte sich auf Andeutungen, zählte harmlos die einzelnen Posten seiner teuflischen Rechnung her, die so gut zusammenstimmten, daß man über ihre Richtigkeit nicht erstaunte. Sofie beschränkte sich zunächst auf Tränen; die späte Reue, die sie zeigte, nützte ihrem Vater nichts mehr. Plötzlich aber schlug sie sich auf Almas Seite, die beiden Frauen übertrafen sich in Beteuerungen und Gefühlen, die sie statt Beweisen vorbrachten, und die übrigen Weiber schlossen sich ihnen an. Der Gärtner hielt sich lange zurück und zuckte die Achseln, als es jedoch zum Äußersten kam, wandte er sich überraschend gegen den Gastwirt und trat mit einer solchen Hartnäckigkeit für Hartmann, den vermeintlichen Mörder, ein, daß er sich einen Augenblick lang selbst verdächtig machte. Damals fiel zum einzigen Male der Name des Sergeanten, mein Onkel benützte ihn gleich einer Waffe, die ihm unversehens in die Hände geraten war, er schrie ihn so lange in den Saal, bis auch Hartmann mit einstimmte, und dadurch war das Ergebnis der Verhandlung schon vorzeitig beschlossen. Smorczak hatte gelächelt und sich still verhalten; als er befragt wurde, berichtete er mit einem bedauernden Seitenblick auf den Angeklagten von jener Streitigkeit zwischen dem Ermordeten und dem Mörder am Nachmittag der Tat. Von da ab erfüllte eine dichte Finsternis den Saal, die Richter, Zeugen und Geschworenen vermochten in ihrer Verblendung nichts mehr zu unterscheiden außer der übergroßen Last an Schuld, die sich auf Hartmanns Rücken anhäufte; und es erbitterte sie, daß der Kaufmann nicht in die Knie brach und alles eingestand. Bis zuletzt stemmte er sich dagegen; es nützte ihm nichts, er war seinem eigenen Verhängnis ins Garn gegangen. Dort, wo er hätte still sein sollen, berief er sich auf unsinnige Zeugnisse: auf seine Liebschaften, seine Leichtgläubigkeit, seine Fehler, die ihm das Geschäft verdarben und nun für ihn sprechen sollten. Da wo er nüchtern und kühl Smorczak mit wenigen Worten hätte widerlegen können, ließ er sich fortreißen, ja, einmal begann er sogar den Ermordeten überschwenglich zu loben, und in diesem Augenblick schnappte das Fangeisen zu.

Man hatte Geldscheine bei ihm gefunden von der Art, wie sie die Besatzungsarmee in Umlauf setzte. Man hatte festgestellt, daß die Verbindlichkeiten teilweise gelöst und die Schulden fast alle bezahlt waren. Es sah so aus, als wäre der Kaufmann eben im Begriff gewesen, aus Kaltwasser zu fliehen. Das wurde ihm vorgehalten, er machte Ausflüchte, doch schließlich gestand die Gärtnersfrau, daß er für sie beide ein neues Leben bereiten wollte. Dadurch erwies sie ihre Unglaubwürdigkeit aufs neue, denn Hartmann stieß Alma mit großer Verachtung von sich weg und entledigte sich ihrer wie irgendeines unnützen Gegenstandes, der ihm schon längst lästig geworden war. Sie verzweifelte und ließ sich sinken in eine andere Umarmung, die niemals mehr aufhören sollte. Das Kind, welches sie gebar, blieb am Leben, der Gärtner nahm es mit, als er seine Stelle aufgab und vom Gutshof fortging.

Der Kaufmann wurde mundtot gemacht, kein Laut von ihm drang durch die Mauern nach draußen, dorthin, wo das Kind sein Leben begann. Ich hatte nie erfahren, ob es ein Knabe oder ein Mädchen war, es lachte und weinte, es spielte und träumte nun schon zehn Jahre lang. Vielleicht hielt man es von der Vergangenheit fern und gab ihm dadurch die Bürgschaft dafür, daß es einst mehr Glück haben würde als diejenigen, deren Sündhaftigkeit es sein Leben verdankte.

Die Gegenwart des Vergangenen ermüdete mich, ich packte die Zeitungsausschnitte wieder zusammen und ließ aus lauter Nachlässigkeit das steinerne Haupt auf dem Tisch stehen. Am nächsten Tage setzte ich mich hin und begann zu schreiben, jenes Gedicht, das in seinen Strophen alles sammelte, was sich an dunkler Furcht von neuem in mir heraufheben wollte.

Vorhin erst war der Schub des Tisches, der diese Verse enthielt, zugestoßen worden. Von dorther mußten die leisen und eindringlichen Stimmen wohl kommen, die sich nun erhoben und mich wegriefen, nach Osten, in eine Gegend, die ich bis an mein Lebensende meiden wollte. Ich stand auf, lief hin und her und ließ mein Zimmer noch dunkel. Die letzten Reste eines ungewissen Vorgefühls fielen allmählich von mir ab. Als ich mein Fenster öffnete, wehten mit der stockigen Luft alle Trübnisse hinaus, die mich müde und widerstandslos gemacht hatten. Ich beugte mich weit über die Brüstung, hörte dem Lärm zu wie einer großartigen Musik, sah die Lichtströme durch die Straßen schießen und betrachtete die Flut der vielfältigen Bewegungen, wie sie sich, gleichsam eingezwängt von den riesigen Abstürzen tiefer Cañons, staute, Wirbel bildete, vorwärts quoll und sich mit den Nebenflüssen vermischte. Dabei stützte ich die Hand auf den Schenkel der Karyatide zu meiner Linken, er fühlte sich rauh und kalt an. Plötzlich, als würde es von dieser Berührung erzeugt, erfaßte mich ein heftiges Schwächegefühl. Der Anblick der Straße löschte aus, ich sah mich selbst in einem herbstlichen Park, hatte Federn, Blumen und Gräser gesammelt, mit denen ich ein verwittertes Standbild schmücken wollte. Derselbe Schreck durchfuhr mich, der mich damals zurückstieß, als ich spürte, daß jener Leib sich anfühlte wie Haut, die lange der Luft ausgesetzt gewesen ist.

Das verblaßte sofort wieder, und ich sagte mir, daß es aus meiner Erschöpfung herrühren müßte. Aber der Park, die Bäume, der Tennisplatz und die graue Front des Herrenhauses waren so deutlich sichtbar gewesen, daß alles übrige, was zu dieser Ansicht gehörte, von selbst dazukam: der Geruch der Astern, das Knistern der Strohdächer, das Flirren des Staubes in der trockenen Luft. Unversehens, wie es sich gebildet hatte, endete es auch, schließlich stellte sich das Zimmer wieder um mich, verblichene Tapeten, ein abgetretener Teppich, verbrauchte, billige Möbel.

Das Fenster blieb offen, die kühle Abendluft ernüchterte mich; das grelle Licht an der Decke, das alle Schäden dieses Zimmers offenbarte, vernichtete die Überbleibsel der Traumbilder. Als ich mein Gesicht in der fleckigen Spiegelscheibe über der Waschschüssel sah, hatte ich längst begonnen, wieder so geringschätzig zu denken, wie ich gewohnt war. Es kam mir vor, als müßten Wochen und Monate vergangen sein, seitdem ich zum letztenmal auf den Straßen umhergeschlendert war. Ich hatte vergessen, wie das alles aussah: Die Menge wich vor mir auseinander und schloß sich gleich wieder über meiner Spur zusammen; flüchtige Blicke streiften mich, und wenn es mir einfiel, gab ich das Lächeln zurück, das mich zu sich ziehen wollte. Die polierten Scheiben der Kaffeehäuser, flammend von den Lichtern der Autos, die sich darin spiegelten – durchsichtige Vorhänge, hinter denen die dunklen Umrisse der Gäste sich bewegten wie die Figuren eines Schattentheaters – die galonierten, würdevollen Türsteher – abgedämpftes Licht und Seidentapeten in einer Bar, die nackten, gepuderten Schultern der wartenden Mädchen, die alle auf einmal lächelten, wenn man sich ihnen näherte – die feurigen Schriften an den Hausfronten, welche ihre Verheißungen über die Breite einer ganzen Straße spannten – die verdunkelten Räume billiger Kinos, angefüllt mit den Ausdünstungen von Männern und Frauen, deren alle geheimen Wünsche sich für kurze Zeit auf dem flirrenden Quadrat erfüllten – die käufliche, lügnerische Beschwichtigung überall, in jeder Zeile, in jedem Bilde, hinter jeder Tür – danach sehnte ich mich jetzt wie jemand, der vom Durst gequält wird, weil er zu lange festgebunden war und sich nicht nach dem brackigen Wasser bücken konnte, das in vielen Pfützen vor seinen Füßen steht.

Zweite Stunde

Die Zeichen mehren sich

Während ich mich umkleidete, klopfte es von neuem leise an meine Tür; ich vermutete das Zimmermädchen, mit dem ich ab und zu ein flüchtiges Wort gewechselt hatte, und ging hin, um zu öffnen. Als erstes also dieses verdorbene Gesicht, die leichtverständlichen Andeutungen und das freche Lachen mit seiner stetigen Herausforderung – es war mir recht, damit fing das gewöhnliche Leben wieder an. Indes ich die Hand nach der Klinke ausstreckte, überkamen mich schon wieder neue Bedrängnisse. Ich befürchtete, daß derjenige, der nun über meine Schwelle treten würde, vielleicht eine unerträgliche Last von dem, was ich ein für allemal abgelegt zu haben glaubte, zu mir hereintragen könnte. Die Anzeichen hatten sich gemehrt. Nach zehn Jahren war das Vergangene wieder nahe gerückt. Es erwies sich als unvollendet, war einem Torso zu vergleichen, welcher erst dann seinen Sinn zurückerhielt, wenn man die Stücke zusammenfügte und sie mit ihrem Haupt krönte, das vom zerstörten Leibe verschleppt worden war.

Als ich schließlich geöffnet hatte, fand ich mich einer Fremden gegenüber, einer Frau von unbestimmbarem Alter, die hinter der Grenze des Lichtzirkels meiner Lampe unbeweglich verharrte. Von der schwarzen Kleidung hob sich das schmale Gesicht wie eine kreidige Maske ab; hinter den tiefen Löchern, welche darin für die Augen ausgeschnitten waren, verbarg sich ein weicher Blick. Die Hände streckten sich mir voreilig entgegen; unvorbedacht zerstörten sie den Abstand, den die Zurückhaltung dieser Frau sogleich zwischen uns geschoben hatte. Ich wollte eben eine dieser blutleeren Hände ergreifen, aber sie wichen mir aus und wurden hastig an den Leib zurückgezogen. In einem bedauernden Lächeln belebte sich der verschwiegene Mund – es konnte sich wohl um nichts weiter als um eine Trauerbotschaft handeln, die mir da überbracht werden sollte, und diese Frau wußte offenbar nicht, ob sie es mit den Worten sagen durfte, deren bitteren Geschmack sie noch kostete, oder ob es nicht besser wäre, weniger trostlose zu wählen.

Mit unverständlicher Stimme nannte sie mir ihren Namen, den ich nur so auffaßte wie einen der eigentümlichen Laute voller Melancholie, welche die trübe Stille eines regnerischen Tages auf dem Lande nicht zu unterbrechen vermögen, sondern erst ins Bewußtsein bringen.

Ich verbeugte mich und trat beiseite, um die Fremde einzulassen, sie hielt es nicht für nötig, meine Schwelle zu überschreiten, und bewahrte auch nachher in ihrer Rede eine deutliche Ferne. Zunächst hielt ich das alles für jenen eigentümlichen Hochmut, der so lange verborgen bleibt, bis er sich plötzlich in der Herablassung erweist. Aber ich hatte mich getäuscht, denn ich mußte bald einsehen, daß es nur diese besondere, von Herkunft und langer Übung vollendete Art der Höflichkeit war, die jedes Wort doppeldeutig macht, damit es, ehe es richtig verstanden worden ist, schon keine Gültigkeit mehr besitzt. Die Äußerungen dieser Frau mußten ebensogut in derselben Tonart und mit den gleichen Redewendungen auch auf andere Gelegenheit anwendbar sein. Ja, es bestand sogar die Möglichkeit, daß derjenige, welchem sie zum zweitenmal nach kurzer Frist dasselbe sagte, was sie ihn erst kürzlich hatte hören lassen, die Gleichheit der beiden Gespräche überhaupt nicht bemerkte. Sie verbarg sich geschickt hinter ihrem Schweigen und ihren Andeutungen; wenn sie lächelte, beirrte das ihren Zuhörer, er achtete nicht mehr auf die nächsten Worte, verlor den Zusammenhang und mußte sich mit Nebensächlichkeiten begnügen. Es lag ihr daran, unerkannt zu bleiben; sie hatte im Laufe der Zeit viele Methoden ausgeprobt, schließlich war sie auf die einfachsten zurückgekommen.

Das alles begriff ich sofort in einer Eindringlichkeit, die mir den Anblick der Fremden mit düsteren Hintergründen versah. Ich beschloß, alle Mittel anzuwenden, deren ich fähig war: solche der Überredung, der Schmeichelei und der künstlichen Erweckung von Neugierde und Vertrauen – um diese Frau dahin zu bringen, daß sie bei mir eintrat und, wenn auch nur wenige Minuten, auf einem der beiden Sessel Platz nahm.

Davon, ob es mir gelingen würde, ihren Widerstand aufzuheben, schien mir mehr abzuhängen, als ich eben zu übersehen vermochte. Jetzt glaubte ich in übertriebener Weise sogar daran, daß in diesen Minuten die vielfältigen Fäden, welche so verworren zwischen dem Vergangenen und dem Zukünftigen ausgespannt waren, von einer unsichtbaren Hand entknotet, sauber gehechelt und aufgespult werden könnten. Dann würden sie vielleicht endlich aus dem Weberschiffchen heraus, das unablässig zwischen Schuld und Gerechtigkeit hin und her schwang, in ein strenges Muster gelegt werden, das mit seinen Figuren ein Gleichnis des ganzen Lebens darbot. Beide Seiten waren dort abgebildet, das bedrohliche Dunkel mit seinen Dämonen, aber auch das ewige Licht – die dumpfe Erde, aber auch der helle Himmel, die unaufhörliche Vergänglichkeit genauso wie die Verklärung durch Frieden und Glück – alles in einer Ordnung, die zu anderen Zeitläuften vielleicht nur dem Alter erschaubar gewesen war. – Darauf hoffte ich plötzlich mit kindischer Einfältigkeit, indes ich völlig abwesend dem zuhörte, was diese Frau mir zu sagen hatte.

»Ich bin gekommen«, hatte sie ihre Anrede widerwillig begonnen, als wollte sie sich einer unbequemen Pflicht schnell entledigen, »um Ihnen zu danken. Sie haben mir eine sehr große Unannehmlichkeit erspart. Sie sind für mich eingetreten und haben mich davor bewahrt, jemandem um Entschuldigung bitten zu müssen, dessen Unverschämtheiten mir peinlich gewesen wären. Es tut mir sehr leid, daß Sie dabei in einen Wortwechsel geraten sind, der Sie leider um einer Nichtigkeit willen zu sehr erregt hat ...«

Ich unterbrach sie und verneinte das entschieden. Dies war also meine Nachbarin, deren Klavierspiel ich wie Selbstgesprächen gelauscht hatte.

»Sie sind vielleicht durch mich genauso gestört worden wie jener aufgeregte Herr«, fuhr sie fort, »deswegen muß ich wohl ...«

»Es ist nicht nötig«, log ich schnellzüngig, »ich bin unempfindlich dagegen. Außerdem war ich gewöhnlich zu der Zeit, wo Sie spielten, nicht in meinem Zimmer, bis auf vorgestern, als ich das ganze Haus in Aufruhr versetzte. Ich hätte mich vielleicht klüger anstellen sollen.«

»Sie sind noch jung.«

»Ich bin unbeherrscht und voreilig.«

»Früher hätte man das, was Sie für mich getan haben, als selbstverständlich erachtet. Heute ist es außergewöhnlich, besonders in einer solchen Stadt und an einem Ort wie diesem hier.«

Aber das führte sie bereits zu weit in meine Nähe.

»Ich sehe, daß ich Sie gestört habe. Sie sind im Begriff auszugehen ...?«

Jetzt kam es auf jedes Wort an. Ich mußte sie mit großer Umsicht dahin bringen, daß ihr der Schritt über meine Schwelle als unumgänglich erschien. Plötzlich fiel mir ein, daß meine Kleidung nicht in Ordnung war, ich bat entschuldigend um einen Augenblick Geduld, ließ sie stehen und wandte mich zum Spiegel, um den Schlips zu binden. Die Tür hatte ich noch weiter geöffnet, damit meine Nachbarin, je nach ihrem Gefallen, das für eine einladende Geste oder auch nur für den Beweis meiner Verlegenheit nehmen konnte. Und es war nicht zu erwarten, daß sie ohne ein förmliches Wort in ihr Zimmer zurückkehren würde.

Der Spiegel hing so, daß ich den Türflügel im Auge behalten konnte, erst schwang er noch ein kleines Stück herum, dann blieb er stehen. Mit einem Male aber wurde er ganz aufgestoßen, und ich sah, wie hinter meinem Rücken die Frau gegen ihren Willen hereingetrieben wurde, angezogen von irgendeiner Sache, deren Kräfte ich unterschätzt haben mußte. Schwerelos wehte der schmale Körper in seiner Witwenkleidung durchs trübe Spiegelglas. Er blieb versteift in einer strengen Haltung, die erst dann aufgegeben wurde, als er sich einer Sache entgegenneigte, die sich außerhalb der Grenze befand, die der Spiegelrahmen bildete.

Ich wartete einige Zeit und wagte nicht, mich umzudrehen. Das Schweigen nach den leichten Schritten wurde drückend, aber ich mußte meine Geduld bewahren, deswegen verhielt ich mich still.

»Woher haben Sie das?« Es war eine völlig veränderte weiche Stimme, welche diese Frage an mich richtete.

Als ich mich der Fremden zuwandte, gab ich mir Mühe, die unbeteiligte Miene, die ich eben aufgesetzt hatte, zu bewahren. Das war überflüssig, denn die Frau heftete ihren Blick an den verwitterten Sandsteinkopf, der sie ohne mein Zutun und gleichsam magnetisch hereingezogen hatte. Sie war daran festgebunden mit lauter starken Fesseln, die ihr offenbar ins Fleisch schnitten, denn ihr Gesicht wurde von einem Schmerz bewegt, der die starren Maskierungen allmählich ablöste.

Dergleichen hatte ich nicht erwartet. Bei jedem Satz, der zwischen uns gewechselt werden sollte, wäre ich nur so weit aus meinem Versteck hervorgekommen, daß ich die eigene

Freiheit behielt, während sie die ihrige allmählich eingebüßt hätte. Auf diese Art würde ich manches aus ihrer Vergangenheit erfahren haben, kleine, nebensächliche Züge, die sich schließlich, wenn das letzte Wort gefallen wäre, alle um ein Zentrum geordnet hätten, in dem sich ihr Geheimnis befand. So aber verriet sie sich zu früh, sie versank vor meinen Augen in einer Tiefe, die für mich voller Schatten blieb. Ich konnte nicht wissen, wohin sie entschwand.

Die Frau hatte den schweren Stein von der Tischplatte weggenommen und mit ausgestreckten Armen, die das Gewicht kaum zu halten vermochten, von sich abgehalten. Sie behielt das Haupt einige Zeit in der Höhe ihres Gesichts, ergänzte sich aus der Erinnerung die Gestalt des Standbilds und stellte sich ihm, als wollte sie sich mit ihm messen. Aber so genügte es ihr noch nicht, sie mußte den Sockel dazunehmen, deswegen hob sie den Stein über sich empor und blickte zu ihm auf. Anscheinend hatte sie ihre Kraft überschätzt, denn nach kurzer Zeit begann sie zu wanken, der enthauptete Kopf drohte herabzustürzen und sie zu erschlagen. Sie sah in diesem Augenblick hilflos und verzweifelt aus, viel jünger, als sie sein konnte; ja sie glich einem Mädchen, welches sich aus lauter Unbedachtsamkeit in etwas eingelassen hat, das unvermutet viel ernster wurde, als sie glauben konnte. Die dunklen Haare lösten sich aus den Spangen und fielen ihr in den Nacken, das Kleid spannte sich im Rücken, der mager und sehnig war. Alles, was ehedem an ihr eine Unnachgiebigkeit bezeugt hatte, die sie für den Rest ihres Lebens um jeden Preis bewahren wollte, schwand zusehends.

Ich sprang rasch hinzu, nahm ihr das Haupt aus den Händen und setzte es auf den Tisch zurück. Die Frau war stumm geblieben, ich drückte sie vorsichtig in den Sessel nieder; sie ließ alles willig mit sich geschehen und saß selbstvergessen da. Damit sie sich sammeln und beruhigen konnte, schloß ich umständlich die Tür und überließ meine Nachbarin sich selbst, indes ich ihr lange genug den Rücken kehrte.

Als ich glaubte, daß ich ihr nun genügend Vorsprung gegeben hätte, drehte ich mich wieder um. Sie saß noch immer in derselben Haltung auf dem Sessel, der weiche Blick drang in die toten Räume der Vergangenheit ein und enthüllte die Bilder, die sich dort befanden, wischte den Staub fort, der sich auf ihnen angesetzt hatte. Ich lief an ihr vorüber, zog die beiden

Fensterflügel heftig zusammen, daß die Scheiben klirrten, und machte mit meinen Schritten übermäßig viel Lärm.

Endlich wachte sie auf, blickte mich an und errötete; es war ein fiebriger Purpur, welcher sich von der Blässe ohne Übergang fleckig abhob.

»Wie sind Sie dazu gekommen?« fragte sie mich abermals und deutete neben sich auf die Tischplatte.

»Sie wissen wahrscheinlich, wo sich die Figur, zu der dieser Kopf gehörte, ehemals befunden hat?« Ich vermied es, eine genaue Auskunft zu geben, weil ich die Fremde nicht ganz der Möglichkeit berauben wollte, daß sie sich getäuscht haben könnte.

»Ich glaube, daß ich es weiß.« Es war ein deutlicher Anklang des früheren schroffen Tonfalls in diesen Worten.

»Seit zehn Jahren schleppe ich dieses Ding mit mir herum.«

»Seit zehn Jahren«, wiederholte sie, »damals hat er seine Tochter von mir zurückgefordert.«

Ich wußte, wen sie meinte. Zu der Zeit war ihre Tochter noch ein Mädchen, hungrig nach Zärtlichkeit, aber auch mißtrauisch und widerspenstig. Die Halbwüchsige von damals würde sich nicht mehr mit dem, was seither aus ihr geworden sein mußte, vereinbaren lassen. Ich hatte nie etwas von der Obersten-Tochter gehört, Briefe waren nicht zwischen uns gewechselt worden. Der langsame Fortgang der Jahre mußte auch bei ihr das Bewußtsein dorthin gesetzt haben, wo sich früher die Ahnung befand. Es wäre unsinnig gewesen, sich jetzt noch an die Erinnerung zu halten, die von der Wirklichkeit längst übertrumpft worden war.

Meine Nachbarin erwartete, daß ich weiterreden würde. Während ich überall nach Zigaretten suchte, um ihr welche anzubieten, entschloß ich mich, ihr die Wahrheit zu verschweigen. Der Oberst und seine Tochter durften nur beiläufig erwähnt werden.

»Wie ich dazu gekommen bin?« begann ich und reichte ihr die Zigaretten. Sie nahm eine, ich beugte mich näher, um ihr Feuer zu geben, und spürte eine eisige Kälte von ihr ausgehen, die mich ansteckte. Die Frau führte nervös die Hand zum Munde, der laue Rauch bewirkte einen jähen Andrang von Leben und Hoffnungen in ihr, zuerst verfiel ihr Gesicht. Dann jedoch kam dort eine Schönheit zum Vorschein, die aus diesen ruhigen Augen, von der ungefurchten Stirn und dem verschlossenen

Munde niemals hinwegzuätzen gewesen war; ich wunderte mich darüber, daß alle Bitternisse nicht genügt hatten, um an der Mutter Coras diese Anmut auszulöschen, die durchs Alter nur noch verklärt wurde.

»Wie ich dazu gekommen bin?« Ich hatte mich auf den Schreibtisch gesetzt, so daß ich im Schatten blieb. »Sie kennen den Gärtner, der früher auf dem Gut war?«

»Dimke? Er ist nicht mehr dort?«

Sie hätte es wissen müssen, wenn sie mit Nachrichten aus Kaltwasser versehen gewesen wäre.

»Ja, Dimke! Er ist mein Onkel. Er ist vom Gutshof weggegangen, nachdem Alma an ihrem Kinde starb.«

»Alma ist tot, die schöne Alma, an der so viel Böses war? Vielleicht hat der Gärtner die Briefe an den Oberst nur deswegen geschrieben, weil sie es verlangte, vielleicht hat sie ihm die Briefe sogar diktiert. Und jetzt – sie ist gestorben, ehe sie selbst so weit kam, daß der Gärtner Briefe erhielt, in denen von ihr genauso geredet wurde ...« Sie sprach zu sich selbst, und es war aus diesem völlig undeutlichen Vergleich, den sie zwischen sich und der Gärtnersfrau zog, nichts weiter herauszuhören als ein vollkommenes Einverständnis mit dem Schicksal.

»Sie kamen also zu den Gärtnersleuten?«

»Ich sollte meine Ferien dort verbringen. Die Stadt, in der ich aufgewachsen war, steckte kurz nach dem Kriege voller Krankheitskeime, ich mußte andere Luft haben. Ahnungslos fuhr ich dorthin und geriet in einen Hinterhalt aus lauter Verhängnissen wie eine Fliege, die im Spinnennetz hängenbleibt.«

»In einen Hinterhalt aus Verhängnissen.« Sie bestätigte es, ohne daß sie wissen konnte, wie ich es meinte.

»Um diese Zeit wurde der Mord an Starkloff vorbereitet, und ich sah allem zu, ohne zu begreifen, worum es sich eigentlich handelte. Ich war zu unwissend, kannte die Menschen noch nicht. Ich hätte es verhindern können, aber es ereignete sich wie – wie etwas Unabwendbares – wie ein Naturgeschehnis ...« Ich fand nicht das richtige Wort und hielt inne.

Coras Mutter blickte mich aufmerksam an, unter der dunklen Stetigkeit dieses Blickes verwirrte ich mich, die Gedanken gerieten mir durcheinander, denn ich wußte, daß ich nun bald da angelangt war, wo die Lügen beginnen mußten.

»Ich weiß, ich weiß«, ermutigte sie mich, »ich habe davon gelesen, die Zeitungen waren voll mit Berichten.«

»Keiner konnte die Wahrheit darüber zum Druck bringen«, ereiferte ich mich, »denn der, den sie als Mörder verurteilten, ist unschuldig – und das gehört noch dazu! Eine große Mäusefalle, in die sie alle hineingeschlichen sind und aus der am allerschwersten dieser angebliche Mörder herausfinden wird. Die Köder waren billig und gemein.«

»Und Sie wissen darüber Genaues? Sie haben wenigstens ein kleines Stück dieser Wahrheit gesehen?«

»Ich weiß genügend«, sagte ich voller Erbitterung, »ich habe die Wahrheit in meiner Tasche gehabt, und ich habe sie in mein Essen und mein Trinken gemischt. Im Schlafen und im Wachen habe ich sie gespürt wie der Fisch, der die Angelschnur zerrissen hat und in dem der Haken festsitzt, so lange, bis er ihm vom Fleisch abgeht mit Blut und Fäulnis. – Aber ich kann nichts beweisen, und außerdem bin ich Starkloffs Erbe.«

»Ja«, sagte sie tonlos, »ja, man kann nichts beweisen, weder die Unschuld noch damit die Wahrheit. Man hat keine Gründe, man findet keine Worte. Es ist am vernünftigsten, daß man alles auf sich selbst zurückfallen läßt.«

Plötzlich wurde mir klar, daß vieles, was an mir schwach und brüchig war, aus jener Vergangenheit herrührte, die ich gleich dieser Frau noch nicht überwunden hatte. Das Unvollendete war mir wie ein Alp nachgegangen, in immer neuen Verkleidungen, um mich zu täuschen und einzuschläfern. Und wenn ich müde wurde, war es gekommen und hatte sich von mir genährt: ein Wechselbalg, der nicht aus menschlichen Lenden stammte. Ich überblickte die unerbittliche Logik dessen, was sich ereignet hatte, seitdem ich über die Felder und den Gutshof von Kaltwasser gegangen war – eins war ins andere verschachtelt, alle Spuren führten dorthin zurück, wo sich eines Sonntags Gotthold Stanislaus Starkloff aus trockenem Wiesengrase erhoben hatte und neben mir das Flußufer entlanggelaufen war. Vergebens fragte ich mich, ob ich wirklich ein anderer Mensch mit einem anderen Schicksal geworden wäre, wenn der Ermordete mich damals nicht ins Garn bekommen hätte.

Coras Mutter geduldete sich nachsichtig, bis ich imstande war, weiterzureden.

»Verzeihen Sie«, sagte ich gleichgültig, »daß ich mich so lange unterbrochen habe.«

»Sie haben also die Erbschaft angetreten?«

»Nach außen bin ich dadurch unabhängig geworden; in den Jahren, wo andere Leute meines Alters sich ihr Brot suchen müssen, brauchte ich mich nicht in den Vorzimmern herumzudrücken. Ich hatte viel Zeit und genügend Freiheit. Und je mehr ich von dem Reichtum vergeudete, den der Bauer angesammelt hatte, desto schneller und gründlicher wurde ich so, wie er es von seinem Erben gewünscht hatte. An dem Gelde nämlich haftete manches, das sich auf mich übertrug wie eine Krankheit.«

»Und Sie sind niemals mehr dorthin zurückgekommen?«

»Nein! Was sollte ich da? Ich würde mich nicht wohl fühlen. Ich bin an die Stadt gewöhnt, und ich hasse den Osten, die Dämmerung, die trüben Nebel, die Einöde, in der man überall seine Schritte nachhallen hört, noch längst, nachdem man sich gesetzt hat.«

So ging es nicht weiter, sie hatte begonnen, mich auszuhorchen. Ich mußte nun endlich die Rede auf das Standbild bringen.

»Den Besitz haben Sie also sich selbst überlassen?« Sie fragte unablässig weiter.

»Der Besitz?« gab ich ihr Auskunft, »der Besitz? Die Grundstücke sind verpachtet. Der Zins wird von einem zuverlässigen Manne für mich eingezogen, er heißt Woitschach und hat eine der unehelichen Töchter Starkloffs geheiratet. Diesen Woitschach lernte ich übrigens an dem Tage kennen, wo das Gewitter niederging.«

»Welches Gewitter?« fragte sie erregt. Ich ließ mir noch Zeit, und während ich ihr die Zigaretten reichte, bemerkte ich auf einmal, daß diese Frau weder an ihren Händen noch am Hals irgendein Schmuckstück trug. Ihre Armut bestimmte mich vollends, sie mit der Wahrheit zu verschonen.

»Welches Gewitter denn?«

»Ein Herbstgewitter von ungewöhnlicher Heftigkeit. Es dauerte einen halben Tag und eine Nacht und hatte schon vorher überall das Böse ausgegoren. Die menschlichen Seelen waren in Feindschaft voneinander geschieden. Sie wissen«, erklärte ich beiläufig, »bei solchen Gewittern wird sogar die frisch gemolkene Milch zersetzt, selbst dann, wenn sie in kühlen Kellern aufbewahrt wird, wohin kein Lichtstrahl dringen kann. Also auch das Unschuldigste und Sanfteste, die seimige Milch von gutmütigen Kühen ...«

Die Frau des Obersten nickte mir zu, sie billigte diesen Vergleich, der für andere nichtssagend gewesen wäre. Die Geschichte, die ich nun erzählen wollte und die mir bis zu diesem Augenblick so unklar gewesen war, daß ich ihren Ausgang noch gar nicht abzusehen vermochte, bildete sich in einem Nu mit allen Einzelheiten:

»Als die Finsternis einbrach, war das wie die Schwärze des Jüngsten Tages. Und man hätte vielleicht sogar die Engel sehen können, wie sie umhergingen und denjenigen das Mal aufdrückten, die für immer gezeichnet werden sollten. – Während des Gewitters wurde Starkloff ermordet. Ich war draußen bei den Fischteichen, ganz in seiner Nähe, er hat geschrien, die beiden werden keine leichte Arbeit mit ihm gehabt haben. Ich habe das Schreien gehört, aber ich war fast taub vor Furcht...«

Ich erzählte ihr in einem Atem, daß ich am Morgen nach dem Gewitter im Park jenes Standbild umgestürzt fand. Dann schilderte ich die Zerstörungen, die das Unwetter angerichtet hatte, die Feuersbrunst in Leschwitz, welche die Getreideschober fraß. Die Felder der Landschaft, die ich in meinem Bericht hochsteigen ließ gleich einem Stück Erde, das vom Meer verschlungen war und nun langsam auftauchte, sahen verschlammt und wäßrig aus. Das Dorf hatte so großen Schaden erlitten, daß es schien, als wäre zwischen den Wolken hervor eine Last glühender Meteore gradeswegs auf die Häuser und die Gemarkung von Kaltwasser geschleudert worden. Die Bäume des Parks waren zersplittert und vom Feuer gefällt. Mitten zwischen abgebrochenen Ästen und verhageltem Laub lag die Figur am Boden, zerborsten und geköpft, so daß es mir jetzt, wo ich dieses Zerrbild der Wahrheit herstellte, vorkam, als hätte der Zorn des Himmels von Anfang an allein den Stein und nicht das übrige Leben aus Fleisch und Blut treffen wollen.

Die ehemalige Herrin von Kaltwasser hörte meinen Lügen unbewegt zu, den Blick von mir abgewandt, mit leicht erhobenem Kopf. Das Profil dieses Gesichts, aus sanften, gekurvten Linien gebildet, war beherrscht und voller Kühle. Aber ein unmerkliches Vibrieren, das vom Kinn aufwärts zog, an den Lippen vorüber, deren Verlangen nach Zärtlichkeit noch nicht gänzlich ausgetilgt war, die schmale Nase hinauf bis in die ebenmäßige Stirn, zeigte mir, daß sie mit ihrem Gehör an meiner Rede hing wie der Eimer eines Verschmachtenden am

Seil eines Ziehbrunnens – und es war noch sehr zweifelhaft, ob der Wasserspiegel je erreicht werden konnte.

Inzwischen war ich dahin gelangt, die Umstände zu schildern, unter denen ich in den Besitz des steinernen Hauptes geriet:

Das Standbild liegt wie ein Leichnam da, ich beschließe, es zu beerdigen, hebe die Grube aus und entdecke dabei den Kasten, dessen Inhalt mir darüber Aufschluß geben wird, wer in diesen Stein hineingebannt worden ist. Ein Gespenst also, eine Tote, die deswegen keine Ruhe finden konnte, weil sie mit einer schwächlichen und der Wirklichkeit nicht gewachsenen Liebe fortwährend aus ihrem Grabe auf die Erde zurückgerufen worden ist.

Ich habe den Kasten erbrochen und finde die Hinterlassenschaft eines Bauernmädchens, das der Gutsherr zu seiner Braut bestimmt hatte und das, als er den Widerstand seiner Verwandten nicht überwinden konnte, sich unversehens auflöste wie ein blutloses Traumbild, das vom Tageslicht zerstört wird. Sie wendet sich von den Sterblichen ab und kehrt in den Himmel zurück, mitten zwischen den Sternbildern nimmt sie ihren Platz wieder ein, den sie nur auf kurze Zeit verlassen hat, denn es war nichts Irdisches an ihr, und sie glich eher einer Göttin als einem unwissenden Mädchen, das bei armen Häuslern aufgewachsen war, die dem Herrn von Kaltwasser Zins und Fron schuldeten. –

»Woher wissen Sie das?« fragte mich Coras Mutter.

»Ich habe es gelesen«, gab ich zurück, »in dem Kasten befanden sich die Aufzeichnungen des Mannes, der das Standbild errichten ließ. Ich würde Ihnen daraus vorlesen, wenn ich die Papiere noch besäße. Sie sind mir abhanden gekommen, ich habe ihren Verlust sehr bedauert, aber bei dem Leben, das ich führe, muß man damit rechnen, daß einem mehr verlorengeht, als man zu gewinnen imstande ist.«

»Ich hätte es gern gewußt!« Sie sah mich an, ihre Augen waren glänzend und weich, und ich spürte den Blick langsam wie eine tastende Berührung über mein ganzes, von Unwahrheit verschleiertes Gesicht gehen.

»In meinem Gedächtnis ist nicht viel von dieser Geschichte aufbewahrt worden«, wies ich sie ab, »ich weiß nur, daß der Gutsherr seine Geliebte noch zu ihren Lebzeiten tatsächlich für eine Göttin gehalten hat. In seinen Aufzeichnungen kam er immer wieder zurück auf jenes Wort von Ovid: daß den

Göttern die eigene Gottheit ein Grauen sei. Er behauptet, diese Wahrheit am eigenen Leibe erlebt zu haben. Denn die Götter, durch ihre Kälte gepeinigt, suchten sich von Zeit zu Zeit einen warmen Leib und eine nachgiebige Seele, um sich darin zu verkleiden und das Leben zu kosten, das ihnen versagt ist. Von innen her wie aus einem goldenen, olympischen Kern wächst also die Schönheit, verbreitet sich über Gesicht und Glieder: ein dünner Flaum aus überzarter Empfindung, jenem ähnlich, der auf manchen Früchten zur Zeit ihrer Reife sich bildet. Der Gutsherr von Kaltwasser muß anscheinend davon nicht haben schweigen können, denn er verteidigt sich einmal dagegen, als Ketzer oder als Verrückter angesehen zu werden. Eigentlich war er nur ein Unglücklicher, dessen Dasein immerzu von Hirngespinsten beschwert wurde. Deswegen liebte er jenes Inbild und die Qualen, welche es ihm offenbar bis an seinen Tod verursachte. – Übrigens befanden sich in dem Kasten außer mehreren unerheblichen Kleinigkeiten auch zwei goldene Ringe, von denen ich den einen an mich nahm – den anderen behielt ... er ist genauso verlorengegangen ... ich meine denjenigen, den ich hatte ... aber das ist ja gleichgültig!«

»Und wie ging es aus? Was war vom Ende dieser Liebe in dem Manuskript gesagt?« Sie stand auf, derart übereilt, als bedauerte sie es bereits, daß sie sich so lange bei mir aufgehalten hatte. Jetzt gewann sie ihren Hochmut schon wieder zurück, und sie verhehlte es mir nicht, daß sie mich für unwürdig erachtete, solche Geheimnisse zu wissen, die niemanden etwas angingen außer der Familie, die sie betrafen. Plötzlich bezeigte sie einen kindischen Stolz, der mich an Cora erinnerte. Wortlos, mit Blicken und Gebärden versuchte sie mir klarzumachen, daß sie selbst um keinen Preis etwas von dem erzählt haben würde, was ich so leichtfertig hingesagt hatte. Ihre Ablehnung ging mir nicht nahe, denn ich dachte schon nicht mehr daran, das Gespräch fortzusetzen. Ich dachte an eine schmale, nervöse Hand, auf deren mittelsten Finger ich Christianes Ring vor wenigen Monaten erst gesteckt hatte. Ich sah die flachen Knöchel, die bläulichen Aderstränge unter der leicht verletzlichen Haut, die muschelförmigen Nägel, deren Bögen ich unsäglich geliebt hatte. Inmitten kraftloser Fingerglieder schimmerte das alte Gold, das von seiner ersten Besitzerin genügend Unsegen und Verzweiflung in seine metallische Kälte aufgenommen haben mußte. Es war ein Geschenk aus

Haß und Rachsucht, das ich damit machte, aber ich konnte ja der Zeit nicht vorauseilen und die Beschenkte dort erwarten, wo das Mißgeschick, welches dieses Gold an sich zog, ihr auflauerte.

»Was wissen Sie vom Ende dieser Geschichte?« fragte mich die ehemalige Gutsherrin von Kaltwasser.

»Vom Ende«, gab ich abwesend zurück, »von diesem Ende weiß ich nicht allzuviel. Ich weiß nur, daß der unglückliche Liebhaber in seinem Park mehrere Figuren aufstellen ließ, um zwischen ihnen das Standbild zu verstecken, das vom Gewittersturm umgeworfen wurde. Er hatte nicht den Mut, diesen Stein, der ihm Christiane bedeutete, allein zwischen die Bäume zu setzen, deswegen gab er ihr Begleiterinnen, die dem Geschmack der damaligen Zeit entsprachen und ebensogut Musen als auch andere mythologische Frauenspersonen vorstellen konnten.«

»Er hatte nicht den Mut, meinen Sie? – Es gibt viele Arten von Mut. Manche sind so beschaffen, daß sie nur von solchen Männern verstanden werden, die alle Voraussetzungen erkennen – nicht im Verstand, nein, nein, das nicht – sondern im Blut! Aber reden Sie weiter!«

Coras Mutter behandelte mich mit einer Herablassung, die kränkend gewesen wäre, wenn ich nicht gewußt hätte, daß sie das Anzeichen einer inneren Verwandlung bedeutete.

Ich zwang mich dazu, meinen Stolz zu unterdrücken, der sich gegen ihren Hochmut sträuben wollte, und ich redete mir ein, daß man ihr deswegen vieles zugute halten müßte, weil ihre Entbehrungen zu groß gewesen waren. Man konnte den Zustand, in dem sich die ehemalige Gutsherrin von Kaltwasser befunden hatte, nur dann ermessen, wenn man bedachte, daß alles, was ihr den inneren Zusammenhang des eigenen Schicksals ausmachte – ohne dessen stetiges Bewußtsein niemand zu leben vermag –, immer von neuem ertränkt wurde in den dunklen Flutungen jener trostlosen Musik. Die Schwarze Weide, dieses erbarmungslose Ätzwasser, floß mit ihrer Kälte durchs Klavierspiel ohne Wirbel und so glatt, daß man darin sogar den toten Mulm am Grunde wahrnehmen konnte. Die Hände tauchten in die eisige Flut und tupften mit unsicheren Fingerspitzen auf die Tasten, welche wie ein Schwarm silbriger Weißfische in der Tiefe schwebten; die Töne kamen herauf, die Melodien, klar und glockenrein, aber das Wasser stieg auch;

bald stand es bis zur Brust und ließ das Herz gefrieren. Schon in diesem Augenblick war die Gewalt über die Musik verloren, die Schwarze Weide hatte die Wahrheit ausgespült, deswegen wurden die wohlklingenden Tröstungen kleinlaut und verstummten schließlich ganz.

Indessen war die Frau näher an mich herangetreten und stand, geschwärzt vom Schatten, zwischen mir und der Lampe. Die müden Augen bedrängten mich mit eindringlichen Blikken. Die staubige Häßlichkeit des Zimmers vermochte nicht, in mir die Ausrede zu bekräftigen, daß alles nur eine Zufälligkeit sei.

»Reden Sie doch weiter!« Sie machte eine ungeduldige Bewegung mit ihrer Hand, die einen Augenblick vor dem bräunlichen Hintergrund aus kaltem Licht und verschossenen Tapetenblumen hängenblieb, bevor sie sich wieder fallen ließ. Nebenan hinter der membranartigen Wand begann mit kreischenden Mißtönen, die sich allmählich zurechtzogen, eine gellende Grammophonmusik, die mir alles, was ich nun vorhatte, erleichterte.

»Ich habe in dieser Sache nicht mehr viel zu berichten«, sagte ich abweisend, »denn es ist mir völlig gleichgültig, ob jener Vorfahr des Gutsherrn von Kaltwasser Mut oder Feigheit bewiesen hat. Das geht mich nichts an, ich bin durch einen gewöhnlichen Diebstahl zu dieser Sache gekommen, und wenn es mir nicht so viele Umstände bereiten würde, hätte ich das Stück Sandstein dort drüben schon längst seinem früheren Besitzer wiedergegeben!«

Währenddessen betrachtete ich die magere Hand, welche dort an der kaum geschwungenen Hüfte hing. Dabei gedachte ich jener anderen, deren mittelster Finger Christianes Goldreif trug. Ich entsann mich des schlanken Armes, der glatten Schultern, des faltenlosen Halses, und ich fühlte die Glätte der Haut, die gleichsam von lauter Verzärtelungen poliert gewesen war.

»... deswegen war ich oft in Versuchung, den Stein wegzuwerfen«, hörte ich mich reden, »aber ich hoffte immer, daß ich gelegentlich jemanden treffen würde, der einen größeren Anspruch darauf erheben darf als ich. Vielleicht gibt es irgendwo einen Verwandten des Obersten, der dieses wertlose Ding bei mir findet und mich darum bittet. Ich würde es ihm nicht verweigern.«

Sie wandte sich um, und ich sah, wie ihr Rücken zuckte; langsam ließ ich mich von der Platte des Schreibtisches gleiten, unter der das Gedicht lag. Ich ging so weit übers knarrende Parkett, bis ich sehen konnte, womit sich Coras Mutter beschäftigte. Die laute Musik und das Gelächter von nebenan verdeckten die Geräusche, welche das Holz unter meinen Füßen machte.

Sie stützte sich auf den Tisch und beugte sich über das Haupt, das mit der lockeren Unterlage schwankte und zum ersten Male wieder etwas von dem geheimen Leben zeigte, das es früher im Park von Kaltwasser immerzu besessen hatte. Zögernd legte Coras Mutter die Hand auf den ausgewaschenen Sandsteinscheitel – das war so, als setzte sie selbst sich wieder in den Besitz ihrer Vergangenheit ein. Sie drehte sich nach der Seite um, auf der sie mich vermutete, ich räusperte mich leise, und sie errötete, als sie gewahr wurde, daß ich sie beobachtet hatte.

»Sie dürfen keine falschen Schlüsse daraus ziehen«, sagte sie heiser, »ich möchte Sie darum bitten, obwohl ich kein Recht dazu habe, denn ich bin weder verwandt, noch ... Ich kenne den Obersten nicht, das heißt, ich habe mir einmal eingebildet, ihn zu kennen, aber er mag sich seither verändert haben ... Doch darum handelt es sich keineswegs, ich möchte den Kopf einige Tage vor Augen haben, weil ich mich genau erinnern will, verstehen Sie?«

»Nehmen Sie den Stein an sich«, redete ich ihr zu, »ich werde mir keine Gedanken darüber machen, warum Sie ihn von mir erbeten haben.«

Sie hob das schwere Haupt mit beiden Händen auf und bettete es an ihre Brust. Leichten Schrittes, ohne Abschied und Dank eilte sie zur Tür, die ich ihr öffnete. Auf dem matt erleuchteten Flur trieb sie von dannen wie eine neue Ophelia, die aus ihrem Tod sich ins Leben geworfen hat.

Ich ließ mich erschöpft in den Sessel fallen. Der Raum schien sich verengt zu haben; die trübe Leere stieg aus dem Kasten auf, der in der Ecke stand – wie der beißende Rauch eines mit Nässe durchtränkten Herdfeuers machte er mir alles verschwommen und qualmig.

Undeutlich, von der plärrenden Grammophonmusik verdeckt, konnte ich hören, wie auf der anderen Seite nebenan die Schritte weitergingen, die vor diesem Sessel, in dem ich mich ausstreckte, angefangen hatten. Dann vernahm ich das leise

Rücken des Stuhls und schließlich jenes Klopfen, das mir sagte, daß nun der Deckel über den Tasten zurückgeschlagen wurde. Zuletzt befand ich mich auf der Wasserscheide, hoch oben zwischen den beiden Musikern, die in dünnen Quellfäden vor meinen Füßen entsprangen. Drüben war die eisige Feuchte der Schwarzen Weide und hüben der unreine Duft jener verzweigten Gewässer, in denen man das vergißt, was einen erinnern möchte.

Im Anhören der Klaviermusik entsann ich mich von neuem der Aufzeichnungen, von denen vorhin die Rede gewesen war, dieser gefährlichen Beschwörungen einer Toten. Ich hörte den anklägerischen Tonfall des Selbstgespräches so genau, als stünde derjenige, welcher es aufgeschrieben hatte, hinter meinem Rücken und flüsterte es vor sich hin.

Die Papiere waren verloren, das steinerne Haupt war verloren, der goldene Ring war verloren. Ich hatte nichts behalten außer einem Kasten aus hartem Eichenholz, einer leeren Hülse, einer ausgesamten Fruchtkapsel: Die Körner waren verstreut, einige seilten sich mit ihren Wurzeln anderwärts im Erdboden fest, die Triebe schossen hoch, aber die Ernte stand mir wohl nicht mehr zu.

Ich lehnte mich zurück und schloß die Augen, weil mich das grelle Licht ins Gesicht stach. Sogleich sah ich Christianes Ring wie festgeschmiedet um das gebrechliche Fingerglied, der Reif ließ sich weder verrücken noch abstreifen, denn er hatte sich mit seinem rötlichen Feuer schon tief ins Fleisch eingefressen.

Die Zeit, welche seither vergangen war, schnurrte zusammen, das Vergangene sprengte sich in die Gegenwart ein:

Es ist Frühsommer, ich gleite mit der klirrenden Bahn durch nächtliche Straßen, in denen die erhitzte Luft an den Hausfronten hochwirbelt. Die Luft ist noch windstill, aber breite Streifen brandigen Geruchs kündigen die Gewitter an, die sich unterhalb des Horizonts zusammengeballt haben.

Die Fahrgäste verlassen den Wagen, zuletzt bleibe ich allein übrig, und ich schwanke breitbeinig in den schlingernden Bewegungen, die er macht. Ich bin dessen gewiß, daß mir nichts geschehen wird, denn ich trage etwas bei mir, das mich retten soll, wenn das Unwetter losbricht. Es ist ein goldener Ring, an den ich mich klammern werde; ich greife in meine Tasche, er faßt sich kühl an, doch ich weiß, daß ein böser Brand in das Metall eingeschmolzen ist. Als ich ausgestiegen bin und wieder festen Boden unter den Füßen habe, wird meine Erregung endlich so stark, daß sie mir die Kehle verengt, bis ich das Blut an den Schläfen klopfen spüre.

Langsam schlendere ich die kaum erleuchteten Straßen entlang, welche von jungem Gesträuch, das durch die Zäune kriecht, beinahe überwuchert werden. Während ich den vollen Geruch des Jasmins und den besänftigenden Duft der Linden vermischt einatme, denke ich zum erstenmal darüber nach, daß es eigentlich meiner unwürdig ist, den Heimlichkeiten nachzugeben, zu denen mich die Frau zwingt, die ich jetzt aufsuche. Ich werde zornig und beginne sie zu verwünschen. Ich rede laut vor mich hin und bemühe mich, meinen mißgestalten Schatten zu zertreten, der rund um die Laternenpfähle kreist.

Schon im voraus weiß ich jedoch, daß diese Auflehnung dann vorüber sein wird, wenn das Haus, das allein am äußersten Rande der Stadt steht, hinter dichtem Laub sich vor mir zu verstecken versucht. In einem einzigen Blick fasse ich die gezackten Umrisse des getürmten Dachfirsts und der vorgebauten Balkone zusammen, lehne mich an die zerrissenen Drahtmaschen der Umzäunung, die sich von selbst nicht mehr aufrecht halten kann und in die Sträucher eingehängt ist. Diese Berührung läßt irgendwo ein blechernes Klappern aufwecken, es gleicht dem Gelächter eines unsichtbaren Beobachters, den meine Unschlüssigkeit belustigt...

Die Musiken spielten sich unablässig weiter in mein Zimmer vor und suchten sich gegenseitig zu verdrängen. Coras Mutter hatte sich bis jetzt behauptet, sie wurde immer sicherer, die Töne zitterten nicht mehr wie früher, sie klangen rein. Wenige Takte waren erst vergangen, die Zigarette, welche ich vorhin angesteckt hatte, trug eine winzige Aschenkappe; die Einzelheiten, die ich vor mir sah, veränderten sich wie die bunten Sternfiguren in einem Kaleidoskop, welche beim geringsten Anstoß neue Formen ergeben:

In dem Augenblick, da ich das Klagen des Käuzchens nachahme, wird in einem Fenster des obersten Stockwerks der Vorhang beiseite gerafft, und ich kann im Zimmerlicht einen glatten Arm und eine weiße Hand erkennen. Bevor ich über den Zaun steige, betaste ich den Ring, der bald an dieser Hand brennen soll wie Nesselgift. Dann erst werden die Erniedrigungen zu Ende sein, die ich immer wieder auf mich nehmen mußte.

Der ausgedörrte Rasen knistert leise, indes ich darüber gehe; die Bäume fangen an, sich im ersten Windstoß zu bewegen, und wischen heftig durch den schwachen Brand, den die Stadt an den Horizont haucht. Ein flackernder Schein macht die Hauswand kalkweiß und läßt die Steintiere an der Terrasse von der Kette, damit sie mich allesamt anspringen können. Erst im Treppenhaus, das gleichermaßen nach Schimmel wie nach Parfüm riecht, merke ich, daß mir Schweißperlen von der Stirn rinnen, aber ich habe nicht mehr soviel Kraft, um sie wegzuwischen. Vorsichtig taste ich mich in der dichten Finsternis zu den ersten Stufen hin, denn ich fürchte, daß ich auch heute wieder über den Rand des Teppichs stolpern könnte, der sich hochgerollt hat und immer noch nicht festgenagelt worden ist. Als ich die Hälfte der Treppe erstiegen habe, höre ich oben die Türangel zirpen und den Lichtschalter schnappen. Das erste, was ich sehe, ist eine der vielen Fotografien, die an der Wand hochlaufen wie ein zerschnittenes Filmband. Die roten Rahmen, welche zahllose Abwandlungen desselben Gesichts einfassen, scheinen den gleichen Geruch auszuatmen, der in den Garderobekammern großer Theaterhäuser dünstet, wo die kurzlebigen Maskierungen aus greller Schminke, kreidigem Puder und überspannter Empfindung gemischt werden. – Da ist das hoffnungslose, verzweifelte Alter, gegerbte Lederhaut, erloschene Augen – ein Schritt höher: Jugend voller Sehnsucht und Innigkeit, der schmale schamhafte Mund, die unberührbare schimmernde Haut und in der Iris ein seltsamer Glanz – ein Schritt höher: das Laster: – ein Schritt höher: die mit silbernem Panzer umschlossene Jungfräulichkeit – ein Schritt höher: die barbarische Hure, die der Evangelist erschaut hat – ein Schritt höher: der verzückte Heilige, gläubig und voller Demut.

Ich blicke nicht auf, obgleich ich weiß, daß ich nun, wo ich um die letzte Kehre bin, sie selbst sehen kann. Die Stationen sind zu Ende, gleich wird sie das Licht wieder auslöschen, damit der rötliche Lampenschein, der hinter ihr im Türrahmen glimmt, alles in eine romantische Szenerie verwandelt. Während draußen der Wind in die Bäume einfällt und die ersten Donnerschläge die Fensterscheiben zum Klirren bringen, warte ich voller Haß auf den Augenblick, da alle Fratzen, die meinen Aufstieg schadenfroh mit angesehen haben, wieder in die Nacht zurückstürzen.

Sie steht nicht auf der Schwelle, vielleicht ist sie der Rolle überdrüssig geworden, die sie jedesmal vor mir agiert hat. Ich springe die letzten Stufen hoch, stoße die Tür auf und trete in das matt erleuchtete Zimmer ein, das leer zu sein scheint. Die starken Regengüsse werden gegen die Scheiben geweht, die Trommelschlegel der Tropfen beginnen auf dem dünnen Dach ihre Wirbel, der Donner paukt rhythmisch dazwischen. Die Fahnen des Windes klatschen um den Schornstein, und die Hufeisen der galoppierenden Wolkenrosse hauen Funken aus der Schwärze. – Das Zimmer ist erfüllt mit dem süßlichen Geruch halb verwelkter Blumen, hinter hohen Büschen ermatteten Rittersporns verbirgt sich das Bett, über dem sonst die ganze Wand mit Bildern behängt gewesen ist. Sie fehlen jetzt alle, dafür ist ein neues da, das ich noch nie gesehen habe: ein junger Mann in meinem Alter, er hat schütteres Haar, die Lippen klaffen ihm in albernem Lachen auseinander, ich kann es hören, er lacht so, wie jene Hunde bellen, deren hartnäckiges Kläffen nichts zu unterbrechen vermag.

Die Frau regt sich leise unter der elfenbeinfarbenen Decke, von der sich weder das Gesicht noch die nackten Arme abheben. Das schwarze Haar fällt so glatt über die Stirn wie die künstlichen Locken einer aus Lack gefertigten Maske. Die dunklen Augen folgen jeder Bewegung, die ich mache. Ich nehme voller Staunen wahr, daß ihr Gesicht alle Häßlichkeiten verloren hat, die gleich den Nachbildern der fremden Antlitze, für die es seine Züge herleihen mußte, sich mit Falten und grauen Schattierungen früher um Augen und Mund ausbreitete. Sie ist noch jünger als das Mädchen, welches ihre Keuschheit im Treppenhaus jedem preisgibt, der das Bild betrachtet. Es hat den Anschein, als sei die Schauspielerin niemals von irgendeinem geliebt worden, weder von mir noch von den vielen anderen, deren Spuren sie nicht verbergen konnte und die sie mir, wenn ich darauf stieß, sogar erklärte.

Ich habe alles verstanden, noch ehe sie zu Wort kommen kann, und ich weiß, daß sie sich vor mir fürchtet und den Augenblick herbeisehnt, wo mein Auftritt zu Ende sein wird. Die Erschütterungen, welche das Gewitter verursacht, sind so stark geworden, daß ich spüre, wie die Dielenbretter zu beben beginnen. Das kratzige Geräusch, mit dem der Mörtel sich hinter den lockeren Tapeten löst, erinnert mich an die Körner, welche durch den engen Hals einer Sanduhr fallen; sie vermindern sich zusehends im oberen Glastrichter, der Vorrat an Zeit geht zu Ende, das Gehäuse wird niemals mehr umgedreht werden. Ich bin dessen gewiß, es erbittert mich, daß ich es heute erst einsehe.

Die Arme heben sich mir entgegen, die rotgetupften Finger spreizen sich, und der gefärbte Mund öffnet sich langsam zum Sprechen. Ich setze mich schnell auf den Bettrand und versiegle die Lippen mit meinem Finger. An den Augen wird das Lächeln, in das ihre Spannung zerfließt, sofort ablesbar. Ich fühle, wie ihre Arme hinterrücks in der Luft sind und sich schon um mich schließen.

Eben will ich aufstehen, um das Licht im Treppenhaus, das uns verraten könnte, zu löschen, als die knisternden Fäden, die aus dem brodelnden Himmel sich fortwährend abspulen und uns einspinnen, zu einem einzigen Flammenseil zusammenschießen, dessen Enden mitten durchs Zimmer gepeitscht werden. Die Lampen verlöschen, der Himmel bleibt noch eine Weile gespalten und stürzt dann überm Dach mit einer solchen Wucht ein, daß ich von meinem Sitz geschleudert werde.

Im Taumeln greife ich nach dem Ring, er ist heil geblieben, ich ziehe ihn hervor und lasse ihn auf meiner Handfläche liegen. Er gibt mir eine seltsame Kühle, ich beginne zu frösteln, denn ich weiß: es ist die gleiche Temperatur, welche der Erdboden hat, wenn man fünf, sechs Spatenstiche tief gekommen ist, die beständige unerwärmbare Schattigkeit aller Gräber.

Die Stille dauert nicht lange, sofort bemächtigt sich das Entsetzen jenes Mundes, der verstummt war; er füllt sich mit Schreien, die stoßweise herausdringen. Ich taste mich hin, streichle die Frau, nehme sie in die Arme und wiege sie wie ein Kind, das zur Ruhe gebracht werden soll. Zunächst zittert sie noch heftig, weil ihre Furcht mit ihrem Verlangen im Widerstreit sich befindet, bald aber hat das Verlangen überhandgenommen. Die Waagschalen hielten sich für wenige Minuten auf der gleichen Höhe, nun beginnt die eine langsam zu sinken, während die andere federleicht wird. Aber das gefährdet mich nicht mehr, denn ich will nicht zum Grunde gezogen werden und weiche den Lippen aus, die mich suchen. Derweilen ist meine linke Hand um den Ring geschlossen. Der heiße Atem fährt mir ins Gesicht, die Schauspielerin beginnt mir unsinnige Versprechungen einzuflüstern, die mir deswegen nicht ganz deutlich werden, weil ich mir Mühe gebe, die Geräusche wahrzunehmen, welche vom untersten Stockwerk, durch viele Türen gefiltert, zu uns heraufdringen. Der Regen stürzt plätschernd übers Dach, das Schäumen und Gurgeln in den Rinnen wird immer lauter. Die Sintflut spült schon bis an die Fundamente, gleich wird sie aus den geschwollenen Grundwasseradern hervorbrechen, das Haus umkippen und uns ertränken wie die überzähligen Neugeborenen aus einem zu großen Wurf wertloser Tiere.

Ich bin immer abweisender geworden. Sie spürt es genau, daß ich ihr nicht nachgeben werde, und gerät in eine Raserei, die ich nicht zu unterdrücken vermag. Aus dem sinnlosen, mit Lachen und Schluchzen gemischten Gestammel, das sie hören läßt, hebt sich immer wieder derselbe fremde Männername ab.

Den Ring fasse ich locker zwischen den Fingerspitzen, er scheint in Glut zu geraten, ein rötlicher Schimmer macht sich um uns breit; noch ehe ich bemerke, daß er durch die offene Tür hereindringt, habe ich die Hand gefunden. Mit Gewalt halte ich sie fest und stecke den Goldreif auf einen der zuckenden Finger, die mich nicht wieder loslassen wollen. Dann stemme ich mich hoch, die Arme gleiten von mir, der Körper sinkt schwer zurück, als habe das unsichtbare Gift schon gewirkt, welches an Christianes Goldreif haftet.

Im Treppenhaus kommt mir ein ältlicher Mann entgegen, der keuchend noch ein, zwei Schritte heraufsteigt, ehe er verdutzt stehenbleibt. Die Hand, mit der er ein flackerndes Talglicht schützt, ist so abgewetzt, daß der Schein sie durchleuchtet wie einen dünnen, vom Überwintern vertrockneten Fledermausflügel. Ich kann mich nicht mehr zurückhalten, fliege über die Stufen hinab auf den Mann der Schauspielerin los und spüre nicht einmal, wie ich ihn beiseite schleudere. Das Licht erlischt und rollt hinter mir her, ich höre weiter nichts mehr, als daß die Stäbe, mit denen der Teppich festgelegt ist, meinen Füßen wie Sporen nachklingen. Gleich darauf bin ich draußen im Regen, der wie aus Kübeln über mich gegossen wird...

Coras Mutter hatte derweilen vielleicht nur zehn Takte gespielt, ruhig und unbeirrbar, während auf der anderen Seite das Grammophon verstummt war. Die Melodien der Klaviermusik erstarkten, wurden immer noch härter und hallender, schließlich dröhnte das gläserne Glockenspiel so laut an meine Ohren, daß ich die Wellen der klingenden Luft mit der Haut zu spüren vermeinte.

Als ich damals durch den Regen geirrt war, hatte ich mich nicht an jenes andere Gewitter erinnert, bei dem ich mit der Obersten-Tochter unter dem durchlässigen Dach einer Schilfhütte hockte, während der Teichspiegel sich langsam hob und die Fluten im engen Durchfluß gestaut wurden. Jetzt war der Damm geborsten, ich hörte deutlich den Schrei, der von einer zur anderen Wasserfläche geworfen wurde, immer lauter und gellender, bis er mit aller Macht in mein Gehör fiel. Das Glockenspiel hing nun in den Fischteichen, jedes Gewässer läutete in grünspaniger Dämmerung seinen eigenen Ton, aber der eindringlichste von allen befand sich im Mühlweiher, der mit seinem geschweiften Munde alle anderen Stimmen anführte. Der Mühlweiher hob und senkte sich, ich konnte den Schwengel erkennen, der eigensinnig gegen die Bewegung des Mantels anstieß und wieder zurückgeschleudert wurde: er hatte menschliche Formen, das Gesicht drehte sich mir zu, es waren Starkloffs entstellte Züge, kopfüber schlug er das Geläute heraus. Allerorten sah ich ihn so pendeln. Da war er jünger, dort war er verzweifelter, und anderwärts war er so unkenntlich, daß ich ihn nur mit großer Mühe mir ausdeuten konnte. Ganz in der Nähe wimmerte die dünne Glocke des Kindes, das hörte sich so an, als greinte es deswegen, weil es schon die Ungunst der Sterne spürte, die in seiner Geburtsstunde verzerrt am Himmel heraufgeglitten waren.

Ich konnte dem nicht länger mehr lauschen. Es machte mich so mürbe, daß ich mich nur noch mit großer Mühe aufrecht hielt. Ich kämpfte verzweifelt damit, endlich stand ich wieder fest auf den Füßen, nahm den Mantel und verließ mein Zimmer in einer solchen Hast, daß ich mich erst, als ich schon auf der Straße stand, darauf besann, die Tür nicht verschlossen und das Licht nicht gelöscht zu haben.

Das Läuten war mit mir gegangen, den dämmrigen Korridor entlang, der seine bröckligen Mauern enger zusammenschob, als hätte er Amphions zaubrischen Gesang vernommen, von weit her über die liedlosen Jahrhunderte hinweg, und als sei er nun bereit, mich auf das Geheiß jenes mächtigen Sängers, der mit seiner Stimme die Steine bewegen konnte, zu zermalmen. Ich entkam der Gefahr und eilte an den Gästen vorüber, welche sich im großen Gesellschaftszimmer über Zeitungen und Spielkarten neigten und mir verwundert nachblickten, als es mir mißlang, ihnen die Tageszeit zu bieten. Der Fahrstuhl rutschte knackend unter meinen Füßen weg. Ich kam mir vor wie der ungetreue Glöckner, den man in einer Schlinge des Seils gehenkt hat, damit er, ehe er verscharrt wird, sein eigenes Grabgeläut aus dem Kirchturm dröhnen läßt. Mein Gesicht befand sich im Brennpunkt der Spiegel, die ringsum an den Wänden befestigt waren, aber ich hätte es nicht ertragen können, die verhaßten Züge überall zu sehen. Deswegen stellte ich mich fürs erste noch blind.

Dritte Stunde

... kehrte ich nach Osten heim, woher mich's rief

Die Straße übertönte mit ihrem Lärm die Stimmen, vor denen ich mich geflüchtet hatte. Der vergessene Hunger regte sich von neuem und würgte sich herauf, bis er mir im Munde saß und den trockenen Gaumen feuchtete. Ich schmeckte die Speisen, die ich mir selbst vorenthalten hatte, auf der Zunge und empfand die zunehmende Wollust, welche jeder Sättigung voraufgeht und von ihr nicht übertroffen werden kann.

Noch bei den ersten Schritten, mit denen ich mich ins schlendernde Gedränge einordnete, wußte ich nicht, ob der Nebel, der über allem lag, nicht etwa bloß wie ein Bodensatz des Unwirklichen sich in meinen Augen befand. Aber ich spürte bald die Feuchtigkeit der kühlen Luft und atmete die Gerüche ein, die sich in dieser Nässe verdoppelten: das seifige Parfüm, das am Nacken eines Mädchens hing, den säuerlichen Zigarrenrauch, den mir ein dicker Mann ins Gesicht blies, und die metallischen Dämpfe der Autos, welche sich auf dem spiegelnden Asphalt jagten.

Diese Bezirke waren mir vertraut, sie verbargen keine Gefahren, die unversehens wie Geysire aus dem Boden schießen würden. Als ich den Kopf hob, sah ich den verunklärten Himmel gleich einem Samttuch herabwallen, das sich besänftigend über die Häuser fallen läßt, weil sich die goldenen Nägel mit denen es festgemacht war, gelockert haben und aus der Wölbung gefallen sind.

Die Prozession, in der ich nicht mehr bedeutete als jeder unbekannte Nebenmann, staute sich an einer Straßenkreuzung und kam zum Stehen. Ich wartete vor der vergitterten Scheibe eines kleinen Ladens, in dem Edelsteine und Gold feilgehalten wurden; hinter beschlagenem Glas glänzten unerreichbar weit die Schmuckstücke. Während ich gleichmütig diesen Schatz betrachtete, verwunderte ich mich darüber, daß ich der Schauspielerin niemals wieder nahegetreten war. Ich dachte nicht etwa daran, mich an ihrem Unglück zu weiden, das sie längst erniedrigt haben mußte, sondern ich hoffte, sie vielleicht aus den engen, von Gespenstern ihr vorgezeichneten Kreisen herausreißen zu können, selbst um den Preis, daß ich den Ring wieder an mich nahm.

Die Lampe über der Straßenkreuzung wechselte ihre Farbe, die ungeduldigen Füße begannen hastig in den alten Takt einzufallen, das Spülicht aus Gesichtern und Körpern rann träge weiter. Ich ließ mich vorwärts stoßen und staunte darüber, daß die kahlen Baumkronen ihre triefenden Zweige wie geflochtene Bälle rund um die Laternen bogen. Vor der jenseitigen Häuserfront, die sich in ein unirdisches blaues Licht einkleidete, als wollte sie die zerfressene Ärmlichkeit ihrer Architektur darunter verbergen, stand das gläserne Gehäuse einer Telefonzelle. Ich strebte darauf zu und glaubte schon jetzt die vibrierende Frauenstimme zu vernehmen, die ich seit langem nicht mehr an mich allein, sondern nur an das gerührte Lauschen derjenigen gerichtet gehört hatte, die in den Kinos sich drängten und willens waren, die Menschen, deren farblose Abbilder sie mit Sehnsucht und Neid belauerten, Göttern gleichzusetzen. Dort hatte ich unter den Verkleidungen des Lachens und der Leidenschaften deutlich den wachsenden Kern von Verzweiflung entdeckt, der die Schauspielerin seit kurzem zu entstellen begann.

Durch die blinden Scheiben des Glaskastens sah ich den Umriß eines Mannes, der seine rechthaberischen Meinungen mit pathetischen Handbewegungen begleitete, unbekümmert um irgendwelche Zuschauer. Er glich einer beweglichen Silhouette, die einen übermäßig lächerlichen Part zu spielen hat, manche seiner Redewendungen kamen mir bekannt vor, aber ich gab mir keine Mühe, sie zu verstehen. Eben wollte ich beiseite treten, um dem gefühlsseligen Schwätzer nicht zu begegnen, als die Tür heftig gegen mich geschleudert wurde. Während sie wieder zurückschwang, hakte sie ihre Klinke unter meinen Arm und schob mich Rassow entgegen, der mich sofort erkannte und beide Arme ausbreitete. Sein Gesicht mit den entzündeten Augen, in denen Tränen schwammen, mit der mächtigen Nase und dem froschigen Mund zeigte denselben beleidigten Ausdruck, welchen er in dem Augenblick aufgesetzt hatte, da ich unsere freundschaftlichen Beziehungen kurzerhand löste. Er schien diese Miene bis heute allein deswegen bewahrt zu haben, damit er mich sofort ins Unrecht setzen konnte.

Ich entzog mich seinen Umarmungen, er redete unablässig auf mich ein, tätschelte mir Gesicht und Haare, küßte mich auf beide Backen und berichtete mir weinerlich von seinen Angelegenheiten, deren Zusammenhänge mir nicht klar wurden. Es war mir nicht so lästig, wie ich zunächst befürchtete, denn es enthob mich jenes Vorsatzes, den ich vorhin gefaßt hatte.

»Ich habe da noch etwas Wichtiges zu erledigen!« Indem ich auf den Apparat deutete, unternahm ich einen schüchternen Versuch, meinen Plan doch auszuführen.

»Kann mir schon denken, was...«, sagte er grinsend, »es wird ihr guttun, zu warten, der Kleinen; wird auch dir guttun, sie warten zu lassen, ehe sie sich dir an den Hals hängt, mein Liebling! Bist zu voreilig, hast dich nicht verändert, mußt noch viel lernen!«

Er zerrte mich – ohne den Autos auszuweichen, die an uns vorüberflogen, als würden sie wie riesige Geschosse gegen uns abgefeuert – über den blanken Asphalt. Auf meine Widerreden achtete er nicht, er schwatzte wie früher gleich einem alten Weibe vor sich hin, das seit jeher keine Verschwiegenheit gekannt hat. Ich fragte ihn nach dem Mädchen, das früher mit ihm zusammengelebt hatte.

»Helene«, gestand Rassow bekümmert, »ist bis heute bei mir geblieben. Sie sitzt am kalten Ofen und grämt sich. Aber sie wird sich erheitern, wenn sie endlich wieder einen anständigen Menschen zu Gesicht bekommt statt des Gesindels, das bei uns ein und aus geht. Freuen wird sie sich, lächeln wird sie wieder, wahrhaftig.«

Ich nahm das Lob hin, das er mir freigebig spendete. Wir waren in eine spärlich erleuchtete Nebenstraße eingebogen und lange an den einförmigen, schwärzlichen Hausfronten hingelaufen, die sich ohne Unterbrechung mit dunklen Fenstern über den von warmem Licht, dudelnder Musik und Gelächter strotzenden Kneipen aneinanderreihten. Die halblaute Litanei, welche Rassow mir ins Ohr flüsterte, ermüdete mich nicht, obwohl sie die gleichen absurden Ansichten wie früher vorbrachte. Sie rief die Namen von Menschen auf, von solchen, die ich längst vergessen hatte, und anderen, die ich noch nicht kannte und bei deren Schilderung die Begierde, sie zu sprechen und zu sehen, in mir sehr groß wurde. Dazwischen waren Zoten zu vernehmen in der gleichmütigen Tonart, die davon zeugte, daß der Erzähler sich weder mit ihnen brüsten wollte noch ihre

Bedeutung für besonders wichtig nahm; das erinnerte an Kinder, die alles, was sie angehört haben, unwissend weitersagen.

Rassow führte mich durch einen hallenden Torweg auf einen großen Hof, dessen Wände sich unter der Last der Finsternis so schief gegeneinander bogen, daß sie sich bald berühren mußten. Aus der Höhe fiel ein schräger Lichtschein in die zweite Toröffnung, der Nebel lief in ihm abwärts wie ein dünner Wasserfaden. Unsere Schatten schwebten gleich Seiltänzern einen Augenblick den straff gespannten Lichtstrick entlang, bevor sie ihr Gleichgewicht verloren und ins Bodenlose taumelten. Ich blieb erschrocken stehen, der Strahl schnellte ins Fenster zurück; Rassow hatte nichts davon bemerkt.

»Hier ist es noch nicht«, sagte er ironisch und führte mich an der Hand in den nächsten Durchgang, »zwei Höfe weiter, dann sind wir an der rostigen Wendeltreppe, die sich wie ein Korkenzieher ins Paradies einbohrt.«

Er begann schallend zu lachen, verstummte plötzlich und schritt schwerfällig, mit hängenden Schultern und gesenktem Kopf mir voraus. Der dritte Hof war umstellt von leeren Schuppen und ausgeräumten Fabrikgebäuden, deren Verwahrlosung mir sogar in dieser Dunkelheit alsbald deutlich wurde. Das eintönige Hämmern der Tropfen, die aus zerfressenen Regenrinnen fielen, skandierte auf allen Seiten die Verödung, welche diesen Ort befallen hatte. Zwei-, dreimal schrie und fauchte eine unsichtbare Katze, ihre Stimme klomm geschmeidig an den Mauern hoch, weckte ein leises Klappern von Blech, verlor ihren Halt, überschlug sich und klatschte kleinlaut aufs Pflaster. Alles roch nach den Abwässern, welche die ermüdeten Gebäude aus undichten Wänden schwitzten; der brandige Müllgestank vermischte sich mit den scharfen Ausdünstungen des Katzenkotes.

Ich blieb stehen, weil ich mich nicht mehr zurechtfand; es kam mir vor, als wäre ich in einen Hinterhalt gelockt worden. Rassows Schritte waren nicht zu vernehmen, und ich wollte eben nach ihm rufen, als ich ganz in der Nähe sein ärgerliches Räuspern hörte; gleich darauf knackte der Lichtschalter, die ausgebrannte Birne kam mühselig zum Glimmen – aber ihre diffuse Helligkeit war zu schwach, als daß sie Einzelheiten erfaßt hätte. Rassow lehnte am Türpfosten, er hatte die herrische Pose eingenommen, in die er sich immer flüchtete, wenn er nicht mehr ein noch aus wußte; dabei bekam er große Ähnlichkeit mit einem ausgemergelten Komödianten, der die Rollen der Cäsaren, die er zeitlebens gespielt hat, nicht mehr vom alltäglichen Dasein zu trennen vermag.

»Fünf Stockwerke«, er deutete mit dem Daumen nach oben, »und, wie gesagt, eine Wendeltreppe; immer im Kreise, immer im Kreise wie eine blinde Schindmähre!«

Als ich an ihm vorbei wollte, hielt er mich fest, und mit dieser Bewegung sackte er in sich zusammen. Er sah kläglich und unscheinbar aus, und ich wußte, daß er mir gleich etwas anvertrauen würde, das ihn schon die ganze Zeit bedrückt haben mußte.

»Du trafst mich in der Minute«, flüsterte er mir ins Ohr, »als ich sie überredet hatte. Sie will mich besuchen. Vielleicht ist sie schon unterwegs und wird jeden Augenblick hier eintreffen. Ich weiß, daß sie meine Bilder so schätzt, wie sie es verdienen. Sie hat gesagt, ich wäre ein bedeutender Künstler. – Wahrhaftig, sie kommt, sie hält Wort, ich zweifle nicht daran!«

»Wer denn?« fragte ich ihn unwillig.

»Sie ist reich, sie hat Freunde, die reich sind, angesehene Leute, Würdenträger sozusagen. Meine Bilder werden in den Ministerien hängen, die Museen machen Wände für mich frei. Ich spüre den Erfolg, wie er näher kommt und mich zum Hochmut verführen will, aber ich werde bescheiden bleiben, darauf kannst du dich verlassen.«

Er war von neuem pathetisch geworden, das hohle Echo schlug ihm seine Wünsche wieder ins Gesicht zurück, aber er merkte es nicht, wie er zum Narren gehalten wurde. Plötzlich kam es mir zu Bewußtsein, daß er zweifelsohne genauso viele Hoffnungen auf mich gesetzt und in derselben Überschwenglichkeit von mir geredet haben mußte, als er mich kennenlernte; nichts davon war ihm je erfüllt worden, aber das konnte ihn weder kränken noch entmutigen. Gleich einem Stelzenläufer befand er sich immerfort höher über dem platten Boden als die anderen, die mit ihm Schritt zu halten versuchten.

Die eiserne Wendeltreppe, in der wir aufstiegen, war in die unverputzten Mauern des runden Schachtes eingelassen, der den dumpfen Lärm der Schritte uns vorausschickte. Die eisernen Türen, die zu den leeren Fabrikräumen führten, standen offen. Rassows Stimme drängte sich überall ein, erfüllte die von Spinnweben verhängten Kontore und Maschinensäle mit mechanischem Geschwätz, kehrte hinterrücks und gänzlich entstellt wieder und folgte uns von fern, daß es sich anhörte, als hätte der innere Widersacher des Malers mehr als einen Gegengrund auf jedes Wort bereit. Rassow zündete ein Streichholz nach dem anderen an, sein Schatten streckte sich in die Länge und schrumpfte wieder zusammen, warf sich im Nu auf ihn und überwältigte ihn völlig, bis er sich mit der aufzischenden Flamme von neuem seiner erwehren konnte. In einem fort berichtete er von der Besucherin, die er erwartete; ich faßte es deswegen nicht vollständig auf, weil der Widerhall mir den Sinn seiner Erzählungen entstellte. Nur soviel kam mir zu Bewußtsein, daß diese Frau Schauspielerin sein mußte, denn er redete weitschweifig von gewissen Filmen und Bühnenstücken, gab ihren Inhalt wieder und lobte die meisterliche Darstellung, in der seine Bekannte ihre Rollen bewältigt hatte. Ich hörte ihm abwesend zu, das Treppengestänge zitterte, die Streichhölzer, welche Rassow wegwarf, zeichneten lange Funkenbahnen in die Tiefe, aus welcher der Lärm uns leise nachdröhnte, als kämen in unübersehbarem Zuge alle unsere Vergehungen hinter uns her.

Als ich ihn nach dem Namen jener Frau fragen wollte, war ich so kurzatmig, daß ich nicht zu Worte kam. Rassow ermutigte mich und deutete auf das Ende der Treppe, die über unseren Köpfen in den Bodenflur mündete. Dann führte er mich in den verwinkelten Gang, stieß die Tür auf, die von innen mit einem durchlöcherten Woilach verhängt war, durch dessen fadenscheiniges Gewebe das warme Licht einer Petroleumlampe sich seihte.

Dahinter war alles still, Rassow verhielt sich leise; ich hätte es nicht vertragen, ihn von neuem plappern zu hören, deswegen gab ich ihm Geld und bat ihn, Essen und Trinken einzukaufen. Großspurig lehnte er die Summe ab, schließlich nahm er sie doch, indem er so tat, als schuldete ich ihm eigentlich noch viel mehr.

»Wen hast du denn mitgebracht?« fragte Helene wie aus tiefem Schlaf.

»Geben Sie ihm nichts!« warnte sie ein wenig lauter, »Sie werden keinen Pfennig davon wiedersehen!«

»Es ist Dimke!« flüsterte Rassow kleinlaut durch den Vorhang. Gleich darauf war er verschwunden, und ich hörte ihn noch aus voller Brust und gänzlich falsch ein Lied singen, während er im Abwärtsgehen auf die Stufen den Takt dazu stampfte.

Der Raum war lang und schmal, er hatte ein schräges Glasdach, und ich erinnerte mich sofort an das Gewächshaus, durch dessen gläsernen Tunnel ich damals in Kaltwasser jeden Tag hatte gehen müssen. Aber die Blumen, welche hier blühten, waren auf Pappe und Leinwand gemalt und berankten mit ihrer nach Terpentin riechenden Künstlichkeit die Wände, von denen der rußige Kalkbewurf abblätterte wie die Rinde von Platanenbäumen. In die Fugen zwischen den Ziegelsteinen waren überall Fotografien und Zeitungsillustrationen festgesteckt, der Horizont verschob sich und umfaßte über alle Kontinente und Ozeane hinweg die Rundung der Erdkugel.

Wenn man von diesen bebilderten Wänden den Blick in den Raum zurücknahm, kam einem seine Erbärmlichkeit erst richtig zu Bewußtsein: ein eiserner Ofen als laues, unerwärmbares Zentrum dieses armseligen Daseins – zwei Matratzen, mit geflickten Wolldecken belegt – Tische und Stühle aus ungehobeltem Kistenholz – ein Schrank, dessen Tür schief nach außen hing – hinter einem Bretterverschlag Teller, Bratpfannen und Töpfe, aus denen Essenreste ihren Zwiebelgeruch dünsteten. Aber das seltsamste von allen Stücken dieses Mobiliars war ein kostbares altes Bett, das für sich außerhalb des Gevierts aufgestellt war, welches der Schrank, die Matratzen und die gebrechlichen Aufbauten rings um den Ofen bildeten. Dieses Bett, das ich schon von früher kannte, ähnelte einer Muschel und wurde an den Pfosten von vergoldeten Schwanenhälsen getragen; es war überhäuft mit Büchern, Bildern und Zeitungsausschnitten, die Rassow in pedantischer Sorgfalt sauber aufgeschichtet hatte.

Helene lag frierend auf der Matratze nahe am Ofen und hielt das Buch, in dem sie gelesen hatte, noch immer vors Gesicht. Die braunen, mit goldenen Punkten gesprenkelten Augen, deren erstaunte Offenheit ich früher stets bewundert hatte, waren so stark zusammengekniffen, daß sich ein verworrenes Lineament von kleinen Fältelungen um die Lider legte; die übrigen Veränderungen, die sich seither an ihr eingezeichnet hatten, fielen mir erst später auf. Das Mädchen betrachtete mich teilnahmslos und war sich offenbar noch nicht darüber schlüssig, ob sie Freundlichkeiten von mir zu erwarten habe.

»Es war ein Zufall, Helene«, begann ich schließlich, »aber ich bin gern bereit, wieder zu gehen.«

»Wenn er dich mitgebracht hat, kannst du ruhig bleiben.«

»Danke!« gab ich freundlich zurück.

»Aber du siehst auch nicht so aus, als wärst du ein Vollblut.«

»Ich werde schon wieder galoppieren.«

»Galoppieren«, äffte sie mich nach, »galoppieren! Den Hals brechen wirst du dir. Alle viere nach oben, so wirst du auf dem Rücken liegen, und sie werden dich zum Abdecker schleifen, solch ein stolzer Paradehengst, wie du einer bist. – Aber wir Karrengäule, wir Karussellpferde, uns zäumt keiner mehr ab, uns lassen sie einfach liegen, wo wir umgefallen sind, bis die Schmeißfliegen sich uns aufs Fell setzen und mit ihrer Brut kleinkriegen.«

»So schnell geht das nicht«, versuchte ich ihr alles auszureden, »vorläufig ist ja noch genügend Fleisch drauf, auf dem Gerippe, und in dem Fleisch ist das Leben, Helene, und an lebendiges Fleisch gehen deine Schmeißfliegen nicht.«

»Falsch!« verteidigte sie sich und tippte den Finger auf ihr Buch, »grundfalsch! Hier steht es ja gedruckt. Nicht im Fleisch, im Geist, sage ich dir, in der Seele, dort ist es, das, was du Leben nennst. – Er will es mir verbieten. Ich soll mich nicht damit beschäftigen, sagt er, der Holzkopf, der so hämisch geworden ist wie eine alte Vettel. Farben soll ich ihm reiben, die Leinwände soll ich ihm spannen, schlafen soll ich mit ihm und sein zahnloses Lamento anhören!«

Sie hatte sich halb aufgerichtet, indes sie den Kopf in den Nacken warf, so, daß ihr eigensinniges Kinn sich vorstreckte, auf dem eine kleine bräunliche Warze saß. Plötzlich konnte ich mir vorstellen, wie sie aussehen würde, wenn sie alt geworden war: sie ähnelte jenen Weibern, zu denen die Gutgläubigen über schmutzige Hintertreppen emporsteigen, um sich aus abgegriffenen Spielkarten ihre Schicksale auf die Plüschdecke blättern zu lassen. – Immerfort hatte sich Helenes Natur dagegen gesträubt, das aus lauter Täuschungen zusammengemischte Leben Rassows weiterhin zu teilen; es bedurfte, weil es seine eigene Ziellosigkeit am besten darin verstecken konnte, der unübersichtlichen Landschaften dieser großen Stadt, und es sättigte sich an den Abfällen, die von allen Tischen auf den

Boden gekehrt wurden. Das wußte sie wohl, aber sie konnte nicht mehr dorthin zurückkehren, woher sie ehedem gekommen war, denn ihre Verderbtheit war zu augenfällig geworden. Sie hätte es nicht ertragen, in einer der Kleinstädte an der östlichen Grenze sich noch einmal der Mißachtung auszusetzen, von der sie wohl schon als Kind genügend Beweise bekam.

Es mußte ihr übrigens längst klargeworden sein, daß ihr gefährlichster Fehler dort versteckt lag, wo sie einst aus lauter Neugierde geglaubt hatte, sich ihren Liebhabern ganz und gar anpassen zu müssen. Sie hing offenbar nur noch lose an ihren alten Gewohnheiten, und nichts weiter als ihre Lässigkeit verhinderte sie daran, aufzustehen und eine Haltung einzunehmen, von der sie genau wußte, daß sie sich darin behaupten würde.

Die rauhe Decke war herabgeglitten, Helenes sehniger Körper, der mit einem billigen Hemd aus glänzendem Seidenstoff bedeckt war, zeichnete unter der runden Brust seine Rippen auf die rosa Hülle, welche vom Licht der Petroleumlampe ölig triefte. Die zurückgestemmten Arme ließen flache Muskelbündel hervortreten, in denen sich eine Kraft versteckte, die lange nicht mehr gebraucht worden war. Von den Malereien an der Wand blickten die nackten Frauen, die sich zwischen hohen Schilfwänden in selbstgefälligen Posen ausstreckten, verächtlich und mit dreistem Stolz auf das abgehärmte lebendige Mädchen, das einst ihr Vorbild gewesen war.

Ich hockte mich zu ihr auf den weichen Rand der Matratze, die nachgiebigen Sprungfedern knurrten unter unter der Polsterung. Helene hatte sich von neuem hingelegt und beide Hände übers Gesicht gedeckt.

Seit unseren letzten Worten war eine solche Stille in dem Bodenraum zusammengeronnen, daß ich es zu hören vermeinte, wie der Verfall im Gefüge des Mauerwerks mit leisem Knirschen die Risse erweiterte, die sich kreuz und quer durchs ganze Gebäude zogen, und wie unter den morschen Dielen, woher das kaum vernehmbare Getrappel und die Pfiffe der Ratten kamen, schmatzend der nasse Schwamm wuchs. Auf diesen Ort konnte sich wohl die Gnade in ihrem strahlenden Gefieder nicht herabsenken, und jegliche Fürbitte – selbst dann, wenn sie von jemandem ausgesprochen wurde, dessen Lippen sich noch nicht verunreinigt hatten – mußte hier im Nu zunichte werden.

Das Gemurmel Helenes blieb in der Höhlung ihrer knochigen Hände stecken und war mir nicht ganz verständlich. Als spürte sie, daß ich mich ihr zuwandte, so wurde ihr undeutliches Selbstgespräch nun lauter: »Der Mörder, der einem die Seele umbringt...«, flüsterte sie, »der Mörder... und ein Dieb noch dazu, ein Dieb, sage ich... ein Dieb und Mörder zugleich...«

Jetzt spreizte sie die Finger, das Licht traf ihre Augen, die Iris gab einen leuchtenden Reflex; als ich erkannte, daß sie zu lächeln begann, ermutigte ich sie, indem ich mein Gesicht zu einer heiteren Grimasse verzog.

Unversehens erhob sie sich und glitt, sich fest in die Decke einwickelnd, zum wackeligen Schrank, aus dem sie das Kleid holte, das sie anziehen wollte. Gleich darauf kam ihre Stimme, welche nun, da Helene von leidenschaftlicher Eifersucht auf die Beine gestellt worden war, keifend und ein wenig gemein klang, hinterm Bretterverschlag hervor, wo sie sich umkleidete.

»Ich werde es aufnehmen mit ihr«, sagte sie, als wollte sie sich anspornen, ihre verlorene Schönheit um jeden Preis wiederzugewinnen, »werde sie in den Schatten stellen, diese geschniegelte Metze, die er mit heraufbringen will. Kann auch sein, er bildet sich alles wieder ein, der Esel, kann sein, er hat sie überhaupt nicht gesprochen, und sie lebt bloß in seiner Phantasie. Aber selbst dann, wenn's bloß ein Hirngespinst ist, selbst dann soll er mir dafür büßen...«

Manches von dem, was sie sonst noch sagte, erreichte mein Gehör nicht mehr und blieb verstümmelt in der Luft hängen. In dem Augenblick, wo Helene hinter der Bretterwand hervortrat, schlug Rassow die Decke an der Tür auseinander, kam breitspurig zum Vorschein, die Schnapsflasche und das Paket mit Brot und Wurst von sich abstreckend, als widerte es ihn an, uns derart gewöhnliche Dinge überreichen zu müssen. Er schien getrunken zu haben, seine Augen glänzten, die Lippen klafften weit auseinander. Als er Helenes ansichtig wurde, tauschte sich das Grinsen gegen ein schuldbewußtes Staunen aus.

»Wo ist sie denn geblieben, die Deinige?« fuhr ihn Helene an. »Hat sich wohl gegrault vor dir, die Dame, und ist so erschrokken gewesen, daß sie in Ohnmacht fiel? Geh doch hin und klaube sie aus dem Dreck auf!«

Der Maler lächelte betreten und schüttelte den Kopf, stellte die Sachen, welche er mitgebracht hatte, auf den Tisch und steckte die langfingerigen Hände verschämt in die Taschen.

»Muß noch warten«, murmelte er kleinlaut, »sind ja daran gewöhnt ans Warten, wahrhaftig, Helene! Werde wieder runtergehen, und du, Dimke, nimmst dich ihrer an, der Katze dort, der wilden, und sieh zu, ob du sie zähmen kannst.«

Unsäglich müde zog er die Rechte aus der Tasche und zeichnete einen langen Strich in die Luft; alle Ansprüche, die er überhaupt noch erheben konnte, wischte er damit aus, bevor er uns wieder verließ. Ich drehte mich nach Helene um, sie stand unbeweglich auf der Stelle, wo der äußerste Lichthof der Lampe vom Schatten zusammengepreßt wurde. Unter meinen Blicken begann sie dem Leben nachzugeben, das ich von ihr forderte. Zuerst wischte sie sich den Ernst aus der Stirn und von den Augen, gleich darauf verstrickten sich ihre Finger in den krausen, schwarzen Locken, die sie nervös zwirbelte und drehte. Ehe sie sich neben mich setzte, zupfte sie ihr Kleid zurecht, welches davon, daß sie es sehr oft umgenäht hatte, viel zu eng geworden war.

Wir teilten das frische Brot und die gepfefferte Wurst und tranken uns aus der Flasche zu; der Korn verbrannte mir die Kehle, ich dachte flüchtig daran, wie ich damals in Smorczaks Gasthaus das halb geleerte Glas angewidert zu Starkloff hinüberschob, als er mir das Trinken beibringen wollte. Helene belustigte sich damit, daß sie jedesmal, wenn sie spürte, wie ich in meinen Gedanken abwesend wurde, mich zu necken begann. Sie entzog mir die Flasche, als ich danach griff, sie führte einen Bissen Brot, wie um mich zu füttern, an meinen Mund und befahl mir, die Augen zu schließen; aber als ich zubiß, war es nur der harte Pappdeckel eines Buches, der mir zwischen die Zähne geriet. Fortwährend erkundigte sie sich nach meinem Leben und nach einer Geliebten, von der sie annahm, daß sie mich unglücklich gemacht hätte.

Ihre Gesichtszüge bekamen Farbe, Augen und Mund waren so weich geworden, wie sie es in meiner Erinnerung immer geblieben waren. Mit meiner Geduld hatte ich ihr Mißtrauen völlig aufgehoben, und die geringen Freuden, die ich ihr bieten konnte, galten ihr so viel, daß mir ihr dankbarer Überschwang bald zu groß wurde. Sie spürte es wohl, denn sie erhob sich und schleppte einen hölzernen Kasten heran, dessen Kurbel sie eifrig zu drehen anfing.

»Wir haben nur zwei Platten«, erklärte sie, »aber die Stücke sind schöner, als du dir denken kannst.«

Es war eine barbarische Musik, die den Raum alsbald durch ihren stampfenden Rhythmus und durch die langgezogenen Schreie, die aus ihr aufstiegen, in große Unruhe versetzte. Ich führte wieder und wieder die Flasche an den Mund, die schale Wärme machte mich müde, ich ließ mich auf die Matratze zurücksinken und verschränkte die Arme unterm Kopf. Weit in der Ferne wiegte sich Helene selbstvergessen in einem fremdartigen Tanz. Sie schien die gemalten Mädchen, die auf den Leinwänden das Antlitz, den Körper und die Gliedmaßen bloßstellten, welche ihr allein gehörten, aus dem dunklen Hintergrund hervorzulocken, in den sie zurückgewichen waren. Sie vermischte sich mit ihnen, gab ihnen das Geschlecht wieder, das sie so lange entbehrt hatten, und zerstörte ihre lügnerische Glätte mit diesem Geschenk.

Als sie endlich ermüdet war, warf sie sich atemlos neben mich und trank von neuem, sie blinzelte mir zu, als hätte sie mir ihr Geheimnis verraten und als sei ich nun an der Reihe, ihr das meinige zu sagen. Sie stieß mich in die Seite, ich erhob mich schwerfällig, das Gedicht war deutlich und genau in meinem Gedächtnis aufgeschlagen, aber nachdem ich vergeblich versucht hatte, die ersten Worte abzulesen, verschwammen alle Buchstaben, und die Strophen schrumpften in schmutzige Schattenflecke zusammen. Nur dort in der Mitte, das, was ich am liebsten verschwiegen hätte, hob sich hervor, mit feurigen Lettern wie jene glühende Schrift, die an der Wand des Königspalastes vorzeiten leuchtete, auf daß jedermann, der an der Tafel saß, seine Verdammnis ablesen konnte:

»...ihre Wollust, ihre Qual«, begann ich stockend,
»Gingen mit mir, lebten noch einmal.

Manchmal, mitternächtlich, wenn ich schlief,
Kehrte ich nach Osten heim, woher mich's rief,
Und im klirrenden Frost sah ich mich grau hintraben
Durch die armen Dörfer, halb im Schnee begraben;
In die müden Rücken derer, die von selbst zu Boden fallen,
Schlug ich scharfe Zähne, spitze Krallen...«

Ich verstummte davon, daß mich jemand an den Schultern rüttelte wie einen Baum, von dem die letzten Früchte abgeschüttelt werden sollen. Nun spürte ich wieder den Wind herankommen, er nahm seine stahlblauen Fittiche auseinander und schlug sie mit großer Gewalt zusammen; die Spreu und den Kehricht dieser dunkelsten aller Zeiten fegte er mit seinem klaren Atem weg, trieb die gelblichen Staubwolken vor sich her, über den Rand der Erde hinaus.

An meiner Brust das verzerrte Gesicht, die Finger, die sich mir ins Fleisch krallten, der zuckende Leib, dessen Beben meine Gelassenheit bedrohte – das alles gehörte eigentlich hinein in den großen Wirbelsturm, der entstand, als die Welt von jeglichem Unflat gereinigt wurde. Aber ich bezwang mich und öffnete die Faust wieder, die ich schon geballt hatte, um Helene den Stoß zu versetzen, der sie jener Gewalt preisgegeben haben würde, deren ich mich selbst nur mühsam erwehren konnte. Und ich wußte nicht, ob ich, wenn ich allein geblieben wäre, meinen Halt hätte bewahren können.

»Weiter«, flehte sie mich an, »weiter! Die ganze Wahrheit! Ich will sie wissen. Niemand gibt mir ein Stück davon, keiner will mir den Hunger stillen und den Durst.«

»Nein! Nein!« Ich streifte ihre Arme weg und schob sie beiseite.

»Du willst nicht?« fauchte sie. »Du willst nicht?«

»Das ist alles«, wies ich sie ab, »mehr brauchst du nicht zu wissen!«

Sie entfernte sich von mir und duckte sich bedrohlich mit geballten Fäusten, die sie plötzlich in die Höhe warf und auf sich selbst zurückfallen ließ.

»Ihr Männer!« keifte sie, »ihr Besserwisser! Ihr Hosenscheißer! Einer gleicht dem anderen, und wenn zwei davon beisammen sind, stinkt es gleich nach Unzucht! Und dabei glaubt jeder, daß er mehr wert ist als der andere. Keinen Pfifferling würde ich geben für dich und für ihn – keinen Pfifferling für euch beide zusammen, das laß dir gesagt sein!«

Es widerte mich an, ich griff nach Hut und Mantel, die ich aufs Bett über die Papierstöße gelegt hatte. Kaum daß ich mich dessen versah, war sie mir schon gefolgt und stand mir gegenüber auf der anderen Seite dieses Ruhelagers, das lange genug die schlaftrunkenen Regungen menschlicher Glieder entbehrt hatte und statt dessen belastet war mit den Dokumenten maßloser Träume, welche die brutale Wirklichkeit vergeblich anfeinden und niemals vernichten werden. Helene wühlte die Papierstöße auseinander, fledderte die Bücher, Zeitungsblätter und Kartons durch die Luft. Endlich hatte sie das gefunden, was sie suchte; sie hob es aus dem Wust der verknitterten Seiten und schleuderte es vor mich hin. Während ich mich unsicher bückte, um es aufzuheben, hörte ich die kreischende Stimme nur noch aus weiter Ferne. Der Fußboden wellte sich auf, die Schwäne an den Bettpfosten krächzten vor Wut und hackten mit ihren scharfen Schnäbeln nach meinen Fingern. Aber ich hielt das vergilbte Bündel stockfleckiger Papiere, auf denen das Andenken Christianes wieder lesbar wurde, schon in den Händen, bevor die rachsüchtigen Vögel mich verletzen konnten.

»Nimm es zurück! Nimm die Lüge an dich! – Er hat sie dir gestohlen, wie du sie gestohlen hast! – Lumpenpack, das ihr seid! Grabschänder und Zechpreller, die sich aus dem Staube machen, wenn sie die Kosten bezahlen sollen! Gestohlen hat er es dir, weil du dich damit gebrüstet hast. Wie der Kuckuck, der seine Eier in fremde Nester legt, und dann schreit er den Wald voll mit seiner eigenen Schande: Kuckuck! Kuckuck! – Ein Dichter, ein Schreihals, ein Hahnrei, von dem die Leute glauben, daß er die Wahrheit sagt, wenn sie ihm nachrechnen, wie oft er ruft. Von dem sie glauben, daß es Glück bringt, ihn anzuhören; und sie klimpern mit ihren Pfennigen und mit ihren Böhmen, und er kann sich nicht lassen vor lauter Kuckuck! Kuckuck! Kuckuck!«

Sie hüpfte umher, hob die Arme und ließ sie fallen, als versuchte sie, sich in die Lüfte zu erheben. Vergebens gab ich mir Mühe, aus diesem Angsttraum fortzukommen, der mich mit seinen Schrecknissen gefesselt hatte. Aber die Papiere knisterten in meiner Hand, Helene gebärdete sich so widerwärtig, daß es nicht bloß ausgedacht sein konnte. In der schmerzhaften Klarheit, welche allmählich die Trübung aus meinem Gehirn verdrängte, mußte ich nunmehr einsehen, daß es für sie wie für mich keinen Ausweg mehr gab außer diesem: fortzugehen in jene Richtung, woher es uns rief mit einem Chor von unzähligen Stimmen, die uns gleich einem summenden Bienenschwarm umkreisten, der nicht nur Gift, sondern auch Süße für uns gesammelt hatte.

»Die Wahrheit!« rief Helene, »die ganze Wahrheit!«

Sie stolperte ein wenig, als wäre sie von meinen Gedanken ins Rückgrat gestoßen worden. Ihr Blick blieb an einem schartigen

Messer hängen, die Hand wurde an den Griff geführt wie von den unsichtbaren Kraftströmen eines Magneten, denen sie sich nicht mehr entziehen konnte. Lange wog sie das Messer ab, dann drehte sie sich um und ging besonnen auf die Bilder an der Wand zu.

Ich verwahrte die Papiere an meiner Brust und stahl mich weg, weil ich es nicht mit ansehen mochte, wie sie die Leinwände und das, was ihr an Leben entzogen und dort verschwendet worden war, mit genau bedachten Schnitten und Stichen, die das Herz und den Schoß der verschönenden Lügen trafen, zu zerstören begann. Das Messer stieß knarrend ins gemalte Fleisch, die straffe Leinwand zerplatzte wie das dünne Kalbfell von heidnischen Trommeln, die niemals mehr gerührt werden sollen, die entspannten Keilrahmen ächzten, als wäre die Schar der verrenkten Nymphen in dem Augenblick, wo sie hinscheiden mußten, mit kaum hörbaren Klagelauten begabt worden, der Tod wurde ihnen zu leicht, sie empfingen ihn wie eine verbotene Lust.

Ich hatte die Tür hinter mir zugezogen und tastete mich den stockfinsteren Bodengang entlang, die Treppe mußte ganz in der Nähe sein. Mir war, als hörte ich den Schacht empor das leise Dröhnen der Schritte, die soeben tief unten die ersten Stufen betreten hatten. Auf meiner Stirn spürte ich, wie die Wände näher rückten und auseinander wichen. Ich war furchtlos und gefeit gegen alle Gefahren, weil ich mir selbst auf einem Wege vorauseilte, der endlich aus allen Verirrungen herausführen mußte. Es kam nur darauf an, daß ich mit jenem vergessenen Gefährten Schritt hielt, der mich nun wieder geleitete und mich schon in der Kindheit beschützt hatte.

Mein Fuß stockte an der Mündung der Treppe, ich faßte nach dem Geländer und begann, in die Windungen hineinzusinken, die Stufen schoben sich mir von selbst unter die Sohlen und federten mich abwärts. Zwischen den verbogenen Blechen sah ich in der Tiefe das flackernde Irrlicht, mit dem Rassow seiner Besucherin leuchtete. Deutlich hörte ich die beiden Stimmen, die des Mannes, welche von übertriebener Höflichkeit triefte, und das gurrende Gelächter der Frau, das abwechselnd anschwoll und wieder verstummte, seiner Wirkungen bewußt und einem Instrument vergleichbar, auf dem die Lachende mit großer Geschicklichkeit spielte.

Als ich mich schon nahe über ihren Häuptern befand und die letzte Windung der Stufen uns gleich zusammengedreht haben würde, tastete ich rücklings ins Leere, stieß mit den Fingerspitzen gegen die glatten Eisenbänder, mit denen die Tür beschlagen war, die sofort aufschwang. Ich drückte mich in die flache Nische, der blasse Schein von Rassows Streichholz ging hüpfend auf und führte bucklige Schatten mit sich empor.

Die Frau hatte ihre bloße Hand auf seinen Arm gelegt, und ich erkannte die verzärtelten Finger, die ich ehedem geliebt hatte, zuerst nicht wieder. Die Hand war abgezehrt und gleichsam mumifiziert, aber da gab es ein sicheres Erkennungszeichen: festgeschmolzen an dem dünnen Knochen zog es das Licht an und flammte es wie eine Aureole zurück. Christianes Ring war an der Stelle geblieben, wohin ich ihn gesteckt hatte, er preßte jegliche Schmerzen, denen die Schauspielerin ausgesetzt gewesen war, zusammen wie die Reifen, welche die Dauben halten, hinter denen es gärt und brodelt, ehe die Klärung den Wein edel gemacht hat.

Der Schatten des Malers bäumte sich auf und stürzte vornüber, daß die Schwärze von allen Seiten ihm nachschoß. Ich verstand nichts von dem, was die beiden redeten, und hörte nur, daß ihre Schritte über die Stufen gleichwie auf einem Xylophon höher emporgespielt wurden. Fermaten gab es in dieser Tonfolge und lange Pausen, die mit dem erregenden Gelächter der Frau endigten. In meiner Hand hielt ich derweilen die Papiere fest, die ich aus der Brusttasche gezogen hatte, sie fühlten sich warm und lebendig an.

Da war eine andere Nacht und ein anderes Haus, da war es jener Wind, der hinter den hohen Fenstern des Saales zu Kaltwasser die Bäume wieder kämmte und bog, während die Obersten-Tochter in ihrem altertümlichen Seidenkleid vor den verstaubten Spiegeln promenierte. Der eichene Kasten hatte sich öffnen lassen, und mit der Hinterlassenschaft Christianes war uns ein modriger Hauch aus vergangenen Leidenschaften zugekommen, den wir ahnungslos eingeatmet hatten und der uns mit einer seltsamen, viel zu frühen Liebe anstecken sollte. Da war der Schuß, mit dem der Gärtner seiner Frau den Tod anhexte. Der Mond, der Sturm, der Nebel, alles fuhr wieder herauf, die Lüge, die Vergehungen, die Schuld, welche mit ihrem unerschöpflichen Vorrat an Bitternis Kindern und Kindeskindern jeden Bissen Brot vergällte; diese Schuld, welche unaufhörlich neue Schuld aus ihrem trächtigen Bauch stieß: unersättliche Nagetiere, ein Wurf nach dem anderen, die unter den Fundamenten des Lebens hausten. Und dann, zuallerletzt erblickte ich noch einmal Starkloff, wie er in seiner entsetzlichen Todesfurcht, die ihm keiner von der Seele nehmen konnte, Sofies Zimmer betrat. Diese Seele nämlich – genauso unsterblich wie die Seelen derjenigen, die ihm sein Ende derart heimtückisch zubereiteten, als handelten sie in einem unirdischen Auftrag, für den ihre Habsucht nur ein billiger Vorwand war – hatte die kalten Flammen des Fegefeuers schon zu ihren Lebzeiten gespürt. Vielleicht war ich nunmehr dazu ausersehen, alle Bahrtücher von ihr abzulösen, in die sie voreilig eingewickelt worden war. –

Damals hatte sich der Lärm im untersten Geschoß des Hauses erhoben und Sofie von meiner Seite getrieben, jetzt kam er von oben, und ich hörte Helenes zorniges Geschrei und Rassow, der fortwährend meinen Namen rief. Vorsichtig löste ich mich aus der Nische und kreiste die Spiralen der Treppe hinab. Als ich den Hof betrat, sah ich, daß der Nebel sich gehoben hatte. Die Mauern umgaben das schmale Geviert des ausgestirnten Himmels wie ein winziges Bruchstück einer unermeßlichen Kostbarkeit, das in dieser elenden Fassung noch an Wert gewann.

Hinter mir hatte die Treppe wieder zu dröhnen begonnen. Ich wußte, daß es Helene war, die dort herabstieg, aber ich wartete nicht auf sie, denn wir hätten uns nichts mehr zu sagen gehabt. Langsam ging ich durch die Höfe und Torwege, die Hand unter meiner Jacke an der Brust, dort, wo sich Christianes Andenken befand. Es war ein Unterpfand dafür, daß ich von nun an mit jedem Schritt mich dem Ort näherte, wohin die Linien so vieler Schicksale wirr und verknotet führten wie die Fäden in den riesigen Flachshaufen, vor dem die Weiber sitzen und mit spitzen Fingern das dünne Garn an die großen, sausenden Spindeln führen. –

Am nächsten Morgen weckte mich das Zimmermädchen frühzeitig mit einem Telegramm. Ich las es erst, nachdem ich mich noch einmal am Schlaf gesättigt hatte wie an warmem Brot, das eben aus der Glut gekommen ist. Woitschach benachrichtigte mich davon, daß er einen Käufer für meinen Besitz gefunden hätte, und forderte mich auf, sofort nach Kaltwasser zu kommen.

Als ich von meiner Nachbarin Abschied nehmen wollte, sagte

man mir, daß sie noch am gestrigen Abend ihr Zimmer vorübergehend gekündigt und gleich verlassen habe, ohne zu erklären, wohin sie sich zu wenden beabsichtigte.

Denselben Tag begab ich mich auf die Heimreise und verließ leichten Herzens die Stadt, in der ich mich so lange aufgehalten hatte, daß es mir schwerfiel, das Jahr und den Tag meiner Ankunft zu errechnen.

Zweites Buch

Die große Unruhe

Die Dämmerstadt

Der laute Pfiff, welchen die Lokomotive unserer Fahrt vorausschickte, verfing sich in dem bläulich vernebelten Waldgestrüpp zu beiden Seiten des Schienenstranges und klatschte das platte Echo gegen die lockeren Scheiben. Die weißen Birkenstangen begannen langsamer nach rückwärts zu schnellen, dann blieben sie kalkig vor dem Himmel stehen, welcher in der Höhe ein grünspaniges Licht hatte und an seinen wesentlichen Rändern das blanke rötliche Schimmern von Kupfer zeigte. Derweilen schleiften die gebremsten Räder quietschend auf den Schienen, und das Stoßen und Rütteln, das mich den ganzen Tag hin und her geschleudert hatte, war jählings zu Ende.

Der zweite Pfiff rief mich ans Fenster, ich ließ es mit klammen Fingern herunter. Wir standen auf freier Strecke am Waldrand, so daß mein Wagen zur Hälfte schon auf die Felder vorgerückt war. Ich sah mit einem Blick den von Strauchwerk und Jungholz verwucherten Laubwald und die Äcker, in deren Furchen das Wasser gleich staubbedeckten Quecksilberadern blinkte. Die Erde war vollgesogen mit der Dunkelheit des vergangenen Winters, das starke Grün der Saaten hob sich leuchtend aus den bläulichen Tinten ab, von denen manche die Farbe eines naß gewordenen Maulwurfsfells hatten, unter dessen struppiger Behaarung die Verwesung schnell ihr Werk tut. Die feuchte Luft schürzte die strengen Märzgerüche, der weichliche Moder mischte sich mit dem würzigen Leim der Knospen, die ihre hornigen Hüllen vor der zunehmenden Kälte wieder geschlossen hatten. Neuer Frost stand bevor, er kündigte sich mit gelblichen Färbungen an, welche das Himmelsgewölbe an manchen Stellen in ein streifiges Muster zerteilten, ähnlich dem Leinenzeug, das hinter jenen Mauern getragen wurde, wo der vermeintliche Mörder Starkloffs den Wechsel der Jahreszeiten sicher schon längst nicht mehr spürte.

Als ich mich aus dem Fenster beugte, entzündeten sich inmitten der dämmrigen Ebene einige triste Lichter, das mußten die Stationslaternen von Nilbau sein, sie wurden im selben Maße heller, wie der Kupferschein am Horizont ausglühte. Schließlich aber schoben sich die ersten Wagen des Zuges rasch davor, nachdem der letzte Signalpfiff einige Krähen aus dem Acker gescheucht hatte, die schwerfällig hochgingen, als wollten sie die Botschaft von meiner Heimkehr hinüber nach Kaltwasser tragen und durch ihr Krächzen mit schlechten Vorzeichen versehen.

Die letzten Stöße des scharfen Fahrtwindes zerrten heftig an mir. Zwischen den Telegraphenmasten schwangen die hängenden Drähte wie lauter Schaukelseile, auf denen die Nacht mit ihren Trauerfloren sich vorzeitig in den noch nicht gänzlich erblindeten Himmel zu schnellen bemühte. Der Zug gab sich Mühe, zur festgesetzten Minute den Bahnhof zu erreichen.

Währenddem mußte jener Krähenschwarm über den Wasserwald, den Mühlweiher und die Fischteiche hinweg der Gemarkung von Kaltwasser sich längst genähert haben, weit oben in der diesigen Luft wie große Rußflocken, die, ehe sie zu Boden fallen konnten, jedesmal wieder hochgeblasen wurden. Das ganze Dorf konnte die mißgünstigen Stimmen herannahen hören, aber die gemästeten Aasvögel zogen weiter, ohne daß man ihrem Fluge genügend Aufmerksamkeit geschenkt hätte. Sie sahen tief unter sich die beiden Wasserläufe – den helleren der Heidelache auf den Wiesen und den dunklen, gleichsam oxydierten der Schwarzen Weide – das Dorf einschnüren, dann drang das Abendläuten ruckweise aus dem Kirchturm zu ihnen empor und versetzte das Firmament in eine so starke Erschütterung, daß sie noch einer weiteren Strecke bedurften, um endlich zur Ruhe zu kommen ...

Ich versuchte die Merkzeichen des Geländes zu erkennen, die mir von früher bekannt waren, aber ich konnte mich nicht mehr zurechtfinden. Aus der schweißigen Erde schoß die Schwärze allerorten hoch wie ein dichter Schimmelpilz, welcher die Gliederungen dieser Landschaft verdeckte. Die Wälder übertraten die Grenzen, die ihnen durch Pflug und Egge gesetzt waren, und das Gestrüpp aus Nebel, Schatten und Rauch verfilzte sich und wurde unauflöslich.

Ich hatte meine Ankunft niemandem gemeldet, Woitschach würde es mir ohnehin nicht geglaubt haben, daß ich diesmal wirklich kam, nachdem er mich oft genug unter den seltsamsten Vorwänden nach Kaltwasser zu locken versucht hatte. Er besaß alle Vollmachten, ich konnte mich auf ihn verlassen, meine Anwesenheit würde vielleicht sogar hinderlich für ihn sein.

Solange der Zug noch fuhr, an den Schranken vorüber, welche eben ihre Gitterstäbe von neuem aufhoben, blieb das andere noch vergessen. Erst als ich ausstieg, fiel es mir wieder ein; die vergangene Nacht war in meinem Gepäck versteckt gewesen, jetzt blähte sie sich auf, trieb die Wände des Koffers hoch und beschwerte ihn mit solchen Lasten, daß ich ihn kaum zu tragen vermochte.

Ich mußte noch warten, ehe ich durch die Sperre gehen konnte, weil eine große Menge von Männern und Frauen, die mit mir hier angekommen waren, den Ausgang viel zu langsam passierten. Kaum daß sie den Zug verlassen hatten, reihten sie sich gleich in einer strengen Ordnung aneinander; jeder mußte seinen vorbestimmten Platz erst suchen. Diese Leute, welche allesamt ihre Sonntagskleider trugen, bezeigten ein äußerst würdiges Gehabe; wenn sie miteinander sprachen, dämpften sie ihre Stimmen, als beredeten sie gemeinsame Geheimnisse, ich hörte nicht, daß einer unter ihnen gelacht hätte. Es schienen Kleinbauern aus den verstreuten Dörfern des Nilbauer Kreises, Handwerker und Landarbeiter von den großen Gütern zu sein, aber ich vermochte es mir nicht zu erklären, warum sie ihren Feierabend opferten, um in die Stadt zu fahren.

Das Signalwerk läutete, der gelbe Postwagen wurde eilig über den knirschenden Schlackenweg geschoben, auf dem erleuchteten Zifferblatt der Bahnhofsuhr übersprang der Zeiger mit einem Satz mehrere Minutenstriche. Hinter dem Gitterzaun formierten die Ausgestiegenen eine Art von Marschabteilung und begaben sich in feierlichem Gleichschritt auf den Vorplatz hinaus.

Der Stationsvorsteher ließ den Zug abfahren, das ruckartige Fauchen der Lokomotive wurde schneller und keuchte, indem es sich entfernte, gegen seinen eigenen Widerhall an, der ihm nachsetzen wollte. Der Räderschlag wechselte in einen hastigeren Takt, die roten Schlußlichter glitten schnell davon. Sie löschten hinter dem ersten Gehölz plötzlich aus, gleich abgerauchten Zigarren, die, wenn sie in eine Pfütze geworfen werden, zischend ihre Glut einbüßen. Immer noch stand ich unschlüssig zwischen den Koffern und dem Kasten aus Eichenholz. Die dunkle Stille ringsum schob sich schnell näher wie zwei riesige Hände, welche die letzten Geräusche, die die Abfahrt des Zuges verursacht hatte, mit ihrer Wärme zudecken wollten.

Drüben stieß sich ein Mann, der bisher hinterm Zaun gelehnt hatte und mich wohl beobachtet haben mußte, von den Drahtmaschen ab; steifbeinig kam er auf mich zu, legte die Hand an die bordierte Mütze und bückte sich gleich nach den Koffern.

»Nach Nilbau?« fragte er knurrig, als gäbe es keine andere Möglichkeit, »ins Hotel? ›Wilder Mann‹ ist am besten renommiert!«

Ich antwortete ihm nicht auf den eingelernten Spruch, mit rundem Rücken ging er mir verdrossen voraus: er mußte es sein, ich hatte ihn auf den ersten Blick wiedererkannt, aber ich wollte ihn noch nicht fragen, denn es erschien mir völlig unsinnig, daß er aus freien Stücken den Gutshof, den Pferdestall und die Wagenremise gegen eine derartig lächerliche Mütze vertauscht haben sollte. Indes wir die Sperre durchschritten, als ich mit der Fahrkarte meine Freiheit ablieferte, welche in dieser Minute zu Ende ging, stellte der Stationsvorsteher die Weichen um, die Signallaternen wechselten ihre Farben, und mit einem Schlage verloren alle Lampen ihr Licht. Einige Ölfunzeln vermochten nicht einmal so viel Helligkeit zu geben, daß man die Schilder hätte lesen können, auf denen der Name der Stadt verzeichnet war.

Auf dem Vorplatz stand ein Omnibus, der mit spiegelndem Lack frisch gestrichen war; die Reklame-Inschriften des Hotels standen in goldenen Lettern schräg über der Karosserie. Im Innern, wo zwei, drei ausgebrannte Birnen trübe glimmten, wartete ein Mann, dessen Alter auf den ersten Blick hin nicht zu bestimmen war, ungeduldig auf die Abfahrt. Er trug einen altmodischen Gehrock, dessen Kragen er hochgeschlagen hatte, damit er ihm den Nacken wärmte, denn er war barhäuptig. Mit seinem Eichenstock klopfte er nervös einen unrhythmischen Takt, als könnte er dadurch die ärgerliche Verzögerung abkürzen. Aufrecht und in unbeugsamer Selbstgerechtigkeit saß er hinter der Glasscheibe, die seine Züge leicht verzerrte und ihnen einen lächerlichen, beschränkten Ernst verlieh. Als ich mir jedoch dieses verbissene Gesicht genau betrachtete, fand ich darin außer dem offensichtlichen Mangel an jeglicher Heiterkeit solche Kennzeichnungen, die von einer gefährlichen

Besessenheit zeugten. Das erinnerte mich sofort an jene Männer und Frauen, vor denen man in vergangenen Zeiten deswegen Furcht empfunden hatte, weil man ihnen den bösen Blick nachsagte, der mit seiner basiliskenhaften Starrheit selbst die Harmlosigkeit der Kinder gefährdete. Als sich der Mann dort drinnen langsam umdrehte und mich anblickte, sah ich beiseite. Ehedem hatte es dergleichen Gesichter hier nicht gegeben, etwas Fremdes mußte sich in diesen Gegenden breitgemacht und sein Siegel in manches Antlitz geprägt haben – ich überlegte mir vergeblich, was es sein konnte.

Der Chauffeur stellte mein Gepäck neben seinen Sitz und machte sich mit umständlichen Handgriffen am Wagen zu schaffen, denn er hatte sich wohl noch nicht daran gewöhnt, daß dieses Auto schneller in Gang zu setzen war als ein Pferdegespann. Ich beobachtete ihn eindringlich, er betastete zunächst die Reifen, ob sich genügend Luft darin befand, hob die Motorhaube auf und steckte seine Hände hinein. Schließlich ergriff er die schwere Kurbel, aber ehe er sie einsetzte, zog er eine plumpe Uhr aus seiner Weste, hielt sie an sein Ohr und beugte sich dann erst in den Strahl der Scheinwerfer, um die Zeit abzulesen. Es gab keinen Zweifel mehr, er war es, ich wollte ihn bei seinem Namen anreden: »Heinrich« – wollte ich sagen – »Schwoide, du verdammter Hund, warum hast du dir diese blödsinnige Mütze aufgesetzt, und was gibst du dich mit einem solchen Müllkasten von Auto ab?«

Der Mann dort drinnen klopfte aufgebracht an die Scheibe, Heinrich ließ den Motor an, dessen Brodeln sofort das choralartige Lied erstickte, mit dem die Marschierenden weit draußen in der Dunkelheit sich Mut zusangen. Unfreundlich drängte mich der ehemalige herrschaftliche Kutscher zum Einsteigen, knapp hinter meinen Hacken flog die Tür zu, und dann schoß das Auto klappernd auf den Weg hinaus, der mir wie eine Fischreuse aus entlaubten Alleebäumen vorkam, die mich wohl einließ, aber so, daß ich nimmermehr zurückkehren konnte.

Unglücklicherweise hatte ich mich vor jenen unleidlichen Fahrgast gesetzt, dessen Blick ich fortwährend im Rücken spüren konnte. Ich wollte mich eben anderswo setzen, als Heinrich heftig zu hupen begann; wir waren im Begriff, den Trupp zu überholen, der die Mitte der Straße nur widerwillig freigab. Im weißen Scheinwerferlicht sahen die Gesichter der Männer und Frauen dieses Zuges so bleich aus, als wären sie niemals von der Sonne beschienen worden. Sie glichen einem Schwarm dunkler Fische, die mit geöffneten Mäulern von einer riesigen Welle nach oben gerissen worden waren, in eine Region, wo ihnen zuviel Luft in die Kiemen geriet, so daß sie an diesem Übermaß erstickt wären, wenn sie es nicht wieder aus sich herauspreßten.

Heinrich bremste während des Überholens den Wagen stark ab, der Hintermann wurde gegen meinen Rücken geschleudert. Ich glaubte, daß er mich nicht ohne Absicht gestoßen hätte, und drehte mich aufgebracht gegen ihn um. Jetzt erst bemerkte ich, daß eine Hälfte seines Gesichts ganz unbeweglich war, der Mund öffnete sich in einer spottsüchtigen Verzerrung nach dieser Seite; ich sagte mir jedoch, daß dieser Ausdruck vielleicht von einer Lähmung herrühren könnte. Die starren, ein wenig schielenden Augen hielten meinem ärgerlichen Blick stand, das gesunde kniff sich zusammen, als erwartete er, daß ich mich ohne weiteres in ein Einverständnis mit ihm begeben würde.

»Sind Sie nun auch gekommen?« fragte er mich, und ich sah sofort, wie schwer es ihm fiel, die widerspenstigen Lippen auseinanderzubringen, »es werden noch mehr zu uns stoßen, immer mehr. Es ist das beste, wenn man frühzeitig da ist. Denn nur der gute Wille, der wird gezählt werden, alles andere nicht!«

Der Lärm, den das Auto mit dem Motor, der klapprigen Karosserie und den lockeren Glasscheiben machte, vermochte nicht, seine eindringliche Rede zu verundeutlichen. Es blieb mir fragwürdig, worauf er hinauswollte, ich zuckte die Achseln und versuchte, mich so bequem wie vorhin zurechtzusetzen, als er den Kopf nahe an mein Ohr brachte und weitersprach:

»Zum Naserümpfen, zum Achselzucken, da ist nicht mehr viel Zeit. So steht es geschrieben, aber niemand kann es begreifen, weil ihnen allen die Augen verblendet sind. Du sollst dein Haupt entblößen«, sagte er und griff nach meiner Hutkrempe, »denn der Tag ist nahe, und es geziemt und gebührt sich, daß man seinen Scheitel nicht mehr bedeckt!«

»Lassen Sie mich in Ruhe!« fuhr ich ihn an.

»Das ist es ja eben, ihr wollt allesamt, daß man euch in Ruhe lasse. Schlafen wollt ihr, anstatt die Nachtwachen zu halten, so wie es befohlen wurde. Denn die große Unruhe, die ist schon gekommen, wo alles von unterst zuoberst gekehrt wird, und die Schalen des Zorns, die haben sich gesenkt und sind randvoll. Und wenn der Jauchekübel umgekippt wird, da soll euch der Unflat bis zum Munde steigen, ihr aber, ihr habt es noch immer nicht begriffen, was mit euch geschehen wird ...«

Es fing an, mich zu belustigen, denn das waren anscheinend die Methoden, mit denen man sich die Einfältigen gefügig machte; bei mir aber verfing das nicht. »Wer sind Sie denn eigentlich?« fragte ich den Hintermann nachlässig.

»Ich bin der frühere Lehrer von Weidicht«, gab er eifrig zurück, »zwanzig Jahre lang habe ich meinen Mund der Lüge geliehen, und ich habe sie ausgegeben wie falsches Geld, auf daß ich endlich mit Lahmheit geschlagen wurde. Und meine Lippen blieben versiegelt, und meine Stimme war erstickt, so lange, bis ich ihn zu mir rufen ließ, und sein Blick ging mir durch und durch, und er jätete die Lügen aus und gab mir die rechten Worte.«

Vor mir hantierte Heinrich am Steuerrad, er lenkte den Wagen auf dem ausgefahrenen Wege von einer zur anderen Seite, die Räder mahlten sich in den Schlamm, glitten beiseite und rutschten den Bäumen entgegen, welche mit ihrem Gezweig das Verdeck peitschten. Über seinem Kopf war ein kleiner Spiegel so schräg angebracht, daß ich Schwoides runzlige Stirn samt den Augen sehen konnte; manchmal schien es mir, daß er mich beobachtete, dann kniffen sich die Lider belustigt zusammen, als wollte er mir zu verstehen geben, daß er mich längst erkannt hätte und daß ich mir nicht zuviel aus den Salbadereien dieses Lehrers machen sollte.

»Und wofür halten Sie mich?« Ich drehte mich so weit um, als ich vermochte, und sprach dem redseligen Wortführer des prophetischen Aberglaubens mitten ins Gesicht; er wich ein wenig vor meinem Angriff zurück.

»Sie sind ein Beladener!« antwortete er, ohne sich zu besinnen, »Sie sind mit Schuld vollgepackt wie ein störrischer Esel, der das Korn nicht zur Mühle tragen will. Das schlechte Gewissen hat Sie hierhergetrieben, aber vertrauen Sie nur auf ihn, er wird es Ihnen gleich ansehen, wenn Sie sein Haus betreten, er wird es Ihnen von der Stirn ablesen, selbst dann, wenn Sie Ihren Hut noch tiefer ins Gesicht ziehen ...«

Der Wagen hatte die Stelle erreicht, wo die Zufahrtstraße in die Chaussee mündet. Heinrich bog der Richtung, die er sonst auf dem Kutschbock meistens eingeschlagen hatte, mit einem entschiedenen Schwung aus, das Auto schien durch die Luft zu springen und schlug hart auf die gepflasterte Straße. Das Gespräch war zerrissen worden, der Lehrer fiel gegen die Lehne seines Sitzes, für einen Augenblick hatte sich der Vorderteil des Wagens samt dem Spion aus Spiegelglas gehoben, in dem Schwoides grinsender Mund die vom Rauchen geschwärzten Zähne fletschte.

Bei hoher Geschwindigkeit schossen wir auf das matte Licht der ersten Straßenlaterne zu, welche neben den Vorstadtscheunen, halb erstickt von den Schattenschwaden dieser mondlosen Nacht, ihren kümmerlichen Schein ausstreute. Unter dem Laternenpfahl blinkten die Fahrräder der Gendarmen, die sich dort postiert hatten. Wir überholten noch mehrere Trupps barhäuptiger Männer und Frauen, die alle den gleichen schleppenden Schritt hatten und sich dasselbe Lied aus vollen Kehlen zusangen; die Melodie war derart eindringlich, daß sie sich in mir festsetzte, als hätte ich selbst sie ausgedacht.

»Von Leschwitz«, erklärte der Lehrer, »von Tschirne, von Waldau – bloß die aus Kaltwasser, die halten sich abseits, bis es zu spät ist...«

Die Scheinwerfer tasteten sich in der letzten Kurve auf die leeren Felder hinaus und fällten aus einer Reihe von Straßenbäumen die langgezogenen Schatten, welche über den Chausseegraben stürzten. Dann schnellten sie sich wieder nach vorn und polierten, ehe sie alle Schäden der Vorstadt von Nilbau aufdeckten, mit ihrem Lichtschwall das blanke Lederzeug, die spiegelnden Knöpfe und die Tschakos der Landjäger. Die lange, von niedrigen Häusern beengte Straße schrumpfte unter den Rädern zusammen, das Auto schleuderte sich auf den rechteckigen Marktplatz hinaus, wo Heinrich scharf abbremsen mußte. Hupend suchte er sich einen Weg durch das unruhige Gewühl der barhäuptigen Landleute und durch das Gewirr von Krümperwagen, Marktfuhren, Kutschen und Britschkas, die den Platz beinahe völlig verbarrikadierten. In der Mitte, das Rathaus hatte eine Flucht erleuchteter Fenster, auf der Freitreppe erhoben sich über die Köpfe der widerspenstigen Versammlung die Helme der Polizisten, welche den Schmähreden, mit denen sie überschüttet wurden, ruhig standhielten.

»Die Gewaltlosigkeit«, erboste sich der Lehrer hinter meinem Rücken, »die Gewaltlosigkeit wird ihnen die Waffe schon aus den Händen schlagen...«

Vor der Front des Hotels stauten sich die Leute am dichtesten. Fluchend rammte Heinrich das Auto in diesen Wirrwarr aus Leibern und Gesichtern, der zäh, gleich halb erstarrtem Leim, vor dem Druck nachgab und auf allen Seiten am Wagen klebenblieb. Plötzlich, während wir noch nicht ganz zum Stehen gekommen waren, wurde die Tür aufgerissen, einige Männer sprangen herein und stürzten sich auf den Lehrer, den sie mit großer Herzlichkeit begrüßten und der die Huldigung, welche ihm dargebracht wurde, für selbstverständlich erachtete. Durch die Türöffnung drang das laute Stimmengebrodel und das Scharren unzähliger Füße zu uns herein. Der Lärm verwandelte meinen Spott sogleich in jenes aus Erregtheit und Betäubung gemischte Fieber, mit dem jegliche auf ein Ziel gerichtete Masse den einzelnen, der unvermutet in ihre Mitte gerät, alsbald ansteckt, mag er sich auch dagegen sträuben, soviel er will. Bisher hatte ich die Vorgänge, deren Ursachen mir immer noch unbekannt waren, aus einer Entfernung betrachtet, die jede Teilnahme ausschloß. Nun aber, wo ich die elektrischen Kräfte, welche diese Menge zusammenhielten, auf mich überspringen spürte, begann ich mich schon zu fragen, ob es nicht einen Makel bedeuten würde, fürderhin von dem ausgeschlossen zu bleiben, was diese Leute allesamt in einem einzigen zuckenden Leib aufgehen ließ, der die kleine Stadt mit seinem starken Willen bereits vollkommen überwältigt zu haben schien.

Die Eindringlinge, welche den Weidichter Propheten aus dem Wagen hoben, behandelten mich wie ihresgleichen. Ich folgte ihnen, draußen erwartete mich Schwoide, meine Koffer in den Händen, und er trennte mich rücksichtslos von denjenigen, die nicht willens waren, mich so leicht wieder loszulassen.

»Lauter Verdrehte«, warnte er mich leise, während wir uns nebeneinander nach der Hoteltür drängten, »solche, die gestern noch ganz vernünftig waren, die tun sich heute am verrücktesten gebärden. Männer, und die keifen wie die Weiber – und das Frauvolk, und das plärrt wie die Pappekinder. – Aber lassen Sie sich gesagt sein, junger Herr, ein gutes Ende kann das alles gar nicht nehmen. Was im Bösen angefangen worden ist, das wird auch im Bösen enden ...«

»Was denn?« fragte ich ihn, ganz betäubt vom Gedränge, das uns jedesmal, wenn wir uns der Tür genähert hatten, wieder in seine Mitte zurücksaugte.

»Platz da!« brüllte Heinrich und rief ein lautes Hohngelächter hervor, das wie mit Fliegenklatschen auf uns einschlug.

»Was soll das alles denn zum Teufel bedeuten?« wiederholte ich gereizt meine Frage und begann, mir gewaltsam Raum zu schaffen.

»Verfluchtes Luderzeug!« schnauzte der ehemalige herrschaftliche Kutscher, indem er sich selbst die Zügel lockerließ, »beschissene Aasbande! Krüpplige Lergen, die ihr seid! Ich werd's ihm sagen... erzählen werd' ich's ihm, daß euch allesamt der Hafer sticht und daß ihr seine Gäste nicht reinlassen wollt in sein Haus... ihr, aus Weidicht, ihr Rübenbauern mit euerm lahmen Kinderschreck, ihr habt das Maul am weitesten aufgerissen, und euch soll es zuallererst gestopft werden...«

Die Leute gaben uns murrend den Weg frei und sackten sogleich wie nasser Lehm in die Lücke nach, die hinter uns für kurze Zeit offenblieb. Unter dem Vordach, zwischen kugelig geschnittenen Lebensbäumen, setzte Schwoide die Koffer ächzend hin. Müde nahm er sich die bordierte Chauffeursmütze ab, zog sein rotes, mit dem Bild eines trabenden Vierergespanns bedrucktes Taschentuch hervor und begann, das Schweißleder und die Stirn trockenzuwischen. Sein Gesicht war anscheinend nicht sehr viel älter geworden, dafür aber hatte es einen unverkennbaren Zug von pfiffiger Schläue um Augen und Mund bekommen. Eingehend betrachtete er das Mützenfutter, plötzlich jedoch, als versuchte er nun, meinen Fragen zuvorzukommen, tippte er mich vorsichtig gegen die Brust, und dabei sah er mich mit einem schwermütigen Lächeln an, das gleich wieder auslöschte.

»Es ist gut«, sagte er in dem gleichen einfältigen Tonfall, in dem er vor zehn Jahren mit mir geredet hatte, »es ist gut, daß Sie wiedergekommen sind, Herr Dimke. Manche dahier, die haben auf Sie gewartet, immerzu, alle die Jahre hieß es, daß Sie kommen würden. Und jetzt, jetzt habe ich Sie abgeholt von der Station, wo ich Sie... und Sie saßen auf'm Kutschbock, auf dem Milchwagen... aber es fing ja erst an mit dem Unrecht, als Sie nimmer hier waren, und bis auf den heutigen Tag tat es damit kein Ende nehmen...«

»Und warum bist du dort weggegangen, Heinrich – wie ein Fahnenflüchtiger, der sich auf die Socken macht, wenn's brenzlig wird? Warum hast du dich davor gedrückt, du?«

»Weil es... aber davon ist nicht zu reden«, sein Blick irrte langsam beiseite, »weil es, und es ist nicht gut, daß das Gesinde in Unfrieden lebt mit seiner Herrschaft... weil es schlecht ist, wenn das Gesinde, und es muß zusehen, wie das junge Fräulein... aber davon ist nicht zu reden, Herr Dimke, darüber verlohnt es nicht, einen Gedanken zu machen oder gar ein Wort...«

Das Gelärme hatte so überhandgenommen, daß ich die immer leiser werdende Erzählung Heinrichs nicht mehr deutlich vernehmen konnte. Ich trat näher zu ihm heran in der Absicht, ihn weiter zum Sprechen zu bringen; aber er bückte sich gleich nach den Koffern. Zuletzt, als er schon im Begriff war, die Flügeltür mit dem Fuß vor mir aufzustoßen, wandte er sich noch einmal in einer unverkennbaren Besorgnis an mich.

»Und jetzt gehen Sie rein, und tun Sie sich ausruhen von der langen Reise, Herr Dimke. Nachher, da ist immer noch Zeit genug. – Und daß Sie sich nicht etwa imponieren lassen von dem seinen Mirakel dort drinnen, von dem seinem besoffenen Kretschamgeplärre über Gott und den Teufel. Und wenn er auch, und er tät's Ihnen hundertmal versprechen, daß Sie würden auf seine Fürsprache gerettet sein vorm Jüngsten Gericht... da soll'n Sie sich die Ohren zustopfen und ihm in seine geschwollene Visage reinlachen, dem Smorczak, meinem Dienstherren, dem feinen.«

In meiner Überraschung konnte ich es nicht verhindern, daß Heinrich den Türflügel zu früh öffnete. Wir traten in den hellerlichten Vorraum ein, er blieb einige Schritte zurück und setzte zwischen mir und dem Kellner, der mich sogleich begrüßte, das Gepäck auf den roten Läufer. Er wies das Trinkgeld zurück, das ich ihm geben wollte; der Kellner wurde in dem Trubel, der das Hotel bis unters Dach zu erfüllen schien, abgerufen, entschuldigte sich und ließ uns allein.

»Nimm's nur!« redete ich Heinrich zu und streckte ihm die Münze hin.

»Nichts davon!« Er preßte die Hände fest gegen seine Schenkel.

»Ich bin's dir schuldig. Ich weiß nicht mehr, wieviel es war, das, was du damals in Zeitungspapier für mich eingewickelt hattest.«

»Davon kann nicht die Rede sein«, sträubte er sich, »aber vielleicht wenn es soweit kommen sollte, und Sie täten dann ein Wort für mich einlegen, beim Herrn Oberst...«

Ich nickte, er errötete, schlug gleich in militärischer Art die Hacken zusammen, drehte sich auf den Absätzen um und marschierte wieder zu seinem Wagen zurück. – Dies also war Smorczaks Haus, und derjenige, von welchem der Weidichter Lehrer so ehrfürchtig zu mir gesprochen hatte, als ließe er mich eines Geheimnisses teilhaftig werden, dessen ich unwürdig war: das war derselbe Gastwirt aus Kaltwasser, von dem alle Leute wußten, daß er das Schnapsmaß nie bis zum Strich gefüllt hatte, daß er die Rechnungen zu hoch ankreidete und den Pferden, mit denen er handelte, das Fell durch Arsen blank machte. Ein Tanzbodenbesitzer und Kornausschenker, ein Roßtäuscher und kalter Übervorteiler, der immer nüchtern blieb, selbst dann, wenn er an dem Rausch teilzunehmen schien, den er anderen mit sparsamer Überlegung eingoß; und noch mehr als das: – ein Handlanger des Bösen, der seine glatten Finger in viele Taschen gesteckt hatte, um diesem etwas zu nehmen und jenem etwas zu geben, derart heimlich, daß die Leute das Unheil erst dann bemerkten, als nichts mehr gutgemacht werden konnte; und noch mehr als das: – ein Halsabschneider, ein Würger, eine fette, gemästete Kreuzspinne, die an den Zuckungen der Netzfäden spürte, daß sich jemand weit draußen verfing, dem er gleich den Garaus machen würde, wenn jener erst schwach genug geworden war – ein Zutreiber der Hölle, welcher seine Geißel auf die Rücken aller Leute hieb, die sich mit ihm einließen und die er schonungslos in die großen Pferche trieb, wo er sie, je nach seinem Gefallen, verhungern ließ oder bis zum Überdruß mästete... Nun hatte er also eine andere Tonart anstimmen lassen, aus den Walzern waren Choräle geworden, und die Zoten hatten sich in Bibelsprüche verwandelt, der Rausch aber, mit dem er die Leute kirre machte, ging von einem Mund zum anderen und träufelte Gift in die Ohren der Harmlosen, bis sich alle ungebärdigen Forderungen nach Erlösung, deren sie sich schon längst auf immer entschlagen hatten, in ihnen wieder zu regen begannen. Jetzt aber war die Hoffnung nicht mehr durch die Frömmigkeit gebändigt, denn sie blähte sich wie Kröten in der Brust der willfährigen Anhänger und nährte sich von der gutwilligen Geduld wie von einer himmlischen Speise, an die sie sonst nie gekommen wäre. Dieser Smorczak – der behende Vortänzer einer unübersehbaren Polonäse, welche er aus allen Dörfern hervorgelockt hatte, der Besitzer einer zahllosen Herde, die sich immer noch vermehrte, der geschickte Verfälscher dessen, womit die Männer und Frauen dieser Gegend sich immer wieder begütigen ließen, der Wundertäter, welcher wie ein Taschenspieler die Bedürfnisse seiner Zuschauer nach dem Übernatürlichen erst aufstachelte, bevor er sie befriedigte – vielleicht hatte er nur darum, weil er die Stille nicht mehr ertrug, in der ihm Starkloffs Schreien fortwährend laut wurde, den Tumult angezettelt, in dessen Zentrum er sich gerettet dünkte, vielleicht versuchte er, den beständigen Ruf des Ermordeten durch Predigten, Choräle und durch den Beifall, den er einheimste, zu ersticken.

Ich konnte nicht sagen, wie es in Wirklichkeit damit bestellt war, ich war ahnungslos hierher geführt und mir selbst überlassen worden. Unentschlossen und übermüdet suchte ich in meinen Taschen herum, vielleicht nach einer Zigarette, vielleicht nach etwas anderem, ich wußte nicht wonach. Aus den überfüllten Zimmern der Gastwirtschaft sprang endlich das Männergelächter hervor, das ich bislang vermißt hatte und das in allen anderen Kneipstuben dieser Gegend sofort zu hören gewesen wäre; es klang so, als zerplatzten lauter aufgepustete Schweinsblasen, die unter zu hohem Druck gehalten worden waren.

Davon kam ich zu mir selbst zurück, und ich bemerkte in meiner Hand die Papiere, auf denen Christianes Andenken geschrieben stand. Einstmals – so sagte ich mir – hat mir dieses Mädchen alle Sünden, die sie nicht begehen konnte, überantwortet ... ich habe sie angenommen wie ein Darlehen, das sich von selbst vermehrte ... jetzt aber will ich sie ihr zurückerstatten mit Zins und Zinseszins, indem ich die Sünden der anderen noch daraufschlagen werde ... unter die Erde damit und Erde darüber, haushoch, turmhoch ... es soll ein Ende haben mit allem ...

Was Smorczak anging, so war ich entschlossen, ihm entgegenzutreten, der Heckpfennig mußte gefunden, die aufgeschwollene Mutterkröte aus seiner Brust gerissen und sein Mund für alle Zeiten mit der Glut, deren er sich selbst bediente, um überall Feuer zu legen, versiegelt werden.

Ich war darauf gefaßt, daß ich ihn dort, wo er sich schlau und gerissen zeigte, mit Klugheit würde übertrumpfen müssen und daß vielleicht sehr viel Geld nötig war, damit ich mich nicht verriet.

Ärgerlich winkte ich den Kellner herbei, der eben wieder an mir vorüberschleichen wollte. Er blies Entschuldigungen wie Seifenschaum zwischen den gespitzten Lippen hervor und rief nach dem Hausdiener, der sich nicht zeigte. Ich erwähnte, während ich zu schimpfen begann, beiläufig lauter erfundene Empfehlungen, die mich veranlaßt hätten, in diesem Haus abzusteigen. Er war völlig verdutzt und behandelte mich sofort viel zuvorkommender. Schließlich trat er ans Schlüsselbrett und wählte, ohne erst lange zu suchen, einen Zimmerschlüssel aus, den er mir mit einer tiefen Verbeugung übergab. Aus dem Gastzimmer wurde nach ihm gerufen, eilig beschrieb er mir, wo sich mein Zimmer befand und verbürgte sich dafür, daß meine Gepäckstücke sogleich hinaufgebracht würden.

Im oberen Geschoß war alles still, ich sah nach dem Nummernschild am Schlüssel und fand, daß mein Zimmer auf der Hofseite lag. Es war geräumig und bezeugte mit seiner gewölbten Decke, die von Stuckbändern und überkalkten Blumenreliefs bedeckt war, das Alter dieses Hauses.

Ich bemühte mich, leise zu sein, weil ich bemerkt hatte, daß das Nebenzimmer bewohnt war. Von dorther hörte ich durch eine Verbindungstür, vor der ein neumodischer dünnwandiger Spiegelschrank stand, einen ruhelosen Männerschritt und dazwischen das Flüstern einer erregten Unterhaltung. Aber es widerstrebte mir, mich als Horcher aufzuspielen, deswegen schenkte ich diesen Geräuschen keine Beachtung.

Der fade Weihrauchduft, der mir schon unten, im Vorraum, aufgefallen war, schien hier an jedem Gegenstand zu haften, als sei alles mit heuchlerischer Gottgefälligkeit parfümiert worden, um die Täuschung vollkommen zu machen. Dieser Geruch war mir so zuwider, daß ich das Fenster öffnete. Indes ich mich hinausbeugte, ärgerte ich mich darüber, daß ich wie ein Leisetreter, der sich auf Katzenpfoten eingeschlichen hatte, viel zu bescheiden mich in diesem Gastzimmer bewegte, das jedem offenstand, der genügend Geld besaß, um dafür zu bezahlen.

Unter mir der längliche Hof, den Brandmauern, Dächer, Schuppen und eine langgestreckte, niedrige Stallung umschlossen, war von starken elektrischen Birnen erleuchtet und vollgestopft mit Kutschen und Pferden, deren zuckende

Rückenfelle das scharfe Licht in fließenden Spiegelungen von sich abrinnen ließen. Die Eisen scharrten und stampften leise, die Halterschnallen klirrten, und die Nüstern schnaubten in die Futtersäcke; diese beruhigenden Geräusche machten den Lärm, welcher wie eine hohe Woge übers Dach schlug und durch die Einfahrt dröhnte, völlig zunichte und entledigten ihn seiner gefährlichen Aufreizungen. Der Schweif peitschte die Flanken, ein Zittern schüttelte die Mähne; und die Kandare, von welcher der Schaum in Flocken abtropfte, rieb sich fast unhörbar am kauenden Gebiß.

Der unbesternte Himmel sackte in den Hof ab wie in einen Trichter, dessen Mund ins Innere der Erde führt. Das Licht in den Glasbirnen erwehrte sich mühselig der unermeßlichen Last von Finsternis, welche über dieser Stadt aufgestapelt war, gleich einem ausgebrannten und halb verkohlten Strohschober, der beim geringsten Luftzug sich in eine Wolke von Asche und Ruß auflösen mußte. Das stumpfe Säulenwerk der beiden Kirchtürme, die sich hinter den Dächern erhoben – als seien zwei riesige Baumstümpfe vorzeiten beim Ausroden vergessen worden und hätten seither in dem Zierat der steinernen Ranken neue Triebe ausgestoßen – stemmte sich aus aller Kraft gegen die Düsternis. Die Schläge der achten Stunde verstummten gleich wieder, kaum daß sie aus den Schallöchern hervordröhnten, sie waren hallos und wie von Kreppschleiern umwickelt.

Aus der Durchfahrt unter dem Fenster trat ein Mann in den menschenleeren Hof und machte sich, nachdem er sich umgesehen hatte, ob er nicht etwa beobachtet würde, an den Pferden zu schaffen. Er zog ihnen die verrutschten Woilachs zurecht, schüttete das Misch von Siede und Hafer in die Futtersäcke nach und tränkte sie, indem er den Wassereimer am Kran füllte und von einem zum anderen Gaul schleppte. Ich glaubte Schwoide in diesem Betreuer fremder Gespanne zu erkennen, die allesamt von ihren Eigentümern vernachlässigt worden waren, einer Sache wegen, die es nicht einmal verlohnte, daß man ihr zuliebe den Gaul nach der Feldarbeit dieser Woche abends überhaupt nur an den Kutschwagen schirrte. Der ehemalige herrschaftliche Kutscher war also dem Geruch der Rosse nachgegangen, der ihn wie an einer Longe in den Hof zerrte. Am liebsten wäre ich zu ihm hinuntergestiegen, hätte mich einige Zeit in seiner Nähe aufgehalten und mit ihm, über die Pferderücken hinweg, das Gespräch weitergeführt, das ich vorhin abbrechen mußte; ich räusperte mich wenigstens laut, um mich ihm bemerkbar zu machen. Er deckte die Hand über die Augen, blickte zu mir auf und machte mir ein Zeichen, daß ich mich still verhalten sollte. Mehrmals deutete er auf das Fenster des Nachbarzimmers, aus dem vorhin jene unverständlichen Gesprächsfetzen gekommen waren. Dann fuhr er mit seiner Beschäftigung fort und achtete nicht mehr auf mich.

Ich trat leise aus der Fensternische zurück, die Unterredung nebenan war lauter geworden, und ich mußte sie mit anhören, ob ich wollte oder nicht; sie preßte sich mit ihrem Gezisch wie glatte Schlangen durch die dicken Wände, ringelte sich neben meinen Füßen aus den Dielenfugen empor, hing von der Decke herab und züngelte unter den Türritzen heraus. Es waren zwei unterschiedliche Männerstimmen: eine salbungsvolle und eine störrische, die einander widersprachen und ihrem Haß noch nicht völlig die Zügel locker ließen; sie schienen sich einer fremden Sprache zu bedienen, welche der eine fließend beherrschte, der andere jedoch schon zur Hälfte vergessen hatte.

Plötzlich erschien es mir selbstverständlich, daß jenseits der Tür dieselben Männer miteinander stritten, welche an dem düsteren Regentage vor meiner Abreise aus Kaltwasser hinterm Seitenflügel von Smorczaks Gasthaus hervorgekommen waren. Und selbst dann, wenn der Sergeant inzwischen verstorben sein sollte, selbst unter dieser Vorbedingung, welche alles aufhob, was Wirklichkeit hieß, war es nicht unmöglich, daß er jetzt von drüben zurückkehrte, um mich zum Zeugen dessen zu machen, womit man dem Gastwirt die Fassung rauben konnte. Damals hatte sich Smeddy aufs hohe Roß geschwungen und die Reitpeitsche über Smorczaks Schädel geschlagen, und der Gastwirt hatte versucht, ihn zurückzuhalten und sich an ihn gehängt. Nun aber hielt Smorczak die Geißel in den Händen und vergalt dem brutalen Sergeanten jeden Schlag, er vergalt ihm die Mittäterschaft, die Sturheit, die Bereitwilligkeit, ja sogar die Möglichkeit der Tat, welche sich aus ihrer beider Bekanntschaft ergeben hatte. Und dort, wo er ihn vor zehn Jahren zurückhalten wollte, versuchte er nun, ihn um jeden Preis von sich wegzustoßen...

Als die ölige Stimme zum erstenmal in die Sprache zurückkippte, die sie seit ihrer Kindheit gesprochen hatte, verriegelte ich meine Tür, öffnete vorsichtig den Schrank, der mit einem leisen Knall aufplatzte und in den Spiegelwänden das Zimmer hinter mir nach beiden Seiten hin abrutschen ließ. Ich stieg in das hölzerne, nach Kampfer riechende Gehäuse ein und zog die Tür wieder zu, die Bretterwände fingen in ihrer Höhlung das leiseste Geräusch auf, welches von drüben kam, vergrößerten es und verliehen ihm einen dumpfen Nachhall.

...der ruhelose Schritt ging auf und ab... er stampfte unaufhörlich denselben Rhythmus der Angst und der Feigheit... die zerkauten, nachlässig hingespuckten Worte des Gegners waren mir unverständlich, sie beharrten offenbar fortwährend auf den gleichen Gründen; zwischendurch das rasselnde Lachen erinnerte mich an eine Erbsenklapper, welche irgendein Kind unaufhörlich schüttelte... endlich hämmerte die Faust auf den Tisch, daß die Schnapsgläser klirrten, als ob sie in lauter Scherben zersprangen... schon begann das Gelächter von neuem, es sammelte gleichsam die Scherben bis auf den letzten Splitter ein, und dann stand das Gefäß des Zorns wieder unversehrt da... indessen war das Öl von der Stimme des Gastwirts abgeträufelt, jetzt überschlug sie sich und fiel in ihre frühere Gemeinheit zurück... bissig wie ein neugeschränktes Sägeblatt, so schnitt sie das Loch in die Zwischenwand, damit mir nichts mehr fragwürdig blieb...

»Wahrhaftig, er läßt sich's nicht beibringen, daß er fort muß von hier... Warum ist er denn wiedergekommen von drüben? – He, warum bist du denn bloß wiedergekommen, du überseeischer Lumpenhund, du hirnloser Schubiack...«

Stille – ein nervöses Hüsteln, das die wachsende Verlegenheit des anderen bezeugte, und nicht die Spur einer Widerrede.

»Warum bist du wiedergekommen, frag' ich dich, du Halunke, du Dummkopf? – Wenn's aber nicht in Güte ist, dann wird's mit Gewalt sein, hörst du, Smeddy, hast du mich gehört? Dann, und ich brauch' dann nur eine Parole auszugeben, und sie werden hinter dir her sein wie die Bluthunde, hast du mich verstanden?«

Der Knöchel, der auf den Tisch klopfte und die Drohungen skandierte, damit sie deutlicher wurden – und abermals nicht die geringste Andeutung einer Antwort.

»Was glotzt du mich denn so dämlich an, he? – Wer hat es denn ausgetüftelt damals, frage ich dich? Wer hat es auf seine Kappe genommen, frag' ich? Und wer hat ihn denn fertiggemacht, den besoffenen Mistbauern? – Kannst du dich denn nicht mehr entsinnen, du? Hast du's vielleicht vergessen, wie du dabeistandest und dir die Ohren zuhieltest, als er anfing zu schreien, du tapferer Soldat, du? – Hat es vergessen, weiß es nicht mehr, wie ich selbst, ich, derjenige, den die Leute feige und hinterlistig schimpfen, wie ich selbst ihn stumm machen mußte ... so ... so ... an der Gurgel, an der dicken, gemästeten Großbauerngurgel ...«

Das Schrankgehäuse begann zu dröhnen, wie eine Pauke. Drüben fielen die Stühle um, und die Füße der Mörder stampften die Dielen, als wären die beiden Männer ein Pferdegespann, das den Toten, der sie mit lauter dünnen Riemen aneinandergefesselt hatte und der zwischen ihnen hing und sie ständig in ihre Schuld hinein bändigte, vergeblich zu zerfetzen versuchte. Plötzlich entsann ich mich jenes Mannes, der vor einigen Tagen die Klaviermusik von Coras Mutter dadurch störte, daß er mit den Fäusten gegen die Wand seines Zimmers getrommelt hatte.

Ich sprang aus dem Versteck, der Heckpfennig des Gastwirts war in meine Gewalt geraten, und ich gab ihm eine Quittung dafür, indem ich den Türrahmen mit Fußtritten traktierte.

»Ruhe!« brüllte ich aus Leibeskräfte Leibeskräften, »Ruhe! Ich will meine Ruhe haben!«

Drüben wurde es totenstill. Gleich darauf hallte draußen der Gang von dem Lärm vieler Schritte und Stimmen wider. Die ungeduldigen Anhänger des falschen Propheten waren ins Haus eingedrungen, das sie sonst wohl nicht betreten durften. Ruhig öffnete ich, um zu sehen, was es da gäbe; sie drängten sich zusammen wie ein Rudel verprügelter Hunde, der Weidichter Lehrer führte sie an, vorsichtig klopfte er mit der Krücke seines Stockes an die Tür des Nachbarzimmers. Nach einiger Zeit öffnete sie sich um eine Handbreit, ich hörte den Hotelbesitzer, der seinen salbungsvollen Tonfall wiedergewonnen hatte, er richtete sich an den Gelähmten, welcher die Anweisungen dienstwillig entgegennahm.

»Ich kann nicht, Kretschmer«, klagte Smorczak, »rede du für mich und sage ihnen, was zu sagen ist. Dir werden sie genausoviel Glauben schenken, so sage ihnen halt, daß Tag und Stunde immer näher rücken, so, wie ich es eben erschaut habe in einem Gesicht, das zu fürchterlich ist, als daß ich es dir beschreiben könnte. Sage ihnen, sie sollen sich bereithalten, und sie sollen wachsam sein, er hat sich längst unter sie gemischt, der Bocksfüßige, der sie ängstigen will, bevor das Jüngste Gericht über sie alle gesetzt wird. Sage ihnen auch, daß ich seine Kennzeichen und sein Muttermal zu sehen bekommen habe und daß ich mit dem Finger auf ihn weisen werde, damit sie ihn unter ihren Füßen zerstampfen, bevor Himmel und Erde einstürzen ...«

Ich warf die Tür mit großer Wucht ins Schloß, damit sie diese lügnerische Rede zerschlug, dann zündete ich mir eine Zigarette an und begann, in völliger Ruhe kreuz und quer durchs Zimmer zu gehen. Seine Kennzeichen und sein Muttermal habe ich erschaut – sagte ich mir – und ich könnte hingehen und ihn bezichtigen, aber ich muß mich noch gedulden, auf Zehenspitzen muß ich den verzweigten Bau, den er sich ausgehöhlt hat, abschreiten, muß alle die unzähligen Schlupflöcher mit feinmaschigen Netzen verhängen, und dann erst soll das blutrünstige Frettchen der Vergeltung auf seine Spur gesetzt werden, damit es zu ihm einfährt und ihn hin und her jagt, bis er ans Tageslicht kommt.

Ärgerlich darüber, daß mein Gepäck noch nicht heraufgeschafft worden war, klingelte ich dem Kellner, er kam sofort, schleppte die beiden Koffer eigenhändig herein und legte mir die Fremdenliste vor, in die ich meinen vollen Namen eintrug. Längst nachdem ich ihm die Papiere zurückgegeben hatte, drückte er sich noch unschlüssig herum, er mußte wohl etwas auf dem Herzen haben; es war ein alter Mann, er tat mir leid.

»Was wollen Sie denn?« fragte ich ihn barsch und händigte ihm das Trinkgeld aus.

»Ich durfte das Zimmer nicht vermieten!« sagte er stockend, »es war vorbestellt. Es wäre sehr gütig von dem Herrn, wenn der Herr sagen wollte, daß er darauf bestanden hat, hier zu wohnen.«

»Ich habe selbstverständlich darauf bestanden«, fertigte ich ihn ab, »es ist sehr wichtig für mich, gerade dieses Zimmer zu haben.«

Er verbeugte sich dankend und ließ mich allein. Ich beschloß, einen langen Gang durch Nilbau zu machen, bevor ich mich niederlegte. Hier, in dieser dämmrigen Stadt, trat die Stelle zutage, wo die Schatten einer ungesegneten Vergangenheit den Verdüsterungen der Zukunft Vorschub leisteten. Wenn man weiter zurückdachte, so fand man die Anlässe für das, was jetzt hier geschah, bei denen, die längst nicht mehr zur

Rechenschaft gezogen werden konnten. Totes genug war in die Grundpfosten aller Häuser eingemauert worden, und man vermochte noch nicht zu sagen, ob nicht vielleicht erst dann eine langwährende Friedfertigkeit in unserem Bezirk möglich sein würde, wenn man die alten Gebäude allesamt niederriß, selbst auf die Gefahr hin, daß man nicht wußte, was man an ihrer Stelle errichten sollte...

Als ich auf den verlassenen Marktplatz hinaustrat und die kälter gewordene Luft einatmete, war er bereits leergekehrt von dem Unflat an geilen Hoffnungen und tödlichen Ängsten, der ihn vorhin erst noch kniehoch bedeckt hatte. Alles, was an den menschlichen Seelen so leicht verderblich ist, daß es, wenn es von der ungewissen fiebrigen Unruhe unablässig erhitzt wird, ins Gären gerät und sehr schnell der Verwesung anheimfällt – es war schon längst abgeräumt worden gleich den fauligen Überbleibseln eines Markttages, an dem plötzlich Zigeuner und Gaukler auftraten, die den Leuten mehr versprochen hatten, als sie zu begreifen imstande waren, und die sich darauf beriefen, daß es ihnen anderwärts gelungen wäre, stinkenden Kot in pures Gold zu verwandeln.

Der Widersacher

Während der Nacht, in einem dumpfen, vielfach unterbrochenen Schlaf, der mich langsam in die halb verdunkelten Schaukelungen zwischen jähem Schreck und allmählichem Verdämmern hinüberzerrte, war es mir zwei- oder dreimal so gewesen, als müßte jemand mein Zimmer betreten haben. Das spitzige Licht einer Taschenlaterne hatte mir Stirn und Augenlider gekitzelt, aber wenn ich mich schlaftrunken herumwarf und die Hand dorthin streckte, woher der Schein gekommen war, konnte ich immer nur Leere und Dunkelheit und nicht die Spur eines Körpers ertasten. In der tiefen Ruhe, die mich gegen Morgen überkam, verlor ich die Erinnerung daran. Erst kurz nachdem ich das Frühstück heraufgeklingelt hatte und als es mir von jemandem gebracht wurde, auf dessen Anblick ich jetzt noch nicht gefaßt war, fiel mir das alles wieder ein.

Als er hinter meinem Rücken leise eintrat, stand ich in der Fensternische. Der Morgenwind, der inzwischen längst eingeschlafen war, hatte im leeren Hof die Haferkörner und Häckselreste zu spiraligen Haufen zusammengekreiselt. Die steilen, von Flechten gesprenkelten Ziegeldächer verschränkten ihre Firste kreuz und quer, regellos durcheinander, so daß man es nicht zu überblicken vermochte, von welchen Straßen die Häuser eigentlich zu betreten waren. Drüben das hohe Kirchenschiff bewahrte mit den geschwungenen Turmhelmen, mit der grauen Strenge all seiner Maße und selbst dort, wo die Zierate überhandnahmen, eine klare und unabänderliche Ordnung. Der Himmel war trübe, die formlosen Wolkenschichten hatten das Licht aufgesogen wie riesige Schwämme ihre Feuchtigkeit, die sie nur dann wieder hergeben, wenn man sie ihnen auspreßt; es mußte ein unfreundlicher Tag bevorstehen.

Eine Hühnerschar war durch die Einfahrt in den Hof getrippelt und machte sich krächzend mit Scharren und Picken an die Überbleibsel des Pferdefutters. Aus einem der Nebengebäude fuhr plötzlich ein altes Weib hervor, unflätige Flüche aussto-ßend, scheuchte sie mit andauerndem Händeklatschen die verängstigten Hühner im Kreise umher, bis sie endlich den Ausgang fanden. Als sie allein geblieben war, begann sie die Flaumfedern aufzulesen, welche im Laufe der Jagd da und dort aus dem Gefieder gefallen waren, ja, sie haschte sogar nach den fliegenden und fing sie ein wie Motten, die ihr fortwährend wieder entwischen wollten.

Ich hatte das Klirren überhört, mit dem hinter mir das Kaffeegeschirr auf den Tisch gesetzt wurde. Plötzlich zog mich jemand am Arm beiseite, und dann brüllte der Hotelbesitzer einen Fluch in den Hof hinab, vor dem die Alte derart erschrak, als würde sie mit Knüppelschlägen traktiert. Eilfertig und stolpernd humpelte sie weg.

Er stellte sich so auf, daß er, während er mit mir redete, das Licht hinter sich hatte. Aber ich nötigte ihn gleich, vom Fenster fortzutreten und neben mir am Tisch sich niederzusetzen.

»Dimke«, begann er, und dabei zwang er sich zu einem vertraulichen Ton voller Entgegenkommen, obwohl er sein Lauern dahinter nicht völlig verstecken konnte, »Dimke, der Name ist nicht häufig in dieser Gegend. Doch nicht etwa der Neffe des herrschaftlichen Gärtners aus Kaltwasser, doch nicht etwa derselbe, den ich noch gekannt habe, wie er als Gymnasiast bei uns die Ferien ... nein, man sollte es nicht für möglich halten ...«

»Genau derselbe, Herr Smorczak«, bestätigte ich lachend seine Vermutungen.

Er betrachtete mich kopfschüttelnd, als befände er sich im Zweifel darüber, ob jener Bursche, den er eben aus seiner Erinnerung hervorgekramt hatte, überhaupt etwas mit mir zu tun haben könnte. Währenddem beobachtete ich ihn genau und fand, daß er meinen Vorstellungen nicht entsprach. Er hatte seine frühere Wendigkeit verloren, sah verfettet und gewöhnlich aus und machte in seinem schwarzen Bratenrock, der auf der Brust etwas auseinanderklaffte, den Eindruck eines schlagflüssigen Dorfgastwirts, der, vielleicht durch eine Erbschaft, viel zu spät zu Gelde gekommen war und sich an den Genüssen, welche ihm dieser unverhoffte Reichtum verschaffte, übernommen hatte. Nirgendwo hätte ich in seinem geröteten und mit blauen Aderfusseln durchsetzten Trinkergesicht einen Zug von Heimtücke oder Böswilligkeit finden können, wenn nicht die hellen Augen zwischen den entzündeten Lidern mich von Zeit zu Zeit mit einem stechenden Blick gestreift haben würden. Hier vermischte sich eine biedermännische Schläue mit der amphibienhaften Kaltblütigkeit des Mörders. Dieser Blick wog es, während er sich den Anschein gab, als betrachte er mich mit großem Wohlwollen, bereits ab, ob ich für seine Zwecke mich eignen könnte; und ich war sogar gezwungen, für einige Zeit die Augen niederzuschlagen.

»Viel Zeit«, sagte er mit einem leichten Seufzer, »viel Zeit! Wieviel, das wird einem erst klar, wenn Sie so vor einem sitzen und wenn man es bedenkt, daß aus einem Jüngelchen inzwischen schon ein Herr geworden ist...«

»Fast zehn Jahre«, pflichtete ich ihm nachlässig bei und biß ein großes Stück von der Buttersemmel ab, »in diesem Herbst jährt es sich zum zehnten Mal, daß...« ich kaute und schluckte weiter, »...daß ich in Kaltwasser mich aufhielt und daß Gotthold Stanislaus Starkloff ermordet wurde...«

Die rote Hand, welche eine dicke Zigarre zwischen die plumpen Finger geklemmt hatte, begann heftig zu zittern. Die weiße Aschenkappe löste sich ab und fiel auf die Hose, wo sie in lauter feine Flocken zersprang. Er räusperte sich, als hätte er sich verschluckt, die Aderstränge an seinen Schläfen traten verknotet hervor.

»Ich bin gekommen«, fuhr ich in der gleichen, harmlosen Weise fort, »um ihm einen Grabstein zu setzen, ein Denkmal, das er schließlich verdient hat. Denn Sie wissen ja, er hatte mich zum Erben eingesetzt!«

Er wich dieser Falle aus, indem er die Achseln zuckte, offenbar legte er derartigen Nebensächlichkeiten nicht die mindeste Wichtigkeit bei. Was ging es ihn schließlich an, ob in diesen letzten Zeiten, deren innerste Bedeutung ihm allein bekannt war, einer wie ich die irdischen Güter anderer erbte? Sein Gesicht polierte sich gleichsam von innen her mit dem Anschein einer eigentümlichen Würde, die nicht einmal lächerlich wirkte.

»Das also mit dem Denkmal«, fragte er mich streng wie bei einem Verhör, »das mit dem Denkmal ist der einzige Grund?«

»Ich wüßte nicht, was ich sonst hier sollte.«

»Und haben Sie schon«, er ließ mich nicht locker und rückte mit seinem Stuhl näher an mich heran, »haben Sie sich schon ausgedacht, was für ein Spruch auf dieses Denkmal geschrieben werden muß? Mit goldenen Lettern, einen Finger tief im harten Stein, damit er nicht verwischt, der Spruch, mit dem dieser Bauer ausgesegnet wird in alle Ewigkeit. Haben Sie sich darüber schon Gedanken gemacht?«

Die weiche Hand, an der noch von früher Spuren der schweren Arbeit saßen, griff überraschend nach meinem Arm und zog ihn ein winziges Stück auf seine Seite. Zu früh versuchte er, sich meiner zu bemächtigen, ich lockte ihn weiter aus dem Hinterhalt, indem ich ihm keinen Widerstand entgegensetzte. Diese porige Hand, auf deren Rücken dunkle Haare wuchsen, glitt langsam meinen Ärmel herab, bis sie endlich mit wulstigen Fingern und mit dem verunstalteten Daumen, dessen oberstes Glied mitsamt dem Nagel fehlten, mein Handgelenk umschloß. Ich konnte meinen eigenen Pulsschlag spüren, wie er leise gegen Smorczaks Haut klopfte.

»Keine Gedanken gemacht«, er begann mich bereits zu lähmen, ich spürte deutlich, wie eine jugendliche Nachgiebigkeit in mir überhandnehmen wollte, »keine Ahnung, keine Idee, nichts, nichts?«

Er lachte nachsichtig und dünkte sich mir völlig überlegen. Ich riß die Hand aus der Umklammerung und blickte ihn an, er kniff die Augen zusammen, aber noch ehe er sich darüber Klarheit verschaffen konnte, wie diese Heftigkeit von mir gemeint war, setzte ich sein Gelächter fort.

»Natürlich nicht«, sagte ich nachlässig, »natürlich habe ich mir keine Gedanken gemacht. Ich nehme an, der Name wird genügen ... Gotthold Stanislaus Starkloff ... dieser Name und das Datum des Lebens und das Datum des Todes darunter und allenfalls noch die Initialen: R. I. P ... Ruhe in Frieden. Ich meine, mehr ist da nicht nötig. Oder denken Sie anders darüber?«

Er ließ sich hinreißen, ärgerlich zu werden, seine Stirn bedeckte sich mit Scharlachflecken, die Zornfalten über der Nasenwurzel gruben sich immer tiefer ein. Im unklaren darüber, ob ich es nicht etwa darauf anlegte, ihn zu verspotten, zerrte er die goldene Uhrkette aus seiner Weste und wickelte sie um den Zeigefinger.

»In Frieden ...«, äffte er mich nach, »hundertmal können Sie's draufschreiben, tausendmal, auf alle Ecken und Enden, sag' ich Ihnen, und es wird niemandem etwas nützen, weder ihm noch uns. In Frieden ... damit ist es nichts, und dort wird er nicht bleiben, in dem ewigen Frieden, der so viele andere für immer behält. Dort wird er nicht bleiben, sage ich.«

Smorczak war unruhig geworden wie ein Epileptiker vor dem Anfall. Die fremde Kraft bemächtigte sich zusehends seiner, sie galvanisierte ihn, daß seine Glieder leise zu zucken begannen, der Blick verlor die lauernde Bösartigkeit und füllte sich mit grünen Verschleierungen, die jenen Wassergräsern glichen, welche vom Grunde der Seen und Bäche aufsteigen. Er ließ seine Vorsicht vollkommen außer acht, als er jählings in eine andere Schicht absank und dort seine Wurzeln einbettete: im mulmigen Untergrund, der sich weder mir noch irgendeinem anderen öffnen konnte, jenseits des Lebens, aber auch jenseits des Todes, da, wo die menschlichen Gesetze keine Geltung mehr haben. Aus diesem gestaltlosen Urzustand, der deswegen für jeden Gedanken unerreichbar ist, weil er sich vor dem Ursprung des Denkens befindet, holte er seine Berufung herauf. Es war ein Mann wie viele andere, ein Zigarrenraucher, ein Schnapstrinker, ein verschwitzter, ungewaschener Fünfziger, aber die Furcht, welche ihm überall auf den Fersen war, unterschied ihn völlig von seinen Altersgenossen. Er hatte nichts, womit er sich seinen unsichtbaren Gegner vom Halse schaffen konnte, und deswegen erfand er eines Tages diesen Irrglauben, weil er die Unsichtbaren damit wenigstens vorübergehend zu bannen vermochte. Dadurch, daß er seine eigene Furcht weitergab, da und dort ein Stück davon zu Boden fallen ließ, damit es Wurzeln schlug und zu keimen begann, gelang es ihm, sich hinter der Furcht der anderen, die rings um ihn aufschoß, zu verstecken. Es war in alledem genausoviel Berechnung wie Unberechenbares, beides verknäuelte sich gleich Ottern, die sich paaren – man konnte es nicht entwirren.

»Sie sind zu mir gekommen und haben es mir gesagt. Du, Smorczak, du wirst ihn wegtreiben können von unseren Häusern, wo er nachts umherschleicht und wo die Obstbäume verdorren unter seinem Atem. So sagten sie zu mir, so sprachen sie und bettelten sie, und ich konnte es ihnen nicht verwehren. Das Vieh hatte ich ihnen kuriert, mal hier, mal da, wie sich's traf, die Räude, die Staupe, die Klauenseuche, ich wußte die Mittel, meine Mutter, und die hatte sie schon von der ihrigen. Aber hier, was sollte es hier für ein Mittel sein? Und warum sollte ich ihn verscheuchen, he? Warum trieb sie's gerade zu mir mit ihren flehentlichen Bitten?«

Ich wußte Antwort, und ich war so unvorsichtig, mich zu räuspern.

»Ungeduldig? Sind Sie mir etwa schon ungeduldig, junger Mann? Hören Sie zu, sage ich Ihnen, dann erfahren Sie etwas, das nicht jedermann weiß. – Redselig bin ich genug, das merk' ich, und die Zunge, die läuft mir nur so fort vom Maule mit Hü und Hott. Halten Sie's mir zugute – den anderen nämlich, denen könnte ich nichts davon sagen, die würden's nicht für möglich ansehen, die gutgläubigen Schafsköpfe! Ihnen aber, Ihnen werde ich's nahebringen – es ist Vertrauen, sage ich Ihnen, es ist das volle Vertrauen, damit Sie nachher wissen, wie die Grabschrift heißen soll.«

Er unterbrach sich für einen Augenblick, weil er den Anfang der Rede vergessen zu haben schien. Sein Gesicht war verfallen und fahl, zitternd wischte er sich den Schweiß aus der Stirn. Er war seiner selbst nicht mehr sicher.

»So sind sie also zu mir gekommen, in aller Heimlichkeit, versteht sich, und haben mir was vorgejammert. Scheuch ihn weg, sagten sie, vertreib ihn von unseren Äckern und aus unsern Scheunen und Ställen und von unserm Vieh und auch von den Kindern. Sie kamen zuerst aus Weidicht und dann aus Leschwitz, aber nie kam einer aus Kaltwasser. Bis heutigentags nicht. Ich wies sie ab und sagte: Geht zum Pfarrer, geht zum Fülleborn, zu demjenigen, der ihn ausgesegnet hat, aber sie gingen nicht. Seit Menschengedenken kein Mord, antworteten sie mir, kein Ermordeter, kein Erschlagener in den Dörfern ringsum. Vielleicht ist es kein Mord, sagte ich, ich kannte ihn ja, diesen Satan, diesen vermaledeiten, ich kannte ihn besser als irgendein anderer...«

Der Zorn hatte mich während dieser psalmodierenden Erzählung schon längst gepackt, aber ich würgte ihn immer wieder mit Gewalt hinunter. Jetzt jedoch, als der Mörder seine eigene Tat ableugnete, übermannte mich der Widerwille so stark, daß ich viel zu früh aus meinem Versteck hervorkam.

»Kein Mord!« schrie ich den verdutzten Hotelbesitzer an, »kein Mord! Und wenn Sie mir einreden wollen, daß dieses Land rings um uns hundert Klafter unterm Wasser läge und daß es nur noch von lauter Ertrunkenen bewohnt wäre, so würde ich Ihnen das eher glauben. Aber lassen Sie es sich gesagt sein: ich habe nur das Gut geerbt und das Geld und die Liegenschaften, ich habe auch den Mord geerbt und den Schrei und das Blut, das in den Mühlweiher geflossen ist!«

Ich war aufgesprungen und hatte die Faust wieder und wieder

auf den Tisch geschlagen. Das Geschirr hüpfte auf dem metallenen Tablett, der Kaffeerest schwappte aus der Tasse, aber dann blieb mir die geballte Hand mitten in der Luft hängen, als wäre sie plötzlich in ein Netz gefallen. Die verkrampften Finger öffneten sich, das Innere war leer, alle Vorteile hatte ich aus der Hand gegeben, gleich einem leichtfertigen Kartenspieler, der seine Trümpfe zu früh aufdeckt.

»So, so«, murmelte der Gastwirt, »also darum und deswegen. Ein junger Mann, ein Grünschnabel, der sich dümmer stellt, als er ist. Und der Versucher, und der hat es nämlich für gut befunden, mir mit der Dummheit zu kommen, mit der stinkenden, ganz gewöhnlichen Dummheit. Manchmal, da tat er's als Mistfliege, andermal, und da tat er's als Weibsbild, als junges, herrschaftliches Fräulein, als so eine tat er's, die ihre Sünden unterm Hochmut versteckt, und die auf dem Reitpferd um mich herumsprengt, bis sie sich das Genick brechen wird... aber jetzt, jetzt versucht er's mit seiner scheinheiligen Dämlichkeit, und da wird's halt wieder nichts sein für ihn, genausowenig wie früher, wo er mich auch nicht kleinkriegen konnte. Ncin, nein!«

Jetzt vermochte ich nichts mehr rückgängig zu machen, er war auf seiner Hut. Wie eine scharfe Messerklinge, welche aus dem hornigen Griff hervorschnappt, so trat seine hinterhältige Bösartigkeit plötzlich wieder aus ihm heraus. Ich besaß wohl ein Mittel, mit dem ich ihm unverzüglich die Schneide hätte stumpf machen können, aber ich hütete mich, es vorzeitig anzuwenden.

»Nichts für ungut, Herr Smorczak«, begann ich bescheiden, »aber Sie müssen bedenken, die Erregung der Reise, die Schlaflosigkeit, die Versammlung Ihrer Anhänger gestern, das alles kommt zusammen, und dazu dieser Streit nebenan, als ich endlich froh war, mich auszustrecken und etwas Ruhe zu finden... ich weiß nicht, wo mir der Kopf steht!«

»Schon gut!« wehrte er meine Entschuldigung ab, »schon gut! Haben mich angeschrien, obwohl ich's nicht verdiente. Glaubte, in Ihnen einen Verständigen anzutreffen, endlich jemanden, zu dem ich sprechen konnte, wie mir ums Herz ist...«

Er war nicht an den Köder gegangen, den ich auswarf, als ich beiläufig jene Auseinandersetzung zwischen ihm und Smeddy erwähnte. Er hielt mich offensichtlich für sehr leichtsinnig und bemühte sich nunmehr, mir eine Enttäuschung zu bezeigen von jener Art, welche den Männern eine beinahe weibische Empfindlichkeit gibt, wenn ihre Bemühungen um Freundschaft und Verständnis fehlschlagen.

Während er das Gespräch langsam auf alltägliche Wendungen zurückführte, betrachtete ich das schmale Rechteck des Himmels, welches die Fensteröffnung freigab. Die Helligkeit war längst aus den Wolken gepreßt worden, eine graue, schmutzige Watte, in der alle Rückstände früherer Dunkelheit sich gesammelt zu haben schienen, hatte sich auf die Kirchtürme gespießt. Mit immer wieder aussetzenden Stößen fiel der Wind in den Hof ein, wo er sich überschlug und den Rauch niederdrückte. Die ersten Regentropfen schmitzten auf die Scheiben und zersprangen in dünne Wasserfäden, die sich überkreuzten und ein bewegliches Tränenmuster bildeten.

»Jawohl«, sagte ich abwesend, indem ich bedachte, wie schwer es sein mochte, der Eintönigkeit dieser Landstriche auf die Dauer standzuhalten, »jawohl, ich beabsichtige, gleich nachher ein Fuhrwerk zu suchen und hinauszufahren.«

»Das Wetter ist nicht danach«, bedauerte er mich, »kann sein, daß es sich noch mehr verschlechtert. Ich würde ja gerne meinen Chauffeur geben ...«

Ich wies sein Angebot zurück, aber er achtete nicht darauf und begann damit zu prahlen, daß der herrschaftliche Kutscher nunmehr bei ihm im Dienst stand.

»... er versteht sich auf Pferde, müssen Sie wissen ... ich habe einen Jagdwagen, damit kutschiert er mich auf die Dörfer ... eine Livree habe ich ihm gekauft, bei mir braucht er nicht solch eine abgeschabte Montur zu tragen, in der er den Obersten gefahren hat. Bei mir braucht er nicht den Reitknecht zu spielen für ein verdrehtes Weibsstück, das ihrem Vater alle Gäule zuschanden reitet und die es darauf abgesehen hat, den Söhnen die Köpfe zu verdrehen und auch mit den Vätern huren tut, wenn es ihr gefällt. Eine von der Sorte, die täte ich nicht bei mir dulden, wenn ich der Vater wäre und den adligen Namen hätte. Den Steigbügel, den braucht er bei mir niemandem zu halten, sage ich Ihnen ...«

Er brüstete sich mit seinem rechtschaffenen Abscheu, ich sträubte mich dagegen, den Namen der Obersten-Tochter auf eine derart widerwärtige Weise aus seinem Munde zu hören. Zweifellos übertrieb er ihre Verfehlungen, es konnte sogar möglich sein, daß er manches darum gegeben hätte, wenn sie in Wirklichkeit so geworden wäre, wie er es wünschte; dann nämlich würde er sie irgendwann in seine Gewalt bekommen können. Überhaupt hatte er sich über alle Verfehlungen der anderen genau unterrichtet, um seinen Anhängern Beispiele vorzuweisen, die ihnen das Bewußtsein gaben, an der Verderbtheit ihrer Mitwelt keinen Anteil zu haben. Ich erhob mich, weil ich es nicht länger dulden wollte, wie er dem und jenem Sünden nachsagte, deren Wahrheit nicht nachzuprüfen war.

Inzwischen war der Regen stärker geworden, und die Scheiben hatten sich beschlagen, ein triefendes Grau verhängte die Fenster, und der andauernde Wechsel zwischen wolkiger Dunkelheit und blassem Kellerlicht ließ mir die Umrisse von Smorczaks Schädel und Körper ungewiß werden, als blähte sich dieser Mann jetzt krötengleich auf und sänke gleich danach wieder in sich zusammen. Dienstwillig half er mir in den Mantel und bückte sich zuvorkommend, um die Handschuhe aufzuheben, welche mir aus der Tasche fielen.

»Und was den versoffenen Ausländer angeht«, endlich rückte Smorczak mit dem heraus, was er sich bisher noch nicht zu sagen getraut hatte, »der gestern dort drüben randaliert hat, so habe ich ihn von heute ab umquartiert, damit er niemandem mehr zur Last fällt!«

Ich verabschiedete mich, ohne auf diese Andeutung einzugehen. Eilig rannte ich den Flur entlang, übersprang die Treppenstufen zu dritt und zu viert, stieß die Türflügel beiseite, ohne nach rechts und nach links zu sehen. Es schien mir, daß ich während der ganzen Zeit keine klare Luft zum Atmen gehabt hätte, sondern nur ein trübes Gemengsel von stockigen Stubendünsten und einschläferndem Herdbrast.

Die kalte, rauchige Luft ernüchterte mich im Nu, und der Regen, dessen sprühende Garben über mich hinwegflogen, spülte mir die letzte Dämmrigkeit aus den Augen. Der Marktplatz war völlig verlassen. Zwischen den Giebeln sammelten die tiefen Gräben, welche von den schrägen Dächern gebildet wurden, die Fluten ein und ließen sie in breiten Güssen aufs Pflaster schießen, an den Obelisken, Urnen und Schalen vorbei, die dort oben festgemauert waren. Jedes dieser unnützen Ziergefäße schien sich plötzlich in einen Quellenmund verwandelt zu haben, allerorten schäumte der Schwall der himmlischen Nässe, in deren Tropfen schon der künftige Frost gleich winzigen Kristallkernen verborgen war. Die gähnenden Rachen der Wasserspeier am Rathaus hatten Bärte und Lefzen aus Schaum, und das wechselnde Tageslicht ließ ihre oxydierten Kupferhälse ab und zu, wenn es stärker wurde, in demselbem Grün aufglimmen, das manche Wassertiere in ihren Schuppen zeigen.

Ich wußte nicht, wohin ich mich wenden sollte, um ein Fuhrwerk nach Kaltwasser zu bekommen. In der Hoffnung, Heinrich zu treffen und von ihm eine Auskunft darüber zu erhalten, betrat ich die breite Durchfahrt. Das nasse Kopfsteinpflaster des Hofs war hier und da mit schillernden Regenbogenhäuten belegt, in denen das graue Licht irisierte. Anderwärts saß die wie durch Milchglas gefilterte Helligkeit schimmlig auf dem Mauerwerk, und die Fensterscheiben waren allesamt blind.

Nirgendwo zeigte sich eine Spur davon, daß hier jemand gegangen war, die Nebengebäude schienen gänzlich unbewohnt zu sein. Aus einem der gegenüberliegenden Schuppen scholl der undeutliche Lärm eines heftigen Gezänks zu mir herüber, so unverständlich, daß ich nur die Wut wahrnehmen konnte, die sich dort Luft machte. Plötzlich sprang da drüben die Tür auf, und mit dem Knäuel von Flüchen, das ihr hinterdrein geworfen wurde, hüpfte jenes alte, zottelige Weib heraus, das ich vorhin beobachtet hatte; blindlings umhertappend und ein unartikuliertes Kreischen ausstoßend, so glich sie nun selbst den Hennen, die sie zu jagen versucht hatte. Die Tür blieb offen, die Pfosten rahmten den Gastwirt ein, welcher auf der Schwelle erschien: hemdsärmelig, mit geöffneter Weste und verrutschtem Kragen, einen Prügel in der Faust. Er kam in dem dunklen Viereck zum Vorschein, gleich dem Bilde, das unsichtbar auf die fotografische Platte eingezeichnet worden ist und nun, da es sich langsam verdeutlicht, ein Stück Wahrheit zeigt, dem jedes lügnerische Beiwerk fehlt. Alle einstudierten Posen hatte er mit seinem Gehrock abgelegt, und die Stimme, mit welcher er auf die Alte losbrüllte, war wieder so wie gestern, als sie nebenan das Geheimnis ausspie.

»Komm hierher, du Aas, du verfluchtes!« schrie er sie an, als wollte er eine störrische Hündin zwingen, vor seinen Füßen zu kuschen und ihm den Kot von den Sohlen zu lecken.

»Ich komm' ja schon, Stefan! Komm' ja schon!« jammerte die

Alte und schüttelte sich wie im Veitstanz. »Komm und komm schon! Aber du wirst mich wieder schlagen. Schlagen wirst du mich!«

»Mach schnell!« drohte ihr der Gastwirt, »mach schnell, oder ich weiß nicht, was ich tu!«

Die Alte war in meine Nähe geraten, der Regen hatte ihr die weißen Haare an den Schädel geklebt, die Strähnen fielen ihr über die Augen, sie konnte nicht mehr erkennen, wohin sie trat; manchmal stand sie bis an die Knöchel im Wasser. In ihren Bewegungen richtete sie sich anscheinend nur nach der Stimme Smorczaks, sie war bestrebt, sich von ihr zu entfernen. Ich versteckte mich hinter einem Mauervorsprung, weil ich mir nichts von meiner Zeugenschaft entgehen lassen wollte, denn ich ahnte, daß sich hier noch ein beträchtliches Stück von Smorczaks Geheimnissen in meine Hand gab.

»Verdorren«, schrie die Alte, die plötzlich von einer wütenden Bösartigkeit heimgesucht wurde, »verdorren soll ihm der Arm, wenn er ihn aufhebt gegen seine Mutter! Vertrocknen soll ihm das Herz! Vertrocknen sollen ihm alle Säfte am Scheitel, in der Brust und im Gemächte! Einschrumpfen soll er... verdorren, verdorren, damit er gleich Feuer fängt, wenn er zur Hölle fährt...«

Langsam drehte sie sich um sich selbst, während sie diesen Fluch ausstieß, dabei hielt sie den linken Arm von sich abgestreckt, er schwankte zitternd im Kreise gleich einer Kompaßnadel, die ihr den Weg zeigen sollte, auf welchem sie vor ihrem verhaßten Sohne flüchten konnte. Endlich sprang Smorczak aus der Tür in den Regen hinein, er schlug mit den Armen um sich wie ein gemästeter Ganter mit den Stummeln seiner gestutzten Flügel.

»Wenn ich dich kriege!« knurrte er, »dann gnade dir Gott, wenn ich dich kriege! – Habe ich dir nicht gesagt, du sollst dich nicht zeigen am hellerlichten Tage? – Büßen wirst du's mir diesmal! – An die Kette werde ich dich legen...«

Sie hörte ihn kommen, raffte die Röcke hoch und wollte auf den Marktplatz hinausrennen, aber schon nach den ersten, unbeholfenen Schritten stürzte sie, noch ehe er sie einholen konnte, und blieb auf dem glitschigen Pflaster wie tot liegen. Ich trat aus meinem Versteck, hob sie auf und stellte sie auf die Beine, es kostete mich große Mühe, sie aufrecht zu halten, denn sie wollte sich fortwährend wieder hinsinken lassen. Das erste, was mir an ihr auffiel, war der unbeschreibliche Zustand von Verwahrlosung, in dem sie sich befand. Sie erinnerte mich an jene Greisinnen, von denen man mitunter erfährt, daß sie vor Hunger sterben, auf einem Strohsack ausgestreckt, in dessen fauliger Schütte man, nachdem sie unter der Erde sind, erstaunlich viel Silber- und Goldmünzen finden wird, alte, längst nicht mehr gültige Prägungen, welche die Dauer solchen wahnwitzigen Geizes bezeugen.

Smorczak keuchte blindwütig auf uns zu; indem er mich erkannte, wurde er bleich wie käsige Molke, aber er hatte sofort ein Lächeln parat, unter dem er seine Feindseligkeit verbarg. Jetzt umschlang mich seine Mutter mit ihren dürren Armen, und als er sie von mir wegzerren wollte, begann sie wie ein Kind zu weinen, in hohen, zittrigen Tönen, die von hartnäckiger Untröstlichkeit waren.

»Sie ist nicht recht bei Troste«, erklärte mir der Hotelbesitzer verlegen, »man darf ihr kein einziges Wort glauben.«

»Ich weiß, ich weiß . . .«, redete ich ihm zum Munde.

Ein Hammerwerk von lauter schweren Tropfen, die mechanisch nebeneinander in gleichen Abständen aus der überlaufenden Traufe fielen, klopfte ihm auf Kopf und Schultern. Noch wußte er nicht, wie er es anstellen sollte, uns zu trennen. Er schien so hilflos zu sein, daß ich mich darüber verwunderte, wieso er mir erst noch vor kurzem als ein überaus gefährlicher Gegner vorgekommen war. Sein Gesicht zeigte den Ausdruck einer trägen, verschlafenen Dummheit, das aufgeschwemmte Fleisch schien die bösartige Helligkeit der Augen mit schlagflüssigen Säften zu trüben.

Diese seltsame Unscheinbarkeit vermochte mich nur so lange zu beirren, bis ich erkannte, daß auch sie eine seiner Maskierungen bedeutete. Ich versuchte das alte Weib, das sich immer noch an mir festklammerte, zu beruhigen, indem ich ihr gut zuredete; sie greinte unaufhörlich weiter, der säuerliche Armutsgeruch aus ihren nassen Kleidern benahm mir fast den Atem. Endlich stand mir Smorczak bei, er sprach auf sie ein, voller Entschuldigungen und so unterwürfig, als befände er sich in einer geheimen Abhängigkeit von ihr, die ihm erst jetzt, nachdem sein Zorn gänzlich vergangen war, wieder zu Bewußtsein kam.

Plötzlich jedoch stieß sich die Greisin mit aller Gewalt von mir weg. Indem sie mich mit beiden Händen abzuwehren trachtete, drängte sie sich an Smorczaks Brust; die Rollen waren vertauscht, aber ich konnte noch nicht begreifen, was dieser Wechsel zu bedeuten hatte. Der Gastwirt stand wie gelähmt neben ihr, lauter kleine Rinnsale flossen ihm vom Scheitel übers Gesicht und vereinigten sich am Kinn, wo sie wieder zu Tropfen wurden und seine Brust benetzten. Selbst dann, wenn diese Fluten, die sich über ihn ausgossen, Tränen gewesen wären, hätten sie ihn nicht reinwaschen können. Vielleicht war das unentschlossene Abwarten ein erstes Anzeichen der ungeheuren Müdigkeit, die ihn jetzt, nach der qualvollen Anspannung der letzten zehn Jahre, unversehens überkam und ihn sogar daran hinderte, zwei oder drei Schritte zu tun, um ins Trockene zu treten.

Unterdessen musterte mich die Alte mit aufdringlicher Neugierde so genau, daß ich mich einer leichten Verlegenheit nicht erwehren konnte. Die Augen waren in dem erdigen Gesicht das einzige, an dem sich die Zähigkeit des Lebens ermessen ließ, das diesem abgenützten Körper innewohnte. Gläsern und wie aus einer unirdischen Materie gemacht, in der sich die Kälte des Alters sammelte, betasteten sie mich überall mit stechendem Blick, der mir bis unter die Haut drang und auch das noch erfaßte, was ich vor mir selbst geheim hielt. Doch diese Klarheit verlor sich in der Minute, wo Smorczaks Mutter zu sprechen begann. Wenn sie ihre Stimme erhob, erkannte ich, daß sie die mir völlig unverständliche Sprache des östlichen Grenzbezirks in ihre Rede mischte, welche der Hotelbesitzer nur widerwillig anhörte.

»Das ist alles Unsinn«, wehrte Smorczak die Einflüsterungen ab, indes er sich das Regenwasser aus den Augen wischte, »darauf gebe ich keinen roten Heller!«

»Wirst es ja sehen, Stefan«, beharrte sie jammernd auf ihrer Meinung, »wirst es ja sehen, wenn's erst soweit ist, daß du nicht mehr ein noch aus weißt.«

»Komm jetzt«, er faßte sie vorsichtig am Arm. Aber mit der kindischen Hartnäckigkeit alter Leute, die sich mitunter aus bloßem Trotz selbst dem Vernünftigen widersetzen, zu dem man sie überreden möchte, ließ sie sich nicht von dem Fleck weglocken, auf dem sie stand. Als sie mich ansah, war so viel tückische Feindseligkeit in ihren Zügen, daß ich mir vergebens überlegte, wodurch ich ihr einen Anlaß dazu gegeben haben könnte.

»Und wenn du's wissen willst, du junger Hund«, fuhr sie plötzlich auf mich los und spreizte die Finger, als wollte sie mir die Augen auskratzen, »und wenn ich's dir ins Gesicht schreien soll, damit es alle hören: du bist es, vor dir soll er sich hüten ... weil du ihm nach dem Leben trachtest, weil du ihn zu Fall bringen möchtest ... weil sie in deinen Augen steht, die Falschheit, die du nicht verbergen kannst ... weil du ihm mit Haß und Tod nachstellst, dem da, der dir nichts schuldig ist ...«

Ich versuchte zu lächeln, aber ich wußte, daß ich weiter nichts zustande brachte als eine verlegene Grimasse, die mich doppelt verdächtig machte. Smorczak betrachtete mich aufmerksam, als hätte er mich noch nie gesehen, ich schlug die Augen nieder; als ich sie wieder hob, hatte sich der Mörder Starkloffs derart verändert, daß er nicht mehr wiederzuerkennen war. Die Haut von den Knochen gerutscht, der Mund verzogen und weinerlich, ein schlaffes, hängendes Kinn: so nahm dieses Gesicht jenen Zustand vorweg, der für alles Fleischliche erst dann beginnt, wenn es vom Leben aufgegeben worden ist. Die hündischen Augen irrten unsicher beiseite, während ich sie mit meinem Blick festzuhalten versuchte. Dieses Aussehen paßte zu einem Mann, der keinerlei Halt besaß und in solch dünnen Krücken hing, daß sie, als er sich mit seinem ganzen Gewicht darauf stützen wollte, unter ihm zerbrachen.

Die Alte hatte sich von ihrem Sohn getrennt, völlig abwesend strich sie die geflickte Schürze glatt. Dann holte sie aus einer Tasche, die in den tiefen Falten ihres Kleides verborgen war, mehrere Kupfermünzen, die sie auf der flachen Hand wieder und wieder zu zählen begann. Die dunklen Kräfte hatten sie verlassen wie die Wärme, die aus einem Haufen Asche fliegt, der nur noch zuinnerst ein wenig Glut enthält. Der Regen wurde ihr unbequem, sie schüttelte den Kopf und trottete hastig, ohne sich um uns beide zu kümmern, quer über den Hof, indem sie vorsichtig den Pfützen auswich. Als sie die Tür ihrer Kammer hinter sich zuschlug, schreckte Smorczak zusammen, ich redete ihn an, aber er überhörte die gleichgültige Frage, mit der ich die unerträgliche Stille zerriß. Da er anscheinend glaubte, daß ich ihn verspotten wollte, gab er mir die Quittung dafür mit einem Fluch, den er in der Sprache seiner Mutter zwischen zusammengebissenen Zähnen gegen mich zischte. Schwerfällig ging er an mir vorüber, er zog die Füße hinter sich her, als wären sie mit Ketten aneinandergefesselt. Plötzlich wurde ich mir einer großen Überlegenheit bewußt, die darin beruhte, daß ich viel jünger war als er; kalt und mitleidslos schätzte ich die Zahl der Jahre ab, welche er mir voraushatte und von denen jedes eine Einbuße an lauter Kräften bedeutete, die mir noch zur Verfügung standen. –

Auf dem Marktplatz sah ich mich vergeblich nach einem Fuhrwerk um. Schließlich besann ich mich darauf, daß die Leute aus dem Dorfe, wenn sie zum Markt in die Stadt gefahren waren, allesamt ihre Wagen im Hof desselben Gasthauses untergestellt hatten. Es mußte in der Nähe jener Kirche liegen, ich machte mich auf den Weg, um diese Ausspanne zu suchen. Ein heftiger Nordwind war aufgekommen, der den Regen in lauter vereinzelte Schauer zerblies, das Wasser stäubte von den Dächern, und an den Ecken der schmalen Straßen zogen sich schlierige Wirbel über das Pflaster, die so aussahen, als könnten sie im Nu zu Eis gerinnen. Obwohl der Himmel seine Helligkeit noch zurückhielt, war überall ein blasses Glänzen zu sehen, das in den Fensterscheiben und auf den glattgetretenen Steinen anschwoll und wieder verging.

Der Wind, der sich an den Giebeln fing und wie aus platzenden Säcken geschüttet auf mich herabstürzte, zerrte an meinem Mantel, die frostige Feuchtigkeit durchdrang mich, aber das blieb nur außen und vermochte nicht, mich in meiner Zuversicht zu beirren, die mir auf einmal zugefallen war gleich einer Frucht, welche unversehens reif geworden ist. Eine ungemeine Fröhlichkeit begann mich zu erwärmen, und ich bedachte das Kommende im voraus, ich mußte für mein Teil dazu beitragen, daß endlich jene Ordnung wiederhergestellt wurde, in der die Lebenden, unbelauert von dem Vergangenen, ihren Frieden haben können. Darum war es nötig, daß ich den Mörder vor die Augen der Leute zwang, damit er seine eigene Schuld bekannte und auf sich nahm. Wenn es soweit gekommen war, hatte Starkloff kein Recht mehr, sich noch länger in das Leben einzumengen, und dann würde es nicht mehr lange dauern, bis er in der Erinnerung der Leute zum zweitenmal verschied.

Ich hielt mich nahe bei den gleichförmigen Hausfronten, wenn ich jemandem begegnete, blickte ich beiseite, um durch das fremde Gesicht nicht gestört zu werden. Alles Zukünftige hatte ich bereits endgültig geordnet, die verworrenen Rechnungen gingen so glatt auf, daß nicht der mindeste Rückstand blieb, ich würde den Grundbesitz verkaufen, daraus ergab sich ein großes Vermögen, und ich konnte, wenn ich mich von dem Erbteil gelöst hatte, mir mein Leben so einrichten, wie ich wollte. Jetzt erst gewahrte ich, daß ich eines Tages mehr Freiheit besitzen würde, als ich es je vermutet hatte.

Schließlich geriet ich in eine Sackgasse, an deren Ende eine Schmiede lag, das helle, klingende Hämmern ähnelte einer heiteren Musik, sie blieb mit ihrem trockenen Stakkato noch lange in mir haften. Ich kehrte wieder um und überschritt auf einer hölzernen Brücke einen Wasserlauf, der zwischen den Rückfronten zweier Häuserzeilen rasch und mit flachen Wellen über die Steine und den Unrat auf seinem Grunde hinwegfloß. Wenn der Wind sich herandrängte, staute er die Strömung und narbte sie mit einem schnell vergehenden Muster, indem er die Regengüsse darauf drückte. Ich lehnte mich übers Balkengeländer und sah dem Mädchen zu, das auf einem niedrigen Stege hockte und ihre Bütte mit Wäsche neben sich stehen hatte. Eines nach dem anderen hob sie die weißen Tücher heraus, spülte und wrang sie, und dabei kümmerte sie sich weder um mich noch um den Regen; gründlich und ohne sich sonderlich zu beeilen, verrichtete sie die Arbeit, die man ihr aufgegeben hatte. Sie war weder schön, noch hatte sie sonst etwas Bemerkenswertes an sich, aber ich wußte schon, als ich weiterging, daß sie zu jenen Menschen gehörte, die ich für immer in mein Gedächtnis aufgenommen hatte. Es gab mir eine eigentümliche Beruhigung, wenn ich daran dachte, wie diese unscheinbare, verfrorene Magd mich von nun ab überallhin begleiten würde. Sie selbst wird altern, das harte Leben verunstaltet und entkräftet sie, aber ich bewahre das Bild ihrer Jugend auf, die dadurch einen Anflug von Unvergänglichkeit erhalten hat.

Jetzt zweifelte ich nicht mehr daran, daß ich in dieser vorstädtischen Gegend von Nilbau das Gasthaus, das ich suchte, niemals finden würde. Einige von den Straßen mündeten auf freiem Feld, andere bogen zwischen Gärten ins offene Geviert eines großen Gutshofes ein. Der Himmel war von zerrissenen Wolkenballen beunruhigt, die der Wind übereinander schob, die Regenschauer kündigten sich jedesmal mit einer bedrohlichen Schwärze an. Es mußte längst Mittag sein, aber ich hatte das Läuten überhört, die Uhr, welche ich aus meiner Tasche zog, war stehengeblieben, und ich traf niemanden, den ich hätte fragen können. Schließlich beschloß ich, nach dem Marktplatz zurückzukehren; um auf die Hauptstraße zu gelangen, strebte ich der Chaussee zu, die drüben hinter Sträuchern, Obstgärten und Baumgruppen aus der Stadt herauslief.

Der schmale Fußpfad, den ich einschlug, führte mich zwischen lauter Zäunen aus grünen Planken und rostigen Drahtgittern bis auf einen freien Platz, der mit alten Platanen bestanden war; die starken Stämme hatten ihre schuppige Rinde abgestoßen und waren mit hellgrünen Flecken bedeckt, in denen das Leben der Bäume während der laublosen Jahreszeit zutage trat. Hinter den Platanen sah ich das stumpfe Rot einer hohen Mauer, über welche die schmucklose Front eines mächtigen Gebäudes mit vielen vergitterten Fenstern ragte. Während ich quer über den Vorplatz auf das eisenbeschlagene Tor zuschritt, bemerkte ich eine Gruppe junger Frauen, die mit zuckenden Gebärden, wie sie die Taubstummen für ihre Zeichensprache benützen, zu den Fenstern empor gestikulierten, in deren Dämmerung die schattenhaften Gesichter von Männern zu sehen waren, welche sich an den hohen Brüstungen in der Schwebe hielten und keine Antwort geben konnten. Die Frauen schraken zusammen, als sie mich kommen hörten, und rissen ihre Umschlagtücher hoch. Ich bedeutete ihnen, daß sie von mir nichts zu befürchten hätten; die jüngste, deren flaches Gesicht zu einem vieldeutigen Grinsen sich verzog, trat gleich auf mich zu und begrüßte mich, als wäre sie längst mit mir bekannt und hätte mich hier erwartet.

»Wenn mir weiter nichts übrigbleibt«, redete sie mich an, »dann will ich ihn wenigstens eifersüchtig machen dort oben in seiner Zelle. Zu toben soll er anfangen, wenn er sieht, daß ich hier mit solch einem jungen Herrn rede, die Fäuste soll er sich blutig schlagen an der Mauer, und ich will eine Woche lang nicht mehr hierherkommen. Früher, als er noch draußen war, da hat er mich geprügelt, aber jetzt zahle ich ihm alles heim, zwei Jahre lang sitzt er noch, und derweilen kann sich manches verändern.«

Ich versuchte sie loszuwerden, aber sie blieb neben mir, die anderen Frauen kümmerten sich nicht um uns.

»Und wenn Sie wollen, daß ich mit Ihnen gehe«, bot sie mir an, »dann tue ich es. Früher, da habe ich mir nicht gedacht, daß ich jemals so dastehen würde, hier, vor dem Zuchthaus, und daß ich in Schnee und Regen darauf warte, bis sein Kopf zu sehen ist. Aber er soll es fühlen, wie ich ihn quäle, und wenn er herauskommt, dann werde ich verschwunden sein, und er wird mich nicht finden.«

Sie hängte sich an meinen Arm und wollte mich, da wir uns schon einige Schritte von der Stelle entfernt hatten, die man von jener Luke überblicken konnte, aus aller Gewalt dorthin zurückzerren.

»Alles tue ich«, versprach sie mir, heiser vor lauter Hysterie, »alles, was Sie wollen, wenn Sie sich Arm in Arm...«

»Gehen Sie zum Teufel!« fuhr ich sie an und schüttelte sie so heftig ab, daß sie zu weinen begann. Ich hörte das Schluchzen noch lange, nachdem ich sie verlassen hatte.

Hier also, in einem Winkel dieses vielräumigen Hauses, saß der ehemalige Kaufmann aus Kaltwasser, der Almas Geliebter gewesen war. Ich versuchte vergebens, mir Hartmann genau zu verdeutlichen, er zerrann jedesmal, kaum daß ich an ihn dachte. Eben erst hatte ich geglaubt, jene Wäscherin immerwährend in mir abgebildet zu haben, und jetzt, wo es um das Aussehen dieses Mannes ging, versagte sich mir jegliche Vorstellungskraft. Irgendein schwammiges Gesicht, das von einer ungesunden Farblosigkeit war, hängte sich vor meine Erinnerung. Am liebsten wäre ich zurückgelaufen, hätte mich neben die Weiber gestellt und mit den gleichen Gebärden wie sie nach den vergitterten Fenstern hinaufgewinkt; es wäre mir nicht schwergefallen, die sichtbare Sprache zu erlernen. Der angebliche Mörder Starkloffs würde die Nachricht von seiner bevorstehenden Befreiung von den Klopftönen, mit welchen sich solche Gefangenen verständigen, voller Unglauben gehört haben, bis ihm sein Herz stärker zu schlagen begann als der Knöchel seines Nachbarn gegen die Wand.

Aber das wäre vielleicht ein Fehler gewesen, denn vor allem brauchte ich Heimlichkeit, um meine Absichten ungestört zu verfolgen. Langsam, neben der hohen Mauer, welche die Welt der Gefangenen begrenzte, setzte ich meinen Rückweg nach der Stadt fort. Ein heftiger Regenguß, dessen Tropfen hart wie Schloßen waren, durchnäßte mich vollends, und ich sah mich nach einer Gelegenheit um, wo ich für kurze Zeit Trockenheit und Wärme haben könnte. An die Zuchthausmauer grenzte das Gelände einer Gärtnerei, deren niedrige, halb in die Erde versenkte Gewächshäuser an ein barackenähnliches Wohngebäude aus unverputztem Ziegelwerk stießen. Der lange Klingelzug von rostigem Draht endete am verschlossenen Tor, das nirgendwo eine Beschriftung trug; ich riß den Griff herab, der Draht kreischte in den Führungen, und ich sah die winzige Glocke neben der Haustür hin und her schwingen, ehe ich das blecherne Geläute vernahm. Jetzt überlegte ich mir, daß ich eigentlich die Pflicht hätte, einen Topf mit Blumen auf Starkloffs Grab zu stellen; damit kam ich zu einem Vorwand, der mir das Recht gab, hier einzutreten.

Das verquollene Gewölk, welches in großer Geschwindigkeit den Himmel verdunkelt hatte, vermochte sich nicht in der Höhe zu halten. Langsam senkte es seine wässerige Last dem Erdboden entgegen, das rauchige Zwielicht war von weißlichen Regenfransen schraffiert, die der Wind fortwährend schräg aus den Wolken zerrte. Über den Dächern der Stadt machte plötzlich ein messingblankes Licht die Schattenwände transparent, es zerschmolz die bläuliche Kälte überm Horizont gleich dem Atemhauch, der die Eisblumen auf den Fenstern hinwelken läßt – es färbte den Regen gelb und spiegelte sich in lauter verstreuten Reflexen auf den Pfützen und dem speckigen Erdboden. Die Scheiben der Gewächshäuser begannen zu glühen, die Pflanzen zeichneten die Umrisse ihrer Blätter und die zerlaufenden Flecken der Blüten auf dem milchigen Glase ab. Noch ehe der Lichtschein mich erreicht hatte, zog er sich wieder zurück, die Finsternis verdoppelte sich, wurde gleichsam prall und fest. Zuletzt war die Luft so trübe, daß man sie mit den Händen hätte ballen können, und der Regen stand wie eine zitternde Gallertmauer vor meinen Augen.

Ich hatte noch mehrmals den Klingelzug in Bewegung gesetzt, doch das starke Rauschen des fallenden Wassers erstickte jeden Laut. Endlich, als ich schon daran zweifelte, ob überhaupt jemand kommen würde, öffnete sich die Tür des Gärtnerhauses, ein Kind rannte blindlings auf den überschwemmten Torweg hinaus. Es war mit einer viel zu großen Pelerine vermummt, die es beim Laufen behinderte, trotzdem fiel mir sofort auf, wie leichtfüßig es war.

Es versetzte mich in eine eigentümliche Erregung, diesem Kinde zuzusehen, wie es ängstlich hin und her sprang und jedesmal, wenn es in meine Nähe geraten war, von einem neuen Regenguß in den Hintergrund zurückgedrückt wurde. Endlich hatte es mich erreicht, die mageren Hände kamen zum Vorschein, mit der einen klammerte es sich am Drahtgitter des

Zaunes fest, als befürchtete es, von den heftigen Windstößen fortgeblasen zu werden, die andere reichte mir den Schlüssel hinaus. Als ich das verquollene Tor geöffnet hatte und eingetreten war, bückte ich mich, um das Gesicht anzusehen, das unter der überhängenden Kapuze verborgen war. Der jagende Luftwirbel, welcher unversehens herbeifuhr und die Regensträhnen wie einen Gießbach auf uns niederschleuderte, riß dem Kinde die Kapuze vom Kopf und preßte es in meine Arme, die ich wie ein festes Geländer hinter seinem Rücken verschränkte. Ein lockerer Schwall aschblonden Haars wurde mir ins Gesicht geblasen, die großen Augen mit der dunkel geränderten Iris blickten mich voll unbestimmter Trauer und ohne jedes Erstaunen an, der schmale Mund begann leise zu lächeln, noch halb verängstigt, aber doch so heiter und unbeirrbar, daß ich mich überrascht wieder aufrichtete. Das Mädchen zog sich langsam die Kapuze wieder hoch, und dabei schien sie mich genau abzuschätzen, um in Erfahrung zu bringen, ob ich in ihrer Welt, die aus lauter Träumen und Wünschen bestand, jemals eine besondere Bedeutung gewinnen könnte. Obgleich sie nicht älter sein mochte als etwa zehn Jahre, besaß sie eine unzweifelhafte Überlegenheit, die mir sofort auffiel.

Das Mädchen bedeutete mir, daß ich das Tor verschließen möge, und dann, ohne daß wir bisher ein Wort gewechselt hätten, faßte sie meine Hand und geleitete mich zum Haus hinüber. Hinter uns drein fuhr eine neue Welle des Unwetters, aber bevor sie uns erreicht hatte, waren wir in dem warmen und trockenen Kontor der Gärtnerei geborgen.

»Setz dich hin«, wies sie mich an, »der Vater wird gleich kommen.«

Sie schlüpfte aus der nassen Pelerine wie ein zerknitterter Schmetterling aus seiner Verpuppung, dann hockte sie sich auf ein Polster, das sie vor dem Ofen, in dem das Feuer fauchte, aus lauter Säcken geschichtet hatte. Das zyanenblaue Kleid hob die leichte Rötung ihrer Haut sehr stark hervor; die weichen Haare knisterten, als sie mit ihren Fingern darüberfuhr, um sie glattzustreichen. Ich wußte nicht, was ich ihr sagen sollte, und verhielt mich stumm, alle Geschichten, welche ich anderen Kindern dieses Alters hätte erzählen können, erschienen mir läppisch. Eine seltsame Beklommenheit erfaßte mich allmählich.

Das Zimmer war nicht besonders geräumig und mit lauter

Gerätschaften vollgestellt, welche für das Gärtnerhandwerk benötigt werden. An den Wänden befanden sich hohe Regale, in deren Fächern irdene Blumentöpfe ineinandergestapelt waren; dünner Eisendraht war in Rollen am Ladentisch befestigt, gelbe Bastbüschel hingen gleich zerzausten Perücken am Türrahmen. Das Stehpult war mit Rechnungen, Briefen und Heften bedeckt, die in übersichtlicher Ordnung ausgebreitet worden waren. Ich ging ungeduldig hin und her, an der Glastür vorüber, die seitlich des Ofens in die grünliche Dämmerung des Gewächshauses führte. Der gläserne Tunnel war von dem üppigen Blattwuchs bis unter die Dachscheiben überwuchert, es gelüstete mich sehr, die Klinke niederzudrücken und den starken Geruch nach feuchter Erde, Blüten und Pflanzenatem, den ich seit jenem Herbst in Kaltwasser nirgendwo wiedergefunden hatte, ins Kontor einströmen zu lassen.

Das Mädchen drehte sich nach mir um, sie schwenkte eine unförmige, aus Bast zusammengedrehte und mit Draht gebundene Puppe durch die Luft, daß die faserigen Bänder leise raschelten.

»Das ist meine Mutter!« sagte sie leise, »ich erkenne sie genau. Aber ich möchte wissen, was du dazu sagst.«

Ich nahm das rohe, unfertige Ding an mich und versuchte, so lächerlich mir das auch vorkam, eine Ähnlichkeit mit dem Kinde zu entdecken, aber es war weiter nichts als die Farbe des Haares, die mit der des Bastes beinahe übereinstimmte.

»Sie ist schon lange tot«, fuhr das Mädchen fort, »der Vater erzählt mir nicht, wie sie ausgesehen hat. Vielleicht hast du sie gekannt?«

Ich wollte ihr diese Hoffnung nicht nehmen und nickte ihr zu, sie blieb ernsthaft und zeigte keine Freude, als hätte sie es ohnehin für unmöglich erachtet, daß ich ihre Erwartungen enttäuschen würde. Mit der rätselhaften Gewißheit der Empfindung, die manchen Kindern einen untrüglichen Instinkt für die verschwiegenen Dinge gibt, welche die Erwachsenen mit sich herumtragen, nötigte mich das Mädchen zu solchen Gedanken, die mir sehr unbehaglich waren.

»Willst du deinen Vater nicht rufen?« versuchte ich sie abzulenken.

Sie schüttelte den Kopf, nahm mir die Bastpuppe wieder weg und hielt sie in der ausgestreckten Hand von sich ab, um sie noch einmal zu prüfen.

»Der Vater ist streng«, sagte sie, »du wirst nicht sein Freund werden. Ich darf ihn nicht stören, wenn er bei den Pflanzen ist. Er macht neue Blumen, solche, die es noch nicht gibt, und dabei soll nicht gesprochen werden.«

Eine lange Stille unterbrach unser Gespräch, der Regen wischte über die Scheiben, die Röhren, welche die Gewächshäuser heizten, sangen leise, und das Feuer im Ofen saugte röchelnd durch den verstopften Rost die Luft an.

Schließlich zerbarst draußen die Dämmerung, auf einmal stieß ein langer Balken bleichen Sonnenlichts durchs Fenster und baute eine Brücke, welche vor den Füßen des Mädchens anfing und gradeswegs in den Himmel führte.

»Wenn ich so leicht bin wie eine Fliege«, begann sie mit sich selbst zu sprechen, »dann gehe ich hier entlang, immer höher, bis ich oben ankomme, dann weiß ich, wie ihr Gesicht ist, weil ich sie sehen kann.«

Sie setzte die Puppe in den schrägen Lichtschein und ließ sie los; als sie sich dort nicht hielt und auf die Dielen fiel, wurde das Mädchen derart untröstlich, daß ihr das Wasser in die Augen schoß. Entmutigt ließ sie die Arme sinken und begann mit hoher, bebender Stimme eine Melodie vor sich hin zu singen, die so dünn war wie das Zirpen einer Mücke, welche sich vor dem Winter an irgendeine warme Mauer gerettet hat und nun zum erstenmal wieder aufzufliegen versucht.

Das Unwetter war vorüber, selbst der Wind hatte sich gelegt. Ich hätte gehen können, aber nun entschloß ich mich, indem ich dabei eine unmerkliche Feigheit überwinden mußte, noch so lange zu warten, bis der Gärtner aus dem Gewächshaus zurückkehrte. Ich konnte mir denken, wessen Tochter dieses Mädchen war. Es mochte in dieser Gegend ähnliche Schicksale gegeben haben wie das Almas, die sich aus dem Leben hatte wegsinken lassen, weil sie den Trost unterschätzte, der ihr mit diesem Neugeborenen in den Schoß gelegt worden war – und es mochten in den verworrenen Jahren nach dem Kriege manch einem Unmündigen dieselben Brandmarken des Unglücks eingedrückt worden sein wie diesem Mädchen, das sich mit einem melancholischen Liede zu trösten versuchte, welches, den kaum verständlichen Bruchstücken seines Textes nach, von einer verlassenen Geliebten handelte. Doch es widerstrebte mir, mich mit Vermutungen zufriedenzugeben, ich wollte die Wahrheit erfahren.

Als hätte das Mädchen meine Gedanken erraten, so unterbrach sie auf einmal ihren Gesang.

»Der Vater sagt«, begann sie unvermittelt, »daß ich nicht seine Tochter bin. Einmal wird ein Mann kommen und mich abholen. Vielleicht dauert es noch sehr lange. Das wird dann mein Vater sein, und er wird mich wegführen von hier, und er sagt mir, wie meine Mutter ausgesehen hat. Ich warte schon so lange, und vorhin dachte ich, daß du mein richtiger Vater bist. Aber jetzt muß ich halt noch länger warten ... immer warten und warten ...«

Sie senkte den Kopf und fing an, aus den verstreuten Bastfäden ein Muster auf die Decke zu legen. Plötzlich sprang sie auf und griff nach der Puppe, um sie zu verstecken; aber sie fand keinen Ort, den sie für sicher hielt, schließlich öffnete sie die Ofentür und bettete das Abbild ihrer Mutter auf die verglühten Kohlen, wo es sogleich Feuer fing und sich wie lebendig krümmte. Ich konnte mir diese Hastigkeit nicht erklären, bis auch ich endlich den schlurfenden Schritt hörte, welcher sich langsam von draußen her der Glastür näherte.

Der Schlüssel knirschte mehrmals, bevor das Schloß zurückschnappte, dann quietschten die eingerosteten Angeln, und der Gärtner kam hüstelnd zum Vorschein: ein völlig verbrauchter, alter Mann, gebückt und eingetrocknet, mit einem runzligen Gesicht, dessen Haut ein graues Pigment zu haben schien, das alle anderen Färbungen einschluckte. Mißtrauisch blinzelte er mich an, und dann, ehe er sich an mich wandte, verschloß er hastig die Tür, vielleicht befürchtete er, daß es mir etwa einfallen könnte, seine Geheimnisse auszukundschaften. Jenes Grau, das sein Gesicht zeigte, fand sich überall in unterschiedlichen Schattierungen an ihm vor; er glich einem Maulwurf, welcher sich blind und stumm durch die Erde wühlt und das Licht, wenn er von ihm getroffen wird, wie einen unerträglichen Schmerz empfindet.

»Soll ich jetzt gehen?« fragte ihn das Mädchen verängstigt.

»Mach bloß, daß du mir aus den Augen kommst!« sagte er halblaut und derart atemlos, als müßte er mit der Luft sparsam umgehen, »habe ich dir nicht verboten, jemanden einzulassen? Aber ich weiß ja, du bist wie deine Mutter. Wirst niemals auf mich hören, kannst das Unrechte nicht vom Rechten unterscheiden. Scher dich jetzt fort ...«

Das Kind verließ uns, unbekümmert um diesen vorwurfsvollen Ton, an dem ich meinen Onkel sofort wiedererkannt hatte. Wir standen uns lange gegenüber, ohne uns anzublikken, mitunter stöhnte der Gärtner leise auf, dann wieder räusperte er sich heftig, und ich erwartete, daß er mich nun endlich anreden würde, aber er blieb stumm, denn er wollte mich wohl mit seinem Schweigen aus diesem Raum hinausdrängen.

»Das ist also Almas Tochter?« fragte ich ihn schließlich.

Er zuckte zusammen, ließ sich erschöpft auf einen Stuhl fallen und sah mich verständnislos an. Schließlich begann er zu zittern wie vor einer Gefahr, aus der er keinen Ausweg sah, dann aber raffte er sich zusammen und ging auf mich los, indem er die geballten Fäuste über seinem Kopf hin und her schüttelte.

»Ich will nichts mehr davon wissen«, schrie er mit seiner fistligen Greisenstimme, »ich habe das von mir abgetan ein für allemal. Und jetzt ist es Sache der ewigen Gerechtigkeit. Und wenn der Himmel ausgestorben ist, dann soll sich die Hölle der Menschen bemächtigen. Ich habe mit den Menschen nichts mehr zu schaffen, das laß dir gesagt sein...«

Da ich wußte, daß sein Jähzorn schnell vergehen würde, erwiderte ich nichts und wartete so lange, bis diese Aufwallung sich wieder gelegt hatte. Es überraschte ihn, daß ich ihm keinen Widerstand entgegensetzte, er erlahmte, ließ die Arme fallen und sank in sich zusammen.

»Ich bin nicht hierhergekommen«, erklärte ich ihm ruhig, »um dir Vorwürfe zu machen oder um dich zur Rechenschaft zu ziehen.«

»Du mußt wissen«, sagte er nach einiger Zeit, in einer Anwandlung von Vertrauen, »daß es gar nicht wahr ist, wenn man behauptet, sie wäre gestorben. Denn sie hat ja noch Gewalt über das Kind, und sie widersetzt sich mir in ihrer Tochter fortwährend, weil sie mich dazu verleiten möchte, Böses zu tun. Aber ich bin auf der Hut, ich lasse mich nicht hinreißen, damit sie etwa über mich triumphiert, ich spüre es genau, wenn sie sich in dem Kinde zu regen beginnt...«

Das Reden schien ihn sehr anzustrengen, er machte eine lange Pause und schöpfte Atem wie nach schwerer körperlicher Arbeit. Dabei richtete er seinen unsteten Blick auf einen Fleck in der Holzmaserung des Fußbodens, als wären ihm alle Zusammenhänge dessen, was er mir hatte sagen wollen, unversehens wieder abhanden gekommen. Plötzlich fuhr er mich an:

»Und wie ist das mit meinen Züchtungen? Da war dir alles genau vorausbedacht, doch die neuen Spielarten erwiesen sich als giftig. Woher sollte das Gift stammen, frag' ich dich, woher denn als von ihr?«

Er wies mir die Hände vor, sie waren mit roten Flecken bedeckt und wie von Nesseln verbrannt.

»Aber das verstehst du ja nicht«, behauptete er, »und deswegen bist du nicht zu mir gekommen. Du hast deinen Reichtum und deine Geilheit! Ich weiß, ich weiß! Das genügt solchen Leuten, wie du einer bist. Du brauchst dich nicht zu entschuldigen, du verteidigst sie ja, auch wenn du nichts sagst, das kannst du nicht leugnen ...«

Er ging an sein Stehpult, begann zu schreiben und beachtete mich nicht mehr. Der Zustand von Verwirrung, in dem sich sein Geist befand, war anscheinend endgültig; es wäre unsinnig gewesen, wenn ich den Versuch gemacht hätte, ihn von dort wegzuführen, wo er sich immer wieder in die Finsternis eingrub, ohne daß er die verschüttete Vergangenheit erreichte.

»Der Schlüssel hängt am Türpfosten!« knurrte er, »ich werde nachher das Tor selbst verschließen. Heute kommt Hartmann ja ohnedies nicht mehr, um seinen Bankert zu holen.«

Ich verabschiedete mich nicht von meinem Onkel, als ich hinausging. Die scharfe Märzsonne fiel wie durch ein Brennglas und blendete mich. Auf den brachen Beeten stand kniehoch das trockene Unkraut, die Verwahrlosung wurde offensichtlich, der Verfall schien unaufhaltsam zu sein.

Als ich das Tor beinahe erreicht hatte, sprang hinter einer verwilderten Taxushecke Almas Tochter hervor. Sie lief auf mich zu, faßte meine Hand und zog mich aus aller Kraft mit sich.

»Nimm mich mit!« bettelte sie, »nimm mich mit!«

»Ich werde wiederkommen«, versprach ich ihr, »du brauchst nicht mehr lange zu warten, bis ich dich hole.«

»Heute schon!« flehte sie, »jetzt gleich. Ich will bei dir bleiben.«

Sie klammerte sich mit beiden Händen an meinem Mantel fest, ihre Augen standen voller Tränen, und der Mund zuckte schmerzlich. Ich schloß auf, sie wollte sich vor mir hinausdrängen, aber ich hielt sie zurück, bückte mich und küßte sie hastig auf die Stirn. Das war ihr ungewohnt und schien sie zu erschrecken; es fiel mir sehr schwer, sie hier zurückzulassen.

Drüben vor dem Gärtnerhause war plötzlich ein lauter, gellender Pfiff zu hören, von jener Art, mit der man einen ungehorsamen Hund zu sich ruft. Das Mädchen ließ mich los, mit hängenden Armen und gesenktem Kopf schlich sie weg.

»Es dauert nicht mehr lange«, rief ich ihr nach, »du kannst dich darauf verlassen.«

Sie blickte mich ungläubig an und blieb hinterm Tor stehen, unbeweglich und ohne jede Hoffnung. Als ich mich noch einmal nach ihr umwandte, hatte sie sich immer noch nicht von der Stelle gerührt. Ich winkte ihr, aber sie gab mir kein Zeichen, daß sie es bemerkt hätte.

Verschwörung gegen die Lebenden

Am späten Nachmittag fuhr ich auf einem Kastenwagen, der nach Leschwitz gehörte, durch den Wasserwald. Der verdrossene Kutscher hatte Eisengeräte geladen, die einen ohrenbetäubenden Lärm machten, ich war damit zufrieden, denn dadurch entging ich dem Zwang, auf neugierige Fragen antworten zu müssen. Die Pferde trotteten verschlafen und mit nickenden Köpfen dahin, mitunter schmitzte die Peitsche über ihre Rücken, dann ruckte der Wagen an, und wir gerieten in schnelleres Tempo, aber das dauerte nicht lange, denn gleich darauf verfielen sie wieder in ihre träge Gangart.

Zu beiden Seiten der Straße stand der stille Wald in hellblauem Rauch, die Luft war so feucht, daß sie ihre Nässe überall niederschlug; wenn ich meine klammen Hände aneinander rieb, fühlte sich die Haut so glatt an, als wäre sie in Seifenlauge gebadet und nicht abgetrocknet worden. Ich war völlig wach, doch die Gedanken gerieten mir fortwährend durcheinander, sie erreichten die Wirklichkeit nicht mehr und fielen unentwirrbar ins Bodenlose, dorthin, wo man seine eigene Verantwortlichkeit ableugnen möchte. Längst hatte sich die Spannung, in der ich vorhin diese Fahrt begann, wieder verloren; die alten Zweifel regten sich von neuem, sie zerstörten meine Vorsätze und beförderten eine gleichgültige Mutlosigkeit: ... es wird dir nicht gelingen, Ordnung zu schaffen ... du wirst nur noch mehr Verwirrung anstiften ... du entbehrst jeden Beistandes, allein bist du zu schwach ... und woher nimmst du eigentlich die Berufung für diesen Auftrag ... woher denn?

Die schlecht geschmierten Naben quietschten eintönig, das Eisen rasselte, die Hufschläge gerieten manchmal aus dem Takt, stolperten und fingen sich wieder. Das harte Rütteln, in dem die Räder über die Unebenheiten des Weges sprangen, stieß mich jedesmal, wenn ich von der glücklichen Zeit träumte, die hinter den kommenden Entscheidungen beginnen sollte, wieder ins Gegenwärtige zurück. Die Dunstschichten, welche sich im Gewirr der Zweige verfangen hatten, waren nicht sehr dicht, denn aus der Höhe des Firmaments stäubte ein dünnes Licht herab, das wie Perlmutter glänzte. Der Wald schien abgestorben zu sein, doch wenn man genauer hinsah, vermochte man schon an den äußersten Spitzen der Zweige jenen rosafarbenen Schimmer wahrzunehmen, mit dem das Leben im Holze sich langsam wieder heraustastete. Alles befand sich bereits an dem äußersten Punkt, der die Schwelle zwischen den Jahreszeiten bezeichnet; die Ruhe, welche der Winter dem Wachstum auferlegt hatte, war vorüber, überall saß eine leise Unruhe über und unter der Erde, und die Luft trug, außer den Ausdünstungen des Verwesenden, die bitteren Gerüche in sich, durch welche die künftigen Leidenschaften sich ankündigten. Eines Morgens also, nach den ersten lauen Nächten, die alle Verkapselungen lösen würden, stand der Wald zitternd vor Erregung da, und der gelbliche Staub, der aus den Erlen rieselte, bezeugte eine unsägliche Zärtlichkeit; das Leben pflanzte sich fort, es war begierig, sich zu umschlingen, auch die trägsten kaltblütigen Tiere wurden von der Wollust wie von galvanischen Strömen getroffen. Vielleicht war es jetzt noch verfrüht, daran zu denken und das so gegenwärtig zu spüren, es mochten noch Rückschläge kommen und die voreiligen Regungen dieses Frühjahrs wieder zerstören, endlich aber mußten alle Kräfte in einer doppelten und dreifachen Ungeduld sich anstauen und beinahe bösartig hervorbrechen, so ungebändigt und heidnisch, daß selbst die Menschen in den Taumel hineingezogen wurden, der sie mit lauter Wirbeln von Zeugung und Empfängnis umgab. Ich stellte mir vor, daß diese Jahreszeit so etwas wie einen Charakter hatte, der sich ständig wandelte; es gab einen Frühling, der matt und zaghaft unter Regen und Nebel verlief und, kaum daß er begonnen hatte, schon wieder vorüberging; es gab einen anderen, der trocken und überhitzt anfing und sich durch seine Inbrunst zu früh entkräftete. Dieser, welcher uns nun bevorstand, würde den beiden anderen nicht gleichen, schon jetzt deutete manches darauf hin, daß er wohl eine besondere Heftigkeit haben mußte. –

Als wir den Wald hinter uns gelassen hatten und auf freies Feld gerieten, begannen die Pferde schneller zu laufen. Der Kutscher wachte aus seiner Verschlafenheit auf und faßte die Zügel kürzer. Vor uns war die wellige Ebene stellenweise mit so dichten Nebelhaufen bedeckt, daß man darunter keine Einzelheiten erkennen konnte, anderwärts traten die olivbraunen Wiesen, die dunklen Äcker und das stechende Grün der Wintersaaten überdeutlich wie unter einer Lupe hervor. In der Höhe des Himmels, durch den lauter fein verteilte Schichten eines grauen Dampfes wie Gazeschleier gespannt waren, blies ein starker Orkan die Wolken auseinander. Die dunstige Helligkeit schien sich an den Grenzen der ineinandergetriebenen Luftwellen wie in unsichtbaren Prismen zu brechen, sie erreichte den Erdboden zu spät, um den Schatten aufzulösen. Fortwährend verschoben sich unter dem bläulichen Schimmer, der gleich einer durchsichtigen Lasur über diesem Bilde lag, die Stellen, an denen das Licht sich sammelte; überall, wo es zunahm, schien es zu pulsieren, in leichten, kaum wahrnehmbaren Zuckungen, die alsbald wieder vergingen. Anderswo blieb es einige Zeit stehen und fuhr unruhig hin und her gleich dem abgeschwächten Widerschein himmlischer Spiegelungen.

Der Mann aus Leschwitz stieß seinen Ellbogen gegen mich und deutete mit der Peitsche nach oben. Ich sah, daß er die Lippen bewegte, aber der Lärm war zu groß, als daß ich seine Worte hätte verstehen können. Deswegen beugte ich mich zu ihm hinüber, und er schrie mir das, was er zu sagen hatte, ins Ohr.

»'s ist Neumond!« grölte er mürrisch, »und da braucht man sich nicht zu wundern, wenn noch allerhand passiert. Dem Smorczak seine Leute, die sagen's ja auch, daß es bei Neumond sein wird!«

»Was denn?« brüllte ich.

Er sah mich mißbilligend an, zuckte die Achseln und zog den Gäulen plötzlich eins über, daß sie eine kurze Strecke im Trab zurücklegten. Dann holte er eine flache Schnapsflasche hervor, nahm selbst einen Schluck und bot mir davon an, als müßte er mich für meine Unwissenheit trösten.

Wir donnerten über die erste Holzbrücke und krochen langsam die Bodenwelle hoch. Von oben war das Dorf zu erkennen, die Parkmauer, das Schloß, die Häuser und Scheunen und weiter hinten der Kirchturm; wie am Grunde eines tiefen Gewässers lag der Ort in der zunehmenden Dunkelheit. Ich hatte geglaubt, daß dieser Anblick mich erregen würde, aber davon war kaum etwas zu spüren, denn ich empfand nur eine Art von Enttäuschung darüber, daß der weite Raum, den ich immer gesehen hatte, wenn ich mich an Kaltwasser erinnerte, in Wirklichkeit viel enger war. Dort drüben, wo die Fischteiche, die Wassermühle und das Vorwerk lagen, breitete sich ein undurchdringliches Schattengerinnsel; der Lauf der Schwarzen Weide zeichnete sich nirgendwo in der Landschaft ab, man hätte glauben können, daß der Bach versiegt wäre.

Noch ehe wir die Häuser erreicht hatten, war es fast gänzlich finster geworden, die letzten Lichtflocken zerfielen, und es blieb nur eine diesige Dämmerung übrig, deren mattes Zwielicht lauter Täuschungen Vorschub leistete; die festgefügten Dinge vergrößerten sich, ein Baum schien bis zu den Wolken zu wachsen, die Dächer hoben sich wie aufgetrieben, und der Ackerboden wogte hin und her. Bei den ersten Gehöften hielt der Fuhrmann die Pferde an und kletterte herunter, um die Laterne anzuzünden; ich sprang ab, die plötzliche Stille war meinen ertaubten Ohren so ungewohnt, daß ich sie wie einen Schmerz empfand. Während ich das Geld hervorkramte, um den ausbedungenen Fuhrlohn zu bezahlen, versuchte ich, den Mann aus Leschwitz noch einmal zum Reden zu bringen, indem ich vorgab, nichts von Smorczak und seinen Leuten zu wissen.

»Wer's nicht weiß, der wird's schon noch erfahren!« wies er mich mißmutig ab, steifbeinig stieg er wieder auf seinen Sitz.

Gleich darauf zogen die Pferde an, der Wagen geriet aufs holprige Pflaster, die Ladung begann so laut zu klirren, daß von den Giebeln ein hartes Echo zurückschlug. Ich beeilte mich, so bald als möglich aus der Nähe dieses Lärms wegzukommen. Die Dorfstraße war dunkel und leer, aus den Ställen kam ein wenig Licht, die Kühe brüllten, und die Holzpantinen klapperten auf den Ziegeln der Hofgänge. Dann und wann bellten die Hunde sich von weit her zu, hinter den Hecken ging ein schrilles Mädchengelächter los wie ein aufgezogenes Uhrwerk, das erst ablaufen muß, bevor es ganz zur Ruhe kommen kann.

Allmählich blieb das Gefährt hinter mir zurück, und die leisen Geräusche tauchten auf: das Knarren einer Tür, das Weinen eines Kindes und, vom Hauchen eines dünnen Luftzuges bewegt, der gleich wieder erstarb, das zirpende Hinundherschwingen eines Fensterladens, den man festzuhaken vergessen hatte. Die weißgetünchten Hauswände und die gekalkten Stämme der Chausseebäume gaben das Tageslicht zurück, das sie eingesogen hatten, die Schwärze bekam eine tiefere Tönung, sie wurde stumpf wie Samt. Der Himmel war unbesternt, und durch seine oberste Breite zuckten manchmal kaum sichtbare Strahlenbündel wie die Vorboten eines jähen Wetterumschwungs, der schon jetzt mit elektrischen Entladungen die Luft zermürbte. Wenn ich jemandem begegnete, ging ich beiseite, ich spürte die Annäherung, ohne das mindeste zu sehen, schon von weitem; der trügerischen Friedlichkeit, in der Kaltwasser lag, war nicht zu trauen, und die Beunruhigungen, die sich allerorten knisternd zusammenschlossen, rührten von anderen Ursachen her als von solchen, die ich in mir selbst hätte suchen müssen, wenn ich sie ergründen wollte.

Erst in der Mitte des Dorfes, vor dem verschlossenen Tor der Gutseinfahrt, merkte ich, daß ich an meinem eigenen Besitztum und an Woitschachs Gehöft vorbeigeeilt war, ohne die Gebäude überhaupt wahrgenommen zu haben. Da es mir widerstrebte, jetzt schon umzukehren, lief ich langsam weiter, ziellos und in einem zwiespältigen Zustand von Müdigkeit und überreiztem Wachsein. Die Vergangenheit mischte sich auf unheimliche Weise in das Gegenwärtige, mitunter kam es mir so vor, als wären jene zehn Jahre, welche zwischen Starkloffs Tod und dieser Rückkehr lagen, zusammengeschnurrt wie ein Traum, der unübersehbare Zeiträume umfaßt hat und doch in Wirklichkeit nur einige Minuten dauerte. In jedem Atemzuge saßen die Keime der Kleinmütigkeit; und ich hörte deutlich, wie aus der Düsternis ringsum die Stimmen der Toten in lautlosem Chore auf mich eindrangen, meinen Namen nannten, sich über die Vergeblichkeit meiner Absichten belustigten und jegliche Forderung nach Gerechtigkeit verlachten. –

Die Laterne eines Fahrrades schwebte mir wie ein Irrlicht entgegen, ich befand mich auf dem Kirchsteig in der Nähe des Friedhofs. Ich hätte noch Zeit gehabt, an den Rand zu treten, aber ich blieb in der Mitte des engen Weges, die Klingel klirrte vergebens. Als der Radfahrer aus dem Sattel gesprungen war und fluchend auf mich zutrat, wußte ich bereits, worum ich ihn bitten würde. Es war ein junger Bursche, ich konnte sein Gesicht erst erkennen, als wir uns nahe gegenüberstanden, es war nicht ohne Intelligenz.

»Verdammt noch mal«, schimpfte er viel zu laut, als müßte er seinen Zorn erst noch aufstacheln, »wenn Sie sich Ihre dreckigen Ohren verstopfen, da können Sie natürlich nichts hören...«

Ich ließ ihn so lange reden, bis er atemlos wurde und nicht mehr weiter wußte, dann fragte ich ihn ruhig, ob er mir Starkloffs Grab zeigen wollte.

»Warum denn jetzt?« erkundigte er sich mißtrauisch, »da könnte ja jeder kommen, der das Tageslicht zu scheuen hat, und unsereinem so mir nichts, dir nichts auflauern wie ein Nachtgespenst ...«

Er ließ sich sehr leicht davon überzeugen, daß ich nichts Böses im Sinne hatte; bald darauf öffnete er mir die Totenpforte, durch die wir ins Gräberfeld eintraten. Der schwache Lichtkegel holte die Grabsteine und die Kreuze aus der Dunkelheit, sie fuhren neben uns hoch, versanken wieder, und das, was sich darunter befand, wurde von unseren Schritten verscheucht, daß es mit leisen Fledermausflügeln aufstob und wegflatterte. Drüben stand der Leib der Kirche wie ein riesiges Bollwerk, das im Laufe der Zeiten seine Festigkeit verloren hatte und so bröcklig geworden war, daß es niemandem mehr genügend Schutz zu gewähren vermochte.

»Hier ist es!« sagte mein Begleiter und ließ das Licht auf einen niedrigen Hügel fallen, der unter trockenem Unkraut versteckt war und weder einen Stein noch irgendeinen anderen Schmuck aufwies.

»Haben Sie ihn denn gekannt?« fragte er mich ohne jede Neugierde.

Ich gab mich zu erkennen und erklärte ihm, daß ich nach Kaltwasser gekommen wäre, um das Erbe zu verkaufen, er rückte ein wenig von mir ab, die Fahrradlampe drehte sich, das benachbarte Grab, welches von Efeuranken überwuchert und mit Tannenreisen bedeckt war, tauchte auf.

»Wer ist das?«

»Das wird wohl die Gärtnersfrau sein ...«, sagte er nach einigem Zögern, als widerstrebte es ihm, so ausgehorcht zu werden.

»Welche Gärtnersfrau?« Ich ließ nicht locker.

»Die vom Gutshof. Der Mann ist nicht mehr hier. Aber er kommt jedes Frühjahr mit Blumen, die er einpflanzt. Wenn Sie noch mehr wissen wollen, müssen Sie schon die Weiber im Dorfe fragen. Meine Mutter zum Beispiel, die könnte Ihnen da manche Geschichte erzählen ...«

Ich nahm ihm die Lenkstange aus der Hand und leuchtete die umliegenden Reihen ab, ganz in der Nähe fand sich Christianes

Hügel. Wenn ich meinen Begleiter nach derjenigen gefragt hätte, die dort unter der Erde lag, würde er keine Antwort gewußt haben, und doch gab es eine geheime Verbindung, die von diesem toten Mädchen zu Alma und Starkloff reichte. Christiane war in eine tiefere Schicht von Vergessenheit abgesunken als die beiden anderen, aber selbst dieser dunkle Grund, den außer mir nur noch Cora abzuloten imstande war, hatte sich seit einiger Zeit von neuem gleich einem Erdbebenzentrum bemerkbar gemacht. Von dort reichten die verworrenen Züge eines aus Schuld und Verhängnis geflochtenen Netzes nach oben, die Toten hingen wie schwere Bleigewichte in den Maschen und zogen sie immer enger zusammen, bis sie bei ihrem Fischzug das ganze Dorf ins Garn bekommen hatten. Ich beugte mich vornüber, die Erde war durchsichtig geworden, und ich erkannte in ihrem Schoße so undeutlich, als blickte ich wieder durch eines jener rauchigen Gläser, mit denen wir einstmals die Sonnenfinsternis beobachtet hatten, die bleichen, phosphoreszierenden Gesichter, wie sie von einem undurchschaubaren Lächeln bewegt wurden...

»Was ist Ihnen denn?« Der junge Mann rüttelte mich am Arm.

Ich fand eine gleichgültige Ausrede, und wir gingen zur Pforte zurück. Kaum daß wir die ersten Schritte getan hatten, begann der Glöckner mit dem Abendläuten; der Turm schien unter der Gewalt des Dröhnens hin und her zu schwingen; alles war von diesem Lächeln unterhöhlt, vielleicht hatte Smorczak recht, wenn er in seiner trüben Prophetie vom nahenden Ende aller Dinge faselte.

Die Gittertür schlug hart hinter uns zu, wir standen wieder jenseits der Mauer aus Feldsteinen, welche den geweihten Boden umfriedete. Als ich meinem Begleiter eine Belohnung aushändigen wollte und nach dem Gelde griff, wies er das zurück. Ich suchte die Zigaretten hervor, im flackernden Schein des Streichholzes wurde mir sein Gesicht zum erstenmal völlig deutlich. Er mußte viel jünger sein als ich, aber seine Züge hatten trotzdem eine große Festigkeit.

»Wohin wollen Sie jetzt?« fragte er mich.

Ich sagte ihm, daß ich gradeswegs zu Woitschach ginge, sogleich erbot er sich, mir den Weg dorthin zu zeigen, offenbar hatte er noch etwas auf dem Herzen und wollte es bald zur Sprache bringen. Wir liefen langsam eng nebeneinander, der

Kirchsteig schien sich in die Länge gedehnt zu haben, das Weidengebüsch und die Erlen streckten ihr nasses Gezweig nach dem Licht aus, das vor uns hinzitterte. Plötzlich füllte sich der schwankende Kegel mit flatternden, weißlichen Flecken, als wären wir in einen Mottenschwarm geraten, der sich nach der zischenden Karbidflamme drängte.

»Es schneit!« sagte er aufgeregt und räusperte sich, um den Übergang zu dem zu finden, was ihn anscheinend sehr bedrückte – aber danach verstummte er von neuem.

»Es schneit?« fragte ich ihn gleichgültig.

»Sie sehen es doch«, versicherte er mir, »die ersten Flocken ...«

Unser Gespräch wurde allmählich immer schleppender; ich erfuhr, daß er der Sohn des hiesigen Lehrers wäre und daß er, nachdem er das Nilbauer Gymnasium besucht hatte, die Universität beziehen wollte, aber durch die Armut seiner Eltern daran verhindert worden war, seinen ehrgeizigen Neigungen zu folgen. Er war unzufrieden mit sich selbst und sprach in bitterem Spott von seinen Schwächen, welche die Widerstände, die überall seinen Weg versperrten, nicht überwinden konnten.

»Man müßte einfach weggehen«, ereiferte er sich, »alles hinter sich lassen und in einer großen Stadt von neuem anfangen. Aber man hat ja nichts gelernt, wissen Sie, das, was man auf den Schulbänken zu sich nahm, das genügt nicht, das ist nur der erste Ansatz, die niedrigste Stufe sozusagen. Viel zu hoch übrigens, man befindet sich mit dem Kopf in den Wolken... und von dieser ganzen Wissenschaft hat noch niemand einen Hund satt gekriegt ...«

»Und warum gehen Sie nicht fort?«

Er stutzte und wußte nicht sogleich eine Antwort. Dann berief er sich darauf, daß er hier als Gemeindeschreiber tätig sei, aber er mußte noch einen anderen Grund haben, den er mir vorläufig verschwieg. Wir hatten die Straße erreicht, eine dünne Schicht von schlammigem Grau bedeckte den Boden.

»Alle Tage auf dem Schemel«, schimpfte der Lehrerssohn, »man hat eine leserliche Schrift und einen gesunden Verstand, man kann die kleinen Summen, um die es sich handelt, fehlerlos addieren, man kann alle Rechenkunststücke darauf anwenden, ohne das Ganze in Gefahr zu bringen. Man kann in den Büchern die Verordnungen sofort nachschlagen und wird nichts durcheinanderbringen. Berge von Papier, Gebirge aus Akten, man vermehrt sie, man kommt seinen Pflichten nach und erhält die allgemeine Ordnung aufrecht. Das ergibt sogar, außer dem Gehalt, auch noch Ideale, einen ganzen Vorrat davon, ein unermeßliches Vermögen ... nämlich, wenn man selbst versagen würde, dann beginnt die Welt aus den Fugen zu gehen, dann kommt die Anarchie über uns ...«

»Sie ist bereits da«, unterbrach ich ihn, »sie hat in diesen Gegenden längst angefangen und breitet sich unaufhaltsam aus ...«

Ich wollte auf Smorczak und seine Sekte zu sprechen kommen und die Meinung hören, welche der Gemeindeschreiber über jene Leute hatte, die sich von selbst außerhalb aller überkommenen Gesetzlichkeiten stellten, indem sie keine davon mehr anerkannten. Aber es gelang mir nicht, diese Frage an ihn zu richten, denn aus der Gutseinfahrt, deren Torflügel soeben geöffnet wurden, preschte ein Schimmelgespann, das einen leichten Jagdwagen zog, in voller Karriere auf uns los, so überraschend, daß wir eilig beiseite springen mußten, um nicht unter die Räder zu geraten. Auf dem Kutschbock schien eine Frau zu sitzen, ich konnte es nicht genau erkennen, weil der Wagen im Nu verschwunden war. Die schwarzen Spuren, die wir überqueren mußten, vergingen unter den neuen Schneewolken, die darüber stäubten.

»Da fährt sie schon wieder los«, er hielt seine Verachtung nicht zurück, »und diesmal geht's nach Leschwitz zum jungen Baron, dem hirnlosen Windhund. Sehen Sie, das ist auch solch ein Beispiel! Die steckt genauso in der Sackgasse wie wir alle, weiß nicht mehr ein noch aus, und deswegen läßt sie sich verludern, bei vollem Bewußtsein. Man muß sich wundern, woher sie die Kräfte nimmt, um solch ein Leben zu führen. Tagsüber hält sie das, was von der Herrschaft noch übriggeblieben ist, zusammen, und sie wirtschaftet mit ihrem Inspektor, mit diesem vornehmen Halunken, herum wie ein Mannsbild, und in den Nächten ... aber ich müßte mir ja eigentlich zu gut dazu sein, um Ihnen hier von dem Klatsch zu kosten zu geben, den sich bei uns alle Weiber wie übersüßen Kuchen gegenseitig servieren ... es fehlte nur noch, daß sie nach Nilbau fährt und sich dem elenden Kurpfuscher in die Arme wirft, damit er seine dreckigen Finger an ihr abwischt ... aber vielleicht wäre der Smorczak wirklich der einzige, der das Gut noch retten könnte, aus lauter gottgefälliger Selbstlosigkeit natürlich, denn da gibt es ja keinen anderen Beweggrund... und dann, wenn der Weltuntergang vorüber ist, und wenn dieser Schweinehund alle Feinde vernichtet hat, dann hält er hier seinen Einzug und residiert fortan in Kaltwasser... könnten Sie sich das vorstellen?«

Ich schwieg; während der langen Erzählung, bei der sich der Lehrerssohn immer mehr erregte, war kein einziges Wort über meine Lippen gekommen. Jetzt erinnerte ich mich plötzlich der prahlerischen Andeutungen, die der Gastwirt am Vormittag gemacht hatte, als er beiläufig von Cora redete. Zweifellos war sie noch stärker gefährdet, als ich es vermutete, aber die ganze Wahrheit darüber würde man nur aus ihrem eigenen Munde erfahren.

»Was sagen Sie dazu? Aber natürlich, ich komme nicht auf den Gedanken, daß Sie die Voraussetzungen gar nicht kennen.«

»Leider nicht«, pflichtete ich ihm bei, »aber ich werde sie schon erfahren. Am meisten interessiert mich das, was Sie mir vorhin vom bevorstehenden Weltuntergang berichten wollten.«

Anscheinend witterte er hinter meiner Frage irgendeinen versteckten Spott, den er noch nicht durchschauen konnte. Plötzlich wurde er einsilbig, am liebsten hätte er wohl sein Vertrauen wieder zurückgenommen.

Derweilen war der Schneefall so dicht geworden, daß er wie ein lockerer Wattebausch den Raum zwischen Wolken und Erde ausfüllte. Das Licht aus der Fahrradlampe stieß als dumpfer Keil in die graue Wand, zerschlitzte sie und brachte die nassen Flocken für kurze Zeit in Bewegung, bis die fedrige Last die Lücke, die wir gerissen hatten, wieder verstopfte. Die Himmelsrichtungen waren vertauscht, die festen Dinge lösten sich auf, und die einzige Sicherheit, welche es überhaupt noch gab, befand sich in der Gewißheit, daß die dünne Flamme hinter dem Glasdeckel noch für einige Zeit genügend Vorrat an Nahrung besaß.

»Der Weltuntergang!« versuchte ich zu scherzen.

»Sie haben gut reden«, fertigte er mich ab, »Sie können sich morgen oder übermorgen wieder aus dem Staube machen.«

Es war ihm anzumerken, daß er an etwas anderes dachte. Wir kamen am Gasthaus vorüber, dessen erleuchtete Fenster undeutlich hinter der Schneewand glimmten. An der Zufahrt zu Woitschachs Grundstück blieb ich stehen, der Lehrerssohn ging noch einige Schritte weiter, ehe er mich vermißte und wieder umkehrte.

»Sie wollen also verkaufen?« fuhr er mich an.

Ich bejahte seine Frage.

»Und Sie denken nicht daran, was dann aus den Zglinickis wird? Sie kommen her in der Absicht, das Land zu Geld zu machen, und Sie setzen die Leute, die sich den Pachtzins vom Munde abgedarbt haben, einfach auf die Straße, nicht wahr? Bloß darum, weil Sie selbst ...«

»Das wird sich alles noch finden!« schnitt ich ihm die Rede ab. Dann streckte ich ihm die Hand hin, die er nicht nahm, weil er sofort in den Sattel sprang. Ich sah, wie er schattenhaft und lautlos davonschwebte und immer tiefer in das stiebende Grau hineingeriet, welches das Licht seiner Lampe, als es sich noch gar nicht sehr weit von mir entfernt haben konnte, auslöschte gleich einem flaumigen Wischer, der darüberfuhr. Als ich nichts mehr von ihm wahrnahm, begann ich die Häuser zu suchen, deren Umrisse zeitweilig verschwunden waren und dann wieder dort auftauchten, wo ich sie niemals vermutet hätte.

Im hölzernen Vorhaus war eine junge Frau dabei, das Futter zurechtzumachen, sie vermischte die dampfenden Kartoffeln mit Kleie und Milch; der nahrsame Geruch aus dem großen Troge hatte etwas Besänftigendes, mit ihm atmete ich die gelassene Ruhe ein, welche hinter dieser Tür herrschte. Die Frau mußte es wohl überhört haben, daß ich eingetreten war, denn sie drehte sich nicht nach mir um; der kräftige, gesunde Körper wiegte sich in gemessenen Bewegungen, jeder Handgriff zeugte davon, daß sie sich ganz in der Gewalt hatte.

Schließlich hüstelte ich leise, um mich ihr bemerkbar zu machen; sie richtete sich langsam auf und wandte sich mir zu, bereit, die unterbrochene Arbeit sofort wiederaufzunehmen. Ich stampfte den Schnee von den Schuhen und schwenkte die Arme; als ich den Hut abnahm, fuhr sie zurück, und nach der ersten Blässe schoß die Röte ihr ins Gesicht.

»Ist der Bauer zu sprechen?«

Sie starrte mich an, ihre Lippen bebten zwischen einem Lächeln und der Erstarrung, welche der Schreck bei ihr hervorgerufen hatte, hin und her.

»Sofie?« fragte ich halblaut, es war überflüssig, ich sah ja, daß sie es war.

»Ach, Sie sind also doch gekommen, Herr ... Herr Dimke?« Die Röte in ihrem Gesicht wurde tiefer. Woitschachs Frau war so verlegen, daß sie mich für einen Augenblick damit ansteckte, aber ich faßte mich sofort und lachte, sie stimmte ein, ich trat auf sie zu und wollte nach ihrer Hand greifen, sie entzog sie mir und wischte sie erst an der Schürze ab. Dann standen wir da, Hand in Hand, und lachten uns die Verlegenheit vom Halse.

Diese Fröhlichkeit war nicht von langer Dauer, Sofie wurde neuerdings befangen, sie verstummte, löste ihre Finger aus den meinen und blickte hilflos zu Boden. Endlich fing sie hastig an, ihre Kleidung in Ordnung zu bringen, als argwöhnte sie, daß sie mir so, wie sie war, nicht gefallen würde. Sie streifte die aufgekrempelten Ärmel herunter, band sich die Schürze ab und steckte die lockeren Haarsträhnen unters Kopftuch zurück. Dabei betrachtete sie mich mit unsicheren Seitenblicken, die jedesmal, wenn ich ihre Augen festzuhalten versuchte, rasch von mir abglitten.

»Warum hast du denn nicht geschrieben?« fragte sie vorwurfsvoll. »So ist das überhaupt kein richtiger Empfang.«

»Eigentlich wollte ich gar nicht kommen«, entschuldigte ich mich, »habe mich erst im letzten Augenblick entschlossen. Und außerdem – du weißt ja, daß ich selbst dann keine Briefe schreibe, wenn ich welche versprochen habe.«

Diese Anspielung beunruhigte sie, und sie wußte nicht, was sie mir darauf antworten sollte. Unschlüssig faßte sie nach dem Knüppel, der im Futtertrog steckengeblieben war, endlich aber rief sie die Magd und wies sie an, die Arbeit zu beenden; es bereitete ihr sichtliche Freude, mir zu zeigen, daß sie hier zu kommandieren habe.

»Richard muß gleich wieder zurück sein«, erklärte sie mir, während sie mich durch den langen Flur und die große Küche in die Wohnstube führte. Alles in diesem Hause zeugte von bescheidenem Wohlstand, unter den Möbeln erkannte ich manches Stück wieder, das ich damals bei Starkloff gesehen hatte.

»Er ist im Wirtshaus ...« Sie lief, nachdem ich mich niedergelassen hatte, unablässig hin und her, nahm mir Mantel und Hut ab, setzte mir Zigaretten vor und holte eine Schnapsflasche und zwei Gläser aus dem Wandschrank.

»Vielleicht wäre es besser, wenn ich ihn holen ginge?«

»Nein, nein!« widersprach sie mir, »der kommt von selbst. Der gehört zu einer anderen Sorte.«

Ich folgte ihr mit den Blicken, sie war jung und geschmeidig geblieben, andere Frauen ihres Schlages hätten die Spannkraft, von der Sofie bewegt wurde, sicher längst verloren. Alles an ihr schien so straff und zäh zu sein, daß ich ihre Gegenwart nicht mehr mit den Erinnerungen an jenes lässige Mädchen zu vereinen vermochte, welches damals so geschickt die lockere Haspe vom Scheunentor entfernt hatte. Ich zog den Korken aus der Flasche und goß die beiden Gläser voll.

»Ich trinke nichts ...«, sträubte sie sich.

»Der Willkommenstrunk!« neckte ich sie.

Sie trat an den Tisch, ergriff das Glas und führte es zum Munde.

»Halt! So schnell geht das nicht. Erst müssen wir wissen, worauf wir trinken.«

»Ja, worauf denn?« fragte sie in leichter Schadenfreude, »auf deine Braut vielleicht, die du in der Stadt gelassen hast?«

»Ich habe keine.«

Sie sah mich überrascht an, runzelte die Stirn und bezweifelte offenbar, daß ich ihr die Wahrheit gesagt hatte.

»Auf deine Kinder vielleicht?« schlug ich ihr vor.

»Auf meine Kinder und darauf, daß sie mehr Glück haben sollen als wir alle!«

»Gut!« Wir stießen an und tranken, Sofie schüttelte sich, als sie das scharfe Getränk herunterschluckte, dann stellte sie das Glas rasch auf den Tisch und eilte zur Tür.

»Jetzt muß ich dich allein lassen«, rief sie mir zu, »aber ich bin gleich wieder da. Fürchten wirst du dich ja nicht.«

Ich hörte draußen ihr Gelächter sich entfernen, es hallte noch lange von den Wänden nach, drang in mich ein und durchpulste mir jeden Herzschlag mit voreiliger Heiterkeit. Die große Veränderung, welche mit Sofie vorgegangen war, deren Zustand einstmals nicht die mindesten Hoffnungen für ihre Zukunft hatte aufkommen lassen, ermutigte mich deswegen, weil ich hier einen deutlichen Beweis dafür erblickte, daß man den Willen des toten Starkloff durchkreuzen und brechen konnte. Es mußte nicht einfach gewesen sein, bis diese Frau so weit gebracht worden war, daß sie selbst sich ihrer früheren Bedrückungen entledigte und jene Sicherheit gewann, die der

Vater ihr für immer entziehen wollte. Der Mensch, den ich eben erst vor Augen gehabt hatte, war wohl seit jeher in ihr versteckt gewesen, tief innen, eingeschüchtert und verleumdet, und ich konnte mir denken, daß man ihr erst einen Schatz von Vertrauen hatte geben müssen, bevor sie ihre Wertlosigkeit vergaß und sich scheu und mißtrauisch aufrichtete. Deswegen auch war ihr jene weiche Schönheit abhanden gekommen, welche daher rührte, daß sie sich einstmals allen überantwortete, die es nach ihr verlangte. Selbst das Wissen und die Erfahrung, die manchen Frauen den einzigen Reiz geben, auf den sie sich berufen können, waren ausgemerzt worden, und mit der Zeit mußte sich an ihr so etwas wie eine neue Unschuld wieder gebildet haben... Ich dachte darüber nach und trank mehrere Gläser, der Schnaps erwärmte mich, und ich spürte plötzlich einen heftigen Andrang von Zuneigung für sie, am liebsten wäre ich aus dem Zimmer gelaufen und hätte Sofie im ganzen Hause gesucht. Wie ein Makel, an den ich mich mit der Zeit gewöhnt hatte, kam es mir nunmehr zu Bewußtsein, daß ich keine Geschwister besaß, und jetzt also, wenn ich ihr nachgerannt wäre und sie irgendwo gefunden hätte, würde ich sie trotz ihres Widerstrebens an mich gerissen und abgeküßt haben.

Ich erhob mich und ging in dem geräumigen Zimmer auf und ab, besah die Bilder an den Wänden, ohne zu erkennen, was sie darstellten, malte Gesichter auf die beschlagenen Fensterscheiben und wischte sie wieder aus; das Herz schlug leichter, das Blut floß schneller durch meine Adern. Ich fühlte ein feines Prickeln in den Fingerspitzen und im Handteller, die vorzeitige Freude saß mir wie ein Rausch im Kopf.

Plötzlich, ohne daß ich es bemerkt hatte, wie er eingetreten war, stand Woitschach vor mir und streckte mir beide Hände entgegen. Der Schnee saß ihm noch auf Schultern und Hutkrempe und begann schon zu schmelzen.

»Da sind Sie ja!« sagte er mit einer seltsamen Erleichterung.

»Da bin ich!« wiederholte ich, »unnötigerweise und ganz überflüssig. Ich werde Ihnen nur die Verhandlungen erschweren.«

Er schüttelte sich wie ein Hund, der aus dem Wasser gekommen ist, die Tropfen spritzten nach allen Seiten. Anscheinend war er überhaupt nicht älter geworden, allerdings mußte man bedenken, daß er zu jenen Männern gehörte, die es ihrer ruhigen Gemütsart verdanken, daß das Leben in ihnen sich nicht zu rasch entkräftet. Er lachte mich an, indem er ein Auge zusammenkniff.

»Haben Sie schon mit Sofie geredet? Sie ist nicht gut auf Sie zu sprechen gewesen!«

»Wir haben uns ausgesöhnt!« versicherte ich ihm und wies auf die Schnapsgläser.

»Dann ist ja alles in Ordnung, wie?«

Wir setzten uns, er schenkte die Gläser voll, ich sagte ihm, daß ich schon mehr als eins getrunken hätte.

»Noch eins wird nichts schaden!« Wir stießen an, unter der Lampe zeigte sein Gesicht ein Netz von Fältelungen, und im Haar kamen überall silbrige Fäden zum Vorschein, welche man auf den ersten Blick dort nicht vermutet hätte. Ein ruhiges Selbstbewußtsein ging von dem Manne aus, und man konnte die Gewißheit haben, daß alles, was er anpackte, gedeihen würde.

Umständlich steckte er sich eine Zigarre an und hörte mir ernsthaft zu, wie ich ihm berichtete, daß ich bereits gestern in Nilbau angekommen wäre und womit ich diese letzten Stunden verbracht hatte. Ich verschwieg ihm das Gespräch, in welchem ich gestern Smorczaks Geheimnis erlauschte, doch er schien es zu merken, daß ich ihm etwas vorenthielt; mißbilligend runzelte er die Stirn, während ich in meinem lückenhaften Bericht die Zusammenhänge nach meinem Gefallen veränderte. Dadurch, daß er stumm blieb und sich jedes vorschnellen Urteils enthielt, bekamen meine Worte ein anderes Gewicht, sie gingen mir immer langsamer vom Munde. Als ich auf meinen Onkel zu sprechen kam und die Begegnung mit Almas Tochter schilderte, unterbrach er mich endlich.

»Das muß natürlich anders werden. Wir alle konnten da nichts ausrichten. Aber Sie werden es schon schaffen, daß dieses unschuldige Kind von dem verrückten, alten Manne wegkommt. Das gehört auch zu Ihren Pflichten ...«

»Selbstverständlich ...«, gab ich zu. Diese bestimmte Forderung hatte mich in Verwirrung gesetzt, ich wollte zu einem schnellen Ende kommen. Manches konnte ihm ohnehin nicht verständlich gemacht werden, wie sollte ich ihm das erzählen, was ich auf dem Kirchhof erlebt hatte? Deswegen beschränkte ich mich darauf, die Bereitwilligkeit des Lehrerssohnes lobend zu erwähnen.

»Der junge Haubold?« fragte er mit offenbarer Geringschätzigkeit. »Sie haben ihm doch hoffentlich nicht gesagt, weswegen Sie hier sind?«

»Warum sollte ich es ihm denn verschweigen?«

»Weil er ein Wirrkopf ist«, fuhr er mich an, »weil er im ganzen Dorfe Lärm schlagen wird. Da und dort wird er sein freches Maul aufreißen und gegen den reichen Erben hetzen, der seine Pächter mir nichts, dir nichts raussetzt.«

»Wieso konnte ich das wissen?«

»Sie haben doch mit ihm geredet«, warf er mir vor, »Sie hätten es merken sollen, daß er einer von denen ist, die den Reichtum wie eine Sünde hassen. Solch ein Habenichts, er entschuldigt sich damit, daß er was Großes werden könnte, wenn er das Geld dazu besitzen täte. Läuft 'rum, den Kopf voller Flausen und hochmütig obendrein und schimpft auf jeden, der es zu was Eigenem gebracht hat. Und auf der anderen Seite redet er von der Armut, als wäre das eine neue Art von Religion!«

»Wie steht's also mit dem Verkauf?« erkundigte ich mich, um ihn abzulenken.

»Ich komme eben von dort«, sagte er und wies mit dem Daumen über seine Schulter, »ich war mit den Leuten im Wirtshaus zusammen, und sie haben so lange auf mich eingeredet, daß mir ganz drehnig im Kopf geworden ist! Kurz und gut: ein Ausländer, der kein Wort Deutsch verstehen will, so ein aufgeschwemmter Unflat, dem man's ansehen kann, daß er vom Saufen wie unterkittig am ganzen Leibe ist, und der seine Augen nicht umsonst unter einer dunklen Brille versteckt! Und der andere: ein junger Hund von einem Rechtsanwalt, den er sich mitgebracht hat, ein geschickter Halsabschneider!«

»Haben Sie den Namen behalten«, unterbrach ich ihn, »wissen Sie, wie der Käufer heißt?«

Woitschach holte ein abgegriffenes Notizbuch aus der Tasche, feuchtete die Finger an und blätterte es auf. Meine Frage war überflüssig, ich wußte, wer der Käufer war, ich hatte seine Stimme gestern gehört, während ich im Spiegelschrank kauerte. Ganz abwesend vernahm ich jetzt, daß mich Woitschach vor diesem Geschäft warnte.

»Es gefällt mir nicht. Ich habe ein Mißtrauen dagegen. Wieso ist dieser Fremde darauf verfallen, sich hier anzukaufen? Ich frage den anderen danach. Genügt es Ihnen, sagt der mir da ganz kaltschnäuzig, daß wir den Kaufpreis in gutem Gelde bezahlen, oder genügt Ihnen das etwa nicht? Im übrigen, sagt er mir, ist meinem Auftraggeber nichts daran gelegen, den ganzen Besitz an sich zu bringen, er wird sich damit begnügen, die Wiesen und das Gelände um die Wassermühle zu erwerben, aber wenn Sie sich darauf versteifen, daß der Besitz nicht geteilt werden darf, so wird er ihn eben im ganzen kaufen ... Ich bin nicht der Eigentümer, erwidere ich, ich bin nur der Verwalter. Und so ging es hin und her. Mir brummt noch jetzt der Schädel ...«

»Hieß er Smeddy?« fiel ich Woitschach ins Wort.

»Smeddy? Wieso Smeddy? So ähnlich vielleicht. Ich finde es jetzt nicht. Aber auf den Namen kommt es ja gar nicht an. – Müssen Sie denn unbedingt verkaufen?« fragte er mich, indem er nach meiner Hand griff und sie zu sich hinüberzog. Als ich ihm sagen wollte, daß ich entschlossen wäre, mich um jeden Preis von dem Erbe zu trennen, das mich wie einen räudigen Hofhund an die Vergangenheit und an dieses Dorf fesselte, kam mir Woitschach schnell zuvor.

»Sehen Sie, Herr Dimke«, erklärte er mir, »ich weiß ja, Sie sind noch zu ungebärdig, um sich seßhaft zu machen. Aber die Jahre vergehen, das Geld, das ist einen Dreck wert, doch der gute Boden, den Sie so leichtfertig preisgeben wollen ... manch einer würde Sie darum beneiden. Eines Tages, und da tut es Ihnen plötzlich leid, kann sein, wenn es zu spät ist, und wenn Ihnen das Geld aus den Fingern gerollt sein wird ... Sie können sich ja auf mich verlassen, und wenn Sie dann kommen sollten und sich hier niederlassen wollen, dann werde ich Ihnen Rechnung legen auf Heller und Pfennig, und ich werde Ihnen beistehen in der Wirtschaft mit meinem Rat und und mit meiner Erfahrung, bis Sie mich nicht mehr brauchen! Überlegen Sie sich's!«

»Nein, nein«, widersprach ich ihm, »ich will verkaufen und ich werde verkaufen. Daran kann mich niemand hindern. Ich bin Ihnen dankbar, Woitschach, aber ... glauben Sie mir, das Geld verlockt mich nicht. Über das Geld denke ich ähnlich wie dieser Lehrerssohn, der Ihnen so verhaßt ist!«

Er ließ meine Hand los und lehnte sich enttäuscht zurück. Es war völlig unmöglich, ihm den Grund für meine Weigerungen verständlich zu machen. Mit seinen Gedanken nämlich war es so bestellt, daß sie sich dagegen sträubten, komplizierte Überlegungen anzustellen; weil er selbst versessen darauf war, Land zu besitzen, glaubte er, mich schon mit wenigen Worten von der Richtigkeit seiner Anschauungen überzeugen zu können. Jetzt wunderte er sich darüber, daß ihm dieser Versuch mißlungen war, und in den vorwurfsvollen Blick, den er auf mich heftete, mischten sich die ersten Anzeichen von Verachtung.

»Allerdings«, sagte ich langsam, »ich hätte es ja beinahe vergessen, da gibt es noch einen anderen Interessenten, wenn Ihnen der vielleicht lieber sein sollte?«

»Wen denn?«

»Smorczak!« Er lachte, schlug auf den Tisch, goß sich noch einmal sein Glas voll und trank es in einem Zuge aus. Es belustigte ihn ungemein, daß er mir diesen sinnlosen Vorschlag machen konnte.

»Und warum denn nicht?« Ich nahm die Gelegenheit wahr, um ihn zu reizen, und er ging sofort darauf ein.

»Damit wir die Pest auf den Hals bekommen!« fuhr er mich an, indem er so heftig aufsprang, daß er seinen Stuhl umwarf, »damit er uns in Kaltwasser auch noch kleinkriegt durch sein elendes Geplärre und durch seine Wundertaten! Wie ein Kurpfuscher, sage ich Ihnen, wie ein Jahrmarktsgaukler, der den Leuten verspricht, alle Gebresten zu heilen, und ehe sie sich's versehen, hat er ihnen die Taschen ausgeräumt, und sie sind ihm noch dankbar dafür, weil sie nämlich glauben, er wird das Unheil von ihnen abwenden. – Wenn Sie wirklich daran denken sollten, Dimke, dann ist es mit unserer Freundschaft aus!«

Er lief hin und her und drehte sich manchmal mit einem heftigen Ruck nach mir um, während er so unbeherrscht seine Meinung vorbrachte. Indessen war es mir klargeworden, daß er sich niemals dafür hergeben würde, mich in meinen Absichten gegen Starkloffs Mörder zu unterstützen. Wenn ich ihm bei dieser günstigen Gelegenheit die ganze Wahrheit offenbart hätte, so würde ich, außer einer gerechten Entrüstung nicht die mindesten Ansprüche auf Rache und Vergeltung bei ihm wachgerufen haben. Es widerstrebte ihm, sich in solche Angelegenheiten einzumischen, die sein Leben nicht unmittelbar angingen; und die Entscheidungen darüber, wo das Recht aufhört und das Unrecht beginnt, überließ er jenen Gerichten, den zeitlichen wie dem ewigen, bei denen er Einsichten vermutete, die größer waren als seine eigenen. Überdies bedachte ich plötzlich, daß er ja gleich mir selbst zu den Leuten gehörte, die aus Starkloffs Tod ihren Profit gezogen hatten; schon aus diesem Grunde konnte ihm nichts daran gelegen sein, daß der Hügel aus Asche, Staub und Moder, mit dem die Jahre die Mordtat allmählich zugeschüttet hatten, wieder abgetragen werden sollte. Einen Augenblick lang begann ich seine biedere Rechtschaffenheit anzuzweifeln, sie schien im Grunde weiter nichts zu sein als eine der landläufigen Maskierungen für den bäurischen Eigennutz, der ihm innewohnte. Als er sich ahnungslos nach dem Stuhl bückte und ihn aufrichtete, wurden meine Verdächtigungen so stark, daß ich mir große Mühe geben mußte, um sie zurückzuhalten.

Es hatte sich nichts verändert, vielleicht war der elektrische Strom in der Lampe nur ein wenig schwächer geworden; vielleicht aber rührte die zunehmende Verdunklung, welche das Sichtbare überall schwärzte, nur aus meiner eigenen Ermüdung her. Auf einmal aber war mir zumute, als müßte außer uns beiden noch ein Dritter hier anwesend sein; er wußte sich so geschickt zu verbergen, daß ich seine Gegenwart erst jetzt spürte, doch ich wagte nicht, mich nach ihm umzusehen. Er also, den ich vorhin hier eingeschleppt hatte wie einen Pesthauch, brachte diese Verunreinigung zuwege, und er wollte mir weismachen, daß auch bei Woitschach das Niederträchtige stärker wäre als alle anderen Beweggründe, auf die sich derartige Männer berufen können.

Ich erhob mich und schüttelte diese Lähmung gewaltsam ab. Woitschach war sehr weit in den Hintergrund geraten wie jemand, den man durch ein umgekehrtes Fernrohr betrachtet, ich sah, daß seine Lippen sich bewegten, aber das, was er sagte, drang kaum verständlich an mein Gehör.

»Sie denken doch nicht im Ernst daran?«

Ich wußte nicht mehr, worauf sich diese Frage bezog, endlich aber fiel mir ein, daß wir vorhin von Smorczak gesprochen hatten.

»Nein, nein!« versicherte ich ihm, »daran denke ich natürlich nicht.«

Damit gab er sich zufrieden, es erstaunte mich, wie genügsam er war. Der unsichtbare Dritte regte sich von neuem hinter meinem Rücken und versuchte, mir einzuflüstern, daß ich diese Vertrauensseligkeit im Auge behalten sollte. Woitschach stellte sich vor mich hin und legte mir beide Hände auf die Schultern.

»Dann ist ja alles gut«, sagte er aufatmend, »dann wird sich das übrige auch noch finden.«

»Selbstverständlich«, redete ich ihm zum Munde, »wenn es dieser Ausländer nicht ist, müssen wir eben einen anderen Käufer suchen. Ich kann warten, wir brauchen nichts zu übereilen.«

Die Hände lasteten auf mir wie schwere Gewichte, ich trat zurück, sie fielen klatschend gegen seine Hüfte. Zunächst war er noch betroffen davon, daß ich mich ihm auf eine derartig brüske Weise entzog, bald aber erheiterte er sich, denn er glaubte wohl, die Ursache dafür gefunden zu haben, und es machte ihm nichts aus, daß sie dort lag, wo bei anderen Männern eine eifersüchtige Verschwiegenheit jeglichen Makel, auch wenn er noch so gering gewesen wäre, unantastbar gemacht hätte.

»Denken wir nicht mehr daran!« sagte er offenherzig und in allzu großer Sicherheit. »Was vergangen ist, das bleibt vergangen. Sie hat mir damals alles erzählt, als ich sie nahm, auch das, was mit Ihnen war. Und wenn ich ihr nichts mehr nachtrage, dann brauchen Sie sich für Ihr Teil auch keine Gedanken darüber zu machen!«

Es verdroß mich, daß er immerzu von neuem versuchte, sich meiner zu bemächtigen. Mit diesen Worten, die in ihrer Unbedachtsamkeit zu einem anderen Zeitpunkt genausowenig gegolten hätten wie alle redseligen Geständnisse, welche sich die Männer, wenn ihnen die Zungen locker im Munde sitzen und die Herzen von Vertraulichkeit besänftigt werden, gegenseitig über ihre Erfahrungen mit den Frauen machen, lieferte er Starkloffs Tochter dem unsichtbaren Lauscher aus, der noch immer gegenwärtig war. Mir kam sofort die Gewißheit, daß von nun ab alles, was die Jahre an Sofies Schicksal begütigt hatten, wieder zunichte gemacht worden war. Sie fiel neuerdings ins Vergangene zurück, das sie weder um ihrer Kinder willen noch aus irgendeinem anderen Grunde verschonen würde. Jetzt schon befand sie sich auf meiner Seite, und sie war genau wie ich dem Unvollendeten preisgegeben.

Woitschach war kleinlaut geworden, er wußte immer noch nicht, was er von mir halten sollte, unschlüssig trat er an den

Tisch zurück und fing zu trinken an. Er leerte sein Glas zwei- oder dreimal schnell nacheinander, sein Gesicht hatte sich gerötet, die hartnäckige Ehrbarkeit war einer flachen Harmlosigkeit gewichen; ich hätte ihm manches aufschwatzen können, worüber er sonst den Kopf geschüttelt haben würde. Der unsichtbare Dritte wollte mich aufstacheln, Mißtrauen gegen Sofie in Woitschachs Herz zu träufeln, aber ich setzte mich zur Wehr, so gut ich es vermochte. Die Diele knarrte unter meinen Füßen, der Schnee knisterte an den Fensterscheiben, und die Totenuhr tickte in den Wänden des Schranks, wo das Holzmehl aus den Bohrlöchern stäubte. Ich mußte die Sprache von weit her heranholen, meine Worte hörten sich an, als kämen sie aus einem anderen Munde.

»Sie wissen also genau«, fragte ich langsam, indem ich jede Silbe für sich formte, »daß dieser Ausländer nicht den Namen hat, den ich Ihnen nannte?«

»Auf den Namen kommt's ja gar nicht an«, gab er unwillig zurück, »meinetwegen soll der Mann so oder so heißen. Ich kann einen solchen Schnickschnack nicht im Gedächtnis behalten. Gehen Sie doch selbst hin und fragen Sie ihn danach! Er ist im Wirtshaus geblieben und hat das Gastzimmer genommen.«

»Wenn Sie es beschwören sollten, Woitschach, würden Sie dann Ihren Eid darauf leisten, daß er nicht Smeddy heißt?«

»Lassen Sie mich damit in Frieden!« wies er mich ab, »ich verstehe diese Sprache nicht. Da müßten Sie sich schon bei Smorczak erkundigen, der hat's in seinem Gästebuch stehen. Aber kann sein, Sie wollen es bloß deshalb aus meinem Munde hören, damit ich mich lächerlich mache, weil ich es ganz verdreht aussprechen tu! Nein, nein, den Spaß, den sollen Sie nicht auch noch haben!«

»Sie können sich also nicht entsinnen, jemals einem Manne dieses Namens begegnet zu sein? Überlegen Sie es sich genau! Es hat eine Zeit gegeben, wo es hier von solchen Ausländern wimmelte. Aber vielleicht müßte man sich an die Frauen wenden, bei denen wird manch ein unaussprechbarer Name besser aufgehoben sein als bei uns.«

»Was wollen Sie damit sagen?« Er wußte nicht mehr aus noch ein und wurde allmählich so zornig, daß er sich kaum noch beherrschen konnte.

»Nichts Besonderes, weiß Gott, es hat keine Bedeutung, wenn ich mich darauf festlegte. Ich frage mich nämlich, woher dieser Mann, wenn er wirklich Smeddy heißen sollte, den Mut genommen hat, sich überhaupt noch einmal hier blicken zu lassen. Denn, gesetzt den Fall, man wird ihn wiedererkennen, obwohl er sich ja wahrscheinlich sehr verändert hat... nehmen wir aber trotzdem an, daß es einige Leute gibt, die hier einen gewissen Sergeanten entdecken, der vor zehn Jahren Smorczaks Freund gewesen ist...«

»Ich weiß nicht, worauf Sie hinauswollen!« unterbrach er mich. Er hatte mich während der ganzen Zeit verständnislos angestarrt, plötzlich aber kehrte seine gute Laune ganz überraschend zurück, er wies auf die Schnapsflasche, die wir bereits zur Hälfte geleert hatten, und nickte mir lachend zu. Dann griff er wieder nach dem Notizbuch und ließ die Seiten, indem er es bog, unterm Daumen hervorschnellen, als hätte er ein Kartenspiel in der Hand, dessen Blätter er nun zu meinem Vorteil mischen und austeilen wollte, so daß alle Trümpfe auf meine Seite gerieten.

»Wie er sich auch nennen mag, wir werden ihn schon drankriegen, den Herrn mit seinen vertrackten Winkelzügen, da soll uns keiner in die Quere kommen, und wenn es der Gottseibeiuns selber wäre.«

In diesem Augenblick trat Sofie ein, sie hatte sich ein besseres Kleid angezogen, die Haare waren frisch gekämmt und legten sich glatt und dunkel um Stirn und Schläfe, hoben die Röte, welche auf den Wangen saß, doppelt hervor. Als sie uns anblickte, um sich zu vergewissern, ob wir gut miteinander ausgekommen wären, lächelte sie leise und schüchtern; sie war noch jünger als jenes Mädchen, das ich einstmals für die wiedererstandene Christiane gehalten hatte.

»Wir haben uns bei den Haaren gekriegt!« sagte Woitschach.

»Aber es ist alles schon wieder in Ordnung«, versuchte ich ihn abzulenken.

»Er will durchaus haben, daß der Mann, der das Gut kaufen will, Smeddy heißt!«

Jetzt war es ausgesprochen und konnte nicht mehr zurückgenommen werden. Sofie erbleichte, das Lächeln fiel von ihrem Gesicht wie ein dünner Schleier, der etwas Dunkles verdeckt hatte.

»Smeddy?« fragte sie tonlos, »wieso Smeddy?«

»Du also auch noch?« schimpfte Woitschach, »seid ihr denn

alle beide verdreht, oder habt ihr euch etwa vorgenommen, mich zu foppen?«

Sie gab ihm keine Antwort, öffnete die Tür und ging vor uns her in die Küche, wo das Gesinde und die Kinder bereits um den Tisch saßen. Jede Leichtigkeit war ihr abhanden gekommen, und ihre Füße schleiften so müde über den Boden, als wäre sie schwanger und sähe ihrer Stunde bald entgegen.

Bei der Abendmahlzeit, die wir schweigsam einnahmen, saß ich an ihrer Seite, sie blieb verstört und war ganz abwesend; wenn sie den Kindern das Brot austeilte, bebten ihre Hände, und einmal, als ich sie anredete, schreckte sie so heftig zusammen, daß ihr das Messer aus den Händen glitt und zu Boden fiel. Woitschach räusperte sich unwillig, die Kinder saßen reglos wie Puppen da. Es waren zwei Knaben und ein Mädchen, ihre glänzenden Augen folgten allen meinen Bewegungen, doch wenn ich sie darauf ertappte, daß sie mich beobachteten, blickten sie scheu beiseite, und nur der Älteste hielt mir trotzig stand. Er mochte etwa zehn Jahre alt sein, und während die beiden jüngeren Woitschach ähnelten, hatte er im Gesicht und Gehabe etwas Fremdes, das weder mit seiner Mutter noch mit ihrem Manne im Einklang sich befand. Ich überlegte im stillen, ob es möglich war, Hartmanns Eigenschaften hier wiederzuerkennen, aber das Befremdende mußte einen anderen Ursprung haben. Manchmal schien es bereits offen dazuliegen, und es fehlte nicht viel, daß einer von den Männern, die vor zehn Jahren in Kaltwasser den jungen Mädchen nachgestellt hatten, mich mit den Augen dieses Jungen anstarrte. Dann aber verschwamm das wieder, und es kam mir so vor, als wäre ich einer bösartigen Täuschung auf den Leim gegangen, die der Unsichtbare, bevor er sich für dieses Mal wieder entfernte, bereitet hatte.

Woitschach, der behäbig am Kopfende des Tisches saß, vertraute darauf, daß er durch seine bloße Gegenwart alles zusammenhielt, was um ihn war. Aber die altväterliche Rangordnung, in der er den obersten Platz einnahm, war insgeheim erschüttert, Sofie stand schon im Begriff, sich daraus zu entfernen. Und der Zehnjährige, den der Bauer bis jetzt wie ein Stiefkind eingeschüchtert und mundtot gemacht hatte, würde sich zweifellos schon sehr bald gegen den Makel auflehnen, der allen Bastarden in einer Welt anhaftet, die sich auf überkommene Vorurteile stützt und das Außergewöhnliche zurückweist.

»Was ist eigentlich aus dem Russen geworden, den Sie früher bei sich hatten?« fragte ich in die zähe Stille hinein.

Es war hier nicht üblich, daß man während der Mahlzeiten miteinander redete, der Knecht und die Magd blickten mißbilligend zu mir herüber, und die Kinder schlugen die Augen nieder, weil sie befürchteten, daß die Strafe für mein Vergehen sie treffen könnte. Neben mir schüttelte Sofie den Kopf, sie gab mir ein heimliches Zeichen mit dem Ellenbogen; ich sollte nicht darauf bestehen, eine Antwort von Woitschach zu erhalten.

»Krasnow?« erkundigte sich der Bauer nachlässig.

Ich bejahte es.

»Der?« sagte er verächtlich, »der hat Karriere gemacht, hat sich wieder die Lackstiefel angezogen, die er so lange entbehren mußte. Er blickt jetzt auf unsereinen herab, wissen Sie, er sitzt neben dem gnädigen Fräulein im Kutschwagen und fährt zur Hasenjagd.«

Als wir später vom Tisch aufstanden, kamen wir überein, die Pächter auf meinem Hof zu besuchen, bevor ich nach Nilbau zurückkehrte. Sofie machte mir den Vorschlag, daß ich hier übernachten sollte, aber Woitschach erteilte dem Knecht schon bestimmte Anweisungen, Wagen und Pferde bereitzuhalten. Ich verabschiedete mich nicht von Starkloffs Tochter, weil ich glaubte, daß ich sie nachher noch einmal wiedersehen würde. Die Kinder hatten sich aus der Küche geflüchtet, man hörte sie draußen lärmen, der Druck war von ihnen genommen, und sie lebten, sobald sie ihrem Vater aus den Augen waren, wieder auf.

Als ich im Vorhaus auf Woitschach wartete, trat Sofie auf den Zehenspitzen zu mir heraus. Ihr Gesicht hatte wieder Farbe bekommen, es glühte fiebrig, und in den glänzenden Augen saß die Angst. Sie bedeutete mir, daß ich mich leise verhalten sollte.

»Wenn es nun wirklich Smeddy wäre?« fragte sie flüsternd.

Ich konnte sie nicht mehr beruhigen, denn aus der Küche näherten sich eben Woitschachs laute Schritte. Sofie nahm sich zusammen, ihr Gesicht verzerrte sich in gewaltsamem Lächeln, und wir fuhren auseinander wie zwei Verschworene, die hinter dem Rücken des Bauern ihr Unwesen trieben.

Woitschach stieß die Tür auf, die Kälte schlug uns rauchig entgegen; wir traten ins dichte Schneetreiben hinaus, das vor der Schwelle eine hohe Wehe aufgeschüttet hatte. Ich blickte mich nach Sofie um, sie lehnte am Pfosten, als hätten sie alle Kräfte verlassen; der Schnee wischte über sie hin, und das Licht, welches aus der Türöffnung drang, versiegte langsam, je weiter wir uns von ihr entfernten. Vergeblich überlegte ich mir, warum sie sich so sehr davor ängstigte, dem Sergeanten wieder zu begegnen.

Vor mir trat Woitschach eine Spur, seine Stiefel versanken knarrend im nassen Schnee, der sich unter den Sohlen ballte. Nachdem wir die Chaussee erreicht hatten, begab ich mich an seine Seite und erkundigte mich danach, was für Leute eigentlich die Zglinickis wären, die auf meinem Gut saßen. Er gab mir bereitwillig Auskunft, die Geschichte kam so leise aus seinem Munde, daß ich mich darüber wunderte, warum er sie mit halber Stimme erzählte, bald aber merkte ich, daß die Flocken seine Worte derart abdämpften.

... es sind also Adlige, die auf einem der unermeßlich großen Güter weiter im Osten, jenseits der Grenze gelebt hatten; als sie dort ausgewiesen wurden, versuchte der alte Mann, hier noch einmal von vorn anzufangen. Aber es kann ihm nicht gelingen, auf meinem Boden festen Fuß zu fassen, er ist an andere Verhältnisse gewöhnt und wird niemals ein Bauer werden. Dieser vornehme Mann – Woitschach gebrauchte den Ausdruck mit deutlicher Geringschätzigkeit –, der von jedem Hausierer übervorteilt wird, kann sich allerhöchstens noch ein oder zwei Jahre halten. Eine kränkelnde Frau, die fortwährend Medizin und Ärzte kostet, und eine Zierpuppe von Tochter, welche den ganzen Tag Klavier spielt und Bücher liest – die beiden unnützen Weiber hängen dem alten Zglinicki wie Gewichte an den Füßen, sie zehren von ihm, anstatt ihn zu unterstützen ...

»Sie werden sich ja selbst davon überzeugen können«, beschloß Woitschach seinen Bericht, »ob das stimmt, was ich Ihnen gesagt habe.«

Damit war das Urteil über die Pächtersleute gefällt, seine Meinung war unumstößlich fest, ich verzichtete darauf, ihn noch weiter auszuhorchen. Am liebsten hätte ich ihn zurückgeschickt und wäre allein zu Zglinickis gegangen, aber ich wußte nicht, wie ich das anstellen sollte, ohne ihn zu kränken.

»Dieser Schnee«, murmelte er vor sich hin, »der wird ihm grade recht kommen, dem Gauner. Ein Zeichen vom Himmel – ich höre ihn schon predigen –, solch ein Zeichen wie dieses, das hat es seit Menschengedenken bei uns noch nicht gegeben, und daran könnt ihr sehen, wie nahe das Ende ist. Und der eine sagt's dem andern, und sie werden noch tiefer in die Furcht fallen – denn wo gibt es schließlich einen einzigen in dieser Gegend, der von sich sagen kann, daß er rein und sauber dasteht, wo hat es denn einen solchen, dem er nicht beikommen kann, he?«

Er blieb stehen, faßte mich am Ärmel und beugte sein Gesicht so nahe an mein Ohr, daß ich den Zigarrendunst riechen konnte, der in seiner Haut saß.

»Der macht's richtig, der Smorczak«, vertraute er mir an, »er hat den süßen Seim gefunden, auf dem die Leute wie die Fliegen klebenbleiben, und trotzdem sollte man ihn zu Fall bringen, den schlauen Hund, weil er nämlich schon zu mächtig geworden ist und weil selbst seine Feinde mit ihm rechnen müssen.«

»Aber in einem hat er sich verrechnet«, erwiderte ich ihm, »darin, daß es Leute gibt, die es ihm nachweisen können, daß er selber kein reines Gewissen hat. Was würden Sie beispielsweise sagen, wenn Sie eines Tages erfahren, daß Hartmann nicht der Mörder Starkloffs ist?«

»Wer denn?« unterbrach er mich spöttisch.

»Smorczak!« sagte ich mit großem Nachdruck. »Es könnte doch möglich sein, daß jemand die Beweise dafür bis heute zurückgehalten hat und jetzt damit vortritt. Was würden Sie dann sagen?«

»Unsinn! Hirngespinste! Sie sind mir der richtige Ausbund von einem Phantasierer! Wenn es so wäre, das könnte ja kein Mann auf die Dauer aushalten. Einmal würde er sich halt doch verraten. Nein, nein, so etwas kann es ja gar nicht geben!«

Er lachte mich aus, es war ihm unmöglich, mich ernst zu nehmen. Das hauchige Schneelicht ließ seinen dunklen Körper zusammensacken und so fest werden, als wäre er ganz und gar aus zähem Lehm geknetet; ich zweifelte nicht daran, daß die Schöpfung in dem Augenblick, wo sie ihn hervorbrachte, diesem Menschen alle anderen Stoffe, außer den groben und irdischen, vorenthalten hatte. Daher rührte das

Gewöhnliche an ihm, das ich jetzt erst richtig zu erkennen vermochte.

Kurz nach diesem Gespräch erreichten wir meine Besitzung, Woitschach ließ mir den Vortritt; ich mußte mich mit aller Gewalt gegen die eiserne Pforte stemmen, welche im Schnee festsaß. Der weite Hof hatte seine Grenzen verloren, die Baulichkeiten, welche ihn umgaben, schienen sich hinter dem grauen Schleier zu bewegen, näher und ferner zu rükken. Vor dem Wohnhaus, dessen untere Räume erleuchtet waren, hatten die beiden Nußbäume ihre breitästigen Kronen verloren, nur die schwarzen Stämme tauchten wie gekappte Stümpfe aus dem wolligen Gestöber auf. Obwohl wir so leise eintraten, daß außer dem Knarren unter unseren Füßen kein anderer Laut uns verriet, fing gleich nach den ersten Schritten eine Hundemeute, die irgendwo eingesperrt war, wütend zu kläffen an.

»Die Jagdhunde«, höhnte Woitschach, »die edlen Tiere! Werden mit schierem Fleisch gefüttert, die nutzlosen Tölen!«

Im Flur kam uns der alte Mann entgegen, er schien bereits davon unterrichtet zu sein, daß ich in Kaltwasser war, und er behandelte mich mit einer ausgesuchten, altmodischen Höflichkeit, bei der er sich nicht das mindeste vergab. Sie war an strenge Formeln gebunden, die er ebensogut auf einen anderen hätte anwenden können, ohne dabei in den Verdacht zu geraten, daß ihm etwas am Wohlwollen fremder Leute gelegen sei. Herr von Zglinicki war groß und schlank, er hielt sich so straff wie jemand, der von früh auf daran gewöhnt worden war, unter dem Gewicht des Mißgeschicks nicht nachzugeben; trotzdem sah man ihm an, daß es ihm jetzt schon Mühe machte, diese aufrechte Haltung zu bewahren. Mitunter nämlich ließ die Spannung in ihm nach, und dann beugte er sich vornüber; wenn man ihn anredete, in den Augenblicken, wo er aufmerksam mit geneigtem Oberkörper zuhörte, hätte man auf den Gedanken kommen können, daß er schwerhörig war, aber er antwortete mit leiser, wohlklingender Stimme, und das, was er sagte, war überaus deutlich akzentuiert. Sein weißhaariger Kopf kam mir dabei so nahe, daß ich alsbald unter dem verbindlichen Lächeln die nachsichtige Melancholie wahrnahm, welche ihm innewohnte. Sogleich wünschte ich mir ein geheimes Einverständnis mit ihm, an dem weder Woitschach noch sonst jemand irgendeinen Anteil haben sollte.

Er führte uns linker Hand in das große Zimmer, welches mit alten Möbeln vollgestellt war, die sich in diesem viel zu niedrigen Raum wie geborgt ausnahmen. Auf den polierten Hölzern spiegelte sich das harte elektrische Licht, es wurde weich, indem es da zerfloß und die bräunlichen Maserungen so deutlich machte, als wären sie wieder mit den Säften des Lebens getränkt. Nachdem die ersten gleichgültigen Worte über dieses sonderbare Wetter gewechselt worden waren, welches zu manchen Befürchtungen für die Saaten und die Frühjahrsbestellung Anlaß gab, trat bald eine Pause ein, die selbst durch Woitschachs geschwätzige Erklärungen nicht ausgefüllt werden konnte.

»Es ist nicht so sehr der Schnee, der den Feldern schadet«, belehrte er uns, »viel schlimmer ist die Wassergefahr, wenn das alles zu tauen anfängt. Wir haben hier seit vielen Jahrzehnten keine Überschwemmungen mehr gehabt, aber ich sage Ihnen, sollte eine kommen, dann können wir uns gratulieren, die Schwarze Weide, die fließt ja bekanntlich mitten durchs Dorf...«

Er wiegte vielsagend den Kopf und schnalzte mit der Zunge, tat sich wichtig und berief sich auf seine Erfahrungen wie einer, der fortwährend befürchtet, daß man ihm das Gegenteil beweisen könnte.

»Sie mögen mir ja vorhalten«, verteidigte er sich, ohne daß er angegriffen worden wäre, »daß die Schwarze Weide bloß ein gewöhnlicher Entengraben ist. Aber warten Sie lieber ab, bis sie erst anfängt, sich zu regen, da werden Sie noch Ihr Wunder erleben, da wird sie Ihnen so vorkommen wie eine einzige, langgestreckte Quelle, die das ganze Grundwasser nach oben stößt...«

Zglinicki gab sich den Anschein, als hörte er ihm aufmerksam zu, aber seine Hände verrieten die Unruhe, in die ihn unser Besuch versetzt hatte. Sie fuhren hin und her, griffen bald nach dem hohen Kragen, bald nach dem Aufschlag des Rocks, von dem sie unsichtbaren Staub wegwischten, und schließlich, als er sie auseinander legte, bewegten sich die Fingerspitzen wie eine Tastatur, auf der seine Erregung Läufe und Triller spielte. Endlich stand er auf, entschuldigte sich, daß er uns für eine Minute verließ, und ging hinaus.

»Habe ich recht?« fragte Woitschach flüsternd, »das ist kein Mann für solch ein Bauerngut.«

»Meinetwegen!« sagte ich, »aber sagen Sie es ihm doch selbst!«

Er war beleidigt und verhielt sich so lange schweigsam, bis der alte Mann eintrat. Derweilen betrachtete ich mir das Mobiliar genauer und entdeckte einen Gewehrschrank, dessen Tür so weit offen stand, daß man die Büchsenläufe blinken sah, in einem matten Feuer, das dem brünierten Stahl jene seltsame Lebendigkeit verlieh, die alle Dinge, welche es mit dem Tode zu tun haben, an sich tragen. Eben wollte ich aufstehen, um die Schranktür ganz zu öffnen, als Zglinicki wiederkam. Er entschuldigte seine Frau, die unpäßlich war und mich nicht begrüßen konnte.

»Schöne Gewehre!« sagte ich und wies auf den Schrank.

Der Pächter war erfreut und forderte mich auf, hinzutreten, indem er schon jetzt die Vorzüge einzelner Waffen, von denen ich nichts verstand, zu rühmen begann. Zärtlich hob er sie heraus, gab sie mir in die Hand und erklärte mir weitschweifig ihre Besonderheiten.

»Einige habe ich bereits verkaufen müssen«, sagte er lächelnd, »obwohl es mir ja natürlich nicht leichtfiel, mich von ihnen zu trennen.«

Damit waren wir auf einem großen Umwege zu unserem eigentlichen Thema gelangt, aber vorerst kamen wir noch nicht dazu, es zu bereden. Während wir noch bei den Gewehren standen, war hinter uns ein leichter Schritt näher gekommen, dessen Takt sich sofort mit meinen Herzschlägen in Übereinstimmung setzte und sie beschleunigte.

»Es ist wie bei den Menschen«, erklärte Zglinicki, indem er sich selbst ein wenig verspottete und die Schranktür verschloß, »man muß sie vor Staub schützen.«

Hinterrücks und sehr weit entfernt hörte ich die leise, wohlklingende Mädchenstimme, welche einige belanglose Worte mit Woitschach wechselte. Es widerstrebte mir, mich jetzt schon umzudrehen, denn ich fürchtete mich vor dieser Begegnung.

»Stell den Tee nur hin, Irene«, sagte Zglinicki.

Das leichte Klirren wußte ich mir sofort zu deuten, es war ein kupferner Samowar, den sie auf den Tisch setzte, sie mußte ihn die ganze Zeit etwas unbeholfen mit steifen Armen von sich abgestreckt haben. Diese Haltung, obwohl ich nichts davon gesehen hatte, gehörte zu ihr, ich kannte das alles genau, denn ich hatte es in meiner verschwiegensten Sehnsucht so oft abgetastet, daß ich schließlich die Gewißheit bekam, es müßte irgendwo existieren. Nun stand es mir bevor, und ich spürte einen leichten Schwindel, als ich dessen inne wurde, daß es unumgänglich geworden war.

»Herr Dimke – meine Tochter!«

Zglinicki machte uns bekannt, ich drehte mich um und trat auf sie zu; während der kurzen Zeitspanne, die verging, bis ich bei ihr war und ihre kühle Hand in der meinen fühlte, wurde mir ihr ganzes Wesen offenbar. Sie war schmal und gebrechlich und von einer Sprödigkeit, die etwas Gläsernes hatte. Das lichte Blond ihres dünnen Haares, das sich wie elektrisiert kräuselte, fand ich überall in einem hellen Schimmer auf der Haut wieder. Sie trug ein dunkles Kleid, welches den Eindruck einer unbestimmten und untröstlichen Trauer, der alsbald von ihr ausgegangen war, bei näherem Zusehen noch verstärkte. Dieses Gesicht mit den grauen Augen, die in der Iris eine wechselnde Mischung von Grün und Blau zeigten, mit den von der Stirn genau abgesetzten Schläfen, unter deren durchsichtiger Haut die Adern sichtbar wurden, und dem wenig geschwungenen, blassen Mund war veränderlich wie der Spiegel eines klaren Gewässers, welchen der geringste Luftzug oder ein fliehender Wolkenschatten schon völlig eintrüben kann.

Ich wußte, daß ich mich vorzeitig verriet, weil ich sie zu eindringlich ansah und ihre Hand zu lange festhielt. Sie blieb kühl und so unerreichbar wie eine Traumgestalt, der man kurz vorm Erwachen nachhastet, um sie endlich einzuholen. Woitschach räusperte sich auf peinliche Weise, der alte Mann schenkte uns Tee ein und holte eine Flasche hervor, welcher, als er sie entkorkte, der volle Duft von Rum entstieg. Aber das alles ereignete sich außerhalb des Raumes, in dem ich mich mit diesem Mädchen allein befand. Die beiden Männer unterhielten sich wieder, ihre Worte waren mir ein unverständliches Geräusch.

Plötzlich errötete Irene, eine Welle von Blut stieg ihr ins Gesicht, und die Augen wurden unsicher. Gleich darauf verabschiedete sie sich hastig und verließ uns. Ich vernahm undeutlich, wie mich Zglinicki etwas fragte, aber ich wußte nicht, was ich ihm antworten sollte.

»Werden Sie denn bei diesem Wetter nach der Stadt zurückfahren?« wiederholte er sich.

»Ich habe den Wagen schon fertig machen lassen!« sagte Woitschach.

Zglinicki schlug mir vor, bei ihm zu bleiben, er berief sich darauf, daß in der Kammer, welche Starkloff früher im Erdgeschoß bewohnt hatte, alles unverändert sei, und ich nahm dieses Anerbieten sofort an. Als er noch einmal hinausgegangen war, um seine Anweisungen zu geben, bemerkte Woitschach gehässig, daß ich ja viel zu schnell Feuer gefangen hätte. Ich erwiderte nichts und blieb auch später schweigsam. Nur einmal, nachdem die Rede endlich auf den Verkauf gekommen war und darauf, ob die Pacht nun sofort gekündigt würde, griff ich ins Gespräch ein und bedeutete dem alten Manne, daß ich mich noch nicht endgültig entschlossen hätte, das Erbe zu veräußern. Der Bauer wollte mich bevormunden, aber ich hielt entschieden an meinen Ansichten fest und bedeutete ihm nachdrücklich, daß ich der Eigentümer wäre und ein freies Verfügungsrecht über mein Besitztum hätte. Woitschach war verärgert und brach bald danach auf.

Es ging auf Mitternacht, Zglinicki begleitete mich in die Kammer. Auf dem großen Sofa war ein Nachtlager für mich bereitet, der eiserne Ofen glühte und knisterte, die Kerze auf dem Tisch war zur Hälfte niedergebrannt. Wir wünschten uns gute Nacht, er zog sich zurück. Hier, wo ich nun in die Vergangenheit eingetreten war, die sich als unverändert erwies, und wo ich am ehesten wieder mit der Gegenwart jenes Unsichtbaren hätte rechnen sollen, blieb er abwesend. Ich wartete vergeblich darauf, daß er sich bemerkbar machte, in einem Schatten an der Wand oder in einem Frösteln, das mir über die Haut lief. Aber die zuversichtliche Ruhe, welche mich beherrschte, seitdem ich das Mädchen gesehen hatte, war für ihn unantastbar, und sie wich nicht mehr von mir.

Das Drillingsgewehr hing wie früher an der Wand, die Läufe zeigten keinen einzigen Rostfleck. Auf dem Stehpult befand sich immer noch die Fotografie meiner Mutter, und die Bücherreihen hatten blanke, abgestaubte Rücken. Kurz bevor ich mich hinlegte, überkam mich noch einmal die Furcht, daß er gleich eintreten könnte, ungeschlacht und schwer von Leben, um mich zur Rechenschaft zu ziehen. Aber die Gedanken an Irene verbürgten mir in Wahrheit, daß er tot und machtlos war.

Als ich mich zwischen den kühlen, duftenden Linnen ausgestreckt hatte, hörte ich noch lange den friedlosen Schritt des alten Mannes über der gewölbten Decke. Aber ich fragte mich nicht, was es wohl wäre, das ihn so umtrieb, sondern ich dachte darüber nach, ob seine Tochter vielleicht in demselben Zimmer schliefe, wo vormals Sofies Bett gestanden hatte.

Blutiger Schnee

Der Morgen war von einem trübseligen Weiß, als wären Erde und Firmament über Nacht mit Kalk getüncht worden. Ich hatte mich beizeiten erhoben, und als ich das Fenster nach dem Hofe zu öffnete, floß die feuchte Luft so schwer herein, daß ich es spürte, wie sie allmählich gleich einer kalten Flüssigkeit die Kammer ausfüllte. Der Schnee auf dem Fensterbrett war im Schmelzen zusammengefallen und zu körnigem Brei geworden, von den Zweigen der Nußbäume fielen die flockigen Klumpen lautlos wie welke Blüten. Aus den verstopften Dachtraufen stürzten die Tropfen über kurze Zapfen von milchigem Eis, ihr taktmäßiges Aufschlagen und Verspritzen im schlammigen Grunde rief eine beständige Unruhe hervor, welche sich von allen Dächern rund um den Hof gleich zirpenden Tonleitern auf und nieder spielte. Vereinzelte Flocken kreiselten noch herab, und sie schienen, als sie die hohe Schneedecke erreichte, alsbald zu vergehen. Die Scheunentore, die Mauern und Baumstämme waren dunkel wie mit fettem Ruß eingerieben; der Schall trug so weit, daß ein Fuhrwerk, welches durchs Dorf herankam, längst, ehe es das Hoftor erreicht hatte, schon das Echo seiner knarrenden Radachsen gegen die Dächer und Wände prallen ließ. Wir befanden uns also auf der Wetterscheide, dort, wo die Rückkehr winterlicher Lüfte sich so überraschend vollzogen hatte, daß es aussah, als sollten die ersten Regungen dieses Frühjahr ganz und gar erstickt werden; aber an diesem Schneefall hatte die Kälte ihre Kräfte fürs erste gänzlich eingebüßt.

Das Haus war still, ich hörte weder eine Stimme noch einen Schritt, und nur der beizende Rauch, welcher vom Dach herabwölkte, bürgte dafür, daß außer mir hier noch jemand wach war. Am liebsten hätte ich mich am Küchenherde gewärmt, aber ich sagte mir, es wäre besser, wenn ich mich hier zurückhalten würde; sie sollten mich nicht etwa für einen Spion nehmen, welcher sich Mühe gab, die Schäden herauszufinden, die sie angerichtet hatten. Ich durchmaß immer wieder die Breite des Hauses vom Hoffenster bis zur Gartenluke, schließlich kam ich mir wie eingesperrt vor und klinkte die Tür auf, um mich meiner Freiheit zu versichern.

Immerzu war etwas da, das mich beobachtete, ich schloß das Fenster, aber es kam nicht von außen, ich suchte es überall, es ließ mich nicht aus seinem Blick, endlich fand ich die Fotografie meiner Mutter. Sie folgte mir mit den Augen, traurig und verzagt, denn es war ihr schon längst offenbar, daß ich dem, in das ich mich hier eingelassen hatte, nicht gewachsen sein würde. Ich wollte das Bild aus dem Rahmen entfernen, die blechernen, grün oxydierten Lilien blieben an meinem Ärmel hängen, die Scheibe glitt heraus, fiel zu Boden, und zerbrach. Ich erschrak, weil ich das für ein schlimmes Vorzeichen nahm; die dünne Schicht, welche dieses leidende Gesicht so lange vor jeder Berührung bewahrt hatte, war zerstört. Plötzlich wurde mir bewußt, wie wenig man selbst die innersten Geheimnisse derjenigen Menschen durchschauen kann, die einem am nächsten stehen.

Als ich den vergilbten Karton umdrehte, auf den die dünne Haut des fotografischen Papiers geklebt war, wurde quer über der Rückseite eine einzige Zeile der krausen Schrift meiner Mutter sichtbar, die anscheinend in großer Hast dorthin gesetzt worden war. Das Löschblatt, mit dem die bebenden Hände diese Buchstaben getrocknet hatten, mußte verrutscht sein, denn sie waren allesamt seitwärts verwischt. Zunächst konnte ich den Sinn dieser Zeilen nicht erfassen, auf einmal aber stieg er aus der Undeutlichkeit hoch und jagte mir ein Frösteln durchs Herz. Die Widmung schien aus einem Gedicht zu stammen: Auch Du wirst stets das Glück entbehren! Darunter stand ein Datum, es war das Jahr meiner Geburt.

Auf einmal sah ich die in gepreßtes Leder gebundenen und mit Metallschließen versehenen Alben wieder, in denen meine Mutter viele Gedichte aufbewahrte, von denen die meisten einen ähnlich schwermütigen Klang hatten. Mitunter las sie mir daraus vor, die gebrochene Stimme begann sich in den fremden Rhythmen so sehr zu verändern, daß ich mich vor ihrer dunklen Leidenschaftlichkeit ängstigte. Ich ahnte, daß solche Verse nicht nur dafür da wären, um auswendig gelernt und bei Gelegenheit aufgesagt zu werden. Sie erschienen mir wie seltsame Zaubersprüche, in die man das, was man vergessen wollte, so tief hineinbannte, daß man es, wenn einen danach verlangte, von dorther völlig verwandelt heraufholen konnte; in dem Augenblick, wo man es wieder bei sich hatte, schmerzte es nicht mehr, denn es war ja erhaben und schön geworden. Später, als ich verständiger wurde, waren derartige Vorlesungen, sosehr ich auch danach verlangte, mir niemals wieder gewährt worden, wohl deshalb, weil meine Mutter sich auf meine Ahnunglosigkeit nicht mehr verlassen zu können glaubte. Jetzt sprangen die Erinnerungen auf wie lauter kleine Kassetten, in denen viele Bilder verborgen waren, deren geheimen Zusammenhang ich nun erst erkannte. Aber an keinem hing der Name Starkloff, er war nie mit besonderer Bedeutung genannt worden, und ich hatte, da mein Vater ab und zu gleichgültig auf den reichen Bauern zu reden kam, immer geglaubt, daß er sein Bekannter wäre und mit der Mutter nichts zu tun hätte.

Die frühesten Erzählungen, die ich aus ihrem Munde gehört hatte, im Zwielicht düsterer Winternachmittage, wenn der Feuerschein aus der Ofentür sprang und über die Dielen zuckte, zu solchen Stunden, wo man doppelt empfänglich für die Farben fremden Lebens ist, wurden mir von neuem gegenwärtig. Sie rochen nach dem Harz und den Pilzen der großen Forste, der volle Duft der Beerenschläge stieg zwischen den Farnen auf, und der Geruch des frisch geschnittenen Holzes in der Sägemühle, welche unweit der Försterei stand, war sehr stark. Die Einsamkeit, in der das junge Mädchen aufwachsen mußte, weitab von den Dörfern, wo es andere Kinder, Gelächter, Fröhlichkeit und Spiele gab, war undurchdringlich, man konnte sich darin verlieren und nicht mehr zum Vorschein kommen. Zigeuner versteckten sich im Dickicht, Wilderer lauerten hinter den Stämmen, und die Deserteure, welche über die Grenze gekommen waren, bettelten um Brot oder um einen Pfennig, und sie ballten die Fäuste und stießen gotteslästerliche Flüche aus, wenn man ihnen nichts gab; doch als die Holzfäller das Schreien des geängstigten Mädchens vernahmen und herzueilten, waren sie mit ihren grünen Uniformen im Nu von der Dämmerung aufgeschluckt. Aber am gefährlichsten war die Stille, da regte sich nichts, kein Luftzug fuhr durchs Laub, und die tückischen Waldgespenster standen durchsichtig wie kalte Flammen an den Stellen, die vom Unglück gekennzeichnet waren, dort, wo ein Erhängter gebaumelt hatte, oder anderwärts über dem Moor, unter dem sich kein fester Grund fand. Das Mädchen, allein und von seinen Geschwistern abgetrennt, die viel gröber waren und an seiner Verträumtheit sich schadlos hielten, lebte in einer Welt, welche sich dem Gewöhnlichen nicht anpaßte. Die Träume waren deutlicher und beständiger als das Wirkliche, sie ließen sich nach Belieben lenken, bald war eine geheime Traurigkeit überall versteckt und drang auf das Kind ein, bald war es fröhlich und lachte so lange, bis es gescholten wurde. Einmal im Jahr kam der Graf im Jagdwagen aus der unermeßlich weiten Ferne, in der er sich sonst aufhielt. Ein junger Mann, schön und hochgewachsen, mit dem Kennzeichnen polnischen Blutes; die Mägde erröteten, wenn er sie anredete. Das Kind sah in ihm mehr als einen Menschen, es zitterte, als er es übers Haar streichelte, und es bewahrte lange Zeit eine Patronenhülse auf, die aus seinem Gewehr gefallen war und von dessen kupferner Zündseite es meinte, daß sie aus Gold wäre. Nachdem er ein Jahr lang ausgeblieben war und dann seine Frau mitbrachte, eine hochmütige Dame von bösartiger Schönheit, lief das Kind in den Wald und versteckte sich, man mußte zwei Tage suchen, ehe man die Försterstochter fand. Die harte Mutter strafte das Mädchen unnachsichtig, aber der Vater, von sanftmütigem, unstetem Schlage – der dieses Kind, weil es ihm nachgeraten war, heimlich den anderen vorzog, bemühte sich später, alles wiedergutzumachen.

Hier also war noch keine Spur von Starkloff zu finden, und es deutete auch nichts darauf hin, daß er irgendwo in der Zukunft stand. Dieses erste Bild endete in den Flammen einer nächtlichen Feuersbrunst, welche das Sägewerk und die Försterei bis auf die Grundmauern vernichtete. Dann folgten die vergeblichen Bemühungen des Großvaters, sich irgendwo von neuem seßhaft zu machen, alles mißlang, und die Familie zog wie eine Karawane, in deren Gepäck das Unglück versteckt ist, kreuz und quer durch die weite östliche Provinz. Der ehemalige Förster versuchte sich in vielen Berufen, die ihm nichts einbrachten außer einer wachsenden Verachtung bei seiner Frau und bei den größeren Kindern; der Älteste, ein gewalttätiger Bursche, welcher seiner Mutter ähnelte, machte sich in jener Zeit selbständig und wanderte aus, nachdem er einen Teil der väterlichen Barschaft entwendet hatte. Niemals kam mehr eine Nachricht von ihm, und man gedachte seiner wie eines Verstorbenen, bis nach vielen Jahren die gestohlene

Summe durch einen Mittelsmann seinen Eltern zugestellt wurde.

Damals befanden sie sich bereits wieder im Wohlstand, das Mißgeschick war vergessen, und der Forstbezirk, den mein Großvater zu verwalten hatte, mußte wohl um vieles größer gewesen sein als der vorige. Inzwischen war meine Mutter erwachsen, und hier, in der Nähe der reichen Dörfer, die stets voller Lustbarkeiten waren, lebte das junge Mädchen auf; es kam eine glückliche Zeit für sie, deren Erinnerungen sie später jedesmal so freudig stimmten, daß sie eine ausgelassene Fröhlichkeit zeigte, die ich sonst niemals an ihr wahrnehmen konnte. Insbesondere war es eine nächtliche Schlittenfahrt bei hohem Schnee und klirrendem Frost, die sie mir immer wieder schildern mußte. Daher war mir dieses Ereignis besonders deutlich, und jetzt, wo es mir darum ging, Starkloff zwischen den jungen Leuten zu entdecken, in deren Gesellschaft sie sich damals befand, hörte ich von neuem den brüchigen Ton ihrer Stimme, und selbst das trockene Hüsteln, das den ruhigen Fluß der Worte unterbrach, wurde vernehmlich. »... ich trug ein Paar nagelneue Schuhe, und ich tanzte in einer einzigen Nacht Löcher in die Sohlen ...«, damit fing es an, und es war für mich wie ein Märchen, in dem sich meine Mutter andauernd verwandelte, so daß ich ihr kaum zu folgen vermochte, als sie derart leichtfüßig, lachend und heiter vor mir herschwebte: »... die Leute fanden es schön, wie ich den Krakowiak tanzte, und sie stellten sich im Kreise um mich auf, klatschten den Takt mit den Händen und stampften ihn mit den Füßen, und den jungen Burschen wurde, einem nach dem anderen, schwindlig. Endlich traf ich einen, der mir gewachsen war, er hielt mich so fest, als wollte er mich zerdrücken, denn er hatte solche Kräfte, daß er in den bloßen Fäusten ein Hufeisen gerade biegen konnte. Aber es war auch wieder so viel Leichtigkeit in ihm, daß wir den Boden kaum berührten, während wir tanzten. Die Musikanten spielten schneller und schneller, die Hände klatschten, die Füße stampften, das Herz schlug mir bis zum Halse, und ich war so glücklich – wie ich es niemals wieder gewesen bin ...« Ich wollte den Namen dieses jungen Mannes wissen, aber meine Mutter sagte mir, sie hätte ihn längst vergessen. Dann also kam die Schlittenfahrt: »... gegen Morgen holten sie die Pferde aus dem Stall und spannten sie vor die großen Schlitten, die sie mit einer Menge Stroh beluden, in dem wir uns verkriechen mußten, um nicht zu erfrieren; man sagte, daß aus den russischen Wäldern die Wölfe herübergekommen wären, aber davor fürchteten wir uns nicht, und wir fuhren trotzdem um die Wette. Es waren zehn Schlitten, und die Schellen klingelten so laut, daß die Bauern aus dem Schlafe erwachten und sich bekreuzigten, als wir durch die Dörfer jagten. Der, in dem ich saß, ließ alle anderen hinter sich, wir hatten die besten Pferde, feurige Tiere, die klug genug waren, um von selbst zu begreifen, worum es ging, und der junge Mann auf dem Kutschbock, derselbe, mit dem ich so lange getanzt hatte, brauchte sie nicht ein einziges Mal mit der Peitsche zu schlagen. Er knallte damit nur ab und zu, und das hörte sich laut an wie Schießen. Das Ziel für unsere Wettfahrt war die Försterei, und als wir schon nicht mehr weit davon ab waren, mitten im dunklen Walde, stürzte der Schlitten um, und wir beide fielen in den Schnee wie in weiche Daunen. Die Pferde standen gleich still und ließen die Köpfe hängen, weil sie sich schämten, daß sie uns umgeworfen hatten. Aber der Mann hob mich auf, nahm mich auf die Arme und rannte mit mir los. Ich sah die Sterne über mir, sie waren klar und zum Greifen nahe, und ich hörte etwas, das ich für ihre Musik hielt, es klingelte und klirrte leise wie ein großes Glockenspiel. Doch dann merkte ich, daß es gar nicht vom Himmel herabkam, sondern das waren ja die Schellen der anderen Schlitten hinter uns, die sich immer mehr näherten. Er lief wie gehetzt im hohen Schnee, der bis an die Knie reichte, er keuchte und fluchte über unser Mißgeschick, und ich spürte durch den dicken Pelz, wie heftig sein Herz schlug. Aber dann blieben wir doch die ersten, sie konnten uns nicht mehr einholen, und als er mich auf der Türschwelle niedersetzte, bellten die Hunde grade den Schlitten entgegen, die aus dem Walde auf die weite Lichtung glitten, in deren Mitte das Forsthaus stand...« Ich wollte wissen, was sich darauf noch ereignete, doch sie gab mir immer nur die gleiche enttäuschende Antwort: »... ein halbes Jahr später wurde ich in die Stadt geschickt, dort gab es keine Schlittenfahrten und keine durchtanzten Schuhe mehr, und dann heiratete ich deinen Vater...«

Nunmehr hatte ich Starkloff entdeckt, ungebärdig vor Kraft preschte er durch die Wälder, welche im Frost leise ächzten, in der Höhe sangen die Sterne, und die Kälte machte ihm das Blut noch hitziger, als es sonst schon war. Aber zwischen jener

Winternacht und dem Sonntag an den Ufern der Heidelache, wo ich durch die Ähnlichkeit mit meiner Mutter die alten Feuer, welche in ihm beinahe niedergebrannt waren, wieder entfacht hatte, dehnten sich die Jahre wie eine salzige Einöde ohne Sonne und Mond, in der stets dieselbe laue Temperatur der Verzweiflung herrschte. Damals hatte ich aus seinem Munde das vernommen, was meine Mutter mir immer verschwieg, und jetzt erst vermochte ich die beiden Berichte zu vereinbaren: hier den übermütigen Anfang und dort das bittere Ende. Alles, was hinterher kam, und das meiste von dem, was dazwischenlag, war wohl für immer verschüttet; ich hielt die Zeile auf der Fotografie in den Händen wie ein Wünschelrutengänger sein magisches Werkzeug, doch die Quellen waren versiegt, die glitzernden Adern im Boden zerfallen, und jede Bewegung zeigte auf meine eigene Brust.

»Auch du wirst stets das Glück entbehren ...«, außer diesem Zeugnis würde sich wahrscheinlich kein anderes Beweisstück für die vergangene Liebe auffinden lassen. Jetzt nämlich entsann ich mich dessen, daß ich meine Mutter kurz vor ihrem Tode dabei überraschte, wie sie die Gedichtalben und die Briefbündel aus ihrem Versteck hervorholte und verbrannte. Ein glühender Tag im Hochsommer, die Hitze lag auf den Dächern wie Blei, der Rauch schlug puffend aus der Ofentür und entzündete sich draußen in langen Stichflammen, als hätten die Gluten des Fegefeuers von unten her einen Ausweg gefunden und leckten der Kranken vorzeitig ins abgezehrte Gesicht. Als ich ängstlich in die Tür trat, angelockt durch den brenzligen Geruch, war sie eben dabei, die gepreßten Blumen zu zerkrümeln. Die faserigen Skelette jener Blütezeiten, die weit vor meiner Geburt lagen, das farblose Filigran des gezackten Laubes und die bräunlichen Rosenblätter, welche dieselbe Tönung hatten wie geronnenes Blut, alles zerfiel knisternd, kaum daß es angerührt wurde. Ich machte mich so lange nicht bemerkbar, bis sie das erste jener Alben zögernd durch die Ofentür schob. Vergebens bat ich sie, es wieder herauszuziehen, das Feuer schien die Gedichte nicht zu wollen und erlosch beinahe, ich ließ mich auf die Knie nieder und langte in die Glut, um das Buch zu retten. Aber der magere Arm stieß mich beiseite, und die großen, vom Fieber geweiteten Augen gaben mir einen so unerträglichen Blick, daß ich beschämt aufstand und hinausging. »Ich will nicht, daß meine Schande mich überlebt!« rief sie mir nach, und der trotzige Diskant dieser von Tränen und Verschwiegenheit erstickten Stimme jagte mich aus dem Hause und durch die Stadt. Überall, in jedem Wort, in jedem Gelächter, selbst im Gesang der Vögel schien mir an jenem Tage das eindringliche Zirpen vernehmlich zu werden, mit dem der beständige Tod, gleich einer verborgenen Grille, die Äußerungen des Lebens begleitet. –

Manch einer lebt während der kargen Jahrzehnte, welche hinter den Überschwenglichkeiten der Jugend beginnen, nur von den Vorschüssen irgendeiner unbegründeten Hoffnung, die sich niemals erfüllen wird; ein anderer läßt sich durch seine Unbedachtheit dazu verleiten, jeden Augenblick, der ihm gegeben wird, auszukosten wie eine fleischige Frucht, und am Ende weiß er nichts mehr vom vielfältigen Geschmack des Ganzen. Meine Mutter aber besaß den großen Vorrat von sechs Monaten voller Liebe, welche sie wie einen heimlich zusammengesparten Schatz immer bei sich führte und dessen warmes Gold sie zu wärmen vermochte, wenn sie zu frösteln begann, und sie zählte diesen Reichtum wieder und wieder sich selbst vor und erstaunte darüber, daß sie nie ein Ende dabei fand. Vor ihrem Tode aber entäußerte sie sich seiner, weil sie einsah, daß sie um seinetwillen die anderen, meinen Vater und auch mich, betrogen hatte: »Ich will nicht, daß meine Schande mich überlebt ...«

Ich steckte die Fotografie zu mir, trat wieder an das Hoffenster und sah zu, wie ein dichter Wirbel großer Flocken zwischen dem Grau der Schneedecke und der flachen Trübnis des Himmels zu tanzen begann.

Von den Feldern hinter dem Gesindehaus kamen die klatschenden Hufschläge eines Reitpferdes, das in den Hof sprengte. Der Pächter parierte das Pferd vor den Ställen, stieg steifrückig aus dem Bügel und sattelte es eigenhändig ab. Der nervöse Gaul, welcher für jede Feldarbeit unbrauchbar war, beruhigte sich sehr langsam, und Zglinicki mußte ihn erst einige Male hin und her führen, bevor er die Stalltür öffnen konnte.

Ich richtete es so ein, daß wir uns auf dem Flur begegneten. Der alte Mann schien völlig erschöpft zu sein, er begrüßte mich zerfahren, wies mich ins Zimmer und ließ mich allein. Ich brauchte nicht lange zu warten, bis Irene eintrat, sie trug mit vorgestreckten Armen ein schweres Tablett, auf dem das

Frühstücksgeschirr leise klirrte. Ungeschickt sprang ich hinzu, um es ihr abzunehmen, aber sie wendete sich so hastig weg, daß meine Hände ins Leere fuhren. Der Blick, welcher mich traf, war feindselig, die Gleichgültigkeit hatte aufgehört, ich mußte mich darauf gefaßt machen, daß in diesem Mädchen viele geheimnisvolle Widerstände zu überwinden waren, welche sich nicht allein gegen mich, sondern überhaupt gegen jeden Zwang richten würden, mit dem man sie dahin zu bringen versuchte, das äußere Leben anzuerkennen.

Während ich das Frühstück einnahm, machte sie sich da und dort mit behutsamen Bewegungen, wie sie die Kurzsichtigen haben, etwas zu schaffen und beachtete mich nur soweit, als es die Höflichkeit erforderte. Wir hatten bisher kaum miteinander geredet, und es waren nur solche nichtssagenden Bemerkungen laut geworden, die man dann macht, wenn man sich fremd zu bleiben wünscht. Je länger ich mit ihr zusammen war, desto schwerer gelang es mir, einen unbeteiligten Eindruck hervorzubringen und es ihr glaubhaft zu machen, daß meine gestrige Erregung nichts weiter zu bedeuten hätte. Allmählich bemächtigte sich meiner eine neue Verwirrung. Die Gefühle, gegen die ich mich abzusperren bemühte, nährten sich von der Verzauberung, welche dieses Mädchen durch ihre bloße Gegenwart bewirkte, sie nahmen überhand und versetzten mich in eine gefährliche Betäubung.

Derweilen lehnte Irene ruhig am Fenster, blaß und kühl in dem grauen Schneelicht, das sie wie ein Gewölk umgab. Sie hörte sich geduldig mein wirres Geschwätz an, ohne mich zu unterbrechen, mitunter ging der Anflug eines Lächelns über ihr Gesicht, als hätte sie mich durchschaut. Die Worte gerieten mir durcheinander, die Sätze zerfielen, ich verlor die Geduld und stand endlich auf. Als ich mich ihr näherte, wurde sie unruhig, und ich erkannte in wachsender Schadenfreude, wie sie sich bereits einen Vorwand überlegte, der es ihr gestattet hätte, sich von mir zu entfernen. Aber der Weg war ihr verstellt, und ich gab ihr keine Gelegenheit, an mir vorüberzuschlüpfen. Langsam schob ich mich näher, jetzt saß eine unerbittliche Gehässigkeit in mir, die sich kaum noch beherrschen ließ. So lange hast du dich mir entzogen – redete ich Irene im stillen an –, und ich habe dich gesucht, Nacht für Nacht bin ich durch die Straßen gelaufen, um dich zu finden, und jetzt, wo es zu spät ist, stehst du vor mir; damals wäre ich glücklich geworden, nun aber habe ich zu viel Bitternis gekostet, als daß ich dich lieben könnte... Sie drückte sich eng an die Wand, die Augen weiteten sich, aus der blanken Schwärze der Pupillen trat ich mir selbst entgegen, die Lippen bebten auseinander, und die glatten Flächen des Gesichts, die zuerst vor lauter Abwehr gespannt gewesen waren, wurden auf einmal nachgiebig. Es fiel mir ein, daß auf der Rückseite des Fotos das Datum meiner Geburt verzeichnet war und daß drüben eins der Scheunendächer, unterm Schnee versteckt, die gleiche Jahreszahl nebst Starkloffs Monogramm trug. »Auch Du wirst stets das Glück entbehren...«, jetzt wendete es sich gegen mich. Es schien mir, als hätten die Toten gerade diesen Ort und diese Minute bezeichnet, um sich an mir zu rächen. Gleich steuerlosen Wracks sah ich sie auf dem mitternächtlichen Ozean des Vergessens treiben, sie richteten ihre Sextanten auf die ausgeglühte Sonne und rechneten heimtückisch die Stellen aus, an denen die Lebenden in die nachträglichen Verstrickungen längst vergangener, unbeendeter Schicksale gerieten. –

Indessen gewann das Mädchen ihre vorige Gelassenheit zurück. Sie betrachtete mich derart eingehend, daß ich meine Sicherheit verlor. In der Pause, welche entstand, als wir uns so nahe beieinander befanden, daß ich nur die Hände hätte auszustrecken brauchen, um mich Irenes zu bemächtigen, kam die alte Mutlosigkeit wieder über mich. Bald empfand ich nichts mehr als eine übertriebene Verzweiflung, in der sich die Fragwürdigkeit aller meiner Forderungen nach Glück und Frieden klar genug herausstellte.

»Werden Sie lange bleiben?« fragte sie mich gleichgültig, indes sie voller Zärtlichkeit, die sie an sich selbst wandte, beide Arme hob und das Haar an den Schläfen und im Nacken lockerte.

»Das ist noch nicht entschieden!« gab ich benommen zurück. Ich sah den beweglichen Fingern zu, wie sie verliebt die gekräuselten Locken streiften, und ich glaubte das leise Knistern zu hören, mit dem sich die Spitzen des Haars unter der Annäherung der warmen Haut aufrichteten.

»Ich habe von Ihnen gehört. Wir haben uns manchmal über Sie unterhalten.«

»So?« fragte ich trocken.

»Man findet hier sehr wenig Gesprächsstoff. Deswegen

kommt man mitunter auf manches Nebensächliche!« erklärte sie mit einem Unterton von Ironie.

»Sie können versichert sein«, parierte ich ihren Angriff, »daß ich mir selbst sehr wenig Wichtigkeit beimesse!«

Sie wußte nicht, was sie von mir halten sollte, trat unruhig hin und her und lehnte sich endlich an den Gewehrschrank, dessen spiegelnde Flächen sie mit einem ungewissen Schimmer von lauter fließenden Reflexen umgaben. Anscheinend wurde sie ärgerlich, denn auf der glatten Stirn bildete sich eine senkrechte Falte, die Brauen zogen sich zusammen, und die schrägen Lider deckten die Augen beinahe zu.

»Es war Cora!« fuhr sie mich endlich unbeherrscht an.

»Cora?« fragte ich nachlässig, als wüßte ich nicht mehr, wer das wäre.

»Sie trägt noch immer den Ring, den Sie beide damals ausgegraben haben. Er sitzt so fest auf ihrem Finger, daß sie ihn fast nicht mehr abstreifen kann; und sie hat auch die übrigen Sachen aufbewahrt, die in dem Kasten waren.«

»Und vielleicht hat sie sogar das umgeworfene Standbild wieder aufrichten lassen?« Ich bemühte mich, harmlos zu erscheinen, aber sie nahm meine Frage für Spott, neigte den Kopf nach der Seite und blickte mich verständnislos an. Langsam glitt der klare Blick, in dem jetzt, hervorgerufen durch ihren Unwillen, der Schimmer von Grün so stark wurde, daß er mich an die Färbungen von trockenen Eissplittern erinnerte, nach meinen Händen hin, die ich aufhob, um ihr zu zeigen, daß ich den Goldreif nicht mehr trug.

»Ich weiß nicht«, sagte sie aufrichtig, »was Sie damit meinen, wenn Sie von einem Standbild sprechen!«

»Vielleicht hat sie das vergessen. Wenn sie so launisch geblieben ist, wie sie es früher war, würde ich mich darüber nicht wundern. Ich hätte niemals einen Anspruch darauf erhoben...« Ich wurde wieder redselig, weil mir daran lag, diesem Mädchen es glaubhaft zu machen, daß ich mich selbst in der Erinnerung ganz und gar von der Obersten-Tochter losgesagt hatte. Dabei aber unterschlug ich einen beträchtlichen Teil der Wahrheit, denn wenn ich daran dachte, daß es nicht mehr lange dauern könnte, bis ich Cora begegnen würde, überkam mich qualvolle Sucht nach Selbstvergessen, Dunkelheit und den Leidenschaften, die aus dem Blut stammen. In meinen Vorstellungen nahm ihr Bild die lüsternen Züge jener Schauspielerin an, der ich Christianes Gold an den Finger gesteckt hatte, die geringschätzigen Anspielungen des Lehrerssohnes und die Andeutungen von Starkloffs Mörder trugen dazu bei, daß ich schon jetzt danach verlangte, die Reste ihres Stolzes völlig zu überwinden. Die Kutsche, auf der sie gestern meinen Weg gekreuzt hatte, bekam riesige Ausmaße: wie ein heidnischer Triumphwagen des Lasters, vollgepackt mit allen Bildern fleischlicher Sünden, strotzend vor Verderbnis, so geriet sie mit uns beiden in Bewegung, der äußersten Finsternis entgegen, wo allem ein Ende gesetzt ist.

Irene hörte mir aufmerksam zu, ihre abweisende Haltung verlor sich, und das Grün in den Augen zerschmolz. Es war ein doppelter Verrat, den ich an der Obersten-Tochter beging, und die Worte, mit welchen ich sie verleumdete, klangen selbst in meinen Ohren zu entschieden. Doch das Mädchen ließ sich willig täuschen, sie hatte dergleichen nicht erwartet.

»...vielleicht kränkt es Sie, wenn ich über Ihre Freundin nichts Gutes sagen kann?« erkundigte ich mich.

»Die Freundschaft ist längst zu Ende!« Mit einer müden Handbewegung strich sie die Erinnerung daran aus, dabei begann sie zu lächeln, und ohne daß sie sich dessen bewußt werden konnte, lockte sie von neuem meine vorigen Hinneigungen hervor. Ich sagte mir, daß ich vorsichtig sein müßte, und hielt mich zurück.

»Wir wußten nämlich schon, daß Sie hier sind!« gestand sie halblaut.

»Der Lehrerssohn!« vermutete ich.

»Er ist mein Freund!« sagte sie. Jetzt hauchte die gleiche Röte, welche gestern wie ein Anflug von sommerlicher Reife auf ihrem Gesicht gesessen hatte, sich wieder über Wangen und Stirn.

»Er hat mir die Gräber gezeigt. Wir haben uns gut verstanden bis zuletzt, wo er plötzlich so heftig Ihre Partei ergriff, daß ich klein beigeben mußte.«

»Ich weiß ... ich weiß ...«

Es entstand eine kurze Stille, Irenes Finger spielten beunruhigt an den Knöpfen, mit denen ihr Kleid über der flachen Brust geschlossen war.

»Ich hatte mir eine ganz andere Vorstellung von Ihnen gemacht«, das überraschte mich, weil es beinahe wie eine Entschuldigung klang, »man ist ja hier so allein ... man hat keine Abwechslungen ... manchmal denkt man sich Menschen aus, mit denen man sich unterhält ...«

Die Röte in der durchsichtigen Haut wurde dunkler, die Augen bekamen einen weichen Glanz, und ich sah, wie das Blut in den Adern unterm Kinn und an den Schläfen pulsierte. Es kostete mich große Mühe, die Entfernung aufrechtzuerhalten, aber schließlich wurde das, was ich bisher verschwiegen hatte, von selbst laut.

»Und ich ...«, stammelte ich, »... ich trage meine Vorstellung, die ich von einem Mädchen habe, das Ihnen gleichen sollte, seit Jahren mit mir herum ... ich wußte nicht, wie Sie heißen würden ... und ich wußte auch nicht, wo ich Sie noch länger suchen sollte ... eigentlich hatte ich die Hoffnung, Sie zu finden, schon aufgegeben ...«

Sie nahm meine Worte begierig auf und sättigte sich daran wie an einer lange entbehrten Nahrung, die sie in ihrer Phantasie oft genug gekostet hatte. Jetzt, da sie die Wirklichkeit schmeckte, schossen die vergeblichen Träume wie reißendes Wasser, das fortwährend angestaut gewesen war, auf sie zu, hoben sie auf und führten sie stromabwärts, bis sie nicht mehr wußte, wo sie sich befand. Mit einer Heftigkeit ohnegleichen wurde sie von der vollkommenen Schönheit überwältigt, welche die jungen Mädchen ihres Alters sonst immer nur in Andeutungen besitzen. Die verstreuten Bruchstücke ihrer Sehnsüchte und die Ahnung aller Erfüllungen, die ihr jemals zuteil werden konnten, fügten sich von selbst aneinander, und sie glich einem jungfräulichen Bilde jener Gottheit, von der die alten, weisen Völker behauptet haben, daß sie aus dem vergänglichen Schaum des Meeres geboren wäre. Ebenmäßig und durch nichts entstellt stand sie vor mir, das Unberührte bekränzte sie gleichsam, die unerwiderten Empfindungen stäubten rings um sie ins graue Zwielicht, daß es mir schien, als bildete sich langsam ein Regenbogen, eine leuchtende Brücke aus sämtlichen Farben, welche die trübe Erde aufweist, zwischen uns beiden.

Es war gut für mich, daß in diesem Augenblick die knarrenden Reitstiefel und klingelnden Sporen des alten Mannes auf dem Flur hörbar wurden. Ich wendete mich von Irene ab, die Brücke zerbrach, und das unirdische Licht erlosch sogleich. Als der Pächter eintrat, konnte man ihm seine müde Verdrossenheit noch ansehen, doch er zwang sich mit großer Beherrschung, zuvorkommend zu sein. Es täte ihm leid, sagte er, daß sich das Wetter gegen uns alle verschworen hätte, meine Bewegungsfreiheit wäre ja durch den hohen Schnee völlig gehemmt, aber er stellte mir seinen Jagdwagen zur Verfügung, der unbenützt in der Remise stünde ... im übrigen hätte der Schneefall in den Dörfern eine große Beunruhigung hervorgerufen, stellenweise nämlich wäre die Schneedecke rot gefärbt, und zwar in jener Tönung, die fast ins Bräunliche spielte, so daß man den Eindruck bekäme, als seien hier und da Blutlachen von unten her durchgedrungen ... Er schilderte es genau, wie er halbwegs zwischen Kaltwasser und Nilbau, dort, wo die Schwarze Weide von der Chaussee überbrückt wird, das erste Anzeichen dieser Naturerscheinung entdeckte und wie er dann später, sowohl in Leschwitz als auch in Weidicht, wohin er in geschäftlichen Angelegenheiten geritten war, bei den Bauern, vor allen Dingen bei solchen, die Smorczaks Sekte anhingen, eine gefährliche Erregung wahrnahm, die sich vielleicht noch zu Aufruhr und Gewalttätigkeiten auswachsen konnte, obwohl diese Leute ja immer ihre friedlichen Absichten beteuerten. Irenes Vater versuchte den Eindruck zu erwecken, als nähme er das alles nicht ernst und als wäre ihm der ausgefallene Aberglaube nur ein Anlaß, um sich über die haarsträubende Unwissenheit der Bauern lustig zu machen; in Wirklichkeit jedoch mußten ihn die Beängstigungen der anderen schon angesteckt haben, denn er betonte den Abstand zu sehr, welcher ihn von der zunehmenden Verwirrung trennte, die durch Starkloffs Mörder hervorgerufen wurde. – Niemand konnte ermessen, welch unerhörte Ereignisse nun bevorstanden, schon die nächste Zukunft war so ungewiß, daß man die Umrisse des morgigen Tages kaum abzuschätzen vermochte ...

Irene, die abseits geblieben war und mit keinem Wort die Rede ihres Vaters unterbrochen hatte, verhielt sich still und regungslos, langsam kehrte sie aus ihrer Entrücktheit wieder zurück, und sie schien darüber enttäuscht zu sein, daß jener außergewöhnliche Zustand nicht länger angehalten hatte. Wenn ich sie anblickte, gab sie mir kein Zeichen, daß sie sich irgendein heimliches Einverständnis bewahrte.

»Ich würde Ihnen nicht raten«, schlug mir Zglinicki vor, »unter solchen Umständen in Ihrem Nilbauer Hotelzimmer wohnen zu bleiben. Wenn Ihnen die Unterkunft genügt, die wir Ihnen mit der Kammer dort drüben bieten können ...«

Die bejahende Antwort, welche ich dem Pächter gab, kam vielleicht zu schnell. Irene, die sich inzwischen darangemacht hatte, das Frühstücksgeschirr zusammenzuräumen, erschrak, als ich das Anerbieten ihres Vaters sogleich annahm. Die Hände wurden ihr unsicher, Porzellan und Metall klirrten zusammen, sie ließ die widerspenstigen Dinge liegen und ging wortlos hinaus.

»Haben Sie sich mit ihr nicht vertragen?« fragte mich der alte Mann, indem ein nachsichtiges Lächeln ihm über die dünnen Lippen ging, »sie ist immer ein schwieriges Kind gewesen, man wird nicht so leicht aus ihr klug.«

Ich vermied es, mich darüber zu äußern, und wir verabredeten, daß Zglinicki ein Fuhrwerk nach Nilbau schicken würde, damit ich zu meinem Gepäck käme.

»Ach so«, sagte er noch, bevor wir uns trennten, »sehen Sie, man wird im Alter vergeßlich wie ein schlechter Schüler! – Ich traf heute morgen die Tochter des Obersten, wir kamen ins Gespräch, und sie fragte mich nach Ihnen. Weiß der Himmel, wer es ihr erzählt hat, daß Sie angekommen sind! Ich würde an Ihrer Stelle bald einen Besuch machen. Eine charmante junge Dame, vielleicht ein wenig zu exzentrisch, wie wir in unseren guten Tagen gesagt hätten, aber immerhin ...«

Die Pose des Schwerenöters mißlang ihm ganz und gar, und es machte einen kläglichen Eindruck, als er die leichtfertigen Töne ein wenig zu hoch nahm. Er glaubte wohl, daß er meiner Jugend dieses Zugeständnis machen müßte, ich hatte nichts dergleichen erwartet, und er merkte mein Befremden sofort. Wir verabschiedeten uns herzlich, und nachdem ich das Haus verlassen hatte und über den Hof schritt, nahm ich mir vor, jetzt nicht etwa die Obersten-Tochter aufzusuchen, sondern gradewegs ins Gasthaus zu gehen und dem Mittäter Smorczaks entgegenzutreten. Nunmehr war ich fest entschlossen, mich allem zu stellen, von dem ich meinte, daß ich es allein zu Ende bringen könnte; vorher stand mir weder ein Anspruch auf Irene noch auf irgendeine andere Beglückung zu. Aber ich wußte in dieser Minute noch nicht, daß meine Kräfte zu gering waren, weil sie nur einen irdischen Bestand hatten, und daß es anderer Gerechtsame bedarf als solcher vergänglichen, um einen Teil der verjährten Forderungen, die das Ewige überall an diesen und jenen zu stellen hat, unnachsichtig einzutreiben.

Der Schnee lag fast kniehoch; bis zur Straße, wo die Wagen

eine gangbare Bahn gefahren hatten, war ein schmaler Pfad getreten. Die Häuser waren verschüttet von hohen Wehen, welche sich vor den Giebeln angehäuft hatten, und das Dorf sah so verlassen aus, daß man meinen konnte, die Einwohner hätten sich allesamt auf die Flucht vor drohenden Gefahren begeben. Nun also löschten die Herdfeuer eins nach dem anderen aus, die Stuben erkalteten, und der Verfall, der bis jetzt aufgehalten worden war, setzte überall im Gebälk und in den Grundmauern sein Werk ungehindert fort.

Das Firmament war unbewegt und von rauchigem Taubengrau, aus dem sich keine Flocken mehr ablösten. Das diffuse Tageslicht schien nicht von oben zu stammen, sondern über den bleichen Schneeflächen aufzusteigen und schon halbwegs zwischen Himmel und Erde wieder zu vergehen. Bei jedem Schritt versank ich bis zu den Knöcheln im wäßrigen Schnee, und der Weg war so schwierig zu begehen, als führte er über Schwemmsand.

In der Nähe des Gasthauses kam mir ein junger Mann entgegen, der mir schon von weitem zuwinkte. Indes er sich in Trab setzte, erkannte ich in ihm den Lehrerssohn, er rannte mich beinahe über den Haufen. Zunächst nahm ich diese Heftigkeit als Beweis dafür, daß er mir wieder freundschaftlich gesonnen wäre, aber ich sollte bald einsehen, daß ihn weiter nichts als eine maßlose Eifersucht anspornte.

»Sie sind also hiergeblieben?« fragte er mich keuchend.

»Wie Sie sehen!« gab ich arglos zurück.

»Und Sie haben bei Zglinickis übernachtet?« Er faßte nach dem Aufschlag meines Mantels und hielt mich fest, als befürchtete er, daß ich ihm entwischen könnte.

»Es blieb mir nichts anderes übrig!« sagte ich ruhig.

»Natürlich!« fuhr er mich in einer zornigen Aufwallung an, die gleich wieder erlahmte, »Sie konnten ja nicht anders. Es war so vorbestimmt. Sie mußten hier eindringen!«

Ich wußte immer noch nicht, warum er so außer sich war.

»Haben Sie mit ihr gesprochen?« fragte er nach einer Weile.

»Mit wem?«

»Sie sollten sich nicht verstellen, das macht Sie in meinen Augen nur noch verdächtiger! – Mit Irene ... haben Sie mit Irene gesprochen?«

»Ich wüßte nicht, was mich daran hindern sollte.«

»Hochtrabend«, drang er wieder auf mich ein, »und großsprecherisch sind Sie außerdem noch! Das wird ihr gefallen haben. So einer aus der Stadt, der jedes Wort nicht erst im Munde herumzudrehen braucht, auf den hat sie gewartet. Den hat sie sich hundertmal in der Phantasie vorgestellt.«

Die Übertreibungen, denen er sich so widerstandslos hingab, erheiterten mich. Er wand sich wie ein Fisch am Angelhaken, es kostete mich wenig Mühe, ihn von seinen Peinigungen zu befreien, und ich versicherte ihm, daß jenes Mädchen, welches er liebte, von mir nicht angetastet werden sollte. Langsam gab er sein Mißtrauen auf und schnappte gleichsam nach all den Lügen, die aus meinem Munde kamen.

Geduldig trottete er neben mir her und beichtete mir die Geschichte seiner Liebe; nun, wo er so weit gekommen war, das, was er stets vor sich selbst verschwieg, einem anderen anzudeuten, riß ihn die Sucht, alles zu gestehen, mit sich fort, und er geriet in einen Taumel von Schwärmerei. Ich unterbrach ihn und fragte, ob Irene etwas von alldem wüßte, und er sagte mir, daß er eher sterben wollte, als sich ihr aufzudrängen. Er schien die Quälereien, unter denen er so unerträglich zu leiden vorgab, seit jeher gewünscht zu haben, und er nahm sie begierig auf, weil sie ihm dazu verhalfen, einen erhöhten Zustand von Leidenschaftlichkeit zu erlangen, der ihm seine eigene Person in neuem Licht zeigte. Jetzt, während er von einem Pathos mitgerissen wurde, dessen unnatürliche Redensarten ihren Ursprung in den Büchern haben mußten, die er gelesen hatte, fand er ein großes Wohlgefallen an seiner Beredsamkeit und an der Vorstellung, daß er den Helden jener erdachten Handlungen sich anglich. Eigentlich zielte seine Liebe nicht auf das lebendige Mädchen, dessen Vorzüge er mir unermüdlich schilderte, sondern auf die Vorstellung, welche er sich von Irene machte; da er von den Zurücksetzungen, die er immerzu erleiden mußte, so bedrückt war, daß er der Wirklichkeit auswich, lieferte er sich schließlich an seine Phantasie aus. Hier wurde er endlich groß und bedeutend und liebenswert.

Ich hörte ihn geduldig an und fand heraus, daß er auf eine Gelegenheit wartete, um sich vor den Augen aller Leute auszuzeichnen und dadurch ein besonderes Ansehen zu gewinnen. Wir standen vor dem Gasthaus, die Zufahrt war von Wagengleisen und Fußabdrücken unberührt bis auf eine einzige Spur, deren tiefe, weit auseinander stehende Stapfen von der Schwerfälligkeit dessen zeugte, der hier gegangen war. Es hätten Starkloffs ausholende Schritte sein können, welche sich da in den Schnee gestampft hatten...

Die Erregung des Lehrerssohnes ließ allmählich nach, er geriet ins Stottern, und die großen Reden, welche er führte, zerbröselten langsam. Als er wieder nüchtern wurde wie nach einem Rausch, richtete ich es so ein, daß er alsbald durch einige Andeutungen, die ich wie scharfe Fangeisen auslegte, festgehalten wurde. Seine Neugierde ließ ihn alles vergessen, was er mir eben erst preisgegeben hatte, er glaubte nunmehr, daß er sich einen begründeten Anspruch auf mein Vertrauen erworben hätte. Es dauerte nicht mehr lange, bis er sich dort befand, wo ich ihn haben wollte: in einer fiebernden Erwartung, welche ihn wohl befähigen mußte, sich von nun an in allem, was ich gegen Smorczak unternehmen wollte, ohne irgendeinen Vorbehalt auf meine Seite zu stellen.

»Reden Sie doch endlich!« bat er mich ungeduldig, indem er von einem Fuß auf den anderen trat.

Ich war noch unschlüssig, ob ich ihn zum Zeugen meiner Begegnung mit Smeddy machen sollte, aber schließlich entschied ich mich, ihn vorläufig aus dem Spiele zu lassen, weil ich befürchtete, daß er durch seine Unbedachtsamkeit noch mehr Verwirrung anstiften könnte. Und das, was ich von jetzt ab brauchte, waren: Klarheit, Ruhe und Umsicht. Nicht das mindeste durfte übereilt werden.

Während ich dem jungen Haubold alles, was ich hundertmal bedacht hatte, umständlich mitteilte, gingen wir auf dem gebahnten Wege hin und her. Ich erwähnte nur die Tatsachen und ließ das übrige außer acht, daher kam es, daß meine Erzählungen, die mit der Mordtat begannen und mit dem belauschten Gespräch zwischen Smorczak und Smeddy endeten, eine unwidersprüchliche Gewißheit erhielten, die mich selbst erstaunte. Es konnte keine anderen Zusammenhänge geben als die, welche ich jetzt in Betracht zog.

Das Bild des Dorfes änderte sich fortwährend, indessen wir da durch den Schnee wateten, es bekam neue Einzelheiten, die in meiner Erinnerung nicht vorhanden gewesen waren: – hinter den kahlen Bäumen des Parks wurde das Gutshaus sichtbar, das man sonst von der Straße her nicht hatte bemerken können, in der langen Mauer zeigte sich eine Pforte, welche zu anderen Jahreszeiten von Sträuchern verdeckt wurde. Drüben stand auf Woitschachs Grundstück die neue, massiv gebaute Scheune an der Stelle, wo ich mit Sofie im Heu gelegen hatte. Das Wasser der Schwarzen Weide durchfeuchtete von unten her die Schneebrücken, daß es aussah, als wäre der Bach bereits im Steigen begriffen. Der Wasserlauf mußte wohl in den vergangenen Jahren sein Bett näher an die Häuser herangewühlt haben; wenn ich eine Atempause machte, konnte ich den leisen Laut hören, mit dem er über die Steine gluckste. Die Gehöfte schienen auseinandergerückt zu sein, sie standen gleichsam hilflos in ihrer Vereinzelung da, und weder die verkrüppelten Obstbäume noch die niedrigen Hecken vermochten ihnen irgendeinen Schutz zu bieten. Niemand konnte wissen, welche Kräfte sich bereits in der Erde zu regen begannen und worauf die Vorzeichen deuteten, die mit dem blutigen Schnee uns allen zur Warnung gegeben worden waren.

Haubold hörte mir zu, ohne mich zu unterbrechen, manchmal ballte er die Hände zu Fäusten, hob sie vor die Brust und ließ sie gleich wieder fallen, als wäre er davon überzeugt, daß alles, was wir unternehmen würden, vergeblich bleiben sollte. Sein ehrgeiziges Gesicht belebte sich erst, als ich mit meinen Darlegungen fast am Ende war und als nichts mehr zweifelhaft blieb.

»Ich weiß, was ich zu tun habe«, murmelte er, »ich weiß, was ich tun werde!«

»Sie werden nicht das mindeste tun, ohne mich vorher zu befragen!« schärfte ich ihm ein.

Er nickte abwesend und gestand mir das Recht zu, ihn zu bevormunden. Ich ließ mich davon beruhigen und übersah die wachsende Besessenheit, welche ihn sehr schnell ergriff. Jetzt fühlte er sich bereits als einen Sendboten der Gerechtigkeit; das Außergewöhnliche, das er immer entbehrt hatte, war ihm angetragen worden, und er hielt es gierig fest. Endlich bekam er eine Gelegenheit, sich über sein schäbiges Dasein zu erheben, die alle seine Träume übertraf, vielleicht maß er sich schon eine Bedeutung bei, welche sich durch nichts von der aller romantischen Bücherhelden unterschied, deren Leben er immer bewundert hatte; bald sollten die Augen aller Leute auf ihn gerichtet sein, und sein Name würde von Mund zu Mund gehen.

»Die Mörder!« flüsterte er, »diese schlauen Hunde. Aber zuletzt kriegen wir sie doch in unsere Gewalt.«

Ich sagte ihm, daß ich jetzt ins Gasthaus gehen wollte, um den ehemaligen Sergeanten zu überraschen, und Haubold versprach mir, so lange auf mich zu warten, bis ich wiederkommen würde. Wir gaben uns die Hand, aber seine Augen irrten beiseite, als ich ihn anblickte, ich hielt das für ein Anzeichen seiner wieder erwachenden Kleinmütigkeit. Doch es kam mir erst später zu Bewußtsein, daß ich mich darin getäuscht hatte. In diesem Augenblick nämlich begann sich, ohne daß ich es ahnen konnte, schon die große Wendung zu vollziehen, welche jeglicher menschlichen Voraussicht, Planung und Berechnung zuvorkommen sollte, indem sie sämtlichen Beteiligten vorübergehend die Freiheit ihres Willens raubte, so daß zuletzt die Ereignisse, die über uns hereinbrachen, kaum noch als die Folgen aus Taten und Unterlassungen angesehen werden konnten. –

Auf dem kurzen Wege zum Gasthof fielen mir wieder die Spuren jener schweren Männerschritte auf, die ich vorhin schon betrachtet hatte. Ich beugte mich darüber und erkannte, daß sie zur Straße führten; dabei überkam mich plötzlich der Verdacht, daß der, welchen ich suchte, wohl schon längst meiner Annäherung ausgewichen war.

Die ungelüftete Gaststube war kalt und dämmrig, ein schaler Geruch nach Alkohol und Tabaksdunst haftete an jedem Ding. Bei der Theke tropfte ein Wasserhahn in schläfrigem Takt, die Metallteile sahen so stumpf aus, als wären sie lange nicht mehr geputzt worden. Der Regulator an der Wand wies eine unsinnige Zeit, die Gewichte waren abgelaufen; überall saßen die Sprenkelungen von Fliegenschmutz, selbst das Kalenderblatt, welches einen vorjährigen Sommertag anzeigte, war damit bedeckt.

Ich mußte sehr lange warten, bis jemand kam. Hinter der trüben Glasscheibe, welche in die Küchentür eingelassen war und auf der sich ein öliges Muster aus Sternen und Blumen befand, erschien das häßliche Gesicht eines alten Weibes, das mich an Smorczaks Mutter erinnerte.

Die kleinen, stechenden Augen schätzten mich erst ab, ehe die Tür geöffnet wurde und die Alte zum Vorschein kam. Sie wirkte im bleichen Licht wie eine jener Hexen, vor denen man sich in der Kindheit fürchtet; irgendein magnetischer Zauber hielt ihren welken Leib noch notdürftig zusammen, wenn er aufhörte, mußte sie sogleich zu Asche und Moder zerfallen.

Widerwillig goß sie mir den Korn ein, dabei zitterte ihre Hand so sehr, daß der Flaschenhals gegen den Glasrand klapperte, trotzdem ging kein Tropfen verloren; als sie mir zum zweitenmal einschenkte, bemerkte ich erst, daß diese Unsicherheit ein Vorwand dafür war, das Glas nicht bis zur eingekerbten Markierung füllen zu müssen. Der unmäßige Geiz, der in dieser häßlichen Vettel gleich einem minderen Teufel saß, äußerte sich auch in der Schnelligkeit, mit der sie die Münzen verschwinden ließ, die ich achtlos aufs Zahlbrett warf.

»Noch einen?« fragte sie aufmunternd und schüttelte die Flasche, daß der verwässerte Schnaps freundlich gluckerte.

»Noch einen!« sagte ich nachgiebig. Es belustigte mich, ihr auf die Schliche zu kommen.

»Bei dem späten Schnee heuer, da tut das den jungen, feurigen Herzen gut!« pries sie ihr Getränk an.

»Und ob das guttut!« ging ich auf ihr Geschwätz ein, indem ich so tat, als hätte ich ihre Gaunereien nicht bemerkt.

»Früher«, klagte sie, »da wär' Ihnen die Stube hier voll gewesen von Männern, aber es ist bald so, als täte keiner mehr Murr in den Knochen haben. Der Smorczak, wie der, und er verkaufte zu seiner Zeit das Gasthaus, da konnte man nie genug Korn in den Flaschen haben, aber heute ... hach!«

Sie machte eine wegwerfende Handbewegung, zwischendurch goß sie mir wieder ein, ohne daß ich sie darum gebeten hätte, und dann begann sie mich auszufragen; ich richtete meine Antworten so ein, daß ihre Neugierde immer mehr angestachelt wurde, endlich erkundigte ich mich wie zufällig nach dem Gast, von dem ich gehört hatte, daß er bei ihr wohnen sollte.

»Ein Ausländer soll der sein?« höhnte sie, »das könnt Ihr mir nicht weismachen, daß der ein Ausländer ist. Hab' schon viele Männer gesehen in meinem Leben, aber noch keinen, der sich so geheimnisvoll gebärden tut. Was nämlich mein Gast ist, der schließt sich in seinem Zimmer ein und geht auf und ab und redet mit sich selber bei Tage und bei Nacht, und dem seine Sprache, die ist Ihnen nämlich genausowenig ausländisch wie die meine oder die Ihrige ...«

»Sie haben also gelauscht?«

»Gelauscht?« fragte sie betroffen, »gelauscht? Nee, das hat unsereins gar nicht nötig, sag' ich Ihnen. Gelauscht ... hach! Als müßten wir erst vigilieren und um die Ecke linsen, um hinter dem seine Geheimnisse zu kommen! Ich seh' so einem wie dem schon an der Nasenspitze ab, daß der, und er hat nichts Gutes auf dem Kerbholze. Und da müßten wir erst meine Paula fragen, die in der Kammer neben seinem Zimmer schläft, warum sie in der Nacht keine Ruhe hat. Und was ich nicht weiß, das simulier' ich mir halt dazu. Ein Übeltäter, sag' ich, und kein Ausländer, ein Tunichtgut in seiner Jugend, den's jetzt umtreibt, wo er ins elende Alter geraten ist...«

Unaufgefordert nahm sie ein zweites Glas für sich, goß es voll und trank auf mein Wohl. Dabei schätzte sie mich noch einmal von oben bis unten ab, und als sie erkannt hatte, daß ich wohlhabend genug aussah, wandte sie sich nach der Küchentür und klopfte an die Glasscheibe. Der zahnlose Mund verzog sich zu einem kupplerischen Lächeln, und in den trüben Augen glomm ein böses Feuer.

»Sie werden's ja selbst sehen«, sagte sie gedehnt, »ob meine Paula von der Sorte ist, daß man sie nicht beachtet und kein Wort mit ihr reden tut...«

»Wo ist er denn jetzt?« fragte ich beiläufig.

»Fortgegangen, beizeiten schon...«

»In die Stadt?«

»Wenn er dahin wollte, hätte er sich einen Wagen bestellt, bei dem hohen Schnee. Ich weiß nicht...«

Sie klopfte noch einmal voller Ungeduld an die Scheibe, jetzt regte es sich dahinter, und gleich darauf trat das Mädchen, das mir die Alte so gerühmt hatte, in die Schenkstube. Ein herausforderndes Lächeln in den dunklen Augen, die zwischen leicht entzündeten Lidern groß und unbeweglich glänzten, schwarzhaarig und mit bräunlicher Haut, welche die dumpfe Wärme dieses schmiegsamen Leibes ausstrahlte – so glich sie einer Zigeunerin, welche hier vorübergehend seßhaft geworden war und sich dazu hergab, die Männer von Kaltwasser auszuplündern. Da sie noch jung war, befand sie sich auf dem Wendepunkt, wo die Verdorbenheit, die ihr eingeboren war, die Unschuld noch nicht völlig ausgetilgt hatte. Die Alte betrachtete sie wohlgefällig, brachte an der nachlässigen Kleidung da und dort was in Ordnung und schob sie dann zu mir hin.

»Da ist ein junger Herr«, empfahl sie mich dem Mädchen, »er wird dir gefallen, mein Täubchen!«

Paula räkelte sich und warf den Kopf nach hinten, daß die Brust unter der schmutzigen Bluse hervortrat. Ich warf das

Geld auf den Schenktisch und wandte mich zum Gehen. Einen Augenblick lang erinnerte ich mich daran, wie Sofie damals durch die beschlagene Scheibe in den Tanzsaal geblickt hatte, um mich nach draußen zu locken; die äußere Ähnlichkeit zwischen den beiden war unverkennbar, Starkloffs Tochter hatte jedoch auf einem festen Grund für immer Fuß gefaßt, während die zigeunerische Paula wohl niemals die Hand finden würde, welche sie vom schlüpfrigen Boden dieser Gasthausdielen wegführen würde. –

Zuerst fiel es mir überhaupt nicht auf, daß Haubold sein Versprechen nicht gehalten hatte. Selbst als ich mich vergebens nach ihm umsah, kam mir noch kein Verdacht. Ich stand unschlüssig auf der Dorfstraße und blickte suchend nach allen Seiten. Wie immer, wenn ich mit meinen Gedanken in die Vergangenheit zurücktastete, verwirrten sie sich alsbald und gerieten unter den Zwang eines anderen Gehirns, das in dem bleichen Totenschädel längst verwest war. Derselbe Begleiter, welcher mir gestern unvermerkt in Starkloffs Stube gefolgt war, schwebte als dünne Rauchsäule neben mir, und eine beißende Kälte, schärfer als jeder irdische Frost, hauchte mich an. – ... ich will dir sagen, wo er ist – flüsterte die Stimme, welche im Leben so laut gedröhnt und gepoltert hatte –, er ist dorthin gegangen, wo sie mich damals wie ein Aas übers Gras geschleift haben ... am Rande des Mühlweihers, da sitzt er nun und kann doch nichts mehr gutmachen ... geh ihm nach, stöber ihn auf, hetz ihn zu Tode ... –

Das leise Quietschen, mit dem die Pforte in der Parkmauer hinter meinem Rücken aufging, störte mich nicht. Plötzlich traf mich ein Schneeball im Nacken so hart, daß ich vornüber taumelte. Wütend drehte ich mich um, erbost über den dummen Scherz, von dem ich zuerst glaubte, daß ihn Haubold sich ausgedacht hätte. Ein Klumpen lockeren Schnees flog mir ins Gesicht, blendete mir die Augen und zerschmolz auf den zum Schimpfen geöffneten Lippen. Bald darauf wurde das klirrende Gelächter vernehmlich, eine spröde Frauenstimme, die nicht melodisch war, sondern in sich selbst geborsten, gleich einer Glocke, welche durch den Sprung, der das Metall zerrissen hat, ihren Klang einbüßte. Das Mädchen, das zur Unzeit aus der Mauer getreten war, bog sich vor Lachen. Sie trug einen schwarzen Reitanzug und hohe Stiefel, und da sie sich schlank und schmalhüftig erhalten hatte, wirkte sie burschikos; alle ihre Bewegungen zeugten davon, daß sie unglücklich war und deswegen ihre Lustigkeit übertrieb. Ich stimmte in das Lachen nicht ein und verhielt mich abweisend genug, aber sie übersah das, trat auf mich zu und schlug mir die Hand auf die Schulter.

»Genauso unbeholfen wie früher? Derselbe Tölpel und Bärenhäuter. Ich hätte es mir ja denken können!«

Das magere Gesicht mit den rotgefärbten Lippen, die grauen Augen, in denen eine übermäßige Härte saß, die zuckenden Mundwinkel und die poröse, gepuderte Haut, da und dort durch Falten vorzeitig geritzt; das kurzgeschnittene Haar, welches einen kupfernen Schimmer hatte: dies also gehörte alles zu dem neuen Bilde, das die Obersten-Tochter jedem Betrachter darbot. Ich löste mich von ihr und versuchte vergeblich, die Halbwüchsige von damals mit dieser hier in Einklang zu bringen.

»Cora?« fragte ich in meiner ersten Verwirrung, »Cora?«

Sie lächelte müde, streifte sich den Handschuh ab und wies mir Christianes Ring vor, der an ihrem Mittelfinger saß, dort, wohin ich ihn einstmals gesteckt hatte.

»Ich würde dich sofort erkannt haben«, sagte sie leise, »auch wenn ich nicht gewußt hätte, daß du hier bist!«

Der blasse Widerschein des Schneelichts und die Schwärze ihrer Kleidung ließen das Gesicht bleicher erscheinen, als es in Wirklichkeit sein mochte. Sie war von einer künstlich hergerichteten Schönheit, welche es nicht verbergen konnte, daß hinter jedem mit Bewußtsein erzeugten Lächeln der Überdruß und die Verzweiflung lauerten. Alle Spannungen, die fortwährend über diese Züge liefen, hatten ihre Ursache in einer tiefen Unbeständigkeit, die wohl zu stark war, als daß sie jemals befriedet werden konnte.

»Du hättest mich wiedererkannt?« fragte ich linkisch. Gleichzeitig hörte ich wieder jene unkörperliche Stimme, die inzwischen verstummt gewesen war; inständig forderte sie mich auf, die Obersten-Tochter stehenzulassen und mich an Smeddys Verfolgung zu machen: ... hetz ihn, überrasche ihn, ehe es zu spät ist ... hetz ihn ... hetz ihn zu Tode ...

Statt einer Antwort riß Cora meine Hände aus den Manteltaschen und suchte nach dem Ring.

»Verloren?« fragte sie.

»Verloren!« gab ich zurück.

Sie war mir so nahe, daß ich den Duft roch, der aus ihren Haaren stieg, sie hielt meine Hände fest, und ihre Unruhe ging mit leichten Schwingungen auf mich über. Unbekümmert darum, daß wir mitten auf der Dorfstraße standen und den müßigen Leuten neue Nahrung für ihr Gerede gaben, wendete sie meine Finger hin und her, bog und spreizte sie so lange, bis ich sie zu Fäusten ballte und ihr entzog.

»Verloren!« wiederholte sie noch einmal. Jetzt war sie erleichtert, und in ihren Augen stand ein kalter Spott, so, als wäre sie in den Erwartungen, die sie stets beängstigt haben mußten, völlig enttäuscht worden und als käme ihr diese Klarheit grade recht, denn es gab – so glaubte sie wohl – fortan keinen einzigen mehr, der noch die mindesten Forderungen an sie stellen durfte.

»Zehn Jahre ...«, sagte ich wie eine Entschuldigung, »... damals waren wir noch Kinder!«

Sie starrte mich voller Abneigung an, ihr Gesicht war hart geworden, die Lippen kniffen sich ein, die grauen Augen zeigten ein sprühendes Licht. Plötzlich schlug sie den Handschuh gegen die Stirn, und in dieser Geste war ihr ganzer Hochmut beschlossen, den sie nur ihren Erinnerungen zuliebe aufgegeben hatte.

... hetz ihn ... sirrte die Totenstimme ... laß dich nicht unterkriegen von der da ... es ist weiter nichts als ihre verlorene Unschuld, an die sie denken muß, wenn sie dich betrachtet ...

Sie ließ die Hand vom Gesicht sinken, dann straffte sie sich, und ehe sie sich umdrehte und mich stehenließ, zischte sie irgendein unverständliches Schimpfwort gegen mich. Es wunderte mich nicht, daß ich mir ihre Verachtung zugezogen hatte, mir lag nichts daran, ihr zu gefallen, und wenn ich einen Frauennamen auf den Lippen bildete, zärtlich und behutsam wie einen leicht entstellbaren Laut, in dem alle Musiken der Welt beschlossen zu sein schienen, so war es der von Zglinickis Tochter.

Die eiserne Gitterpforte schlug klirrend zu. Aus den Schornsteinen quoll der beißende Rauch des nassen Holzes und schwelte die schwere Luft voll. Vom Himmel fielen große Tropfen, welche da und dort Löcher in den Schnee schlugen. Die Sicht zwischen den Höfen auf die Felder hinaus war trübe geworden, und die weitentfernten Merkzeichen der Landschaft, einsame Bäume und kleine Gehölze, standen wie angekohlt in der laugigen Welt. Erst fröstelte ich noch, aber kurz nachdem ich das Dorf hinter mir gelassen hatte, durchfuhr mich eine fiebrige Hitze gleich jener, die einen befällt, wenn man sich zum erstenmal an ein Wild heranpirscht, von dem es noch zweifelhaft ist, ob man es treffen oder verfehlen wird.

Der Weg war beschwerlich zu gehen, weil der Schnee unter dem dichter werdenden Regen sehr schnell zu wässerigem Brei wurde; das Geäst der Chausseebäume hing im Nu voller Perlen, die ineinanderrannen, sich vergrößerten und, als sie keinen Halt mehr fanden, zu Boden fielen. Der schaumige Schlamm rings um die Stämme war durchsiebt von den Tropfen, die unablässig im Kreise herabgeschüttelt wurden, an der Rinde hatten sich kleine bewegliche Eishäute gebildet, welche das rinnende Tauwasser nach unten spülte.

Nirgendwo auf der Chaussee fand sich die Spur wieder, der ich folgen wollte. Ich suchte erst danach, als die tote Weite mich zusammenzupressen begann, daß mir das Atmen schwerfiel. Das schmutzige Weiß, in das sich hier und da tintiges Grau und mergliges Gelb mischten, machte die Landschaft so fahl, als befände sie sich an der äußersten Grenze der Erde, dort, wo die giftigen Dünste des Totenreiches, die andere Planeten längst entvölkert haben mußten, langsam aus der Leere heranwölkten. Die Luft war öde, kein Vogelflug streifte hindurch; ich glaubte den schwefligen Brodem zu riechen, der in die gelben Nebel gemischt war. Dort, wo die Wälder standen, waren weiche Schatten zu sehen, die sich bewegten. Bald kam ich mir so verlassen vor, daß ich jetzt erst jenes Wort begriff, vor dem ich mich, als ich es in meiner Kindheit gehört hatte, jedesmal mehr gefürchtet hatte als vor allen anderen Ausdrücken, in denen die Erwachsenen ihre Geheimnisse andeuteten: »Dein Onkel ist verschollen...«, ich wußte nie, was das bedeuten sollte. – »Verschollen zwischen den uferlosen Ozeanen der Vergangenheit... du bist verschollen... verschollen...« Ich erschrak, als ich meine eigene Rede hörte und dann bemerkte ich ein Stück voraus in der menschenleeren Ebene, die von jeder anderen Kreatur verlassen war, die undeutlichen Umrisse mehrerer Männer. Sie standen heftig gestikulierend an der Stelle, wo der Weg nach der Wassermühle abzweigte, einer von ihnen war von der Chaussee auf die Felder herausgetreten und schien den Schnee zu untersuchen. Ich hätte viel darum gegeben, irgendein gleichgültiges Wort mit ihnen wechseln zu können, deswegen rief ich sie schon von weitem an. Der Laut fuhr fast körperlich aus meinem Munde. Ich sah, wie sie sich nach mir umblickten und wie einer von ihnen, der dem Lehrersohn ähnelte, die übrigen veranlaßte, sich nach der Stadt hin zu entfernen. Sie gingen so schnell, daß ich sie nicht mehr einholen konnte, und der, welcher wie Haubold aussah, trieb die übrigen zur Eile an. Bald darauf entdeckte ich die Spur, und von da ab achtete ich nicht mehr auf die Männer.

Als ich in den verschütteten, unbefahrbaren Feldweg einbog, der bis in die Ferne, dort, wo er unter gelben Schwaden sich verlor, von den gleichen Stapfen gezeichnet war wie der Platz vor dem Wirtshaus, entdeckte ich die rötlichen Flecken im Schnee. Zglinicki hatte recht, sie wirkten wie riesige Blutlachen, die von unten herauf gefärbt waren. Wie angeweht zogen sie sich längs der Schwarzen Weide hin, und wenn man sie länger betrachtete, prägten sie sich dem Blick ein, daß er überall die gleiche schmutzige Rötung bemerkte.

Aber ich hatte keine Zeit, mit darüber Gedanken zu machen, denn der Weg bot mir manche Schwierigkeiten. Hinter den Schlehdornhecken waren tiefe Wehen aufgeschüttet, die Fußstapfen des ehemaligen Sergeanten wirkten wie Fallgruben, und sie behinderten mich eher, als daß sie das Vorwärtskommen erleichterten. Zeitweilig schien es mir so, als bliebe ich auf demselben Fleck, im Kreise des lehmfarbenen Nebels, der mich nirgends entließ. Es dauerte lange, bis ich auf die Wiesen geriet und an die Holzbrücke kam, das Wasser im Graben stand sehr hoch und erreichte fast die Bohlendecke; wie ein dunkles Band zog es sich auf beiden Seiten ins Ungewisse: eine glatte Schlange mit stahlblauen Schuppen, die sich streckte und dabei doch anschwoll, unter einem bösen Bann, der ihr befahl, daß sie endlich lebendig wurde.

Drüben stand die verlassene Wassermühle in den dichter werdenden Schwaden wie eine rauchende Brandstätte, aus der gleich die Stichflamme schlagen mußte. Der Regen rieselte jetzt in dampfigen Schleiern aus der lichtlosen Trübnis des Himmels. Mein Herz klopfte sehr stark, als ich am Hause vorüberstampfte, und es übertönte das laute Rauschen des Wassers, welches durchs vermorschte Mühlwerk brauste.

Die beiden Linden, der eingesunkene Gartenzaun, die ausgewucherten Weidenbüsche – dann sah ich ihn, er wandte mir den Rücken zu und entledigte sich seiner Oberkleidung. Langsam und mit Bedacht zog er den Rock und die Weste aus und hängte beide in eine Astgabel; der mächtige Körper kam zum Vorschein, die breiten Schultern, die kräftigen Arme und der feste Nacken: alles, was früher den anderen Achtung und Furcht abgezwungen hatte, war nun gedunsen und mit Fett vollgeschwemmt.

Vorsichtig näherte ich mich ihm, bereit, mich zum Zeugen dessen zu machen, was er vorhatte, und nichts zu verhindern. Als ich bis auf die Entfernung eines Steinwurfs an ihn herangekommen war, strichen von den Fischteichen her mit dem leichten Knarren, das ihren Flügelschlag begleitet, drei Wildenten sehr niedrig über uns hinweg. Der Mann, den ich für Smeddy hielt, erschrak durch den leisen Laut so sehr, daß er sich umwandte und den Vögeln mit der Faust drohte. Dabei entdeckte er mich, zuerst knickte er vor Angst in die Knie, dann aber, mit einem einzigen Sprung, war er bei seiner Jacke, riß sie an sich und wühlte in den Taschen. Ehe er das, was er suchte, gefunden hatte, stand ich vor ihm.

»Smeddy!« schrie ich ihn an, »Sie sind der Sergeant Smeddy, der damals desertierte! Ich habe gesehen, wie Sie aus dem Zuge sprangen, einen Tag, nachdem Sie...«, mir fiel ein, daß er mich nicht verstehen konnte, und ich überlegte mir vergebens, welche englischen Worte in meinem Gedächtnis haftengeblieben waren.

Seine verzerrten, kalkbleichen Züge entspannten sich plötzlich, ein grobschlächtiges Grinsen machte sich darin breit. In diesem Gesicht, dessen männliche Festigkeit längst verlorengegangen war, saß etwas, das mich einschüchterte: fast unkenntlich, in der Tiefe der wäßrigen Augen, in der Verschwommenheit seines Mundes und Kinns verbarg sich der Irrsinn.

»Mörder?« fragte er mich, indem er an den Rand des Teiches zurücktrat, als könnte er sich dort in Sicherheit bringen, »und du bist kein Mörder, den er ausgeschickt hat, mich zu töten?«

Sein Deutsch war übermäßig klar artikuliert und doch völlig entstellt, man merkte ihm an, daß er es aus einer sehr entlegenen Erinnerung heranholen mußte.

»Smeddy?« fragte ich noch einmal, obwohl ich ja sah, daß er es war.

Er sagte, er hätte viele Namen gehabt und er entsänne sich nicht sehr gern an diesen, aber er gestand es schließlich ein: er war der Sergeant, und dann erklärte er mir auf umständliche Weise, daß er, als er geboren wurde, den Namen Tomscheit mitbekommen hätte. Er sprach ihn sehr undeutlich aus, ich ließ ihn mir buchstabieren. Aber auch das bot mir noch nicht genügend Sicherheit, ich malte ihn in den Schnee, und der ehemalige Sergeant nickte zustimmend, während er sich wieder ankleidete. Dieser Name ... meine Mutter schrieb sich so, als sie noch ein Mädchen war ...

Das, was Smorczaks Mithelfer am Mühlweiher vorgehabt hatte, erfuhr ich erst viel später, nachdem wir gemeinsam ins Dorf zurückgekehrt waren und die warme Küche des Gasthofs mit Lärm und dem Rauch der süßen, überseeischen Zigaretten ausfüllten.

Smeddy

Als ich am nächsten Morgen mit jähem Ruck aus dem dumpfen Schlaf aufwachte, den faden Geschmack des Schnapses noch auf der Zunge und in allen Fibern die letzten Reste des gestrigen Rausches, fand ich auf dem ovalen Tisch vor dem Sofa einen Brief. Er war gegen das Glas gelehnt, in dem sich eine aufgeblühte Hyazinthe befand, eine selbstgetriebene Zwiebel, deren weißliches Wurzelgestrüpp das Gefäß beinahe sprengte. Der fleischige Blütenstock hatte sich voll entfaltet, und die Wellen des süßen Duftes durchströmten die ganze Kammer. Ich konnte mich nicht entsinnen, beide, Brief und Blume, bei meiner Heimkehr bemerkt zu haben – es lag am Alkohol oder an den verwirrenden Begegnungen, daß die Bilder des vorigen Abends fürs erste völlig verhüllt blieben. Da ich im Brief einen Aufschluß darüber zu finden hoffte, riß ich den Umschlag auf, der in steiler, großzügiger Schrift, welche mir unbekannt war, nichts als nur meinen Namen trug. Einige flüchtig hingeworfene Zeilen auf dem großen Bogen, in den ein Wappen geprägt war, eckige Buchstaben, die sich schwer entziffern ließen: Cora forderte mich auf, daß ich an diesem Nachmittag nach Nilbau kommen und in einer Konditorei auf sie warten sollte. Ich hielt das Papier, an dem ein feiner Wohlgeruch haftete, nahe vors Gesicht . . .

. . . dabei fiel mir ein anderer Geruch ein. Paula hatte schweißig und fast wie ein Tier gerochen, als sie sich plötzlich unter dem beifälligen Lächeln des alten Weibes und dem zotigen Gebrüll des Mannes, welcher einstmals den Namen Smeddy trug und der meiner Mutter Brudersohn war, wie eine Katze auf meinen Schoß schnellte. Es war ein dunkler Hauch, der von ihr ausging, streng und weich zugleich, und er schien sich überall an meinen Händen, auf den Lippen und in den Kleidungsstücken festgesetzt zu haben – jetzt, wo ich ihn wieder hatte, verdrängte er sogar die beschwichtigende Süßigkeit der Hyazinthe. Der muskulöse Leib, welcher sich bog und dehnte, die schwarzen Haare, die mein Gesicht kitzelten, und der heiße

Atem, der mich gleichsam verbrühte, das alles wurde nun, indem ich es aus der Erinnerung zurückholte, deutlicher, als es in der Nacht gewesen war. Die Verschleierungen, die der Schnaps über mein Bewußtsein legte, hatten es, als es wirklich war, so doppeldeutig gemacht wie irgendeinen unglaubwürdigen Traum, dessen Figuren verschrobenen Launen folgten gleich Marionetten, welche an dünnen Drähten hingen und völlig willkürlich hin und her geschleudert wurden. Also auch diese Paula, welche bis dahin ein wenig geziert sich im Hintergrund verhalten hatte – kaum, daß sie den Schnaps kostete, bekam ihre Wildheit sie völlig in die Gewalt; indem sie auf meinen Schoß sprang, nahm es sich aus, als würde sie an einem unsichtbaren Seil aus aller Gewalt quer über die dämmrige Bühne zu mir her gezerrt. Dunkle Augen wie schwarze Schächte hinab bis zu den Geheimnissen des Geschlechts, ein starkes Gebiß zwischen feuchten Lippen, die braune Haut, die unter dem dünnen Stoff der Bluse wie ein warmer Nachschimmer des Sommers war, die feste Brust, welche sich bei jedem Atemzug hob und senkte – diese irdische und vom Geist nicht geschwächte Brünstigkeit; ich zählte all ihre Einzelheiten auf und kam nicht zu Rande damit, weil sich der ehemalige Sergeant plötzlich davor drängte.

Er saß breitbeinig auf dem Schemel und wiegte den gemästeten Körper hin und her. Mit dröhnender Stimme sang er ein unflätiges Lied, dessen Text wir nicht verstehen konnten, aber da er es durch solche Gesten begleitete, deren Bedeutung überall begriffen wird, wurde uns der Inhalt klar: er forderte mich auf, in seiner Vertretung mit Paula das zu tun, was er sich selbst nicht mehr zutraute. Derweilen quiekte die Alte wie ein gestochenes Schwein. Der frühere Besatzungssoldat trat nach den Flaschen am Boden, sie kippten klirrend um und rollten über die Ziegel, die schlampige Wirtin bückte sich danach, und der Mann, den ich eigentlich meinen Vetter hätte nennen müssen, gab ihr einen Fußtritt, daß sie hinstürzte. Wütend ging sie mit gespreizten Fingern auf ihn los. Ich sah, daß er sich schwankend erhob, er schrie in einem Kauderwelsch, welches den beiden Frauen unverständlich blieb, daß man ihn erschießen möge, weil er ein Deserteur sei, der sich nun endlich dem Gericht gestellt hätte, er riß sich Jacke und Hemd auf und kommandierte einem unsichtbaren Peloton: Feuer! Feuer! – Als die Schüsse nicht fielen, suchte er nach irgendeiner Sache, an der er seinen Zorn auslassen konnte. Taumelig stand er hinterm Küchentisch, auf dem in kleinen Lachen der vergossene Schnaps ölig glänzte. Das Licht der Petroleumlampe hauchte ein wenig Farbe über seine feisten Züge, und der Widerschein des flackernden Herdfeuers setzte ihm glimmende Funken in die erloschenen Augen. Der riesige Schatten, den er an die gekalkte Wand warf, hockte ihm wie ein Alp auf dem Rücken und spähte über seine Schultern nach uns aus. Wir verstummten, und selbst die Alte hörte mit ihrem hartnäckigen Gezeter auf. Die Beklommenheit war so groß, daß sich mir noch jetzt ein dumpfer Druck auf die Brust legte...

Smeddy starrte ins Leere, in die grauenhafte Wüstenei, welche sich überall rings um ihn ausbreitete: ein verheertes, unnützes Leben, ganz und gar verpfuscht und ohne die mindeste Begnadung, das Dasein eines Mannes, der seine Leidenschaften niemals zu zügeln vermochte und deswegen von ihnen zerrissen wurde wie von wilden Tieren. Er hatte mir alles erzählt, ich kannte seine Verwundungen, er war zerfleischt bis ins Innerste. – Mit einer Behendigkeit, die man ihm nicht zugetraut hätte, bückte er sich, tastete blindlings auf dem Fußboden herum, und als ihm dort nichts in die Hände geriet, was er wie eine Waffe hätte gegen sich selbst richten können, faßte er den Tisch an und kippte ihn langsam um. Alles, was sich darauf befand, geriet ins Rutschen und zerschellte: die Flaschen, die Gläser, die Lampe. Als die Scherben sprangen und das Licht erlosch, blieb zuerst alles still, aber dann keifte die Alte los; Smeddy torkelte stöhnend umher, die Flammen hüpften aus dem Herd wie Irrlichter und beleuchteten mit ihrem dünnen Schein die plumpen Bewegungen dieses Mannes, dessen frühere Gewalttätigkeit nun zu solch kläglichen Resten eingeschrumpft war, daß er, um sich Luft zu schaffen, weiter nichts mehr tun konnte, als einen Tisch umzuwerfen.

Paula, die mir zuliebe eine große Ängstlichkeit heuchelte und ihren Kopf an meiner Brust versteckt hatte, glitt schnell von meinen Knien. Ich sprang auf und versuchte sie festzuhalten, aber sie huschte mir geschmeidig unter den Händen fort. Mit leisem Kichern lockte sie mich weg, so daß ich in dem fremden Hause, dessen Räumlichkeiten mir gänzlich unvertraut waren, eine derart große Sicherheit bekam, als würde ich an der Hand durch die Dunkelheit geführt. Das, was sich von da ab ereignete, geschah wider meinen Willen, und ich empfand, während ich das Mädchen treppauf, treppab verfolgte, noch zuallerletzt einen schmerzlichen Zwiespalt zwischen meinem Gewissen und dem dumpfen, vom Trinken aufgestachelten Trieb, der mich zur Lust drängte. Aber ich kam nicht mehr dazu, mich um diesen Widerstreit zu kümmern, denn eben ging in den stockfinsteren Bodenfluren das schwache Licht einer Kerzenflamme auf, jetzt hörte ich auch das Gelächter wieder, irritierend wie das Zirpen eines Heimchens, welches in allen Ecken der verwinkelten Gelasse gleichzeitig seinen dünnen Lärm anzustimmen schien. Eine Tür flog knarrend zu, das Licht rieselte durch die Bretterfugen, und das Lachen bekam einen Beiklang von Schadenfreude. Besinnungslos vor Wut flog ich nach kurzem Anlauf gegen den Türflügel, von dem ich geglaubt hatte, daß er verriegelt worden wäre, er gab sogleich nach, ich stolperte in die Kammer und prallte gegen den glänzenden Blick, mit dem Paula mich wie einen Fremden von sich abwehrte. In einem einzigen biegsamen Ruck, einer Schlange vergleichbar, welche die vorjährige Haut von sich abstreift, entledigte sie sich ihrer Kleider, und dann drückte sie gelassen die Kerzenflamme aus. Wie die Feindseligkeiten zweier unversöhnlicher Gegner, die ihren Haß niemals loswerden können und die eher den Tod als das Leben meinen, wenn sie sich begegnen, so war alles, was wir einander antaten, in der lichtlosen Finsternis, unter dem schrägen Dach, über das zu unseren Häupten von Zeit zu Zeit der schwere Tauschnee rutschte und dumpf zu Boden fiel.

Später stampfte Smeddy die Treppe herauf und hob nebenan laut mit sich selbst zu hadern an. Als ich aufstand und wortlos fortging, tauchte ich vor dem Hause in den milchigen, brandig riechenden Nebel ein wie in eine hohe Flut, welche nicht mehr einzudämmen war und mich mit schneller Strömung wegführte …

Vergeblich versuchte ich die zeitlichen Zusammenhänge dessen wiederherzustellen, was sich am gestrigen Tage seit dem Augenblick ereignet hatte, wo ich Smeddy am Mühlweiher überraschte. In der weitschweifigen und überaus scharfsinnigen Art solcher Leute, die sich, da ihnen tiefere Einsichten niemals gewährt worden sind, zwei oder drei fixe Ideen als Leitsätze über ihr zerfahrenes Leben schreiben, hatte er mir eine genaue Erklärung darüber abgegeben, warum er hierher zurückgekehrt war. Dessen entsann ich mich wohl, und ich hatte sogar noch den rechthaberischen Tonfall seiner Rede im Ohr, aber ich konnte das übrige nicht mehr in mein Verständnis zurückholen.

Ich ließ mich rücklings auf mein Lager fallen und schloß die Augen, weil ich hoffte, daß sich die verstreuten Bruchstücke der gestrigen Begebenheiten von selbst aneinanderfügen würden...

Alsbald dröhnte die zerhackte Musik des Orchestrions, das wir, gleich nachdem wir zu trinken anfingen, in Gang gesetzt hatten, durch mein Gehör. Es stand im leeren Tanzsaal, wir ließen die Türen offen, damit die Märsche und Walzer uns unabgedämpft erreichten. Das ganze Haus begann in den starken Rhythmen zu vibrieren, die auseinandergerissenen Melodien drangen in der blassen Stille des späten Nachmittags bis auf die Straße vor und lockten die Leute an. Hin und wieder zeigten sich Gesichter, die vom Zwielicht rosa gefärbt waren, an den Fensterscheiben und spähten zu uns herein. Ich rechnete damit, daß auch Woitschach kommen würde, und machte mich darauf gefaßt, seine Einmischungen entschieden abweisen zu müssen. Smeddy war durch die dunkle Brille so unkenntlich gemacht worden, daß der Bauer, auch wenn er sich an meine hartnäckigen Fragen erinnern sollte, den ehemaligen Sergeanten niemals zu erkennen vermochte.

Als es fast dunkel geworden war, traten mehrere Männer nacheinander in die Schenkstube, um sich den Abendschnaps zu holen. Sie hielten sich sehr lange auf und versuchten, Gespräche anzuknüpfen, aber die Alte wich ihren Fragen aus und äffte sie so sehr, daß sie bald schimpfend und murrend wieder weggingen. Sie glichen Abgesandten, die das Dorf ausgeschickt hatte, damit sie, reich beladen gleich jenen Kundschaftern, welche aus dem Gelobten Lande heimkehrten, den Zurückgebliebenen genügend Nahrung für ihre Schwatzhaftigkeit herbeischleppen sollten. Da sie mit leeren Händen wiederkamen, wären nun eigentlich die Frauen an der Reihe gewesen, aber von ihnen traute sich wohl keine einzige über die Schwelle, weil sie allesamt dem alten Weibe an Scharfzüngigkeit unterlegen waren. So blieben wir fürs erste noch ungestört, und ich hatte genügend Muße, um zu beobachten, wie unterm abnehmenden Tagesschein auf Smeddys schwammigen Zügen eine tödliche Angst zum Vorschein kam. Ungeduldig verlangte er nach der Lampe, aber die geizige Schlumpe wollte uns noch kein Licht zubilligen. Smeddy goß den Schnaps in sich hinein, als könne er seine Feigheit damit betäuben, später rückte er in meine Nähe, um bei mir vor den eingebildeten Gefahren Schutz zu finden. Er redete davon, wie das Unglück an allen Orten, wo er sich während der vergangenen zehn Jahre niederließ, immerzu von ihm gezehrt hätte...

Aber auch jetzt vermochte ich nur den besonderen Tonfall seiner Rede, nicht aber die einzelnen Worte und Sätze, auf die es mir ankam, wiederherzustellen. Was hatte er gesagt, welche Gründe waren von ihm zu seiner Verteidigung angeführt worden? Mein Gedächtnis blieb in allem, was diese Eröffnungen betraf, leer und blind. Ich sah ihn reden und nahm jede Bewegung seiner fleischigen Lippen wahr, von denen die unartikulierte, zusammengemischte Sprache abrann wie ein zäher Brei. Aber das inwendige Gehör war ertaubt, und die Einzelheiten, welche mein Gedächtnis bewahrt hatte, wollten nicht zusammenpassen. Eben wurden mir jene Augenblicke wieder deutlich, in denen die peinlichen Besuche Woitschachs und Sofies mich beinahe wieder ernüchtert hatten...

...draußen war es schon so finster, daß man niemanden mehr erkennen konnte, der über die Straße ging. Die Gaffer an den Fensterscheiben hatten sich entfernt, öfters war ich vor die Tür getreten und hatte Ausschau nach ihnen gehalten. Unter dem strichweisen Regen, der den Schnee viel zu langsam aufzehrte, sah das Dorf derart öde aus, daß selbst der Lampenschimmer in den kleinen Fenstern nichts mehr von Wärme und Geborgenheit ausstrahlte. Wie auf einer riesigen Hand, deren leiseste Bewegung das lockere Gefüge aus Häusern, Feldern, menschlichen Beziehungen, aus Recht, Ehrbarkeit, Heimtücke, Hoffnungen und Lastern ins Wanken bringen und der Vernichtung preisgeben konnte, so lag Kaltwasser auf der welligen Ebene, eingebettet in die flache Mulde, über welche sich die unentwirrbaren Linien der Wege, Raine, Grenzen und Wasserläufe zogen. Aber das andere Lineament, jenes unsichtbare Netz, das mit unauflösbaren Maschen von einem zum anderen Schicksal lief, das den und jenen verknüpfte, so daß sie nichtsahnend an ihre Freiheit glaubten und sich immer wieder auf sie beriefen, bis sie dessen gewahr wurden, daß sie allesamt gebunden an Händen und Füßen waren – wo sollte man hier das Ende, wo den Anfang suchen?

Die Orchestrionmusik war längst abgespielt, ich hatte das

Uhrwerk nicht mehr aufgezogen. Die erste Ermattung machte mich kleinlaut, ich kehrte zu Smeddy zurück und setzte mich neben ihn. Endlich zündete die Alte ihre Lampe an; in dem Licht, das wie ein großer Ball, welcher langsam aufgeblasen wird, rund um die Milchglasglocke prall und straff wurde, nahm sich Smeddys Gesicht so weinerlich aus, daß ich darüber erstaunte. Der Schnaps hatte ihn gefühlsselig gemacht, mit unsicherer Hand setzte er die Brille ab und wischte sich die Augen trocken.

Aber er verwandelte sich gleich wieder und gewann ein wenig von seiner früheren Brutalität zurück, als Woitschach plötzlich in die Küche trat. Ich hatte den lauten Schritt schon erkannt, als er durch die dunkle Schenkstube stampfte. Dann stand der Bauer im Türrahmen und betrachtete uns eingehend, während ein hämisches Lächeln sein Gesicht entstellte. Als wäre ich ein unmündiges Kind, das er mit Schelte und Prügeln traktieren müßte, um es nach Hause zu treiben, so ging er auf mich los, und er hätte mich wohl am liebsten am Kragen genommen und hinter sich drein geschleift. Ich blieb ruhig sitzen und erwiderte ihm nichts auf seine Tiraden, die von Ehre, Freundschaft, Hinterhältigkeit und Betrug handelten. Drüben stand die Gastwirtin mit verschränkten Armen neben dem Herd und weidete sich an diesen außergewöhnlichen Vorgängen, welche sich ihr auf Jahre hinaus ins Gedächtnis einprägten.

Zunächst hatte sich Smeddy um den wütenden Bauern nicht anders gekümmert als um eine zudringliche Fliege. Unversehens aber bemächtigte sich seiner ein maßloser Zorn, welcher die vorige Stumpfheit im Nu überwand. Das träge Fleisch straffte sich wieder, er schnellte so überraschend hoch, daß ich erschrak, und er wäre wohl, wenn ich mich nicht sogleich zwischen die beiden Gegner geworfen hätte, dem Bauern an die Gurgel gefahren. Die Alte fing an zu kreischen, sie hetzte die Männer aufeinander und brachte sich beizeiten in Sicherheit. Es fiel mir schwer, dem entsetzlichen Haß standzuhalten, der von einem zum anderen schoß und dessen Ursache ich in diesen Minuten noch nicht zu ermessen vermochte. Es war so, als hätte sich bei Smeddy wie bei Woitschach endlich etwas geregt, das lange genug in ihnen verborgen gewesen war, und obwohl die beiden Männer gegenseitig weder um ihre Herkunft noch um ihre Vergangenheit wußten, erkannten sie doch sofort die verjährte Feindschaft wieder. Beide versuchten mich beiseite zu drängen, ich machte mich schwer und stellte mich breitbeinig hin, damit sie mich nicht umreißen konnten. Der nüchterne Woitschach war der erste, welcher nachgab: mit rotem Gesicht, indem er die geballten Fäuste schüttelte, stöhnend vor unterdrückter Wut, so räumte er das Feld unter dem höhnischen Gelächter der Alten, die aus ihrem Winkel wie eine Küchenschabe hervorkroch.

Kurze Zeit darauf, als wir uns schon wieder beruhigt hatten und nachdem die Alte ein Spülicht von übler Nachrede dem Bauern hinterdreingoß, ging die Schenkstubentür von neuem auf. Sofie trat schüchtern ein, sie trug ein dunkles Umschlagtuch überm Kopf, dessen Fransen ihre Stirn verhüllten, so daß man die Besorgnisse und Ängste, welche ihr in den Augen saßen, nicht deutlich erkennen konnte. An der Hand führte sie ihren ältesten Knaben, diesen altklugen Zehnjährigen, der mit ihren übrigen Kindern so wenig Ähnlichkeit hatte. Sie bot uns leise die Tageszeit und heftete den Blick derart argwöhnisch auf Smeddy, daß er seine Dumpfheit verlor. Der Junge sah sich neugierig in dieser fremden, schäbigen Welt um, aus der sich die Männer Rausch und Zorn nach Hause holten; er zog die Augenbrauen hoch, auf seiner glatten Stirn bildeten sich einige Falten, das erinnerte mich an die tiefen Runzeln auf den Köpfen neugeborener Hunde.

Sofie, die anscheinend ohne Woitschachs Einwilligung hierhergekommen war, unterdrückte die ersten Anwandlungen von Furchtsamkeit, sie wurde wieder ruhig und sicher, hörte nicht auf die spottsüchtigen Herausforderungen der Alten und versuchte mich zu bewegen, daß ich sie nach Hause begleitete. Die Beherrschung, zu der sie sich zwang, war ihr kaum anzumerken, ein kehliges Vibrieren ihrer Stimme war das einzige Anzeichen dafür, daß ihr die inwendige Unruhe manchmal bis zum Halse stieg. Unverwandt betrachtete sie den ehemaligen Sergeanten, welcher nervös hin und her rückte. Ich stand auf und bot Starkloffs Tochter meinen Stuhl an, sie zögerte nicht lange und setzte sich gleich, der Junge stellte sich wie eine Schildwache bei ihr auf. Smeddy wiegte seinen Oberkörper unter leisem Stöhnen, jedesmal, wenn er sich vorneigte, wich Sofies Sohn ängstlich zurück. Aber er bezwang sich und sah dem Fremden, dessen irrsinniger Blick wieder unter der dunklen Brille versteckt war, mit solcher Kühnheit ins Gesicht, daß sie seine schwachen Kräfte völlig beanspruchte. Bald begann der Knabe, der seine Fäuste ballte und den Kopf von Zeit zu Zeit heftig zurückwarf, vor Erschöpfung zu zittern. Sofie bemerkte es nicht, denn sie war immer noch an Smeddys Gesicht gebannt. Vergeblich stellte sie es sich um zehn Jahre jünger vor, es gelang ihr nicht, die Übereinstimmung mit der Vergangenheit herbeizuführen; erleichtert wandte sie sich wieder an mich, und es fiel mir nicht schwer, sie davon zu überzeugen, daß alle Befürchtungen, die sie um meinetwillen hierhergeführt hatten, unnötig waren.

Wir gaben beide nicht darauf acht, was sich während unseres kurzen Wortwechsels zwischen Smeddy und dem Jungen abspielte. Der ehemalige Sergeant versuchte, Sofies Sohn, der sich mit beiden Händen an der Stuhllehne festklammerte, zu sich herüberzulocken. Erst waren es nur einladende Handbewegungen, die mit entschiedenem Kopfschütteln beantwortet wurden, gleich darauf setzte Smeddy die Brille ab und versuchte es mit solchen Grimassen, die manche Erwachsenen, welche den Ernst der Kinder unterschätzen, dazu benützen, um sich ihr Wohlwollen zu erwerben. Nicht die mindeste Spur einer Erheiterung zeigte sich auf dem erbitterten Knabengesicht. Smeddy hatte sich preisgegeben, aber Starkloffs Tochter wiegte sich so sehr in ihrer neuen Sicherheit, daß sie jetzt, wo die schwarzen Gläser seine Züge nicht mehr entstellten und wo es möglich gewesen wäre, einen Anhaltspunkt für die Wahrheit zu finden, ihr voriges Forschen nicht wieder begann.

Smeddy versuchte es mit Kunststücken, ließ Münzen verschwinden und zog sie sich selbst wieder aus der Nase, er nahm ein Spiel abgegriffener Karten und schnellte sie von einer Hand in die andere, daß es schien, als zöge er eine winzige Ziehharmonika auseinander und drückte sie gleich wieder zusammen; dazu sang er in quiekendem Falsett, und dazwischen brummte er seinen tiefen Baß, mit dem er sich selbst begleitete. Dann zauberte er noch etliche sonderbare Sachen mit Streichhölzern und Bierdeckeln, seine plumpen Hände erwiesen eine gelenkige Geschicklichkeit, wie sie Taschendieben und Falschspielern eigen ist; er stellte sich dumm und tapsig, und im letzten Augenblick, mit einem schnellen Zugriff, fing er das, was schon im Fallen war, schnell noch auf. Selbst Sofie mußte lachen, aber von dem Kinde bekam er keinen Beifall.

Man konnte es ihm deutlich anmerken, wie sehr ihn dieser Mißerfolg erbitterte und daß er um jeden Preis die Zuneigung des Knaben erringen wollte. Schließlich, als ihm nichts mehr einfiel, begnügte er sich damit, eine Menge zärtlicher Kosenamen auszusprechen, die dem mißtrauischen Jungen, dessen todernstes Gesicht immer blasser geworden war, nur ein leises Zucken von Ekel abnötigten. Inzwischen war es selbst Sofie peinlich geworden, daß sie hier zusehen mußte, wie dieser fremde Mensch sich vor ihrem Sohne demütigte; sie redete dem Jungen freundlich zu, in der Hoffnung, er würde eine heitere Miene aufsetzen, aber davon wurde er nur noch störrischer, trotzig warf er die Lippen auf, runzelte die Stirn, daß der Haaransatz hochrutschte, und dann verkroch er sich hinter dem Rücken seiner Mutter.

Smeddy hätte endlich mit seinen lächerlichen Bemühungen aufhören sollen – weiß Gott, was er sich davon versprach, diesen Bastard für sich zu gewinnen? Aber er setzte sein Werben fort, holte Geld hervor und versuchte die Freundschaft zu kaufen, vergebens, denn der Knabe nahm den Preis, welchen er ihm bot, nicht an. Endlich, mit überraschender Schnelligkeit, sprang er auf und bekam das Kind, das vor Schreck fast gelähmt war, an der Hand zu fassen, er hob es hoch, versuchte es auf seine Arme zu betten und ihm den Kopf zu tätscheln. Doch der Junge setzte ihm heftigen Widerstand entgegen, stemmte Hände und Füße gegen die Brust des Mannes, und als ihm das noch nichts half, begann er schreiend zu beißen, zu kratzen und um sich zu schlagen. Sofie erhob sich bebend, nun bekam sie die Gewißheit, welche sie suchte; an seinem Zorn hatte sich der ehemalige Sergeant ihr verraten, alle anderen Kennzeichen waren von der Zeit verwischt worden. Dieses eine aber: die besinnungslose, körperliche Brutalität, welche mit denselben groben Gebärden wie einst sich äußerten – muskulös wie die tappenden Bewegungen eines Tieres, das sich vom Boden erhoben hat, auf dem es sonst zu kriechen gezwungen ist –, ließ ihr die bisherige Blindheit wie Schuppen von den Augen fallen. Sie sah das, vor dem sie sich entsetzte, so nahe bei sich, daß sie zuerst beide Hände über die Augen deckte.

Dann aber, als der erboste Smeddy, aufgereizt durch das Sträuben des Kindes, das mit hoher Stimme immer noch gellend schrie, Gewalt anwendete, sprang sie hinzu, riß es ihm weg und stellte es wieder auf die Füße. Der Knabe nützte seine Freiheit und flüchtete sich durch die Schenkstube nach draußen. Wie frierend raffte Sofie das Umschlagetuch vor der Brust zusammen, sie verließ uns wortlos, langsam und mit schleppendem Schritt, als wären ihr in diesen Minuten unerträgliche Lasten auf den Rücken gepackt worden. Schwerfällig stieg sie die Stufen, welche aus der tief gelegenen Küche emporführten, hinauf und blickte sich nicht mehr nach uns um, obwohl die Alte sie mit Schmähungen überhäufte und ihr die längst vergessenen Hurereien ihrer Jugend noch einmal ankreidete.

Von da ab war Smeddy wie verwandelt. Er versank in trübseliger Schwermut, die ihm wie ein grundloses Gewässer bis zum Halse stieg. Untröstlich und verstockt hockte er auf seinem Stuhle; weil ihm die wacklige Lehne keinen genügenden Halt gewährte, ließ er sich gegen die Wand fallen. Die schlabbrigen Lippen warfen sich schmatzend auf, wenn er die Luft aus der Brust preßte, schließlich redete er vor sich hin; undeutlich wie mit vollem Munde klagte er sich dessen an, daß selbst die unschuldigen Kinder vor ihm zurückschreckten.

»Lasset sie zu mir kommen«, verhöhnte er sich selbst, »lasset sie kommen und wehret ihnen nicht ...«

... dieses Wort, das einzige, dessen ich mich genau entsinnen konnte, stieß, als ich es jetzt laut wiederholte, gleichsam den Spund aus dem Faß. Nunmehr begann alles auf mich einzuströmen, aber ich mußte es noch einmal zurückdrängen, weil sich in den letzten Minuten draußen ein Lärm erhob, der mir zu gelten schien. Es hatte damit angefangen, daß ein Auto durch die Einfahrt gekommen war und mit brummendem Motor wie ein riesiges Insekt, das sich aus Erschöpfung niederließ, vor der Tür stehenblieb. Die Stimmen, welche ich nicht zu erkennen vermochte, drangen mitsamt den Schritten in den Flur ein, wo sie sich sofort dämpften. Deutlich unterschied ich Zglinickis Fragen und das weinerliche Zetern eines alten Weibes. Mehrfach wurde mein Name genannt, ich glaube, daß die Schlumpe aus der Gastwirtschaft mir einen Besuch abstatten wollte, um mich in Paulas Auftrag vor allen Leuten abzukanzeln. Schließlich klopfte man bei mir an, und ich sagte, daß ich gleich kommen würde. Wütend stand ich auf, und während der wenigen Minuten, die ich brauchte, um mich hastig anzukleiden, stellte sich der Zusammenhang von Smeddys Erzählungen so vollkommen her, daß mir zumute war, als läse ich sie wie von einem Schriftstück ab ...

... die Gewißheit, daß er wirklich der Sohn jenes ausgewanderten Bruders meiner Mutter war, hatte ich mir noch unterwegs, als wir nebeneinander durch den hohen Schnee heimwärts stampften, verschafft. Er verfluchte seinen Vater, einen unsteten Mann, der meinem Großvater anscheinend sehr ähnlich gewesen war. Dieser Flüchtling, der es zu nichts weiter gebracht hatte, als zu einer großen Schar von lauter Söhnen, war wie ein Sklavenhalter, welcher das Kapital, das in den starken Körpern seiner vielköpfigen Familie steckte, unnachsichtig ausbeutete. Er verstand es, seine Leute derart in Zucht zu halten, daß sich selbst die Ältesten, die ihm an Kräften überlegen waren, von ihm prügeln ließen, ohne einen Finger gegen ihn zu rühren. Da er sich in einem menschenarmen Teil des Landes angesiedelt hatte, fiel es ihm leicht, die Kinder in Unwissenheit aufwachsen zu lassen. Mit seinen geringen Kenntnissen prahlte er so sehr, daß niemand auf eigene Verantwortung zu handeln wagte, alle Anordnungen gab er in beinahe göttlicher Unfehlbarkeit, selbst das Sinnlose wurde durch seine Einmischung zur Wahrheit erhoben. Mitunter scharrte er alles Geld zusammen, das sich im Haus befand, fischte den letzten Cent aus den Taschen seiner Söhne und fuhr in die nächste, zwei Tagesreisen entfernte Stadt, wo er sich in den Bars herumsielte. Wenn er wiederkam, halb verdurstet vom Whiskysoda, der seine Kehle verbrannte, über und über von Staub gepudert, mit blauen Beulen und blutunterlaufenen Augen, züchtigte er seine Söhne der Reihe nach, um jede Aufsässigkeit im Keim zu ersticken. Als er plötzlich starb, durch und durch vergiftet von Ausschweifungen und maßloser Zornwütigkeit, zerstreuten sich die Brüder im Nu, jeder nach einer anderen Richtung, als würden sie es nicht ertragen, sich jemals wieder zu begegnen, und als müßten sie jegliche Erinnerung an die verpfuschte Kindheit von Grund auf ausrotten. »Wir vergaßen beinahe, ihn zu begraben...«

Ich fragte Smeddy danach, ob er jemals einen Mann getroffen hätte, der seinem Vater ähnlich gewesen wäre. Er bejahte es sogleich, ohne erst darüber nachzudenken. Ob dieser Mann, setzte ich meine Befragung fort, in diesem Dorfe dort gelebt hätte, und dabei wies ich auf Kaltwasser, das vor uns in den qualmigen Dünsten des Tauwetters lag. »Ja, ja, ja«, gestand er ungeduldig, als brächte ihn das von irgendwelchen Ideen ab, welche sich langsam hinter den Eintrübungen seines Verstandes hervordrängten, ja, dort hätte er gelebt, aber dann wurde er umgebracht. Und er wurde in dasselbe Wasser geworfen, setzte ich mein Verhör fort, vor dem ich ihn, Smeddy, vorhin getroffen hatte, wie er seine Kleider ablegte. Dankbar nahm er diese Bemerkung wie ein Stichwort an, das ihn auf den künftigen Text hinleitete. So redselig, daß ich seinem Kauderwelsch kaum zu folgen vermochte, erklärte er mir, daß dieser Teich, in welchem der Tote wie ein gemästeter, hundertjähriger Karpfen herumgeschwommen war, dadurch einen besonderen Dämon erhalten hätte. Er selbst, Smeddy, hatte sich ins Wasser stürzen wollen, nicht um Selbstmord zu begehen, sondern um das Gespenst in seinem eigenen Element zu stellen und sich dabei einer Art von Gottesgericht zu unterwerfen.

Auf die Mordtat selbst kam er erst viel später zu sprechen, als wir in dem Zimmer saßen, welches er im Gasthaus bewohnte. Dabei erfuhr ich nur noch eine einzige Neuigkeit, die nämlich, daß zu den Mitwissern der Vorbereitungen, welche jenes grauenhafte Ende herbeigeführt hatten, auch eine Frau gehörte. Vergeblich bemühte ich mich, den Namen auszuforschen, Smeddy hatte ihn längst vergessen, und er konnte mir auch keine Beschreibung mehr machen, denn es war ihm anscheinend unmöglich, sie von den vielen anderen, mit denen er sich abgegeben hatte, zu unterscheiden. Diese hier mußte im übrigen den Anlaß geliefert haben, aus dem sich damals alles entwickelte; sie war zu jener Zeit auf Starkloffs Hof bedienstet, kannte die Gewohnheiten ihres Herrn und wußte davon, daß er seine gesamte Barschaft mit sich herumschleppte, ja, da sie in einem besonders vertraulichen Verhältnis zu dem Bauern stand, war sie sogar darüber unterrichtet, wieviel Geld in seinen Taschen steckte, aber sie selbst wagte nicht, auch nur einen einzigen Schein davon zu entwenden. Putzsüchtig und jung, wie sie war, erbitterte es sie, daß sie sich niemals Kleider und Tand kaufen konnte, Starkloff hielt sie zu kurz, und sie war froh, wenn sie ihm entwischen konnte. Auf den Getreidefeldern, mitten im hohen Korn ... am Waldrand, unter den überhängenden Büschen, auf feuchtem Moos ... in den Wiesen, zwischen Schilf und Binsen ... Smeddy rühmte sich der Wollust, die er einen Sommer lang mit ihr gehabt hatte von dem Augenblick an, als er eines Abends allein über Land geritten war und diese Magd vor der niedrigen Sonne gleichsam entkleidet dastehen sah. Als er gegen den Herbst hin ihrer überdrüssig war, fiel sie anderen zu, und er sah es ohne Bedauern, wie sie das, was er ihr beigebracht hatte, wahllos an diesen und jenen wendete.

Ich konnte mich nicht entsinnen, eine solche Frau damals auf Starkloffs Hof getroffen zu haben, und beschloß, Sofie bei Gelegenheit nach ihr zu fragen...

Die Ermordung selbst schilderte er nur beiläufig, als wagte er nicht, sie noch einmal sich zu vergegenwärtigen. Er versuchte nicht etwa, die Schuld von sich abzuwälzen, sondern erklärte es mir genau, wie er das Geld, welches die Truppe dem Bauern zu zahlen hatte und das er ihm aushändigen sollte, an jenem Gewittertage schon vom frühen Morgen an bei sich trug und wie er es, noch ehe die Tat geschah, dem Gastwirt übergab. In dumpfer Gleichmütigkeit bezichtigte er sich dessen, daß er die Tötung nicht verhindert hätte, obwohl er außerstande gewesen wäre, dabei mitzuhelfen. Von Smorczak redete er wie von einem giftigen Ungeziefer, das den Fußtritt nicht wert wäre, mit dem man es austilgen müßte. Dennoch fürchtete er ihn, weil er glaubte, daß dem Mörder daran gelegen wäre, seinen Mitwisser aus dem Wege zu schaffen.

Schließlich gestand er mir, warum er hierher zurückgekehrt war. Wiederum verstrickte er sich in Ideen, die seinen Irrsinn bezeugten, und er bewies mir, daß er, der in vielen Betten unwissend Bankerte gezeugt hatte, nirgendwo anders als hier seinen eingeborenen Sohn finden würde. Es war eine seltsame Vermischung von christlichen Glaubenssätzen und barbarischem Aberglauben, die ich zu hören bekam. Er ahnte nicht, wie sehr mich seine blasphemischen Darlegungen anwiderten. In jenem unwiderlegbaren Eigensinn, der alle selbstgerechten Laien beseelt, die sich aus eigenen Kräften ein System von absurden Gedankengängen aufbauen, mit dem sie sich sämtliche Geheimnisse erklären, bewies er mir, daß seine Anschauungen eine größere Übereinstimmung mit der Wahrheit besäßen als die Meinungen aller anderen Leute. Nicht umsonst, sagte er, hätte der Betrag, der seinen Anteil an der Beute darstellte, sich in erstaunlichem Maße vermehrt; so, als wohnte ihm ein rätselhafter Magnetismus inne, zog er lauter kleine Münzen an, bis sie sich schließlich wie ein hoher Berg darüber auftürmten. Niemals hatte er sich selbst einen Genuß gestattet, der diesen wachsenden Reichtum vermindert haben würde; wie ein Besessener lauerte er an den unterirdischen Kanälen, durch die das Geld unablässig strömte, indem es, ohne jede

Gerechtigkeit, hier Armut und anderwärts Wohlstand erzeugte. Wenn sich ein Schwarm goldener Fische in seinem Netz befand, zog er es hoch und leerte es aus, aber es bedeutete ihm nicht die mindeste Befriedigung, dann und wann alles zu überrechnen und sich reicher zu wissen, als er vermutet hatte. Er wußte niemanden, dem er seinen Besitz an Kapital, Anteilen und Schuldverschreibungen hätte vermachen sollen; da er allein geblieben war und kein einziges von den unehelichen Kindern kannte, die hier und dort seine Züge trugen und an seinen Schwächen litten, beschloß er so plötzlich, daß es ihm wie eine göttliche Eingebung vorkam, nach Deutschland zu fahren und sich auf der Stelle ansässig zu machen, woher das Geld stammte, das den Grundstock seines Vermögens gebildet hatte. Er wechselte seinen Namen, aber eines Tages wollte er sich als der ehemalige Sergeant Smeddy zu erkennen geben und einen Aufruf erlassen, damit die Frauenzimmer, bei denen er damals gelegen hatte, mitsamt den Kindern, welche seines Blutes sein konnten, sich ihm zeigten. Dann also würde er mit einem einzigen Blick das Erkennungszeichen ausforschen, und er war entschlossen, den Sohn, der seinen Lenden entstammte, selbst mit Gewalt an sich zu bringen wie einen längst fällig gewesenen Zins, den er seiner Schuldnerin aus purer Gutwilligkeit immer wieder gestundet hatte. Mit seiner Zeugungskraft brüstete er sich wie ein Zuchtstier, und die überheblichen Worte kamen gleich einem dumpfen Gebrüll aus seinem Munde.

Als ich ihn fragte, was er darüber dächte, daß ein Unschuldiger für Smorczak im Zuchthaus säße, sagte er, daß er diesem Umstand keine besondere Wichtigkeit beimessen könnte. Das Vertrauen, welches er in mich setzte, war durch nichts begründet, denn ich hatte es ihm wohlweislich verschwiegen, daß der Name seines Vaters der gleiche war, den meine Mutter einstmals trug.

Immer noch hörte ich diese verwaschene Sprache, die mir zuerst beinahe unverständlich gewesen war und die im Laufe unseres Beisammenseins allmählich deutlicher für mich wurde. Und ich wunderte mich darüber, daß dieselbe Sucht nach dem Sohn, die den Ermordeten gequält hatte, nun auf Smeddy übergegangen war wie der Aussatz, der erst Jahre nach der Ansteckung zum Ausbruch kommt...

... ich tauchte mein ganzes Gesicht in die emaillierte Waschschüssel, die in einem Gestell aus zusammengelöteten Blechbändern hing; das Wasser schwappte über, die Seife biß mich in die Augen. Dann goß ich die Kanne über meinen tauben Schädel aus, rasierte mich in großer Eile, und schließlich, bevor ich die Kammer verließ, nahm ich Hut und Mantel vom Nagel, weil ich glaubte, daß ich mich gleich auf den Weg würde machen müssen, um Paula mit Geld oder mit irgendeinem Versprechen, einem Kleid, einem Schmuckstück, für die vergangene Nacht zu entschädigen. Während ich über den Flur ging, legte ich mir alles zurecht, womit ich die erpresserischen Forderungen des alten Weibes zurückweisen wollte. Schließlich riß ich, auf alles gefaßt, die Tür auf.

Das erste, was ich sah, war Heinrichs pfiffiges und vor lauter List zusammengeknittertes Gesicht. Er saß sehr würdevoll in dem weichen Sessel, ein wenig unbeholfen und verbogen; es sah aus, als befände er sich in einer Badewanne, die seinen gichtischen Gliedern eine wohltuende Wärme zuteil werden ließ. Aufmerksam und voller Zuvorkommenheit, die er ehedem im Umgang mit dem Oberst sich angeeignet hatte, beantwortete er die Fragen, welche Zglinicki an ihn richtete, dabei paffte er genüßlich an einer großen Zigarre. Ich würde den beiden Männern wohl noch einige Zeit unbemerkt haben zusehen können, wenn nicht Smorczaks Mutter, die völlig zusammengesunken wie ein Lumpenbündel in der Ecke kauerte, als sie meiner ansichtig wurde, mit erhobenem Finger auf mich zugetorkelt wäre.

»Da ist er«, schrie sie, »da ist er, der ihn noch an den Galgen bringt, meinen Stefan! Wenn er auch ein Tunichtgut ist, mein Sohn, an den Galgen da soll er mir nie und nimmer nicht... weil er, und er hat unter meinem Herzen gelegen... mein Stefan...«

Schwoide sprang auf, und es gelang ihm, da die Alte ein kindliches Zutrauen ihm gegenüber an den Tag legte, sie gleich zu beruhigen. Es tat mir leid, daß der Pächter zum Zeugen dieses Auftritts gemacht wurde, der ihm noch peinlicher sein mußte als mir, ich zuckte bedauernd die Achseln, aber er blickte mich freundschaftlich an und versprach mir, nachher alles aufzuklären. Indessen hatte Schwoide die Mutter des Mörders dahin gebracht, daß sie sich wieder setzte und verstummte. Er wies ihr auf der flachen Hand einige frisch geprägte Kupfermünzen, nach denen sie gierig griff. Zwei oder drei davon schenkte er ihr, und über diesen Besitz vergaß sie meine Anwesenheit völlig, sie wendete die goldig glänzenden Pfennigstücke unablässig hin und her, und plötzlich, als könnte einer von uns sie ihr wegnehmen, verbarg sie das Geld in der Rocktasche und deckte die schmutzigen Hände darüber, deren Haut wie Pergament war.

»Die bleibt nun hier«, sagte Heinrich schadenfroh, während er seine Jacke zuknöpfte, »so lange, bis alles vorbei ist. Damit er keine solche Glucke mehr hat, der er seine Weisheiten wie Eier unterm Flügel vorholt. Damit er's nicht gesagt kriegt, was richtig ist und was nicht, damit er verbiestert und nicht mehr ein noch aus weiß, der Halunke!«

Er wollte uns verlassen, aber ich erklärte, daß ich mit nach Nilbau fahren würde. Zglinicki versuchte mich davon abzubringen, und auch Heinrich mißbilligte mein Vorhaben, er runzelte die Stirn auf unzweideutige Weise. Schließlich verließen wir zu dritt die Stube, Zglinicki schloß die Alte ein.

Vor den Nußbäumen stand der Hotelomnibus, der wie ein Zirkuswagen wirkte, welcher aus billigem Blech zusammengelötet war. Über und über mit Kot bespritzt, schien er im dichten Regen, der sich über ihn ausgoß, abzufärben und die letzten Schneereste rot zu tönen.

Heinrich wendete geschickt in dem engen Raume, der ihm zur Verfügung stand; als wir uns in der Richtung befanden, von der aus er vorwärts fahren konnte, ließ er den ungeschlachten Wagen in einem einzigen Ruck auf die Straße schießen. Ich las an der kleinen Uhr, die neben dem Geschwindigkeitsmesser eingebaut war, daß es auf Mittag ging; bis zu der Zeit, die Cora mir in ihrem Brief bestimmt hatte, waren es noch drei Stunden. Heinrich veranstaltete, während wir bei hoher Geschwindigkeit durchs Dorf fuhren, einen ohrenbetäubenden Lärm mit der Hupe. Fortwährend ließ er dieselbe rhythmische Folge des einzigen Tons erschallen, und dabei grunzte er auf komische Weise vor innerer Befriedigung.

»Das Signal zum Avancieren!« erklärte er, indem er mir den säuerlichen Qualm seiner Zigarre ins Gesicht blies, »wenn Sie's halt etwa nicht wissen sollten, daß es das Avanciersignal ist!«

Ich sah durch das von Tropfen besprengte Glas in die verwischte Landschaft. Der Schnee war noch nicht ganz geschmolzen, sondern nur zusammengesackt, an manchen Stellen bildete er auf der Straße glasige Dämme, die das Wasser zu großen Lachen anstauten, in denen ein schmutziger Grieß von Eisstücken schwamm. Auf die Felder waren die Maulwurfshügel, die Furchenränder und die Raine schon wie ein unregelmäßiges Muster hingetuscht. Der Regen strömte dicht und beständig, die Gräben waren randvoll, und in den Wiesen bezeichneten schwarze Flecken die Stellen, wo die Rinnsale sich sammelten und keinen Abfluß fanden. Im schiefergrauen Himmel qualmte ein bräunliches Gedünst, das mit zerfransten Schleppen über die Erde schleifte; alles war von Nässe durchsetzt, außerhalb dieses Autos gab es keinen einzigen Fleck, der etwas Trockenheit bewahrt hätte.

Heinrich verminderte die Geschwindigkeit und fuhr sehr langsam, da der Wagen auf dem glatten Untergrund der Steuerung nicht mehr gehorchen wollte und mehrfach ins Rutschen geraten war.

»Was ist los?« fragte ich unmutig, weil er von selbst nicht anfangen wollte zu reden, »wozu dieses ganze Theater mit der Alten?«

Er spuckte den Zigarrenstummel aus und zertrat ihn, dabei zog ein vergnügtes Grinsen seinen Mund in die Breite, und er sah mich mit einem belustigten Seitenblick an.

»Hat man schon jemals gehört«, fragte er zurück, »daß eine schrumplige Hutzel, solch ein Gestecke, an dem nichts weiter dran ist wie Haut und Haare und Knochen, von einem reputierlichen Manne in den besten Jahren entführt worden ist? Das tu' ich Sie in allem Ernste fragen, Herr Dimke, ob Sie schon jemals so was vernommen haben?«

»Entführt? Wieso entführt?« Ich wurde ärgerlich, weil ich glaubte, daß er mich zum Narren halten wollte.

»Nu, nu!« gab er listig zurück, »so ist es halt, daß ich dem seine Mutter entführt habe. Wenn er's wüßte, dann täte er sich die Haare raufen und sich an die Brust schlagen und nimmer auf seinem teuflischen Trotze beharren, wo ihn die Leute jetzt schon alle für Starkloffs Mörder halten und wo er bald kein Heiland und Retter nicht mehr sein wird, sondern bloß noch ein armer Sünder, der um Gnade winselt.«

Durch diese Antwort setzte er mich vollends in Verwirrung, ich begriff die Zusammenhänge nicht mehr und gab es auf, ihn noch weiter auszuforschen. Wir hatten die Stelle erreicht, wo der Weg, den ich gestern mit Smeddy gegangen war, abzweigte; die Röte im Schnee war ausgelaufen wie ein dünner Anstrich, der, indem er sich auflöste, mit anderen Farben vermischt wurde. Als wir über die Brücke fuhren, sah ich, daß die Schwarze Weide aus den Ufern war; von den Regentropfen, welche die Oberfläche trafen, gleichsam angeätzt wie blankes Metall, das seine spiegelnde Politur unter der Säure verliert, goß sie sich dunkel über die Wiesenränder aus. Sie führte große Schneeklumpen mit sich, die wie nasse Wattebäusche über der Tiefe schwebten.

»Das ist Ihnen nämlich so...«, fing Heinrich endlich zu erzählen an. Er hatte meine wachsende Verärgerung gespürt und wollte nun alles wiedergutmachen, indem er sich einer langweiligen Ausführlichkeit befleißigte und allerhand Sprichwörter in seinen Bericht mengte.

Kurz nachdem sich Smorczak das Hotel kaufte, ein oder zwei Jahre nach Starkloffs Ermordung, holte er also seine Mutter aus einem der östlichen Grenzdörfer zu sich. Die Leute lobten seine Sohnesliebe, als sie sahen, wie er nun, wo er zu Ansehnlichkeit und Reichtum gekommen war, sich der Alten annahm, wie er für sie sorgte, sie kleidete und sich dieses gewöhnlichen Weibes nicht schämte. Niemand aber von den Zuschauern, den Klatschbasen und Splitterrichtern konnte den geheimen Eigennutz ermessen, der sich hinter dieser Fürsorge verbarg; in Wirklichkeit nämlich benützte Smorczak die Alte, die sich in ihrer Heimat von Kartenlegen, Viehbesprechen und von anderen zweifelhaften Künsten genährt hatte und der man eine tiefe Verbindung zu allem Unterirdischen nachsagte, dazu, um sich seiner großen Ängste zu erwehren. Genauso, wie er sich als Kind hinter ihrem Schürzenzipfel versteckt haben mochte, wenn das Unheimliche zu nahe rückte, suchte er jetzt wieder bei ihr seine Zuflucht vor den Bedrohungen, mit denen das durchsichtige Gespenst des Ermordeten ihn langsam einkreiste. Schließlich bediente er sich des übersinnlichen Spürsinns der Alten genauso wie ein Wünschelrutengänger, der eine Astgabel von Haselnußholz in den Händen hält. Die Alte sträubte sich dagegen und witterte das Blut, das er nicht von sich abwaschen konnte, sie machte Fluchtversuche und wünschte ihm damals schon die Vergeltung für seine Missetaten an den Hals. Aber er kümmerte sich nicht um ihre Abwehr, holte sie immer wieder zurück, wenn sie ausgebrochen war, und prügelte sie so lange, bis sie ihren Widerstand aufgab. Endlich sperrte er sie wie eine Hündin ein, in jenem Verschlag, aus dem sie am Tage nach meiner Ankunft hervorgekommen war, um die Hühner zu jagen. – Später behandelte er sie nicht anders als ein Haustier, welchem man deswegen keinerlei Entbehrungen auferlegt, weil das den Nutzen beeinträchtigen würde, den man aus ihm zu ziehen gedenkt. In allen Zweifelsfällen holte er sich bei ihr Rat, er ließ sie gleichsam seine Angelegenheiten beriechen und betasten, ehe er die Entscheidungen traf; sie wurde ihm so unentbehrlich, daß er zuletzt kaum mehr selbständig zu handeln vermochte. Als sich die Sekte um ihn bildete und ihn mit einer unermeßlichen Machtbefugnis über die Seelen der Leute ausstattete, war es die Alte, die alles lenkte und zusammenhielt. Von ihr, ohne daß sie um ihre Wichtigkeit wußte, gingen die dunklen Mächte aus, welche die Gehirne der Männer lähmten und in den Frauen die Sucht nach maßloser Selbstaufgabe erweckten. Wie aus einem unerschöpflichen Brunnen, der in die verborgensten Gründe der Finsternis hinabreichte, holte Smorczak aus seiner Mutter die Geschichte von Weltuntergang, Vergeltung und Vernichtung herauf, mit denen er selbst die allgemeine Furchtsamkeit hervorrief.

»Das ist Ihnen nämlich so...« Jetzt, wo es sich um den Mörder zusammenzog, wo seine Schuld offenbar geworden war und ihm alle ungedeckten Wechsel bald präsentiert werden würden, hatte Heinrich das alte Weib mitsamt solchen Habseligkeiten, von denen sie sich nicht trennen wollte, in den Hotelomnibus gepackt und weggeführt, damit der hilflose Smorczak sich in der Gefahr wie in einem Netz verfangen und daran ersticken sollte. Ich vermochte es immer noch nicht zu begreifen, warum Heinrich mit derartiger Gewißheit daran glaubte, daß Smorczaks Ende so nahe bevorstünde, und ich fragte ihn schließlich danach.

»Davon wissen Sie nichts? Wo doch alle 'rumrennen und die Köpfe deswegen zusammenstecken und die Schnauzen wie ein Mühlwerk laufen lassen? – Davon weiß er nichts, der kluge Herr Dimke, wo er's doch ausposaunt, der junge Hengst von einem Lehrerssohn, wo er's doch über alle Gassen wiehert, daß er seine Weisheit von Ihnen hat!« Er übertrieb sein Erstaunen, weil er anscheinend wirklich glaubte, daß ich in alles eingeweiht wäre, und ich mußte erst heftig werden, ehe er mir das übrige auch noch erzählte.

Der junge Haubold also war durch die Dörfer gegangen, in denen Smorczaks Anhänger saßen; wie ein Wanderprediger, dem die Zeichen und Wunder, auf die er sich beruft, überreich zuteil werden, hatte er auf den roten Schnee gewiesen. Vergeltung, die aus der Höhe kam ... blutige Male, die das Ewige selbst in diese Landschaft setzte ... nichts da von Manna und himmlischer Speise und Verzeihung der Sünden ... sondern Auge um Auge und Zahn um Zahn ... ehedem die Engel, sie waren von Tür zu Tür gegangen und hatten nur die Pfosten bezeichnet ... aber jetzt wurde dieser ganze Landstrich gebrandmarkt und besudelt ... denn Smorczak ist Starkloffs Mörder!

Wir kamen durch den Wald, der in dieser Düsternis wie ein algiges Gestrüpp feinverästelter Wasserpflanzen anzusehen war. Der Lurch und der feurige Salamander glitten mit biegsamen Leibern durch die schwankenden Wedel, der große Gelbrandkäfer lauerte der Fischbrut auf, und der moosige, hundertjährige Hecht stand unbeweglich, starren Blickes mitten im Kräuticht und schnappte nach dem spielerischen Leben. Das Gezücht der dunklen Tiefe, die stumme, kaltblütige Kreatur, die auf immerdar im Schatten lebte, nun kam sie in die Höhe und war nicht zu vertreiben. Wir näherten uns der Zufahrt zum Bahnhof, die Stadt stand mit stumpfem Ziegelrot am vernebelten Horizont, eine Ruine unter Ascheschichten, ein Gräberfeld, eine von Gott verworfene Schädelstätte. Der Motor brummte und sang in der nüchternen Zuverlässigkeit aller Maschinen, die Räder schnalzten im Schlamm, der Schmutz spritzte gegen die Scheiben.

Alles, was ich mir vorgenommen hatte, war mir aus den Händen geschlagen worden. Die glänzenden Waffen der Gerechtigkeit, die leuchtende Rüstung des unerbittlichen Ernstes, in die mich hatte kleiden wollen, um die Rache zu vollziehen – nichts als Tand und Plunder und ein lächerliches Kinderspielzeug aus Blech und Holz und kein harter Stahl, kein unbeugsamer Wille ...

Heinrich war vollauf damit beschäftigt, den Wagen an mehreren Fuhrwerken vorüberzulenken, welche mit jungen Leuten besetzt waren und den Weg nicht freigeben wollten.

»Das Trauergefolge!« knurrte er bissig, »die Leichenfledderer! Solch ein Kroppzeug, das sich nicht genug tun konnte mit Schreien und Vivathoch! Und jetzt, da kommen sie herzu wie die Feuerwanzen, die ein Aas riechen tun!«

Hin und wieder stieß er mir seinen Ellenbogen in die Seite, um mich zu ermuntern. Noch ehe wir die Vorstadt erreichten, riet er mir, daß ich mich außerhalb aller Geschehnisse halten sollte, die nun bevorstanden. Später, so meinte er, wäre immer noch Zeit genug, vorzutreten und für die Wahrheit zu zeugen.

Die schneelosen Straßen von Nilbau waren so schattig, als hätte man lauter Gazeschleier über den Dächern ausgespannt; in dem trübseligen Kellerlicht nahmen sich die wenigen Leute, die sich im Freien befanden und geduckt an den Häusern hinhuschten, wie Verschwörer aus, welche die festgesetzte Stunde nicht abwarten konnten und von ihrer Unruhe vorzeitig hinausgetrieben wurden. Genauso unwissend, wie sie ehedem hinter ihrem Rattenfänger hergelaufen waren, würden sie sich nun gegen ihn wenden, irgendeinem jener unbekannten Gesetze folgend, die den Heuschreckenschwärmen befehlen, daß sie sich erheben und in die vor Nahrung strotzenden Felder einfallen. Heinrich versuchte immer wieder, mich aus meiner Versonnenheit zu reißen, indem er mich mit Fragen traktierte, die ich ihm nicht beantworten konnte, denn der Mund war mir mit Stummheit erfüllt wie mit schauriger Bitternis.

»Nu, wenn's schon sein soll, daß ich mir Ihre Freundschaft verdorben habe«, maulte er, indem er den Wagen auf den Marktplatz bugsierte, »da soll's halt sein! Da kann ich auch nichts dran ändern!«

Langsam beschrieb er mit dem Auto vor Smorczaks Hotel einen jener unnachahmlichen Bögen, die er früher, die Zügel straffend und seltsame Schnalzlaute ausstoßend, mit der Kutsche auf jede Anfahrt gezeichnet hatte. Die Bremsen quietschten, das Motorgeräusch erstarb, am Fenster zeigte sich das neugierige Gesicht desselben Kellners, der mir damals, Smorczaks Anweisungen zuwider, das Zimmer neben Smeddy gegeben hatte.

»Na, machen Sie schon!« trieb mich Heinrich an, dem ich den Ausgang versperrte, »oder wollen Sie gar darauf warten, daß er selbst kommt und Ihnen die Begrüßungspredigt hält?«

Als wäre er durch diese Worte herbeizitiert worden, erschien Smorczak plötzlich zwischen den Flügeln der Windfangtür; er zwang sich sogleich zu der Begrüßungspose, mit der er den vermeintlichen Gast empfangen wollte. Offensichtlich hatte er noch keine Ahnung von den Gefahren, die sich um ihn zusammenzogen, denn er bemühte sich, eine verbindliche Miene von freundlicher Zuverlässigkeit zur Schau zu stellen. Als ich ausstieg, prallte er vor mir zurück, knickte in die Knie und machte mit beiden Händen eine hilflose Gebärde der Abwehr. Gleich aber, wie von einer elastischen Gummiwand wieder nach vorn geschleudert, fuhr er auf uns beide los, scheeläugig und krebsrot vor Zorn.

»Wo habt ihr sie hingebracht?« zischte er uns an, und dabei fuchtelte er mit der Faust vor meinem Gesicht herum, daß die gestärkte Manschette laut gegen sein Handgelenk klapperte.

»Wen denn?« kam mir Heinrich zuvor. Herausfordernd schnaubte er sich die Nase, zwischen Daumen und Zeigefinger, trompetete laut und unverschämt und schleuderte dem Hotelbesitzer seinen Rotz vor die Füße.

»Wen denn, Herr Smorczak?« fragte er noch einmal so dummdreist, daß ich mir das Lachen kaum verkneifen konnte, »wen sollen wir denn um die Ecke gebracht haben?«

Smorczak zitterte vor unterdrückter Wut und biß sich auf die Lippen, die toten Augen, über denen wie eine weißliche Haut der Star einer unmenschlichen Furcht lag, starrten uns beide abwechselnd an. Dabei sackte er zusammen gleich einer Gliederpuppe, der an irgendeiner Stelle das Sägemehl entweicht, das sie prall und lebendig gemacht hatte. Schließlich wandte er sich müde von uns ab und schlich unter das gläserne Vordach, von dem das Regenwasser nach allen Seiten abfloß, sprühend und in wehenden Schleiern, die er mit seinem schwerfälligen Körper für einen Augenblick zerriß.

»Oder denken Sie etwa«, rief ihm Heinrich patzig hinterdrein, »daß wir wie die Mörder sind, die ihr Opfer ins Wasser schmeißen?«

Die Tür schlug ihre Flügel mit leichtem Knall aneinander, Smorczak zeigte sich nicht mehr. Ich folgte ihm, ohne noch ein Wort mit Heinrich zu wechseln. Im Vorraum erwartete mich der Kellner, einen Brief in der Hand, den er hin und her schwenkte, als wollte er sich damit Luft zufächeln.

Schon von weitem erkannte ich Rassows großspurige Schriftzüge, achtlos riß ich den Umschlag auf und spürte, wie mir etwas Kühles, Metallisches zwischen den Fingern hindurchglitt und leise auf den Fußboden klirrte.

»Sie haben etwas verloren!« sagte Smorczak, der hinterrücks

herangekommen war, mit erstickter Stimme. Er bückte sich mühselig, indem er leise stöhnte, er hob es auf und reichte es mir. Es war Christianes Goldreif, der rötlich schimmernd auf dem speckigen, mit fettem Fleisch gepolsterten Handteller lag, dessen Poren vor Angstschweiß glitzerten.

Der Ring

Sie ließ auf sich warten, die festgesetzte Stunde war längst vorüber. Obwohl ich daran dachte, mich aus der Konditorei zu entfernen, blieb ich doch an meinem Tisch sitzen. Das abgenützte Mobiliar, das künstliche Rebenlaub zwischen den Nischen, diese schnörkelige Eleganz der Jahrhundertwende mit Plüsch und Tüll, bronziertem Stuck und halb erblindeten Spiegeln, alles hatte auf mich, kaum daß ich eingetreten war, einen unerträglichen Zwang zur Melancholie ausgeübt, dem ich mich nur schwer widersetzen konnte.

Dann und wann versuchte ich mir jenen großen, von Kerzenlicht notdürftig erleuchteten Saal vorzustellen, in dem wir uns damals die goldenen Ringe aus Christianes Hinterlassenschaft angesteckt hatten. Dieses mutwillige Verlöbnis, das mit schüchternen Küssen und linkischen Umarmungen bekräftigt wurde, konnte heute nicht mehr ernst genommen werden. Keiner von uns beiden hatte das mindeste Recht, sich auf eine derartig entlegene Vergangenheit zu berufen. Ich war entschlossen, der Obersten-Tochter alles zurückzuerstatten, was von ihr entlehnt worden war; den Ring, die Aufzeichnungen, in denen die unglücklichste Liebe geschildert wurde, von der ich je gehört hatte, und den leeren Kasten aus Eichenholz – zudem wollte ich ihr den Rat geben, daß sie selbst sich den Kopf des Standbildes von derjenigen verschaffen sollte, die ihn jetzt besaß. Damit – so glaubte ich – wären die letzten Verbindlichkeiten, die hier für mich zu lösen übrigblieben, getilgt, und erst dann konnte ich mit ruhigem Gewissen vor Irene hintreten, um sie für mich zu gewinnen …

Die Zigarettenasche häufte sich vor mir auf dem Teller, dessen Glasur zersprungen war. Hin und wieder setzte ein leichter Luftzug die Papiergewinde unter der Decke, das Weinlaub und die schmutzigen Vorhänge in Bewegung, dann raschelte es überall von vergangenen Heimlichkeiten, die stockige Luft fächelte einen vergessenen Schwaden Parfüm herbei. Er schien aus den gebräunten Bildern an den Wänden zu stammen, wo sich üppige Weiber faul und in orientalischer Wollust räkelten. Zwei oder drei verliebte Paare, die leise hereingekommen waren und, da sie das mit einer roten Portiere verschlossene Hinterzimmer nicht zu betreten wagten, sich sogleich unter den künstlichen Palmen versteckt hatten, flüsterten und kicherten mit halben Stimmen. Das schläfrige Mädchen, welches hinter dem gläsernen Aufbau des Büfetts wie in einem großen Fischbassin sich hin und her wiegte, schnappte mitunter gähnend nach Luft, dann hob sie sich langsam in die Höhe gleich einer Karausche, die an die Oberfläche ihres Teiches steigt und ein wenig Schaum ausbläst. Sie gab sich den Anschein völliger Teilnahmslosigkeit, aber ich entdeckte bald, daß sie durch die Spiegel, welche ihr Blickfeld nach allen Seiten hin vergrößerten, die verliebten Gäste ausspionierte und sich an ihren verstohlenen Küssen ergötzte. Einmal begegneten sich unsere Blicke im Halbdunkel einer blinden Scheibe, welche durch den Staub eine aluminiumartige Stumpfheit bekommen hatte; die fischigen Augen starrten mich an, ich schnitt eine unverschämte Grimasse und zwang sie dadurch, sich wieder abzuwenden. Das leise Klirren, mit der eine Stricknadel an die Marmorplatte des Büfetts stieß, bezeugte es, daß diese Begegnung in Wirklichkeit stattgefunden hatte. Vor den beschlagenen Fenstern, auf der engen Straße, die in den Marktplatz mündete, glitten die verrenkten Schatten der Leute hin und her; manchmal erschütterte ein Fuhrwerk die Grundfesten des alten Hauses.

Eine zudringliche Fliege kreiste um meinen Kopf, als ich sie verscheuchte, ließ sie sich auf meiner Hand nieder. Die Brotfliege – sagte ich mir –, wenn du sie tötest, wirst du Hunger leiden ... Es war meine Mutter, welche mir einstmals diese Warnung erteilt hatte, und jetzt hörte ich auch die übrigen Ermahnungen wieder, lauter Ratschläge, die aus einem besorgten Herzen gekommen waren, das die geheimnisvollen Beziehungen zwischen dem menschlichen Leben und den namenlosen Kräften, die es umgeben und erhalten, gekannt hatte. Tu dieses nicht ... tu jenes nicht ... du wirst dich sonst ins Unrecht setzen, es sucht dich heim, früher oder später, es fällt auf dich zurück und übt zu seiner Zeit, wenn du dich dessen nicht mehr versiehst, eine doppelte und dreifache Vergeltung an dir. Dieser einfache Kanon von Freiheit und Zwang, welchen die langen Geschlechterfolgen von Landleuten aus sicherer Überlieferung mitbekommen hatten, war auch mir zuteil geworden, aber ich achtete nicht mehr darauf; hundertfältig hatte ich mich gegen die ungeschriebenen Gesetzlichkeiten vergangen. Ich war aus der Reihe getanzt und konnte keinen Anspruch mehr darauf erheben, nach meinem Tode in jene unübersehbare Prozession mit aufgenommen zu werden, die unablässig aus der irdischen Trübsal herausstrebt und die Grenzen der Totenwelt niemals überschreiten wird. –

»Die Brotfliege...«, sagte ich zur mir selbst, »die Gewähr dafür, daß man sich sättigen wird...«

Aber dieser leibliche Hunger konnte nicht gemeint sein, denn die Unersättlichkeit, die mich fortwährend zu den seltsamsten Begierden anstachelte, saß nicht im Fleisch, sondern anderwärts, dort, wo man ihr nicht beikommen konnte. Vielleicht war es die Summe sämtlicher unerfüllter Träume, welche je und je von allen den vergessenen Bauern und Förstern, den Tagelöhnern, Dieben, Säufern und Lüstlingen und von all den Frauen: den keuschen Mädchen, den unzüchtigen Geliebten, den Schwangeren, den Unfruchtbaren, den Greisinnen und den Frühverstorbenen, deren Blut in meins mündete, geträumt worden war. Mitunter spürte ich die unvereinbaren Wesenszüge der Voraufgegangenen, ihren Durst und ihre Gierigkeit so deutlich in mir, daß ich vor der Vielfalt dessen, was mir innewohnte, erschrak. Ein Hunger, schärfer und beißender noch, als er diejenigen peinigte, welchen es am Brot gebrach, ein Durst, der mir das Blut versiegen ließ – ich hatte nie gewußt, wonach. Das Unbenennbare, das Wunder, die großen Verzauberungen, alles, dessen ich niemals habhaft werden konnte... nun, wo ich es erkannte, begann ich es zu hassen, diese Gelüste durften mich nicht länger mehr schwächen, ich kehrte mich von ihnen ab. –

Ärgerlich schlug ich nach der Winterfliege, die einen weiten Kreis um mich flog und nicht mehr wiederkam. Die versteckten Liebespaare, welche inzwischen ihre ersten Aufwallungen von Zärtlichkeit überwunden hatten, belustigten sich darüber, daß ich so geduldig war und weder nach der Uhr sah noch im Selbstgespräch mir Luft machte. Ab und zu zog ich den wiedergewonnenen Ring aus der Tasche und versuchte, ihn auf meine Finger zu stecken, er paßte mir nicht mehr und schien kleiner geworden zu sein. Rassow, der ihn mir im Auftrag jener Schauspielerin zurückgab, rühmte sich seiner Ehrlichkeit und pries alle Vorzüge, die leiblichen wie die seelischen, die er, nachdem er sich von Helene getrennt hatte, an seiner neuen Geliebten nach und nach entdeckte.

Plötzlich fuhr ein erstaunliches Leben in das Büfettfräulein; sie trippelte geziert an mir vorüber zum Eingang und riß die flauschige Portiere vor einem Herrn und einer jungen Dame beiseite, die Arm in Arm mit lautem Lachen die Konditorei betraten. Ich fuhr herum, auf den ersten Blick erkannte ich in diesem Manne, der spiegelblanke Langschäfter, elegante Reithosen und eine engsitzende Joppe mit einem Biberkragen trug, Woitschachs Russen wieder. Die junge Frau jedoch, die er sehr kavaliermäßig behandelte, obwohl die Leidenschaftlichkeit, welche die beiden einstmals zusammengerissen haben mußte, offensichtlich längst erlahmt war, kam mir völlig unbekannt vor. Ein kurzer, rauhhaariger Pelz hing ihr locker über die Schultern, der schwere Goldschmuck auf dem kurzen Kleid war in diesem bräunlichen Zwielicht von glühender Lebendigkeit. Als sie mich entdeckte, nickte sie, indem sie ein tonloses Gelächter anstimmte, mir zu wie einem guten Bekannten.

Ich wußte nicht, was ich tun sollte, und blieb auf meinem Stuhl sitzen. Von dem Augenblick an, da ich sah, daß dies Cora war, verspürte ich eine befremdliche Erregung, die meine Glieder schwer machte und alles Blut zum Herzen drängte.

Ihre Vertrautheit mit diesem Lokal, dessen Zweck so leicht zu durchschauen war, ließ sie mich plötzlich sehen, wie sie von Männerhänden abgetastet wurde und sich willfährig wegsinken ließ, wie die vor Ekel gekrümmten Lippen den Mündern nicht auswichen, als sie sich ihr näherten; wie sie ihren Stolz wegwarf und unter die Füße trat, immer dieses verfluchte, rötliche Gold, das sie nicht los wurde, am Finger... Dieser schmeichlerische Krasnow, er mußte der erste gewesen sein, aber er genügte ihr nicht, und sie ahnte selbst nicht, wonach sie sich sehnte, wenn sie sich preisgab; es war wie eine tödliche Sucht, die immer nur neuen Hunger hervorrief. Vielleicht wollte Cora nun den unwiederbringlichen Anfang von neuem herbeizwingen, jene befangenen frühesten Regungen dessen, was uns später wie der bunte Staub, der die Schmetterlingsflügel färbt, unter den rücksichtslosen Zugriffen des gewöhnlichen Lebens abhanden gekommen war. Vielleicht aber auch war ihr nur daran gelegen, daß wir uns gegenseitig die Bilder

der Vergangenheit zerstörten, damit wir uns desto ungehemmter vergeuden konnten. –

Derweilen hatte sie sich neben dem Eingang auf einem Stuhl niedergelassen und das Büfettfräulein, welches sich sogleich bücken wollte, fortgewiesen. An ihrer Stelle mußte sich Krasnow hinknien und der Obersten-Tochter die Überschuhe ausziehen. In der zärtlichen Behutsamkeit, mit der die schmalen Hände diese Dienstbotenarbeit verrichteten, trat eine hündische Unterwürfigkeit zutage, die ihn willenlos machte. Wohlgefällig betrachtete Cora ihren feingliedrigen Fuß, dessen hoher Spann sich aus dem geschmeidigen Leder hervorbog, und dann, ehe sie aufsprang, trat sie den Russen lachend vor die Brust, daß er Mühe hatte, sein Gleichgewicht zu bewahren. Alles, was sie hier zur Schau stellte, vermochte nicht, mich irrezuführen. Anscheinend bemühte sie sich, um jeden Preis, auch um den solch auffälliger Allüren, eine tiefgründige Unsicherheit abzuleugnen.

Als sie schließlich zu mir hertrat, entdeckte ich an ihr eine unverkennbare Ähnlichkeit mit ihrer Mutter: genau dieselbe spröde Straffheit wie dort, die gleiche amazonische Haltung, in der sich verstockter Trotz und unbeugsamer Stolz miteinander vermischten – nur, daß es sich bei der Tochter bewußter und um manchen Grad unweiblicher ausnahm. Ich beugte mich über ihre Hand, um sie zu küssen, dabei atmete ich den frischen Anhauch von Kühle ein, welcher überall noch von ihr ausging.

»Er wollte mir einreden, daß du nicht mehr hier sein würdest!« Sie bog ihren Kopf verächtlich über die Schulter zurück. Krasnow, der ihr lakaienhaft gefolgt war und sich zwei Schritte hinter ihr hielt, zuckte zusammen. Da ihm Coras Offenherzigkeit peinlich war, versuchte er sogleich, sich bei mir zu entschuldigen; er brachte ein unverbindliches Gestammel hervor, das er mit lebhaften Gestikulationen begleitete. Derweilen blieb sein knochiges Gesicht jedoch unbewegt; es glich einer elastischen Maske, die, kaum daß man sie gewaltsam zu einer erbärmlichen Grimasse von Lustigkeit auseinandergezerrt hatte, immer wieder in die vorige Schwermut zurückschnellte.

»Ich war nahe daran, aufzubrechen und wegzugehen ...«, es erstaunte mich, daß es mir so leicht gelang, den Anschein von gleichmütiger Ruhe hervorzurufen.

Krasnow nickte verständnisvoll; jetzt, wo er sich zu matter

Ironie aufraffte, welche sich gegen die Obersten-Tochter richtete, wagte er wohl das Äußerste an Widerstand, dessen er überhaupt fähig war. Cora gab mir ihre Antwort mit einem Gelächter, das sich gereizt und brüchig anhörte, ich erschrak von dem schrillen Mißklang. Fast im selben Atemzuge wies sie das Büfettfräulein an, den Kaffee in jenem dunklen Hinterzimmer zu servieren, das mit dem schweren Vorhang vom vorderen Raum völlig abgeschlossen werden konnte.

Ich glaubte, daß der Russe uns noch länger Gesellschaft leisten würde, und ließ ihm den Vortritt, aber im Türrahmen drehte sich Cora um und verabschiedete ihn schroff. Wie jemand, dem es erst zu spät bewußt wird, daß er seine Befugnisse längst überschritten hat, trollte er sich. Er bemühte sich sogar, seinem erzwungenen Abgang durch lächerliches Mienenspiel und übertriebene Eilfertigkeit einen Anstrich von Komik zu geben. In diesem Augenblick, als ich jene Cora von damals wiederentdeckte und ihre launische Heftigkeit, welche sie jetzt noch viel ungezügelter als früher äußerte, spürte ich einen so jähen Haß, daß ich sie am liebsten stehengelassen hätte und weggegangen wäre.

Der niedrige Raum, den wir betraten, hatte kein Fenster. Das dienstwillige Fräulein schaltete eine trübe Beleuchtung ein. In dem dämmrigen, durch farbige Gläser gefilterten Zwielicht, das auf Coras Gesicht perlmutterartige Schattierungen hervorrief, tauchten lauter Draperien von undurchsichtigen Stoffen auf, die in einem Handgriff vor die engen Kojen geschoben werden konnten. Die Obersten-Tochter setzte sich an einen Tisch, welcher außerhalb jener primitiven, kleinstädtischen Séparées stand. Mit schräggestelltem Kopf betrachtete sie mich, sie zog ihre Brauen hoch und runzelte die Stirn; ich bekam es sofort zu spüren, wie geringschätzig sie von mir dachte. Sie versuchte mich dadurch zu beirren, daß sie stumm blieb und mir das erste Wort überließ. Je länger ich ihrem herausfordernden Blick standhielt, desto gründlicher schwand das Böse aus ihren Zügen, und zuletzt blieb nichts weiter davon übrig als ein Ausdruck von Altklugheit, der dem Gesicht desselben Mädchens, welches mich dazu angestiftet hatte, das Standbild umzustoßen, wie eine leicht ablösbare Larve vorgebunden war. Ich mußte lächeln, Cora blickte betroffen beiseite, aber da das Farbenspiel auf ihrer Haut pulsierte, war es für mich nicht erkennbar, ob sie nicht etwa gar errötete.

Das Fräulein, welches uns absichtlich langsam den Kaffee eingoß, um dabei einiges von unseren Geheimnissen zu profitieren, zerriß diese verfrühte Spannung. Als sie sich wieder entfernte und den Vorhang hinter sich geschlossen hatte, setzte ich mich endlich.

»Dieser Russe«, sagte ich beiläufig, indem ich mit dem Löffel beim Umrühren ein rhythmisches Klirren hervorbrachte, »ich kann mich genau besinnen, daß er damals ganz anders war, viel vergnügter ...«

»Wir waren alle ganz anders!« pflichtete sie mir bei.

»Wie heißt er eigentlich?« erkundigte ich mich, »der Name ist mir entfallen.«

Sie verweigerte mir die Antwort und blickte aufmerksam in ihre Tasse, als könnte sie das, wonach ich sie gefragt hatte, dort ablesen. Am schlanken Hals zuckten die Sehnen; die prunkvolle Goldkette schien ihr mit ihrem Gleißen die Kehle einzuschnüren, so fest, daß ihr die Luft zum Reden fehlte. In der Halsgrube lag eine Filigranrosette, die wir in Christianes Hinterlassenschaft gefunden hatten, sie glich dem Skelett eines jener unterseeischen Tiere, die wie Blumen gebaut sind und die unter der Anmut ihres Äußeren ätzende Gifte verbergen.

»Krasnow ...«, sagte ich hinterhältig, »jawohl: Krasnow! So war es. Er hätte besser daran getan, wenn er bei Woitschach geblieben wäre.«

Sie regte sich nicht. Steif wie ein bockiges Kind, das seine Verschwiegenheit auch dann bewahren wird, wenn man es züchtigt, saß sie vor mir in diesem widerwärtigen Versteck, das den stumpfsinnigen Ausschweifungen solcher Ehrenmänner offenstand, die auf ihren Landgütern und in den vor Sauberkeit glänzenden guten Stuben dieser Stadt es nicht wagten, sich gehenzulassen. In allen Falten der Draperien, in jedem abgewetzten Polster, in der Matte überm Fußboden und in der zerschlissenen Seidenbespannung auf den Wänden hingen die Ausdünstungen vergangener Todsünden, und die Siebenzahl, welche jedem Tage der Woche einen brennenden Makel aufprägen kann, hatte sich hier längst verhundertfältigt.

»Krasnow ...«, wiederholte ich, weil ich sie noch nicht lockerlassen wollte, »... ein Kavalier ohnegleichen, ein Stiefelknecht sozusagen, den man ungestraft mit Fußtritten traktieren kann, weil er ja dafür wie geschaffen ist!«

Sie biß sich die Lippen wund, und dann wischte sie mit der

mageren Hand, an deren Mittelfinger Christianes Ring funkelte, eine Locke aus der Stirn.

Die Armreifen, die das schmale Gelenk umschlossen, klingelten leise; überall zeigte das Gold ein zäheres Leben als sie selbst – es hatte sich ihrer bemächtigt und sie gleichsam bronziert wie den Leib jenes Knaben, der vorzeiten, als er das Goldene Zeitalter darstellen sollte, damit angetüncht und darunter erstickt worden war.

»Krasnow!« sagte ich noch einmal, »so ist es! Mit solch einem kann unsereiner nicht konkurrieren!«

Jetzt endlich hob sie den Kopf und blickte mich an. In den grauen Augen, die eben erst noch dunkel und weich vor Zweifeln und Hilflosigkeit gewesen waren, lichtete es sich langsam; mit einem Male wurden sie hart: die Rachsucht glitzerte in den Funken, die das farbige Licht widerspiegelten. Ich vermochte mir diesen jähen Wechsel erst dann zu erklären, als sie zu sprechen anfing.

»Davon kann natürlich nicht die Rede sein«, fertigte sie mich spöttisch ab, »ein Vergleich zwischen diesem Edelmann und dir ist völlig unmöglich. Das hieße nämlich ihm Unrecht tun ...«

»Unrecht?« forderte ich sie heraus, »was für ein Unrecht?«

Sie überhörte meinen Einwand und überließ sich einem Taumel von lauter Geständnissen: erst war es dieser Russe, dem sie eine schmeichlerische Zärtlichkeit nachsagte, wie sie junge Mädchen, die gegenseitig jenen Hang entdecken, der sie zur Liebe treiben wird, füreinander aufbringen – und dann nannte sie wahllos die anderen, sie vermengte sie, konnte sie nicht mehr unterscheiden, rief sie alle auf und verweilte bei jedem nicht lange, weil der nächste sie schon zu sich zog, während der Gegenwärtige sie für immer festzuhalten glaubte. Schwärmerische Jünglinge, verdorbene Greise, Verschwender und Geizhälse, reiche Erben, die an ihrem Gelde verkamen, ein armseliger Ackerknecht, ein erschrockener Förster, ein ehebrecherischer Biedermann – je mehr Männernamen sie nannte, desto schöner wurde sie. Das müde Blut gab ihr keine Wärme, sondern jagte solche Schauder von unaustilgbarer Kälte durch ihr Herz, daß sie sich wie unter großen Schmerzen wand. Alle Besinnungslosigkeiten waren niemals bis dorthin vorgedrungen, wo sich der innerste, unzerstörbare Kern ihres Lebens befand; und ich konnte, während sie sich so ereiferte, um mir ihre vorgebliche Verworfenheit glaubhaft zu machen, nichts weiter tun, als mit einem Lächeln darauf zu antworten. Ungläubig lauschte ich ihren verworrenen Erzählungen, und dadurch, daß ich sie mit keiner einzigen Frage unterbrach, wurde sie schließlich genötigt, alles zu übertreiben. Sie verbrämte diese freiwillige Beichte mit lauter ungeschickten Lügen, so daß die Wahrheit um so deutlicher zutage trat: sie litt an einer bitteren Einsamkeit, sie hatte niemanden gefunden, der ihren unsäglichen Ansprüchen nach Liebe genügen konnte und ihre launische Herrschsucht mit gutwilliger Geduld beschwichtigt hätte.

»... und jetzt«, sagte sie schließlich erschöpft, indem sie sich eine Zigarette nahm und ihr Etui zuschnappen ließ, als wollte sie einen besonderen Akzent unter diese Schlußfolgerung setzen, »jetzt werde ich zu Smorczak gehen!«

Ich beugte mich höflich vor, um ihr Feuer zu geben, unbekümmert um diese drohende Ankündigung, mit welcher sie meinen Widerspruch herausforderte. Sie neigte sich mir entgegen, die schwache Flamme des Streichholzes beleuchtete ihr Gesicht, das von starken Spannungen verzerrt war. Die rissigen, mit Schminke leicht getönten Lippen wölbten sich auf, und die glänzenden Augen, in deren äußerster Tiefe winzige Irrlichter tanzten, überzogen sich flüchtig mit jenem Schmelz, den die ersten Tränen, wenn sie gewaltsam zurückgehalten werden, auch dem kühlsten Blick zu geben vermögen. Als sich unsere Hände berührten, fuhren wir auseinander, ich lehnte mich zurück und streifte sogleich den Anflug von Verlegenheit ab, welchen diese Annäherung verursacht hatte.

»Smorczak«, sagte ich, »den wirst du wohl nicht mehr antreffen!«

»Verreist er denn?« erkundigte sie sich.

»Ja, er verreist für immer.«

»Unmöglich!« sie widersprach mir mit einer solchen Bestimmheit, als wäre sie besser unterrichtet, »wohin soll er denn nach deiner Meinung fahren?«

»In die Hölle«, ich blieb ruhig und besonnen, »in den allertiefsten Schlammpfuhl, dorthin, woher er gekommen ist. – Du mußt dich beeilen, wenn du ihn vor seiner Abreise noch sehen willst. Du solltest keine Zeit mit mir verlieren.«

»In die Hölle!« voller Hohn machte sie sich über mich lustig, »in die Hölle, das würde euch allen zupaß kommen ... all den gutmütigen, blökenden, dämlichen Schafen, die sich zur Rechten versammeln werden, all den lammfrommen, feigen Leisetretern, die nicht aufzumucken wagen!«

Sie schüttelte sich vor Lachen, der seidige Stoff des schwarzen Kleides straffte sich über ihrem Leib; in den unsteten Glanzlichtern, die sich auf Schultern und Brust bildeten, vereinigten sich die Farben der dämmrigen Beleuchtung zu regenbogenartigen Flecken. Das nahm sich aus, als trüge sie einen künstlichen Schutzpanzer von schmiegsamem Stahl, der im Laufe der Zeit oxydiert war und sich bald aus seinen Nähten lösen und ihr Herz freigeben mußte. Unterdessen wandte ich meine Aufmerksamkeit den knarrenden Dielen hinter der Portiere zu, und um die Lauscher irrezuführen, welche durch Coras Gelächter angelockt worden waren, beschloß ich, dem Gespräch sogleich eine andere Wendung zu geben. »Und dein Vater?« fragte ich laut, in einem Ton familiärer Vertraulichkeit, »wie stehst du zu ihm? Ich meine: bist du ihm nähergekommen seit damals?«

»Nähergekommen?« fragte sie mich verwundert. Es fiel ihr schwer, sich auf der Grundlage von Sachlichkeit, die ich ihr plötzlich unterschob, zurechtzufinden.

»Mein Vater?« sie griff sich an die Stirn, als müßte sie sich eines Mannes entsinnen, der ihr vor sehr langer Zeit flüchtig begegnet war.

»Hat er sich wieder verheiratet?«

»Verheiratet?« sie lächelte schmerzlich, »ein Greis! Ein klappriges Gespenst! – Nein, nein! Warum sollte er sich denn verheiratet haben? Sein Zimmer ist voll von Fotografien, er hat sie alle um sich ausgebreitet, die Bilder meiner Mutter, und das schönste davon hat er sich vergrößern lassen. Deswegen fuhr er in die Stadt – die einzige Reise, die er gemacht hat –, und als er zurückkam, brachte er sie mit, lebensgroß, sage ich dir, entsetzlich, grauenvoll! Davor steht er nun, vor dieser lächelnden Puppe, und wenn es ihn überkommt, dann rechtfertigt er sich in langen Streitgesprächen, dann versucht er, sie kleinzukriegen in dem Mausoleum seines Unrechts, und er weiß es nicht, daß er durch ihren Stolz für immer übertrumpft worden ist.«

»Und deine Mutter?«

Sie zuckte die Achseln und blickte betroffen zu Boden. Ich hielt den Schlüssel zu allen Toren, die das Schicksal zwischen ihnen zugeworfen hatte, in meiner Hand, aber es wäre noch zu früh gewesen, wenn ich sie jetzt schon hätte öffnen wollen.

»Von ihr weißt du also gar nichts?«

»Nicht das mindeste!»

Coras Stimme war kehlig geworden, sie zitterte ein wenig in den Schwingungen, die aus der Tiefe kamen, von dorther, wo die uneingestandenen Wahrheiten sich leise regten.

»Das ist es ja eben«, erklärte sie eintönig, »sie sind nicht fertig geworden mit ihrem Leben, und nun sollen wir an dem, was sie uns aufgebürdet haben, weiterschleppen bis in alle Ewigkeit. Aber ich will das nicht... ich will meine Freiheit haben, weil ich allen Zwang hasse...«

»Freiheit«, wandte ich ein, »was soll das schon wert sein, wenn man eine solche Freiheit hat, wie du sie zu besitzen glaubst?«

Ich fuhr mit beiden Händen durch die Luft wie ein schlechter Prediger, der die ewigen Weisheiten mit theatralischen Gebärden begleiten muß, weil er sie sonst nicht glaubhaft machen kann.

»Und du?« fragte sie, »wem hast du den Ring geschenkt? Wie sieht sie aus? Hat sie dich geliebt, oder hat sie dich gehaßt?«

Ich war so überrascht, daß ich zuerst keine Ausflucht fand als ein trockenes Lachen. Einen Augenblick lang zögerte ich, ob ich nicht in die Tasche fassen und ihr den Goldreif hinwerfen sollte, dann aber beschloß ich, auf eine Gelegenheit zu warten, wo diese Überrumpelung eine größere Wirkung haben würde als nun, da sich alles noch in den Anfängen befand. Jetzt nämlich stellte ich mir vor – während ich bestrebt war, ihr zuliebe ein törichtes Schuldbewußtsein zu heucheln –, wie ich eines Tages, wenn ich Arm in Arm mit Irene durch Kaltwasser gehen und dabei Cora begegnen würde, die Obersten-Tochter flüchtig anreden und ihr den Ring gleich einem Almosen in die Hand drücken wollte. Dieses Bild half mir, die knisternden Fäden zu zerreißen, welche uns in den letzten Minuten immer dichter eingewebt hatten – ein feines Gespinst von Begehren und Versagen, von Zuneigung und Abwehr, das durch seine tausendfältigen Knüpfungen sich fürs erste ganz unauflöslich machte.

»Wem ich den Ring geschenkt habe?« fragte ich anmaßend, während ich das Gold ungesehen zwischen den Fingern hin und her gleiten ließ, »wenn ich so wäre wie du, könnte ich mich vielleicht gar nicht mehr darauf besinnen. Irgendeiner von denen natürlich, die kein Geld für die Liebe verlangen. So muß es wohl gewesen sein, aber es kommt ja nicht darauf an, wie sie aussah und ob sie mich geliebt hat oder nicht. Bei einem Mann zählt das ganz anders als bei einer jungen Dame von Namen und Stand, die exzentrisch genug ist, um so zu tun, als wäre sie lasterhaft, und die sich dem und jenem an den Hals wirft. An einem Manne nämlich bleibt nichts davon haften, kein Fingerabdruck, kein einziges Schandmal, er kann alles verschleudern, was er besitzt, und er wird doch nicht ärmer. Bei einer jungen Dame von Stand jedoch . . .«

»Hör auf!« bat sie mich, »quäl mich nicht so unmenschlich!«

»Ich wünschte«, fuhr ich ungerührt fort, »daß ich es noch hätte, dieses verfluchte Gold, das mir selbst auch kein Glück gebracht hat – dann würde ich es dir wiedergeben, und du solltest den Zins noch obendrein haben, alles, was daran haftet: Unrecht, Gier und die übrigen Leidenschaften! Bloß von der Liebe würde nicht die mindeste Spur dabei sein . . .«

»Liebe«, wiederholte sie, »Liebe . . . Liebe . . .« Ich vermochte dieses Wort kaum mit meinem Gehör aufzunehmen, sondern mußte es von ihren Lippen ablesen, die es tonlos und mit jener rührenden Ungeschicklichkeit bildete, welche die unmündigen Kinder haben, wenn sie die ersten verständlichen Laute nachahmen.

»Aber da ist noch etwas anderes, das ich dir zurückgeben möchte!« Ich zog das Bündel der Aufzeichnungen hervor, in denen Christianes Andenken lebendig war, und reichte es ihr hin. Sie sah mich verständnislos an und begriff überhaupt nicht, worum es mir ging.

»Ich will nichts von alledem mehr besitzen«, erklärte ich ihr, »da, nimm es an dich!«

Sie blieb völlig starr, manchmal zuckten die roten Lippen, die so aussahen, als wären sie wund von irgendeiner ätzenden Bitternis, und die Wimpern zitterten leise über dem bläulichen Email der Augäpfel. Indessen konnte ich mir nicht verhehlen, daß Coras Schönheit in diesen Minuten augenfälliger wurde als je zuvor; sie war bereit, mich zu überwältigen, wenn ich ihr nachgab, denn sie forderte mich heraus mit allem, was an ihr noch unvollendet geblieben war. Dieses Ungewisse, das ich unversehens überall an ihr entdeckte, hatte die gleiche Inständigkeit, welche den letzten Tagen vor dem Frühling eigen ist.

»Hier«, sagte ich ungeduldig, »ich möchte es endlich loswerden. Wenn du es nicht behalten willst, dann vernichte es meinethalben.«

»Was ist das?« Folgsam streckte sie die Hand aus und nahm die Papiere in Empfang, wendete sie hin und her, löste die Verschnürung und blätterte sie neugierig auf. Befremdet zuckte sie die Achseln und schüttelte den Kopf, so daß eine Locke aus den Spangen fiel; dann versuchte sie, die unleserlichen Schriftzüge zu entziffern, welche auf den äußeren Seiten derart verwaschen waren, daß ich sie früher nur mit großer Mühe hatte auseinanderbringen können. Ihr unbeholfener Eifer veranlaßte mich, ihr behilflich zu sein. Eigentlich war ich entschlossen, diese unnütze Unterredung abzubrechen, mich von Cora zu trennen und auf den Straßen Nachschau zu halten, ob sich Heinrichs Voraussagungen bewahrheiten würden.

»Diese Blätter«, sagte ich unbeteiligt, indem ich mir eine Zigarette anzündete, »fanden sich damals in dem Kasten. Ich hatte sie dir unterschlagen, weil ich die Geheimnisse, die ich dort vermutete, allein besitzen wollte und weil ich glaubte, daß sich hier für mich eine Tür nach der Vergangenheit öffnen würde, durch die ich mich flüchten könnte: in die Dunkelheit, in die Träume, die Leidenschaften, nach denen ich mich damals noch sehnte. Und ich wurde nicht enttäuscht, denn das, was dort steht, ist die Geschichte einer traurigen Liebe, und zugleich ist es die Geschichte des Standbildes, das wir zerstörten ...«

Ich lehnte mich zurück und sog an meiner Zigarette, befriedigt über die vieldeutige Form, die ich meiner Rede gegeben hatte. Cora hing an meinen Lippen, als erwartete sie Offenbarungen, die ihr über den unerklärlichen Zwang ihres eigenen Schicksals endlich Aufschluß geben würden. Ich kniff die Augen zusammen, weil mir das bunte Jahrmarktslicht zuwider war und weil ich von Ocker, Umbra und Orange getönte Färbung jenes Herbstes wieder erblicken wollte, durch dessen feurige Lohen wir vor zehn Jahren umhergeirrt waren. Der Himmel von damals hatte seine überschwengliche Klarheit wohl auf immer verloren, die Sternbilder zeigten andere Konstellationen, und die Frucht, welche dazumal unter der duftenden Blüte hing: ein kleiner, knötiger Schoß, kaum erkennbar in dem gewaltigen Überfluß – sie war aufgegangen und reif geworden, doch das Kerngehäuse blieb taub. Unwiederbringlich wie das Nachbild, das noch einmal über die

Netzhaut huscht, längst nachdem die Wirklichkeit zerfiel... eine bläßliche Vision, ohne Geruch und Geschmack, so stellte sich die Stunde wieder her, in der wir uns darangemacht hatten, das Standbild zu fällen.

»Hast du es denn gelesen?« Cora schwenkte die Papiere, sie raschelten leise. Vergilbtes Herbstlaub, das an den Ästen flatterte... bräunliche Blätter, die durch die seidige Bläue herabkreiselten... welkende Baumkronen, still und in der unvergleichlichen Inbrunst des Sterbens. »... hast du sie gezählt, hast du sie gelesen?«

Ich nickte abwesend, Cora stand auf, kam rund um den Tisch auf meine Seite, zog sich einen Stuhl heran und rückte in meine Nähe. Sie bat mich, ihr alles, was ich wußte, zu erzählen, und ich konnte ihr das nicht verweigern, denn diese Geschichte enthielt außer der Wahrheit über Christiane auch noch einen geheimen Kern solcher Bedeutungen, die uns beide angingen. Ich konnte noch nicht ermessen, was dort zum Vorschein kommen würde, nichts ahnend und in weitschweifiger Umständlichkeit begann ich meine Erzählung:

Diese Geschichte wurde schon zu jener Zeit, da sie sich abspielte, dadurch entstellt, daß den böswilligen Klatschmäulern in den Bauernstuben, den Stadthäusern und den Salons der umliegenden Güter der Geifer des Neides und der verfehlten Wollust auf die Lippen trat. Schließlich kam sie langsam in Vergessenheit wie alles Einfache und Zärtliche, das von gewöhnlicheren Ereignissen unbarmherzig ausgemerzt wird, und zuletzt geriet sie unter die Erde, wo sie beinahe gänzlich verweste, bis sie durch einen Zufall wieder heraufgeholt wurde. Jetzt war sie so weit heruntergekommen, daß sie in einem Raume, der sonst nur das Echo von Zoten und lästerlichen Flüchen, von geilem Gelächter und falschen Schwüren gehört hatte, noch einmal, bevor sie gänzlich verschied, Wort für Wort hergesagt wurde. –

Ich schilderte diesen jungen Mann, wie er sich selbst in jener tagebuchartigen Niederschrift gezeichnet hatte, nachdem er dadurch, daß er endlich seine Versäumnisse allesamt erkannte, kritisch und einsichtig geworden war. Von früh auf verdorben durch eine ungewöhnliche Phantasie, die ihn so empfindsam machte, daß er beinahe weibisch wirkte, dem wirklichen Leben entfremdet und sich selbst überlassen, weil ihn die entzweiten Eltern haßten: der grobe, bäuerische Vater, der ihn als einen

Zierbengel verabscheute, und die schwarmsüchtige, polnische Mutter, die ihre eigenen Schwächen im Kinde wieder traf. So wuchs er auf wie ein Verirrter, der sich noch nicht zurechtgefunden hatte, als seine Eltern kurz nacheinander an einer Seuche starben, welche die Ortschaften rings um Kaltwasser entvölkerte...

»Wie ein Verirrter!« wiederholte Cora leise. Sie hockte zusammengekrümmt da, die Beine übereinandergeschlagen, den Ellenbogen auf das gehobene Knie gestützt und das Kinn von den Fingern ihrer Rechten gehalten. Als sie mir die Linke entgegenstreckte, gab ich ihr meine Hand, die sie festhielt, während ich weitererzählte. Von Zeit zu Zeit seufzte sie fast unhörbar gleich einem Kinde, das alles, was ihm berichtet wird, auf sich selbst bezieht.

...dieser Junker, der Erbe eines riesigen Besitztums, das sich über die Gemarkungen mehrerer Dorfschaften erstreckte, wurde nach dem Tode seiner Eltern von dem Schwarm der schmarotzenden Tanten, Vettern und Kusinen überfallen. Sie buhlten um sein Wohlwollen, machten sich gegenseitig den Vorrang streitig und waren untereinander einig, daß es am besten wäre, wenn man seinen Hang zu ausgefallenen Träumen noch beförderte. Er hatte nie die Gelegenheit, irgendwelchen Gleichaltrigen zu begegnen und sich an ihrer Freundschaft zu erwärmen. Man muß bedenken, daß es bei den von Zeremonien und lauter Fischbeinstäben versteiften Umgangsformen jener Zeit sehr leicht gewesen war, ihn fortwährend zu ducken. Deswegen suchte er ein Surrogat für alles, was er entbehrte, und er fand es in den Büchern, welche ihm zuerst, da sie ihm zufällig in die Hände kamen, fast unverständlich waren und ihm dann mit einem Schlage eine Welt erschlossen, die er bis jetzt nur von ferne hatte erahnen können. Hier, in diesen gespreizten, langatmigen Gesängen, in den überkünstlichen Versen, die sich wie glatte Perlen auf langen Schnüren aneinanderreihten, wimmelte es von fabelhaften, goldhäutigen Göttern und Göttinnen, die sich unter die Menschen begaben, in unschuldiger Schamlosigkeit bei ihnen schliefen, sie umarmten und ihnen eine Zärtlichkeit angedeihen ließen, die wie kaltes, himmlisches Feuer ihr Herz und ihren Schoß verbrannte. Bald war er soweit, daß er die Flußnymphen der attischen Gewässer an den Ufern der Heidelache und der Schwarzen Weide vernahm, sie riefen mit mückenleichtem Gesang nach ihm und lockten ihn zu sich; er konnte ihre glänzenden Arme erkennen, die sie aus Weidengebüsch und Röhricht ihm entgegenstreckten. Doch als er hinrannte, fand er alles leer und öde und versengt von der grauen Gewöhnlichkeit, die er haßte. Zu manchen Zeiten, besonders an trockenen Sommertagen, wo die Landschaft um Kaltwasser in schweißige Schläfrigkeit verfiel, glaubte er, wenn er sich unter der Weißglut des Mittags aus dem schattigen Parkgelände hinausschlich, den bocksfüßigen Pan durch die grünen Schilfwände vor den Fischteichen torkeln zu sehen, und er lauschte zitternden Herzens der eintönigen Melodie, welche die flötende Stille dort hervorbrachte: Lieder, die noch süßer waren als der Pirolruf oder das Vibrieren der Amselkehlen im März. Des Nachts schwebte die keusche Diana wie eine unberührbare Windsbraut den Himmel herauf, sie spannte den dünnen Mond gleich einem Bogen und schoß silbrige Pfeile auf die bloße Brust dieses blassen Schwärmers, der daran sterben zu müssen glaubte.

Einer der tagediebischen Kavaliere, der von weit her zu seiner Verwandtschaft gestoßen war, ein gichtbrüchiger, uralter Lüstling, der in den Mägdekammern umherhinkte, den Weibsgeruch einschnüffelte und mit spitzen Fingern den Mädchen an die Brüste griff, hatte die zunehmende Unruhe des jungen Mannes bemerkt. Er führte ihm heimlich wie ein Kuppler, dem die fremde Lust eine größere Befriedigung bereitet als die eigene, leichtfertige Frauenzimmer zu, die er vorher selbst zurichtete, mit Schminke bemalte, schnürte und puderte, bis er meinte, sie wären nun verführerisch genug, um das Blut des Erben aufzustacheln. Aber der unerfahrene Junker, angewidert von der Gemeinheit, die in allen Ecken und Enden wie durchgescheuert zum Vorschein kam, wies diese Frauenzimmer in heftigem Abscheu zurück. Der Alte gab seine Bemühungen noch nicht auf, eines Tages führte er zum Verdruß der bigotten Tanten und Kusinen eine Schauspielertruppe, die er von der Landstraße weggeholt hatte, auf den Gutshof. Am Ende wurde im Park eines jener mythologischen Stücke gespielt, die dazumal in Mode waren. Der ganze Olymp, im falschen Glanz von Rauschgold, Flitter und Tarlatan, stolzierte gemessenen Schrittes bei Fackellicht umher, Apoll stank nach Branntwein, Zeus stotterte aus einer hasenschartigen Fresse, Artemis ging schwanger, und die verwachsene Aphrodite kokettierte mit den frierenden Greisen, welche durch ihre

Stielbrillen nach ihrem kaum verhüllten Busen ausspähten. Der junge Herr, dem es an Kraft gebrach, diesem Höllenzauber ein Ende zu bereiten, stahl sich auf Zehenspitzen von dannen.

Im selben Jahr begegnete er Christiane, zur Zeit, als die Jagd anging. Er schilderte es genau, wie der Morgen war, als sie in einer zahlreichen Kavalkade mit geladenen Gästen, Piqueuren und einer großen Hundemeute vom Hofe wegritten. An diesem Tage war er besonders mißmutig, weil er den Lärm nicht liebte, den die aufschneiderischen Männer vollführten, und weil er das gackernde Damengelächter nicht vertragen konnte. Er beschloß, sobald eine Gelegenheit dafür kommen sollte, sich von der Jagdgesellschaft zu trennen. Die Luft war mit leichtem Nebel getränkt, den das Tagesgestirn, je höher es stieg, immer mehr vergoldete, bis sie schließlich die Farbe von altem Wein bekam, ein einziges leuchtendes Geschmeide, dessen Glanz die anderen nicht wahrzunehmen vermochten. Er gab seinem Pferd die Sporen, es brach wie geflügelt aus der Reihe und trug ihn fort, dem Himmel entgegen, weg von den groben Stimmen, dem Gekläff und den Hörnern, die allmählich verstummten.

Stundenlang ritt er ziellos über Stoppeln und Wiesen; wenn er hörte, daß die Jagd sich näherte, wich er ihr aus, er wickelte sich und den Gaul in die Nebelschwaden wie in große Tücher. Die ungestalten Schatten, die so aussahen, als wären es Schwärme von Kentauren, galoppierten einen Steinwurf weit an ihm vorüber, ohne ihn zu bemerken. Gegen Mittag, als die Sonne durchbrach, befand er sich am Rande des Wiesengeländes bei den Fischteichen, dort, wo auf schlechtem Boden die Äcker der armen Leute lagen. Das ermüdete Pferd ging im Schritt, die weiche Erde dämpfte die Hufschläge fast völlig ab. Hinter den schwebenden Dünsten, die gleich Vorhängen beiseite gezogen wurden, erkannte der Junker plötzlich ein Mädchen, das sich wie eine seiner inbrünstigen Visionen inmitten der hauchigen Schleier bildete. Sie trug ein kurzes, chitonähnliches Hemd, das ihre ebenmäßigen Glieder kaum verhüllte, die Haut war braun getönt wie Bronze, in die ein flimmernder Goldstaub eingeschmolzen ist. Lässig, einer schmerzlichen Ceres gleichend, die über den Abfall des Jahres von Blüte, Besamung und Frucht nachsinnt, lehnte sie sich auf ihre Hacke, leicht erschöpft von der Arbeit, die sie eben wiederaufnehmen wollte, als der Herr von Kaltwasser sie mit versagender Stimme anrief. Sie war weder unterwürfig noch beschämt über ihre unschickliche Blöße, und sie antwortete ihm in menschlichen Lauten, die auf seltsame Weise die bronzene Färbung ihrer Haut tönend machten; er erfuhr, daß sie die Tochte eines Häuslers wäre, der dem Gutsherrn Zins und Fron schuldete. Als er vom Pferde gesprungen war, wagte er sein Äußerstes, indem er ihren Leib antastete, aber seine Hand fuhr zurück wie verbrüht von der lauen Wärme. In diesem Augenblick, als sich die Landschaft bereits aufgelichtet hatte, kam das Mittagsläuten vom Dorf herüber; dem Junker war es zumute, als würde seine Brust von metallischen Klängen durchpulst – die Stummheit war vorbei, er bebte vor unsäglicher Musik, mit der ihn sein Blut, das nun endlich zu strömen begann, erfüllte. Christiane hörte sich in ihrer unversehrlichen Sicherheit gelassen lächelnd sein Stammeln an, und sie zierte sich nicht, als er ihr den leeren Sattel anbot und sie beschwor, daß sie sich auf diesen Pferderücken setzen möge, damit er sie heimführen könne. Er hob sie hinauf, nahm den Gaul am Zügel und geleitete sie, indes er durch den mehligen Staub watete, ins Dorf zurück. Unterwegs wurden sie von mehreren Nachzüglern der Jagdgesellschaft überholt, welche diesem Aufzug wie einem gelungenen Scherz ihren hämischen Beifall spendeten; der Junker ließ sich durch nichts mehr beirren, er brachte das Mädchen an den katzbuckelnden Bauern vorüber bis zur Schwelle ihrer Hütte, aus deren Fenstern die Armut pestilenzialisch schwelte und stank...

»Bis hierher«, sagte ich, meinen Bericht unterbrechend, »ist alles derart ausführlich beschrieben, daß jede geringfügige Einzelheit deutlich wird. Dann aber muß der Verfasser dieser Aufzeichnungen, vielleicht aus Schamgefühl, vielleicht aber auch unter dem Druck einer zunehmenden Verantwortlichkeit, der er nicht gewachsen war, immer kleinlauter geworden sein. Schließlich, als er das unabwendbare Dunkel, in dem alles untergehen sollte, näherrücken spürte, beschränkte er sich darauf, von Zeit zu Zeit nur noch unzusammenhängende Stoßseufzer zu Papier zu bringen. Daher ist das übrige schwer verständlich, und der eigentliche Sinn aller späteren Ereignisse kann daraus nur dann abgelesen werden, wenn man es als eine Art von Spiegelschrift nimmt.«

»Weiter!« bat mich Cora, »sonst zerstörst du es wieder, das Bild, kaum daß ich es richtig gesehen habe.«

Sie begann meine Hand zu streicheln, in schmeichlerischer Zärtlichkeit fuhren ihre kühlen Finger mir über die Haut. Unversehens hatte sie den Stuhl auf dem dicken Teppichbelag herbeigeschoben und war nun ganz in meine Nähe gerückt. Ich kam nicht mehr dazu, mich ihr wieder zu entziehen, denn wie die überdeutlichen Erscheinungen eines Wachtraums, die das Wirkliche im Nu aufhoben, zog mich die Geschichte Christianes und ihres unzulänglichen Geliebten neuerdings in ihren Bann, so gewaltsam, daß sich alle Lücken in diesem schriftlichen Selbstgespräch plötzlich von selbst schlossen und daß ich sogar das Uneingestandene in meine Erzählung einflechten konnte:

Der Junker lebte fortan in der aberwitzigen Gewißheit, daß ihm diese Begegnung eine Art von Schicksalswende bezeichnete und daß die unableugbare Wirklichkeit jener Mächte, welche er bei ihren heidnischen Namen anzurufen gewohnt war, sich hier endlich offenbart hätte. Da er auf spielerische Weise die großen Achsen, die das Ewige quer durch die Zeitlichkeiten gelegt hat, gegeneinander auswechselte, sollte er selbst das Opfer seiner Täuschung werden. Das erste, was ihm mißlang und was eben deswegen später dazu beitragen sollte, daß alles in resignierender Melancholie sich auflöste, war der Versuch, dem schmarotzenden Geschmeiß der tagediebischen Verwandtschaft offenen Widerstand entgegenzusetzen. Der junge Mann war ihrer griesgrämigen Mißgunst und ihrem kalten Unglauben nicht gewachsen. Sie hingegen konnten, ohne daß sie sich dadurch preisgaben, die banalen Gründe gegen ihn anführen, welche sich auf Schicklichkeit, Gesittung und die Pflichten eines Edelmannes beriefen. Sie zogen diese Leidenschaft – deren geheimer Kern ihnen ohnedies unverständlich gewesen wäre, auch wenn man ihn erklärt haben würde – in ihr Kalkül mit ein, und sie waren sich sofort darüber einig, was mit dem Bastard zu geschehen habe, der dieser peinlichen Liaison zweifellos entsprießen würde.

Es kamen Heimlichkeiten, die zu jeder Liebe gehören, die sie nähren und ohne die sie im Nu hinwelken würde: verschwiegene, nächtliche Gänge über die Felder und hinaus auf das Wiesengelände. Alles war überschwemmt von dämmriger Ungewißheit, die Flutungen des weichen Dunkels, in dem sie sich verloren, reichten den beiden bis an die Brust, während die abertausend Blinklichter der Sterne ihr kaltes Feuer kreuz und quer miteinander vergitterten wie ein stählernes Gestäbe aus Schicksal und Vorbedeutung, das den Himmel verschließt und unerreichbar macht. Der Herbst blieb in diesem Jahr noch lange mild und sommerlich, er begünstigte sie und hauchte selbst in den späten Nächten des Oktober genügend Wärme aus, so daß sich inmitten der dunstigen Kühle da und dort Mulden und Kissen von wolliger Lauheit vorfanden, in denen dieses seltsame Paar sich hätte niederlassen können, wenn es nur gewollt haben würde. Der Junker beschreibt mit wenigen Worten einen dieser Gänge so genau, daß man es beim Lesen vor sich zu sehen vermeint, wie er zwischen den Hecken, die zu jener Zeit die Äcker einfaßten, auf Christiane wartete und wie sie ihm plötzlich gegen einen Hintergrund von Nebel und Mondlicht erschien, einem flatternden Schatten vergleichbar, dessen Totenhemd nicht zu Ende gewebt worden ist und der darum niemals in die ewige Ruhe eingehen kann.

Längst nachdem die Uhrschläge, welche die festgesetzte Stunde ankündigten, vom Kirchturm abgeklungen waren wie eine heisere Schelle, die am Hals einer flüchtenden Kuh in die Ferne scheppert, und als er so, eng in seinen Mantel gewickelt, am Wegrand im nassen Grase kauerte und seine Hände verrenkte, daß die Knöchel leise knackten, hörte er auf einmal den leichten Schritt der nackten Füße durch die Halme streifen und auf das federnde Wurzelwerk klopfen. Dann raschelte das Gebüsch, sie schlüpfte geschmeidig durch die Zweige und stand unversehens auf der schmalen Gasse, die zwischen den Wänden des Gesträuchs hinlief und mit seidigen Floren von Mondschein über und über versponnen war. Er regte sich weder noch rief er sie an, gelähmt von übermäßiger Erregung wartete er darauf, daß sie ihn von selbst unter dem schwarzen Baldachin des dichten Schattens entdecken würde, und er hielt sogar den Atem an, um sich nicht zu verraten. Das Mädchen war ihm zum Greifen nahe, und doch schien sie durch eine unüberwindbare Entfernung von ihm geschieden zu sein; selbstvergessen und so schwerelos, als stünde sie nicht auf dem Erdboden, wiegte sie sich in den Hüften wie nach den Klängen einer vielchörigen Musik, welche die Nacht, die Erde und der Himmel für sie aufspielten und die er vergebens zu erlauschen sich bemühte. Schließlich begann sie zu singen, klagend in eintönigen Melodien, und dazu tanzte sie, unbeholfen hin und her taumelnd; aber es dünkte dem Junker, ihm wäre noch nie etwas vor die Augen gekommen, das von einer so großen Leichtigkeit zeugte wie diese Nachahmungen bäuerlicher Reigen, die Christiane irgendwo abgesehen hatte und nur zu ihrem eigenen Vergnügen ausprobierte. Er selbst kam sich grobschlächtig und häßlich vor, indes er da hockte und dem Mädchen zusah, wie es sich drehte und schaukelte und wie es immer unirdischer wurde; er spürte, daß sie ihn willenlos machte, sie umstrickte ihn gleichsam mit lauter Fesseln, die ihm ins Fleisch schnitten, mit dünnen Schnüren, aus Mondstrahlen zusammengedreht, die unzerreißbar waren. Als sie so befremdlich geworden war wie ein taunasses Gespenst, das bei dem leisesten Versuch, es festzuhalten, sich in dünnem Rauch auflösen wird, sprang er hoch und stürzte sich auf sie. Er umschlang sie mit beiden Armen und preßte sie an sich, doch er wich gleich wieder zurück, als er unter dem Anhauch von feuchter Kühle, der ihre Haut fischig machte, die Wärme des kräftigen Leibes spürte.

Dies war es, was die Verwirrung, in die sein Geist allmählich geriet, vor allem zu beschleunigen half: Christiane erwiderte das, was er ihr antat, mit einer Gleichmütigkeit, welche für ein Mädchen ihres Alters und Standes ungewöhnlich war. Es schien der Häuslertochter selbstverständlich zu sein, daß der Herr über Kaltwasser sich vor ihr demütigte und sie auf ehrfürchtige Weise mit Namen anredete, die sie noch niemals gehört hatte, ja, sie nahm seine schwarmsüchtigen Huldigungen derart selbstverständlich an, als hätte sie einen Anspruch darauf. Jetzt beispielsweise, wo er aus dem Schatten auf sie losgesprungen war und sie an sich gerissen hatte, schrie sie nicht, wie es andere Mädchen getan hätten, sie blieb unerschreckt und war so willfährig, daß er sie zu allen Sünden hätte verleiten können. Aber er faßte sie nur bei der Hand und geleitete sie von hier fort, zwischen den dunklen Wäldern der Hecken, die ihm wie Triumphbögen vorkamen, dem niedrig stehenden Mond entgegen, der sich allmählich orange färbte, indes er im Nebel verglomm und am Horizont die struppigen Wälder berührte. So irrten die beiden umher, die Nächte hindurch, Arm in Arm; manchmal ruhten sie neben knisternden Disteln und welkem Beifuß auf einem Feldrain aus, und der Junker deckte seinen warmen Mantel über den fröstelnden Rücken der Häuslertochter. Sie war nicht imstande, das zu verstehen, was er ihr sagte, aber sie hörte seiner melodiösen

Stimme sehr gern zu, mitunter lachte sie ihm eine klangvolle Antwort, und dann küßte er sie sogar schamhaft auf Stirn und Mund; ihre vollen Lippen hatten den Geschmack einer Frucht, welche die Sonnenwärme, die sie reif gemacht hatte, noch bewahrte. Er kostete davon, aber er wußte nicht, daß er sie allmählich mit der blassen Kränke seines eigenen Blutes ansteckte und daß sich Christiane langsam zu verändern begann, bis sie ihm endlich ganz unkenntlich werden mußte.

Diesem Zustand von Unschuld nämlich, welcher vor jedem Sündenfall gleich einer undeutlichen Erinnerung an das Paradies sich ausbreitet, sollte dadurch ein Ende bereitet werden, daß die anderen sich in die harmlose Liebe einzumischen begannen. Christianes Eltern – die von ihren mißgünstigen Nachbarn gehänselt wurden, die Mutter vor allem, eine raffgierige Frau, welche aus dieser Leidenschaft Vorteile zu ziehen hoffte – redeten auf die Tochter ein, quengelten sie wie ein Stück Vieh, das, obgleich es beim Bullen gewesen war, nicht trächtig wurde. Sie machten dem Mädchen begreiflich, es käme darauf an, einen Bastard in den Schoß zu kriegen, und sie setzten ihr tagtäglich damit zu, daß sie es endlich dahinbringen möge, entjungfert und geschwängert zu werden. Aber da gab es noch einen anderen, der dies alles nicht aus den Augen gelassen hatte und der jedem Schritt, den der junge Mann getan hatte, nachgegangen war und jede Miene, die jener zeigte, ausdeutete. Derselbe lüsterne Greis, welcher dem Junker vormals die Dirnen zuführte, schonte seine gichtbrüchigen Knochen nicht, als es darauf ankam, das einfältige Liebespaar zu belauschen und zu entdecken, wie weit ihre Zärtlichkeiten schon gediehen waren. Gleich einem mit Herdasche bepuderten Dieb schlich der Alte des Nachts auf den Feldern und Wiesen herum, bis er die beiden endlich fand und ihnen lautlos folgte; er kam nicht auf seine Rechnung, und schließlich kehrte er wieder um – schon jetzt dachte er sich aus, auf welche Weise er selbst sich in den Genuß der Vorzüge dieses Bauernmädchens setzen und gleichzeitig dem jungen Mann zu seinem Glück verhelfen könnte. Der Plan, den er faßte, war so teuflisch, daß ihm, als er ihn wieder und wieder erwog, lauter gelinde und höchst angenehme Schauder über den fröstelnden Rücken liefen. –

Die Erzählung zerfiel, die Zusammenhänge dröselten sich auf, und das Bild begann sich zu beschlagen wie unter einem fremden, mißgünstigen Atemhauch, der mir diese Klarheit nicht gönnte. Die Feindseligkeit, deren ich mich erwehren mußte, schien von außen einzudringen, aus den Straßen von Nilbau, wo sie sich in diesen Minuten anhäufte gleich einem riesigen Scheiterhaufen, der vor Ungeduld knisterte und die Flamme erwartete, damit sie ihn endlich in Brand setzte. Cora wurde unzufrieden, sie spürte die Verzögerungen sofort, die den Fluß meiner Rede unterbrachen; ihr zuliebe, aber auch deswegen, weil ich den Einflüssen anderer Ereignisse dadurch zu entgehen hoffte, flüchtete ich mich wieder in die Vergangenheit:

Der Herbst war jählings zu Ende; als der frostige Winter sich mit Stürmen, Dunkelheit und Schnee über die Ebene warf, war das Paar ohne Obdach. Der Junker wagte es nicht, Christiane in sein eigenes Haus zu holen; unter den scheeläugigen Blicken seiner Verwandten wäre das Mädchen solchen Beleidigungen ausgesetzt gewesen, daß er sie weder hätte schützen noch rächen können. Ein- oder zweimal ging er in die Hütte der Häuslerleute; dort saß er neben dem rauchigen Herd, der Kienspan knisterte, die Talgkerze, welche auf den Tisch geklebt war, weinte ihre fetten Tränen. Im harten Lehm des Fußbodens glitzerte die Kälte, Hühner plusterten sich krächzend in der Asche, und die borstigen Ferkel schubberten ihre Rücken an den wackligen Beinen der Schemel. Geduldig und still weilte er inmitten des säuerlichen Brodems dieser Armut, die ausgemergelten und in stinkende Lumpen gekleideten Eltern Christianes überboten sich in Untertänigkeit. Neben ihnen kam ihm das Mädchen, das von der Mutter mit billigem Flittertand wie eine Braut hergerichtet war, desto schöner vor. Sie hatte die kupfrige Bräune ihrer Haut noch nicht verloren, und sie errötete langsam, während er ihre Hände festhielt und sie unablässig betrachtete wie etwas ungemein Seltenes und Kostbares, wie eine Göttin, welche bei den Menschen haust und von ihnen nicht erkannt wird.

Als er wiederkam und von den Alten in die Stube geleitet wurde, fand er dort alles völlig verändert vor. Die Haustiere waren entfernt, man hatte den Kot vom Fußboden gekratzt und getrocknete Kräuter ausgestreut, die Strohschütte in der Ofenecke, auf der die Häuslerleute des Nachts schliefen, war erneuert und mit frischen Linnentüchern bedeckt. Auf dem Tisch, neben einem Wald brennender Kerzen, waren Schnaps, Brot, Salz und geräuchertes Fleisch bereitgestellt; der Junker mußte den Eltern erst Bescheid trinken und mit ihnen einen Bissen essen, bevor sie ihm die abwesende Christiane zuführten und nach umständlichen Zeremonien überließen. Da wurden die Stirn, die Brust und der Schoß des glutroten Mädchens, das nur ein loses Hemd trug, bekreuzigt und mit Weihwasser besprengt, da wurden ihr würzig riechende Kräuterbündel in die Hand gegeben, mit denen sie Kreise vor ihrem Leib beschreiben mußte, da wurden ihr die glänzenden Flechten gelöst und locker gekämmt, und endlich nahm die geschäftige Mutter die Hände des Junkers und die des Mädchens und umband sie mit Haarsträhnen, welche sie sich von ihrem eigenen Scheitel gezupft und in geweihtes Osterwasser getaucht hatte. Unter vielen Verneigungen und dem Gemurmel von halblaut geflüsterten Litaneien ließen die beiden Alten das verwirrte Paar allein, das in dem flackernden Lichterglanz nahe beisammen stehen mußte, aneinandergefesselt durch die grauen Haare einer schlampigen Bauernvettel, von der man sich nicht vorstellen konnte, daß sie jemals dieses vor Schönheit leuchtende Mädchen in ihrem Schoß empfangen und ausgetragen haben sollte. Eins fühlte den Atem des anderen übers Gesicht hauchen, und sie spürten an ihren Handgelenken den heftiger werdenden Pulsschlag sich Antwort klopfen. Die stickige Stille wurde so groß, daß man es deutlich vernehmen konnte, wie die knarrenden Schritte sich draußen übern Schnee entfernten und wie die Hunde das Dorf entlang zu bellen anfingen. Der Junker war sich nicht klar darüber, was dieses eigentümliche Gehabe zu bedeuten hätte, er fühlte sich nur benommen von einer wohligen Schwäche, die ihm allmählich die Knie wanken machte. Es war ihm zumute, als träumte er und als legte sich ihm ein Alp auf die Brust. Christiane, getreu den mütterlichen Anweisungen, begann sich endlich zu regen, mit leisem Zug ihrer Handgelenke leitete sie den Willenlosen zur Strohschütte, auf der sie ihr Beilager halten sollten. Schon bei den ersten Schritten rissen die dünnen Fäden entzwei, der Junker blieb wie angewurzelt stehen, und das Mädchen, der die kupplerischen Einflüsterungen wieder im Ohr laut wurden, entledigte sich mit einem einzigen Achselzucken ihres Hemdes und faßte dann nach dem jungen Mann, der von ihrer makellosen Blöße so sehr verstört wurde, daß er beide Hände über die Augen deckte. Sie zeigte nicht die mindeste Verschämtheit, während sie, deren gesunde Natur nach ihm verlangte wie nach einem Trank oder nach einer Speise, sich ihm preisgab. Sie muß wohl in diesen Minuten all das Unverständliche an ihm wie eine dunkle Bedrohung empfunden haben, welche sie nur dann überwinden konnte, wenn sie ihn an sich zog und in ihre Arme schloß. Aber er blieb abweisend, die Augen schmerzten ihn, als stünde er im Begriff zu erblinden, und eine eisige Kälte preßte ihm das Herz zusammen. Christiane schlang ihre Arme um seinen Nacken und drängte sich an ihn; er stieß sie mit solcher Gewalt von sich weg, daß sie zurücktaumelte. Da sie sich verschmäht glaubte, begann sie zu weinen, große Tränen rollten über Busen und Leib wie die Perlen einer zerrissenen Halskette. Er nahm nichts davon mehr wahr, griff nach dem Mantel, flüchtete aus der Hütte und irrte draußen wie verfolgt umher, schluchzend und lästernd, weil er es nicht gewagt hatte, ihr dorthin zu folgen, wo er seine Irrtümer gegen eine Wahrheit eingetauscht hätte, die ihm alle Auswüchse der Phantasie aus der Seele weggebrannt haben würde. Noch immer glaubte er an die Inkarnation einer heidnischen Gottheit in diesem Bauernmädchen, und er kam dahin, die Furcht, die er vor ihren Umarmungen empfunden hatte, sich dadurch zu erklären, daß es groß und dunkel wie Tod gewesen wäre, sich mit ihr zu vermischen.

Wenn einer von beiden in den Minuten, da sich alles, auch das Zukünftige, unwiderruflich entschied, Augen und Ohren für die Wirklichkeit gehabt hätte, würden sie vernommen haben, wie draußen der Schnee unter einem schleichenden Schritt zu stöhnen anfing und den Späher verriet, der sich nähertastete. Einige Zeit danach ging ein schwarzer Mond im glitzernden Eisgestrüpp an der Fensterscheibe auf und vergrößerte sich allmählich, bis die Augen zum Vorschein kamen, welche sich vor geiler Neugierde zusammenkniffen. – In der folgenden Zeit, den ganzen Winter hindurch, während der Junker über seinen Büchern saß und die Beschreibungen der Olympischen, die er dort fand, mit der Erinnerung an Christiane verglich, ging der Alte in der Häuslerstube ein und aus, und er machte sich bei den armen Leuten dadurch Liebkind, daß er ihnen Erleichterungen verschaffte und ihre Drangsäligkeiten linderte. Sie überließen ihm das Mädchen wie eine Art Pfandstück, er prüfte sie, als wäre sie ein Tier, das er sich eingehandelt hatte, und er staunte immer wieder darüber, daß nicht der mindeste Fehler an ihr zu finden war. Danach begann er sie zu erziehen, so, wie man einen Hund abrichtet, sie bezeigte sich gelehrig und willfuhr ihm in allem, wozu er sie zwang. So bog und renkte er sie zurecht mit seiner greisenhaften Lüsternheit, welche sich daran, daß er aus ihrer Natürlichkeit allmählich nach seinem Gutdünken eine Zierpuppe bildete, mehr ergötzte, als wenn er sie, wie hundert andere Frauen vordem, in sein Bett hätte ziehen können.

– Die sachliche Gleichgültigkeit, in der ich meinen Bericht begonnen hatte, war längst vergangen. Aus den entlegenen Begebenheiten, denen ich mit meinem Atem neues Leben einblies, schlug es mit seltsamen Erregungen auf mich zurück. Das Echo der verfehlten Leidenschaften preßte mir die Brust zusammen und bürgte dafür, daß alles in Wahrheit so gewesen sein mußte, wie ich es nun hersagte. Cora ermutigte mich dazu, weiterzureden, indem sie meine Hand, die sie immer noch festhielt, leise drückte. Es gelang mir bald, die Schwäche zu überwinden und in den Tonfall beständigen Gleichmuts zurückzukehren:

Der Winter büßte langsam seine Kraft ein. Als die wärmeren Lüfte den Schnee von den Feldern leckten, war der Junker mit sich selbst darüber eins geworden, daß er die Häuslertochter zur Herrin über Kaltwasser machen wollte. Es erschien ihm wie eine zweifache Vermessenheit, einmal deswegen, weil es in jenen Zeiten und in diesen Gegenden völlig ungewöhnlich war, daß ein Bauernmädchen aus ihrer unebenbürtigen Herkunft hervorgezogen und an die Seite eines reichen Grundbesitzers von hohem Adel gestellt werden sollte, dann aber auch darum, weil ihn das Ungewisse, das Christiane gleich einem Mantel von südländischem Licht umkleidete, immer noch beängstigte; denn die Erinnerung an jene Winternacht, in der sich das Mädchen ihm preisgegeben hatte, wollte nicht von ihm weichen und brannte auf seiner Haut wie Nesselgift. Da der Junker niemanden kannte, dem er sich hätte offenbaren können, mußte er alles mit sich selbst ausmachen; er unternahm lange Ritte durch den blauen Dämmer des März, bei denen er jede Gelegenheit vermied, Christiane zu treffen. Der alte Lüstling, welcher die zunehmende Unruhe des jungen Mannes nicht außer acht ließ, glaubte, daß es nun bald an der Zeit sein müßte, um alles ins Werk zu setzen, er beschleunigte seine Vorbereitungen und verschaffte sich das, was er noch benötigte, damit die Täuschung vollkommen würde.

Es gelang ihm denn auch, eines Abends das Mädchen unbemerkt ins Herrenhaus zu führen; der Junker war lange ausgeblieben, und als er, müde von der milden Luft und den starken Gerüchen, bei halber Nacht auf den Gutshof ritt und nach dem Reitknecht rief, tänzelte der Alte aus seinem Versteck hervor, hängte sich ihm an den Arm und führte ihn mit geheimnisvollem Gehabe die Stufen der Freitreppe empor. Alles schien wie ausgestorben, das weitläufige Gebäude zeigte nirgendwo mehr einen einzigen Lichtschimmer, kein Schritt und keine Stimme waren zu vernehmen, außer dem hüstelnden Flüstern dieses zahnlosen Mundes. Der Junker ließ sich die widerwärtigen Vertraulichkeiten, die sich der Greis gegen ihn herausnahm, ruhig gefallen; ausgehungert und durstig, wie er war, sprach er allem zu, was man für ihn bereitgestellt hatte, und merkte es nicht, wie ihm das Glas, kaum daß es leergetrunken war, immer wieder, bis zum Rande gefüllt, in die Hand geschoben wurde. Später, als er von den scharfen Schnäpsen und dem gewürzten Rotwein lässig wurde – und als die Gedanken sich ihm verknäuelten und eine Folge von glänzenden Bildern beschworen, in denen er immer wieder die strahlende, in unvergleichlicher Schönheit prangende Christiane neben sich selbst erblickte, umgeben mit einer Aureole von gleißendem Licht, vor der sogar das Tagesgestirn verblaßte –, begann ihm der Alte die Freuden der fleischlichen Liebe zu schildern, als kostete er den Nachgeschmack seiner verlorenen Jugend auf der Zunge. Der Junker hörte nicht auf das kupplerische Geschwätz, er schwelgte in den Vorstellungen von einer Zukunft, die ihm zweifellos Beglückungen bringen würde, welche den Sterblichen seit langem versagt waren: ein Nachglanz des Goldenen Zeitalters, der auf seine Brust fallen würde, ein Nachhall vergangener Harmonien, der von ihm allein vernommen werden sollte. Über solchen Phantasien verlor er alles Maß, und er trank zum erstenmal nicht deswegen, weil ihn dürstete, sondern weil ihm der Schnaps Kräfte verlieh, die er sonst entbehrt hatte, und weil das erhitzte Blut ihm die letzten Ängste aus dem Herzen spülte. Schließlich, als er die Fäuste auf den Tisch zu hämmern begann und atemlos die Verse und Strophen zitierte, in denen die Leibhaftigkeit heidnischer Gottheiten beschworen wurde, denen er Christiane zuzählte, schien es dem Kuppler an der Zeit zu sein. Er zog den Berauschten in die Höhe und geleitete ihn die Treppen empor bis vor sein Schlafgemach, dessen Tür er um eine Handbreite weit offen ließ, um von dem, was drinnen sich ereignen würde, seinen Profit zu bekommen.

Der Junker taumelte unsicher in das großräumige Gemach, das von schwachem Kerzenlicht notdürftig erhellt wurde. Kaum, daß er eingetreten war, regte sich's hinter den damastenen Draperien, welche vor den Fenstern hingen, von dorther wehte es herbei wie ein linder Windzug, der aus dem Schoße des Himmels zu stammen schien und solche Düfte mit sich führte, die aus irdischen Stoffen nicht gezogen sein konnten. Dann öffneten sich die Falten, und das, was aus ihnen zum Vorschein kam, war so unglaublich, daß dem Junker der Herzschlag stockte und in jäher Furcht die Knie einknickten. So, von der Erscheinung, die mit gemessenen Schritten auf ihn zutrat, und überall: an der Brust, an den Hüften und Lenden mit einem silbrigen Schimmer überzogen war, zu Boden gezwungen, glaubte er, seinen Tod erwarten zu müssen. Zunächst war er willens, alles geduldig zu erleiden, was die Göttin über ihn verhängen würde. Er zweifelte nicht daran, daß es Diana oder eine andere von den Himmlischen wäre, die sich ihm zeigte, eingekleidet in einen kurzen Harnisch, den Helm auf dem Haupte, das wohlriechende Locken umgaben, die kräftigen, mit Öl gesalbten Glieder halb entblößt, einen Speer in der Faust, den sie, als sie sich ihm genähert hatte, mit zierlicher Bewegung auf seine Brust richtete. Aber dann, als sie ihn anredete und die Verse, die man ihr eingedrillt hatte, plappernd von den geschminkten Lippen abspulte, erkannte er plötzlich Christiane unter dieser theatralischen Maskierung wieder. Es ernüchterte ihn im Nu. Zudem vernahm er noch das Kichern des Zuschauers hinterm Türflügel. Auf einmal stellten sich alle Zusammenhänge, zu deren Verständnis er sonst geraume Zeit gebraucht haben würde, von selbst her, und er begriff, daß man ihn getäuscht, hintergangen und entehrt hatte. In siedendheißem Zorn, der von seinem Rausche nur noch angefacht wurde, stieß er Christiane weg, die, getreu ihren Vorschriften, den Geliebten auf die weichen Pfühle des Bettes zu drängen versuchte, er riß ihr den billigen Plunder vom Leibe und zwang sie auf die Knie. Auf einmal bleckte die brutale Gewalttätigkeit seines Vaters in ihm ihre Zähne, mit blankem Degen trieb er das nackte Mädchen, welches nicht begriff, wie ihm geschah, vor sich her, über die hallenden

Treppenflure hinab und hinaus in die dunkle Aprilfeuchte vor dem Portal. Er ruhte nicht eher, als bis er alle die schlotternden Kavaliere und alten Jungfern bei ihren Wärmkruken, Kaminfeuern, Rosenkränzen und Erbauungsbüchern aufgestöbert und aus dem Hause gejagt hatte, immer noch den Degen in der Hand, schreiend wie ein Tobsüchtiger, Schaum vor dem Munde und die Augen voll von den kalten Feuern der Mordlust. Aber der, dem er den Stahl im Augenblick, wo er seiner ansichtig geworden wäre, bedenkenlos zwischen die Rippen gejagt hätte, war nirgendwo aufzufinden, sosehr er auch nach ihm suchte. Zuletzt brach der Junker zusammen, gefällt von seiner eigenen Zornwütigkeit, an der er sich übernommen hatte. Von da ab verfiel er in eine schwermütige Trostlosigkeit, aus der er nach vielen Monaten erst erwachte.

– Cora seufzte leise, überwältigt von dem neidischen Verhängnis, das die beiden Liebenden jedesmal auseinanderriß, wenn sie sich vereinigen wollten. Ich unterbrach mich, entzog ihr meine Hand und deckte sie über die Augen, weil das unerträgliche bunte Licht mir weh tat. Sogleich nahmen die Beunruhigungen wieder überhand, welche draußen auf den Straßen und dem Marktplatz pulsierten; sie hatten es darauf abgesehen, mich gänzlich zu verstören, und ich fühlte genau, daß sich Heinrichs Voraussagungen bewahrheiteten. Hin und her gerissen zwischen dem unvollendeten Bericht, der Überlegungen, Phantasie und Worte von mir dringlich forderte, und den Zusammenballungen von Rache, Vergeltung und Aufruhr, die ich selbst veranlaßt hatte und die mich nun zu überwältigen drohten, sprang ich endlich auf. Cora stand auf einmal vor mir und zwang mich sanft auf den Stuhl zurück.

»Erzähl es zu Ende!« bat sie mich atemlos, indem sie die Hände rang.

Nach kurzer Frist war ich in das neue Bild eingetreten, das ich ihr genau beschrieb:

Als er wieder zu sich kam, war es Herbst, aber diesmal und wohl für immer schien das warme Gold des September umflort zu sein von lauter schwärzlichen Schatten. Er erkundigte sich ruhig nach einer Häuslertochter namens Christiane. Die bestürzten Gesichter gaben ihm die Auskunft, welche die Münder verweigerten, und er nahm es in Gleichmut auf, als er hörte, daß sie gestorben wäre. Dieses einfältige Mädchen hatte sich, nachdem es aus der großartigen Herrenwelt verstoßen worden war, ohne das mindeste Bedauern wieder an ihr Tagewerk gemacht. Eines Tages im Sommer versuchte sie, auf den Wiesen das Heu vor den Fluten einer Überschwemmung zu bergen, und mußte dabei Stunde um Stunde, erst bis zu den Knien und dann bis zu den Hüften, im steigenden Wasser umherwaten, um all die niedrigen Kuppen aufs Trockene zu fischen. Die Leute schrieben dem Wachswasser, das mit seiner Kälte aus den Tiefen der Erde heraufquoll, böse Kräfte zu, die an jedem warmblütigen Leben den innersten Kern gefrieren und einschrumpfen ließen. Sie fanden ihren Aberglauben bestätigt, als Christiane dahinzuschwinden begann und endlich, ohne jedes Anzeichen von Krankheit, verschied. Der Junker ließ sich ihr Grab zeigen und beschloß, ihr einen Stein zu setzen, damit sie nicht so bald vergessen würde. Auf der Stelle im Park, wo er zum erstenmal die leibliche Gegenwart der jungfräulichen Toten spürte, errichtete er später die Standbilder.

Der Herbstabend, an dem sich diese gespenstische Begegnung ereignete, war regnerisch und von einer zwielichtigen Düsternis. Währenddem der Junker fröstelnd unter den triefenden Bäumen umherwandelte, an solche Gedanken verloren, die sich mit der Unwiederbringlichkeit des Vergangenen beschäftigten, war es ihm mehrmals, als hörte er Schritte, die im Dunkel neben ihm hergingen, ihm voraufeilten und ihn dorthin lockten, wo die tiefste Schwärze unter den Gebüschen wie Tinte ausgegossen war. Er empfand weder Furcht noch vernahm er irgendeine innere Stimme, die ihn warnte. Das Geheime war ihm eher vertraut und so selbstverständlich, als wäre es nur deswegen durch den Tod gegangen, um nun, wo es zu ihm zurückkehrte, an Inbrunst zu gewinnen. Jetzt nämlich, indem er die kühlen Arme um seinen Nacken spürte und den eisigen Kuß, der ihn wie ein zerplatzender Regentropfen kühlte, brauchte er nicht erst zu fragen, ob es Christiane wäre, die ihn umarmte und küßte.

Fürderhin lebte er mit dem Gespenst wie mit einer Geliebten, die ihm nichts verweigerte, die mit ihm Zwiesprache hielt, sein Bett teilte und ihn überallhin begleitete. Sie saß bei den Ausritten vor ihm auf dem Rist des Pferdes, sie lag unerwärmbar neben ihm in den Kissen, sie stand hinter seinem Stuhl, wenn er in Gesellschaft war, und sie bettete, als er müde wurde, seinen Kopf an ihre luftige Brust. Späterhin verlor sie sich mitunter auf Tage und Wochen, und beim Wiederkommen war sie jedesmal um einen geringen Grad schattenhafter; schließlich blieb sie ganz aus und kehrte nur noch ein einziges Mal aus dem Totenreich zurück. Während sie bei ihm war, spürte er die ganze Zeit einen schwelenden Brandgeruch im Zimmer, aber sie klagte nicht über die Pein, der sie dort drüben ausgesetzt sein mußte. Ihr Kuß schmeckte schweflig, und nachher fand er sich über und über mit grauer Asche bestäubt.

Bald nach diesem Abschied heiratete der Junker. Er war sich dessen bewußt, daß er den großen Besitz nicht ohne Leibeserben zurücklassen dürfte. Auf den benachbarten Gütern ritt er ein und aus, um die Frau zu finden, die willens wäre, mit ihm zu gehen, der im Rufe eines verschrobenen Sonderlings stand und bei seinen Standesgenossen nicht viel galt. Schließlich begegnete er der hölzernen, gewöhnlichen Jungfer, welche seine Werbung annahm; sie sah so aus, als wäre sie imstande, einen Sohn nach dem anderen zu empfangen, auszutragen und zu gebären, und er nennt sie in seinen Aufzeichnungen nicht anders als die breithüftige Stute.

Einige Monate vor der Hochzeit, die mit allem Pomp, welcher in jenen Tagen üblich war, gefeiert werden sollte, verschrieb er sich die Steinmetzen, die nach seinen eigenen Angaben die Figurengruppe in aller Eile ausmeißeln mußten. Bei dem Standbild, welches Christiane darstellte, überwachte er jeden Hammerschlag und Meißelstrich, und die Kraft seiner Vorstellung war so groß, daß sie auf den Handwerker übersprang wie eine Art von Magnetismus. Aus dem ungefügen Sandsteinblock, als hätte sie ihm seit jeher innegewohnt wie eine ewige Form, die nur von toten Krusten bislang umkleidet gewesen war, kam das Bild der unentstellten Christiane deutlich und wahrhaftig zum Vorschein. Am Vorabend der Ankunft seiner Braut und des Gesindes von Gästen, welche das Fest nach Kaltwasser lockte wie der Lichtschein einen Fliegenschwarm, ging er hin und vergrub neben dem Sockel des Standbildes jenen Kasten, in dem er, außer seinen Aufzeichnungen, alle Habseligkeiten des Mädchens verschloß, welche er bei ihren Eltern auftreiben konnte...

»... dort sehe ich ihn hocken, unter dem wolligen Schatten der großen Bäume«, schloß ich meinen Bericht, »im Kreise der steinernen Frauen, die er dem Bildnis seiner Geliebten zur Begleitung gegeben hatte. Die ganze Nacht verbrachte er da draußen, vielleicht war es Frühling, vielleicht war es Sommer, vielleicht aber auch schon wieder Herbst; er hörte weder das Käuzchen klagen noch den überschwenglichen Ruf der Nachtigallen oder das süße Locken des Sprossers, der das erste Tagesgrauen besingt. Er sah auch nicht die große Drehscheibe des Firmaments über seinem Haupte rotieren und gab nicht acht auf den langsamen Wandel der Sternbilder, spürte weder den Tau fallen noch die Kühle aus Gras und Laub steigen – denn er weilte dort, wo die Sterblichen nicht ungestraft sich aufhalten, in der Tiefe bei den Toten, mitten unter dem Gestöber gestaltloser Schatten, die ihn wie Vampire umschwirrten und von seinem warmen Blut tranken und die er vergebens auseinanderscheuchte, um die verlorene Christiane noch einmal zu erblicken; einen Schimmer wenigstens, einen schwarzen Abglanz von ihr, der ihm nicht mehr gewährt wurde ... Als die Morgenröte aufging und einen dünnen Hauch von ewigem Leben über die Glieder und das erstaunte Antlitz des steinernen Mädchens streifte, ging er müde weg – gefaßt und ruhig ging er seinem künftigen Dasein entgegen, von dem er nicht viel mehr erhoffte, keinen Reichtum an Liebe oder an Wärme. Er hatte das alles schon vorweggenommen, und in dem Augenblick, wo er es für immer hätte behalten sollen, glitt es ihm aus den Händen wie ein Geschmeide, das er, am Rande eines tiefen Brunnens sitzend, spielerisch in der Sonne gleißen ließ, ehe er es sich anlegte, und das, als er eben im Begriff war, es an seinem Herzen zu befestigen, zwischen den klammen Fingern hindurchschlüpfte und ins Dunkle stürzte, hinab zu den Kröten, Schleichen und Nattern, welche die verborgenen Schätze hüten ...«

»Mehr weiß ich nicht«, beendete ich meine Erzählung, »aber das, was danach für deinen Vorfahr gekommen ist, kann man aus den Gemälden ablesen, die bei euch im Saal hängen, aus seinem eigenen Bild und aus dem seiner Frau ...«

»Mehr weißt du nicht ...«, wiederholte die Obersten-Tochter meine Worte, und dabei schwenkte sie das Bündel vergilbten Papiers vor ihrem Gesicht hin und her wie einen Fächer. Plötzlich kam es mir zu Bewußtsein, daß Cora ja mit demjenigen, von welchem ich die ganze Zeit geredet hatte, verwandt war. Auf einmal schien das blasse Gesicht an Alter und Strenge zu gewinnen; gleichsam derart, als nähme in diesen Zügen, die noch genügend Weichheit bewahrten, um sich jählings verändern zu können, die vergessenen Ähnlichkeiten, die vorgelebten Formen und die Abkünfte von der langen Ahnenreihe überhand und bemächtigten sich des Gegenwärtigen, indem sie es hundertfältig aufwogen. Während dieser Minuten nämlich wurde Cora zum erstenmal aus der Vereinzelung, von der sie wähnte, daß darin eine erstrebenswerte Freiheit beschlossen wäre, wieder zurückgenommen in die Obhut jener Bindungen, denen sie sich niemals ganz und gar hatte entziehen können. Ein altes Geschlecht, eine ununterbrochene Folge von Männern und Frauen, von Stolz, Ruhmsucht und heißblütigen Charakteren, deren adliges Vorrecht schon mit jedem Neugeborenen aus den Windeln kreischte; Gewalttaten, die noch lange, nachdem sie begangen worden waren, die Rücken der Leute duckten, wenn sie von ihnen redeten; Pacht und Prunk, Hetzjagd über die frisch bestellten Felder, Saufbolde, Spieler, Verschwender und dazwischen die entarteten Träumer, wie jener Junker, oder die milden Männer, welche karg und bäuerlich lebten und das Erbteil durch ihre Mäßigung vermehrten – und all die Frauen, solche, die in ihrem Hochmut prangten und deren Schoß verschlossen blieb, die Gebärerinnen, welchen die Söhne im hohen Leib gediehen, einer nach dem anderen, bis sie wie eine Schar von Blutzeugen die Kreißende umstanden, Sanftmütige und Fromme, Abtrünnige und Ehebrecherische, Schöne und Häßliche, Aufrechte und Heuchlerische, deren Zungen viperngleich gespalten waren – das alles überschattete jetzt die Obersten-Tochter und suchte sie heim mit einer brutalen Kraft, der sie nicht widerstehen konnte. Cora war es, die als ein letzter Trieb aus dem großen Wurzelstock, welchen die anderen düngten, nach oben schoß, einem Wildling vergleichbar, dem die Augen fehlen, aus denen das edle Wachstum weitergedeihen kann; der Gärtner hatte noch nicht Hand an sie gelegt und ihre Üppigkeit beschnitten, aber es konnte wohl nicht lange mehr dauern, bis es geschah – sie spürte ihn näher kommen, und deswegen versuchte sie noch einmal, ihm zu entgehen.

»Und wenn es weiter nichts gewesen wäre«, sagte sie, »als daß wir dieses Standbild umgeworfen hätten, so wären wir dadurch für alle Zeiten verbunden.«

Sie warf die Papiere so achtlos auf die glatte Tischplatte, daß die Bogen aus ihren Hefträndern rissen, sich entfalteten und zu Boden flatterten.

»Ich habe dieselbe Geschichte«, wandte ich ein, »am Abend, ehe ich abreiste, in der Stadt jemand erzählt, der davon so betroffen war, daß er plötzlich den verlorenen Sinn seines Daseins wiederfand ...«

»Er?« äffte sie mich nach, »einer Frau?«

»Einer Frau«, antwortete ich, indem ich meinen Worten einen besonders ernsten Nachdruck beilegte, »keinem jungen Ding, keinem Flederwisch, der in allen Ecken umherfährt!«

Cora hielt sich den Mund zu wie ein junges Mädchen, das alsbald losprusten wird, und sah mich ungläubig an.

»Einer Frau«, fuhr ich unbeirrt fort, »die deine Mutter hätte sein können ...«

»Meine Mutter«, unterbrach sie mich mit einer wegwerfenden Handbewegung, »ich kenne auch bei uns solche Frauen, die sich für ihr Leben gern von jungen Männern Geschichten erzählen ließen, wenn sie nur den Mut dazu hätten!«

Ich wollte aufspringen und ihr aus meiner Verachtung kein Hehl mehr machen, aber sie kam mir zuvor und griff überraschend nach meinem Handgelenk, so daß ich wieder auf den Stuhl zurückfiel.

»Hör zu!« sagte sie, während sie ihre Stimme dämpfte, »laß mich reden und unterbrich mich nicht! Dieses Gespenst, diese Christiane, sie läßt mir keine Ruhe, obwohl ich weiß, daß sie im Park vor meinen Fenstern liegt, ein kopfloser Sandsteinklotz, der sich nicht rühren kann. Ich habe meinen Verstand und meine Vernunft, ich sage mir, daß nichts zu befürchten ist, aber trotzdem: ich kann es spüren, wie sie mir auflauert und wie sie neben mir war, wenn ich zu den Männern gegangen bin. Sie ist es, die mein schlechtes Gewissen beschwichtigt, sie ist es, die mir eine solche Unruhe einflößt, daß ich nicht ein noch aus weiß, sie bereitet mir alle Gelegenheiten, in denen ich nichts anderes mehr tun kann als sündigen. Mit ihrer teuflischen Neugierde wohnt sie allen Umarmungen bei, vor denen es mich ekelt, denn sie weiß es ja genau, daß ich die Liebe, nach der ich dürste und hungere, niemals finden werde, sie ist grausam vor Schadenfreude und giftig wie eine Otter. Manchmal, wenn ich mich im Spiegel betrachte, hängt ihr bleiches Gesicht neben dem meinen und starrt mich boshaft an – ich erkenne es wieder, ich habe ja ihr Bild gesehen, ich schlage danach mit der geballten Faust, aber ich treffe ins Leere. Ein andermal kriecht sie zu mir unter die Decke des Nachts, bei

Neumond, wenn alles finster ist, und sie schmiegt sich an mich mit ihrer Kälte, daß mir das Blut in den Adern stockt, und sie umschlingt mich und gibt mir Küsse, die mich wie Feuer brennen, aber ich weiß doch, daß sie damals von uns enthauptet wurde und daß sie also keinen Mund mehr hat, mit dem sie mich küssen könnte ...«

Es kam mir so vor, als erfände Cora das alles erst jetzt, indem sie meine eigene Tonart aufnahm und weiterführte, virtuos und in einem überraschenden Anpassungsvermögen. Während sie mich damit zu täuschen versuchte, beobachtete sie mich genau. Obgleich sie in diesen Augenblicken unter dem Andrang von Erregung eine fiebrige Schönheit bekam, welche mich von neuem beirrte, blieb sie in ihrem innersten Versteck kühl und gefaßt. Derweilen regte sich die alte Feindschaft in mir, und es erbitterte mich, daß ich, sobald ich ihr nachgab, mich mit all den stumpfen Liebhabern gemein machen mußte, die ihre Lust an der Obersten-Tochter gebüßt hatten.

»... dann wieder«, fuhr sie in ihren Eröffnungen fort, »fordere ich das Gespenst heraus. Ich trage seinen Schmuck, ich verhöhne die Bauernhure, ich bemühe mich, schöner zu sein, als sie es jemals gewesen war – manchmal bin ich zu ihrem Grabe spaziert und habe mich darübergebeugt und alles, was ich bei den Männern erfuhr, hergebetet wie eine Litanei, denn ich konnte mir denken, daß sie es nie gespürt hatte und neidisch darauf sein würde.

»Hör auf damit!« Ich riß ihr meine Hand weg, die sie fortwährend mit aller Kraft festgehalten hatte.

»Du glaubst mir wohl nicht?« Der Ton ihrer Frage war auf eine unschuldige Kläglichkeit abgestimmt.

»Nein!« gab ich zurück, ohne sie anzusehen, obwohl ich spürte, daß ihr Blick mich zu ihr zwingen wollte. Ich stand auf, bückte mich nach den Papieren, die vor ihren Füßen lagen, und las sie zusammen. Eben, als ich, noch vor ihr kniend, ihr die geordneten Blätter überreichen wollte, riß sie genauso, wie sie es vorhin mit Krasnow gemacht hatte, die Beine hoch und trat nach mir. Diesmal lachte sie nicht, sondern ihr Gesicht verzog sich zu einer Grimasse von Haß und Zorn, so daß ich vor der Häßlichkeit, die jetzt in ihren Zügen aufgedeckt wurde, mehr erschrak als vor ihrem heimtückischen Angriff, auf den ich keineswegs gefaßt gewesen war.

»Du Hund, elender!« knirschte sie, als ich wieder aufrecht

dastand und mir die Hände vom Staub säuberte. Ich bemühte mich, eine übertriebene Gleichgültigkeit zur Schau zu stellen, nicht nur deswegen, um Cora in die Irre zu führen, sondern auch, um jene wachsende Beunruhigung zu verscheuchen, welche nun wieder auf mich eindrang, vergleichbar den Schallwellen eines weit entfernten Getöses, das fortwährend zunahm und sich an mir brach. Dort nämlich, wo ich von den Ausläufern befremdlicher Ereignisse berührt wurde: in meinem Ahnungsvermögen, sagte ich mir, daß sich während der Zeit, die ich hier mit Cora vergeudete, ohne mein Zutun alle Entscheidungen abspielten, die ich selbst hatte herbeiführen wollen, als ich nach Kaltwasser zurückkehrte. Es überging mich, es spie mich aus, weil ich weder kalt noch heiß war und weil meine Lauheit dem großen Munde, der allein die Wahrheit hersagen konnte und sie doch stets verschwieg, ein Greuel sein mußte.

Ohne daß ich Cora kommen sah, fühlte ich plötzlich, wie sie aufstand und sich mir näherte, lautlos und geschmeidig gleich einer Katze, die sich, bevor sie zum Sprunge ansetzt, den Anschein einer lahmen Harmlosigkeit zu geben bemüht. Noch ehe sie bei mir war, wehrte ich sie ab, mit jeder Empfindung, deren ich fähig war. Wenn sie nicht so verblendet gewesen wäre, hätte sie meine Ablehnung spüren müssen, aber der Trotz, welcher sie anstachelte, war so groß, daß er ihr den letzten Rest von Besinnung wegätzte.

Sie schob sich heran, lehnte sich an meine Hüfte und versuchte, indem sie die Glieder weich machte, mich in ihre Gewalt zu bringen. Der Kopf war ihr in den Nacken gesunken, der rote Bogen ihrer Oberlippe hatte sich leicht erhoben und ließ den feuchten Schmelz der Zähne sehen; die Wimpern fächerten den glitzernden Blick, dem ich auswich, voll mit Dunkelheiten. Das rötliche Gold, das ehedem Christianes Haut gekühlt hatte, glühte auf ihrer Brust; zischend von den teuflischen Feuern, welche diesem Metall eingeschmolzen worden waren, verhieß es, sobald man seiner Lockung nachgab, Leidenschaften, die unsereinem nimmermehr zuteil werden würden, wenn man sie jetzt verschmähte. Dasselbe Gold wand sich glatt um die schmalen Gelenke der beiden Hände, welche die Obersten-Tochter jetzt langsam hob und zunächst auf meinen Schultern ruhen ließ, bevor ihre Finger tastend zum Nacken wanderten und sich dort verschränkten. So wandte sie alle Erfahrungen an, die sie je mit der Begierde der Männer gemacht hatte, und sie versuchte, mich bis aufs Blut zu peinigen und mich nun endlich in ihre Abhängigkeit zu bringen, damit sie mir die unselige Vergangenheit doppelt und dreifach vergelten konnte.

»Woran denkst du?« fragte sie gedehnt und in träumerischem Tonfall, der so geschickt nachgeahmt war, daß ich ihn beinahe für echt hielt.

Ich biß die Lippen zusammen, drehte das Gesicht beiseite und versuchte den lauen Atemzügen auszuweichen, die meine Haut streichelten.

»Ich will es dir sagen!« Sie gab sich selbst die Antwort, die ich ihr verweigerte; mit kühlen Fingern begann sie meine Nackenhaare zu kraulen, und sie ließ sich wie ermüdet langsam gegen mich sinken, so eng, daß ich schließlich ihren Herzschlag spüren konnte.

»Ich will es dir sagen, an wen du denkst«, ihre Stimme blieb zuerst noch weich und täuschte mich, »will dir sagen, an wen... Da gibt es jemanden, der dich behext hat... eine Blonde, eine Zarte, ein gebrechliches, sanftes Mädchen... ein Mondstrahl, ein, ach ich weiß nicht, was sonst noch alles... Irene, Irene, das denkst du, das fühlst du... solch ein Kind, ein hinfälliges, das man gerne stützen möchte, weil es sonst in die Irre geraten könnte, solch eine Unschuld, solch eine Wassernixe, die man aus dem Teich fischen will, in dem die Ungeborenen hausen... man sieht es dir an: die Zauberin, die kühle, die Jungfrau, die reine, die dich betört hat... aber, ach, schon ist es zu spät, schon bist du gebannt... und wenn ich sie dir aus der Seele reißen wollte, deine Irene, selbst dann würdest du sie niemals mehr vergessen... und wenn ich dienen würde um deine Liebe und um dein stolzes, verschwiegenes Herz sieben Jahre und noch mehr, für mich bliebe weiter nichts übrig als dein Haß, nicht wahr?«

»Den hast du schon!« sagte ich und zwang mich zur Ruhe.

»Siehst du«, gab sie zurück, »und damit begnüge ich mich sogar, mehr will ich nicht... denn du glaubst doch nicht etwa, daß ich mir etwas daraus machen würde, von dir angehimmelt zu werden... ich spucke darauf, ich trete es unter meinen dreckigen Reitstiefeln, ich verzichte dankend!«

»Halt den Mund«, fuhr ich sie an und versuchte, sie wegzudrängen. Sie wich nicht vom Fleck, klammerte sich an mir fest und machte mich so unsicher, daß ich schließlich Gewalt anwenden mußte, um sie loszuwerden.

»Du sanftmütiger Träumer!« schrie sie mich an, »du elender Jammerlappen! Du Schmachtfetzen! Du Knechtsseele, die man schinden muß!«

Ich riß mich los und versuchte ihr den Mund zuzuhalten, sie schlug ihre Zähne in meine Hand, der jähe Schmerz war wie ein Signal, das meine Wut jählings entfesselte. Von dem, was sich nun ereignete, nahm ich nichts mehr wahr, außer verzerrten Fratzen, welche dieses verschwiegene Sündenzimmer plötzlich anfüllten, als seien sie vordem hier schon vorhanden gewesen wie eine Schar unscheinbarer Dämonen, die sich erst jetzt aus ihren Verstecken hervortrauten, wo sie so genau nicht mehr betrachtet werden konnten. Die bunten Girlanden der farbigen Glühbirnen begannen sich zu drehen, der Boden des Raumes schwankte wie die Basis eines Karussells, welche durch das Rotieren aus ihrem Gleichgewicht gerät, eine kreischende Musik voller Disharmonien quälte das Gehör, und die Augen schlossen sich vor Schreck, als sie all der niedrigen und dummem Teufel ansichtig wurden, die auf mißgestalteten Fabeltieren vorüberschossen. Und immer wieder tauchte es auf, dieses bleiche, vor Angst, Sehnsucht und unmenschlichem Trotz entstellte Antlitz, das vergebens den Kuß erwartete. Die kleinen Glocken, welche ringsum aufgehängt waren, klirrten und klingelten, die Fahrt beschleunigte sich, bis mir schwindelig wurde – ich schmeckte den Staub, den wir aufwirbelten, ich spürte, wie der sehnige Widerstand nachließ, den mir die Gegnerin entgegensetzte, ich hatte sie schon fast zu Boden gezwungen. Die Abgrenzungen der Zeit verloren ihre Gültigkeit. War es hier oder war es dort auf dem Damm zwischen den Fischteichen? Würde es immer wiederkehren, in Abständen, die launisch genug bemessen waren, oder sollte es eines Tages ein Ende haben und endlich seine wahre Natur zu erkennen geben …?

Die messingnen Ringe, an denen der Vorhang aufgehängt war, kreischten laut, als sie beiseite gerissen wurden. Das Gesicht des Büfettfräuleins tauchte zwischen den Falten auf, der runde Mund stand offen und schnappte erschrocken nach Luft. Unter dem Blick der ausdruckslosen Augen trennten wir uns sofort, mit dem jähen Schreck von Kindern, die auf einer Missetat ertappt werden. Cora schnellte aus der gebückten

Haltung, zu der ich sie gezwungen hatte, hoch gleich einer Weidengerte, die man niedergebogen hat und plötzlich losläßt. Während ich durch die Anwesenheit der dreisten Zeugin für einige Augenblicke verlegen gemacht wurde, gewann die Obersten-Tochter alsbald ihre Sicherheit zurück und legte einen so großen Hochmut an den Tag, daß jenes Fräulein betreten die Augen niederschlug und errötete.

»Werden wir noch zurechtkommen, wenn wir ins Kino wollen?« fragte Cora so gleichgültig, als erkundigte sie sich nach einer Sache, die längst unwiderruflich verabredet war.

Das Fräulein sah nach dem Handgelenk, an dem eine Uhr festgeschnallt war, und riet uns zur Eile. Ich kam nicht mehr dazu, irgendeinen Einspruch zu erheben, denn wir brachen alsbald auf. Die vorderen Räume waren leer und kaum erleuchtet, das trübe Licht aus den spärlichen Lampen zeigte überall die gleiche Aura von mattem Grün.

Cora ging mir schnell voran, ich vermochte ihr nur mit Mühe zu folgen; das Büfettfräulein glitt lautlos, gleichsam mit raschen Flossenschlägen an uns vorüber, riß die Tür auf und grapschte geschickt nach dem Trinkgeld, das ich ihr hinreichte. Dann standen wir in dem dunklen, gewölbten Torweg, und die Obersten-Tochter wies mich nach dem Hof, auf den er mündete. Die blakende Petroleumlampe, welche in einer Nische aufgehängt war, gab so wenig Licht, daß ich nichts weiter wahrnahm als die dichten Regensträhnen, die draußen hingen, fast unbeweglich und nur ein wenig zitternd wie eine breite Reihe glänzender Fäden, die unablässig abgespult wurden.

Cora wandte sich nicht nach mir um, und ich dachte einen Augenblick daran, mich heimlich davonzustehlen; plötzlich aber fiel mir ein, daß ich ihr noch nichts von der Begegnung mit ihrer Mutter erzählt hatte. Jetzt, indem ich, einen Schritt hinter der Obersten-Tochter, in der völligen Düsternis der engen Gasse mich entlangtastete, die den ersten Hof mit einem dahinter liegenden verband, erwog ich bereits die Sätze, mit denen ich dies Geheimnis preisgeben wollte. Als erriete sie die Gefahr, die ihr drohte, wandte sie plötzlich, ohne ihren Schritt zu verlangsamen, den Kopf nach der Schulter und redete nachlässig die fensterlose Rückwand des Schuppens an, den sie mit Arm und Hüfte beinahe streifte.

»Wenn es schon nicht die Wirklichkeit ist«, sagte sie, »dann soll es wenigstens der billige Traum sein, den sich jeder für seine schmutzigen Groschen kaufen kann! Da träufelt die Liebe wie aus übervollen Honigwaben, da sind die Augen glänzend wie Leuchtfeuer, die niemals erlöschen werden, und die Lippen eingesalbt mit dem ranzigen Lächeln, das dumm ist vor Glück und vor Schönheit. Vor den Augen aller Leute ... unschuldig und verdorben zugleich ... beneidenswert und verächtlich in einem ... ein Zuckerbrot, an dem man sich für zwei Stunden sättigt, bis es einem widersteht ... aber vielleicht gibt es da wenigstens eine Kleinigkeit, die Wahrheit hat, das genügt schon, sage ich dir, mehr brauche ich ja gar nicht ...«

Ich wußte nichts zu erwidern, ein laues Mitleid, welches in seinem Geschmack vielerlei Ingredienzien vermischte: den Grünspan des Zornes, die dumpfe Bitternis der Trauer und die scharfe Kälte der Überheblichkeit, saß mir auf der Zunge. Cora gab sich, nachdem sie einige Zeit vergebens auf Widerspruch oder Zustimmung gewartet hatte, selbst eine Antwort, indem sie von neuem ihr heiseres Gelächter hervorbrachte.

Das matte Licht einer ausgebrannten Glühbirne wies uns den Weg, mitten durch den Verhau von Handwagen und Gerümpel: zerbrochene Radkränze und übereinandergestapelte Kisten, aus denen die nasse Holzwolle hervorquoll. Die Obersten-Tochter stieß eine Tür auf, welche mit blauen, roten und orangenen Scheiben verglast war und laut klirrend hinter uns zufiel. Der hellerleuchtete Flurgang machte ein lautes Echo, das die roten Läufer, mit denen er belegt war, nicht zu dämpfen vermochten. Von weit her drang das mechanische Klavierspiel zu uns, mit dem, wie von einem ständig fließenden Musikstrom, jene wechselnden Motive und Melodien abgehäckselt wurden, die den stummen Pantomimen auf der Leinwand einen zu Herzen gehenden Widerhall geben sollten. Indes wir uns zwischen Wänden aus Spiegelglas dem Vorraum des Kinos zuwandten, bemerkte ich, daß die barhäuptige Cora vom Regen völlig benäßt war. Das Haar war ihr in triefenden Strähnen an den Schädel geklebt, der Pelz sah struppig aus wie das Fell einer Katze, das seinen Glanz im Wasser verloren hat. Rechts und links die prismenartig angeordneten Scheiben aus Spiegelglas vervielfachten ihr Bild, indem sie es leicht verzerrten. Plötzlich wurden mir alle Verwandlungen deutlich, denen dieser Körper auf seiner Bahn durch die unterschiedlichen Zeitalter des eigenen Lebens ausgesetzt sein würde. Da war die reife Cora, welcher die Hüften dadurch, daß sie Kinder getragen und geboren hatte, nicht breit gemacht worden waren, da war die gealterte, greisenhafte Cora, aufrecht und ungebeugt, und dort fand ich jenes Mädchen wieder, das vor unermeßlichen Zeiten sich mit mir aus den Feuern und Wassern des Herbstgewitters in das Haus des Wassermüllers geflüchtet hatte; es war so, als hätten sich alle Erscheinungsformen, welche diesem Menschen schon bei der Geburt vorbestimmt gewesen waren, in dem leicht erblindeten Glas ringsum versammelt gleich einer tröstlichen Mahnung, die besagte, daß es unsinnig wäre, jetzt, da noch nichts entschieden war, was endgültig und unwiderruflich genannt werden konnte, sich der Verzweiflung anheimzugeben.

Aber ich kam nicht mehr dazu, diesen Überlegungen länger nachzuhängen, denn der Kinobesitzer, ein älterer Mann von ähnlich absonderlichem Aussehen, wie es mitunter die Kleinstadtfotografen haben, öffnete theatralisch die Tür zum Vorraum. Er händigte uns, während er einen Schwall phrasenhafter Beredsamkeit herbetete, die Eintrittskarten aus. Dann raffte er die dicke Portiere und entließ uns in jene Welt des Scheins und der wohlkalkulierten Täuschung, deren Herrschaft ihn über sich selbst erhob. Die Dunkelheit schluckte uns auf, wir tasteten eine Bankreihe entlang, in der zwei oder drei Leute saßen, die uns unwillig Platz machten. Zu unseren Köpfen schoß der Lichtkegel mit großer Gewalt aus der Mauerluke hervor und saugte jedes Staubkorn, das in der verdorbenen Luft schwebte, in seine Bahn; der säuerliche Geruch nach nassem Schuhwerk und feuchten Kleidungsstücken verschlug uns fast den Atem.

Drunten wechselte der behende Klavierspieler auf seinem Drehschemel mit raschem Schwung nach dem Harmonium hinüber und tremolierte in klagender Geläufigkeit die Tragik, zu welcher die Handlung nun endlich gediehen war. Die Charaktere der Figuren waren auf den ersten Blick zu erkennen, den Zuschauern durfte nichts fragwürdig bleiben, damit sie sich ihrer Rührung ungehindert überlassen konnten. Sogleich kam mir das Ganze sehr bekannt vor, und ich erinnerte mich, daß mir jene Schauspielerin, in deren Auftrag Rassow den Ring zurückschickte, ehedem davon erzählt hatte, ja, daß ich insofern an diesem Film beteiligt war, als ich ihr Christianes Goldreif, längst bevor ich ihn ihr schenkte, für einige Zeit zur Verfügung stellte, weil ihre Rolle vorschrieb, daß sie einen

Ring tragen mußte, und weil sie sich von diesem, dessen Geschichte sie kannte, einen besonderen Erfolg versprach.

Kaum daß wir uns gesetzt hatten, griff die Obersten-Tochter mit beiden Händen nach meinem Arm und drückte ihn an sich. Wie ein Kind überließ sie sich der banalen Verzauberung, welche der Wechsel der fließenden Lichtbilder hervorrief. Das Magnetische des befremdlichen Lebens, das weder Scham noch Zurückhaltung kannte, zog die nachgiebige Cora in seinen Bann und ergriff sie so sehr, daß ich es spüren konnte, wie ihr der Atem stockte, und daß ich die leisen Seufzer hörte, mit denen sie sich Luft machte. Ich gab mir Mühe, den raumlosen und zuckenden Vorgängen zu folgen, welche dort hinten heraufdämmerten und verblaßten und die, obgleich sie völlig mit Staub bepudert waren, allmählich aus der Vermischung von hellem und dunklem Grau eine starke Farbigkeit entwikkelten ...

... man sieht beispielsweise, daß der gutmütige und dennoch brutale Liebhaber (ein muskulöser Mann, der eine gewisse Ähnlichkeit mit dem Sergeanten der Besatzungsarmee hatte) vor Zorn rot anläuft, während er auf die Frau wartet, die sich unter irgendeinem Vorwand entfernt hat. Aber er beschwichtigt sich selbst und macht sich ans Trinken, ermüdet schlägt er die Bettdecke zurück. Jetzt läuft er in dem engen Hotelzimmer hin und her wie ein Stier, der sich Stirn und Lenden am Stacheldraht blutig reißt, hebt die Gardine, sieht aus dem Fenster, leert in einem einzigen Schluck den Rest der Flasche und wirft sich unausgekleidet aufs Bett. In dem Augenblick, wo er die Augen schließt, wird man zum Zeugen seiner Träume, die von einer fiebrigen Eifersucht vergiftet sind. Der Schatten der Frau (einer Frau, die mit der Schauspielerin, welche den Ring besaß, anscheinend nichts zu tun hatte, weil diese, welche hier über die Leinwand schwebte, eine so große Schönheit zeigte, daß man sofort die Eifersucht wie einen Schmerz mitempfinden mußte) wird von vielen Umarmungen festgehalten und zerstiebt in der einen, während er schon der nächsten sich entgegensehnt. Aber wohin der Gequälte auch tastet, die Geliebte entzieht sich ihm überall, sie ist nicht festzuhalten und zu ertappen; wie eine geschmeidige Eidechse, schillernd von dem Farbenspiel, das über ihren Rücken läuft, so gleitet sie ihm unter den Händen fort, auf leisen Füßen, an den Fallen vorüber, die er aufgestellt hat. Er wirft sich auf seinem

Lager hin und her, die Bilder der Versuchungen, denen die Frau ausgesetzt sein könnte, bedrängen ihn noch, bis sie schließlich allesamt von dumpfem Schlaf zugeschüttet werden. Da ist noch für eine Sekunde das verschwitzte Gesicht dieses Mannes auf dem zerwühlten Kissen, und die plumpe Hand fährt unsicher an den Hals, löst Schlips und Kragen und gleitet kraftlos beiseite. Derweilen beginnt der Blick, welcher dem Zuschauer gewährt wird, zu wandern. Er dringt durch Türen und Wände, irrt zuerst einige Zeit auf dem langen Gang des Hotelflurs ziellos umher, bevor er haltmacht und die Nummer des Zimmers, welche auf die Türfüllung gemalt ist, so lange anstarrt, bis sie riesengroß geworden ist und ihre schlechte Vorbedeutung offenbart. Plötzlich, ohne irgendeinen Übergang, als würde man mit Gewalt zu den beiden hineingestoßen, befindet man sich bei dem ehebrecherischen Paar, welches so schuldlos zu sein scheint, daß es durch die Entblößung seines Geheimnisses nicht im mindesten befangen wird. Die halb bekleidete Frau, die vollen, nackten Arme um den Hals des gelenkigen Nebenbuhlers schlingend, überläßt sich ermattet noch einmal seinen Küssen. Endlich rafft sie sich zusammen und bekommt den kreisenden Uhrzeiger zu Gesicht, der sie gleich einem gewaltigen Hebelarm aus ihrem Taumel reißt. – Auf der flimmernden Dunkelheit, welche das Bild unversehens auslöscht, stehen in glühender Schrift die Worte, solche der Überredung und solche des Sichsträubens, die dort gewechselt werden. – Die Frau jedoch, aus deren Gesicht die wollüstige Unersättlichkeit fortgewischt wird von dem Ausdruck einer jähen Angst, läßt sich weder durch Bitten noch durch Drohungen ihres Verführers zurückhalten. In zuckender Eile wirft sie sich die Kleider über, kämmt sich das zerzauste Haar und macht mit Schminke und Puder eine Maske von Gleichgültigkeit und kühler Keuschheit aus ihrem Gesicht. (Wie kannte ich diese Verwandlungen, die jeden, welcher der Schauspielerin nahe kam, so lange in die Irre führten, bis er nicht mehr ein noch aus wußte! Welche von den unzähligen Erscheinungen sollte man eigentlich lieben, und war es nicht so, daß man die übrigen von da ab, wo man sich für die eine entschieden hatte, nur noch hassen konnte?) Die Abschiedsküsse, die letzte Umarmung, die wortreichen Beteuerungen des Verführers, der, als die ungeduldige Frau schon nach der Klinke greift, ein ledernes Etui aus der Tasche holt und vor ihren Augen aufspringen läßt. In den weichen Plüsch ist der Ring eingebettet, und die Geliebte, wie eine Elster, welche das Glänzende liebt, beugt sich darüber, angezogen von dem Magnetismus, mit welchem solche Schmuckstücke sogleich die Habgier unter der dünnschaligen Schönheit mancher Frauengesichter hervorlocken. (Dieser Ring hätte sich bei gelassener Betrachtung jedem, der ihn einmal sah, auf den ersten Blick hin zu erkennen geben müssen. Zudem saß an Coras Finger das getreulich nachgeformte Ebenbild desselben Goldreifs, aber sie war so verblendet, daß sie von der Wirklichkeit nichts mehr wahrnahm. Sie hatte meine Hand ergriffen und drückte sie von Zeit zu Zeit, indem sie abgerissene Seufzer ausstieß und mir in flüsterndem Gestammel versicherte, daß jene Frau, welche dort über die Leinwand huschte und sich manchmal wie eine Windenblüte ganz entfaltete und sich gleich darauf wieder zusammendrehte, zu den schönsten gehörte, die sie je gesehen hätte. Dieses kindische Gehabe verdroß mich, gleichzeitig wachte eine niedrige Schadenfreude in mir auf, als jener fotografierte Ring vor den Augen aller Leute an die Hand der Schauspielerin gesteckt wurde. Ich griff in die Tasche, fühlte das glatte Gold zwischen den Fingerspitzen und dachte daran, daß ich mit einem einzigen Wort der Obersten-Tochter vieles heimzahlen könnte.) Inzwischen hat sich die Frau von dem Verführer getrennt; auf dem Korridor übt sie einen unverdächtigen Gang, im Taschenspiegel setzt sie die gleichgültige Miene auf, die ihre Lügen unterstützen wird. Aber sie wirkt fahrig und zerstreut, man sieht es ihr an, daß sie in Ausflüchten und Verstellungskünsten noch ungeübt ist. Dann reißt sie die Tür auf, der Schlaftrunkene fährt hoch, im Nu verzerren alle Verdächte das Gesicht zu einer solchen Brutalität, daß man die Frau bedauert. Sie lehnt sich schüchtern gegen den Türrahmen und wagt sich nicht weiter ins Zimmer vor, während sie mit bebenden Lippen Entschuldigungen plappert, um ihre Verspätung zu erklären. Der Betrogene läßt sich täuschen, sein Zorn wandelt sich in Begehrlichkeit; die Frau dehnt und räkelt sich, fluchtbereit und mit gut versteckter Aufmerksamkeit betrachtet sie den schwerfälligen Tölpel, den sie verachtet. Nachlässig beginnt sie sich zu entkleiden, und als sie die Handschuhe abstreift, kommt, ohne daß sie dessen gewahr wird, der Ring zum Vorschein: das Beweisstück für ihren Betrug. Der vierschrötige Liebhaber, der wie ein Tanzbär am Nasenring zu ihr hingezogen wird, stampft auf sie zu. Er nimmt sie in die Arme, hebt sie auf und trägt die Widerstrebende hinüber ins Bett. Sie weiß, was sie ihm geben muß, damit er gefügig wird, und sie ist entschlossen, sich nicht zu schonen. Dann aber, im Gewühl der Umarmungen, beginnt von neuem die Angst für die Ehebrecherin, denn sie entsinnt sich plötzlich des Ringes. Doch sie weiß sich zu helfen; als er sich über sie beugt, arglos und aller Gedanken bar, begegnen sich die beiden Hände der Frau über seinem Nacken. Die gelenkigen Finger ziehen den Ring ab und wollen ihn unterm Bettuch verstecken, als er ihnen entgleitet, zu Boden fällt und über die Dielen rollt, bis er in der Mitte des Zimmers seinen Schwung verliert, umfällt und im grellen Licht der Lampe liegenbleibt. (Diese Hände, die sich jetzt in dem jähen, gespielten Schreck spreizten, die gierigen Finger, diese ovalen, glänzenden Nägel, die Aderstränge, welche sich unter der samtigen Haut abzeichneten – das alles konnte nicht geschminkt und in die Verwandlung mit einbezogen werden, es bewahrte seine schmarotzende Natur, welche nun abstoßend zutage trat, hier, wo es am wenigsten erwartet wurde.) Der Ring, den der Mann fallen hört und liegen sieht... das Mißtrauen, das verdoppelt wiederkehrt... der Ring, den er aufhebt, den er ihr auf der flachen Hand hinhält... die lügnerischen, zitternden Lippen, die noch jetzt alles abstreiten möchten... aber der Ring, der an Umfang zunimmt, der ins Ungemessene wächst und die ganze Bildfläche umspannt...

»Der Ring!« sagte ich halblaut.

»Ja, ja, ich sehe...«, gab Cora unwillig zurück.

»Es ist Christianes Ring. Ich habe ihn an diese Frau verloren!«

Ich spürte den plötzlichen Ruck, mit dem die Obersten-Tochter aus ihrer Verzauberung gerissen wurde, wie einen Stoß, der mich von ihr wegschleuderte.

»Du lügst!« fauchte sie mich an.

»Sieh doch genau hin«, forderte ich sie spöttisch auf, »du hättest es eigentlich sofort merken müssen.«

Sie gab keine Antwort mehr, und ich sah in dem schwachen Widerschein, der das Dunkel phosphoreszierend erhellte, wie sie sich zusammenkrümmte, als empfände sie einen heftigen Schmerz. Die Verbindung mit dem, was sich in der grauen Schattenwelt abspielte, war zerrissen, und die unbeherrschten Bewegungen, welche die Figuren nach ihrem genau vorbedachten Plan vollführten, glichen bald sinnlosen Pantomimen, bald dem Gedünst eines vom Wind zerblasenen Wolkenhimmels. Der Musiker trommelte sich auf seinem Klavier im tiefsten Baß und im höchsten Diskant die zunehmende Erregung vom Halse, die auch ihn ergriffen zu haben schien, der ganze Saal geriet unter die unerträgliche Gewalt der Vibrationen, welche die Tonfolgen verursachten. Ich überhörte es, daß der Klappsitz neben mir hochschnellte und daß ein rücksichtsloser Schritt über den Bretterboden davonpolterte und die benachbarten Zuschauer zum Aufstehen zwang. Erst als das im Fliehen vorgestreckte und vielfach vergrößerte Profil Coras quer über jenes schrecklich verzerrte Gesicht der Schauspielerin wischte, und es vorübergehend vernichtete, begriff ich, daß die Obersten-Tochter fortgelaufen war. In einer heftigen Angst, die mich alsbald überfiel, wollte ich ihr nachrufen, sie zurückhalten und die Lüge vor den Ohren aller Leute eingestehen, aber der musikalische Lärm übertönte meine Stimme, und die erbosten Zuschauer begannen zu schimpfen und zu zischen. Während ich mich durch die enge Gasse zwischen den beiden Sitzreihen drängte, erkannte ich in einem schnellen Seitenblick, daß der betrogene Liebhaber auf der flimmernden Szene mit beiden Händen den weißen Hals der Frau zusammendrückte, bis sie ohnmächtig hintenüber kippte und schlaff zu Boden fiel. Jetzt glich dieser erzürnte Würger, welcher mit hängenden Armen wie ein riesiger Orang dastand, der über die Missetat zunächst in seinem trägen Hirn sich nicht die mindeste Klarheit verschaffen konnte – jetzt glich dieser gut maskierte Komödiant, welcher nichts weiter tat, als daß er den Vorschriften seiner Rolle nachkam, einem anderen Mörder, ja, er zeigte sogar dieselbe Unbeholfenheit, die mir vorhin an Smorczak aufgefallen war, als er den Ring auflas und ihn mir hinreichte...

Ich gewann den Ausgang, verfing mich in der Portiere, stieß den kopfschüttelnden Kinobesitzer beiseite, der mich mit aufgehobenen Armen beschwören wollte, hierzubleiben. Ich hetzte den Spiegelflur entlang, in der Hoffnung, Cora noch einzuholen, den Ring drehte ich zwischen den Fingern, als könnte ich die unguten Kräfte, welche ihm innewohnten, ins Gegenteil verkehren und mir dienstbar machen, damit sie mir halfen, die Obersten-Tochter vor der Gefahr zu retten, in die sie blindlings hineinrannte.

Die enge, fast unbeleuchtete Nebenstraße, auf die ich geriet, war völlig menschenleer; dort, wo sie in den Marktplatz mündete, schien sie von einem dunklen Menschenknäuel verstopft zu sein, das sich wie ein vielarmiger Polyp regennaß hin und her bewegte. Aus dem Schoß dieser Zusammenrottung drang ein dumpfes Getöse, das fortwährend lauter wurde.

Je näher ich an die elastische Menschenmauer herankam, desto deutlicher empfand ich jene aus Kälte und Hitze gemischte Erregung, in der sich immer wieder die Anziehungskraft kundtut, welche die Masse auf den sich ihr widersetzenden einzelnen ausübt. Obwohl ich nichts weiter unterscheiden konnte als lauter Rücken und barhäuptige Köpfe und obgleich sich kein einziges Gesicht nach mir umdrehte und kein Mund mir irgendeine Erklärung gab, wußte ich sofort, daß der ganze Marktplatz von den ehemaligen Anhängern des falschen Nilbauer Propheten überfüllt sein mußte, die gekommen waren, um ihrer Enttäuschung Luft zu machen und ihre frühere Botmäßigkeit in Rache umzumünzen. Im grünlichen Licht der Gaslaternen, das vom gleichmäßigen Guß des dichten Regens neblig umhaucht wurde, sahen diese aufgebrachten und nach Gerechtigkeit lüsternen Landleute so gespenstisch aus wie ein Heer von Unterirdischen, das aus den Fugen zwischen den Pflastersteinen aufgeschossen war. Es war nicht der Mörder Starkloffs, an den ich in diesen Minuten dachte, sondern ich hoffte immer noch, mitten im unübersehbaren Gewühl Coras Spur wiederzufinden und sie davon abzuhalten, sich in die höllische Dunkelheit des Zentrums zu begeben, auf das die Rachsucht der Menge wie nach dem Schwarzen in einer Schießscheibe zielte. Ich kannte den Trotz, der die Obersten-Tochter jetzt, obgleich es schon zu spät war, zweifellos in Smorczaks Nähe stoßen mußte; ich entsann mich der Andeutungen, die sie vorhin gemacht hatte.

Kaum daß ich, atemlos und geschüttelt von Bangnis, in die Nähe der zusammengepferchten Körper gekommen war, wurde ich schon vom Polypen umschlungen, weggezogen und abgewürgt. Man riß mir den Hut vom Kopfe, stieß mich vorwärts, hob mich auf und traktierte mich mit Knüffen und Fußtritten; bald stand ich unter der Bevormundung der wenigen Gedanken, die von allen zugleich gedacht wurden, willenlos und betäubt gab ich dem Drängen und Schieben nach, das mir den Atem aus der Brust preßte. Sogleich geriet ich in den

Sog einer jener Strömungen, die solche Ansammlungen unmerklich wie die Ströme unter der Oberfläche des unbewegten Meerespiegels durchfließen. Ich veränderte meinen Standpunkt, wurde an den Inseln festgerammter und eingezwängter Gruppen vorübergetragen, ließ mich nahe ans Rathaus herantreiben, das, obwohl es unverrückbar inmitten der hin und her schwappenden Menschenflut stand, offenbar zu schwanken begann, als wären die Grundfesten des Gebäudes bereits unterspült worden.

Von den glatten Flächen der Hausfronten prallte das Echo zweier Männerstimmen ab, welche über den Häuptern der Menge dahinfuhren und die Ungeduldigen, die endlich eine Gewalttat begehen wollten, die zumindest eine Fensterscheibe zerschlagen, eine Tür eintreten, die Biergläser und das Porzellangeschirr des Smorczakschen Hotels zertrümmern wollten, zu Ruhe und Besinnung aufforderten. Gleichzeitig aber stachelten diese beiden Stimmen – deren lautere jung war und sich mitunter krähend überschlug, während die andere, kalt und schneidend, einem Redner gehörte, der seine Wirkungen kannte – die in ihrer Vertrauensseligkeit und in ihren Hoffnungen geprellte Menge auf, den Abfall von Smorczak schonungslos zu vollziehen und sich die Reste des Irrglaubens aus dem Herzen zu reißen. Das alles wurde nicht ohne Widerspruch gepredigt, aber die wenigen Mutigen, die sich noch nicht unter die Gewalt der Mehrzahl beugten und in deren Ohren sich die Offenbarungen der beiden Marktschreier wohl wie gotteslästerliche Verleumdungen ausnahmen, büßten immer wieder, verschüttet vom dumpfen Gejohl der wankelmütigen Masse, ihre Sprache ein.

Vergeblich hob ich mich auf die Zehen und reckte den Hals, um die Redner zu erkennen. Der Polyp zog mich zu Boden, sobald ich nach meinem eigenen Willen handelte und mich dem seinigen nicht mehr anpaßte. Als ich in einen toten Winkel gedrängt worden war, wo sich ängstliche Frauen und neugierige Halbwüchsige aufhielten, konnte ich endlich festen Fuß fassen und mich verschnaufen. Ausgespien von der Menge wie etwas, das sie nicht verdauen kann und vor lauter Mißtrauen wieder von sich gibt, taumelig aus Erschöpfung lehnte ich mich gegen den mächtigen Eckpfeiler eines Hauses. Weil ich zu träumen glaubte und diese unwahrscheinliche Vision auf ihre Wirklichkeit prüfen wollte, schloß ich die Augen und hob mein

Gesicht, bis ich das kühle Sprühen des Regens auf meiner Haut spürte. Das Getöse schwoll an und verebbte, die tausend Füße scharrten und knirschten auf den Pflastersteinen, der Gestank nach Schweiß, menschlichen Ausdünstungen, zertretenem Pferdemist, Blutgier und heisergebrüllten Kehlen wollte nicht vergehen.

Unter den geschlossenen Lidern empfand ich die Spannung, welche ein fremder Blick dadurch hervorrief, daß er mich aus geringer Entfernung anstarrte. Das erste, was ich wahrnahm, indes ich mich umblickte, war das gereizte Gesicht meines Onkels, der einen Schritt vor mir stand und aus der weiten Pelerine von grünlichem Lodenstoff, die ihm das Aussehen eines flügellahmen Vogels gab, seinen abgezehrten Kopf mir entgegenstreckte. Es fiel mir sofort auf, daß der Gärtner unter dem Umhang etwas versteckte, von dem ich zunächst glaubte, daß es ein Knüppel wäre.

Sein heiseres Flüstern ging in dem Lärm unter, und ich mußte ihn erst anfahren, bevor er seine Frage wiederholte.

»Ob du sie gesehen hast?« zischte er ungeduldig.

»Wen denn?« erkundigte ich mich mit erhobener Stimme.

»Ich frage alle Leute, jeden einzelnen horche ich aus, aber du müßtest es eigentlich wissen. Oder vielleicht steckst du gar mit ihr unter einer Decke und hast ihr zur Flucht verholfen?«

Durch einen plötzlichen Schub des Gedränges, der ihn ins Rückgrat traf, wurde er gegen mich geworfen, er preßte mich an die Hauswand, und ich fühlte in meinen Händen, mit denen ich ihn von mir abhalten wollte, den Kolben, das Gewehrschloß und den glatten Lauf des Karabiners, den er so schnell nicht hatte beiseite nehmen können.

»Was willst du tun?« fragte ich ihn beängstigt. Die Spitzen seines Schnurrbarts kitzelten mein Gesicht. Sein Atem roch faulig, der Wahnwitz, dem er sich so willenlos überließ, hatte sein Inneres anscheinend völlig zersetzt.

»Sie ist fort, die Bestie von einem Hurenbankert, sie hat sich aus dem Staube gemacht, heimlich, still und leise, wie es ihre Art ist. Aber ich werde sie finden«, er schüttelte den Karabiner, den ich ihm zu entreißen versuchte, »übern Haufen werde ich sie schießen, ohne Gnade wie eine tollwütige Hündin... töten werde ich sie... austilgen und auf den Dung werfen... damit sie verwest, diese unnütze Frucht des Kebsenschoßes...«

Wie eine Antwort auf seine blasphemischen Drohungen dröhnte der Marktplatz von einem tausendfältigen Schrei.

»Mörder!« gellte und brauste es in dem engen, quadratischen Pferch, welcher unter der gewaltigen Düsternis des Himmels nur wie eine flache Grube war, über deren Ränder das aufgeregte Gewimmel beinahe hinausquoll. »Mörder!« schrie die vor Erregung rauh gewordene Kehle des tausendfüßigen Tieres, das sich unruhig hin und her wälzte. Der Ruf stieg schwerfällig hoch, wurde von den Regenwolken zurückgeschleudert, fiel auf die Häupter der Menge nieder, fuhr dahin und dorthin und zerplatzte schließlich in seinem Echo an den Hausfronten, so daß er sich verdoppelte und verdreifachte, ehe er zunichte wurde.

»Mörder?« kicherte mein Onkel beleidigt und schüttelte seinen Kopf, »wo ich nichts weiter will, als daß die Erde endlich sauber wird von aller menschlichen Bosheit... wo ich es ausrotten werde, das giftige Unkraut, das die guten Pflanzen erstickt... und da möchtet ihr mich Mörder schimpfen, und da drückt ihr unsereinem das Kainszeichen auf die Stirn mit euern unreinen Händen!«

Er wies mit dem Finger auf mich und brüllte seine Beschuldigungen so laut heraus, daß die Leute, welche uns umgaben, aufmerksam und böswillig sich näher schoben, weil sie eine Gelegenheit witterten, bei der sie endlich die Fäuste ballen und ihre unterdrückte Erregung an irgendeinem Prügelknaben, der ihnen zufällig in den Weg geraten war, auslassen konnten. In einer Aufwallung von unbezähmbarem Zorn riß ich den gegen mich ausgestreckten, gleichsam hölzern gewordenen Arm herunter, ich knickte ihn ab wie einen toten Ast vom versteinten Stamme eines alten Baumes. Gleich darauf, wider meinen Willen und angesteckt von dem entsetzlichen Haß, der ringsum schwärte, war ich dem alten Manne – dessen Verrücktheit, wenn ich sie nicht bald erstickte, mich fortwährend bedrohen mußte wie ein Funke, der über trockenem Zunder schwebt – so nahe auf den Leib gerückt, daß er, der sich meines Angriffs nicht versah, zuerst ängstlich vor mir zurückwich.

»Gib her!« drang ich auf ihn ein und versuchte, den Karabiner, mit welchem er einstmals nach Alma geschossen hatte und den er nun gegen ihre Tochter richten wollte, unter der faltigen Pelerine hervorzuzerren, »gib das Ding da gutwillig her!«

Unversehens setzte er sich so hartnäckig gegen mich zur Wehr, daß ich ihm nach kurzer Zeit kaum noch widerstehen konnte. Indem wir miteinander rangen und hin und her torkelten, unerbittlich in unserer Feindschaft, weil einer am anderen nicht das Fremde, sondern eben das Gemeinsame und Verwandte ins Herz treffen wollte, spürte ich, wie meine Kräfte nachließen, während die seinen zusehends erstarkten.

»Du!« keuchte der Gärtner, »auch du gehörst auf den Abfall... du, dem das Natterngezücht in der Brust und im Gemächte züngelt!«

Unter dem Beifall der Umstehenden, welche für den Alten Partei nahmen und mich bereits zu bedrohen anfingen, versetzte er mir endlich einen derart heftigen Stoß, daß ich zu Fall gekommen wäre, wenn nicht die zusammengeballten Leiber mich aufgefangen hätten. In diesem Augenblick wurde die Aufmerksamkeit der Leute von mir abgelenkt, in der Mitte des Platzes schien die Ungeduld der bis zum äußersten gereizten Menge beträchtlich zugenommen zu haben. Daher ging der Drang zu handeln, zu schreien und irgendein lange genug hinausgezögertes Ereignis endlich herbeizuführen, von dem niemand die mindeste Vorstellung haben konnte, auf jeden von uns über. Wie die schwarzen Flammenzungen einer höllischen Epiphanie, welche die Gegenwart des ewigen Widersachers bezeugten, hüpften die maßlosen Süchte nach Aufruhr, Brandlegung und Zerstörung von einem Scheitel zum anderen – und diejenigen, die eben erst noch mit der lautesten Entrüstung das Echo der Mordanschuldigung weitergegeben hatten, würden sich jetzt am ehesten danach gedrängt haben, ihre Hände mit dem warmen Blut jenes Mannes zu beflecken, der, wenn er nicht etwa beizeiten einen Ausweg gefunden hatte, sich nunmehr sicherlich im abgelegensten Winkel seines Hauses verkrochen haben mußte. Dort sah ich ihn; schlotternd krümmte er sich zusammen, frierend vor Angst und Feigheit, unter der Erde, in einem der feuchten Kellerlöcher, durch deren schimmlige Wände das Grundwasser sickerte; mutlos und schon ganz vergangen hockte er in derselben Stellung, welche er einstmals im dunklen Schoß seiner Mutter eingenommen hatte, bevor das Leben für ihn begann. Seine Kräfte reichten grade noch hin, auf daß er die tauben Arme hob und sich die Ohren verstopfte, damit er das jaulende Geheul der Meute nicht vernahm, die er selbst scharfgemacht hatte.

Kaum daß meine Füße wieder sicher auf dem Erdboden standen, war ich im Nu vom Gärtner getrennt. Inmitten des verfilzten Gestrüpps von Leibern und Gliedern – das gleich einem schwimmenden Dickicht sich plötzlich in Bewegung setzte, knisternd vor Wut, unentwirrbar und vom eigenen Geschrei wie von starken Sturmwinden zusammengeblasen – trieb ich widerstandslos auf die Hotelfront zu. Auf einmal fühlte ich mich eins mit dem großen, verwühlten Leib, der mich aufschluckte und gänzlich verwandelte, unbedenklich und knochenweich gab ich allem nach, was mich überwältigte. Mit dem letzten Rest von Besinnung hörte ich noch, wie meine eigene, unkenntlich gewordene Stimme ins Geschrei einfiel. Später sah ich die beiden Redner über den Köpfen der Leute schweben – als hätten sie ihren Schwerpunkt verloren, saßen sie schwankend auf den Schultern der Männer. Es erstaunte mich nicht, in ihnen zwei Bekannte wiederzufinden: Kretschmer, den ehemaligen Lehrer aus Weidicht, der den Hotelbesitzer voreilig wie ein neuer Judas verriet, und Haubold, den ehrgeizigen Gemeindeschreiber von Kaltwasser, dem sich nun alle unerfüllten Träume auf eine so großartige Weise verwirklichten. Sie erinnerten mich an Flößer, die das Holz, das ihnen anvertraut ist, sicher durch alle Strudel und Stromschnellen geleiten sollen, aber die Weidenruten und Stricke, mit denen die Stämme zusammengebunden sind, verfaulten und rissen entzwei, jetzt balancierten die beiden machtlos auf dem gefährlichen Untergrund, und sie vermochten das, was rings um sie entfesselt war, weder zu steuern noch zu hemmen.

Aber das war die letzte Überlegung, die ich in diesen Minuten anstellte. Schließlich wußte ich nichts mehr, als daß ich mich vordrängte, der erste unter denjenigen zu sein, welche alsbald die Türen des Hotels einschlagen und über die Treppen, Flure und Gänge des verwinkelten Hauses jagen mußten, um den Mörder aufzustöbern. Der zähe Zusammenhang der Masse beschwerte jede Bewegung, aber es gelang mir, ihn zu zerreißen und mich durch die engen Lücken zu winden, die ich mir zwischen Armen, Rücken und entgeisterten Gesichtern erst schaffen mußte, zwischen lauter dumpfigem Fleisch, das die scharfen Gerüche verderblicher Leidenschaften ausdünstete. Als ich vor dem hölzernen Tor angekommen war, das die Zufahrt in den Hof verschloß und das allen Versuchen, es zu öffnen, bislang widerstanden hatte, war ich so ermattet, daß ich mich kaum noch auf den Beinen zu halten vermochte. Doch der Zorn der Menge versteifte mich gleichsam, ich ging den Leuten zur Hand, welche die splitternden Bohlen mit ausgerissenen Prellsteinen, mit Messern, Fäusten und Fußtritten unablässig bearbeiteten, obwohl sie durch die Enge in jedem Handgriff behindert wurden und nicht dazu imstande waren, die Wucht aufzubringen, mit der allein man dieses starke Holzgefüge zerstören konnte.

Plötzlich, als wären sie von einer Springwurzel berührt worden, öffneten sich die beiden Flügel nach innen, sie schwangen ruhig herum und schlugen gegen die Wände. In der Mitte der Durchfahrt, gleichmütig und gelassen wie jemand, der an all den erregenden Vorgängen völlig unbeteiligt war, stand Heinrich, er hielt das Schlüsselbund in der Hand, bog seinen steifen Rücken ein wenig vor und starrte uns einen nach dem anderen mit einer so unerschrockenen Geringschätzigkeit an, daß ich unter seinen Blicken wieder zu mir kam und sehr viel darum gegeben hätte, wenn ich in dieser Minute anderswo gewesen wäre als in der vordersten Front dieser Aufrührer.

Noch während er mich erkannte, drehte er sich um die eigene Achse und machte mit ausgestrecktem Arm eine einladende Geste, als bäte er uns alle in höherem Auftrag, einzutreten und das zu betrachten, was sich im Inneren des Grundstücks befand, so eisig und starr, daß wir den kalten Kellerhauch spürten, welcher uns von dorther anwehte. Heinrich trat zur Seite, gab uns Weg und Blick frei, wir hielten mit Mühe dem starken Schub stand, den die Hintermänner auf uns ausübten; allmählich ließ er nach, aus dem dunklen Torbogen ergoß sich eine Flut von Schweigsamkeit über den Marktplatz, die auch den lautesten Schreihälsen den Mund verschloß.

Der Hof war leer, die Glühbirnen machten einen diffusen Schein, der sich überall in der Nässe spiegelte. Im dämmrigen Hintergrund gab es einen hellen viereckigen Fleck: die offene Tür jenes Verschlages, in dem Smorczak seine Mutter eingesperrt gehalten hatte. Dort brannte eine starke Azetylenlampe, in deren kalkigem Licht der schwere Körper eines Mannes sichtbar wurde, der nicht auf dem Boden stand, sondern eine Fußbreite darüber schwebte. Der Kopf war ihm auf die Brust gesunken, der Hals war ihm eingeknickt, und die Arme hingen schlaff herab. Langsam, mit jener kreiselnden Bewegung, welche die Torsion des Strickes bei allen aufgehängten Gegenständen hervorruft, drehte sich der tote Körper aus der Profilansicht nach vorn; nun, wo er vor ihrem Angriff sicher war, stellte sich der Mörder Starkloffs seinen Gegnern.

»Erhängt!« Einer neben mir hatte es ausgesprochen, und das Flüstern ging von einem Munde zum anderen. Die Leute begannen zurückzuweichen, die Einigkeit zerfiel sehr rasch, ein kleinlautes Schuldbewußtsein griff um sich und würgte die Reste der Empörung ab.

Indessen hatte sich dort hinten, neben den Türpfosten, die den Selbstmörder einrahmten, das Schattenbild einer Frau aus der Schwärze gelöst. Vorsichtig ausschreitend wie jemand, der gegen ein starkes Schwindelgefühl ankämpfen muß, kam sie über den Hof und näherte sich unsäglich langsam der Einfahrt. Ich sträubte mich dagegen, sie wiederzuerkennen, ich wollte sie wegwischen wie eine überflüssige Figur von einem Bilde, das mit Kreide gezeichnet ist. Aber sie war unaustilgbar, allmählich vergrößerte sie sich, und sie erhielt in meinen Augen übernatürliche Ausmaße. Ich versuchte, mich beiseite zu drücken, um ihr nicht zu begegnen, doch die Leute, deren Neugierde wieder anwuchs, federten mich vorwärts.

Meine Befürchtungen waren unnötig, denn als sie unsicheren Fußes aus dem Torbogen hervortrat, hielt sie ihre Augen niedergeschlagen und blickte weder nach rechts noch nach links. Die Leute gaben der Erbin von Kaltwasser eine Gasse frei, in die sie hineinlief, als hätte sie sich selbst zu Spießruten verurteilt. Es dauerte nicht lange, da hieben die ersten Pfiffe wie Peitschenschläge auf sie ein, doch das hielt die Obersten-Tochter nicht zurück, unerschrocken verfolgte sie ihren Weg. Kurz bevor sie im Gewühl unterging, riß sich Heinrich von der Wand los, an die er sich unschlüssig und verlegen gelehnt hatte; es gelang ihm bald, Cora einzuholen, und ich sah noch, wie er neben ihr herschritt und sie mit Armen und Rücken vor den Bedrohungen schützte, denen sie sich gleichgültig aussetzte.

Für eine kurze Weile war dies das einzige Tröstliche, was meine gepeinigten Augen erblickten, dann erhob ich sie zum Himmel, weil mir das Irdische unerträglich geworden war. Ich sah nichts weiter, als daß in der dunklen Brandung der Wolken langsam die Schultern, der Leib und die gespreizten Beine des gepanzerten Orion sich schräg herabsenkten; deutlich und klar kam das Sternbild zum Vorschein, dessen Aufgang vorzeiten Sturm und Gewalttat bedeutet hatte. Aber es verging alsbald in den neuen Schleiern, die sich darüberzogen. Dann dauerte es nicht mehr lange, bis ein dichter Regenguß aus der Höhe fiel wie Wasser, das über diese Stadt ausgeschüttet wurde, auf daß es die Reste des Unreinen aus ihr hinwegspülte.

Dunkle Wasser, die steigen

Die Kerze brannte sehr unruhig, und ihre Flammenzunge leckte hin und her, bäumte und spaltete sich und sank dann wieder in sich zusammen, als wollte dieses kleine Stück lebendigen Feuers sich von dem tränenden Stearinstumpf losreißen und an einen Ort flüchten, der ungefährdeter wäre als diese enge Kammer. Heute, an dem Tage, wo der vormalige Bewohner nun endlich einen Teil seiner Schuldzinsen eingezogen hatte, in barer Rache und blanker Vergeltung, schien der Dunst von Starkloffs Leiblichkeit stärker als je zuvor sich aus den Büchern, dem Sofa, dem Sekretär, aus den Wänden und Dielen zu lösen. Der Kerzenschein zuckte darüber, die Schatten sprangen ihm nach, die Luft war voller Erregtheit, sie drehte sich wie in den Wirbeln, welche jemand verursacht, der ruhelos auf und ab geht und mit schweren Stößen seinen Atem ausbläst. Die Bretter des Fußbodens knarrten leise, die Flamme knisterte gleich einem Katzenfell, aus welchem die Hand, welche es gegen den Strich streichelt, winzige Funken zieht; der lau gewordene Ofen klirrte manchmal kaum hörbar mit seiner lockeren Tür, eine Kalkschuppe löste sich von der Wand und fiel leicht herab gleich einer verspäteten Schneeflocke. Müde und dennoch von einer schreckhaften Wachheit bis unter die Fingernägel und in die Haarspitzen durchzittert, saß ich auf der Kante des Wachstuchsofas, unfähig, mich zu regen oder einen Entschluß zu fassen, weitab vom Schlaf, der sich mir heute sicherlich entziehen würde. Ich war gleichgültig gegen die Anwesenheit desjenigen, welcher mich vorhin hier schon erwartet hatte und der nun, wie ein grauer Schatten, der ab und zu aufquoll und alles eintrübte, seine Außenstände zusammenrechnete, die vielen kleinen Summen, die man ihm da und dort noch nicht bezahlt hatte: das vergessene schlechte Gewissen, den Zehnten an Schuldgefühl, Verleumdung, Nachrede und ungerechtfertigten Beschuldigungen, die er nicht mehr hatte eintreiben können und die zu hohen Beträgen angelaufen waren. Mit der Schadenfreude des Gläubigers zählte er alles auf, aber mich vergaß er dabei, und er schlug die Forderungen nieder, die er an mich stellen konnte, denn es war ihm längst offenbar geworden, daß ich allmählich ein Stück von seinem Fleisch und einen Strom von seinem Blut in mich aufgenommen hatte und daß ich ihm deutlicher ähnelte und mehr in seiner Abhängigkeit stand, als wenn ich sein Sohn gewesen wäre: irgendein Hurenkerl von einem schwergliedrigen Klotz, den er in der Trunkenheit auf dem Strohsack eines Mägdebettes gezeugt hätte. – Ich war dieses aufdringlichen Gespenstes, das sich lange genug stets von neuem an mich gedrängt hatte, überdrüssig geworden, aber ich brachte nicht mehr die Überlegenheit auf, um es ein für allemal zu verscheuchen; so ließ ich es denn gewähren. Doch ich sagte mir, daß die Frist, welche ihm gegeben war, bald abgelaufen sein würde. Er hatte kein Recht, sich auf unbeschränkte Zeit in die Angelegenheiten der Lebendigen einzumischen und sich an ihrem Angstschweiß zu sättigen wie das schmarotzende Ungeziefer, das sich vom Saft der gesunden Pflanzen nährt. Der Tribut, auf den er Anspruch erheben durfte, war ihm bezahlt worden. Was wollte er mehr? Er sollte sich mit Smorczaks Tod begnügen. Alles andere war Wucher und ungerechtfertigter Vorwand. Vielleicht benötigte man nur, um ihn zu vertreiben, dasjenige von seinen Geheimnissen, welches er, einem habgierigen Hamster gleichend, am tiefsten versteckt hatte. Dann nämlich, wenn er endlich bis in seine verborgensten Zuflüchte durchschaut worden war, würde er niemandem mehr standhalten können und sich linkisch in seine Verwesung fügen. Da half kein Kreuz, kein Gebet und keine geweihte Erde, die ihn sanftmütig zudeckte und vergebens festzuhalten suchte, da half nichts weiter als die gleiche Unerbittlichkeit, die er selbst einstmals bezeigt hatte. Das Medusenhaupt mußte aufgefunden werden, vor dem er, wenn man es ihm vorhielt, zu Stein wurde und im Boden festwuchs. Die schlangenhaarige, schreckliche Gorgo: ich wollte danach trachten, sie aufzufinden und zu gewinnen, um ihn, der sich jetzt noch so sicher dünkte, daß er in meine Gedanken nicht eindrang, völlig zunichte zu machen...

Es mußte auf Mitternacht gehen. Das Haus war still. In den Schornsteinschächten klagte der leise Windzug wie das Tönen einer halb zerstörten Äolsharfe. Das geheime Leben in den Balken, im zugemauerten Fachwerk, in den von vielen Tritten zerfransten Treppenstufen hatte sich gleich nach meiner

Heimkunft, durch die es auf kurze Zeit unterbrochen worden war, wieder zu regen begonnen; es schien so, als spürte das uralte, ausgedörrte Holz, das sich überall streckte und verzog, den näher rückenden Frühling zuallererst und als mühte es sich vergebens ab, aus den längst versteinten Astknorren frische Schößlinge zu treiben. Die Zeit hielt den Atem an, der Tag zögerte sein Ende hinaus, und die letzten Minuten sträubten sich, über die Scheidemarke, welche die vierundzwanzig Stunden voneinander trennt, hinwegzuticken. Ich glaubte, das Hacken der Uhrwerke zu vernehmen, wie sie die letzte Stunde klein machten, und in meiner überreizten Feinhörigkeit lauschte ich dem Atem der Schlafenden, welcher den Gang der Uhren begleitete wie tiefe, hauchende Cellotöne, die hinter dem eiligen Klopfen des Taktstocks ein wenig zurückbleiben. Hin und wieder trappelte eine leise Mäusepfote über die dünnen Bretterböden, und die Katze sprang herzu gleich den mit Filz umwickelten Schlegeln, welche aus lockerem Handgelenk vorsichtig auf die straffe Haut der Kesselpauken fallen. Aber diese gedämpfte Nachtmusik konnte nur das Vorspiel sein, dessen Partitur lauter Fermaten und Ritardandi aufwies. Das Zeichen zum Einsatz für die großen Instrumente stand noch bevor. –

Ich hatte Kaltwasser mit einem der letzten Fuhrwerke erreicht, die den im Nu sich leerenden Marktplatz verließen. Die Ernüchterung, welche jedweden beschlich, der an der Zusammenrottung teilgenommen hatte, war so groß gewesen, daß sie uns wie eine Art von widriger Übelkeit im Halse saß und die Sprache abwürgte. Während wir unterwegs waren, ließ der Regen nach und hörte schließlich ganz auf, dafür aber verdichtete sich die Dunkelheit so sehr, daß sie die Wagenlaternen beinahe auslöschte. Es war mir zumute, als führen wir durch ein zusammengeballtes Gewölbe von lauter Schwärze; die verdrossen laufenden Pferde mußten bei jedem Schritt den Andrang von Düsternis beiseite schieben wie die Strömung einer Schwemme von purer Tinte, in die sie sich widerwillig hineinzwingen ließen. Die letzten Schneekissen an den Wegrändern und zwischen den Baumstämmen des Wasserwaldes hatten sich mit Dunkelheit vollgesogen, sie leuchteten nicht mehr in jener Bleichheit, die dem schmelzenden Schnee sonst eigen ist, sondern waren stumpf und grau und kaum zu erkennen. Gleich einer wandernden Windhose, die ihr Wirbelzentrum in unserer Furcht und in der völligen Erschöpfung besaß, die uns schlaff machte, begleitete uns der finsterste Kern dieser Nacht, die noch lange genug währen wollte; das Dunkelste saugte sämtliche Schatten an, drehte sie hoch und ließ sie auf uns niederregnen, als wären sie ein Teil von jenem Staube, den das Feuer im Bauche der Erde erzeugt und der in großen Wolken von den glühenden Mäulern der Vulkane ausgespien wird. Das verblendete uns so, daß der Mann, welcher die Zügel hielt, nicht begriff, warum die Pferde in der Nähe der Brücke, die über die Schwarze Weide führt, plötzlich scheuten, die Deichsel nach rückwärts zogen, mit einem so scharfen Ruck, daß die Stränge beinahe rissen, und dann stehenblieben und sich weigerten, die Hufe weiterzusetzen. Der Kutscher gab sich Mühe, das Gespann im guten, mit Schnalzen und unartikulierten Zurufen anzutreiben; als er einsah, daß er auf diese Weise die verbockten Gäule, welche sich schnaufend aneinander drängten, nicht vom Fleck bringen würde, griff er nach der Peitsche und hieb die pfeifende Schnur über die zuckenden Rücken. Gleich darauf stapften die Hufe los, heftig und mit verdoppelter Schnelle, so, als wollten die Pferde die Verzögerung ungültig machen; um ihre Fesseln spritzte das Wasser hoch, das wir zuerst für große Regenpfützen hielten. Dann aber, als es stieg und die Radnaben beinahe erreicht hatte und als wir uns durch mißtrauische Blicke davon überzeugen mußten, daß zu beiden Seiten der Chaussee ein glatter Spiegel von Strömung und Wirbeln sich anstaute, welcher den Fahrdamm gurgelnd überflutete, den Widerschein der Wagenlaternen in viele gleitende Lichtflecken auseinanderriß und eilig wegspülte, so daß immer neue Schwaden von Finsternis uns wie feuchte Lappen übers Gesicht gedeckt wurden und die Ungewißheit dieses beängstigenden Anblicks nur noch verstärkten, beeilten wir uns, diese Furt schnell zu überqueren. Keiner von uns dachte daran, das Anwachsen der Überschwemmung zu prüfen; und die Gefahren, welche hier mit der schwarzen Flut aufstiegen und die Dorfschaften bedrohten, wurden von niemandem, auch von mir nicht, ermessen. Die Gehirne schienen allesamt gelähmt zu sein, und sie brachten keine andere Überlegung mehr hervor als den Wunsch, bald ein Dach über den Kopf zu bekommen, ringsum feste Wände zu haben, in der gewohnten Umgebung sich wieder zu verbergen, den Schlaf zu finden und alles zu vergessen, was sich während dieses Tages so vielen Männern und Frauen wie ein unauslöschlicher Makel eingeprägt hatte. Später, indes das Fuhrwerk auf dem sicheren Gelände der ersten Bodenwelle mit gleichmäßiger Schnelligkeit dem Dorf entgegenrollte, und nachdem die Pferde, welche den Stall in der Nähe wußten, eine freudigere Gangart eingeschlagen hatten, fiel mir wieder ein, daß jenes anschwellende Hochwasser von einer augenscheinlichen Sanftmut gewesen war: es wandte keine sonderliche Gewalt an, und es benötigte weder hohen Wogenschlag noch schäumende Brandungen, um die Hindernisse, welche sich ihm in den Weg stellten, fortzuräumen. Es umschlang sie einfach mit vielen schwachen Armen, die sehr schnell stärker wurden und die, wenn sie sich vereinigt hatten, den Baum, das Gesträuch oder die Bodenerhebung forträumten, fast ohne Laut außer jenem beständigen Schmatzen und Klatschen, welches für die zunehmende Breite des Stromes zeugte, in den die Schwarze Weide sich verwandelt hatte. Das Dorf war still und verschlafen, wir trennten uns sehr hastig und ohne Abschied voneinander, die Worte, welche wir hätten sprechen sollen, gingen in einem verlegenen Gemurmel unter; jeder bemühte sich, die anderen nichts davon merken zu lassen, daß er den unbestimmten Argwohn hatte: die Prüfungen, welche uns auferlegt worden waren, könnten noch nicht zu Ende sein. Ich verweilte noch kurze Zeit auf der finsteren Dorfstraße in der Erwartung, den Alarm zu hören, der die Schlafenden aus ihren Betten reißen und zum Widerstand gegen die Flut anspornen würde, aber es geschah nichts mehr. Die aufgestörten Hunde schluckten ihr Gebell wieder herunter, die letzten Schritte tappten weg, die Türangeln quietschten, und die abgesträngten Pferde dröhnten in die Stallung, deren Tor zuschlug. Alles hörte sich gedämpft an, als wäre jeder Schuh und jeder Huf mit Wolle umwickelt gewesen, die Luft trug den Schall nicht weit, sie war weich und lind und gleichsam durch ein dichtes Schneetreiben von Rußflocken verhüllt, welches jeglichen Laut sofort erstickte.

Während ich die Pforte neben dem Hoftor öffnete, hegte ich noch die bestimmte Hoffnung, daß Zglinicki und seine Tochter wach wären, ich verließ mich fest darauf, mit ihnen reden zu können und das Unausgesprochene loszuwerden, ja, ich forderte Irene mit meinen Gedanken heraus, daß sie sich bereithalten möge, mir die Zuflucht zu gewähren, die ich nötiger brauchte als Essen und Schlaf. Dann aber, indem ich sah, daß die Fenster dunkel waren, kam mit der Enttäuschung endlich die Mattigkeit über mich, die mich unentschlossen und schwach machte. Zuerst hielt ich es für geboten, den Pächter zu wecken und ihn vor den Fluten zu warnen, die im Bett der Schwarzen Weide sich gegen Kaltwasser wälzten; schließlich wurde ich mit mir selbst uneins, ob ich den alten Mann um seine Nachtruhe bringen sollte, und zuletzt, im Flur, umgeben von dem Brodem an Schlaftrunkenheit, welcher alle Räume des großen Hauses ausfüllte, beschloß ich, die Nachtwache selbst zu halten und auf jedes Anzeichen zu achten, welches dafür sprechen könnte, daß die Gefahr uns auf den Leib gerückt wäre und etwa schon vor der Tür schäumte. Es war nicht möglich – sagte ich mir –, daß das Hochwasser beizeiten wieder zurückging und sich auf den Wiesen verlief, und daß am Morgen nur noch ein glänzender, feuchter Schlammrand die geringe Höhe bezeichnete, die es erreicht hatte. –

Als ich in die Kammer eingetreten war und die Kerze ansteckte, zeigte mir der ungewisse Lichtschein auf den ersten Blick noch keinerlei Veränderungen. Ich war hin und her gelaufen wie eine Schildwache, die entschlossen ist, ihren Posten nicht aufzugeben und sich in ihrer Achtsamkeit durch nichts beirren zu lassen; doch sehr bald hatte ich mich damit abfinden müssen, die Anwesenheit jenes anderen hier zu dulden, der mich rücksichtslos beiseite drängte, mir den Raum zum Ausschreiten verstellte und die Luft mit seinen Kirchhofsdünsten schwer und faulig machte. Gutwillig räumte ich ihm den Platz und verzichtete darauf, mich mit ihm von neuem in eine jener unnützen Auseinandersetzungen einzulassen, die mich immer allzuviel Kraft gekostet hatten.

Indes ich da auf dem Sofa saß und am liebsten den schleichenden Fortgang der Zeit beschleunigt hätte, stürzten noch einmal die Bruchstücke dessen, was ich heute erlebt hatte, auf mich ein. Zuletzt dachte ich an Smorczaks Mutter, die mit mir unter demselben Dach weilte, und ich wies die Pflicht von mir, nun etwa an ihre Tür zu klopfen und ihr den Tod ihres Sohnes zu vermelden. Gleich darauf war es Almas Tochter, dieses seltsame, überzarte Kind: ernsthaft und voller Mitleid mit mir, mahnte es mich daran, daß ich jenes Versprechen nicht gehalten hatte, das ich ihr neulich aus freien Stücken gab. Dieses Mädchen stand plötzlich so leibhaftig vor mir, daß ich in meinem ersten Schreck die Befürchtung bekam, sie könnte auf ihrer Flucht vielleicht der Flintenkugel ihres Pflegevaters zum Opfer gefallen sein. Dann aber, als Almas Tochter von Sofies ältestem Sohn abgelöst wurde, der sich mit der gleichen Inständigkeit mir zeigte, wie sie das verwaiste Mädchen hatte, erhielt ich die Gewißheit, daß die Geflohene nur als ein Spiegelbild meiner innersten Gedanken aus mir selbst hervorgetreten war und also noch am Leben sein müßte. Diese beiden Kinder hatten gewisse Züge von solcher Ähnlichkeit, daß man sie beinahe für Geschwister hätte nehmen können; sie waren beide noch schuldlos, sie zeigten einen großen Ernst, und sie trugen, in sich verborgen, gleich einem unantastbaren Kern, die Gewähr dafür, daß die Welt unter ihren Händen sich vielleicht, entgegen allen Zweifeln und Erfahrungen, doch noch verändern würde, nicht etwa derart, daß sie nun besser oder schöner werden könnte – darum ging es nicht, sondern es war weiter nichts zu erstreben als ein wenig mehr Gerechtigkeit und guter Wille. Diese beiden: der vaterlose Knabe, der ehrlos empfangen und geboren war und dessen inwendige Ruhe von der Schweigsamkeit seiner Mutter abhing, und das verwaiste Mädchen, das seine Lieblichkeit den Sünden Almas verdankte – sie schienen einer neuen Menschenrasse anzugehören, welche diese Kinder wie eine geheime Vorhut in unsere verpesteten Gegenden ausgeschickt hatte, mit der noch unausgesprochenen Botschaft, daß es bald an der Zeit sein könnte, alles, was wir nicht zu vollbringen vermochten, den jüngeren und furchtloseren Herzen und Armen zu überlassen, die sich nicht davor scheuen würden, unsere Versäumnisse anzupacken und von Grund auf umzubrechen wie brache, verunkrautete Ackerstücke, die endlich Frucht und Ernte tragen sollten. Es war noch nicht abzusehen, wohin das führen konnte und ob nicht etwa neue Erbteile von Unversühntem sich später hinter ihnen anhäufen würden, einstweilen konnte das nicht in Betracht gezogen werden, wenn man sich dem strengen Blick dieser Augen aussetzte, die, obwohl sie noch nicht von Erfahrungen geschärft waren, mich durchschauten bis in meinen innersten Vorbehalt.

Die Gegenwart der Kinder – die als Stellvertreter einer unübersehbaren Schar von Gleichaltrigen vor mir erschienen waren, welche allesamt untereinander versippt zu sein schienen, obwohl jeder aus einer anderen Lende stammte und von anderen Brüsten getrunken hatte – war jählings zu Ende, als die Uhren zu schlagen begannen. Ich hörte, wie es jenseits des Flures laut und in langsamem Rhythmus anhob, und wie dann die anderen Schlagwerke nacheinander einsetzten. Als das Lautlose zitternd wiederkehrte, wurde es mir erst bewußt, daß mich der Schatten des unersättlichen Toten verlassen hatte – die Anwesenheit der Kinder mußte ihn offenbar vertrieben haben, er war nicht imstande gewesen, ihre Unschuld mit anzusehen. Deswegen stahl er sich feige davon, und er hatte alle Spuren hinter sich verwischt, damit ihm niemand zu folgen vermochte.

Die Erleichterung, welche ich eigentlich hätte empfinden müssen, blieb aus. Statt dessen beschlich mich ein wachsendes Mißtrauen gegen die undurchdringliche Stille, welche das Gehöft umgab. Ich horchte nach draußen, da war nichts zu vernehmen. Selbst das Klagen der Zugluft in den Schornsteinen war verstummt. Das Gehör schien mir verschüttet zu sein, wie ein Ertaubender saß ich auf dem geglätteten Rand des Sofas, dessen Sprungfedern sogar nicht mehr unter meinem Gewicht ächzten.

Ich mußte aufstehen, um die Kerze zu schneuzen. Der verkohlte Docht hing über und fraß mit breiter Flamme zusehends vom Stearin. Als steckten meine Füße in dicksohligen Filzpantoffeln, derart leise hörte sich mein eigener Schritt an. Der Schlagschatten überholte mich ungeduldig, sprang mir voraus und lehnte sich erschöpft gegen die Tür wie jemand, der damit unzufrieden ist, so übermäßig lange wach gehalten zu werden. Mit bloßen Fingern griff ich in die Kerzenflamme und zupfte den Docht ab; der Schmerz war nicht zu spüren.

Unschlüssig, mit meinen Gedanken nach irgendeiner Absicht austastend, die ich mir hätte vorsetzen können, blieb ich inmitten der Kammer stehen, starrte den Kerzenstumpf an und versuchte zu ergründen, ob er bis zum Tagesanbruch mir noch Licht geben würde. Aber ich kam mit solchen Überlegungen nicht sehr weit, der Kopf wurde mir schwer davon, die Lider fielen mir über die brennenden Augäpfel, als ich vergebens auszurechnen versuchte, wieviel Stunden es noch währen könnte, bis das Morgengrauen endlich am Horizont seine Asche in die Dunkelheit warf.

Die Luft war sehr stickig, ich nahm mir vor, das Fenster auf der Hofseite zu öffnen, mich hinauszulehnen und in die unergründliche Nacht zu lauschen, ob nicht irgendwo schon das Rauschen und Gluckern des steigenden Wassers hörbar war. Doch unterwegs vergaß ich diesen Gedanken sehr schnell, und ich führte ihn auch später nicht mehr aus. Wenn ich jetzt gewußt hätte, was davon abhängen sollte, ob ich zwei leicht verquollene Fensterflügel aufstieß oder nicht, würde ich mich zusammengenommen und zu äußerster Wachsamkeit gezwungen haben.

Aber ich war nachlässig und wehleidig, und da ich es in diesem Augenblick für wichtiger hielt, von neuem mit mir selbst und mit meinem Schicksal zu hadern, anstatt den einfachen Pflichten nachzukommen, vor denen es keinerlei Ausflüchte geben durfte, machte ich mich schon dann schuldig, als ich meine Blicke vom Fensterkreuz abschweifen ließ.

Auf dem waagerechten Absatz über der schrägen Schreibplatte des Stehpultes, an derselben Stelle, wo sich ehemals die Fotografie meiner Mutter befand, entdeckte ich jenes Hyazinthenglas, welches am Morgen des vergangenen Tages neben meinem Nachtlager gestanden hatte. Der fleischige Blütenstand mußte gewaltsam abgeknickt worden sein, er war am Verwelken und hing schräg nach unten; schon fast duftlos und leicht entfärbt, berührte er mit seinen unaufgeblühten Knospen das polierte Holz, in dem er sich spiegelte. Das Wasser war nicht nachgefüllt worden, und ich spürte den schaligen Geruch, den es aushauchte. Wie abgefallene Blütenblätter lag ein Häufchen verknüllter Papierfetzen am Fuß des Glases; ich wischte sie mit der einen Hand in die andere und trug sie vorsichtig, damit kein einziger etwa wegflatterte und den Zusammenhang des Ganzen gefährdete, zur Tischplatte, wo ich sie ausbreitete und aneinanderfügte. Die Schriftzüge der Obersten-Tochter kamen aus dem Wirrwarr der Schnipsel zum Vorschein: wenige Worte, die ich kannte, weil ich sie an diesem Tage bereits einmal gelesen hatte, zwei, drei bedeutungslose, flüchtige Sätze, aus denen niemand irgendeine Verdächtigung gegen mich hätte herausfinden können, auch dann nicht, wenn man sehr empfindlich gewesen wäre – denn dieser in hundert Stücke zerfetzte Bogen war der Brief, mit welchem mich Cora gebeten hatte, am hellichten Tage auf sie in jener Konditorei zu warten. Während ich begann, die Schnipsel einzeln aus der notdürftig hergestellten Ordnung wieder fortzunehmen und beiseite zu legen – indem ich sie dabei zählte, um festzustellen, wie oft Irenes Hände den Bogen zerrissen hatten –, und während ich mich dabei eines ungewissen Schuldgefühls nicht erwehren konnte, versuchte ich mehrfach zu lachen, laut und mit der überheblichen Entrüstung von jemandem, der sich gegen irgendwelche Vorwürfe verteidigen möchte, die er mit dem gerechteren Teil seiner Urteilskraft eben doch anerkennen muß. Das Gelächter, das ich anschlug, erstickte mir bald in der Kehle und galt selbst in meinen Ohren als ein Geständnis.

Ich ließ das unsinnige Zählen sein und blies die Papierfetzen ärgerlich von der Tischplatte weg, daß sie zu Boden schneiten. Dann schirgte ich meinen widerspenstigen Schatten vor mir her und suchte nach einem anderen Anzeichen dafür, daß diese Liebe nun wirklich verloren sein sollte. Die geknickte Hyazinthe... der zerrissene Brief... weiter war nichts zu finden, ich mußte mich damit begnügen. Die melancholische Gedichtzeile, welche meine Mutter auf die Rückseite ihres Bildes geschrieben hatte, fiel mir wieder ein und paukte mit jedem Herzschlag in meinen Ohren: »... auch du wirst stets das Glück entbehren!« Ich sagte die armseligen Worte fortwährend vor mich hin. Wie ein Schüler, der steckengeblieben ist und beim besten Willen nichts anderes aus seinem versagenden Gedächtnis hervorkramen kann als einen einzigen Satz, mit dem er sein Unvermögen entschuldigen möchte, wiederholte ich aber und abermals: »... auch du wirst stets das Glück entbehren!« Dabei lehnte ich die glühende Stirn an die kalte Fensterscheibe, und ich mußte andauernd den Ort wechseln, auf dem ich das Glas berührte, weil die Kühlung sehr schnell nachließ, kaum daß sie von meiner Haut eingesogen wurde. Im unklaren Versmaß des Fragments stieß ich den Kopf gegen die Scheibe, welche mir mit dumpfen Erschütterungen Antwort gab. Schließlich kam ich mir vor wie eine riesige Fliege, die hier eingesperrt worden war und nun unablässig gegen das durchsichtige Hindernis anrannte, in der verzweifelten Hoffnung, einen Ausweg ins Freie zu finden...

Alles, was ich dort unternahm, stand unter der Beobachtung eines gelassenen Zuschauers, der genug Erfahrung besaß, um auf jegliche Überraschung gefaßt zu sein. Dieser andere, der kühl und überlegen geblieben war, hatte sich in der Sekunde von mir losgelöst, wo er einsah, daß es gefährlich sein würde, wenn er sich in den Strudel der Verzweiflung mit hinabzerren ließe, und wo das Körperliche und Empfindungsmäßige – das den Ängsten genauso willenlos unterworfen ist wie die Tiere oder die götterlosen Menschen der Vorzeit – in mir überhandzunehmen drohte. Die Trennung vollzog sich unmerklich und ohne den mindesten Schmerz. Jetzt stand der Beobachter, vor dem ich mich keineswegs zu schämen brauchte, weil er schon oft zugesehen hatte, wie ich meinen Halt verlor, mit gekreuzten Armen in der Pose eines unbelehrbaren Spötters neben der Tür, er rümpfte die Nase, zuckte die Achseln und kannte jede Regung, die mich befiel, im voraus, blasiert und schwer zufriedenzustellen wie alle Leute, welche jemals einen Blick hinter die Kulissen getan und ihre Fähigkeit, sich verzaubern zu lassen, eingebüßt haben.

So war der andere auch nicht erstaunt, als jenes fleischliche Überbleibsel, das er verlassen hatte, sich plötzlich, obwohl es derweilen am Fenster stehenblieb, in einer unklaren Vorstellung, die immer schärfer wurde und einem Blick durch die falsch eingestellten Linsen eines Fernrohrs glich, welche man allmählich zurechtrückt, auf den Weg zu Irene machte:

...zuerst war es also nötig, daß man sich seiner Schuhe entledigte, damit man ungehört durchs Haus gelangen konnte. Die Holzdielen der Kammer hatten Wärme aufgespeichert und verhakten sich mit abgetretenen Splittern in der Wolle der Strümpfe, es war so, als ob man über ein Pflaster von borstigen Kletten gehen müßte, welche die Fußsohlen kitzelten. Die Tür knarrte diesmal nicht, ja, sie öffnete sich von selbst; kaum daß sie angefaßt worden war, und dann drang die Kälte aus den Fliesen ins Fleisch und in die Knochen. Das ganze Haus, in dem sich nichts regte, war vollgeräuchert mit einem leuchtenden Dunst, von dem man hoffte, daß er die Morgendämmerung bedeutete. Schließlich aber, in plötzlichem Schreck, erkannte man, daß dieses Zwielicht nichts anderes war als die ewige Dämmerung, zu der die Toten verurteilt sind. Alle diejenigen, welche je und je in diesem Hause gelebt hatten, seine Erbauer, seine Bewohner, Nutznießer und Zerstörer waren anwesend, sie hielten es nicht mehr für nötig, sich noch länger zu verstecken, schamlos wiesen sie alle ihre Gebresten vor, und sie verbreiteten einen grünen Schein, wie er von morschem Holz in der Nacht ausgeht. – Da blieb nichts weiter mehr übrig, als daß man sich die Treppenstufen emporflüchtete, hastig und atemlos, mit weit ausholenden Sprüngen, ob auch das Holzgefüge darunter bebte und ächzte. Diese Gefahr: sich zu verraten, war nicht so groß wie jene andere: vom Gewimmel der unerlösten Gespenster mit Unglück und Verderbnis angesteckt zu werden. Oben, die schlechtschließende Tür ließ aus ihren Fugen ein dünnes Gestäbe von Lichtstrahlen herauswachsen wie ein Verhau, das von den Unreinen nicht zu übersteigen war. Dann, unter dem geängstigten Blick, welcher bei dieser einzigen Zufluchtstätte, die es weit und breit gab, schüchtern anklopfte, wurde die Türfüllung dünn wie Pergament, das allmählich seine Trübung verlor und die Durchsichtigkeit von klarem Glas erhielt. Drinnen, bei dem Schein einer kleinen Petroleumlampe, deren Licht von einer orangenen Glocke abgeschirmt wurde, so daß es aussah, als wäre die Kammer mit den warmen Tönungen eines sommerlichen Sonnenuntergangs angefüllt, war das Mädchen im Begriff, ihr Bett zu verlassen und sich notdürftig anzukleiden. Sie wand mit den ungeschickten Bewegungen, welche die Schlaftrunkenen an sich haben, den widerspenstigen Wust ihres seidigen Haars zu einem Knoten, wählte unschlüssig unter den Kleidungsstükken, die über einen Stuhl gebreitet waren, schließlich aber warf sie sich einen eigentümlich geschnittenen Mantel über, der jene Form zeigte, wie sie ehemals von den herrschaftlichen Kutschern getragen worden war. Irene fand noch so viel Muße, um es mit kindlicher Eitelkeit vor dem Spiegel zu begutachten, wie sie nun aussah. Dabei wiegte sie den Kopf hin und her, lächelte sich selbst zu und probierte die Miene aus, welche sie aufsetzen wollte, wenn sie dort angelangt wäre, wohin dieser geheime Gang sie führen würde. Endlich zog sie aus einem Schubfach, das mit lauter Trödelkram, mit Bändern, Stoffresten, Spitzenschleiern und Rosetten gefüllt war, ein winziges Fläschchen hervor, das, als es entkorkt wurde, einen starken Duft verströmte, der unverkennbar nach trockenem Wiesenheu roch, wie es auf wässerigem Weidegelände, mit Kalmus und Binsen vermischt, geerntet wird. Sie salbte sich die Stirn, den Hals und die Achselgruben mit diesem starken Wohlgeruch, der an die Witterung des Juli und des August gemahnte und ihr eine Reife gab, die sie bislang nicht besessen hatte und der alles vereinigte, was überschwenglich und ohne Rückhalt sich erschloß und verströmte: die trockene Süße des kriechenden Thymians auf ausgedörrten Feldrainen, die verborgenen Opiate des Mohns, die Herbigkeit von Beifuß und Salbei und die besänftigenden Düfte der unscheinbaren und namenlosen

Kräuter, deren winzige Sterne vom Halmgestrüpp beinahe zugedeckt werden. – Eine Anwandlung von plötzlicher Mutlosigkeit stieß sie zurück in die ihr angeborene Schüchternheit, und jetzt zweifelte sie daran, ob sie das Ziel, welches ihr vor kurzem noch aus der trügerischen Sicherheit des Halbschlafs so nahe erschienen war, daß sie es greifen zu können vermeinte, jemals erreichen würde. Die Hände, mit denen sie vorhin wohlgefällig ihre Haut gestreichelt hatte, wurden schlaff und fielen herab, sie blieben neben den schmalen Hüften hängen, so kraftlos, als könnten sie nimmermehr das ergreifen und festhalten, wonach sich Irene sehnte. Aber das Mädchen überwand sich alsbald, die Hände fuhren wieder hoch und ließen sich endlich auf einer kleinen Vase nieder, die mit den vertrockneten Strohblumen des vorigen Sommers angefüllt war. Sie zupften drei oder vier dieser knisternden Blüten, die so unnatürlich wirkten, als wären sie aus Holzspänen und Draht angefertigt worden, aus dem verstaubten Strauß und steckten den armseligen Schmuck in die Locken, die sich lose an den Schläfen hervorkräuselten. Aber da sie unzufrieden mit dieser primitiven Verschönerung war, entfernte sie die Strohblumen wieder aus den Haarsträhnen und ließ sie achtlos zu Boden fallen. Eine davon, die ein gedecktes Rot zeigte, blieb am Mantel hängen, und sie wurde später – ohne daß Irene ihrer gewahr werden konnte, weil sie sich mit ihrer Färbung derjenigen des Stoffes anpaßte – wie ein Erkennungszeichen, das für die Wirklichkeit dieser geheimen Beiwohnung bürgte, dorthin mitgenommen, wo das Mädchen kurz darauf eintreten sollte.

Indessen war die Türfüllung von den Blicken derer, die sich vor dieser Schwelle drängten, gleichsam durchgescheuert worden. Hauchdünn und straff gespannt wie eine jener runden Scheiben, welche den gezähmten wilden Tieren von ihren Dompteuren vorgehalten werden, damit sie sich durch den Reifen schnellen und ihre Künste im Springen zeigen, vermochte sie das unbekümmerte Mädchen nicht länger mehr vor den Bedrohungen zu schützen, die sich draußen angestaut hatten. Da gab es nämlich nicht nur den einen, der sie belauschte und der mit seinen Atemzügen die Scheidewand zwischen Helligkeit und Schwärze gefährdete; da gab es außer ihm noch all diese gierigen Schatten, denen er, ohne es zu wissen, den Weg hierhergewiesen hatte. Sie ballten sich hinter seinem Rücken, versuchten ihn beiseite zu schieben, sprangen wie ein scheelsüchtiges Affenvolk auf seine Schultern, lähmten ihm jeden Gedanken; da sie ihm keine Angst mehr einzujagen vermochten, begnügten sie sich damit, das Mädchen in seinen Augen herabzusetzen und lächerlich zu machen. Die toten Weiber kicherten gehässig beim Anblick von Irenes schmalen Hüften, sie wiesen auf den flachen Busen und bezweifelten es, ob ein Kind jemals genügend Nahrung aus ihm würde saugen können, sie zeigten mit Fingern auf die schwächlichen Arme, auf die kraftlosen Hände und Gelenke und auf den verschlossenen Schoß, und sie schlugen ein kläffendes Hohngelächter an wie Hündinnen, die sich um einen morschen Knochen zanken, den sie aus dem Dunghaufen gezerrt haben. Die Männer jedoch, fleischlich und lüstern, wie sie es immer beim Anblick eines fremden Frauenkörpers gewesen waren, entkleideten die Pächterstochter und schätzten die verlorene Wollust ab, als hätte ein Pferdehändler ihnen eine junge Stute auf den Hof gebracht, die noch nicht vom Hengst besprungen worden ist und deren Fähigkeiten, zu empfangen und auszutragen, sie begutachten wollten. Dabei ereiferten sie sich mit Für und Wider und sie hätten am liebsten, da sie sich mit dem bloßen Ansehen nicht begnügen wollten, die Ahnungslose betastet. Einer beschuldigte den anderen, daß er ihm die Aussicht versperrte, sie bezichtigten sich gegenseitig des Betrugs, der Hehlerei und des Einverständnisses mit jenem gewitzten Roßtäuscher, der sie zu Lebzeiten so oft übers Ohr gehauen hatte. Es dauerte nicht lange, da waren sie in Streit geraten, schubsten einander hin und her, albern und würdelos wie kleine Kinder, welche sich wohl geprügelt hätten, wenn nicht die Furcht vor ihrem strengen Aufseher sie davor zurückhielt. Endlich schüttelten sie ihr Joch ab, und dann – gleich einer angestauten Flut, die vor dem zitternden Wehr, dessen Schützen dem Andrang des Wassers schon nachgeben und sich knarrend aufbuchten, ihre Wütigkeit nur noch vermehrt, bis sie endlich dazu imstande ist, das Balkenwerk zu zerbrechen – drangen sie mit einem Schwall in Irenes Zimmer ein. Das Licht erlosch, die Dunkelheit füllte den Raum im Nu aus, man hörte keinen Schrei, kein Stöhnen, kein Trampeln von unsicheren Füßen, man vernahm nichts weiter als irgendwelche Laute von Holz, die so klangen, als stiege jemand eine Treppe herunter, die kein Ende hatte, weil sie bis in den schwärzesten Schoß der Erde führte...

Als ich das leichte Gewicht einer fremden Hand auf meiner

Schulter spürte, kehrte ich zu mir selbst zurück. Langsam fügte sich Starkloffs Kammer wieder zusammen und bekam schärfere Grenzen, obwohl sie noch einige Zeit eingetrübt blieb, als wäre hier Asche aufgewirbelt worden und hätte sich noch nicht wieder gesetzt. Die Kerze gab fast kein Licht mehr, ihr schien es an Luft zu mangeln, und die Flamme brannte so verwölkt, daß sie aussah wie einer jener wattigen Bäusche, die das Wollgras im Sommer trägt.

Das Hellste, was ich erblickte, war Irenes Gesicht, es leuchtete von zaghaftem Lächeln, und schließlich, als mein Blick, der noch vom Anhauch der Toten verdorben war, unverwandt in diese klaren und lieblichen Züge eindrang, errötete sie bis unter die Haare.

»Was ist... was ist denn?« hörte ich mich mit schwerer Zunge lallen wie einer, dem es die Sprache verschlagen hat.

»Ich konnte nicht schlafen in dieser Grabesstille«, gestand die Tochter des alten Mannes, der diese Offenheit wie den nächtlichen Besuch nicht gebilligt haben würde, wenn er darum gewußt hätte, »... und da... ich bin einfach aufgestanden, ich habe vorhin gehört, wie Sie nach Hause kamen, dann sind Sie hin und her gegangen, vor einiger Zeit erst noch. Ich dachte mir, daß Sie wach sein würden! So habe ich mich angezogen und bin die Treppe niedergestiegen. Dann sah ich auch Licht aus Ihrem Türspalt, ich klopfte an, aber Sie überhörten es anscheinend, denn als ich die Tür vorsichtig öffnete, sah ich Sie ganz versunken am Fenster stehen, so, als schliefen Sie. Und ich dachte mir, daß man Sie wenigstens aufwecken müßte, damit Sie Ihre Nachtruhe haben!«

Sie war so unbefangen, daß sie nicht einmal daran dachte, ihre Stimme zu dämpfen. Jetzt, während sie vor lauter Atemlosigkeit, welche die umschweifige Erklärung ihr verursachte, eine Pause machen mußte, wandte sich ihr grünlicher Blick, den sie beiseite geschickt hatte, mir wieder zu, er sprühte über mich hin, und ich nahm die Kühle, mit der er mich anhauchte, und die verwegene Kühnheit, welche darin aufblitzte, fälschlicherweise für Spott. Gleich darauf sah ich den Irrtum ein. Doch ich verbiß mir fürs erste noch die Worte, welche mir schon die Lippen bewegen wollten.

»Ich weiß nicht«, begann Irene stockend in einem jähen, ängstlichen Ernst, »wie mir zumute war, bevor ich vorhin die Lampe ansteckte... Es war nicht nur Traurigkeit, es war auch

Furcht ... ich kenne das, ich habe es schon einmal erlebt. Das war in jener Nacht, in der letzten, ehe wir unser Gut verlassen mußten und hierherzogen. Damals habe ich bis zum Morgen in meine Kissen geweint, aber heute, warum sollte ich heute zum zweitenmal weinen? Wozu denn auch wieder Abschied nehmen, so kann es doch nicht gemeint sein, Abschied, kaum daß ich hier heimisch geworden bin?«

»Abschied?« fragte ich so leise, daß sie es überhörte.

»Mir träumte von Wasser«, sagte sie und breitete die Arme aus, während sie sich ein wenig rücklings neigte, als überließe sie sich der unsichtbaren Flut schon jetzt, »von einem großen spiegelglatten Wasser, stahlgrau und kühl wie die Gewehrläufe meines Vaters. Es floß und floß und trug und schaukelte und wiegte mich. Es umarmte mich, und es war oben und unten und auf allen Seiten zugleich, und es führte mich weg von euch allen, die ihr mir nicht folgen konntet, dorthin, wo der Himmel mit der Erde eins wird.«

»Von Wasser?« unterbrach ich sie laut.

»Ja, ja«, bestätigte sie es mit eigentümlichem Singsang, »von Wasser! – Ich weiß auch, was das zu bedeuten hat.«

Sie hörte auf zu reden; die feingezeichneten Lippen bebten leise, ohne daß der mindeste Laut sie spaltete, sie waren rissig und zeigten jenen dünnen Schorf, den das Fieber verursacht. Die kaum geschwungenen, unberührten Bögen wurden langsam prall und rot von dem Ungesagten, das sie zurückhielten, sie wölbten sich zusehends, und die Rissigkeit nahm sich nun so aus wie die Sprünge, welche die dünne Haut, die das überreife Fruchtfleisch zusammenhält, hier und dort durchfurchten, bis der süße Saft hervorquillt.

Irene zögerte sehr lange, ehe sie mir das gestand, was sie immer wieder ins Schweigen zurückzudrängen versuchte. Dann aber, als sie von den unaufhaltsamen Wassern, welche aus ihren Erinnerungen herbeirauschten, überflutet wurde, erhielt sie plötzlich eine unsägliche Schönheit, so daß es mir beinahe Schmerzen verursachte, sie zu betrachten, und daß ich meinen Blick fortnehmen und über die Bücherreihen an der Wand gleiten lassen mußte. Aber ich spürte es, auch ohne daß ich hinzusehen brauchte, wie an der Pächterstochter alles in einer Bewegung vibrierte, die von ihrem Herzen ausging und sie so stark durchdrang, daß ihr Blut sie mit warmem Leben gewaltsam erfüllte. Das Mädchen verschied in diesem Augenblick zum erstenmal: da stand eine Braut im tristen Dämmerlicht zwischen den Wänden von Starkloffs ehemaligem Schlupfwinkel. Sie zitterte ein wenig und schien sich mit Mühe aufrecht zu halten, denn sie war müde vom langen, vergeblichen Warten, und der Schmuck, den sie trug, bedrückte sie: all die duftenden, ein wenig angewelkten Blumengewinde, die, kaum daß sie aufgingen, auch schon wieder dahinschwinden mußten, die Myrte, die Lilie, das keusche, kühle Laub. Sie glaubte ihn zu kennen, denjenigen, von dem sie hoffte, daß er sie heimführen würde, und sie neigte sich ihm arglos entgegen voller Vertrauen und ohne die mindeste Furcht; sie wollte den schweren Kopf an seine Brust betten und sich von selbst, ohne daß er sie zu bitten oder zu zwingen brauchte, in seinen Arm legen. Aber wer konnte wissen, ob nicht unversehens aus dem Schatten der Lebenden ein anderer, der mehr Recht auf sie hatte, vorspringen, sich ihrer bemächtigen und sie mitleidslos hinter sich herschleifen würde – jener unerbittliche Bräutigam aller jungfräulich verstorbenen Mädchen, derselbe, welcher Christianes Sehnsucht für immer gestillt hatte?

»Ich hatte eine Amme«, begann sie zu erzählen, fast gleichgültig, aber mit einem Unterton von kaum spürbarer Unruhe in der Stimme, welche alsbald ihre Sprödigkeit verlor und tief und schwingend wurde, »meine Mutter war krank, und ich mußte mein Leben von dorther holen. Es war eine einfache Frau, ein Bauernweib aus den Walddörfern. Sie wurde sehr schnell alt, und zuletzt glich sie dieser Greisin aus Nilbau, die heute hierhergebracht worden ist und die ihr einsperren wolltet. Aber ich habe ihr die Tür aufgemacht, heimlich, als es dunkel wurde, und der Schlüssel ist bei mir versteckt, damit ihr's wißt. Sie hat mir die Hände geküßt, als ich eintrat, hat das Zeichen des Kreuzes über mir geschlagen und mir eine geweihte Münze und einen Liebeszauber versprochen, wenn ich sie wieder dorthin zurückbringe, woher ihr sie geholt habt, wenn ich sie zu ihrem Sohn begleite, sie ist ja ganz wie meine Jadwiga, genauso ...«

Irene lachte fröhlich. Ich nagte mir die Lippen wund, bis ich Blut schmeckte.

»Böse?« fragte die Pächterstochter. »Hätte ich die alte Hutzel nicht besuchen sollen?«

Ich gab keine Antwort.

»Aber ich wollte von meiner Jadwiga erzählen. Konnte fast

kein Deutsch, hatte die Herrensprache nicht gelernt, die Arme, verdrehte und verrenkte die Worte, daß es zum Erbarmen war. Später, als sie welk und runzlig wurde, klagte sie mir vor: hast mir die Kräftigkeit weggetrunken, o moj bože, ist alles leer, alles trocken, aber hab' dir's gerne gegeben, damit deine Söhne groß und stark werden, Pani Zglinicka, schöne junge Herren sollst du haben, so viele! – Und sie hob beide Hände hoch und bog die Finger um, einen nach dem anderen, bis ein einziger übrig war, der sich von selbst knickte, und dazu lachte sie schallend. Aber darauf bückte sie sich, griff nach meinem Rocksaum und küßte ihn, als wollte sie mich um Verzeihung bitten für ihre Zudringlichkeit, die Gute! – Viel habe ich von ihr erfahren und manches gelernt, worüber die anderen gelächelt hätten, diese Aufgeklärten und Besserwisser. Sie kannte die Kräuter und wußte, was heilsam und was giftig war, und im Frühling kam sie an und brachte mir kleine Sträuße, würzig duftende Sprosse, solche, die ich nirgendwo auf den Wiesen und am Waldrand gefunden habe, soviel ich auch danach suchte. Sie band mir welche davon an die Bettpfosten, damit ich den guten Geruch dieses jungen Grüns auch im Schlaf hatte, und damit meine Träume sanft und wohltuend wären. Andere von den Kräutern kochte sie in klarem Quellwasser, das sie aus dem Forst in großen Steinkrügen herbeischleppte, und dann wusch sie mir Augen und Haare damit, wenn der Mond im Zunehmen war und mir die Kräfte nicht wegziehen konnte, und sie sagte, daß ich schön davon werden würde und all den Herrensöhnen eine Augenweide und daß ich Mut bekommen würde und Geschmeidigkeit und, wer weiß noch, was alles dazu. Sie überhäufte mich mit ihrer Liebe, und sie gab mir eine solche Wärme, wie sie der Waldboden im August hat, mittags, wenn die Sonne am höchsten steht und durch das Dickicht herableuchtet. Und ich brauchte sie mehr, als sie ahnen konnte, die Liebe und Fürsorgliche, denn mein Blut war dünn, ich fror immerzu, selbst im Sommer, wenn die Mittagsglut durch die geschlossenen Läden stach. Drinnen, in der Dämmerung, im ewigen Halbdunkel, da saß meine Mutter, konnte kein Licht vertragen, klagte und ächzte, zermürbt von ihrer Krankheit. Manchmal kam ein Arzt aus der Hauptstadt, aber sie ließ sich nicht anrühren, schrie und tobte, daß das Haus gellte und daß man sich die Ohren verstopfen mußte und das Gesinde sich bekreuzigte. Niemand wußte, was es eigentlich war mit dieser

Krankheit, der Professor wurde im Kutschwagen an die Station zurückgebracht, und die Köchin erzählte den Mägden, er wäre so wütend gewesen, daß er dem Kutscher nicht einmal Trinkgeld gegeben hätte. Jadwiga aber, die erkannte, was es mit der Krankheit meiner Mutter auf sich hatte, und sie sagte, daß sie es schon kurieren würde, wenn man sie nur machen ließe. In der Seele nämlich, da sitzt es, erklärte sie mir, und die Seele, die ist wie ein klarer Edelstein in jedem Menschenleib grade unterm Herzen, und wenn der Stein sich verfärbt von geheimen Sünden, die nicht gebeichtet werden und keine Absolution bekommen, da leidet der ganze Körper. Könnte ja das Tageslicht nicht vertragen, die gnädigste Frau Mutter, und das wäre ein Zeichen dafür, daß der Seelenstein sich geschwärzt hat, müßte also wieder rein gewaschen werden mit allerlei Säften, die ihn heilen würden ... Ja, sie wußte vieles, meine Jadwiga, die Bauernmädchen kamen von weit her und brachten Nackenhaare von ihrem Liebsten zum Besprechen, damit er ihnen treu bliebe, wenn er sich über den Sommer als Sachsengänger verdingte und fort mußte. Oder die anderen, die noch keinen Liebsten hatten, baten Jadwiga darum, daß sie einen Blick in ihren Spiegel tun dürften, damit sie sähen, ob er blond oder schwarz wäre und ob er einen Schnurrbart haben werde oder nicht. Da war ein ewiges Gekicher um meine Jadwiga, ein Rauschen von steifgestärkten Leinenkleidern, ein Klimpern von Glasperlen und ein Glühen von roten Backen – und sie saß wie eine Glucke überm Geheimnis und brütete es aus, bis es sich mit dem Schnabel durch die Eierschale pickte und piepsend zum Vorschein kam. Dieser Spiegel nämlich, in den sie alle hineinsehen wollten, war weit und breit berühmt, und da kam mancher, der ihr sehr viel Geld geboten hat, aber sie gab ihn nicht her, ihren Wunderspiegel, für alle Reichtümer der Welt hätte sie sich nicht von ihm trennen mögen. Ich habe ihn selbst einmal in der Hand gehalten, lange mußte ich bitten und schmeicheln, ehe sie mir ihn gab. Das wäre nichts für die Hochgeborenen, meinte sie, wäre nur fürs niedrige Volk. Es war weiter nichts als ein gesprungener Scherben, von dem sich das Silbrige auf der Rückseite schon ablöste, und man mußte sie vorsichtig anfassen, diese Glasplatte, die keinen Rahmen hatte. Die vielen Sprünge knirschten mir unter den Fingern, und das Verwunschene schien sich dagegen sträuben zu wollen, daß es so leichtfertig hervorgelockt wurde. Ich sah mein eigenes Gesicht, in lauter kleine Fetzen zerrissen, es flimmerte und glitzerte, als läge es tief unten im Wasser, das von Sonnenkringeln durchzittert wird. Jadwiga sagte mir, ich sollte das Glas anhauchen, der Atem beschlug es mit Blindheit, aber zuletztzen zeigten sich doch bloß wieder die Züge meines eigenen Gesichts. Damals war ich untröstlich darüber, daß ich meinen Liebsten nicht zu sehen bekam, und sie hatte große Mühe mit mir, die Arme, um mich zu trösten. Später, sagte sie, viel später erst, wenn ich groß sein würde und wenn sich einer nach mir sehnte, dann würde er in diesem Glase zu finden sein. – Aber jetzt ist es ja verloren und unerreichbar, und ich möchte es auch nicht wieder zur Hand nehmen, weil ich Angst davor hätte, mehr als damals, wo ich noch unwissend war...«

Sie unterbrach sich, als bemerkte sie es zu spät, daß sie von ihrer weitschweifigen Erzählung übers Ziel hinausgeführt worden war. Das leise Lachen, mit dem sie ihren Erinnerungen antwortete, welche sich fortwährend vordrängten und sie schmeichlerisch ansprachen, ließ mich aufblicken. Sie stand, indem sie sich hin und her wiegte, in der Nähe der Kerze und war unvermerkt ein wenig von mir weggetreten. Der Lichtstumpf, dessen Schein sie mit einem bräunlichen Schleier umhüllte, weinte große, durchsichtige Tränen um das, was verloren war und nur in den Nachgedanken noch lebte.

Irene entzog sich langsam den eifersüchtigen Werbungen, mit denen ihre Vergangenheit sie gewinnen wollte. Die Braut riß sich los, flüchtete, noch ganz verwirrt, und kehrte atemlos wieder zu mir zurück.

»Aber das war es ja gar nicht, was ich sagen wollte«, entschuldigte sie sich, »es hat mich einfach weggerissen, stürmisch wie jemand, der mich entführen wollte. Ja, danach sehnte ich mich auch in jenen Zeiten, und manche Nacht habe ich wach gelegen und gelauscht, ob er nicht kommen würde, der Entführer, um mich mit sich zu nehmen, irgendwohin, in die Fremde – und ich würde mich nicht gewehrt, und ich würde nicht geschrien haben, wenn er plötzlich vor mir gestanden hätte, groß und dunkel und furchtbar von Angesicht...«

»Wir sprachen vom Traum« versuchte ich sie abzulenken, »wir sprachen vom Wasser...«

»... vom Wasser, das mich fortgeführt hat«, sagte sie lächelnd und zaudernd, »davon sprachen wir. Ich hatte es beinahe vergessen, aber jetzt weiß ich's wieder. – So war es nämlich auch mit den Träumen: Jadwiga verstand sich darauf, sie auszulegen, und sie wußte, was kommen würde und was sich ankündigte. Wenn man Blumen sah, mußte man sich vor Krankheit hüten, wenn ein helles Feuer brannte, würde ein großes Glück sich ereignen. Sie schärfte mir alles ein, damit ich gegen das Unvorhergesehene gefeit wäre, und ich lernte bald, was das sagen will: Brot, Ungeziefer, Linsen, Adler und Schlangen – Hunger, Ärger, gute Ernte, treue Freunde, Verrat und Vertrauensbruch. Ich wartete darauf und wünschte mir beim Einschlafen solche einfältigen Traumgesichte, aber sie zeigten sich genausowenig wie der Liebste im Zauberspiegel ... bis heute, wo ich vom Wasser geträumt habe! – Wenn du von großen Wasserfluten träumst, so lehrte mich damals Jadwiga, dann wisse ... dann wisse, daß dir die Liebe nahe bevorsteht ...«

Sie sprach den letzten Satz fast ängstlich mit versagender Stimme. So, als hätte es sie eine unmenschliche Überwindung gekostet, das preiszugeben, was sie immerzu hinter den anderen Erzählungen versteckte, und als wäre ihr Vorrat an Kraft dadurch völlig erschöpft worden, schwankte sie nun hin und her und griff ins Leere, um sich irgendwo festzuhalten. Sie mußte sich alles leichter vorgestellt haben, vorhin, indem sie sich entschloß, die ihr eingeborenen und anerzogenen Schicklichkeiten außer acht zu lassen und entgegen dem, was herkömmlich war, die Tür meiner Kammer zu öffnen.

Ich hätte hinzuspringen, sie stützen und aus ihrer Schwäche wegführen mögen, aber ich hielt mich zurück, denn meine Hände kamen mir unrein vor, und mein Atem war noch verseucht von dem Gedünst nach Mordgier und Rachsucht, mit dem ich vorhin auf dem Marktplatz mir die Lungen vollgesogen hatte. Rühr sie nicht an – warnte ich mich selbst –, besudele sie nicht mit der Gemeinheit, welche sich auf dir niedergeschlagen hat, trübe ihn nicht ein, den unbegreiflich klaren Spiegel! Ich schob ihr einen Stuhl hin, auf den sie sich fallen ließ, sie sank in sich zusammen und wurde ganz unscheinbar, während sie vergeblich eine Antwort erharrte.

»Die Blume ...«, sagte ich verzagt, indem ich mich genau daran erinnerte, wie mir oftmals in der Kindheit das Sprechen schwergefallen war, wenn ich, vom untröstlichen, stillen Weinen geschüttelt, mit dem ersten Wort hatte um Verzeihung bitten müssen. Meine Hand griff selbsttätig und nicht vom Willen geleitet dorthin, wo die Strohblume auf Irenes Mantel blühte. Das Mädchen merkte es nicht, wie ich sie pflückte und an mich nahm.

»Die Blume ...«, wiederholte sie halblaut, sie mißverstand mich und machte eine müde Geste in der Richtung auf das Stehpult, »ich habe es hingestellt, das Hyazinthenglas, am Morgen, während Sie noch schliefen. Sie sahen friedlos und unglücklich aus, und es sollte Ihnen ein Trost sein beim Aufwachen. Und ich habe die Hyazinthe bald darauf geknickt und zum Verwelken gebracht, als ich mir die Freiheit nahm, einen Blick auf den Brief zu werfen, den Sie hier offen liegen ließen. Aber sie ist nicht tot, die Blume, die ich selbst gezogen habe. Sie duftet noch, ich rieche es deutlich, und wenn man sie beizeiten in die Erde tut, wird sie im nächsten Jahr eine neue Blüte aus sich heraustreiben, vielleicht eine solche, die noch größer und schöner ist als diese hier ...«

Die Stimme erstarb, das freimütige Geständnis hatte nur die halbe Wahrheit enthalten. Danach kam eine große langwährende Stille. Die uferlose Nacht, dieser tiefe, gefährliche Ozean aus dunklen Wogen, Strudeln und unruhiger Dünung, welche heranleckte und wieder zurückschwang, nagte unablässig an dem Eiland, auf dem wir uns sicher wähnten. Kein Laut war vernehmlich außer dem Knistern der Funken in der Kerzenflamme und außer den Atemzügen, die immer schwerer gingen; selbst die Totenuhr hatte aufgehört, im Holz zu ticken.

Ich stand regungslos, mit gelähmten Gliedern hinter Irenes Rücken und sah auf den blonden Scheitel. Die Haare trieften von unerträglichem Glanz, der das Mädchen allmählich ganz und gar umgab gleich einem Mantel, welcher sie jetzt noch zu schützen vermochte und der, wenn er zerfiel, ihren Leib und ihre Seele dem Zugriff jenes dunklen Entführers preisgeben mußte, von dem sie vorhin so heiter und sorglos zugab, daß sie sich schon in der frühesten Jugend nach ihm gesehnt hätte.

Wenn sie jetzt den Wunderspiegel der guten Jadwiga in die Hand bekäme – überlegte ich –, so würde aus dem Anhauch ihres Atems das lautlose Gesicht des Liebsten auftauchen, unter dessen kaltem Kuß schon so viele Frauen vergangen waren. Vielleicht aber auch, um seine Auserkorene nicht allzusehr zu erschrecken, schmückte sich der Liebhaber mit Fleisch, Augen und Haaren und nahm die Züge seines ohnmächtigen Nebenbuhlers an; dann kam wohl mein Antlitz dort zum Vorschein, das er sich angeeignet hatte, ohne mich zu fragen: leicht verzerrt und lächerlich gemacht durch den Ausdruck von Dummheit und Staunen, den er ihm mißgünstig gab.

Er mußte schon seit einiger Zeit anwesend sein, ich spürte die überlegene Frostigkeit, welche von ihm ausging. Das, was ich sagen wollte, erstarb mir in der Kehle. So blieb mir nichts anderes übrig, als den Namen zu nennen und seine Musik auszukosten.

»Irene ...«, stammelte ich, »Irene ... Irene ...«

Sie wandte sich nicht nach mir um, stand auf und sagte, daß sie nun gehen müßte.

Ich drang auf sie ein und beschwor sie zu bleiben. Jetzt sah sie mich an und lauschte mir ungläubig mit schräg geneigtem Gesicht; zuerst war sie noch ernst, bald aber ging ein schmerzliches, von Zweifeln gestörtes Lächeln über ihre Züge.

»Laß mich nicht allein!« Ich wiederholte es immerzu wie jene eintönigen, in gleichen Abständen wiederkehrenden Bittrufe der alten Litaneien, die ich lange nicht mehr über die Lippen gebracht hatte. Die Strohblume in meiner Hand knisterte trocken und spanig, sie blühte auf und entfaltete sich groß und leuchtend.

»Das Wasser ...«, stotterte ich, indes ich mich undeutlich der Fluten entsann, durch die wir vorhin gefahren waren, und damit einen Vorwand bekam, auf den ich mich berufen durfte, um das Mädchen zum Hierbleiben zu bewegen, »das Wasser ...«

»... mein Traumgewässer«, fuhr die Pächterstochter fort, »es geht also in Erfüllung, ich wußte ja, daß es mich wegführen wird ...«

Sie hob die Arme und ließ den Kopf in den Nacken fallen, der lockere Knoten ihres Haares löste sich auf, und ein Schwall glänzenden Seidengesträhns fiel ihr gewichtlos auf Schultern, Rücken und Brust. Der Mantel, an dessen Knöpfen sie, ohne es zu wissen, vorhin mit unruhigen Händen herumgegriffen haben mußte, öffnete sich und ließ das dünne Nachtgewand sehen, unter dem der magere Körper sich streckte.

Ich stieß den Stuhl, der zwischen uns stand, beiseite, er stürzte mit lautem Poltern um. Aber dieser Lärm war nichts im Vergleich zu dem paukenden Schlag, der mein Herz traf und traf, als ich dem Mädchen mich näherte, das mich schreckhaft und sehnsüchtig erwartete, in dessen klaren Augen ich mir selbst entgegentrat, erst noch undeutlich und klein, schließlich aber größer und bestimmter, bis ich mich endlich mit mir selbst vereinte.

Sie hatte mir um keine Schrittbreite den Weg zu sich verkürzt, zuletzt neigte sie sich ein wenig vor, wie ein Baum, der allmählich entwurzelt und dann von den starken Ästen eines benachbarten Stammes aufgefangen und gehalten wird. Alles Blut war aus ihrem Gesicht gewichen. Ihre Lippen schmeckten kühl und tauig.

»Ich bin müde...«, flüsterte sie kaum hörbar, und ihr Atem streichelte meine Augen und meine Brauen.

Betäubt durch das Glück, das nicht von außen gekommen war, sondern tief unter allen Schichten von Leidsüchtigkeit seit jeher in mir verborgen gewesen sein mußte wie ein steinerner Fruchtkern, der nun unversehens aufsprang und mit großer Schnelligkeit eine Laube von hellem Grün über uns beide trieb, Wurzeln schlug, Äste, Ranken, Blätter und Blüten zugleich entfaltete und uns vor der Ungunst des Himmels und der Rachgierigkeit der Erde zu bewahren versuchte – völlig vom Irdischen abgekehrt und anderen Chören lauschend, verstand ich bald nicht mehr, was das Mädchen sagte.

»Ich bin sehr müde!« wiederholte sie und hängte sich, indem sie die Arme um meinen Nacken schlang und die Finger verschränkte, schwer an mich, wie jemand, der sich von selbst nicht mehr aufrecht halten kann.

Mit sanfter Gewalt machte ich mich von ihr los, hob sie hoch und trug sie hinüber zum Sofa, auf dem mein Nachtlager bereitet war. Widerstandslos ließ sie alles mit sich geschehen, und ich wunderte mich darüber, wie leicht sie war, während ich sie in meinen Armen wiegte und schaukelte gleich einem heimatlosen Kind, das man gefunden und angenommen hat, um ihm ein Obdach zu geben. Sie sah mich aus halb geschlossenen, vom Schlaf schon verschleierten Augen blinzelnd an, die Arme hingen schlaff und mit geöffneten Händen herab, das Haar flog im leichten Luftzug wellig hinterdrein. In der Schattenfigur, welche uns an der Wand wie ein buckliger Unhold begleitete, sah es aus, als trüge die Pächterstochter eine strähnige Perücke von Wassergräsern und Binsen auf dem Haupte und als troffen diese Gewächse noch immer von der Flut, aus der sie hervorgeholt worden waren. Einen Augenblick lang glaubte ich, keinen Menschenkörper voll warmem Blut an meiner Brust zu halten, sondern eine kühle, feuchte Wasserjungfer, welche ihren zu ewiger Keuschheit verdammten Schuppenleib unter der lockeren Hüllung von Mantel und Hemd ängstlich versteckte.

Aber die Einbildung verging alsbald, nachdem ich Irene von ihrem Mantel befreit und aufs glatte Linnen gebettet hatte. Die Lauigkeit, welche ihre Haut ausatmete, duftete stark wie nach trockenem, zu früh gemähtem Wiesenheu, das seinen Honig bewahrt hat. Sie streckte sich mit kaum vernehmbarem Seufzer aus, dehnte sich und schnellte noch einmal hoch, bevor sie zur Ruhe kam. Dann lag sie dort neben mir, die Arme unter dem Kopf verschränkt, der im ausgefaserten Blond wie auf einem Kissen von Spinnengarn ruhte. Das ermattete Gesicht zeigte keinerlei Farben, außer dem dünnen Rot der Lippen, die größer und voller geworden waren. Die Augen suchten unter fächernden Wimpern meinen Blick; sie waren schon glanzlos und trübe und vermochten die Wirklichkeit offenbar nicht mehr ganz deutlich aufzunehmen. Aber in ihrer aus Grau und Grün gemischten Leere regte sich tief unten, dort, wo alles mit Purpur getränkt ist, noch ein unklarer Wunsch, eine uneingestandene Enttäuschung, die das Mädchen niemals auch nur mit einem einzigen Wort ausgesprochen haben würde. Es war mir, als müßte ich wie gebannt ins Zentrum eines tanzenden Wirbels blicken, der mich mit seinem kreiselnden Sog einzufangen trachtete, aber es gelang mir, den leichten Schwindel bald zu überwinden.

Bevor sie die Augen schloß, lächelte sie noch einmal, ihr Gesicht bekam eine Milde, mit der sie mir alles verzieh: das Vergangene sowohl als auch das Gegenwärtige und das Zukünftige. Sie entzog sich mir und versank gleichsam vor meinen Augen, es blieb nichts von ihr zurück als das, was am vergänglichsten ist: die Haut, das Fleisch, die Haare und solche Formen, welche den Veränderungen, die Leben und Tod bewirken, völlig schutzlos ausgesetzt sind. Bald kam es mir vor, als wäre sie hier aufgebahrt und als müßte ich, an ihrem Lager sitzend, die Totenwache halten. Ich nahm die Strohblume vom Tisch und legte sie ihr auf die Brust, damit ich am Auf und Nieder der flachen Atemzüge das Dasein ermessen konnte, welches sich leise regte.

Durch diese Bewegung erwachte sie noch einmal. Die Augen glänzten aus den schmalen Spalten der verschatteten Lider, die entspannten Lippen öffneten sich, und ich mußte ihr das, was sie sagte, vom Munde ablesen, weil ich es sonst nicht verstanden hätte.

»Weck mich auf«, bat sie mich, »wenn es Morgen wird!«

Ihre Hand kam schlafgelähmt zu mir und legte sich mit ihrer Wärme in die meinige, hielt sich kraftlos noch eine Weile an mir fest und glitt dann verwelkend ins Leere. Ich beschützte ihren Schlaf, sah zu, wie die Wangen sich röteten, als würden sie von den Strahlen einer inwendigen Sonne getroffen, die in ihrem Herzen aufgegangen war und der ungetrübte Aura nicht bis zu mir leuchtete, sosehr ich auch danach verlangte. Ich wagte es nicht mehr, die Abwesende zu berühren und die Hand, welche mir entglitten war, wieder an mich zu nehmen. Aber ich redete sie lautlos an und versuchte, bis in ihren Traum vorzudringen mit dem, was ich ihr gestand, was ich ihr versprach, mit dem, was nach all den Jahren der Verdüsterung und des vergeblichen Aufbegehrens gegen die dunkle Abseite der Welt an heiterer Friedfertigkeit sich in mir gelöst hatte wie die abertausend Rinnsale, welche vom Winterfrost abgetötet unversehens allesamt aufspringen und das ganze Land mit ihrer beweglichen, aus wenigen Tönen zur Vollkommenheit gediehenen Musik überschwemmen.

Wenn der Vater Irenes, dieser in Förmlichkeit erstarrte alte Mann, von dem das Unglück nicht weichen wollte – als wäre es ein unmerklicher Anhauch von Rost auf jenen Gewehrläufen, welcher nicht wegzuwischen war und immer wieder wie eine Art von Aussatz an dem blanken Stahl sich zeigte –, wenn er, getrieben von seiner Schlaflosigkeit, jetzt bei mir eingetreten wäre und mich mit seinen altmodischen Allüren aufgefordert haben würde, ihm Rechenschaft abzulegen, dann wäre mir weiter nichts übriggeblieben, als daß ich, den Zeigefinger über meine Lippen legend und ihm bedeutend, er möge ruhig sein, die Tür nach dem Flur öffnete und draußen, im kalten Zugwind, unsere Zwiesprache begann. Ich stellte mir vor, wie schwer es war, seine Ablehnung zu überwinden. Sein selbstbewußtes Mißtrauen war unverbesserlich, und als ich zuletzt, da bei ihm gar nichts mehr verfing und alles an seiner greisenhaften, adligen Kälte abglitt, von der Liebe zu sprechen anfing, merkte ich bald, daß er mich hier am allerwenigsten begriff und daß ihm dieses Argument vollkommen unverständlich war gleich den verächtlichen Riten und Gebräuchen primitiver

Völker, welche keine Gewehre kennen und noch mit Pfeil und Bogen schießen müssen. –

Undeutlich vernahm ich den Uhrschlag durch die Wände und Dielen. Ich zählte zwei. Von da ab blieb ein ständiges, sausendes Glockenläuten, das nicht mehr vergehen wollte, in meinem Gehör.

Um mich des Schlafs zu erwehren, der immer mächtiger sich auf meinen Nacken hockte und mich neben Irene hinunterdrücken wollte, um die Verdämmerung aufzuheben und meine Gedanken zu sammeln, die wie Deserteure sich davonstehlen wollten, rückte ich ein wenig nach der Seite, dorthin, wo das Bücherregal hinterm Sofa stand, und griff aufs Geratewohl in die Reihen der Bände. Bei der übergroß gewordenen Flamme der niedergebrannten Kerze, die nicht lange mehr leuchten konnte, öffnete ich den in Kaliko eingeschlagenen Band, der sich mir von selbst in die Hand gegeben hatte. Es war eins jener Diarien, wie sie in den höheren Schulklassen benützt werden, ein starkes Heft, das auf seinen angegilbten, linierten Blättern viele wahllos durcheinander gekritzelte Eintragungen zeigte. Ich kannte die schwungvolle und phantasiereiche Handschrift; sie hatte auf dem Testament gestanden, das mir an dem Tage, wo ich meine Volljährigkeit erreichte, übergeben worden war.

Unaufmerksam blätterte ich die Seiten durch; manche hafteten aneinander, und als ich zwei davon vorsichtig aufriß, fand ich, daß Starkloff hier mit Oblaten seltsam geformte Ahornblätter, die von Wucherungen befallen gewesen waren, eingeklebt hatte. Einige Seiten weiter waren in diesem ungeordneten Herbarium Rosenäpfel zu entdecken, jene haarigen Büschel, die an den Zweigen der Heckenrosen sitzen und in deren Innerem, eingeschlossen von grünen Wänden, die Maden des Insekts, dessen Stich diese Auswüchse verursacht, so lange geschützt sind, bis sie mit den Flügeln ihre Freiheit bekommen. Schwärzliche Gallknoten vom Eichenlaub, eigentümliche, nierenförmige Flechten, die sich aus morschem Holz nähren, Mistelzweige, welche noch immer ledrig und fett sich anfühlten, dünne Querschnitte von Baumpilzen, neben denen mit unbeholfenen Zeichnungen dargestellt war, wie sie an den kranken Stämmen saßen, Mutterkorn und vom Rost befallene Getreidehalme – alles, was schmarotzte und nicht aus eigener Kraft lebte, hatte der Bauer in dieser Sammlung vereinigt, deren einzelne Stücke er im Verlauf vieler Jahre da und dort gefunden und heimgetragen haben mußte. Das nahm sich so aus, als wäre sein Blick immerfort auf das Krankhafte und Widrige gefallen und als hätte er nur jenen beschatteten Teil der Welt erfaßt, in dem das Unbegnadete und Häßliche, das Giftige und Absonderliche haust. Aber er schien es übersehen zu haben, daß sich selbst aus diesen verworfenen Geschöpfen, die er zu Kronzeugen für sein eigenes Dasein hatte machen wollen, noch das Planvolle der Weltordnung, wenngleich verkehrt und ins Bösartige gewandelt, ablesen ließ. Kein einziger von den vielen Entwürfen, in denen die Vorsehung den Rohstoff des Lebens zu Formen, Existenzen und zur Erfüllung schwer erkennbarer Aufgaben geschaffen hatte, war fehlgeschlagen und mißraten. Einzig und allein der Mensch, wenn er sich auf seine vorgebliche Freiheit und Selbständigkeit berief und wenn er, dem mit seinem Bewußtsein beides, das Gute wie das Böse, zu erkennen gegeben war, sich selbst des Unterscheidungsvermögens entledigte, indem er die tieferen Schichten in sich zum Gären brachte, damit sie den ihm eingeborenen Himmel verdunkelten – er entartete immer wieder am gründlichsten und zu völliger Unkenntlichkeit. Allen anderen Kreaturen war der Zwang zur Beschränkung mitgegeben worden, sie beugten sich unter das Joch und lebten in Abhängigkeit; der seiner eigenen Willkür unterworfene Mensch jedoch, welchem die Herrschaft über den Erdkreis zugefallen war, der Nutznießer fremder Begattungen und zahlloser Todesarten, hatte sich selbst einstmals und abertausendmal hinterher aus jeglichen Paradiesen durch seine eigene Maßlosigkeit verstoßen. Getrieben von friedloser Unersättlichkeit, welche gleich einer Geißel hinter ihm drein geschwungen wurde, konnte er nirgendwo Ruhe und Seßhaftigkeit finden, selbst unter der Erde nicht, in den sonnenlosen Steppen des Totenreiches, wo die unübersehbaren Nomadenzüge der Schatten unablässig umherirrten ...

Ich fand in diesem seltsamen Buch auch Abbildungen tierischer Parasiten, Holzschnitte, die aus landwirtschaftlichen Zeitschriften stammten, gehässige Texte, in denen mit volkstümlicher Wissenschaftlichkeit von der Ohnmacht gegenüber den zahllosen Schädlingen beredte Klagen geführt wurden. Die Schreiber solcher Salbadereien bezichtigten die Natur einer leichtfertigen Launenhaftigkeit, sie saßen auf ihren Drehschemeln zu Gericht über das Zwecklose und Unnützliche und hielten Abrechnung mit allem, was der engstirnigen Ordentlichkeit widersprach, jener Numerierung, Klassifizierung und Bonitierung, mit der sie ihr Land und sein Wachstum in Botmäßigkeit erhielten. Dergleichen ungewandte Federfuchser, welche alles schon in dem Augenblick, wo sie es zu Papier gebracht hatten, für erledigt erachteten, erteilten ihren Lesern wohlausgetüftelte Ratschläge zur Vernichtung jeglicher Schmarotzer, und sie klagten das Menschengeschlecht einer trägen Langmütigkeit an, die vom Übel war.

Den bissigen Humor, mit dem der Bauer dieses Panoptikum der Dummheit und der Übermacht alles Vegetativen zusammengestellt hatte, bemerkte ich erst, als ich mich beim Durchblättern den letzten Seiten näherte. Da war eine, die sonst nichts weiter enthielt als das bräunliche Chitinskelett eines breitgequetschten Flohes und eine kurze, mit Datum und Tageszeit versehene Anmerkung, welche besagte, daß Starkloff diesen Peiniger nach stundenlanger Jagd im rechten Hosenbein gefangen hätte. Ich mußte lachen, die Schaustellung des Skurrilen fing an, mich zu erheitern; auf den folgenden Blättern vermutete ich ähnliches, unbedacht schlug ich sie auf.

Eng gekritzelte Eintragungen, die tagebuchartig voneinander abgesetzt und datiert waren, bedeckten den Rest des Heftes. Auszüge aus dem Hundertjährigen Kalender, Wetterbeobachtungen, Erfahrungen, die der Bauer beim Mondwechsel mit Regenfällen, Gewittern, Dürre und Wind gemacht hatte, standen unordentlich und wirr untereinander. Gleichgültige Zitate aus irgendwelchen Büchern, belanglose Formulierungen nebensächlicher Erkenntnisse, welche den großen Geistern dann und wann beim Nachtisch oder beim Auskleiden zugeflogen waren, von jener Art, wie sie auf der Rückseite mancher Kalenderzettel stehen, waren hier eingetragen. Starkloff mußte das Heft anscheinend zu einer späteren Zeit, nachdem er die Sammlung des Abnormen längst abgeschlossen und wohl auch vergessen hatte, aus der Unordnung, welche er großzügig um sich verbreitete, von neuem hervorgezogen haben. Mit der Kleinlichkeit des geborenen Verschwenders, der dort geizig zu werden anfängt, wo der Mensch für gewöhnlich ohne jedes Bedenken das verbraucht, was ihm zur Verfügung steht, hatte er es offensichtlich nicht übers Herz bringen können, die übriggebliebenen Seiten ungenutzt liegenzulassen. Ich las flüchtig über die Aufzeichnungen hin, die nichts Wichtiges enthielten, zuletzt aber blieb ich an einigen Gedichtzeilen hängen, die mit fester Hand mitten zwischen ein wirres Geschreibsel gesetzt waren, das sich als eine Aufstellung der Termine herausstellte, an denen die trächtigen Kühe kalben sollten. Die großspurigen, aus der Mythologie der Griechen, der Inder und anderer alter Völker genommenen Namen des Rindviehs wirkten wie ein Hohn auf die Verse, welche sie einrahmten.

Ich hatte dieses Gedicht bisher nirgendwo gelesen, aber alles, was mich daraus ansprach – die inbrünstige Selbstzerfleischung und die vergebliche Reumütigkeit, welche niemals eine Spur von Gnade und Vergebung erlangt zu haben schien –, kam mir derart vertraut vor, daß ich zunächst annahm, der Bauer könnte es vielleicht selbst geschrieben haben. Eine Randbemerkung des Inhalts, daß der unglückliche und nicht namentlich angeführte Dichter der Strophen zu seiner Zeit vor den Feinden und Neidern, die ihm nachstellten, mit seiner Liebsten auf den Kirchhof geflohen wäre und dort, zwischen den Gräbern, sie hätte umarmen müssen, weil er anderwärts keinen sicheren Ort wußte, belehrte mich darüber, daß Starkloff die Verse irgendwo zufällig gefunden hatte und daß sie ihm so lange nachgegangen waren, bis er sich ihrer entledigte, indem er sie aufs Papier bannte:

Geduld, Gelassenheit, treu, fromm und redlich sein
Und wie ihr Tugenden euch sonst noch alle nennet,
Verzeiht es, doch nicht mir, nein, sondern meiner Pein,
Die unaufhörlich tobt und bis zum Marke brennet:
Ich geb' euch mit Vernunft und weisem Wohlbedacht,
Merk dieses Wort nur wohl, von nun an gute Nacht.
Und daß ich euch gedient, das nenn' ich eine Sünde,
Die ich mir selber kaum jemals vergeben kann.
Steckt künftig, wen ihr wollt, mit euren Strahlen an,
Ich schwöre, daß ich mich von eurem Ruhm entbinde.

Was wird mir nun davor? Ein Leben voller Not!
O daß doch nicht mein Zeug aus Rabenfleisch entsprossen,
O daß doch dort kein Fluch des Vaters Lust verbot,
O wär' doch seine Kraft auf kaltes Tuch geflossen.
O daß doch nicht das Ei, in dem mein Bildnis hing,
Durch Fäulung oder Brand der Mutter Schoß entging,

Bevor mein armer Geist dies Angsthaus eingenommen.
Jetzt läg' ich in der Ruh' bei denen, die nicht sind,
Ich dürft', ich ärmster Mensch und größtes Elendskind,
Nicht stets bei jeder Not vor größter Furcht umkommen.

Ich ertappte mich darauf, wie ich es laut vor mich hin sagte. Das Glockengeläut der Müdigkeit in meinen Ohren schwoll an, und ich versuchte es mit den fremden Worten zu übertönen. Die zitternde Stille zerriß und webte sich alsbald wieder von neuem zusammen, verstrickte mich in lauter dunkle Schleier, die auf allen Seiten über mich geworfen wurden. Ich konnte die schlafende Irene nur undeutlich wahrnehmen, manchmal regte sie sich mit leisen Bewegungen, wie sie die Ranken solcher Pflanzen haben, die nach festen Stützpunkten tasten. Das Gesicht zeigte einen Ausdruck, der aus Trauer und Freude gemischt war, aus den unvereinbaren Gegensätzen, welche sich in diesen Zügen vermählten, und die ich vergeblich voneinander zu trennen und zu enträtseln versuchte.

Ich hatte mich so tief über die Schlafende geneigt, daß mein Schatten sie gänzlich verdeckte. Immer noch war die verderbte Trostlosigkeit jener Dichtung wie ein schaler Nachgeschmack in meinem Munde. Ich atmete sie aus, sie schlug sich auf dem Gesicht des Mädchens nieder und fiel in ihr Gehör wie Gift. Der Mund verzog sich weinerlich, die Nasenflügel vibrierten, und die Lider zuckten, während sich zwei oder drei scharfe Faltenzüge auf der glatten Stirn bildeten. Ich wollte es nicht verschulden, daß Irene jetzt etwa erwachte, deswegen wandte ich mich weg und richtete mich mühsam auf wie ein Lastträger, welcher sich so lange unter das fremde Gut, das er zu schleppen hat, fügen muß, bis es endlich abgeräumt ist.

Die Kerzenflamme hatte den Leuchterrand beinahe erreicht. Ich war zu nächlässig geworden, um mich jetzt schon auf die Suche nach einer Lampe oder einer Laterne zu machen. Deswegen versuchte ich mir einzureden, daß später immer noch genügend Zeit dazu sein würde. Als ich mich wieder über Starkloffs Diarium beugte und den schweren Kopf auf die Hände stützte, so daß die Finger an meinen Ohren lagen, damit sie mich vor jenem unerträglichen Glockengeläut schützten, das immer stärker wurde, forderte ich die Dunkelheit, die uns eingekesselt hatte, sogar heraus. – Indem ich weiterblätterte, dachte ich noch flüchtig darüber nach, daß man nichts von

Starkloffs Eltern wußte. Seine Herkunft war unbestimmt, kein einziger Verwandter hatte sich nach seinem Tode gemeldet und Anspruch auf das Erbe erhoben; dem Umstand waren manche unsinnigen Gerüchte zu verdanken gewesen, welche immer wieder ihre Runde durch die Bauernstuben gemacht hatten. Ich beschloß, danach zu forschen, was es mit dieser eigentümlichen Vereinzelung auf sich hatte. Währenddem ich mir jetzt schon vorzustellen versuchte, wohin die Spuren, die ich zu verfolgen gedachte, wohl führen könnten, gelang es mir immer besser, mich von den Gewichten zu befreien, die mir Scheitel und Nacken bedrückten. Aus jenem Zustand willenloser Ermüdung geriet ich plötzlich in eine fiebrige Wachsamkeit, welche sich von den äußeren Dingen abkehrte und in Starkloffs Aufzeichnungen umherstöberte. So – einem wildernden Hühnerhund vergleichbar, der in dorniges Brombeergerank derart tief hineingeraten ist, daß er keinen Rückweg mehr findet, die Nase voll von der Witterung eines Rebhuhnschwarms, der gleich aufstieben und davonstreichen wird, nicht mehr einzuholen durch die Herbstluft flattert und nur ein paar Federn und etwas Kot zurückläßt – verwirrte ich mich im dichten Zeilengestrüpp.

Obwohl ich also aufmerksam genug geworden war, ließ das Dröhnen der inwendigen Glocken nicht nach. Wenn ich eine Hand wegnahm, um die Seiten zu wenden, stand vor dem unbestimmten Vielklang ein einzelnes blechernes Geläute, es bimmelte dünn und scheppernd wie eine Türklingel, die man vergebens in Bewegung setzt, weil niemand öffnen wird. –

Weiterhin fand ich in Starkloffs Schreibheft eine Aufstellung der Mägde, die während dreier Jahre bei ihm in Dienst gestanden hatten. Es waren fremde, zumeist polnische Namen, neben jedem befand sich eine kurze Kennzeichnung des Charakters, der Arbeitswilligkeit, der Eigenschaften, Körperkräfte und des Zustandes, in dem sie gewesen waren, als der Bauer bei ihnen geschlafen hatte. Er beklagte sich ernsthaft über die Sittenlosigkeit und die Untugenden dieser Mädchen, von denen viele sich selbst und ihre Jungfräulichkeit für so wertlos erachtet hätten, daß sie schon um den Preis einer billigen Glaskette, eines Fetzens Seide, einer Flasche Wein oder auch um irgendeine Schleckerei, nach der sie gierten: um türkischen Honig, Schokolade oder Marzipan bereit gewesen wären, die Kerze neben dem Strohsack auszupusten. Eine der Mägde vermerkte er außer der Reihe, sie hatte sich mit Krallen und Zähnen gegen ihn zur Wehr gesetzt, und später, als er doch wiederkam, lag ein blankes Beil neben ihrem Lager. Vielleicht wäre sie die Richtige gewesen, sinnierte er, aber sie sei kurz danach auf und davon gegangen. Aus diesen, mit galliger Tinte geschriebenen und von trockener Verachtung gelöschten Zeilen, die wie die Eintragungen in einem Herdbuch wirkten, wo die Gebärfähigkeit der Zuchttiere, ihre Blutmischungen und Entwicklungsmöglichkeiten einwandfrei nachgewiesen werden, ging es hervor, daß Starkloff einen entschiedenen Widerwillen gegen die kalte und wütige Brünstigkeit gehabt haben mußte, wie sie so vielen Männern von starkem Körperbau und schwerflüssigen Säften eigen ist. Außerdem entdeckte ich da eine unverkennbare und erstaunliche Sucht, die Menschen zu durchschauen, sie zu verleiten und mit ihnen Versuche anzustellen, deren Ausgang ungewiß war.

Kurz hinter diesen aufschlußreichen Eintragungen stieß ich auf eine knappe Notiz, die besagte, daß Alma inzwischen fünfzehn Jahre alt geworden sei und daß es nun an der Zeit wäre, sie von dort wegzunehmen, wo sie sich befände. Ich kam nicht mehr dazu, über den rätselhaften Zusammenhang nachzugrübeln, der sich hier ergeben hatte. Indes meine Hand selbsttätig die nächste Seite anfaßte und hochhob und mein Blick noch an einer Sentenz haften blieb, die drei- und vierfach unterstrichen mit dickbalkigen lateinischen Versalien quer über das ganze Blatt gemalt war, in Begleitung von griechischen Buchstaben, welche der ungelenken Hand in lauter Kleckse ausgelaufen waren, hörte ich mit halbem Ohr, wie sich draußen ein verworrenes, aus Hundegebell, Kuhgebrülle und Pferdegewieher vermischtes Gelärme erhob und wie, von weitem und ganz verweht, die Kirchglocke dazwischenläutete. Je länger ich dem lauschte, desto brutaler wurde es; schließlich konnte ich nicht mehr daran zweifeln, daß es außerhalb meiner selbst, nicht geträumt und also unwiderlegbar wirklich sein mußte.

Ich nahm die Strohblume und legte sie als Zeichen an die Stelle des Hefts, wo sich die ungelesenen und anscheinend besonders bedeutungsvollen Zeile 1 befanden, deren Lektüre ich mir für später aufhob. Dann stand ich gefaßt auf und entfernte mich vorsichtig von Irenes Lager, ergriff den Leuchter, schützte die zuckende Flamme mit der Hand und wollte nachsehen, was es draußen gäbe. Aber nachdem ich einige Schritte gegangen war, drehte ich mich noch einmal wie unter einem fremden Befehl nach der Schlafenden um, weil mir so zumute war, als müßte ich nun von ihr für immer Abschied nehmen.

Sie schien aufgewacht zu sein und mir mit glanzlosem Blick auf den Mund zu sehen, als zweifelte sie nachträglich daran, daß ich ihr vorhin, indem ich ihr meine Liebe gestand, die Wahrheit gesagt hatte. Erschrocken und mit angehaltenem Atem blieb ich, unfähig, mich zu rühren, mitten in der Kammer stehen, als jemand von außen gegen die Fensterscheibe klopfte. Irene seufzte leise und wendete langsam ihr Antlitz dorthin, wo es im Schatten sich vor den spitzigen Strahlen des Kerzenscheins verbergen konnte. Ich sah das verzerrte Männergesicht draußen, hinter dem beschlagenen Glas, und konnte wohl erkennen, wie der Mund unterm Schnurrbart sein Geschrei ausspie, aber ich verstand kein einziges Wort dieses unartikulierten Krächzens, das von den Wogen der übrigen Geräusche immer wieder überbrandet wurde.

Ruhig, mit gemessenen Schritten, welche die kurze Frist, die mir noch gegeben war, bevor das unvermeidliche Verhängnis hier Einlaß fand, zu strecken sich bemühten – solchen Gleichgewichtsschwankungen ausgesetzt, wie sie jemand hervorruft, der auf offener See über den gebrechlichen Boden eines kleinen Bootes hoch aufgerichtet balanciert –, so durchmaß ich den Raum zwischen Sofa und Tür. Als ich der Klinke schon so nahe war, daß ich nur die Hand auszustrecken brauchte, um sie aufzuziehen, bemerkte ich auf der abgetretenen Diele einen dünnen Wasserfaden, der gleich einer frisch gehäuteten Schlange glänzend und überaus beweglich durch den engen Spalt über der Schwelle hereinglitt. Während er sehr rasch anschwoll, jungte und teilte er sich alsbald in viele kleine Arme, die hierhin und dorthin züngelten, gefleckt vom Staub, den sie mitführten, und die, wenn sie genügend angeschwollen waren, sich miteinander vereinigten und blanke Lachen bildeten, als wäre jener Wunderspiegel, von dem Irene vorhin erzählt hatte, hier in zahllose Scherben zerschellt. Obwohl ich noch im Trockenen stand, stieg mir die beißende Kälte, welche diese Vorboten des eisigen Wassers der Schwarzen Weide sogleich verbreiteten, allmählich im Blut bis zum Herzen hoch. Geschüttelt von Frostigkeit, spürte ich den ersten Schauder der

Angst, den die große Flut in dieser Nacht überall verbreitete, damit die Menschen ihre Überlegenheit und ihren hochmütigen Glauben daran einbüßten, daß sie die unbändigen Kräfte der Natur jemals völlig niederhalten und zähmen konnten, damit sie wieder in die Furchtsamkeit jener Zeiten geduckt wurden, die noch keine Götter gekannt hatten.

Die Faustschläge, mit denen die verschlossene Haustür traktiert wurde, dröhnten dumpf durchs ganze Haus. Aus dem oberen Stockwerk kamen die leisen Geräusche, die davon herrührten, daß sich jemand ankleidete: ein Stühlerücken, ein leises Gerede und Gehüstel. Ich stieß die Tür auf, der Flur war mit Wasser vollgelaufen, das mir bis an die Knöchel reichte; es zwitscherte und kicherte in allen Spalten und Ritzen, durch die es an unzähligen Stellen in die feste Behausung eindrang wie durch die leck gewordenen Plankenwände eines Schiffs, das zum Sinken verdammt ist.

Ich drehte den Schlüssel um und stieß den Riegel zurück. Der schwere Türflügel wurde mir aus der Hand gedrückt, und zugleich mit dem brodelnden Wasserschwall, der mir die Beine unterm Leib beinahe wegriß, stürzte ein triefend nasser Mann wie ein Schiffbrüchiger, der endlich festes Land erreicht zu haben glaubte und sein Leben gerettet wähnte, auf mich ein. Der Leuchter wurde mir entrissen, das Licht erlosch zischend. Die Flut war mir im Nu bis an die Knie gestiegen, so heftig, daß ich ihr kaum standzuhalten vermochte.

»Das Wasser! Das Wasser!« keuchte der Mann, packte mich an den Schultern und rüttelte mich, als glaubte er, daß ich der wachsenden Flut durch ein einziges Wort Einhalt gebieten könnte. »Auf einmal war es da, das verfluchte, und wir merkten es daran, daß es schrie, unser Kind, in seinem niedrigen Bette... das Wasser... die Schwarze Weide, die teuflische... die Pferde, die Hunde, das Viehzeug... alles wird krepieren... wohin denn damit? Sind ja keine Berge da, auf die man sich retten könnte... das Wasser...«

Ich vermochte das unzusammenhängende Gestammel, welches vom verängstigten Geheul des Viehs, von Hühnergekreisch, Hundegejaul, vom Frauengeschrei, Kinderweinen und von dem lächerlichen dünnen Glockengebimmel aus der Ferne her begleitet wurde, kaum zu verstehen. Was für einen Ratschlag sollte ich diesem verzweifelten Manne, der die Heimtücke der Schwarzen Weide in lauter neuen Redewendungen verfluchte, eigentlich geben? Er ließ mich stehen und drang laut schreiend weiter ins Haus vor.

Auf dem glattpolierten Rücken der Flut schwammen die Spiegelungen der gleichmütigen Sternbilder, die hier und da zwischen zerreißenden Wolken zum Vorschein gekommen waren. Die vibrierenden Reflexe sanken zum Grund und perlten wieder hoch gleich den Lichtern untergegangener Städte, welche am Meeresboden verschlammen und zu bestimmten Zeiten für eine Nacht wieder auftauchen dürfen. Drüben, die Scheunen und Stallgebäude lagen plump wie zerschellte Wracks da, welche von Strandräubern mit Laternen nach den Resten ihrer Ladung abgesucht werden.

Ein Lichtschein, der hinterrücks über mich fiel, riß meinen Schatten vor die Tür hinaus. Ich drehte mich um, der Pächter watete heran, er streckte mit steifem Arm eine Lampe von sich ab. Sein starres Gesicht zeigte nicht die geringste Bewegung, und er schüttelte nur ein einziges Mal unbeherrscht und verärgert den Kopf, als wollte er das störende Geschwätz des aufgeregten Mannes, der ihn begleitete, von sich abwehren. Selbst in diesen Augenblicken, die für ihn das unwiderrufliche Ende vieler Hoffnungen bedeuten mußten, verlor Irenes Vater seine Fassung nicht. Mit bedauernder Geste, die Achseln zuckend wie jemand, der sich selbst für das Unvorhergesehene noch verantwortlich macht und angesichts eines solchen Unglücks sofort auf die Mittel sinnt, es einzudämmen, trat er auf mich zu. Ich spürte seine Erregung, welche er gewaltsam unterdrückte, erst daran, daß er sich so weit gehenließ, mir die Hand auf die Schulter zu legen. Sofort trug ich ihm meine Hilfe an, er straffte sich, stieß sich vom Türpfosten ab, an den er sich in einer Anwandlung von Schwäche gelehnt hatte, und dann stakte er mir voraus, gegen die Strudel und Strömungen ankämpfend, die abschüssige Hoffläche hinab, mitten zwischen den Strohinseln, Holzstangen, Trögen und Balken hindurch, die als Treibgut in den Lichtkreis der Lampe kreiselten, sich übereinander schoben und uns den Weg zu den Ställen versperren wollten. Eine klatschnasse und abgemagerte Katze, welche fauchend mit phosphoreszierenden Augen auf einer Holzwanne kauerte, sprang an Zglinickis Rücken hoch und krallte sich in seiner Joppe so fest, daß es mir nicht gelang, sie von dort wegzunehmen. Der alte Mann trug sie geduldig mit sich wie einen Alp, der ihm aufgesessen war. Später, als wir die

Gebäude erreicht hatten, schwang sie sich in einem einzigen Satz gegen die Balken des Fachwerks und war im Nu verschwunden.

Zeitweilig stieg uns das eisige Wasser, dessen Kälte ich bald nicht mehr spürte, bis über den Gürtel. Der außer sich gewesene Ackerkutscher, welcher mit uns gekommen war, fühlte sich in der Nähe seines Herrn sicher; sein Klagen und Fluchen hatte er eingestellt, er fragte uns hin und wieder kleinlaut, was nun zu tun wäre. Das furchtbare Angstgebrüll der eingesperrten Tiere, das immer lauter geworden war, schien die Baulichkeiten, deren sonorer Widerklang in den Heuböden und Häckselkammern mitdröhnte, beinahe zu sprengen. Die Knechte, die Wagenlaternen schwenkten und ziellos umhertaumelten, mühten sich ab, wertlose Sachen: einen Peitschenstiel, ein Pferdekummet, einen Futtersack zu retten. Sie kamen erst dann herbei, als Zglinicki sie anrief.

»Die Stalltüren auf!« schrie er mit seiner scharfen, befehlsgewohnten Herrenstimme, »die Ketten los, die Halfter ab! Du gehst zum Hundezwinger! Du nimmst mein Reitpferd, setzt dich drauf, als ging's zur Schwemme! Marsch! Los! Beeilt euch!«

Ich wollte den Pächter bereden, auf einen Wagen zu steigen, der über Nacht draußen geblieben war und mit seinem Bock aus den Wassern herausragte, aber er schlug mir die Bitten ab. Da die Überschwemmung in einer plötzlich einsetzenden Flutwelle jetzt anschwoll und uns binnen kurzem bis an die Brust stand, während sie unsere Beine wie mit unsichtbaren Netzen wegfischen wollte, mußte sich der alte Mann vorübergehend an mir festhalten. Leise, aus halbem Atem, begleitet von dem Tumult, der das aufgescheuchte Dorf erfüllte, und vom überflüssigen und unsinnigen Blasen des Feuerwehrhorns, welches das Glockenläuten abgelöst hatte, fragte mich Zglinicki, ob ich etwa seine Tochter gesehen hätte, deren Schlafkammer vorhin verlassen gewesen wäre.

Die Lüge blieb mir erspart, denn in diesem Augenblick wurden die Rinder, die sich sträubten, ins Freie zu treten, aus den Stalltüren getrieben, und die Pferde, angeführt von Zglinickis Schimmel, stürzten sich in die schäumenden Wasser. Ein Wirrwarr von dunklen Leibern, die hierhin und dorthin drängten, eine aufgelöste Phalanx von schnaufenden Walrossen, die gegen uns anstürmte und von den Knechten weder zusammengehalten noch gelenkt werden konnte, drängte aus den Ställen wie aus unterseeischen Grotten hervor, die das düstere Meergezücht, das sie bislang bewahrt hatten, jetzt in Freiheit setzten. Zglinicki versuchte vergeblich, das unbeschreibliche Getöse mit seinem Rufen zu übertönen und den machtlosen Männern zu befehlen, daß sie das Vieh und die Pferde aus dem Hofe hinaus nach den leicht erhöhten Teilen des Gartens und der Wiesen treiben sollten. Die durchdringende Stimme des Pächters wurde immer wieder zerfetzt; außer sich vor Zorn und Ohnmacht, schleuderte der alte Mann die Lampe weg. Er ballte die Fäuste, schüttelte sie gegen den Himmel, und dabei zischte er eine Litanei von gotteslästerlichen Verwünschungen, die ich nicht verstehen konnte, weil er sich der Sprache bediente, die Irenes Jadwiga und auch Smorczaks Mutter gesprochen hatten, zwischen den zusammengebissenen Zähnen hervor. Das Firmament, welches der Pächter verfluchte, war jetzt wieder finster, große Wolkenballen, die wie Herden trächtiger Rinder anzusehen waren, wälzten sich herauf, schwärzer als die Düsternis ihrer Weidegründe. In dem Augenblick, da sie den Zenit erreicht hatten, platzten ihnen die Bäuche, und ein Regenguß von großer Dichtigkeit ging auf uns nieder.

Drüben, aus dem Wohnhaus, dessen oberste Fensterreihe erleuchtet war, gellte das schrille Geschrei einer Weiberstimme. Greisinnenhaft und widrig kam der kreischende Wahnwitz auf flattrigen Schwingen zu uns herübergeschwirrt, zerschellte an den Mauern und vervielfachte sich, ehe er aussetzte und dann wieder von neuem anhob. »Stefan!« gellte es. »Stefan!« fuhr es zurück, lachend wie ein Höllenchor, der Smorczaks Muttter äffte.

Ich strengte meine Augen an, um zu erkennen, was dort vorging. Da war weiter nichts zu sehen als der formlose Schatten des alten Weibes vor der gekalkten Hausmauer und ein heller Schimmer, der Umriß Irenes, die sich an die Flüchtende hängte und sie zurückhalten wollte. Das Dunkle schleifte das Helle hinter sich her, es war stärker und erhielt von allen Seiten Beistand und Unterstützung: aus dem Wasser, aus der aufgeweichten und gärenden Erde darunter und selbst vom Himmel, der über seine Ufer getreten war und die Deiche durchbrach, welche ihm die Vorsehung gesetzt hatte.

»Irene!« schrie ich aus Leibeskräften, »Irene! Irene!«

Sofort überließ ich den Pächter, der nichts von alledem

wahrgenommen hatte und der, da er sich kaum noch auf den Beinen zu halten vermochte, an der Stallwand lehnte, sich selbst und kämpfte mich, halb schwimmend, halb watend, durch die Wirbel und Strömungen. Balken stießen mich gegen die Brust und den Leib, irgendwelche Hemmnisse wanden sich wie Schlingpflanzen um meine Glieder, und der jauchige Geschmack des aufgewühlten Grundes ätzte mir den Gaumen. Hin und wieder, wenn ich Luft schöpfen und Kraft sammeln mußte, richtete ich mich auf und schrie den Namen heraus, von dem ich nicht geglaubt hatte, daß er jemals derart verzweifelt über meine Lippen kommen würde. Schließlich drang eine schwache Antwort bis zu mir. Gleich darauf erstickte das Schreien der Alten für immer.

Die Kälte lähmte mir allmählich die Glieder so sehr, daß ich ihrer bald nicht mehr mächtig war. Der Regen wusch mir die Haare vom Scheitel, klebte sie mir an die Stirn und über die Augen. Der reißende Strom, welcher durch die Gasse bei den Scheunen sich in den Hof ergoß, die Torflügel aufgesprengt hatte und zwischen den Pfosten auf die Straße hinausgurgelte, zog mich ein Stück weit mit sich, bis ich wieder festen Fuß fassen konnte, indem ich mich schräg gegen ihn anstemmte.

»Irene!« schrie ich wieder und wieder, »Irene! Irene!«

Da war nichts mehr zu erkennen, kein weißer Schimmer, kein Glanz von blondem Haar und kein Aufblitzen grauer Augen, in denen sich das Blau des Sommerhimmels mit dem Grün des Laubwaldinneren vermischte. Die Trübnis durchsetzte mich wie einen Schwamm, der in schlierige Salzlake getaucht wird.

Ich drang bis an die Torpfosten vor. Die Straße glich einem Flußbett, das voller Stromschnellen ist. Ich sah, wie die Alleebäume gleich dünnstieligen Reisigbesen entwurzelt und weggerissen wurden. Meine Rufe wurden mir in den Mund zurückgestopft. Der gemauerte Pfosten, neben dem ich stand, neigte sich langsam vornüber und klatschte zerberstend in die dunkle Flut.

Schließlich kehrte ich zum Haus zurück. Ich wußte nicht, wie lange es gedauert haben mochte, bis ich die Tür endlich erreichte. In den Nußbäumen hing der Anflug der Morgendämmerung. Die öde geglättete Wasserfläche, sie spiegelte das triste Licht nicht wider, sondern schluckte es auf.

Das Wohnzimmer im Erdgeschoß war erleuchtet, ich vermutete Zglinicki drinnen; es war meine Pflicht, ihm alles zu sagen,

selbst dann, wenn ich ihm dadurch wie jenem Atlas, welcher dazu verdammt worden war, die Welt auf seinen Schultern zu tragen, mehr aufbürdete, als er zu schleppen imstande war. Ich leckte mir das Salz meiner Tränen von den Lippen und watete in den Flur.

Zglinicki stand vorm geöffneten Gewehrschrank und war damit beschäftigt, die Büchsen aus ihren Ständern zu nehmen und sie mit einem trockenen Lappen behutsam abzureiben. Er prüfte sie, ob sie irgendeinen Schaden erlitten hätten, ließ die Schlösser schnappen, begutachtete die Läufe und Kolbenschäfte und legte die Waffen, eine nach der anderen, aufs Schrankdach. Dort nahmen sie sich aus wie die Gewehre eines Pelotons, die sich vorläufig ziellos ins Leere richteten, weil der Befehl zum Feuern noch nicht erteilt worden war.

Die große Petroleumlampe brannte ruhig und verbreitete eine Klarheit, die meinen Augen weh tat. An den Wänden bezeugte der feuchte Rand, der um eine Handbreite über den Wasserspiegel herausragte, daß die Überschwemmung im Abnehmen begriffen war. Sie fiel beinahe zusehends und sog die treibenden Papiere, eine Zigarrenkiste und mehrere Kartons und Spanschachteln langsam aus dem Zimmer heraus.

Der hagere, alte Mann – dem die Kleider am Leibe klebten wie einer Vogelscheuche die Lumpenfetzen und die Sackleinwand, welche von einem Wolkenbruch an das hölzerne Gerippe geklatscht worden sind – war durch seine Hantierungen so sehr in Anspruch genommen, daß er meine Gegenwart überhaupt nicht wahrnahm. Zuletzt hob er einen kurzen Karabiner, dessen Lauf mit dünnen Ziselierungen bedeckt war und den er mir damals als das kostbarste Stück seiner Sammlung gepriesen hatte, aus dem Schrank. Er behandelte diese Waffe mit besonderer Sorgfalt, nahm das Schloß auseinander, setzte es wieder zusammen, untersuchte jedes einzelne Teilstück von der Mündung bis zum Kolben in rührender Pedanterie. Dann kramte er ein Kästchen voller Kugelpatronen aus einem der Schubfächer, lud die Waffe und beugte sich darüber, indem er den Kolben zwischen die zitternden Knie klemmte und in die Mündung biß. Es sah aus, als wollte er einen Vorschmack vom besänftigenden Gift des Todes kosten. Er hatte die Feigheit, mit der sich das Alter gegen das Sterben sträubt, bereits in dem Augenblick überwunden, da er den kalten Stahl mit seinen Lippen berührte.

»Zglinicki!« Ich brachte zunächst nichts weiter hervor, als ein unartikuliertes Gestammel. Aber dann löste sich der Bann, der meine Sprache geknebelt hatte, und die Worte, mit denen ich vom Tod seiner Tochter berichtete, überstürzten sich so, daß ich sie durch mein Gehör nicht mehr kontrollieren konnte. Wie ein Scheintoter, dessen Leben man dadurch weckt, daß man ihm einen heftigen Schmerz zufügt, erwachte Irenes Vater aus seiner Verzweiflung. Er wandte mir ein völlig leeres Gesicht zu, an dem das verständnislose Lächeln langsam niederträufelte. Die beschlagenen Augen erkannten mich zunächst nicht, er wischte mit der Hand darüber und hielt sich immer noch am Karabiner fest.

»Irene...«, sagte er ohne das mindeste Erstaunen, »so, so, Irene also auch, die Ungetreue!«

Plötzlich löste sich der Schuß, die Kugel fuhr in die Decke, und eine Wolke von Mörtel stäubte hernieder, zischte ringsum ins Wasser und legte sich wie Mehltau auf den Scheitel und die Schultern des Pächters. Er ließ den Karabiner fallen, richtete sich aus seiner gebückten Haltung auf, stakte zu mir her, packte mich an den Schultern und schüttelte mich, daß die Tropfen mir vom Gesicht sprühten.

»Los!« schrie er mich mit überschnappender Stimme an, »vielleicht ist es noch nicht zu spät! Vielleicht finden wir sie – an einem Baum – in einem fremden Haus – auf dem Dach – oder auf der Parkmauer. — Vielleicht hält sie sich nur versteckt, damit sie es endlich erfährt, wie sehr wir alle sie lieben! Vielleicht beobachtet sie uns schon längst! Sie wird sich erst dann zu erkennen geben, wenn sie zusieht, wie wir uns ihretwegen ängstigen – das Kind, das verträumte, das spielerische!«

Er faßte mich am Arm und zog mich mit sich. Ich verbiß mir die Worte, welche mir schon von den Lippen wegwollten. Man durfte ihm diese Hoffnung, an der er wieder auflebte, nicht zu früh nehmen. Er achtete nicht auf das klagende Geschrei, welches der Schuß im oberen Stockwerk ausgelöst hatte. Als wir durch den Flur gingen, sah ich hinten auf den Treppenstufen, oberhalb des Wassers, die ältliche Frau, die Irenes Mutter sein mußte. In ihrem altmodischen Überwurf, einen dreiarmigen Leuchter von sich abstreckend, dessen bläßlicher, vom grauen Morgenlicht halb ausgelöschter Schein sie überpuderte, sah sie aus wie ein riesiger Nachtschmetterling, dessen Flügel zerschlissen sind, so daß er sich nicht mehr in die Lüfte erheben kann und den Vögeln, die ihn aufpicken werden, schonungslos ausgeliefert ist. Sie trug ihren ganzen Schmuck am Leibe, Ringe, Armbänder, Ketten und Broschen; in den geschliffenen Steinen blitzte das bläuliche Feuer. Man konnte fast glauben, daß sie von vielen dünnen Stahlnadeln durchbohrt worden wär, die sie zeitlebens aufs weiche Pfühl ihres vorgeblichen Siechtums, mit dem sie ihre Leute sich unterwarf, geheftet hatten. Vorsichtig streckte sie ihren Fuß aus und berührte mit den Zehenspitzen das kalte Wasser, vor dem sie zurückschreckte, und dabei flehte sie ihren Mann an, er möge sie nicht allein lassen. Sie beschwor ihn in allen Tonarten, welche dieser selbstsüchtigen Stimme zu Gebote standen, aber ihre Tyrannei war vorüber, und sie konnte von nun an nicht mehr damit rechnen, daß Zglinicki sich unter das Joch ihrer Wehleidigkeit beugen würde. –

Das Wasser auf dem Hof war spiegelglatt. Ein leichter Nebeldunst stieg rauchig auf und tränkte sich mit dem schmutzigen Blut des Morgenrots, welches über der Gegend von Nilbau gloste und neuen Regen ankündigte. Aus der blanken Ödnis des abziehenden Hochwassers ragten da und dort die gebuckelten Leiber der ertrunkenen Rinder; das nasse, gekräuselte Fell war mit widerwärtigem Rosa überhaucht, welches der Osten auf die Kadaver malte.

Zglinicki, der sich immerzu selbst beschwichtigte, indem er alle Möglichkeiten einer Rettung Irenes laut erwog, aufzählte, verwarf und neue erfand, die ebenso unsinnig wie lächerlich waren, trieb mich ungeduldig an. Ich vermochte ihm kaum noch zu folgen, aber es dauerte nicht lange, bis ich meine Erschöpfung überwand und mich an den kindischen Hoffnungen des alten Mannes entzündete.

Wir trieben einen zitternden Wellenkeil mühselig vor uns her. Wir feuerten uns gegenseitig an, wenn wir angesichts der Verheerungen, welche die Wütigkeit der Schwarzen Weide angerichtet hatte, schwach werden wollten. Wir halfen uns über die Verhaue und Barrikaden aus entwurzelten Bäumen, Balken und Dachsparren, mit denen die Straße versperrt war, und wir spürten am eigenen Leibe, wie das Wasser fiel und ins Bachbett zurückrann. Während des ganzen Vormittags suchten wir das Dorf ab, ohne eine Spur von Irene oder der Alten zu finden. Haubold gesellte sich zu uns und gebärdete sich wie ein

Wahnsinniger, als er hörte, warum wir unterwegs waren. Ich schickte ihn weg, er stahl sich davon wie ein verprügelter Hund, mit hängendem Kopf.

Die Leute kletterten auf den Trümmerstätten ihrer Ställe und Häuser herum, verbissen und stumm wie Totengräber. Woitschach hatte anscheinend nur die Ostseite seiner Scheune eingebüßt, die zusammengefallen war, als hätte eine riesige Faust ihre Wut daran ausgelassen. Der Gutshof glich mit seiner steinernen Ummauerung einer großen Bastion, die sich erfolgreich verteidigt und fast keinen Schaden erlitten hatte. Hinter dem versperrten Tor kommandierte eine harte, schallende Frauenstimme, die mir zunächst unbekannt vorkam, bis ich merkte, daß sie Cora gehörte.

Wir gingen an keinem Tümpel, keinem Gehölz, keiner vollgelaufenen Niederung vorüber, ohne alles gründlich zu untersuchen. Mit Bohnenstangen, welche wir aus dem Treibgut uns angeeignet hatten, tasteten wir den Grund ab, und jedesmal, wenn wir dort unten im trüben, lehmigen Wasser auf irgend etwas stießen, das sich weich und nachgiebig anfühlte, entfachte sich die Zuversicht wieder von neuem. Aber sie verlöschte alsbald und ließ uns nichts weiter zurück, als lauter schmerzende Verwundungen und schorfige Male, welche uns schließlich gegen das Äußere fast völlig unempfindlich machten. Zuletzt nahmen wir am allgemeinen Unglück keinen Anteil mehr und betrachteten die grauenhaften Verwüstungen, die wir überall zu Gesicht bekamen, wie etwas Selbstverständliches.

Die Umgebung des Kirchhofs war am stärksten verheert. Vor der ausgebuchteten Mauer mußte sich das Wasser wie in einer Stromenge gestaut haben, indem es seine Kräfte vervielfältigte. Als es dann in Bewegung geraten war, hatte es das Gefüge aus schweren Feldsteinen unterspült, zum Einsturz gebracht und weggewaschen. Danach konnte es zwischen die Grabreihen vorfluten, die Erdhügel abtragen und die Monumente umwerfen.

Von einer unsinnigen Hoffnung gezerrt und gestoßen, drang ich in den Totenacker ein. Jener Teil, in dem Starkloff beerdigt lag, war, hinter der abrutschenden Mauer her, nach außen gesunken. Die geweihte Erde zeigte klaffende Risse, sie gab das Zugescharrte dem Tageslicht preis, welches farblos, als würde es durch Trauerkrepp gefiltert, zu den Sargbrettern, den

Knochen und bräunlichen Spitzenbesätzen der Totenhemden hinableuchtete. Die Stelle, an der Gotthold Stanislaus neben Alma sich ausgestreckt hatte, war so aufgewühlt, daß es schien, als hätte hier irgendein schrecklicher Kampf zwischen den beiden Toten stattgefunden, bei dem der brutale Bauer endlich, kraft seines Einverständnisses mit den dunklen Mächten, welche dem Wasser der Schwarzen Weide innewohnten, die Oberhand gewinnen mußte. Mochte Alma sich auch noch so sehr sträuben und an der Erde festklammern, mit der sie schon völlig eins geworden war – sie wurde losgerissen und entführt: ins Ungewisse, in die Zerstreuung, am Grunde der Flut, die das morsche Frauengerippe gänzlich zerstörte, indem sie es fortwälzte und seine Teile unter Schlamm, Steinen und Kies da und dort versteckte. Die Rippen, die Wirbel, die Knöchel und der Schädel wurden voneinander getrennt und, eingebettet unter der weggeschwemmten Ackerkrume, hinausgestoßen in die ungesegnete Landschaft: zugehörig den namenlosen und vom Christentum noch nicht gebannten heidnischen Leichnamen, welche allerorten tief unter den Wurzeln der Wälder, zwischen den Grundwasseradern, den sickernden Quellfäden und den blutroten Rostpolstern des Rasenerzes lagen, geduldig zerbröckelnd und still, weil sie nie eine Kunde von der Auferstehung gehört hatten. –

Ich versank allmählich bis an die Knöchel im aufgeweichten Mergel. Es hatte zu regnen begonnen, sprühend stäubte die feinverteilte Nässe hernieder. Der Himmel löste sich rieselnd auf, und die grauen Schleier waren an manchen Stellen so dünn, daß dahinter die kalte Bläue des Firmaments aufleuchtete und wie spiegelndes Email die Erde übergoß. Ein unbestimmter Kern von Erhitzung nahm in meiner Brust stetig zu, jetzt erreichte das fiebrige Gären den Kopf und zerstörte alle Gedanken außer denjenigen, die dem Haß gegen Starkloff galten.

Das schwache Rufen, welches mehrmals schon nach mir verlangt haben mußte, erinnerte mich daran, daß Zglinicki unterhalb der eingestürzten Friedhofsmauer auf mich wartete. Ich zog meine Füße aus dem schmatzenden Lehm und stieg zu ihm hinab. Er kauerte verfroren und mit schlotternden Knien, die er vergebens festzuhalten versuchte, auf einem der großen Findlingsblöcke, die aus dem Gemäuer gerollt waren.

»Nichts!« sagte ich achselzuckend zu ihm, als er mich fragend anblickte, »auch dort nicht!«

Der alte Mann streckte mir stumm seine Hand her, damit ich ihm hochhalf. Dann machten wir uns müde und hoffnungslos auf den Heimweg, mitten durch jenen Wechsel von rieselndem Nebel und glänzendem Licht, das wie aus Spiegelfacetten, welche oberhalb der Wolken hin und her gedreht wurden, zu Boden schoß und im dichten Dunst, kaum daß es aufgeleuchtet war, gleich wieder verdampfte.

Wir schritten neben dem Ufer der Schwarzen Weide, die gelb und erdig war und sehr hoch ging, bachaufwärts. Manchmal wurde die spiegelnde Bahn von einem der beweglichen Reflexe getroffen und abgeleuchtet. Er machte das Wasser durchsichtig wie rauchfarbenes Glas, in das seltsame Muster, Fäden, Äste und Blattwerk eingeschmolzen waren.

Durch die Schlammbänke und das angespülte Gestrüpp stampften wir mühsam dahin, in wortloser Übereinkunft, diese letzte Möglichkeit, Irene vielleicht zu entdecken, nicht ungenützt zu lassen. Der Wasserlauf, der unsere Füße benetzte und unser Gehör mit seinem eintönigen Rauschen abstumpfte, schien uns höhnisch herauszufordern; er wälzte sich weiter und weiter, angeschwollen wie eine gesättigte Abgottschlange, die niemals eingefangen und gezähmt werden wird.

Als wir in der Nähe von Woitschachs Grundstück waren, bemerkte ich unter dem eilfertigen Geleucht eines ausnehmend starken Lichtscheins mitten im Bachbett den dunklen Umriß eines menschlichen Körpers. Es hatte nur eine Sekunde gedauert und war wie ein Wunschbild gewesen, gleich danach zog sich die graue Trübung darüber und löschte den Anblick wieder aus. Aber ich stieg trotzdem ins Wasser, beugte mich hinunter und bekam einen schlaffen Arm zu packen, an dem ich den Ertrunkenen, der sich im Schwemmholz verfangen hatte und immer wieder zurückgleiten wollte, auf den Rasen zog.

Es waren gleich Leute da, die mir halfen, Ortsfremde, die aus den benachbarten Dörfern herbeigeeilt waren und die zu zweit und zu dritt mit wichtigen Mienen und in dem feierlichen Schritt, welchen sie sonst bei jedem Grabgeleite einschlugen, durch Kaltwasser stolzierten, um die Schäden zu begutachten. Sie gingen mir zu Hand, erteilten mir überflüssige Ratschläge, weideten sich mit offensichtlicher Genugtuung an diesem erwünschten Vorfall. Er setzte sie in den Stand, auf dem Heimweg Geschichten zu erfinden, die sie zu Hause wie ein kostbares Mitbringsel abliefern konnten.

Wir betteten den Leichnam, der sehr schwer und fleischig war, auf einen Steinhaufen, welchen man neben der Chaussee aufgeschüttet hatte. Zwischen den knolligen Feldsteinen kamen die dunkelgrünen Triebe von Brennesseln knitterig hervor, aber sie vermochten es nicht mehr, irgendein Zucken von Leben in der toten Haut zu wecken, die sie verbrühten. Das vierschrötige Gesicht war mit Lehm verschmiert, ich ließ mich auf die Knie nieder, schöpfte in hohlen Händen Wasser aus einer Pfütze und wusch den erdigen Überzug von der Stirn, den Augen, dem Mund und dem Kinn, so lange, bis die erlösten Züge sich mir endlich zu erkennen gaben.

Die Männer stellten Vermutungen an, wer der Ertrunkene wohl sein könnte. Sie knöpften die Jacke auf und suchten in allen Taschen herum, aber da war nichts zu finden, kein einziger Fetzen Papier, auf dem der Name verzeichnet gewesen wäre, kein Geldstück, keine Banknote, kein Notizbuch, kein Monogramm am Hemd oder in den Kleidern – nicht das mindeste Erkennungszeichen. Sie fragten mich, ich wußte es wohl, aber ich gab keine Auskunft; es war gut so, er würde von dem Boden, auf dem er sich hatte ansässig machen wollen, so viel erhalten, als ihm zustand: ein winziges Geviert, nicht nur groß genug, daß er darin endlich zur Ruhe kam, sondern auch gewaltiger und mächtiger als das ganze Erdrund, auf dem er so lange ziellos umhergeirrt war.

Von jetzt ab konnte er keinen Schaden mehr anrichten. Der verlorene Sohn, nach dem er sich gesehnt hatte, würde auf immerdar unerkannt bleiben und sein Leben niemals mit der Kränke aller Irrtümer anstecken, welche dieser unglückliche Vagabund, dieser herrenlose Söldner, Säufer und Missetäter zeitlebens als Krätze und Ungeziefer an Leib und Seele mit sich herumgetragen hatte.

Ich versuchte vergebens, ihm die Lider über die Augen zu streifen. Um den starren Blick endlich loszuwerden, mit dem er jede meiner Bewegungen verfolgte, rupfte ich Grasbüschel aus und legte sie ihm übers Antlitz. Ein leichter Luftzug ließ die vergilbten Halme zittern. Es war so, als stellte sich der ehemalige Sergeant tot und versuchte, uns alle zu täuschen, und als könnte er seinen Atem auf die Dauer nicht zurückhalten. Ich suchte nach anderen Lebenszeichen und überlegte, ob es nicht Christenpflicht wäre, das Ohr an die kalte Brust zu drücken und nach dem Herzschlag zu lauschen.

Die platte Spitze eines schmutzigen Kinderschuhs stieß in mein Gesichtsfeld vor und fuhr gegen das tote Fleisch, welches leise zitterte. Ich blickte auf und gewahrte, daß ich mich in einem weiten Kreise von lauter neugierigen Zuschauern befand, aus dem ein Knabe, in dem ich nicht sogleich Sofies Ältesten wiedererkannte, sich vorgewagt hatte. Er stupste voller Abscheu, aber auch mit einem unverhehltem Ausdruck von trotziger Überlegenheit seinen Fuß gegen die Flanken des Leichnams. Er mißbilligte es, daß dieser Kadaver noch immer so offen und unbedeckt dalag. Das Gesicht des Kindes war ernst und von großer Strenge. Niemand verwies dem Jungen die ungebührliche Vorwitzigkeit. Ich richtete mich mühsam auf und wollte ihn anfahren und wegschicken, aber ich war kraftloser als dieses Kind, das den Getöteten so lange mit schlenkernden Fußtritten traktierte, bis der schlaffe Körper ins Schaukeln geriet, beiseite rollte und die leichte Verhüllung aus Grashalmen vom Gesicht gleiten ließ.

In diesem Augenblick zerstob das Gewölk unter einem stärkeren Keil von Sonnenlicht. Smeddys Kopf, der plötzlich eine seltsame Lebendigkeit erhielt, nickte dem Kinde zu, das erschrocken zurückwich und sich zur Flucht wandte. Niemand als ich allein nahm die unverkennbare Ähnlichkeit wahr, welche in den beiden Gesichtern von der Sonne aufgedeckt wurde und gleich wieder verlöschte. Er hatte seinen Sohn zu spät erkannt und konnte ihn nicht mehr an sich reißen.

Sofie drängte sich durch die Menge, mit einem einzigen Blick übersah sie alles. Das Blut sank aus ihrem Gesicht zum Herzen und schoß gleich danach mit einem derart heftigen Schwall unter die Haut zurück, daß sie über und über errötete. Der Knabe barg seinen Kopf an ihrer Brust und umschlang sie zitternd mit seinen dünnen Armen.

Sie zögerte nur kurze Zeit, dann kam sie zu mir, nahm mich an der Hand und führte mich weg. Erst jetzt, wo ich ihre warme Leiblichkeit neben mir spürte, merkte ich, daß ich nicht mehr zehn Schritte aus eigener Kraft hätte tun können. Der Knabe rannte voraus und war im Hause verschwunden, ehe wir es erreichten.

»Er ist es«, sagte ich mit schwerer Zunge, »jetzt brauchst du dich nicht mehr vor ihm zu fürchten. Er wird den Sohn nicht zurückfordern. Wird ihn nicht mehr mit seinen Faxen und Zauberkunststücken an sich locken. Nein, nein, da kannst du ganz beruhigt sein!«

Sie antwortete nicht, streichelte nur beschwichtigend meine Hand und glich ihren Schritt dem meinigen an. Die kurze Entfernung von der Straße bis zu den Gebäuden schien sich unter unseren Füßen zu strecken. Lauter gelbe und rote Sonnen tanzten gleich Bällen, die von geschickten Händen hochgeworfen und sofort wieder eingefangen wurden, vor meinen Augen. Ich strauchelte immerzu, der Erdboden schien unter meinen Füßen zurückzuweichen. Sofie stützte mich wie einen Betrunkenen, dessen Gleichgewichtssinn gestört ist, sie bewahrte mich davor, daß ich hinstürzte und mir Schaden tat. Ich spürte ihre liebreiche Sicherheit wie einen lindernden Balsam, der mir zeitweilig ein Vorgefühl des zukünftigen Friedens gab, welcher für uns alle bald anheben mußte. Dann aber empörte sich die Zweifelsucht von neuem, der inwendige Bodensatz aller vergessenen Betrübungen quoll hoch, und die Finsternis, mit der meine Augen noch durchsetzt waren, machte mir den Tag schwärzer als Mitternacht. Ich blieb stehen und weigerte mich, einen einzigen Schritt weiter zu tun. Starkloffs Tochter wandte keine Gewalt an, sondern wartete geduldig, bis ich mit den wirren Reden, die ich führte, am Ende war; nur ein einziges Mal legte sie mir die Hand über den Mund, als ich sie fragte, ob sie es etwa leugnen wollte, daß jener Knabe der Sohn des Sergeanten wäre und daß sie selbst Beihilfe zu Starkloffs Ermordung geleistet hätte.

Ihr Gesicht wurde riesengroß, eine breite, von vielfältigen Formen erfüllte Rundung, verschleiert durch die Nachwehen vergangener Schmerzen und Kümmernisse, stolz und reuelos, weil sie längst alles abgebüßt hatte und nun selbst von der Erinnerung nicht mehr betroffen werden konnte.

»Schweig doch!« bat sie mich inständig, »laß das Tote begraben sein, wühl es nicht mehr auf!«

»Diesmal hat es uns noch verschont«, beharrte ich darauf, mit den Fügungen unserer Schicksale zu hadern, »aber wenn es wiederkommt, dann sind wir an der Reihe. Jede Schwäche, jeder Verrat, jede Hurerei – alles wird uns heimgezahlt werden. Doppelt und dreifach, sag' ich dir, doppelt und dreifach. Und die Kinder, sie werden uns auf den Schindanger schleifen, weil wir ihnen eine böse Zukunft bereitet haben, eine bitterböse Zukunft. Mit Füßen werden sie uns stoßen, mit Füßen, mitten ins Herz, ins morsche, und ganz und gar verdorbene Herz! – Ach, Irene! Irene!«

Ich hatte mich von ihr losgerissen, stand breitbeinig und unsicheren Fußes auf dem schmierigen Boden, fuchtelte mit den Armen herum und schlug die geballten Fäuste gegen meine Brust. Sofie wagte nicht, sich meiner zu bemächtigen, sie beobachtete mich aufmerksam und wartete darauf, daß ich mir endlich eine Blöße geben würde.

»Irene! Irene!« Ich wiederholte den Namen unzähligemal. Plötzlich bauchte sich die Erde hoch, als käme diejenige, nach der ich rief, wie ein Maulwurf unter meinen Füßen zum Vorschein. Ich kippte schluchzend vornüber in die Arme Sofies, die mich auffing und ins Haus trug.

Woitschach öffnete uns die Tür, er setzte eine geringschätzige und beleidigte Miene auf, hinter der seine Gutherzigkeit verschwand. Da er anscheinend glaubte, daß ich getrunken hätte, rührte er sich nicht, um mir beizustehen. Er gab sich Mühe, die Peinlichkeit dieser Begegnung dadurch zu überwinden, daß er in weitschweifigen Erwägungen von den Ursachen der Überschwemmung zu reden anfing, die, seiner Ansicht nach, darin zu suchen waren, daß die Heidelache, welche an ihrer Mündung sich gestaut haben mußte, bei den Fischteichen aus den Ufern getreten war. Dort nämlich, indem sie die niedrigen Dämme überflutete, die Wehre sprengte und die Teiche nacheinander zum Überlaufen brachte, hatte sie sich aller Voraussicht nach einen Weg zum Mühlweiher gebahnt und die Schwarze Weide mit ihren Strömen gespeist. Anders war die unbändige Heftigkeit des Hochwassers nicht zu erklären. Der endlose Regen, das allzu schnelle Tauwetter, damit mußte es wohl auch zu tun haben. – Der blutige Schnee, von dem die Leute faselten und sich Wundergeschichten und Ammenmärchen erzählten und dem sie die ganze Schuld zuschoben? Er fragte mich, ob ich dergleichen für möglich hielte. Da er keine Antwort bekam, gab er sich selbst die Auskunft, welche seine eigene Meinung bekräftigte. Blut, das vergossen worden ist und den Schnee gefärbt hätte? Wieso denn Blut, was für ein Blut, etwa gar Menschenblut? Nichts als Staub, Wüstenstaub aus der Sahara vielleicht, oder solcher aus irgendeinem Vulkan, der ihn hochgeblasen hätte, kann sein, vor zehn Jahren oder auch vor zwanzig, oder sogar vor einem ganzen Menschenalter, und der nun über diesen Gegenden niedergegangen wäre. Ebensogut hätte er auch ins Meer fallen können. Dergleichen habe man schon oft gelesen: Wüstenstaub, Vulkanasche – und beileibe kein Blut!

Ich saß auf dem Melkschemel, der mit mir wie ein Schaukelbrett hoch und nieder schwebte. Widerstandslos ließ ich die Redseligkeit des Bauern über mich ergehen, geschüttelt von Kälte und Hitze, von lauter starken Schauern, die mich gleich elektrischen Schlägen durchjagten, daß die Zähne mir aufeinander klapperten. Vergeblich hielt ich in den Nebeln, die wie große Spinnweben den Vorraum des Hauses verhängten, Ausschau nach Sofie. Sie war weggegangen und nicht mehr zurückgekommen. Jetzt erst vermißte ich auch den alten Zglinicki. Ich erinnerte mich undeutlich seiner wie einer Figur, die man des Nachts geträumt hat und vor der man sich fürchtet, weil sie nichts Gutes mitbringen wird, wenn sie in Wirklichkeit eintritt.

»Irene! Irene!« stöhnte ich leise.

»Sie meinen das junge Fräulein von Zglinicki?« erkundigte sich Woitschach sachlich und kühl, »die ist vorhin gefunden worden. In den Sträuchern an der Parkmauer. Hatte ein altes Weib am Halse hängen wie einen Stein, den sich die Lebensmüden mitnehmen, wenn sie ins Wasser gehen...«

Das waren die letzten Worte, die ich verstand. Dann sah ich noch Sofies gutes, besorgtes Gesicht über mir. Ich schwebte schwerelos und ohne den mindesten Schmerz durch die Zimmer, über die Flure und Stiegen, matt und mit gelösten Gliedern, als hätte mich ein starker Strom erfaßt, auf dem die bleiche Irene vor mir hertrieb, nahe und deutlich sichtbar, schön und gefährlich wie eine Unirdische, die, wenn man sie schon eingeholt zu haben meint und umarmen will, als ein klarer Springquell von lauteren Tränen aufstiebt und vergeht, unwiederbringlich und nicht festzuhalten wie alles, was aus dem Wasser geboren wird und zu ihm zurückkehrt.

Die Versöhnung

Wie reimt sich Lieb' und Tod zusammen?
Es schickt und reimt sich gar zu schön,
Denn beide sind von gleicher Stärke
Und spielen ihre Wunderwerke
Mit allen, die auf Erden gehn...

Joh. Chr. Günther

Drei Wochen danach, am späten Nachmittag eines Apriltages – der von den heftigen Gegensätzen zwischen weichen Schatten und scharfem Licht, das die Wolken wie silbrige Schwerter zerhieb – zwischen der lauen Wärme, die durch die Sträucher und Büsche dampfte, und der jähen Kälte, welche mit den aus Hagelschloßen und dicken Regenperlen gemischten Schauern immer wieder herbeiflog – unablässig beunruhigt wurde, wartete ich draußen bei den Fischteichen auf Cora. Diesmal hatte sie mich dorthin bestellt, wo ehedem die Schilfhütte stand. Gestern war es der Wasserwald, vorgestern waren es die Wiesen an der Heidelache gewesen, dann wieder ein Kreuzweg in den Kiefernforsten gegen Weidicht zu oder ein mit Buschwerk bestandener Hügel auf halbem Wege nach Leschwitz, wo wir uns trafen. Es kamen täglich Briefe, der Postbote schwenkte sie durch die Luft, wenn er ins Hoftor radelte; ich zerriß den Umschlag und fand nicht mehr als zwei, drei flüchtige Zeilen, welche mir den Ort angaben, wo ich Cora erwarten sollte. Ich machte mich widerwillig auf den Weg, vermied es, Zglinicki zu begegnen, mit dem mich ein gutes Verhältnis von Vertrauen und Offenheit verband, der meine Vergangenheit bis in die kleinsten Einzelheiten kannte und dessen umsichtigen Ratschlägen ich manches verdankte. Alles jedoch, was sich auf seine Tochter und auf Cora bezog, enthielt ich ihm vor. Er achtete mein Schweigen, aber er ließ es sich mitunter anmerken, daß er mit manchem, was ich tat, nicht einverstanden war und daß er mir von ganzem Herzen eine jener endgültigen Entscheidungen wünschte, die, wie sie auch ausfallen mochte, alle verworrenen Reste des Verjährten aus der Welt schaffen sollte. – Ich stahl mich jedesmal, wenn es an der Zeit war, heimlich vom Hofe weg, erkundete die Richtung, in der Zglinicki auf den Feldern die Frühjahrsbestellung beaufsichtigte, und machte weite Umwege, weil ich mein jeweiliges Ziel geheimhalten wollte. Dann saß ich irgendwo: auf einem der harzig riechenden Holzstapel, welche an den Schnittflächen, die noch frisch und feucht waren, sich langsam rötlich zu verfärben begannen, als oxydierte das weiße Blut der Stämme bei der Berührung mit scharfem Licht und kühler Luft. Oder ich hockte über einem großen, rundgewaschenen Feldstein, der noch die ganze Kälte der dunklen Jahreszeit bewahrte, und dessen von Sprüngen und Narben durchsetzte splitterige Oberfläche unter dem matten Überzug der Verwitterung ein dünnes Schimmern von Glimmer und eingesprengten Kristalladern heraufschickte. Die Holztauben gurrten im Forst, der Eichelhäher beruhigte sich langsam wieder, nachdem er durch mißtönendes Geschrei den schreckhaften Waldvögeln mein Kommen angemeldet hatte. Den stillen Wasserlauf der Heidelache auf und nieder schnellte sich der Eisvogel, blitzend und vor blauem Licht sprühend wie ein gefiedertes Diadem. Die Mücken tanzten mit leisem Sirren, und die große Beruhigung, welche überall zirpte, flog und schwirrte und auch die trägste Kreatur zum Schweifen brachte, zum unaufhörlichen und unzählige Male wiederholten Spiel, das allen, selbst den plumpen und häßlichen Lebewesen einen Abglanz von Schönheit gab, wenn es sein Ende erreichte und gleich wieder darüber hinaustastete, indem es von neuem anhob – dieses fast unhörbare Vibrieren, Fliehen, Locken und Gewähren bemächtigte sich allmählich auch meines Herzens, bis es mit schnelleren Schlägen die Mattigkeit überwand und den Bodensatz der Krankheit auspulste.

Es war jedesmal so, als nähme das Inwendige die Annäherung Coras schon dann wahr, wenn sie noch gar nicht sichtbar sein konnte. Der Herzschlag antwortete den Hufschlägen des Pferdes, das herbeigaloppierte, er wurde von ihnen übertönt, obgleich er an Ungebärdigkeit noch gewann. Der Rappe, mit spiegelndem Fell, zerblasener Mähne und Schaumflocken, die von der Kandare stoben, schoß auf mich los, aber die Reiterin parierte ihn knapp vor meinen Füßen, so daß er aus den weiten Nüstern mir seinen warmen Atem ins Gesicht blies und mich freundschaftlich anschnaubte, während die großen Augen meinen Blick zu suchen schienen und nicht eher von mir abließen, als bis ich die Blesse auf der Stirn gestreichelt hatte. Ich war mit dem Rappen vertrauter als mit seiner Herrin, die niemals aus dem Sattel zu mir herabstieg. Unsere flüchtigen Gespräche, welche einen sachlichen Ton hatten, bezogen sich darauf, ob Coras Mutter nun endlich einen der vielen Briefe beantwortet hätte, welche die Obersten-Tochter ihr schrieb, oder ob der Steinmetz, der Starkloffs Grabmonumente an der Stelle aufrichten sollte, wo inzwischen über der vom Wasser der Schwarzen Weide leergewaschenen Erde ein neues Grabmal geschaufelt worden war, etwa bereits sein Kommen angesagt hatte. Diesem Handwerker nämlich war auch die Aufgabe zugedacht, das Standbild der Christiane, welches inzwischen ausgegraben und neben den leeren Sockel gebettet worden war, zusammenzufügen und wiederaufzurichten. Für den Fall, daß das steinerne Haupt von ihrer Mutter etwa nicht zu erlangen sein würde, war Cora entschlossen, die Figur unvollendet, gleich dem Denkmal einer Enthaupteten, auf ihren alten Platz zu stellen. – Wir wechselten wenige Worte, ich mußte meinen Kopf in den Nacken legen, um zu der Reiterin hochzublicken, die über mich hinweg in die Ferne sah, während wir miteinander redeten. Ich bewunderte einen neuen Zug von Strenge in ihrem Gesicht, das vor den veränderlichen Färbungen und Lichtern des Himmels klar und so fest umrissen stand wie eins von jenen erhabenen Profilen, welche die geschickten Hände der Steinschneider vorzeiten aus wolkigem Chalzedon gegraben haben. Es war unerreichbar für mich, dieses Antlitz, aber mich verlangte es nicht danach, Coras Mund, ihre Augen und ihr Haar in der Nähe zu haben, sie deutlicher zu sehen oder sie gar zu berühren. Noch immer hing ich an dem blassen Nachbild Irenes, das sich, je mehr ich gesundete, desto weiter von mir entfernte. Es wurde dünner und durchsichtiger wie das Gerippe eines Blattes, welches vom Wasser ausgelaugt und zersetzt worden ist, bis auch die feinsten Verästelungen zu verfallen beginnen und der filigranene Umriß sich auflöst. Die Obersten-Tochter befand sich nicht im Zweifel darüber, wohin meine vergeblichen Sehnsüchte tasteten; sie konnte ja den Trauerflor sehen, den ich am Arm trug und auf dem, als wir uns das erstemal draußen getroffen hatten, ihr gleichmütiger Blick lange verweilte. Noch nie war ein Wort zwischen uns hin und her gegangen, welches sich auf das ertrunkene Mädchen bezogen hätte. – Cora mußte vieles, was damit zusammenhing, aus meinem eigenen Munde erfahren haben, damals, während der dunklen und fiebrigen Zeit, wo sie sich mit Sofie in meiner Pflege ablöste und ein Recht darauf erwarb, wenigstens einen Teil meines Vertrauens fordern zu können. Woitschachs Frau nämlich gestand mir, daß sie selbst sich manchmal, an meinem Bett sitzend – in dem ich mich hin und her warf wie von unsichtbaren Stricken gefesselt, deren Knebelung ich los und ledig werden wollte –, die Ohren habe zuhalten müssen, um nicht von der Verzweiflung, mit der ich den Namen der Pächterstochter wieder und wieder nannte, angesteckt zu werden.

So stand ich also jeden Tag einige Minuten neben dem nervösen Rappen, und es gab keinen Teil der weiten Landschaft rings um Kaltwasser, welcher von diesen flüchtigen Begegnungen nicht berührt worden war. Das Pferd scharrte ungeduldig mit dem Huf, warf den Kopf hoch, daß das Zaumzeug klirrte, und peitschte sich mit dem ungestutzten Schweif die Hinterhand und die Flanken. Das einsilbige Gespräch ging schnell zu Ende, wir wußten bald nicht mehr, was wir uns noch sagen sollten. Cora machte der aufkommenden Befangenheit jedesmal dadurch ein rasches Ende, daß sie den Zügel lockerte, die Reitgerte gegen das Fell tippte und dem fortstürmenden Gaul freien Lauf ließ, bis sie ihn nach kurzer Karriere in einem zierlichen Galopp auffing. – Mitunter hatte sie mir die Veränderungen angedeutet, welche auf dem Gut vorgegangen waren. Krasnow war weg; aus freien Stücken und unaufgefordert hatte sich der Russe anderwärts eine Unterkunft gesucht, in der sein Leichtsinn nicht eingeschränkt zu werden brauchte. Die Bewirtschaftung des großen Besitztums lag in Coras Händen; die Schäden, welche erst jetzt aufgedeckt wurden und sich als sehr beträchtlich herausstellten, konnten nur durch Umsicht und langfristige Planungen ausgemerzt werden. Der Oberst begann an allem wieder tätigen Anteil zu nehmen, er schüttelte seine Lethargie ab, unterstützte die Tochter mit Ratschlägen und praktischen Hinweisungen. Dort, wo sich seine Methoden als altmodisch und überholt erwiesen, ließ er sich belehren, er war wißbegierig und eifrig, als wollte er die Jahre, die er verloren hatte, so lange nicht anrechnen, bis sich seine Unfähigkeit, den Verlust auszugleichen, erwies. Cora zog sich von ihren früheren Freunden zurück und fuhr kaum mehr nach

Nilbau oder auf die benachbarten Güter. Alles, was in der Stadt erledigt werden mußte, überließ sie ihrem Vater, der seine weltfremden Verschrobenheiten allmählich im Umgang mit nüchternen Kaufleuten, Beamten, Händlern und Geldgebern einbüßte.

Sie berichtete mir davon in lauter Nebenbemerkungen und fast schüchtern, es schien, daß sie durch meine Zustimmung ermutigt werden wollte, doch ich war niemals näher darauf eingegangen. Überhaupt blieben die wichtigeren Dinge in diesen Zwiesprachen unberührt, wir scheuten uns davor, einander zu große Vertraulichkeiten zu bezeigen. Niemals wurde von der Zukunft geredet, und wir verhehlten uns nicht, daß diese kühle und gemäßigte Freundschaft nicht von langer Dauer sein konnte. Die Obersten-Tochter trug Christianes Ring noch immer, es war das einzige Schmuckstück, welches ich an ihr bemerkte; das alte Gold, das um einen Schein heller geworden war, glänzte in diesen Tagen an ihrer Hand stärker als je zuvor. Es blinkte das starke Frühjahrslicht klar und unverfälscht zurück, in einem milden Feuer, das alle rötlichen Schwelungen verloren hatte. Ich trug den anderen Goldreif in der Tasche mit mir herum, doch ich kam nicht dazu, ihn abzuliefern, ich vergaß es, ich fürchtete mich davor, ich schob es wieder und wieder hinaus und sagte mir, daß es morgen oder übermorgen immer noch zeitig genug sein würde ...

Heute also forderte mich Cora auf, sie bei den Fischteichen zu erwarten. Diesmal hatte ich den Postboten verpaßt, und so kam es, daß Almas Tochter, die seit kurzem bei uns auf dem Hof lebte, mir den Brief brachte. Ich hatte das Mädchen mit Woitschachs nachdrücklicher Hilfe dem verwirrten Gärtner weggenommen und wollte es unter meine Vormundschaft stellen lassen. – Mißtrauisch und eifersüchtig, wie dieses Kind war, stellte es sich vor mich hin und betrachtete mich genau, während ich Coras Zeilen las. Die Zehnjährige wurde von uns bei dem Namen ihrer Mutter genannt, den sie, als sie ihn das erstemal hörte, voller Entzücken mit ihren feingezeichneten Lippen unaufhörlich bildete, so, als hätte sie unverdientermaßen eine große Kostbarkeit geschenkt bekommen, die sie wieder zu verlieren fürchtete und sich darum genau einprägte. Wir liebten sie alle, obwohl sie sehr scheu und unzugänglich war und sich oft vor uns versteckte, irgendwo, in einer der Scheunen oder im Halbdunkel der Heuböden. Wenn sie dann wieder zum Vorschein kam, furchtsam und mit schlechtem Gewissen, flüchtete sie sich zuerst in die Umarmungen von Irenes Mutter. Diese Frau, welche lange genug der schonungslosen Helligkeit des Tageslichts ausgewichen war und in der Dämmernis ihrer Schwächen blind wie ein farbloser Grottenolm gehaust hatte, gewann nun zusehends in der Fürsorge um die kleine Alma eine heitere Robustheit zurück, die sie wohl seit jeher besessen haben mußte, aber von der sie lange nicht mehr Gebrauch gemacht hatte.

Gegen mich bezeigte das kleine Mädchen anfangs eine deutliche Abneigung, sie ging mir aus dem Weg und gab sich den Anschein, als beachte sie mich überhaupt nicht. Das änderte sich erst an dem Tage, als ich sie, nachdem ich zur Abendbrotzeit vergeblich in allen Ställen, Scheunen und Böden nach ihr gesucht hatte, endlich im Holzschuppen fand, wo sie auf den Reisigstapeln hockte, leise singend und einen Kranz von ausgedroschenen Weizenähren flechtend. Sie hatte nicht gehört, daß ich gekommen war, deswegen sprach sie laut mit sich selbst. Unschlüssig ging sie mit sich zu Rate, wie sie den Kranz, der ihr noch nicht schön genug vorkam, verbessern könnte, und sie fand keine Möglichkeit, als das Strohgeflecht mit einigen ihrer Haarsträhnen zu umwinden. Indes sie die Zöpfe löste und unter kleinen Schmerzensschreien da und dort ein Haar sich ausriß, beteuerte sie fortwährend, daß derjenige, dem sie den Kranz schenken wollte, dieses Opfers nicht wert wäre, ja, sie schimpfte ihn sogar mit spitzen und bösen Worten, die sich in ihrem Munde komisch genug ausnahmen. Schließlich verriet ich mich durch ein lautes Gelächter. Sie erschrak, der Kranz glitt ihr von den Knien, als sie fliehen wollte. Ich hob sie von ihrem Sitz herunter, und indem ich sie in den Armen hielt, spürte ich, wie ihre krampfartige Abwehr nachließ. Als sie dann neben mir stand und sich das aufgelöste Haar wieder flocht, bückte ich mich nach dem Kranz, nahm ihn an mich und fragte sie völlig ernsthaft und ohne den mindesten Spott, wem sie diese Gabe denn eigentlich zugedacht hätte. In ihrer eigentümlichen Unbefangenheit zögerte sie nicht einen einzigen Augenblick mit der Antwort. Schnell und offen sagte sie, daß dieses Strohgewinde mir gehörte – von selber aber, fügte sie trotzig hinzu, würde sie es mir niemals gegeben haben. Nein und nein, verschwor sie sich und stampfte aus nachträglicher Erbitterung zwei-, dreimal ihren Fuß auf die Erde, eher hätte sie den Kranz auf den Dunghaufen geworfen, als daß sie mir damit unter die Augen gekommen wäre. Ich bedankte mich und streichelte ihren Scheitel; sie zuckte zusammen, als könnte sie diese Berührung nicht dulden. Dann aber griff sie mit beiden Händen zu, umklammerte mein Gelenk und verschränkte ihre mageren Finger mit den meinigen. Derweilen war sie über und über rot geworden, sie ließ den Kopf auf die Brust sinken, und ich zog sie unter dem niedrigen Dach des Holzstalles hervor. Hand in Hand überschritten wir den Hof, der leichte Abendwind riß das Haar aus der lockeren Verflechtung, blies es hoch und wehte es mir von der Seite her ins Gesicht. Almas Tochter blickte mich unverwandt an, die hellen Augen leuchteten vor Glück, und die Lippen kurvten sich in dem unvergleichlichen Lächeln, welches wir alle an dem Tage auf immerdar verlieren, wo Erkenntnis und Unterscheidung sich unser bemächtigen und alle Ahnungen, eine nach der anderen, erbarmungslos austilgen. Wir betraten meine Kammer und suchten nach einem Platz, an dem der Strohkranz sich am besten ausnahm; dann erst begaben wir uns an den Abendbrottisch, vor dem die anderen lange genug auf uns gewartet hatten.

Von da ab war das Kind wie verwandelt, es begleitete mich überallhin und war nicht zu vertreiben wie der kurze, durchsichtige Schatten, den die Junisonne des Mittags macht. Wenn ich fortging, um Cora zu treffen, mußte ich immer wieder kleine Listen anwenden, damit ich Almas Tochter loswurde. Ihr eifersüchtiger Argwohn war unverbesserlich, aber sie hatte es bis jetzt noch nicht gewagt, mir auf eigene Faust nachzugehen und mich auszuspähen. Manchmal erlaubte ich ihr, daß sie ein Stück Wegs mitkam, sie wurde immer einsilbiger, je weiter wir uns vom Dorf entfernten. Schließlich, wenn ich mich von ihr trennte, blieb sie traurig zurück und blickte mir lange nach. Ich sah mich oft nach ihr um, doch sie gab mir nie eine Antwort, indes ich ihr den Abschied winkte und sie aus voller Brust laut und schallend bei ihrem neuen Namen rief, was sie sonst sehr liebte. –

An diesem Tage also ließ sie mich wieder nicht aus den Augen, während ich den Brief las, den sie mir gebracht hatte. Stumm und verdrossen lehnte sie an der Wand und schürzte die Lippen, als machte sie sich über die Hast lustig, in der ich die leichten Schuhe gegen schwere Langschäfter vertauschte und die Joppe mir überwarf, an der jener Trauerflor saß wie ein Leimring, unter dessen pechiger Schwärze sich das Ungeziefer, welches das Wachstum schädigt, eingenistet hat. Beiläufig fragte ich das Mädchen, ob sie etwa bis zu dem Seitenweg, welcher von der Chaussee nach der Wassermühle und dem Vorwerk abzweigt, mitgehen wollte. Sogleich war sie versöhnt und guter Dinge, hängte sich an meinen Arm und bettelte mich, ihr etwas zu erzählen.

Mir fiel weiter nichts ein als die Geschichte von dem Schwanenpaar, das vor einigen Tagen über Cora und mich so niedrig hinwegflog, daß der Rappe beinahe scheu geworden und ausgebrochen wäre. So berichtete ich denn der aufmerksamen Zuhörerin, die sich Mühe gab, mit mir Schritt zu halten, alles, was ich von diesen Wasservögeln wußte. Der melancholische Gesang, den sie anstimmen sollen, bevor sie sterben, und mit dem sie sich in den Tod hinübertönen – die Schwanenjungfrauen, welche die Gabe der Weissagung haben: sie entledigen sich ihres Federkleides und sind schöner als alle irdischen Mädchen, sie baden im süßen Wasser der Flüsse und Seen, doch wenn ihnen die fiedrige Haut weggenommen wird und wenn sie dazu verdammt sind, mit plumpen menschlichen Gliedmaßen für immer auf der Erde umherzuziehen, beginnen sie langsam dahinzusiechen, die Schönheit schwindet von ihnen wie der Duft und die Farbe aus abgerissenen Blumen, denen man kein Wasser zu trinken gibt. – Dann wieder schilderte ich ihr den Augenblick, in dem jenes Paar mit vorgestreckten Hälsen, die sich beinahe berührten, über die Baumwipfel sich dahinschwang. Die schweren Flügel machten knarrende Geräusche, und eine gehauchte Musik, ähnlich jener, die man hervorbringt, wenn man mit halbem Atem in die Diskantseite einer Mundharmonika bläst, fiel vom Himmel. Also singen die Schwäne nicht nur dann, wenn der Tod ihnen bevorsteht – überlegte ich –, sondern sie haben auch noch ein zweites Lied, das zu der Zeit erklingt, wo die Liebe sie von den Gewässern hochreißt in die Lüfte, die ihnen sonst unvertraut sind.

Unterdessen hatten wir den Dorfausgang längst hinter uns gelassen und schritten über freies Feld der Weggabelung entgegen. Die blaugrauen, weißgeränderten Wolkenballen, welche den Himmel kreuz und quer durchzogen wie vollgetakelte, steuerlose Schiffe, die von launischen Böen hin und her geschoben werden, ließen den Schatten gleich großen Schleppnetzen herabhängen. Das starke Grün der Saaten und des jungen Grases lichtete sich auf und verdunkelte sich gleich wieder; die ganze Landschaft schien in heftigen Atemzügen Luft zu schöpfen, sie hob sich in der Sonne und senkte sich unter der Verschattung. Alle Farben waren unverstaubt und neu, selbst das stumpfe Braun des blanken Bodens hatte leuchtende Glanzlichter aufgesetzt. Dort, wo die Wälder standen, hing ein Schimmer von Rosa, die Knospennadeln stachen aus dem dunklen Holz, prall vom getäfelten Grün, das ihnen innewohnte. Manchmal, von heftigeren Windwirbeln abgerissen, stäubte ein leichter Sprühregen herab. Er benäßte uns flüchtig, zog weiter, goß seinen Glanz anderwärts aus, hißte für eine Sekunde irgendwo vor dem Horizont die Farben des Regenbogens gleich einer Fahne, die alsbald gestrichen wurde. Dann prasselte eine Handvoll Hagelschloßen uns auf Scheitel und Schultern, daß wir lachend die Köpfe einzogen und uns mit den Händen vor den Körnern schützten, die ein unsichtbarer Himmelsjäger wie Schrot auf uns abschoß. Das helle Haar des Mädchens glättete sich unter der Nässe, es wurde schwer und fest wie eine Haube, die sich eng an den Schädel schmiegte und seine feingemeißelte Rundung klar hervortreten ließ. Hin und wieder, wenn wir unter einen der Gießbäche von starkem Sonnenschein gerieten, welche über die scharfkantigen Ränder der Wolken sich zu uns hinabwarfen, tränkte sich der Scheitel des Kindes mit Licht. Dann glitten weiche Reflexe die Flechten auf und nieder, und sie vereinigten sich schließlich zu einem einzigen Schein, der gleich einer Krone auf dem Haupte von Almas Tochter saß.

Kurz bevor wir den Seitenweg erreichten, an dessen Einmündung ich mich von dem Mädchen trennen wollte, begann sie ihren Schritt zu verlangsamen. Da sie meinen Arm immer noch festhielt und mich dadurch beträchtlich hemmte, daß sie mich beständig rückwärts zerren wollte, war ich genötigt, schneller und kräftiger auszuschreiten. Ich tat so, als bemerkte ich es nicht, wie sie sich immer mehr gegen den baldigen Abschied sträubte. Ruhig erzählte ich meine Schwanengeschichten weiter, und ich schenkte ihr keine Aufmerksamkeit, auch dann nicht, als ich spürte, daß sie mit vorsichtigen Fingern an meinem Ärmel herumzunesteln begann.

Plötzlich ließ sie mich los und rannte in der Richtung auf Kaltwasser weg. Lachend und jauchzend, kleine krächzende

Schreie ausstoßend und mich fortwährend rufend, sprang sie kreuz und quer über die Straße. Manchmal, wenn sie ihren Lauf jäh bremste und sich umwandte, winkte sie mir mit einem kleinen schwärzlichen Tuch. Ich wußte nicht, woher sie es haben konnte; sie war schon sehr weit entfernt, und ihre Lockrufe erreichten mich kaum noch, da bemerkte ich erst, daß sie mir den Trauerflor gestohlen hatte. Wie ein Pfand, von dem sie hoffte, es würde mich alsbald wieder zu ihr zurückziehen, schwenkte sie diese Flagge aus durchsichtigem Krepp hin und her. Damit ich sie besser zu sehen bekam, stieg sie auf die Böschung neben der Straße, und dort stand sie eine kurze Weile, mit Licht übergossen, vor dem dunklen Hintergrund einer breiten Wolkenwand, die jenseits von Kaltwasser sich schnell heraufwälzte und aus der am Horizont lange Regenschleppen über die verschatteten Wälder und Hügel schleiften. Das Mädchen ließ die Arme gleich Windmühlenflügeln kreisen; aber als ich keine Miene machte, nun etwa umzukehren, warf sie den Flor weg, kehrte mir den Rücken und schlich langsam von dannen. Ich sah noch, wie der leichte Stoffetzen von einem Windstoß hochgerissen wurde und wie er dann, einer Fledermaus gleichend, deren Flügel noch steif und unbeweglich vom Winterschlaf sind, niederflatterte und auf ein braches Ackerstück fiel.

Auf halbem Wege zwischen der Chaussee und der Wassermühle holte mich das Wolkengeschwader ein. Die breite Schattenfront jagte über mich hinweg und wurde wie ein dunkler Vorhang, der sich unter starken Windstößen bauscht, vor der Sonne zugezogen. Das Licht floh hinweg, zerstob hinterm Wasserwald, und auch die Nachzügler der Helligkeit: vereinzelte schimmernde Flecken, die da und dort aufglühten, erstickten alsbald in dem grauen Gemisch aus Regen und Hagel. Ich suchte hinter einem verkrüppelten Weidenbaume Schutz, dessen breiter Stamm den Anprall der Tropfen abfing. Oben, die Ruten, welche aus knorpeligen Strünken wuchsen und sich geschmeidig bogen, waren mit pelzigen Kätzchen bedeckt, die unterm Regenbad struppig wurden. Zu meinen Füßen sammelte sich das klare Himmelsnaß in kleinen Lachen und Rinnsalen, die einen entfernten und noch sehr ungewissen bläulichen Schein widerspiegelten. Die weißlichen Hagelkörner schlugen ihre Trommelwirbel auf den Blättern der Wegkräuter, rollten fort und zerschmolzen zusehends; die Kühle, welche sie aushauchten, verlor sich schnell, weggeatmet von den lauen Luftschichten, die auf allen Seiten heranwehten und starke Gerüche nach feuchter Erde, würzigem Grün, seimigen Knospen und vorzeitigen Blüten miteinander verschlangen wie eine große, unsichtbare Girlande, die von Ost nach West, von Süd nach Nord über dieser Landschaft aufgehängt war: ein Gewinde aus Hoffnung und Zuversicht, das nicht so bald wieder verwelken sollte.

Währenddem ich mich gegen die Rinde lehnte, in deren Furchungen die Nässe schweißig glitzerte – indes ich ein Ameisenvolk beobachtete, das seinen Bau unter den Wurzeln hatte und neben meiner Schulter eilfertig diejenige seiner Straßen ablief, welche zur wulstigen Krone des Baums führte – während ich dem Gesang der Vögel zuhörte, der nur für kurze Zeit unterbrochen worden war und nun auf allen Seiten wieder anhob, dachte ich daran, wie oft ich diesen zerfahrenen Feldweg schon entlanggelaufen war. Damals und heute, immer wieder ging ich zwischen den tief eingekerbten Wagengleisen dahin, die auch in den Zeiten der Dürre ihre torfige Feuchtigkeit nicht verloren. Alle anderen Wege und Pfade, die von Kaltwasser ausgingen, sich kreuzten, in größere Bahnen mündeten oder plötzlich an irgendeinem Feldrain auf die Wiesen hinausführten, wo sie spurlos zwischen Maulwurfshügeln, Kräuticht und Beerenranken endigten, erschienen mir neben diesem Seitenweg unwichtig und willkürlich angelegt. Er führte gleichsam in das Zentrum dieses Bezirks, in das Kernstück aller unentwirrbaren Schicksalsverknüpfungen: zu den kalten, brodelnden Quellen der Schwarzen Weide. Dieses Wasser, das aus den tiefsten Schichten des Bodens empordrängte und das in seiner Kälte die dunkelsten Kräfte der Erde mit ans Tageslicht brachte, war aus unserer Landschaft weder abzuleiten noch wegzudenken. Man mußte sich damit abfinden, daß der Bach durch die Wiesen und Felder ins Dorf einfloß, man durfte sich vor dem Unheil, das ihm anhaftete, nicht fürchten; es gehörte zu uns, genauso wie das Glück und alle anderen Begütigungen, auf die niemand irgendeinen begründeten Anspruch erheben konnte.

Das erstemal hatte mich die Gärtnersfrau auf diesem Weg nach dem Vorwerk und der Wassermühle begleitet. Damals war mir das unbekannte Gelände viel weiter und mannigfaltiger vorgekommen. Das Eintönige dieser Gegend wurde mir erst später deutlich, als ich allein durchs Bruch und die wässerigen Weiden streifte. Alma hatte mich immer unsicher gemacht, und der inwendige Widerstreit zwischen Hinneigung und Abwehr, zwischen Verlangen und Furcht, der mich damals mit einer unerklärlichen Heftigkeit hin und her riß wie eine Magnetnadel, die den Pol, der sie festhalten soll, nicht finden kann, war noch jetzt, wenn ich mich daran erinnerte, bedrükkend für mich, obwohl ich nun über ihre Ursachen völlige Klarheit erlangt hatte. In diesen Tagen nämlich hatte ich dem Pfarrer von Kaltwasser meinen Besuch machen müssen, um mit ihm über die Inschrift zu verhandeln, die ich auf Starkloffs Grabmonument anbringen lassen wollte. Der Satz, welcher dafür ausersehen war, stammte gleichsam aus Starkloffs eigenem Munde. Ich hatte ihn auf jener Seite des Diariums gefunden, die ich damals mit Irenes Strohblume bezeichnete. Das Wort war von einem heidnischen, vorchristlichen Philosophen geprägt worden; es entbehrt jedes Trostes, der aus den heiligen Schriften immer wieder gezogen worden ist. Daher war es nötig, daß ich mich des Einverständnisses unseres Pfarrers versicherte, bevor ich dem Steinmetz diesen Text gab, damit er ihn in das Grabmal eingrub.

Der alte Pfarrer, dessen frühere Beliebtheit längst vergangen war und der sehr gebrechlich aussah, empfing mich damals in großer Zuvorkommenheit, aber nicht ohne eine gewisse Zurückhaltung. Er verdankte sie dem Umgang mit den verschlagenen Bauern seines Kirchspiels, welche selbst in den Angelegenheiten des Glaubens noch auf ihren Vorteil bedacht waren und hier ein Quentchen Gnade, dort ein Quentchen Buße und Versöhnung gegeneinander einhandelten. Sie packten dem alten Fülleborn, der sie besser kannte, als sie selbst es je vermochten, ihre Missetaten, Ausflüchte und Kniffligkeiten, ihre Ehebrüche und böswilligen Gaunereien auf den Rücken, sie füllten seine Ohren mit dem Gesumm und Gewisper ihrer heimlichsten Verschwiegenheit, so daß der alternde Mann bei Tag und bei Nacht von einem Schwarm giftiger Stechmücken begleitet war, die ihn unablässig peinigten. Sie tranken ihn leer, zehrten ihn aus und bedienten sich seiner wie eines Gegenstandes, dessen Nutznießung ihnen ohne weiteres zustand. Sie machten sich keinerlei Gedanken darüber, ob er, wenn sie ihn gereinigt und ausgesöhnt verließen und wenn sie sich bemühten, den Rest ihres Schuldgefühls mit flüchtigen Plänen auszutilgen, die schon wieder auf neue Sünden abzielten, nicht noch lange genug unter der Last, die sie bei ihm abgeladen hatten, würde leiden müssen.

Der Pfarrer, der es mir ansah, daß ich mit einem besonderen Anliegen zu ihm gekommen war, sträubte sich dagegen, eine voreilige Entscheidung treffen zu müssen. Da er mich noch nicht kannte, versuchte er in einem weitschweifigen Gespräch, dessen Führung er übernahm, meine Absichten und Meinungen zu erkunden. Er war weder starrnackig noch milde, weder ein Eiferer noch ein Entschuldiger, und er ließ mich nicht im Zweifel darüber, daß er, der die Gerechtsamen Gottes einzutreiben und zu bewahren hatte, sich über die Unzuverlässigkeit der menschlichen Herzen und Charaktere nicht hinwegtäuschte. Wir sprachen zu Anfang von den Schäden, die das Hochwasser angerichtet hatte. Fülleborn war weit davon entfernt, dieses Geschehnis als Strafgericht anzusehen; und als ich einige Gedanken äußerte, welche auf den Aberglauben Bezug nahmen, der die Überschwemmung mit anderen Ereignissen in Zusammenhang brachte, widersprach er mir heftig. Dann brachte er von selbst seine Rede auf die wachsende Welle von Frömmigkeit, die nach dem Zusammenbruch von Smorczaks aufrührerischer Sekte die ganze Gegend ergriffen hatte. Mit einem Beiklang von weiser Ironie zählte er Beispiele auf, welche davon zeugten, daß diejenigen, die vordem am weitesten von der Demut und allen anderen Tugenden entfernt gewesen waren, sich nunmehr unaufgefordert und ganz bedingungslos den Vorschriften der kirchlichen Gemeinschaft unterwarfen. Kretschmer, jener Lehrer aus Weidicht, der sich früher so viel darauf zugute hielt, daß er in den Kreis der nächsten Vertrauten des falschen Nilbauer Propheten gehörte, übertrumpfte nun die ganze Gemeinde mit Fasten, Beten und Singen. Er war so zudringlich, daß man ihn nur mit großer Mühe vor ungehörigen Übertreibungen und peinlichen Schaustellungen zurückhalten konnte.

Immer, wenn ich eine der Gesprächspausen benützen wollte, um meine Angelegenheit endlich zur Sprache zu bringen, wich mir der Pfarrer, noch bevor ich das erste Wort gesagt hatte, geschickt aus, als ahnte er, daß es sich um eine Sache handelte, die nur in Ruhe und völliger Unvoreingenommenheit begutachtet werden konnte. Zuletzt jedoch, auf recht gewaltsame Weise, die sich mit den Regeln des Anstands schlecht vereinbarte, brachte ich das Gespräch auf den Gegenstand, der mich hierhergeführt hatte. Es gelang Fülleborn noch einmal, mir für kurze Zeit zu entgehen. Er stand auf und holte aus einem wurmstichigen Schrank eine Kiste voll billiger Zigarren, dünnen Rotwein und zwei an den Rändern angesplitterte Gläser. Anscheinend machte er sich auf längere Auseinandersetzungen gefaßt, die er mit diesen Mitteln anfeuern wollte. Ich brachte das Anliegen kurzerhand vor und reichte ihm einen Zettel, auf welchen ich den griechischen Text jenes Spruches samt seiner deutschen Übersetzung geschrieben hatte. Er las ihn wieder und wieder, seine dünnen Lippen öffneten und schlossen sich lautlos. Die weitsichtigen Augen, deren Weißes die hornige Vergilbung des Alters zeigte, bewegten sich in dem eifrigen Blick, mit dem er die Zeilen abtastete. Nachsichtig lächelnd verbesserte er einen Schreibfehler, dabei fragte er mich nach dem Autor dieses Spruches. Ich gab ihm die Auskunft, daß er aus den Fragmenten des Herakleitos von Ephesus stammte. Gleich danach verstrickten wir uns in einen heftigen Disput, der auf theoretische Weise das Für und Wider der fraglichen Sentenz erwog. Der scharfsinnige Geist des Pfarrers, welcher sich seit Jahrzehnten immer wieder von der Gewöhnlichkeit, die ihn niederhielt, hatte knebeln lassen, entzündete sich an meinem Widerspruch und an den spitzfindigen Gegengründen, die ich vorbrachte. Es dauerte nicht lange, bis dieser alte Mann eine schöne und begeisterte Jugendlichkeit erhielt, die mich mitriß. Wir redeten, tranken und rauchten, vergaßen Zeit und Ort und erwachten erst wieder zur Gegenwart, als das Abendläuten über den Kirchhof dröhnte und als die Stunde gekommen war, zu der Fülleborn sein Brevier beten mußte. Unverrichteter Dinge ging ich weg, aber der Pfarrer vereinbarte mit mir eine zweite Zusammenkunft, bei der er mir seinen endgültigen Bescheid erteilen wollte.

Ich kam also wieder, wurde mit großer Herzlichkeit empfangen und in einen der weichgesessenen Lehnstühle genötigt, die, gleich anderen verbrauchten Überbleibseln eines früheren Wohlstands, in den Winkeln des großräumigen Zimmers umherstanden. Diesmal blieb der wurmstichige Schrank, der den Wein und die Zigarren enthielt, verschlossen. Der Pfarrer trug heute keine Soutane, sondern eine olivgrüne Joppe und langschäftige Stiefel, von denen, während er hin und her ging, die feuchte Gartenerde in kleinen Krümeln abbröselte, so daß er auf den Dielen eine Saat von lauter schwärzlichem Humus ausstreute. Das knochige Gesicht war gerötet von Sonne und Wind. Die grauen Augen hatten unterm Widerschein des Himmels einen azurblauen Schimmer erhalten, welcher derart seltsam auf mich wirkte, daß ich dem forschenden Blick zunächst nicht standzuhalten vermochte. Fülleborn ließ auf seine Rede warten. Er kämpfte anscheinend mit sich, ob er mir das mitteilen sollte, was seine Lippen immerfort schon beunruhigte. Endlich jedoch, knapp vor meinen Fußspitzen, gab er sich einen Ruck, der ihn zu mir herumschnellte. Er faltete seine Hände, daß die gichtigen Knöchel leise knackten, und dann begann er seine Eröffnungen mit der Bemerkung, daß es sich bei dem, was er mir sagen würde, keineswegs um solche Geheimnisse handelte, die vom Beichtsiegel auf immerdar verschlossen worden wären. Eine undurchschaubare Fügung – bemerkte er beiläufig – hätte es derart gewendet, daß niemand, außer dem toten Starkloff und ihm, dem Pfarrer Fülleborn, über die heimlichen Zusammenhänge unterrichtet worden sei, deren Schlüssel er mir nunmehr geben wollte, damit ich endlich einsähe, daß selbst die Lehrsätze der klügsten und bedeutendsten Philosophen, mochten sie auch noch so bestechend formuliert sein, dem rohen und mitleidlosen Leben der Menschen und der unerbittlichen Logik ihrer Schicksale gegenüber nicht viel mehr bedeuteten als der Schall eines Echos, das auf diejenigen zurückschlägt, die unablässig rufen und schreien, aus Furcht, daß sie nicht erhört werden könnten.

So erinnerte er sich denn an die Nacht vor Starkloffs Ermordung und daran, wie der Bauer kurz vor Mitternacht die Tür des Pfarrhauses mit Faustschlägen und Fußtritten bearbeitet hatte. Fülleborn erbarmte sich schließlich seiner, stieg zu ihm herunter und ließ ihn ein. Starkloff hatte getrunken, und sein schaler Odem stank dem Pfarrherrn ins Gesicht, daß er einen heftigen Abscheu verspürte, den Schwankenden wieder aus der Tür in die finstere Nacht drängen wollte und ihn auf morgen vertröstete. Starkloff verlegte sich jedoch aufs Bitten. Das war völlig ungewöhnlich bei diesem herrschsüchtigen, von Hochmut strotzenden Übeltäter, zudem saß eine derart verzweifelte Angst in seinen Augen, daß Fülleborn sich endlich überwand und den Bauern bei sich behielt. Der Pfarrer rief sich jede Einzelheit ins Gedächtnis zurück. Er wurde so weitschweifig, daß mich das Zuhören ermüdete. Außerdem wußte ich nicht, worauf er eigentlich hinauswollte. Die Erlaubnis, jene

Inschrift auf dem Monument anzubringen, war mir wichtiger als diese alten Geschichten, deren Nutzanwendung mich nicht im mindesten anzugehen schien. Unaufmerksam lauschte ich der psalmodierenden Erzählung, die mich allmählich einzuschläfern begann. Dann aber, in dem Augenblick, als Fülleborn den Namen der Gärtnersfrau erwähnte, wurde ich mit einem Schlage völlig wach – und das, was ich nun vernahm, war so erstaunlich, daß ich mir kein einziges Wort entgehen ließ und begierig an den blutlosen Lippen hing, von denen der Bericht langsam und zäh abträufelte.

Starkloff stammte demnach von einem der entlegenen großen Güter, die jenseits der Grenze sich über viele Meilen erstreckten und auf deren Gebiet damals noch die patriarchalischen Verhältnisse galten, welche bei uns schon längst ausgerottet worden waren. Drüben saßen die Grundherren wie unabhängige Souveräne, die niemandem Rechenschaft schuldeten, auf ihren unermeßlichen Ländereien, hüben war alles ins Kleine geraten, zerteilt, zererbt und parzelliert. Obgleich die Leibeigenschaft aufgehoben war, befanden sich die Bauern immer noch unter der unbarmherzigen Fuchtel ihrer Obrigkeit. Dort, wo die Herren durch den Fortschritt angesteckt waren, der aus den westlichen Gebieten eingeführt wurde, und wo sie sich dem niederen Volk gegenüber wenigstens gleichgültig verhielten und auf einen Teil ihrer Vorrechte verzichteten, taten sich die aus dem Bauernstande aufgestiegenen Verwalter darin hervor, den früheren Zustand von Unterdrückung beizubehalten. Nicht nur die Äcker und die Herden mußten Zins und Zehnten für die Schuld aufbringen, mit der jene Bauern belastet worden waren, die ihre Freilassung nicht hatten bezahlen können. Auch die Menschen trugen dazu bei, solche Summen zu vermindern. Mit jedem Mädchen, das schöner wurde als seine Geschwister, mit jedem Knaben, der die Ansätze einer stärkeren Intelligenz zeigte, zogen die Eltern aufs Schloß, in der Hoffnung, daß wenigstens ein einziges von ihren Kindern Gnade vor den Augen der kritischen Betrachter finden und ohne Entgelt ins herrschaftliche Gesinde aufgenommen werden würde, damit man von der Schuld wieder etwas mehr abstreichen konnte. So war auch Starkloffs Mutter auf den großen Gutshof gekommen. Sie muß eins von jenen kraftvollen Mädchen gewesen sein, die mit ihrer östlichen Mischung aus Lässigkeit und untergründiger Leidenschaft die

Männer wider Willen so heftig anziehen, daß sie sich ihrer Nachstellungen kaum erwehren können. Ihren einzigen Sohn Gotthold Stanislaus gebar sie schon in ihrem ersten Jahr, das sie bei den Gräflichen zubrachte. Zunächst bedachte sie das Kind mit unversöhnlichem Haß, weil ihr der Knabe wie ein Beweis ihrer Schande und Schwäche vorkam und weil sie in ihm sich selbst verachtete. Später änderte sich das, aber sie konnte nicht mehr viel an dem Unmündigen gutmachen, weil sie, kaum daß er ein wenig selbständig geworden war, an der Geburt eines toten Mädchens starb.

Der Junge wuchs unbehütet und in völliger Unwissenheit auf, schlechter versorgt als das Vieh, das neben den Lehmhütten der Tagelöhner in steinernen, solide gebauten Ställen gehalten wurde. Damals schon prägte sich ihm das Streben nach Selbständigkeit und eine auffällige Wißbegier, die ihn aus der Stumpfheit seiner Nachbarn herausheben mußte, unauslöschlich ein. Er wußte nicht, wie er es anstellen sollte, dem Ansporn seines Ehrgeizes zu folgen. Fürs erste hielt er sich abseits, drängte sich vorsichtig in die Nähe der Bessergestellten und schnappte alles auf, was er aus ihren Gesprächen an Wissenswertem erlauschen konnte. Heimlich strich er um die Gutskanzlei, sammelte jeden bedruckten und beschriebenen Papierfetzen, suchte die seltsamen Zeichen, mit denen die Blätter bedeckt waren, zu entziffern und den Geheimnissen beizukommen, die sie augenscheinlich enthielten. Unvermutet erhielt er eine tatkräftige Unterstützung dadurch, daß der strenge Gesindevogt ihn eines Tages zu sich rufen ließ und ihm eröffnete, er würde binnen kurzem auf die Schule geschickt werden. Von da ab wurde er mit Guttaten überschüttet, deren Urheber ihm unbekannt blieb. Hin und wieder mußte er nach Hause zurückkehren und dem unerbittlichen Vogt eine genaue, bis auf Heller und Pfennig gehende Rechenschaft über die nächste Vergangenheit ablegen. Belobigt wurde er niemals. Zu Hause fühlte er sich nicht wohl, weil es ihm so vorkam, als beobachtete ihn dauernd jemand, der sich so gut vermummt hatte, daß es sinnlos gewesen wäre, ihm nachzuspüren. Starkloff hatte sich beizeiten mit dem Makel seiner unehelichen Geburt abgefunden. Er sagte sich, daß es seinen Lerneifer nur beeinträchtigen könnte, wenn er sich damit abgab, den verborgenen Vater ausfindig zu machen. Unempfindlich gegen die Hänseleien seiner Mitschüler, hartnäckig und zielbewußt, wie er war, bereicherte er sich an jedem Buch, das ihm in die Hände kam. Er stapelte die Kenntnisse wahllos und geizig auf wie Vorräte, die ihm in Notzeiten gute Dienste leisten sollten. Seine Kameraden beherrschte er bald durch großen Fleiß und körperliche Überlegenheit. Je älter er wurde, desto stärker äußerte sich in seinem Wesen eine herrschsüchtige Brutalität, die er mitunter als etwas Hassenswertes an sich selbst verachtete, weil er die väterliche Mitgift darin zu verspüren vermeinte. Die Gleichaltrigen erkannten seine Vorherrschaft freiwillig an und machten ihn bei den kindlichen Streichen, welche sie in einem Geheimbund ausheckten, dessen strenge Satzungen von Starkloff entworfen worden waren, zu ihrem Anführer. Alles ging gut bis zu dem Tage, wo der schmächtige und vor Armut stinkende Sohn einer Witwe, dem man seiner offensichtlichen Begabung wegen eine Freistelle an jener Schule gegeben hatte, in die Klasse kam. Kaum daß der Neue in der ungewohnten Umgebung heimisch geworden war, legte er seine kriecherische Demut ab, wie eins der fremden, getragenen Kleidungsstücke, die er seit jeher hatte anziehen müssen. Er spielte sich als Widersacher Starkloffs auf und machte ihm die Mehrzahl der wankelmütigen Freunde und Bewunderer in kurzer Zeit abspenstig. So entstanden zwei feindliche Lager, die sich mit Verrat und Heimtücke belauerten; der Geheimbund löste sich auf, bevor er entdeckt werden konnte, das Mißtrauen wuchs, und die Verdächtigungen nahmen überhand. Dort, wo Starkloff bedenkenlos und in offenem Zorn seinen Leidenschaften Luft machte, ging Stefan Smorczak mit verschlagener Heimlichkeit und so zweideutig zu Werke, daß man erschrocken wäre, wenn man die Praktiken dieses halbwüchsigen Intriganten damals schon durchschaut hätte. Ohne irgendeinen Anlaß verprügelte der uneheliche Bankert seinen schwächeren Gegner eines Tages unter den Augen des machtlosen Lehrers und der erschrockenen Klasse derart, daß Smorczak, der seine Verstellungskünste selbst bei dieser Gelegenheit noch anzubringen wußte, für tot liegenblieb. Der Übeltäter wurde von der Schule gewiesen. Im Bewußtsein, sich eine Blöße gegeben zu haben, deren Folgen unabsehbar sein konnten, machte er sich auf den Heimweg, um sich seiner Strafe zu stellen. Seltsamerweise bezeigte ihm der Gesindevogt, der sonst die mindesten Vergehungen erbarmungslos vergalt, eine unverständliche Nachsicht. Starkloff entdeckte auf dem verknöcherten Gesicht gleichsam den matten Abglanz des unsichtbaren väterlichen Lächelns. Er wurde besser ausgestattet, reichlich mit Geld versehen und auf eine weitberühmte Schule geschickt, über die Grenze, nach Preußen. Von nun an ließ man ihm größere Freiheiten, und man setzte ihn der fremden Gesittung aus wie einer heilsamen, beruhigenden Kur.

Mehrere Jahre später, nachdem er die Schulen längst verlassen hatte und auf verschiedenen großen Gütern sich landwirtschaftliche Kenntnisse erwarb, immer noch unter der Bevormundung des unbekannten väterlichen Gönners, welcher ihm alle Wege ebnete und ihn nach seinem Gefallen dahin und dorthin lenkte wie einen Deportierten, der nirgendwo seßhaft werden darf, wurde er plötzlich durch ein Telegramm nach Hause gerufen. Damals war er eben fest entschlossen, seiner Abhängigkeit ein Ende zu machen, auszuwandern und in der Fremde mit einem falschen Namen unterzutauchen. Dennoch entschied er sich, nach Osten zu fahren. Der alte, knochenweich gewordene Vogt holte ihn im Vierspänner von der Station ab, er war derart untertänig, als käme einer von der herrschaftlichen Verwandtschaft hier angereist. Dann lenkte er die Kutsche nach der anderen Seite der Bahnlinie und preschte über die Grenzen des riesigen Gutsbezirks hinaus, dorthin, wo jenseits eines dichten Waldgürtels das Vorwerk lag, welches einer der reich gewordenen Inspektoren dem Grundherrn abgekauft hatte.

Der fleischige und wegen seiner unbändigen Zornwütigkeit von den Bauern und dem Gesinde ehedem gefürchtete Mann, der sich in eine trostlose Einöde von Sand, Heide, Bruch und Moor zurückgezogen hatte, zu deren Urbarmachung er keine Hand rührte, war in seiner Jugend, genau wie Starkloffs Mutter, der Herrschaft als lebendiger Tribut dargebracht worden. Unverheiratet und ohne die mindeste Neigung, sich auf Lebenszeit zu binden, wählte er sich immer wieder aus der Schar der Mägde irgendeine aus, die er zwang, mit ihm zu hausen. Wenn er einer solchen überdrüssig geworden war, entledigte er sich ihrer, indem er sie mit einem Kutscher oder einem Knecht verehelichte. Diese Männer nahmen sich um der Aussteuer willen, die der Inspektor wie eine Lockspeise bereithielt, auch der Bankerte gut und gerne an, welche die Frau mitbrachte, und sie schenkten ihnen obendrein ihren ehrlichen Namen.

So gab er zeitlebens der ganzen Gegend ein Ärgernis; die Väter wünschten insgeheim, daß ihre Töchter häßlich würden, aber die Mütter staffierten die Mädchen mit Ketten, Spitzen und Zopfschleifen aus und schickten sie, kaum daß der Busen sich zu wölben begann und die dürftigen Arme prall und rund geworden waren, unter den lächerlichsten Vorwänden ins Inspektorenhaus. Da halfen weder die Kanzelreden noch der besorgte Einspruch der Geistlichkeit, Starkloffs Vater war seiner Herrschaft unentbehrlich, er steigerte die Erträgnisse der Äcker ins Vielfache und sorgte für die Vermehrung und die Blutsverbesserung der Herden. Er schien mit den wetterwendischen Launen der Natur, mit den Geheimnissen des Wachstums, der Zeugung und des Absterbens völlig vertraut zu sein, weil er jedweden Vorgang, seine Ursachen und Folgen nicht aus dem Verstand begriff, sondern mit einem unfehlbaren Übersinn erahnte. Darum war ihm nicht beizukommen, er lebte so, wie es ihm gefiel, und ließ sich seine Eigenmächtigkeiten nicht beschneiden. Die Leute sagten ihm nach, daß er selbst die Witterung beeinflussen könnte, er widersprach ihnen nicht, weidete sich an ihrer Leichtgläubigkeit und gewann schließlich eine solche Verachtung für ihre Dummheit, daß er sich auf jenem Vorwerk festsetzte, das abseits von allen Kirchspielen und Gütern lag.

Starkloff fand seinen Vater als einen gedunsenen, unbeweglichen Greis, der an seinem eigenen Fleisch fast erstickte, inmitten einer unbeschreiblichen Verwahrlosung. Ein kleines, etwa sechsjähriges weißblondes Mädchen von großer Lieblichkeit war um ihn; der Alte nannte das Kind, dessen Mutter an der Niederkunft gestorben war, Alma. Der Name war in diesen Gegenden ungebräuchlich und würde eher für eine Herrschaftliche gepaßt haben als für diese späte Frucht einer der zahllosen Liebschaften des früheren Inspektors. Auf den ersten Blick hin faßte der junge Starkloff eine verhängnisvolle Zuneigung für seine Halbschwester; sie wurde ihm niemals erwidert, auch dann nicht, als er ihr später ein Zugeständnis nach dem andern machte, um ihr Vertrauen und ihre Achtung zu gewinnen.

Über die Aussprache zwischen den beiden Männern hatte sich Starkloff dem Pfarrer gegenüber nicht geäußert. Nur so viel war bekannt geworden, daß sich der Sohn, bevor er den Greis wieder verließ, mit Schwur und Unterschrift verpflichtete, den gesamten Nachlaß an Geld und Grundbesitz, welcher Alma gehören sollte, zu treuen Händen zu übernehmen, zu verwalten und ihn an dem Tage, wo sie volljährig wurde, ihr auszuhändigen. Außerdem mußte dann noch die leicht erfüllbare Bedingung eingehalten werden, daß dieses Mädchen, welches den Familiennamen ihrer Mutter trug, niemals die wahren Zusammenhänge ihrer Abstammung erfahren durfte und als Waise groß wurde...

Wie es dazu kam, daß Starkloff sich des Eidbruchs schuldig machte? Wie es geschehen konnte, daß er das Vermögen für sich behielt und die Ahnungslose der Armut des Gärtnerhaushalts aussetzte? – Fülleborn hielt in seinem Bericht inne; als versagte plötzlich sein Gedächtnis, so wischte er den Handrükken über die Stirn, und dabei zeichnete er unvermerkt ein erdiges Mal auf die Haut gleich jenem Probierstrich, den die Goldhändler mit zweifelhaften Stücken machen, um die Echtheit des Metalls zu erkennen. Die Augen waren ihm trübe geworden, aber jetzt klärten sie sich wieder, und der Blick bekam eine Härte, die mich erstaunte. Endlich, nachdem er tief Luft geschöpft hatte, betete er den Rest seiner Erzählung gleichsam in einem Atemzuge her, ohne ein einziges Mal seine Stimme zu erheben und dem, was er vorbrachte, einen sonderlichen Nachdruck zu verleihen.

Nach dem Tode des Alten, der nicht lange auf sich warten ließ, brachte Starkloff die kleine Alma auf einem Gutshof im Preußischen bei kinderlosen Besitzern unter. Sie wollten das reizvolle Mädchen, das er als wildfremde und ihm unverwandte Waise ausgab, deren Vormundschaft er durch einen Zufall übertragen bekommen hatte, eigentlich an Kindes Statt annehmen. Er wußte es unauffällig zu hintertreiben. Sogleich veräußerte er das Vorwerk, machte die Kapitalien, Pfandbriefe, Schuldverschreibungen und Zinspapiere, welche der ehemalige Inspektor zusammengespart hatte, flüssig und kaufte sich nach langem Suchen in Kaltwasser an. Zuerst redete er sich noch ein, daß er das Hab und Gut seiner Halbschwester uneigennützig verwalten und vermehren wollte, bis die Minderjährige erwachsen wäre und er den Reichtum mit vollen Händen über sie ausschütten konnte. Wahrscheinlich meinte er es zu Anfang ehrlich, denn die Zeit seiner Seßhaftmachung mußte offenbar nicht weit von dem Jahr entfernt gewesen sein, in dem er meine Mutter geliebt hatte.

In Kaltwasser traf er Smorczak wieder, der den Versprechungen, die er mit seiner Begabung während der Schulzeit jedermann gegeben hatte, vollkommen abtrünnig geworden war, als Gastwirt in einer baufälligen Schenke hauste und von Gelegenheitsgeschäften lebte, die er mit halb betrunkenen Bauern abschloß. Die beiden Gegner erkannten sich auf den ersten Blick, und die vergessene Feindseligkeit schwoll ihnen an wie Beulen, in denen die giftigen Säfte schwären. Zunächst liefen sie sich aus dem Wege, aber der Gastwirt konnte es dem Gang seiner Geschäfte auf die Dauer nicht zumuten, daß sein Haus von dem reichsten Besitzer des Dorfes gemieden wurde. So war es Smorczak, der zuerst den Versuch einer versöhnlichen Annäherung machte. Es gelang ihm noch nicht ganz, aber endlich brachte er es doch dahin, daß Starkloff bei ihm einkehrte und einige Gläser trank. Von da ab, durch kluge, heimtückische Schmeicheleien, demütige Selbsterniedrigung, das volle Eingeständnis seiner alten Schuld, durch ständiges Erzählen gemeinsamer Erlebnisse und eine teuflische Bewunderung der Überlegenheit Gotthold Stanislaus', verwandelte er behutsam die verächtliche Ablehnung, die sein ehemaliger Mitschüler ihm zuteil werden ließ, in Duldung, ja sogar in eine kühle, gemäßigte Sympathie, wie die Bauern sie ihren Hunden entgegenbringen, die auch einen Fußtritt noch als eine Art von Liebkosung hinnehmen müssen. Ja, als Smorczak Geld brauchte, um das alte Haus niederzureißen und einen Neubau an seine Stelle zu setzen, gab ihm der Bauer großmütig ein Darlehen zu niedrigen Zinsen – und dies war die erste Veruntreuung an Almas Vermögen, welche er sich zuschulden kommen ließ.

Von Zeit zu Zeit, in langen Abständen, suchte er seine Schwester auf. Ihre Schönheit hatte zugenommen, er spürte eine eigentümliche Erregung, wenn er in ihrer Nähe war, aber das Mädchen beantwortete seine Werbungen um Gegenliebe und um geringe Freundschaftszeichen mit unversöhnlichem Abscheu. Er nahm sie von ihren Pflegeeltern weg, an denen sie mit großer Zuneigung hing, und schickte sie auf entlegene Güter, wo sie die niedrige Arbeit einer Dienstmagd verrichten mußte. Kurz, ehe sie volljährig wurde, holte er sie plötzlich zu sich nach Kaltwasser. Damals war sie schon bis zur Unkenntlichkeit verändert: gleichgültiger und unverläßlicher als früher und mitunter von einer gereizten Launenhaftigkeit, die sich in unbeherrschten Ausbrüchen Luft machte. Starkloff schrieb diese Sinnesart, in der sich, ebenso wie bei ihm selbst, das väterliche Erbteil an Leidenschaften allmählich durchsetzte, ihrer unangetasteten Jungfräulichkeit zu. Eifersüchtig wie ein verschmähter Liebhaber gab er sich Mühe, die jungen Männer, welche Alma nachstellten, von ihr fernzuhalten. Schon in den ersten Wochen ihres Aufenthalts bei ihm faßte er einen Plan, der von unsäglicher Vermessenheit zeugte. In seiner Verblendung nämlich, dessen gewiß, daß die Geheimnisse, deren Siegel er allein zu öffnen imstande war, niemals bekannt werden konnten, nahm er sich vor, Alma zu heiraten. Diese Absicht entsprang nicht nur dem Eigennutz des angesehenen Besitzers und vorbildlichen Landwirts, der, wenn er jetzt die Vorschriften seines Vaters erfüllt hätte, mit einem Schlage obdachlos geworden wäre, abhängig von der Gnade seiner Schwester und erniedrigt in den Augen aller Bewunderer und Schuldner, denen er Gutes getan hatte. Derart gewöhnliche Beweggründe waren es nicht, die ihn antrieben. Sondern da gab es vor allen anderen eine besondere Ursache und Aufstachelung, welche ihn wie eine Geißel peitschte: Sein Schicksal zu versuchen und zu sehen, ob das, was man die himmlische Gerechtigkeit, den Zorn Gottes und die allwissende, unbestechliche Vergeltung nannte, ihn nicht doch etwa übersehen und verschonen würde, wenn er seinen blutschänderischen Gelüsten nachgab. Indessen wußte ihn Alma auf vorsichtige Weise hinzuhalten und zu vertrösten. Er zeigte ihr alle Vorteile des Reichtums; verschwenderisch, wie er war, wenn es sich um größere Summen handelte, führte er sie freigebig zu allen Vergnügungen, die in weitem Umkreis stattfanden. Wie mit einem Geschmeide, das er sich widerrechtlich angeeignet hatte, schmückte er sich mit ihrer auffälligen Schönheit. Gleich im ersten Jahr ihrer Anwesenheit in Kaltwasser schlich Smorczak sich herbei und wollte den wohlwollenden Gläubiger und prahlhalsigen Saufkumpan um die Hand seines Mündels bitten. Starkloff schüttelte sich vor höhnischem Gelächter, der zudringliche Gastwirt beteuerte, daß es sein voller Ernst wäre und daß er der schönen Alma ein gutes und glückliches Leben bereiten würde, sogar dann, wenn sie etwa gar ein Kind unterm Herzen trüge, welche Vermutung er deswegen anstellte, weil sie letzthin so füllig geworden wäre. Der Bauer gab keine Antwort und riß den Ochsenziemer vom Nagel. Keuchend vor Wut trieb er den Feigling, der später sein Mörder sein sollte, unter dem hämischen Beifall des Gesindes, dem albernen

Gelächter der Mägde und dem Hohngeschrei der Knechte, die bei Smorczak mit Schnaps und Tabak in der Kreide standen, von seinem Besitztum wie einen räudigen Hund. Alma sah allem mit unbewegtem Antlitz zu; der Bauer erschrak vor ihrer Teilnahmslosigkeit, es fiel ihm wie Schuppen von den Augen, und er verzichtete auf sein Vorhaben. Später, als der herrschaftliche Gärtner, der von Starkloff ein größeres Darlehen genommen hatte, sich ein Herz faßte und um das Mädchen warb, ermutigte ihn der Bauer, er zwang seine Halbschwester geradezu, den unvermögenden Dimke zu heiraten. Sie willigte widerstandslos ein, froh darüber, von dem Hofe wegzukommen, auf dem sie nichts als Kummer und Bedrängnis erfahren hatte. Gotthold Stanislaus schenkte dem Gärtner die Schuld als indirekte Mitgift und versah die Braut mit einer jener billigen Ausstattungen, wie sie sich für ihren niedrigen Stand geziemte. Von dem Tage an, da die Gärtnersfrau ihre enge Wohnung neben den Gewächshäusern bezog, kümmerte er sich nicht mehr um sie. Niemals hatte er je den Fuß über die Schwelle ihrer Tür gesetzt.

Fülleborn war am Ende. Leicht erschöpft von der Hast, in der er seinen Bericht abschloß, stützte er sich auf die Kante des Schreibtisches, der unter seinem Gewicht leise in den Fugen knarrte und ein wenig Holzmehl aus den Bohrlöchern stäuben ließ. Der Pfarrer wandte sein Gesicht dem Fenster zu, so daß alle Fältelungen in der Haut deutlich sichtbar wurden. Das verzweigte Netz von Sorgenzeichen erbrachte lauter Beweise dafür, daß selbst die besten Ratschläge und die vernünftigsten Anleitungen, die er seinen Pfarrkindern erteilt hatte, mitunter ganz vergeblich gewesen waren. Ruhelos klopfte er mit dem Knöchel auf die Tischplatte. Anscheinend war er unzufrieden mit sich selbst, weil er diese Stunde, die er besser mit Gartenarbeit hätte verbringen sollen, an die Erzählung jener Vorgänge vergeudet hatte, deren Folgen weder gutgemacht noch abgeändert werden konnten. Jetzt stellte er es mir frei, den Spruch des vorchristlichen Philosophen auf dem Grabmal anbringen zu lassen. Ich dankte ihm flüchtig für diese Erlaubnis und fragte ihn sogleich, warum er Starkloff in jener Nacht nicht dazu veranlaßt hätte, das verjährte Unrecht auszumerzen. Er antwortete mir kurz angebunden und sagte, daß der Mensch seinen freien Willen habe und daß es nicht seine, Fülleborns, Aufgabe sein könnte, jemanden in die Einsicht seines Irrtums und in die Guttat zu zwingen. Überdies wäre der betrunkene Bauer, nachdem er sich bei ihm wie in einer Kloake erleichtert hatte, derart ausfällig und unverschämt geworden, indem er versuchte, ihn mit blasphemischen Schmähungen, Flüchen und Unflätigkeiten zum Zorn zu reizen, daß er ihn endlich fortweisen mußte und im Unfrieden von ihm schied. Er habe damals das Seinige getan – verwahrte er sich zuletzt noch gegen jeden Verdacht, der bei ihm etwa im Anhören seiner Eröffnungen entstanden sein konnte –, seine Befugnisse reichten nicht weiter als bis dorthin, wo er Starkloff wieder in die Eigenmächtigkeit entließ. Damit löste er sich vom Schreibtisch und schritt langsam zur Tür, ich erhob mich und folgte ihm. Draußen der Himmel war überschwemmt von klarem Licht, das uns blendete, als wir aus dem Haus traten. Ich verabschiedete mich, er reichte mir flüchtig die Hand und machte sich gleich in seinem Garten zu schaffen. Da wartete alles seiner: das Graben, Düngen und Okulieren, die Stauden, Büsche und Stämme, welche dankbarer und dem Guten willfähriger sich bezeigten als jedes menschliche Wesen, weil ihr Wille schwächer und ihre Freiheit beschränkter waren als dort, wo die Ebenbilder Gottes sich immer wieder gegen das Ewige und seine unumgänglichen Gesetze und Forderungen auflehnten. Unterwegs drehte ich mich noch einmal nach dem eifrigen Gärtner um und sah ihm von weitem zu. Dabei fiel mir ein, daß, wenn in der Vergangenheit alles seine gerechte Ordnung gehabt hätte, Almas Tochter heute an meiner Statt im Besitz von Starkloffs Hinterlassenschaft sein würde, und ich faßte den festen, unwiderruflichen Vorsatz, ihr einstmals das, war ihr zukam, nicht vorzuenthalten.

Das eindringliche Bild dieser Erinnerungen verblaßte vor der Sonne, die zwischen den flüchtigen Wolken längst wieder durchgebrochen war. Ich stieß mich endlich vom Weidenbaum ab, verließ den Weg und wandte mich, quer über die Wiesen gehend, den toten Schilfwänden zu, welche die Fischteiche umgaben. Unter meinen Füßen sprang bei jedem Schritt das Wasser aus der Grasnarbe hervor. Die Quellen, die ich herausdrückte, machten ein zwitscherndes und quirliges Getöne, das sich so anhörte, als würden in der Tiefe unzählige Flöten geblasen, die aufeinander abgestimmt waren. Das starke, schräge Licht des niedrig stehenden Tagesgestirns brach sich tausendfältig in den Regentropfen; die säuerlich riechende

Erde schien sich damit vollgesogen zu haben und gab es in dem aufplatzenden Dottergelb der Sumpfblumen, in Primeln und Scharbockskraut wieder zurück. Ich nahm den Ring Christianes aus der Tasche und fand, daß sein Gold sich mit dem vergänglichen der Blütenblätter nicht messen konnte. Schließlich steckte ich den Reif an jenen Finger, auf dem er früher gesessen hatte. Er war über das zweite Glied nicht mehr hinwegzustreifen, auch dann nicht, als ich die Haut mit dem weichen Wasser eines Tümpels benetzte, in dem vielleicht noch ein Rest von den dunklen Fluten der Überschwemmung liegen mochte, unvermischbar mit dem Quellnaß und dem Regen, welche die Mulde immer wieder von neuem füllten.

Plötzlich fiel mir ein, daß in diesem Gelände die erste Begegnung zwischen Christiane und dem Vorfahr Coras stattgefunden hatte. Ich sah mich nach dem Fleck um, auf welchem die Häuslerstochter dem Junker wie eine Gottheit erschienen war, aber er gab sich mir nicht zu erkennen. Die Sonne vernichtete alle Schatten, selbst diejenigen, die über manchen Orten dem Einsamen mitunter wie dünne Rauchsäulen wahrnehmbar werden, die steil und unbeweglich gleichwie über einem unsichtbaren Feuer stehen.

Dann trat ich in das trockene Röhricht ein, das mich mit seinen gefiederten Lanzenschäften, die ich knickte und zerbrach, umgab wie eine gewappnete Heerschar von lauter Wächtern. Sie nahmen mich freundwillig in ihrer Mitte auf und kreuzten ringsum die Speere, damit mir niemand zu folgen vermochte. Nachdem ich durch bräunliches Wasser gewatet war, das mir bis an den Rand der Stiefelschäfte stieg, erreichte ich den ersten Damm. Ich kannte mich nicht mehr aus, alles war von Grund auf verändert, und mein Erinnerungsbild erwies sich als falsch. Die großen Bäume, an denen ich mich hätte zurechtfinden können, waren fast alle verschwunden: gefällt oder abgestorben und umgestürzt. Ich entdeckte die morschen Stämme, quer durchs Astgewirr der Büsche und Sträucher geschleudert, während ich die Dammkrone suchte, auf der die Schilfhütte ehedem gestanden hatte. Das geschmeidige Jungholz mit seinen unzähligen Schößlingen hatte das Alte und Bejahrte vollkommen zugedeckt, derweilen es seine Kräfte aus dem Humus zog, den die Verwesung des Voraufgegangenen erzeugte. Die widerspenstigen Triebe versperrten mir den Weg, peitschten mein Gesicht und meine Hände, wenn sie, nachdem ich sie niedergebogen hatte, wieder gegen mich zurückschnellten.

Der Spiegel der Teiche war sehr niedrig und gab die Uferränder mit ihrem Wurzelwerk, mit dem sanft geneigten Abfall der schwarzen Erde und den hellgrünen, zusammengedrehten Pfeilen von Kalmus, Wassergräsern und Binsen frei, die aus dem glänzenden Schlamm stießen. Von den glatten Wasserflächen sprühte der Glast der Sonne in langen Blitzen zurück. Dann zeigten sich dort zitternde, flache Wellenkringel, die von der Flucht der aufgescheuchten Enten, Taucher und Hühner herrührten. Ich atmete den starken, aus Süßigkeit und saurer Gärung gemischten Geruch ein, der überm Teichbezirk lag, ich spürte die Gewalt des Lebens, das seinen Gesetzen folgte, und ich empfand, wie es auch nach mir verlangte.

Fischreiher sah ich in ruhigem Flug hoch oben durch die Himmelswölbung ziehen, schreiende Habichte schossen aufgeregt aus dem Wasserwald und verfolgten ein Weibchen, das sich den Werbungen durch plötzliche Kurven und überraschendes Steigen und Sinken geschickt entzog. Den Bienenchoral hörte ich, wie er rund um die gelb bestäubten Weidenkätzchen das dunkle Loblied brummte. Die Mücken tanzten und sirrten dazwischen, Hummeln kamen schwer und torkelnd durch die Kräuter zu meinen Füßen, als würden die dicken Saiten der Kontrabässe rhythmisch in die kunstreich verschlungenen Stimmen dieser großen Musik hineingezupft. Eilige Laufkäfer mit metallisch glänzenden Flügeldecken schillerten da und dort auf ihren ziellosen Wegen, und das bunte Segel eines verfrühten Falters flatterte über den Halmen hin und her, verletzlich wie das Blütenblatt einer Wicke, das von Windwirbeln abgerissen und weggetragen wird.

Im Labyrinth der Dämme umherstreifend, geblendet durch das Schattengitter und die beweglichen Lichtflecken am Boden und verwirrt durch die Gleichförmigkeit des Strauchwuchses, der mir nur schmale Durchlässe freigab, wußte ich bald nicht mehr, wo ich mich eigentlich befand und auf welcher Seite die Reste der Schilfhütte, der gemauerte Durchfluß und die große Weide zu suchen wären. Ab und zu blieb ich stehen, in der Hoffnung, den Hufschlag von Coras Rappen irgendwoher erlauschen zu können. Aber mir wurde nichts anderes vernehmbar als das Vogelgeschrei und die leise schwirrenden Geräusche der Insektenflügel. Während ich mich müßig verweilte, schien das Wachstum in den Büschen schneller und heftiger aufzuschießen, die Gerten bogen sich zueinander und verflochten sich gleich den Wandungen von Weidenkörben; ich kam mir wie ein Gefangener vor, der nicht eher freigelassen werden sollte, als bis er sein Lösegeld an diese Jahreszeit gezahlt hatte.

Unversehens, nach manchem Irrweg, trat ich auf die breite Dammkrone hinaus, die ich sofort wiedererkannte. Von jener riesigen Weide, die uns während des Gewitters geschützt hatte, war nichts weiter übriggeblieben, als ein ausgehöhlter Stumpf, in dessen Innerem der bröcklige Holzmoder den Borkenkäfern, Asseln und Tausendfüßlern reiche Nahrung bot. Die Stelle, auf der die Schilfhütte gestanden haben mußte, war von einer dichten Grasnarbe und von üppigem Kräuticht längst in Besitz genommen worden. Zuletzt entdeckte ich den Durchfluß. Anscheinend hatten sich hier die Fluten der Überschwemmung mit großer Gewalt ihren Weg nach dem nächsten, tiefer gelegenen Teich gebahnt, das Gemäuer ausgespült und zum Einsturz gebracht.

Ich überzeugte mich davon, daß nirgendwo sich Pferdehufe abgedrückt hatten und daß auch kein Absatz und keine Sohle in die weiche Erde eingeprägt waren. Dann stapfte ich durch den hohen Morast, der meine Stiefel schmatzend einsaugte, bis an die Grenze des Wasserspiegels. Die körnigen, wie gequollener Sago aussehenden Polster des Froschlaichs brüteten sich in der Sonnenwärme selbst aus. Hellgrüne Algenkolonien trieben träge in der Strömung. Gespenstische Käferlarven, welche in seltsamen, aus kleingeschnittenen Binsenstückchen zusammengeklebten Schutzpanzern steckten, hängten sich leise schaukelnd an jede Schilfstoppel und ans Wurzelgestrüpp. Glattleibige Molche und gelbgefleckte Salamander flohen von dannen, als mein Schatten sie plötzlich mit Finsternis überdeckte. Irgendwo blieben sie unbeweglich stehen, in den verrenkten Schreckstellungen, welche alle wehrlosen Tiere annehmen, wenn sie sich bedroht fühlen. Von überallher linsten die golddurchsprenkelten Augen der kaltblütigen Kreaturen nach mir, ich spürte das Kreuzfeuer dieser ängstlichen und starren Blicke. Allmählich sank ich immer tiefer in den nachgiebigen Grund ein. Endlich riß ich mich los. Der Schatten im Wasser zuckte zurück; die plätschernde Flucht meiner Beobachter begann und zerstörte mit ihren Wellenkreisen die

Zickzacklinien, welche die unruhigen Laufkäfer auf den glatten Spiegel gezeichnet hatten. Neben den mit Wasser gefüllten Stapfen, die meinen Herweg bezeichneten, kehrte ich zum festen Land des Staudamms zurück, ließ mich auf dem Baumstumpf nieder und horchte von neuem und ganz vergeblich, ob irgendein Geräusch mir Coras Ankunft meldete. Jetzt war mir zumute, als hätte sich ein Teil jenes schweren Schattengepäcks, das die Wassertiere eben noch verstörte, von mir abgelöst und läge nun für immer am Grunde des Teichs. Wenn das Gewässer einstmals wieder gestaut und mit Fischbrut besetzt würde, mußte diese Bürde in tausend und abertausend Stücke zerfetzt werden, so daß sie nimmermehr ihr altes Gewicht und ihren durch Verhängnis und Schuld, durch Feigheit und Schwäche verstrickten Zusammenhang mit den unausgelebten Schicksalen der Dahingeschiedenen wiederbekommen konnte.–

Die Stunde, welche Cora für unsere Begegnung festgesetzt hatte, war längst verstrichen. Da ich fürchtete, daß sich die Obersten-Tochter im Gewirr der Dämme verirrt haben könnte, überlegte ich mir, wie es möglich wäre, ihr ein weithin sichtbares Zeichen zu geben. Ich kam darauf, ein Feuer anzuzünden und die Flamme mit Gras und feuchtem Holz zum Schwelen zu bringen, damit der Qualm ihr die Richtung zeigte.

Sogleich schnitt ich trockenes Schilf und brach tote Äste von den Erlen, stapelte alles locker übereinander und ließ mich auf die Knie nieder, um die Flamme, sobald sie auflodern sollte, mit meinem Atem anzufachen. Das Röhricht und die vom Regen angefeuchteten Zweige wollten nicht brennen. Ich suchte in meinem Rock nach irgendwelchen Papieren, die sich leichter entzünden ließen als diese Pflanzenteile, doch ich fand nur das Bündel jener Aufzeichnungen, in denen die unglückliche Liebe des Junkers zu Christiane beschrieben war. Cora hatte sie damals in Nilbau nicht an sich genommen, vor kurzem entdeckte ich sie in der Brusttasche des Anzugs wieder, den ich getragen hatte, als ich von den Fluten der Schwarzen Weide hin und her geworfen wurde wie ein Wrack, das Steuer und Segeln nicht mehr gehorchen will. Unschlüssig hielt ich die ausgeleimten Blätter, deren Beschriftung nun vollständig unleserlich geworden war, in den Händen und versuchte vergeblich, ein einziges Wort zu entziffern. Wie von selbst, und ohne daß ich es gewollt hätte, ballten sich die Finger und knüllten das einzige Zeugnis, an dem wir diese unselige Leidenschaft ganz und gar zu ermessen vermocht hatten, zusammen. Dann stopfte ich die lockeren Bälle unter den kleinen Scheiterhaufen, sie fingen im Nu Feuer und zündeten mit ihrer blassen Flamme das übrige an. Knisternd und zischend verwandelten sich Schilfrohr und Erlenzweige in Glut und weiße Asche. Der beißende Rauch wirbelte hoch. Schräg und einem blauen Strick gleichend, welcher in der Seilerbahn rückwärts gedreht und wieder aufgedröselt wird, so spannte er sich quer über den Teich, fiel am jenseitigen Ufer mit breiten Schleiern nieder und verfitzte sich am Gezweig wie in den Zinken eines Kammes, der ihn auseinanderhechelte.

Ich ließ mich von neuem auf den Weidenstumpf nieder, stocherte dann und wann mit einem langen Knüppel im Feuer, sah zu, wie die weißlichen Aschenflocken, in die das Papier zerfiel, hochstoben und wegtanzten, legte Holz und Schilf nach und streute eine Schicht von torfigem Moder darüber, der sich in dickem Qualm auflöste. Aus den Wurzelstrünken der Weide waren überall Bündel von frischen Schößlingen gewachsen. Ich wählte unter den biegsamen Gerten diejenige aus, welche am dicksten war und die wenigsten Augen zeigte, schnitt sie ab und zerteilte sie dort, wo sie mir brauchbar zu sein schien. Dann begann ich die Rinde rundum vorsichtig mit dem Griff meines Messers locker zu klopfen. Es war mir früher nie gelungen, eine Weidenflöte zu machen, die Töne gegeben hätte; immer zerstörte die Ungeduld, welche in meinen Fingern saß, alles, kaum daß es der Vollendung nahe gewesen war, aber jetzt wollte ich es noch einmal versuchen.

Von Zeit zu Zeit ging eine Wolke über die Sonne: Vortrab eines neuen Regenschauers, der sich unterm Horizont geschwind näherte und bald in Sicht kommen mußte. Das Licht löschte vorübergehend aus, die Farben wurden stumpf. Im Feuer rötete sich die Glut, die Flammenzungen leckten aus der Aschenschicht, und der Rauch, welcher von der Luft, die sich schon zu beunruhigen anfing, heftiger mitgerissen wurde, flatterte auseinander. Dann wieder strich eine Welle von Schweigsamkeit über die Landschaft: die Vögel hörten zu singen auf, die Frösche schluckten ihr leises Gequarre hinunter, und selbst das Bienengebrumm nahm an Stärke ab.

Es hatte lange gedauert, bis die Rinde vom weißen Holz abkam, das sich so glatt anfühlte, als wäre es mit Seife eingerieben. Ich trocknete das hohle, feuchte Rohr, nachdem ich die Fingerlöcher und die Mundkerbe eingeschnitzt hatte, über der Glut meines Feuers, setzte den Stöpsel ein und führte die Flöte an meine Lippen. Endlich, nach mehreren vergeblichen Bemühungen, gab es ein schwaches, hauchiges Pfeifen. Ich blies stärker, die Rinde begann unter meinen Fingerspitzen zu vibrieren, der Laut wurde dunkler und voller, und zuletzt, indes ich die Löcher zudeckte und wieder öffnete, brachte ich drei, vier Töne hervor, die dem Ruf des Pirols glichen und die ich wieder und wieder mir selbst vorspielte.

Plötzlich, wie herbeigelockt, stand Cora vor mir. Atemlos, mit geröteten Wangen, blitzenden Augen und zerzaustem Haar, über und über gesprenkelt vom Schlamm der Wege, welcher ihre blanken Reitstiefel in dicker Kruste bedeckte, hörte sie aufmerksam und beifällig, als hätte sie nie zuvor etwas Schöneres vernommen, meinem Geflöte zu. Verlegen nahm ich das gebrechliche Instrument vom Munde, aber sie bat mich, daß ich weiterspielen möge.

Indessen hatte ich Muße genug, Coras Gesicht genau zu betrachten. Obgleich es ruhig zu sein schien, befriedeter und lockerer als früher, zitterte doch eine unverhehlbare Erregung über den Mund, die Wangen und die Stirn, aber sie löste sich immer wieder in Lächeln auf. Die Augen hielten mich fest, jetzt waren sie noch hart und grau, aber gleich darauf weiteten sie sich in einem lichten Schmelz. Die Sonne, welche von dicken Wolkenbänken, die mit großer Geschwindigkeit den halben Himmel eingenommen hatten, schon fast ganz abgeblendet war, goß ihren Überschwang noch einmal auf die Landschaft aus, bevor sie verdunkelt wurde. Vor dem blauen Hintergrund, der aus hochgestapelten Ballen von Regen, unentfesseltem Wind und treibenden Eiskörnern gebildet war, vergoldete sich Coras Haut. Selbst noch das Blut war mit Licht und Wärme erfüllt, so daß ich zu sehen vermeinte, wie es nun schneller pulsierte.

Als die ersten Regentropfen in die heiße Asche fielen und zischend verdampften, setzte ich die Weidenflöte ab. Sie probierte sogleich mit gespitzten Lippen, ob es ihr gelingen würde, mein Lied fortzusetzen; eifrig und selbstvergessen hielt sie dem Sonnenregen, dessen leuchtende Tropfen wie kleine Seifenblasen auf ihrem Kopf zerplatzten, so lange stand, bis sie den ersten Ton traf und die beiden anderen mit ihm verbunden hatte. Dann steckte sie die Rindenflöte in die Tasche ihres

Jacketts und brachte ein Papier zum Vorschein, das sie auffaltete und rasch noch einmal überflog.

»Sie kommt!« sagte sie, immer noch atemlos, und streckte mir das Telegramm entgegen, das vom dichter werdenden Regen in raschem Rhythmus zerklopft wurde.

»Wer denn?« fragte ich beklommen.

»Lies selbst!« forderte sie mich auf, geheimnisvoll lächelnd, als stünde mir eine große Überraschung bevor.

Noch während ich den zusammengeklebten Text las, der besagte, daß Coras Mutter morgen, am Sonntag, in Nilbau eintreffen würde und von der Station nur durch den Kutscher abgeholt zu werden wünschte, riß sie plötzlich meine Hand an sich.

»Der Ring!« sagte sie und wendete meine Finger um und um. »Der Ring!« wiederholte sie und hielt den ihrigen dagegen, als zweifelte sie, ob es der echte wäre.

»Ich wollte ihn dir wiedergeben... stammelte ich, »heute... endlich... er gehört dir... ich habe dich belogen, damals, in Nilbau... er steckte ja in meiner Tasche... ich...«

Der Wind, der in heftigen Stößen heranfuhr und uns mit glitzernden Regenfontänen überschüttete, die das waagerechte Licht der noch nicht ganz verlöschten Sonne tausendfältig brachen und zerstreuten, riß mir die Worte vom Munde.

»Wiedergeben...«, schrie ich ärgerlich, »zurückerstatten...«

»Unter einer Bedingung!« antwortete mir Cora, die mich endlich losließ und lachend den Kopf schüttelte, daß ihr die Nässe irisierend aus den Haaren sprühte.

»Unter welcher Bedingung?« gab ich verdrossen zurück, weil es mir so vorkam, als wollte sie sich wieder, wie früher, über mich lustig machen.

»Daß du den meinen dafür nimmst!« bestimmte sie, indem sie einen Schritt näher trat, daß ich die Heftigkeit ihres Atemgangs spüren konnte.

Dann, mit einer plötzlichen Wendung, stieß sie mich vor die Brust. Ich strauchelte und fühlte die verhaßte Schwerfälligkeit von mir abgleiten wie lauter Fesseln. Cora sprang weg und war nach zwei, drei Sätzen hinter den Weidenbüschen verschwunden, die ihr nachfederten und sie mir bald völlig verbargen. Noch einmal kam sie in einer Lücke zwischen dem mit Silber und Grün überhauchten Gestrüpp zum Vorschein. Dort hinten verweilte sie einen Augenblick, wandte sich zurück, legte beide

Hände um den Mund, stieß ihren Ruf aus und war alsbald von neuem verschwunden.

»Hol ihn dir, den Ring!« forderte sie mich heraus, »hol ihn dir!«

Ich überwand meine Verdutztheit und machte mich an die Verfolgung. In gestrecktem, ruhigem Lauf setzte ich den Damm entlang, übersprang die Schlucht des eingestürzten Durchflusses, drang in das unwegsame Weidendickicht ein: immer die Spur ihrer Füße vor Augen – immer den Regen, der mein Gesicht blank wusch, mir entgegen – immer das Schmitzen der dünnen, zurückschnellenden Ruten am ganzen Leib spürend und das Blitzen, Glitzern und Funkeln des stärker werdenden Sonnenlichts im halb geblendeten Blick – so rannte ich kreuz und quer durch diesen verwilderten Irrgarten, der mir überall Hindernisse in den Weg setzte, damit meine Ungeduld größer wurde. Cora war nicht mehr zu sehen, aber ab und zu hörte ich ihre Stimme, wie sie mich rief und anfeuerte. Zuletzt entdeckte ich dann ihren Schatten; weit drüben, jenseits einer verschlammten Teichbucht und unerreichlich, glitt er über das blanke Wasser wie ein Fisch, dem man vergebens nachstellen wird, weil er alle Netze und Reusen zerreißt. Gleich darauf löste sich das Spiegelbild unter der Trübung eines jähen Regenschauers völlig auf.

Bald war mir zumute, als wäre die Flüchtige, die dort leichtfüßig und kaum den Boden berührend vor mir herjagte, nicht mehr diese Obersten-Tochter, welche ich so genau zu kennen vermeinte, sondern eine andere: eine von jenen Frauen, welche vorzeiten die Begierde der umherschweifenden Götter durch ihre Schönheit und ihren keuschen Stolz erregt hatten. War diese hier nicht doch die Tochter des arkadischen Flußgottes und des ungeschlachten Erdweibes Gäa, die jungfräuliche Daphne, an deren Verwandlung ich damals so inbrünstig gedacht hatte, als ich im Fond des Wagens saß, der die Heimkehrende von der Station abholte? War sie es nicht, der in schnellem Lauf, noch ehe der Gott sie einholen und überwältigen konnte, Arme und Haare in Lorbeerzweige und in Lorbeerlaub ausschlugen, bis sie endlich den Leib unter silbriger Rinde verbarg und mit den Füßen im Boden festwurzelten? Hatte sie sich gar schon jetzt in der Kühle des Pflanzlichen geborgen, umschlang sie mich nicht mit den Ranken und Zweigen, in denen ich mich verstrickte, und waren es etwa ihre kühlen

Finger, die im regennassen Laub meine Haut streichelten? Aber wo hielt sich der Gott auf, der ihr nachstellte und sie in seine Liebe zwingen wollte? Saß er mir vielleicht im Nacken, und trieb er mich an, der Unsichtbare und Grausame, der so viele Gestalten annahm, daß man sein wahres Bild niemals zu erkennen vermochte? – Ich wußte es nicht; ich konnte mich darum nicht kümmern, leicht und unermüdbar rannte ich auf der Spur hin, die in Gras und lehmige Erde eingedrückt war.

Plötzlich schoß ich ins Freie hinaus, den Damm hinab, über die Wiesen hin, welche sich zwischen den Fischteichen und der öden Wassermühle erstreckten. Weit voraus, unter dem Guß des honigfarbenen Regens, sah ich sie laufen. Jetzt hielt sie inne und vergewisserte sich, ob ich ihr folgte. Sie warf die Arme hoch und winkte mir, ehe sie weiterrannte. Christianes Goldreif fing das Licht auf, daß es wie eine Flamme zu zischen begann. Als hätte der Widerschein des gelben Metalls einen verborgenen Zündstoff in der Luft entflammt, so bildete sich im Nu ein klar begrenzter Regenbogen, der den halben Horizont überbrückte und dessen nördlicher Pfosten auf dem eingesunkenen Schindeldach der Mühle ruhte. Ich hörte noch den verwehten Ruf Coras, längst nachdem sie ihn ausgestoßen hatte, zu mir dringen, dann folgte ich ihr. Atemlos und mit klopfendem Puls hastete ich neben dem von Sandbänken begleiteten Bett dahin, welches die Fluten der Überschwemmung sich hier aufgewühlt hatten, das leuchtende Band der sieben Farben vor Augen, das sich bald verdoppelte und zwiefach aufstieg und niedersank.

Auf einmal klang mir die Stimme meiner Mutter begütigend im Ohr. Sie sagte mir, daß ich, wenn ich jemals in der Nähe des Ortes wäre, an dem der Regenbogen die Erde berührte, alles bleibenlassen sollte, um hinzurennen und die Stelle zu erreichen, auf der die farbige Brücke aus dem Boden sproß. Beeile dich, riet sie mir, solange das Licht noch glänzt und strahlt, denn dort wirst du ein Glück finden, das anderen niemals beschieden ist... ein Glück finden... ein Glück finden... dieses Versprechen trieb mich an, meine Kräfte spannten sich von neuem und gaben mir die Leichtigkeit, die ich dringender benötigte als Speise, Trank und Atemluft.

Unterdessen war Cora bei der Mühle angekommen, ich sah, wie sie die Tür aufriß, ins Haus eindrang, den Türflügel hinter sich zustieß, und ich konnte es hören, daß sie den kreischenden

Riegel von innen vorschob. Das Licht des Regenbogens nahm immer noch zu, die blinden Fensterscheiben zerschmolzen und die feuchten Dachschindeln spiegelten das Himmelsfeuer wider.

Gleich darauf flog ich mit aller Wucht gegen die verbarrikadierte Tür. Das morsche Holzgefüge zerbrach durch meinen Anprall, die vom Rost zerfressenen Eisenbänder bogen sich und blätterten unter den Nagelköpfen ab, der Riegel fiel klirrend zu Boden. Als das Tageslicht mit mir in den dunklen Flur eindrang, flirrte dort noch der Staub, den Cora aufgewirbelt hatte.

Der jähe Wechsel zwischen dem starken Abendschein draußen und der Dämmerung, welche alle Räume des verfallenen Gebäudes gleich lockeren Schutthaufen erfüllte, beeinträchtigte meine Sicht. Blindlings mußte ich in die Düsternis tappen und mit vorgestreckten Händen die Mauern abtasten, um nicht zu stürzen. Mitunter blieb ich stehen und lauschte, aber da war weiter nichts als das gleichmütige Gurgeln und Rauschen des Wassers, welches durchs verfaulende Mühlwerk schoß.

Mit allen Fibern lag ich nach dem geringsten Anzeichen von Coras Gegenwart auf der Lauer. Endlich hörte ich das Quietschen verrosteter Scharniere und den dumpfen Laut, mit dem eine Luke zugeworfen wurde, die Treppe herabsinken. Angehaltenen Atems stieg ich die Stufen hoch, suchte jeden Lärm zu vermeiden und geriet doch ins Stolpern, als eins der wurmstichigen Trittbretter unter meinen Sohlen zerbrach. Von oben her wurde ein aufreizendes Gelächter über mich ausgeschüttet. Wütend und ungeduldig klomm ich die Leiter hoch, die aus dem obersten Stockwerk in den Boden führte, und stieß mit dem Kopf gegen die Falltür, welche fest verrammelt war und auch dann, als ich mich dagegenstemmte, sich nicht anheben ließ.

Ich versuchte es mit List und Täuschung, mit Überredungskünsten, Drohungen, Bitten und Versprechungen zu erreichen, daß Cora sich mir freiwillig auslieferte, aber es blieb vergeblich. Sie verlachte mich und forderte mich unablässig auf: bald bittend, bald demütig, bald höhnisch – indem sie ihre Stimme fortwährend veränderte, daß es sich anhörte, als hätten sich mehrere Frauen, die durcheinanderredeten und mich allesamt verspotteten, auf den Boden geflüchtet –, ich möge mir den Ring holen, wenn ich könnte, wenn ich Mut hätte, wenn ich ein Mann wäre... Der Staub, den ich aufstöberte, kitzelte mich in der Nase und im Hals, ich hustete und nieste, Coras Gelächter nahm kein Ende. Draußen schrien die Vögel, die wir von ihren Niststätten verscheucht hatten. Das Haus wachte noch einmal auf, ehe es sich endgültig ins Sterben schickte.

Die Belagerung dauerte sehr lange. An den Wänden der dunklen Gelasse und Kammern, in die ich eindrang, holte ich mir lauter Schrammen und Beulen. Endlich, da es keine andere Möglichkeit gab, um hinaufzugelangen, stieß ich einen der Fensterläden auf, schwang mich hinaus und kletterte ein schmales Gesims entlang, bis ich seitlich das Dach und die Traufe erreichte, von der ich, die abgedeckten Sparren wie eine Leiter benützend, sogar zum First hätte hochklettern können. Ich verhielt mich leise wie eine Katze. Kurz bevor ich die Luke erreichte, durch die ich einzusteigen beabsichtigte, drehte ich mich noch einmal um. Der Himmel war wolkenlos und bernsteinfarben wie alter Wein. Die Sonne zerschmolz den Horizont, dem sie entgegenfiel. Die Nässe, welche das Land durchtränkt hatte, stieg in dünnen Nebelfahnen aus dem Gras. Der dunkle Spiegel des Mühlweihers, in dem die kalten Quellen der Schwarzen Weide brodelten, war schon zur Hälfte verschleiert.

Ich ließ mich von der unermeßlichen Weite des ganzen Landes hochheben. Die Wälder, die Äcker, die Wiesen, die Teiche und Gräben, alles war wie eine einzige Woge, welche mich trug und durch die splitternde Verglasung der Luke in den Bodenraum schleuderte.

Drinnen, in der Dämmerung, von den Pfeilen und Speeren aus goldenem Licht getroffen, welche durch die Lücken des Schindelbelags nach ihr abgeschossen wurden, bückte sich Cora über die Falltür, die sie ein wenig hochgezogen hatte, um nach mir zu lauschen. Als sie meiner ansichtig wurde, ließ sie die schwere Klappe los, daß sie mit dumpfem Schlag niederfiel. Dann, während ich zögernd auf sie zutrat, wich sie mit abwehrend ausgestreckten Händen Schritt für Schritt vor mir zurück. Das Lachen war ihr vergangen, ich konnte es nicht erkennen, was jetzt in ihren Augen stand und wie ihr Mund nun aussah. Ich wollte es wissen, deswegen näherte ich mich ihr und trieb sie wortlos vor mir her, bis sie an der Giebelmauer lehnte und keine Handbreit Raum mehr hatte, um mir zu entgehen.

Die Fingerspitzen trafen meine Brust, die Arme knickten in den Ellenbogen ein und fielen kraftlos herab. Aber dort blieben sie nicht lange, sondern sie sprangen hoch gleich jenen Weidenästen, die sich vorhin, als ich sie beiseite drängen wollte, kühl und glatt mir um Nacken und Brust gebogen hatten.

Wir zitterten so sehr, als wir uns zu küssen versuchten, daß wir die Lippen verfehlten. Die Glieder wurden uns schwer, der Bretterboden unter unseren Füßen schien zu schwanken. Wir hielten uns fest umschlungen, damit wir nicht voneinandergerissen wurden, denn in diesem Augenblick spürten wir plötzlich die Bewegung der Erde, sie schoß mit uns durch den leeren Raum, anderen und lichteren Sphären entgegen, als jene es gewesen waren, in deren schattiger Düsternis sie zehn Jahre lang rotiert hatte.

Der Bodenraum füllte sich mit Licht wie die durchscheinende Wandung einer Laterne, die mitten in den Himmel gehängt war. Mit bebenden Fingern tauschten wir Christianes Goldreifen aus. Das trockene, jahrealte, vergessene Heu, welches zuletzt rund um uns knisterte, roch auf einmal stark und süß wie frisch gemäht.

Eben, als die Kirchzeit ausgeläutet wurde, traten wir durch das hohe Portal, das lange nicht mehr geöffnet worden war, aus dem Herrenhaus ins Freie. Der Sonntag war diesig und von einer dampfigen Wärme, die das saftige Grün des Grases, der gezackten Löwenzahnrosetten, der Nesselstauden und des Sauerampfers, all jenes Kräutichts, das in den unbetretenen Winkeln des Gutshofs gedieh, frisch und glänzend machte und zu schnellerem Wachstum antrieb. Der angefeuchtete Boden zeigte noch die Rillen, die von den Zinken der Rechen herrührten, welche ihn sauber gekämmt hatten. Unter den ausgerichteten Ackerwagen plusterte sich leise krächzend das Hühnervolk. Da und dort zitterte eine weiße Flaumfeder, als würde sie vom leisen Atemhauch der vor Leben vibrierenden Erde bewegt. Quer in die glatte Hoffläche waren die Radbahnen des Wagens und die Hufabdrücke des Gespanns eingezeichnet, das vor kurzem nach der Station getrabt war, um Coras Mutter abzuholen.

Ich hatte hier keinerlei Veränderungen entdecken können außer einem Taubenschlag, der in der Mitte des großen Gevierts auf Coras Veranlassung hin errichtet worden war. Das Gurren, Flattern und Schnäbeln begleitete uns, die grauen, auf Brust und Hals metallisch gezeichneten Vögel kreisten herbei, ließen sich vor unseren Füßen nieder und äugten neugierig herauf. Wir streuten ihnen Körner und Krümel, die wir am Frühstückstisch gesammelt hatten. Bald umgab uns der Taubenschwarm auf allen Seiten, so daß wir uns seiner kaum mehr erwehren konnten, und auch die Hühner trippelten mißgünstig heran.

Derweilen war das Läuten zu Ende gegangen, die Glocke tat noch einige lahme und verdrossene Schläge. Hinter der Hofmauer hörten wir das Geschwätz der heimkehrenden Kirchgänger. Noch bevor sie um den Torpfosten bogen, nahm Cora meinen Arm, und zwischen den aufflatternden Tauben hindurch, die uns mit ihren Flügeln streiften, schritten wir ruhig und guten Gewissens den Hofeleuten entgegen. Als sie unser ansichtig wurden, verstummten sie sofort und boten uns einsilbig die Tageszeit, indem sie die Augen niederschlugen, als hätten wir sie auf übler Nachrede und gehässigem Klatsch ertappt. Wir antworteten beide zugleich und erwiderten das freundliche Lächeln, mit dem uns die jüngeren Frauen begrüßten, die uns wohlgesinnt waren. An unseren Händen steckten die Ringe, wir brauchten uns nicht hinter Heimlichkeiten und schuldbewußten Täuschungen zu verbergen. Alles war bereits am Morgen offenbar gemacht worden, als wir während der Frühmesse nebeneinander in der Loge der Gutsherrschaft gekniet und gebetet hatten.

Die Kirche war voller Kinder gewesen, welche ungeduldig auf den Bänken hin und her rückten, die Einsätze der Choräle verpaßten und der Orgel immer um zwei, drei Worte voraus waren, so daß der Kantor mit seinem getragenen Spiel ihrem Gesang hinterdrein fauchte und prustete, wütend darüber, daß er den Einklang nicht herzustellen vermochte. Die eilfertigen Kinderstimmen rissen den Text der Responsorien auseinander, kamen dem Pfarrer zuvor, verschütteten die heiligen Sätze mit den Antworten, die sie nicht abwarten konnten. Unruhig sehnten sie das Ende der Liturgie und den Augenblick herbei, wo sie ins Freie stürzen dürften. Dann würden sie sich sogleich nach allen Richtungen zerstreuen, um in großer Eile den

Umzug vorzubereiten, in welchem sie heute durchs Dorf marschieren und die letzten Reste des Winters von jedem Hof und aus jeglicher dunklen Zufluchtstätte mit Liedern, Birkenruten und bunten Papierkronen vertreiben wollten. Nach der Messe lief uns die kleine Alma über den Weg, ich hielt sie fest; neugierig und feindselig betrachtete sie meine Begleiterin und versuchte, sich mir zu entwinden. Ich hätte sie freigegeben, wenn sie mit einem einzigen Wort mich darum gebeten haben würde, aber dafür war sie zu stolz. Sie biß die Zähne aufeinander, ich konnte das leise Knirschen hören. Ein kaum vernehmbares, weinerliches Ächzen bezeugte ihre große Erregung, die sie bald nicht mehr zu bezähmen vermochte. Es fehlte nicht viel, und sie wäre in Tränen ausgebrochen. Statt ihrer bat mich Cora, sie laufenzulassen, ich öffnete die Finger, die ich hinterm Rücken des Mädchens verschränkt hatte, und trat lachend zurück. Ganz verdutzt zögerte sie noch einige Augenblicke, bevor sie wegsprang, im Rennen wandte sie sich mehrmals zurück und winkte ihrer Fürsprecherin, während sie mich überhaupt nicht mehr beachtete...

Jetzt, als wir aus dem Hoftor auf die Straße traten, erinnerten wir uns wieder daran und besprachen die Angelegenheiten meines Mündels. Wie immer, wenn man eine wichtige, unaufschiebbare Entscheidung erwartet, wandten wir uns den abseits liegenden Dingen zu, die nichts mit ihr zu tun hatten. Ich erzählte Cora, ich hätte die Nachricht erhalten, daß Hartmann, als er gefragt worden war, welche Gründe er bei einer Neueröffnung des Verfahrens zum Beweis seiner Unschuld vorbringen könnte, geantwortet haben sollte: Es gäbe keine, er fühle sich schuldig, er wolle die Freiheit nicht wiedergewinnen, und er habe längst eingesehen, daß das Zuchthaus, in dem er zu bleiben und zu sterben gedenke, dem, was sich vor seinen Mauern ausbreitet, bei weitem vorzuziehen sei.

»Dann werden wir also zunächst eine Tochter haben«, sagte Cora halblaut und drehte den Kopf weg.

Wie ein Echo auf ihre Worte schallte plötzlich der Gesang des Kinderchores die Dorfstraße hinab, von jenem Ende Kaltwassers herein, das sich gegen Nilbau erstreckte. Die hallenden Stimmen waren von Anfang an so laut, daß ich Cora keine Antwort zu geben vermochte, und ich drückte und streichelte nur ihre Hand, die sie mir willig überließ und an der Christianes Ring fest und unverrückbar saß.

Unterdessen gingen wir Arm in Arm vor der Einfahrt auf und ab. Unablässig sah ich nach meiner Uhr, aber es war noch zu früh, als daß die Kutsche hätte in Sicht kommen können. Um meine wachsende Unruhe zu überwinden, sprach ich zusammenhanglos und hastig alles aus, was mir in den Sinn kam, und ich fügte dem, was ich Cora bereits gestanden hatte, noch manches hinzu, das sie nicht wissen konnte. Dabei geriet ich auch auf Smeddy und seinen Sohn, und von dort war es nur ein einziger Satz, der mich zu jener zigeunerischen Paula führte, die seit der Nacht, in der die Überschwemmung gewütet hatte, verschwunden war und nach der deswegen gefahndet wurde, weil man vermutete, daß das Schenkmädchen am Tode des Ausländers, in dessen Hinterlassenschaft man weder Geld noch Papiere gefunden hatte, schuldig sein könnte.

Cora hörte mir aufmerksam zu und unterbrach mich nicht ein einziges Mal. Wenn ich mich von meiner Aufgeregtheit wegreißen ließ und die Schuld übertrieb, die ich mir beimaß, begütigte sie mich durch einen einzigen lächelnden Blick oder eine verstohlene Handbewegung. Dann wieder blieb sie stehen, lehnte ihre Hüfte einen Augenblick lang an die meine, daß ich die reife Willfährigkeit ihrer Glieder spürte und die gestrigen, vom Licht des Sonnenuntergangs gebadeten Umarmungen noch einmal zu fühlen vermochte, wie sie die letzte Starrheit aus unseren Herzen fortschmolzen und uns eine Wärme gaben, die zeitlebens dauern und nimmermehr vergehen sollte. Dabei bog sie ihren Kopf zurück und betrachtet mich unter schweren Lidern aus halb geschlossenen Augen. Ihr Gesicht war schöner denn je, die Lippen warfen sich auf, die Wimpern fächelten den Blick ins Ungewisse. Dieses Antlitz, das mir gleichermaßen fremd und vertraut vorkam, so, als hätte ich seine eigenste Wahrheit noch immer nicht enträtselt und als wüßte ich doch bereits, wie sie aussehen würde, war von einem seltsamen Schein überzogen, der hauchdünnen Schleiern glich, die jenen sieben Farben des Regenbogens entstammten, der sich gestern in den Augen und auf der feuchten Haut gespiegelt hatte.

Als die singende Kinderschar, die von einem Gehöft zum anderen zog, hinter Woitschachs Anwesen zum Vorschein kam wie ein wandelndes, von Vögeln erfülltes Birkengehölz, hörten wir hinter uns das leise Quietschen der Prothese des Obersten, das taktmäßige Aufstampfen seines Krückstocks und das trokkene Hüsteln, mit dem er die ungewohnte Verlegenheit bekämpfte. Wir wandten uns nach ihm um, er legte uns beide Hände, deren Zittern er vergebens zu beherrschen suchte, auf die Schultern und hielt sich einen Augenblick lang an uns fest.

»Laßt euch nicht stören!« bat er uns, »aber ich konnte nicht länger mehr allein bleiben!«

Gleich straffte er sich, ließ uns los und ging ungebeugt fort. Er war eisgrau geworden, aber sonst schien sich sein Äußeres nicht verändert zu haben. Vielleicht war der Gang ein wenig schwerfälliger als früher, aber jetzt hatte die Erwartung das alles ausgemerzt.

Dort vorn auf der Straße, neben der Zufahrt, die in Woitschachs Grundstück führte, teilte sich die Kinderschar. Der größere Haufen, dem eine unförmige Strohpuppe vorausgetragen wurde, bog auf den Dorfanger ein, der sich zwischen der Schwarzen Weide und dem Teich erstreckte. Mit zitternden, grün beflirrten Birkenwedeln, mit Papierkronen, an denen die vielfarbigen bunten Bänder und Rosetten aufleuchteten, die wie phantastische Blüten aussahen, mit Himmelsschlüsseln, Butterblumen, Gras und Buchenzweigen geschmückt, marschierten sie, lauthals und einstimmig durch ihren Gesang den Sommer beschwörend, bis an den Uferrand des Baches, wo sie haltmachten und den grob zusammengewundenen Strohmann, der mit Pech beschmiert war und eine Perücke aus Moos trug, auf die Erde legten. Ganz zuletzt, Hand in Hand wie Geschwister, jubelnd und selbstvergessen, kamen noch Almas Tochter und Sofies Ältester angegangen, und während die anderen sich daranmachten, die Puppe in Brand zu stecken und der schnellfließenden Strömung zu übergeben, welche sie rasch hinwegführte, blieben die beiden unbewegt an ihrem Platz stehen und sangen ernsthaften Gesichts das Lied zu Ende, welches bei den übrigen sich längst in Schreien und Lachen aufgelöst hatte.

Indes das brennende, mit Qualm überdeckte Strohwrack langsam außer Sicht kam, von den Kindern begleitet, welche das Ufergelände entlangsprangen, mußte ich plötzlich an Starkloff denken. Ich fragte Cora, ob ich ihr den Spruch bereits gesagt hätte, der demnächst auf den Grabstein gemeißelt werden sollte. Sie schüttelte den Kopf, und ich sprach langsam und deutlich den Satz aus, den der Mann aus Ephesus vorzeiten in eine Wachstafel geritzt hatte. Sie konnte mich nicht verstehen, weil der Lärm, den die Kinder machten, zu groß war. Ich löste mich von ihr, nahm Bleistift und Schreibblock aus der Tasche, aber kaum daß ich die ersten Buchstaben mit zitternder Hand hingemalt hatte, mußten wir aufblicken, abgelenkt durch das Räderrollen und die Hufschläge eines nahenden Fuhrwerks.

Es war dieselbe Kutsche, auf deren Bock ich einstmals, neben der Obersten-Tochter sitzend, unter der Abendröte des großen Herbstes in Kaltwasser eingefahren war. Jetzt hatte diesen Platz Heinrich inne, der die ausgreifenden Pferde, hinter deren Scheuklappen große Blumensträuße steckten, schon zügelte, als er uns von weitem entdeckte. Die Nachhut der Kinderschar umsprang das Gefährt, und sie winkten der Ankommenden, die wir erst dann erblicken konnten, als wir an den Rand der Böschung traten. Coras Mutter saß aufrecht und kerzengrade in den Polstern und sah weder nach rechts noch nach links. Auf ihrem Schoß, mit beiden Händen den rauhen Stein schützend, hatte sie das Haupt des Standbildes gebettet. Da sie einen dunklen Schleier überm Gesicht trug, konnte man jetzt noch nicht erkennen, ob es ein Lächeln oder ein Weinen war, das auf ihren Lippen zuckte.

Der Oberst humpelte eilends auf uns zu und versuchte uns zu erreichen, bevor die Kutsche ihn einholte, sein Gesicht war blutrot, und er duckte sich jedesmal zusammen, wenn Schwoide, der in einer neuen, glänzenden Livree steckte, übermütig mit seiner Peitsche knallte.

»Schreib es zu Ende!« bat mich Cora nahe an meinem Ohr.

Der Bleistift fuhr unsicher übers Papier, die Buchstaben fügten sich aneinander, und wir sprachen den Text, um dessen Sinn wir niemanden zu fragen brauchten, beide in einem Atem mit:

Alles, was da kreucht, wird mit der Geißel
zur Weide getrieben.

Inhalt

Erstes Buch

Gotthold Stanislaus Starkloff

Zwischenspiel

Ein Abend im März

Zweites Buch

Die große Unruhe